Droemer
Knaur®

1. Kapitel

Später wurde er von der Gesellschaft geächtet, Erzbischof Cooning brandmarkte ihn von der Kanzel der Saint Vibiana Church herab als verderbt und gottlos, und die Worte des Kirchenfürsten hallten durchs ganze Land. Aber bevor das geschah, war Jules Mendelson – jedenfalls dem Anschein nach – einer der ganz Großen von ganz oben, eine respektgebietende Erscheinung, hervorragend verheiratet und auf eine Weise verehrt, wie eben die sehr Reichen in Amerika verehrt werden.

Clouds, der Besitz der Mendelsons, der hoch über Los Angeles auf einem Berg liegt, ist nach wie vor unbewohnt, wird jedoch instand gehalten. Das massive Eisentor, das einstmals den Zugang zu einem herzoglichen Anwesen in Wiltshire verwehrte, wurde irgendwann von Vandalen aus den Angeln gerissen. Der Hausverwalter hat es abgestützt und mit Sperrholz vernagelt, um Neugierigen den Einblick zu versperren – aber selbst, wenn sie hätten hineinschauen können, sie hätten nichts von dem Haus und den Gärten gesehen, denn etwa hundert Meter hinter dem Tor beschreibt der Weg eine scharfe Biegung nach rechts. Pauline Mendelsons Treibhaus, in dem sie ihre Orchideen züchtete, ist in sich zusammengefallen, aber die Zwinger werden noch benutzt: Wie früher durchstreift eine Meute deutscher Schäferhunde nachts das Grundstück.

Früher hieß es allgemein, daß man von nirgendwo eine schönere Aussicht habe als von Clouds, und auch Pauline Mendelson teilte diese Ansicht. Sie bestimmte das Zimmer, von dem aus man den Sonnenaufgang über der Skyline der Stadt am besten sah, als Frühstücksraum für sich und Jules, auch wenn sie es dann auch nur ein einziges Mal gemeinsam nutzten, aber in dem Zimmer, von dem aus man beobachten konnte, wie die Sonne im Ozean versank, kamen sie und Jules tatsächlich jeden Abend zusammen, um ein Glas Wein zu trinken und über die Ereignisse des Tages zu sprechen, bevor sie sich zum Dinner umzogen.

Es hat wohl noch niemand einen Skandal so souverän überstanden wie Pauline Mendelson. Da sind alle einer Meinung. Sie hielt den Kopf hoch und erweckte weder Mitleid noch Verachtung. In der Stadt – oder jedenfalls in jenem Teil der Stadt, in dem die betreffenden Leute verkehrten – brodelte es regelrecht: Seit langem war nichts so Aufregendes passiert – außer in Filmkreisen, aber dort verkehrte man nicht. Schon ein Jahr nach dem Aufruhr wurde aus Pauline Mendelson Lady St. Vincent, und sie zog nach England. Sie verheiratete sich nicht nur sehr schnell, sondern auch sehr gut, war es ihr doch als einer geborenen McAdoo – die Töchter dieser Familie wurden in den Gazetten allgemein »die gut verheirateten McAdoos« genannt – sogar unter diesen schrecklichen Umständen gelungen, einen mehr als adäquaten Partner zu finden. Es heißt, sie habe alles, was mit ihrem Leben als Pauline Mendelson zu tun hatte, hinter sich gelassen und keinen Kontakt mehr mit den Menschen, die sie in Los Angeles kannte – nicht einmal mit Rose Cliveden, und die war immerhin ihre beste Freundin.

Über zwanzig Jahre lang war Clouds ein gesellschaftlicher Mittelpunkt gewesen. Man mußte nur einen Blick auf die Eintragungen im Gästebuch werfen – es wurde zusammen mit dem Mobiliar und sonstigem beweglichen Eigentum einschließlich der kostbaren Kunstsammlung bei Boothby's versteigert –, um eine Vorstellung von Paulines enormem Appetit auf interessante Leute, wie sie sie nannte, zu bekommen. Was die Gemälde, beziehungsweise ihre Versteigerung betrifft, so ist die Kunstwelt noch heute aufgebracht: Das Metropolitan Museum in New York behauptete, die komplette Sammlung sei ihm versprochen worden, desgleichen das County Museum in Los Angeles und das Kimball in Fort Worth – ganz zu schweigen von anderen Museen mit geringeren Forderungen. Das war typisch für Jules Mendelson. Er liebte es, von Museumsdirektoren besucht zu werden – von ihnen umworben zu werden, wie er es nannte – und zu hören, wie sie seine herrliche Sammlung priesen. Er genoß es, sie durch sein Haus zu führen und ihnen die Herkunft jedes einzelnen Werkes sowie den Lebensabschnitt des jeweiligen Malers, in dem es entstanden war, zu erklären. Er vermittelte jedem Museumsdirektor den Eindruck, sein Haus wäre das auserwählte, das die Sammlung einmal bekommen würde, und er hatte ganz sicher auch die Absicht, sie einem von ihnen geschlossen zu hinterlassen, denn er sagte oft, sogar in Interviews, er wolle unter keinen Umständen, daß die Sammlung auseinandergerissen werde, weshalb er gesondert Geld für den Bau eines eigenen Flügels – des Jules-Mendelson-Flügels – hinterlasse. Doch dann kam alles ganz anders – auch für Flo March. Pauline ließ nämlich die Sammlung einzeln versteigern bis auf die »Weißen Rosen« von van Gogh und Degas' Bronzeskulptur von der vierzehnjährigen Ballerina mit dem originalen rosa Band im Haar. Diese beiden Kunstwerke zieren heute, so heißt es, Schloß Kilmartin in Wiltshire.

Pauline Mendelson war ein Mensch, der sich in den elitären Kreisen verschiedener Städte bewegte, obwohl er zu keinem zu gehören schien. Auch nach zweiundzwanzig Jahren wirkte diese längst prominente Persönlichkeit auf die Leute in Los Angeles immer noch eher wie eine Besucherin als eine Einheimische. Ihre Parties waren berühmt, und das zu Recht. Sie überließ bei der Planung dieser Abende nichts dem Zufall. Und bei einer dieser Parties gelangte der junge Philip Quennell in den Dunstkreis des bekannten Paares. Pauline liebte es, Schriftsteller und Künstler mit ihren vornehmen Freunden zusammenzubringen. Philip hatte sie schon einmal beim Gedenkgottesdienst für Andy Warhol in der Saint Patrick's Cathedral zur Kommunion gehen sehen und bereits zuvor in der Pause im Foyer eines New Yorker Theaters getroffen. Pauline kannte die Stiefmutter seiner damaligen Begleiterin und unterhielt sich kurz mit dem Mädchen, während Philip schweigend danebenstand.

Sie sprach mit einer tiefen Altstimme. »Das Stück ist ja sehr seicht, nicht wahr – aber ich finde es trotzdem amüsant, Sie nicht?«
Beide nickten.
»Ist das mit Rocky nicht schrecklich?«
Philip wußte nicht, von wem sie sprach, aber seine Begleiterin wußte es: Rockys Privatflugzeug war kürzlich abgestürzt. »Seine beiden Piloten wurden getötet, aber er wird bald wieder auf den Beinen sein«, berichtete Pauline. Dann schrillte die Klingel, und es war Zeit für den zweiten Akt. Nach der Vorstellung sahen sie sie nicht mehr.
Er hatte gar nicht damit gerechnet, daß Pauline Mendelson ihn bei dieser flüchtigen Begegnung überhaupt bewußt wahrgenommen hatte, und war deshalb sehr überrascht, als ihr Chauffeur ihm am Tag seiner Ankunft in Los Angeles, wo er eine Stippvisite machen wollte, die sich jedoch ungeahnt ausdehnte, die Einladung zu einer Party überbrachte. Er war neunundzwanzig – um Mitternacht würde er dreißig werden –, aber dieser Meilenstein in seinem Leben war nur ihm bekannt und konnte unmöglich etwas mit dieser Einladung zu tun haben, die Mr. und Mrs. Mendelson ihm schickten, wie die geprägten Namen auf der eierschalenfarbenen Karte zeigten.
Er kam zu spät. Der Parkwächter sagte es ihm und ebenso das Mädchen, das ihm die Tür öffnete. In der Halle hatten auf einer Konsole in alphabetischer Reihenfolge die Platzkarten für das Dinner ausgelegen – jetzt war nur noch eine übrig. Das gedämpfte Gewirr von sechzig Stimmen drang aus einem entfernten Raum herüber. Obwohl der Butler Philip zur Eile drängte – »Die Gäste nehmen gleich zum Essen Platz!« –, nahm dieser sich die Zeit, die Pracht des Hauses zu bewundern. Von der Eingangshalle gingen sechs Türen ab. Eine geschwungene Treppe imponierenden Ausmaßes schien auf unsichtbaren Flügeln aufwärts zu schweben, und den moirébespannten Aufgang schmückten sechs Monet-Gemälde aus der Seerosenserie, die Philip einen ersten Eindruck von der Qualität der Mendelsonschen Kunstsammlung vermittelten. Am Fuß der Treppe leuchteten in blau-weißen chinesischen Übertöpfen und Schalen die verschiedensten Orchideen.
»Wunderschön«, murmelte Philip.

»Sie sind Mrs. Mendelsons Hobby«, sagte eine Frau, die wie eine tüchtige Sekretärin aussah.
»Wie meinen Sie?« fragte Philip verdutzt.
»Die Orchideen: Sie züchtet sie selbst.«
»Oh!«
»Würden Sie sich bitte in das Gästebuch eintragen?« Sie reichte ihm einen Füller, und er schrieb seinen Namen unter den eines früheren Präsidenten, vor dem dessen Frau und der ehemalige Filmstar Faye Converse unterschrieben hatten. Er überflog die Eintragungen. Obwohl er niemanden persönlich kannte, waren ihm doch viele der illustren Namen ein Begriff. Für gewöhnlich saß Philip Quennell mit kleinen Leuten an einem Tisch.
Eine der sechs Türen öffnete sich, und das Stimmengemurmel schwoll an, als Jules Mendelson heraustrat. Er zog die Tür hinter sich zu und ging mit der Zielstrebigkeit eines Mannes durch die Halle, den ein wichtiges Telefonat erwartet. Seine Körpergröße und sein Umfang waren imponierend, seine Züge gleichzeitig häßlich und attraktiv, seine ganze Erscheinung war dazu angetan, Kleinmütige einzuschüchtern. Eine Aura von Macht umgab ihn wie ein starker Duft. Aber wenn man ihn kennenlernte, stellte man fest, daß er überraschend sanft sein konnte – und tatsächlich ein echter Gentleman. Wenn die Biographen berühmter Männer ihn nach seinen Erinnerungen an diese fragten, äußerte Jules sich stets freundlich und wohlwollend, selbst wenn es sich um Menschen handelte, die er nicht mochte oder die seine Gegner gewesen waren. Er wußte, daß irgendwann einmal auch *seine* Biographie geschrieben würde.
Philip starrte ihn fasziniert an. In der Zukunft sollte er noch oft erleben, daß Menschen Jules Mendelson auf diese Weise anstarrten. Als die Sekretärin Philip vorstellte, streckte Mendelson ihm im Vorübergehen die Hand hin, sah ihm kurz in die Augen und ordnete ihn in einer Sekunde der Kategorie von Paulines interessanten Leuten zu, an denen er nur sehr geringes Interesse hatte. Hochrangige Politiker, Botschafter, Wirtschaftsbosse wie er und Museumsdirektoren waren die Menschen, die ihn interessierten. In einem Illustriertenartikel über ihn war berichtet worden, er habe die Schreibweise sei-

nes Familiennamens von Mendelssohn zu Mendelson vereinfacht, weil er ausgerechnet habe, daß er täglich siebeneinhalb Minuten damit verlor, die Schreibweise zu korrigieren oder zu erklären. Sein Urgroßvater war ein Großcousin der Berliner Mendelssohns, hieß es weiter, einer der wichtigsten jüdischen Familien des gehobenen Bürgertums und niederen Adels vor dem Krieg. Jules Mendelson sei in Chicago geboren und habe aus seinem Erbe ein riesiges Vermögen gemacht. So stand es in seinem offiziellen Lebenslauf.

»Es tut mir leid, daß ich so spät komme, Sir«, sagte Philip. »Mein Flugzeug kam zwar schon heute nachmittag aus New York an, aber der Koffer, in den ich mein Dinnerjacket gepackt hatte, war verschwunden.« Jules war das vollkommen gleichgültig, und er hatte auch keine Lust, sich solche Nebensächlichkeiten anzuhören. Er hatte ganz andere Dinge im Kopf.

»Gehen Sie rein, Mr. Quennell, gehen Sie nur rein«, forderte er ihn mit einer Handbewegung in Richtung einer der Türen rechts auf. »Pauline ist im Salon. Ich muß schnell telefonieren, dann komme ich gleich nach.«

Als Malcolm McKnight, der Biograph von Jules Mendelson, Philip Quennell später fragte, welchen Eindruck er beim ersten Zusammentreffen von ihm gehabt habe, zögerte Philip.

»Was dachten Sie?« insistierte Malcolm.

Philip brachte es nicht über sich, McKnight zu gestehen, daß er als erstes davon beeindruckt gewesen war, wie phantastisch das Dinnerjacket dieses Mannes saß – und das bei seiner Körperfülle. Statt dessen sagte er: »Ich dachte, das ist ein Mann, den ich nie zum Gegner haben möchte.« In Wahrheit war das sein zweiter Gedanke gewesen.

Für einen Fremden ohne Beziehungen hatte Philip an diesem Abend einen ausgezeichneten Platz am Tisch: Er saß zwischen Camilla Ebury, in die er sich verlieben sollte, und Rose Cliveden, einer Gesellschaftskoryphäe, die ihre Lebensmitte schon vor einer Weile überschritten hatte und später ungewollt schwere Verwüstungen im Leben ihrer besten Freundin Pauline Mendelson verursachte. Sein guter Platz bedeutete allerdings nicht, daß man ihn als bevorzugten Gast betrachtete: Ein Mann namens Hector Paradiso hatte die Platzkarten vor dem Dinner ausgetauscht und sich an den Tisch gesetzt, an dem die ehemalige First Lady saß.

»Platzkarten entscheiden über Leben und Tod«, sagte Rose Cliveden, die links von Philip saß. Sie war schon leicht angetrunken und äußerst mißmutig, während sie Hector Paradisos Untat bereits zum dritten- oder viertenmal enthüllte. Sie hatte einen leichten Kropf, der sich auf und ab bewegte, wenn sie mit ihrer im Lauf der Jahre durch starkes Rauchen immer tiefer gewordenen Stimme sprach. »Man stelle sich vor – Hector hat die Platzkarten ausgetauscht! Er ist unerträglich eingebildet!«

»Seien Sie vorsichtig mit dem, was Sie zu Rose sagen«, warnte Camilla Ebury Philip leise von rechts. »Gleichgültig, wie betrunken sie auch wird, sie erinnert sich an alles!«

»Wer ist Rose Cliveden?« fragte er.

»Alte Los-Angeles-Familie. Altes Vermögen. Alte Freundin von Pauline. Dreimal verheiratet, dreimal geschieden. Hatte mal eine Affäre mit Jack Kennedy. Im Weißen Haus! Im Lincoln-Zimmer! Sagt sie jedenfalls. Übertreibt gerne. Was wollen Sie sonst noch wissen?«

»Ein guter Report«, lobte Philip sie. »Sie könnten jederzeit in meinem Metier arbeiten.«

»Und welches Metier ist das?«

»Ich bin heute angekommen, um das Drehbuch zu einem Dokumentarfilm zu schreiben. Um ehrlich zu sein, es hat mich sehr überrascht, heute abend hierher eingeladen worden zu sein.«

»Pauline sammelt Leute«, erklärte Camilla Ebury. Sie war auf eine zurückhaltende Art recht hübsch, was Philip zuerst gar nicht bemerkt hatte. Ihr blondes Haar war in der Mitte gescheitelt und mit zwei goldenen Spangen zurückgenommen. Die Frisur erinnerte ihn an die Debütantinnen, die er während seiner Zeit in Princeton beim Tanzen beobachtet hatte. Wie Philip bald erfuhr, war sie seit kurzem verwitwet, obwohl sie nur ein oder zwei Jahre älter war als er.

»Sterben Sie nie in einem Land, dessen Sprache Sie nicht verstehen«, sagte sie, als sie ihm von dem plötzlichen Tod ihres Mannes auf einer Straße mitten in Barcelona erzählte. »Es ist ein absoluter Alptraum. Die Botschaft versagte völlig.

Gott sei Dank griff Jules Mendelson ein! Er führte ein paar Telefonate und arrangierte alles, und ich konnte den armen Orin per Schiff nach Hause bringen.«
Sie sah, daß Philip aufmerksam zuhörte, nahm seine Platzkarte in die Hand und las seinen Namen, obwohl er ihn ihr schon zweimal gesagt hatte. »Philip Quennell. Warum sind Sie in den Goldenen Westen gekommen?«
»Ich brauchte Luftveränderung.«
»Warum denn das?«
»Etwas, das ich geschrieben habe, machte ein paar sehr wichtige Leute wütend, und ich hielt es für besser, New York für eine Weile zu verlassen.«
»O mein Gott! Sind Sie der Mensch, der das Buch geschrieben hat, das die ganze Stadt in Aufruhr versetzte?«
»Ja.«
»Kein Wunder, daß Pauline Sie eingeladen hat.« Camilla lächelte. »Sie liebt solche Dinge.« Wenn Camilla lächelte, erschienen Grübchen in ihren Wangen, und ihre Augen funkelten. Beide sahen einander mit plötzlich erwachtem Interesse an. »Hat Sie nicht jemand zusammengeschlagen? Ich glaube, ich habe so etwas gelesen.«
Philip hatte in seinem Buch die Hintergründe eines Aufkaufs offengelegt und damit wichtige Angehörige der New Yorker Geschäftswelt in Aufruhr versetzt. Ein bekannter Wall-Street-Mann hatte gedroht, ihm beide Beine brechen zu lassen, und Philip hatte diese Drohung nicht als Floskel betrachtet – sein Anwalt ebenfalls nicht. Die betreffende Persönlichkeit verfügte bekanntermaßen über Verbindungen, wie das genannt wird. Als Casper Stieglitz, ein Hollywood-Produzent, sich über seinen Agenten mit Philip in Verbindung setzte, um zu erfahren, ob er das Drehbuch für einen Dokumentarfilm schreiben wolle, der den ausufernden Drogenkonsum in der Filmindustrie zum Thema haben sollte, sagte er sofort zu, obwohl er absolut keine Ahnung von der Filmindustrie und dem dort praktizierten Drogenmißbrauch hatte: Vier oder fünf Monate bezahlter Urlaub in Kalifornien kamen ihm unter den geschilderten Umständen gerade recht.
»Eine hochelegante Gesellschaft«, sagte Philip nach einem Blick in die Runde.

Camilla nickte. »Das ist bei Pauline immer so.«
»Ist heute abend etwas Besonderes los? Ich meine, ist ein Ehrengast hier, oder hat jemand Geburtstag oder Hochzeitstag oder so was? Oder veranstaltet man in Ihren Kreisen ein Dinner für sechzig Leute mit kostbaren Weinen und einem eingeflogenen Orchester einfach so?«
Camilla lachte. »Nein, so aufwendig sind die Parties nicht jedesmal. Aber ich bin so oft hier eingeladen, daß ich vielleicht mit der Zeit den Blick für den Unterschied verloren habe.«
»Das wäre schade.«
Camilla sah Philip interessiert an. »Ich heiße Camilla.«
»Und ich Philip.«
»Ich weiß.«
»Was für Leute sind das eigentlich alles hier?« fragte er mit einer umfassenden Handbewegung. »Abgesehen von dem ehemaligen Präsidenten und der Filmschauspielerin.«
»Der sogenannte harte Kern. Mein Vater beschrieb diese Leute immer als jene Art von Menschen, die Dinge aus den Zeitungen heraushalten können«, sagte Camilla.
»Was für Dinge?«
»Nun – Dinge eben.«
»Sie meinen, die Keller sind voll von Leichen?«
Sie lachte. »Im übertragenen Sinn, ja.«
Philip ließ seinen Blick erneut herumwandern. »Die Atmosphäre hat einen großen Reiz – jedenfalls für mich.«
»Wären Sie schon länger hier, hätten auch Sie inzwischen festgestellt, daß jeder Abend dem vorangegangenen gleicht – auch wenn es bei den Mendelsons ein wenig extravaganter zugeht. Aber die sind auch keine echten Einheimischen wie wir übrigen, die wir hier geboren und aufgewachsen sind. Etwa zwei-, dreihundert von uns treffen sich immer wieder in verschiedener Anzahl und in den verschiedensten Kombinationen zum Essen. Wir dehnen den Kreis fast nie aus, und man liest nur selten etwas über uns in den Zeitungen.« Sie lächelte fast entschuldigend und deutete eine hilflose Geste an.
»Erzählen Sie weiter, ich bin fasziniert«, sagte Philip.
»Nun, wir machen uns niemals mit den Hollywood-Größen gemein, und auch mit den Leuten aus Pasadena kommen wir

nur ab und zu bei Bürgerversammlungen oder Wohltätigkeitsveranstaltungen in Museen oder dem Music Center zusammen. Ich sage nicht, daß das richtig ist, aber es ist immer so gewesen und wird wohl auch immer so bleiben. Wenn ich ehrlich bin, ich würde sehr gerne ein paar Filmstars kennen.«
Philip lachte. Camilla sah ihn an, rückte etwas näher und sagte mit gesenkter Stimme: »Weil Sie danach gefragt haben, es gab ursprünglich tatsächlich einen Anlaß für diese Party. Wir glaubten alle, Jules würde heute abend bekanntgeben, daß er vom Präsidenten anläßlich der Einführung der Wirtschafts- und Währungsunion in Europa als Leiter der amerikanischen Delegation nach Brüssel geschickt wird. Es hätte bedeutet, daß er für mindestens das ganze Jahr 1992 dortbleibt, und Pauline freute sich schon ungeheuer darauf. Sie spricht perfekt Französisch, und ich glaube, manchmal langweilt sie sich hier schrecklich.«
»Und? Wird nun doch nichts daraus?« fragte Philip.
»Oh, es wird schon klappen, aber offenbar ist es noch nicht spruchreif.«
Philip nickte. »Die Suppe schmeckt sehr gut«, sagte er.
»Ausgezeichnet.«

Eine Party bei den Mendelsons war selbst für die Eingeweihten jedesmal ein Erlebnis. Das Essen wurde vom hauseigenen Koch zubereitet – einer Berühmtheit in Gastronomiekreisen –, und der Wein kam aus Jules Mendelsons privatem Keller. Überall leuchteten Orchideen, überall standen Antiquitäten, und an den Wänden sämtlicher Räume hingen kostbare Kunstwerke. In der Bibliothek, die die Mendelsons als Wohnzimmer benutzten, wenn sie allein waren, hingen Gemälde französischer Maler, und die englischen Sessel und Sofas waren mit glänzendem Chintz bezogen. Auf einem langen Tisch waren Fotografien in Silberrahmen aufgestellt: von Pauline und Jules mit Präsidenten und deren Ehefrauen bei Dinners im Weißen Haus, dazu signierte Fotos vom spanischen König und der englischen Königin. An der gegenüberliegenden Wand stand der gleiche Tisch. Auf ihm lagen stets die neuesten Ausgaben von Zeitungen und Illustrierten. Hohe Fenstertüren mit kunstvoll drapierten Vorhängen und Schabracken führten auf eine Terrasse, auf der Tische und Sonnenschirme standen. Dahinter erstreckte sich der Garten, an den sich eine weite Rasenfläche anschloß. Besucher, die diesen Raum betraten, waren immer hell begeistert, und so war es verzeihlich, daß Philip Quennell zuerst nach Luft schnappte und dann unwillkürlich einen Entzückenslaut ausstieß, als er auf der Suche nach der Toilette in der Bibliothek landete und van Goghs »Weiße Rosen« – sein Lieblingsbild – über dem Kamin hängen sah.

»Großer Gott!« sagte er, trat vor das Bild und betrachtete es andächtig. Er wußte, daß es mindestens vierzig Millionen Dollar wert war – selbst in Zeiten einer Baisse auf dem Kunstmarkt. Es drängte ihn, die leuchtende Farbe zu berühren, und er hätte es fast getan, aber dann kämpfte er diesen Impuls nieder. Und plötzlich spürte er, daß er nicht allein war. Er drehte sich um und sah Pauline Mendelson, die neben dem Telefon auf der Kante eines Stuhls saß.

»Das ist mein Schatz«, sagte sie und deutete auf das Gemälde. »Ich bekam das Bild vor zweiundzwanzig Jahren von Jules zur Hochzeit.«

Sie sah so aus, wie er sie von zahlreichen Fotos kannte: gepflegt gekleidet in eine zeitlos klassisch geschnittene Robe aus schwarzem Samt, die sicherlich aus der Werkstatt eines Pariser Couturiers stammte. Sie war eher elegant als schön, obwohl sie in Klatschspalten und Modemagazinen immer als Schönheit beschrieben wurde, und auch ohne die zweireihige Kette aus weintraubengroßen Perlen wäre ihm der edle Hals der großen, schlanken Frau aufgefallen. Er hatte ihn schon einmal auf einer Avedon-Fotografie bewundert. Es paßte zu ihr, die Frau eines der mächtigsten Männer des Landes zu sein.

»Ich habe das Gemälde auf der Van-Gogh-Ausstellung im Metropolitan-Museum gesehen«, erzählte Philip.

»Aha.«

Sie sieht aus, als habe sie geweint, dachte er. Ihre Augen glänzten feucht, und ihr Make-up wirkte leicht fleckig. Sie stand auf und ging zu einem Tisch, über dem ein Chippendale-Spiegel hing. Aus einem Kästchen, das dort stand, nahm sie eine Puderdose und einen Lippenstift und brachte mit geübten

Bewegungen ihr Gesicht in Ordnung. Sie schien es zu genießen, ihren sechzig Gästen für eine Weile entkommen zu sein, und machte nicht den Eindruck, als wolle sie ihn loswerden, um zu der Gesellschaft zurückzukehren.

»Ich habe mich damals gefragt, wem das Bild wohl gehört«, sagte Philip. »Auf dem Schild daneben stand nur ›Leihgabe aus Privatbesitz‹.«

»Das war das erste und letzte Mal. Ich werde es nie mehr aus dem Haus geben. Es war ein Alptraum. Sie hatten den ganzen Berg abgesperrt, als sie es abholten, um es nach New York zu fliegen.«

»Warum denn das?«

»Aus Sicherheitsgründen. Sogar Polizeihubschrauber kreisten über dem Gelände – aus lauter Angst, das Gemälde könnte gestohlen werden. Es hat einen ungeheuren Wert – und der arme van Gogh hat es zu Lebzeiten nie verkaufen können. Das muß man sich mal vorstellen!«

Sie sprach sehr schnell und fast ohne Pausen, mit leiser Stimme und jenem Akzent, den niemand nachahmen kann, der keine englischen Kindermädchen und französischen Erzieherinnen gehabt und eine Schule wie Foxcroft besucht hat. Philip verstand, warum vornehme Leute von ihr fasziniert waren und sie zitierten, ja kopierten.

»Außerdem vermißte ich es die ganze Zeit, während es weg war«, fuhr sie fort. »Ich finde das Bild so tröstlich und beruhigend, und der ganze Raum hatte keine Atmosphäre mehr. Ich versuchte andere Bilder hinzuhängen, aber keines paßte. Dieser Grünton des Hintergrundes, ich finde ihn einfach hinreißend.«

Philip wandte sich wieder dem Bild zu. »Ja, das ist er«, gab er ihr recht.

»Stimmt es, daß Reza Bulbenkian gedroht hat, Ihnen die Beine brechen zu lassen?« fragte Pauline.

Philip starrte sie verblüfft an. Dann nickte er.

»Glauben Sie, daß er es ernst gemeint hat?«

»Ich weiß nicht recht. Kennen Sie Reza Bulbenkian?« fragte Philip.

»Jules sitzt bei ihm im Aufsichtsrat und er bei Jules, und ich esse manchmal mit Yvonne zu Mittag, wenn ich in New York bin.«

»Yvonne Bulbenkian ist vom Ehrgeiz zerfressen.«
»Ja, nicht wahr?« Pauline lächelte. »Hector sagt . . . Haben Sie meinen Freund Hector Paradiso schon kennengelernt? Ein *enfant terrible*, aber sehr amüsant. Hector sagt, Yvonne habe Schwielen an den Händen von der Anstrengung, die gesellschaftliche Leiter zu erklimmen.« Jetzt lachte sie. »Sie taufte ihre Zwillinge Oakley und Ogden, halten Sie das für möglich? Und sie spricht mit den armen kleinen Geschöpfen nur französisch! New York hat sich so verändert – es gefällt mir gar nicht mehr dort. Es hat keine Ähnlichkeit mehr mit der Stadt, in der ich früher lebte.« Sie ging zu einer großen Orchideenpflanze und zupfte eine vertrocknete Blüte ab. »Wie lange werden Sie in Kalifornien bleiben?«
»Ein paar Monate, wenn alles gutgeht. Ich bin hier, um ein Drehbuch zu schreiben.«
»Das habe ich gehört. Für Casper Stieglitz.«
»Sie wissen wirklich alles.«
»Ich kenne Casper Stieglitz. Ansonsten haben wir kaum Kontakt zu Filmleuten.«
»Außer zu Faye Converse.«
»Mit Faye ist das anders. Faye ist nicht so auf Hollywood fixiert, sie spricht auch über andere Dinge als über den neuesten Studioklatsch, der sowieso todlangweilig ist, finden Sie nicht? Jules kann Schauspielergeschwätz nicht ertragen.«
»Es war sehr nett von Ihnen, mich heute abend einzuladen, Mrs. Mendelson«, sagte Philip.
»Nun, wenn man daran denkt, daß Reza Bulbenkian Sie bedroht hat, sind Sie eine echte Bereicherung für die Party – und nennen sie mich Pauline! Ich werde Philip zu Ihnen sagen. Für einen Mann, der so viel Wirbel verursacht hat, scheinen Sie mir reichlich jung. Wie alt sind Sie?«
»Um Mitternacht werde ich dreißig.«
»Himmel, das müssen wir feiern!«
»O nein, bitte nicht! Das wäre mir sehr unangenehm. Ich bin sicher, Sie erinnern sich nicht, aber wir haben uns schon einmal getroffen.«
»Doch, ich erinnere mich sehr wohl: Es war bei der Aufführung dieses albernen Stückes. Sie waren mit Mary Finch da. Ihre Stiefmutter war bei meiner ersten Hochzeit eine meiner Brautjungfern.«

»Wie geht es Rocky, dessen Piloten damals bei dem Absturz umgekommen sind?«
»Was für ein Gedächtnis Sie haben! Rocky hat sich wieder ganz erholt. Er heiratet demnächst – und ein Flugzeug hat er auch wieder.«
»Er ist offenbar nicht unterzukriegen«, meinte Philip.
»Wie finden Sie Camilla?«
»Sehr nett.«
»Sie ist seit kurzem Witwe.«
»Sie hat mir erzählt, daß ihr Mann in Barcelona tot umgefallen ist.«
»Ja, so war es. Sie wissen, wer sie ist?«
»Nein.«
»Sam Worthingtons Tochter.«
Der Name sagte Philip überhaupt nichts. »Ist das gut?« fragte er.
»Erdgas«, erklärte Pauline lakonisch.
»Ich nehme an, dann *ist* es gut.« Sie lachten beide. Die Tür ging auf, und Jules Mendelson erschien. Sein massiger Körper füllte den Rahmen völlig aus. »Pauline, die Leute vermissen dich schon«, sagte er.
Pauline drehte sich zu ihm um. »Ja, ich komme schon, Jules.«
»Wenn du nicht da bist, komme ich mir auf diesen Parties immer völlig verloren vor«, beschwerte sich ihr Mann, als sei Philip gar nicht da.
»Ach, Jules, sei bitte nicht albern!«
»Sie kommen schließlich, um dich zu sehen, und wenn du weg bist, sinkt die Stimmung sofort rapide.«
»Ist mein Ehemann nicht entzückend?« wandte Pauline sich an Philip.
»Was machst du eigentlich hier?« wollte Jules wissen.
Es folgte eine kleine Pause, dann erklärte sie: »Kippie hat angerufen.«
Jules sah seine Frau verblüfft an. »Aus Frankreich?«
»Nein, er ist zurück.«
»In Los Angeles?«
»Ja.«
»Kommt er her?«
»Nein.«

»Von wo hat er denn angerufen?«
»Ich weiß es nicht. Er wollte es nicht sagen.«
»Ist alles in Ordnung?«
»Nein.« Einen Augenblick sahen sie einander schweigend an. Jules senkte jetzt Philips wegen zwar seine Stimme, sprach jedoch immer noch so laut, daß der Gast alles verstehen konnte. »Was wollte er?«
»Geld, was sonst?« antwortete Pauline.
»Er bekommt von mir keinen Cent.«
»Das weiß ich, Jules. Und ich habe es ihm auch gesagt.«
»Wir sprechen nach der Party weiter«, erklärte er mit einem Blick auf Philip.
»Ja.« Pauline nickte. Philip war verblüfft über die Traurigkeit in ihrer Stimme.
»Dein Freund Hector hat seine Platzkarte ausgetauscht«, erzählte Jules, um seine Frau von ihrem Kummer abzulenken.
»Es war mein Fehler: Ich wußte nicht, daß Hector und Rose zur Zeit nicht miteinander sprechen«, erklärte Pauline. Philip bemerkte, daß sie versuchte, ihre Niedergeschlagenheit abzuschütteln und wieder in die Rolle der perfekten Gastgeberin zu schlüpfen. »Aber du kennst Hector ja, Jules: Schon morgen vertragen die beiden sich wieder, und Hector wird den Streit in eine lustige Anekdote umwandeln.«
»Meine Begeisterung für Hector ist nicht so groß wie die deine, fürchte ich«, sagte Jules.
»Laß gut sein, Darling! Hast du Philip Quennell schon kennengelernt?«
»Guten Abend, Mr. Quennell.« Jules reichte Philip die Hand. Anscheinend erinnerte er sich nicht daran, daß er ihm vor anderthalb Stunden in der Halle begegnet war.
»Hat dir der Rotwein geschmeckt?« fragte Jules seine Frau.
»Wunderbar.«
»Er stammt von der Bresciani-Auktion: ein Château Margaux.«
»Oh, ich weiß. Alle haben ihn bei Tisch gelobt.«
»Hast du die Farbe bemerkt? Und den Körper? Jean-Pierre sagt, der Wein habe alle Eigenschaften eines Spitzenjahrgangs.«
»Er war wirklich hervorragend – alle fanden das.« Pauline lächelte.

»Wie hat er denn Ihnen geschmeckt?« wandte Jules sich an Philip.
»Da bin ich nicht zuständig. Ich trinke keinen Alkohol.«
»Überhaupt keinen?«
»Nein.«
»Aber diesen Wein müssen Sie einfach probieren! Er ist außergewöhnlich. Ein bedeutender fünfundachtziger Bordeaux.«
»Nein, danke«, beharrte Philip.
Ein Ausdruck unverkennbarer Verachtung erschien auf Jules' Gesicht. Er konnte nicht verstehen, daß ein Mensch die Gelegenheit ungenutzt ließ, einen der großen französischen Weine zu kosten – und noch dazu gratis! »Haben Sie da ein Problem?« fragte er in seiner typisch direkten Art.
»Es ist viel weniger dramatisch«, entgegnete Philip. »Ich mache mir einfach nichts daraus.«
Pauline kam ihm zu Hilfe. »Wie Sie sehen, ist mein Mann ein Weinenthusiast. Philip ist hier, um ein Drehbuch für Casper Stieglitz zu schreiben, Jules.«
Ihr Mann nickte gleichgültig.
Pauline ließ sich nicht beirren. »Philip Quennell ist der Mann, dem Reza Bulbenkian angedroht hat, ihm die Beine brechen zu lassen.«
Damit war Jules' Interesse geweckt. Er wandte sich Philip zu, und plötzlich erhellte ein breites Grinsen seine Züge: »Dann haben also *Sie* ›Takeover‹ geschrieben. Ich dachte mir doch gleich, daß ich Ihren Namen von irgendwoher kenne. Wer hat Ihnen denn die ganzen Informationen gegeben?«
Philips Antwort erschöpfte sich in einem Lächeln.
»Sie hatten verdammt recht, das muß man Ihnen lassen. Und deshalb stehen Sie jetzt ganz oben auf Rezas schwarzer Liste«, fuhr Jules fort.
»O ja, das weiß ich.«
»Aber seine Drohungen brauchen Sie nicht zu schrecken: Reza würde keiner Fliege etwas zuleide tun oder etwas tun lassen.«
Philip war davon zwar alles andere als überzeugt, aber er antwortete: »Da bin ich sicher.«
»Es ist nicht besonders riskant, jemanden umbringen zu las-

sen, aber es ist sehr riskant, jemandem Arme oder Beine brechen zu lassen, denn das Opfer kann den Täter identifizieren«, klärte Jules ihn auf.
»Du kennst dich ja erstaunlich gut aus, Jules«, meinte Pauline.
»Wissen Sie, Reza ist der einzige, der nicht ins Gefängnis kam«, sagte Jules.
Philip nickte: »Weil er gegen seine früheren Partner aussagte.«
Jules musterte Philip aufmerksam. »Ich kann es gar nicht erwarten, Reza zu erzählen, daß Sie zum Dinner hier waren.« Er lachte glucksend.
»Wird er wütend darüber sein?«
»Falls ja, wird er es sich nicht anmerken lassen.«
Ein kurzes Schweigen folgte, dann bat Pauline Philip: »Wenn Sie Ihr Hotel wechseln oder hier eine Wohnung nehmen sollten, sagen Sie doch Miss Maple Bescheid!«
»Miss Maple?«
»Sie ist die Sekretärin meines Mannes. Sie haben sie kennengelernt, als Sie Ihnen das Gästebuch vorlegte. Ich möchte wissen, wo ich Sie erreichen kann.« Philip begriff, daß er die Prüfung bestanden hatte: Er würde wieder eingeladen werden.
»Pauline«, mahnte Jules seine Frau mit einer Kopfbewegung in Richtung der Musik.
Sie hängte sich bei ihm ein. »Sag dem Orchester, sie sollen nicht so laut spielen – das tötet jedes Gespräch. Weißt du noch, was auf Roses Party passierte? Die Musik war so laut, daß alle Gäste schon vor elf Uhr flohen – und da hatte man noch nicht einmal die Geburtstagstorte hereingerollt.«
»Das war aber, weil Rose so betrunken war, daß sie vergaß, es anzuordnen.« Jules grinste.
»O Darling – sei doch nicht so gemein!« Pauline lachte leise.
»Die arme Rose. Sie würde tot umfallen, wenn sie das gehört hätte.«
»Du darfst sie auch heute abend nicht selbst nach Hause fahren lassen«, sagte Jules. »Sie ist nicht in der Verfassung dazu.«
»Ich habe Blondell schon angewiesen, das Gästezimmer herzurichten«, antwortete seine Frau.

Jules tätschelte beifällig ihre Hand.
»Irgend jemand hat dich geküßt«, bemerkte Pauline. Sie zog das Einstecktuch aus seiner Brusttasche, befeuchtete es mit der Zunge und wischte ihm den Lippenstift von der Wange.
»Das war Rose.« Er schnitt eine Grimasse.
Pauline lachte und steckte das Tuch wieder an seinen Platz. Jules lächelte sie an, und gemeinsam kehrten sie zu ihrer Party zurück. Philip sah ihnen nach. Offensichtlich verband die beiden eine tiefe Zuneigung – auch nach den langen Ehejahren. Das war auch sein Ideal.

Als Philip zu seinem Tisch zurückkam, war Camilla Ebury nicht da. Er blickte suchend zur Tanzfläche hinüber und sah, daß sie von einem dunkelhäutigen, hochgewachsenen Mann herumgewirbelt wurde. Philip fand, daß er aussah wie ein Eintänzer – und so gut tanzte er auch. Er bewegte sich für Philips Geschmack zu elegant und zu geschmeidig, und seine Schulter beschrieb jedesmal eine vollendete Drehung, wenn er Camilla zwischen den anderen Paaren hindurchmanövrierte. Camilla lachte vergnügt, und Philip verspürte zu seiner Überraschung einen Anflug von Eifersucht. Dabei kannte er Camilla Ebury kaum.
Neben ihm wedelte Rose Cliveden, ein Glas in der Hand, mit den Armen, als dirigiere sie das Orchester. Der Wein schwappte über und hinterließ dunkle Flecken auf ihrem blauen Seidenkleid. Philip musterte Rose: Sie war wohl in den Fünfzigern, wirkte jedoch durch offensichtlich übermäßiges Trinken älter. Mit zwanzig, dreißig und auch noch mit vierzig mußte sie sehr hübsch gewesen sein.
Als habe sie seine Gedanken gelesen, sagte Rose plötzlich: »In der trüben Beleuchtung eines Zugabteils sehe ich immer noch ganz passabel aus.«
Philip lachte verlegen.
»Weg, weg, du verdammter Fleck!« schimpfte Rose, tauchte die Serviette in ihr Wasserglas und rieb dann hektisch über den verfärbten Stoff.
»Schade um den kostbaren Wein«, sagte Philip. »Er stammt aus der Bresciani-Auktion. Ein Château Margaux. Ein bedeutender fünfundachtziger. Hat alle Eigenschaften eines guten Jahrgangs.«

»Ach was, alles Quatsch!« Eine Zigarette hing in Roses Mundwinkel. Sie nahm sie heraus, verwechselte die silberne Zuckerdose mit dem Aschenbecher und drückte den Stummel in die braunen Kristalle.

»Rose, schau, was du gemacht hast!« Eine Frau, die gegenüber saß, kicherte. Die Gesellschaft war an Rose gewöhnt, und die Leute amüsierten sich stets königlich über das, was sie tat, wenn sie zuviel getrunken hatte.

Rose nahm es gar nicht wahr. »Dieses Kleid hat mich ein Vermögen gekostet. Ich habe es heute zum erstenmal an – extra für Paulines Party gekauft!« Sie löste eine Diamantbrosche von ihrer linken Brust und steckte sie dann windschief wieder fest. Sie trug Schmuck mit großen Steinen, die nie nach der neuesten Mode gefaßt waren. »Warum sollte ich das tun?« sagte sie erstaunt, wenn man ihr den Vorschlag machte, und erklärte dann, das betreffende Stück habe früher einmal Granny oder Mummy gehört, oder sei ihr von Tante Minnie MacComber oder Tante Mildred Waymouth hinterlassen worden – und damit war das Thema erledigt.

»Wer ist Kippie?« fragte Philip unvermittelt.

»Das Problemkind des Hauses. War früher kleptomanisch – alle Geschäfte in Westwood und Beverly Hills befanden sich in Alarmzustand.«

»Ich wußte nicht, daß die Mendelsons einen Sohn haben.«

»Er ist auch nicht ihr gemeinsamer. Pauline hat ihn mit in die Ehe gebracht. Stammt aus ihrer Verbindung mit diesem Idioten Johnny Petworth. Der Junge sieht fabelhaft aus.«

»Ich habe noch nie von John Petworth gehört.«

»Alle nennen ihn Johnny. Kippie ist irgendwo nach Frankreich abgeschoben worden. Ich glaube, er ist drogensüchtig. Er schwängerte Madge Whites Tochter, als beide erst vierzehn waren. Mann, war das ein Wirbel!«

»Er ist hier«, sagte Philip.

»Auf der Party?«

»Nein, in Los Angeles.«

»Kippie ist hier?« Ihre Stimme klang erstaunt.

In diesem Augenblick kam Pauline in Begleitung von Faye Converse und der ehemaligen First Lady vorbei.

»Pauline!« rief Rose.

»Oh, bitte nicht!« Philip wollte nicht, daß Pauline glaubte, er habe über sie gesprochen.
»Ich will sie nach Kippie fragen.« Rose stand auf, um Pauline zu folgen.
»Möchten Sie vielleicht tanzen, Mrs. Cliveden?« Philip erhob sich, als wolle er mit ihr zur Tanzfläche gehen.
»Ich kann nicht tanzen, obwohl ich die beste Tänzerin wäre, die Sie je erlebt haben«, antwortete Rose.
»Und warum können Sie dann nicht tanzen?«
»Weil ich eine gebrochene Zehe habe. Warum bleiben wir nicht einfach hier und unterhalten uns miteinander? Camilla hat Sie ja schon den ganzen Abend mit Beschlag belegt. Dieser Mistkerl Hector hat mich reingelegt. Er hat die Platzkarten ausgetauscht. Wußten Sie das?«
»Ja, Sie haben es mir schon erzählt.« Philip nickte.
»Er ist wütend, weil das Orchester bei der Geburtstagsparty, die ich letzte Woche für ihn gab, so laut gespielt hat, daß alle nach Hause gingen, bevor die Geburtstagstorte hereingebracht wurde, und niemand für ihn ›Happy Birthday‹ sang. Er liebt es, im Mittelpunkt zu stehen. Und wegen dieses Desasters spricht er nicht mehr mit mir«, erklärte Rose.
»Ich halte das nicht gerade für ein ernstes Problem«, meinte Philip.
Rose musterte ihn überrascht. »Geben Sie mir mal die Weinflasche, bitte«, sagte sie dann. »Wenn man darauf wartet, bis das Personal einem nachschenkt, sitzt man mindestens eine Stunde auf dem trockenen. Nun, wenn Ihnen meine Probleme unwichtig erscheinen, welche Gesprächsthemen ziehen denn Sie vor?« Sie sah, daß Pauline zurückkam. »O Pauline!« rief sie wieder.
»Erzählen Sie mir doch, wie Jack Kennedy im Bett war«, forderte Philip sie auf, um sie daran zu hindern, mit Pauline über Kippie zu sprechen.
»Oh, phantastisch, einfach phantastisch!« schwärmte sie. »Er war ein so gut aussehender Bursche, so aufmerksam und so leidenschaftlich – bis er kam jedenfalls. Aber danach! Gerade wenn einem besonders nach Zärtlichkeit zumute ist, wenn die Lust vorüber ist, meine ich, da durfte ich ihn nicht mehr anfassen. Ich legte ihm die Hand auf den Rücken, als er seine

Schuhe anzog, und er zuckte zusammen und rückte weg. Das sind diese katholischen Schuldgefühle. Diese Iren haben sie alle.« Plötzlich nahm sie Philips Platzkarte vom Tisch. »Wer sind Sie? Warum stellen Sie mir all diese Fragen?«

»Da bist du wieder, wohlbehalten an deinem Tisch«, sagte in diesem Augenblick der dunkelhäutige Mann und zog den Stuhl für Camilla Ebury zurück. »Ich habe mir nie viel aus roten Blumen gemacht, aber wie perfekt Pauline sie mit rosa Blüten kombiniert hat, ist einfach hinreißend.«

»Du bist ein Scheißkerl«, sagte Rose mit Nachdruck.

Hector überging diese Beschimpfung.

»Hector, dies ist Philip Quennell, von dem ich dir gerade erzählt habe. Philip – Hector Paradiso«, stellte Camilla vor.

»Sehr erfreut.« Hector nickte. »Oh, da kommt ja Pauline! Ich habe ihr diesen Tanz versprochen«, sagte er. Und weg war er.

»Ich dachte, Sie wollten mit mir tanzen.« Camilla ergriff Philips Arm. »Es macht dir doch nichts aus, Rose, wenn ich dir Mr. Quennell kurz entführe? Kommen Sie, Philip, gehen wir!« Sie zog ihn regelrecht von seinem Stuhl hoch und führte ihn zur Tanzfläche. »Rose wird bald zusammenklappen«, erklärte sie. »Es ist gut, sich rechtzeitig aus dem Staub zu machen, sonst müssen wir noch helfen.«

»Wenn ich richtig verstanden habe, dann ist dieser Latino, der Sie so gekonnt auf der Tanzfläche herumgewirbelt hat, der Mann, der die Platzkarten vertauscht hat«, sagte Philip, als er hinter Camilla die Tanzfläche betrat.

»Ja, das ist Hector. Er ist einer dieser Männer, die keinen Tanz auslassen.«

»Die Damen scheinen ja alle hingerissen von ihm zu sein«, meinte Philip.

»Ja, das stimmt wohl. Rose und er sprechen zwar im Augenblick nicht miteinander, aber im Grunde sind sie die besten Freunde.«

»Scheint so. Sie hat eine gebrochene Zehe.«

»Rose bricht sich unentwegt irgendwas. Sie fällt oft hin.«

»Und was macht nun Hectors umwerfende Anziehungskraft aus?« fragte Philip.

»Er ist vor allem Paulines Liebling. Sie betet ihn an. Er bringt sie zum Lachen und erzählt ihr sämtlichen Klatsch. Es heißt,

Hector sei in sie verliebt, aber ich sehe das nicht so. Sie sind nur sehr gute Freunde«, sagte Camilla.
»Wie komme ich nur auf den Gedanken, daß der arme Mann ein schweres Leben hat?« spöttelte Philip.
»Ich glaube, ich sollte Ihnen fairerweise sagen, daß er mein Onkel ist.«
»O Gott! Damit bin ich zum zweitenmal innerhalb der letzten fünfzehn Minuten ins Fettnäpfchen getreten. Soll ich Sie zum Tisch zurückbringen?«
»Nein. Aber ich hätte nichts dagegen, wenn Sie ein wenig näher kommen würden. So, das ist besser. Ich sollte mit Rose nach Hause fahren, aber ich würde mich nicht im Traum in ihr Auto setzen, wenn sie so betrunken ist wie heute abend.«
»Das steht gar nicht zur Debatte: Sie bleibt über Nacht hier. Blondell hat bereits den Auftrag, das Gästezimmer herzurichten.«
»Für einen Fremden wissen Sie erstaunlich gut Bescheid.«
»Stimmt.«
»Sie sind aber auch ein ziemlich guter Tänzer«, fand sie.
»Danke.«
»Ich habe Onkel Hector gebeten, mich nach Hause zu fahren, aber er hat mir erklärt, er wolle bis zum bitteren Ende bleiben und den Abend dann noch mit Pauline durchsprechen«, sagte Camilla.
»Nur unter uns: Ich glaube, Pauline und Jules wären nach der Party lieber allein«, meinte Philip. »Kippie ist wieder in der Stadt.«
»Kippie? Tatsächlich? Woher wissen Sie denn das?«
»Ich weiß es eben.«
Camilla starrte ihn erstaunt an, ließ sich jedoch von ihrer Überraschung nicht aus dem Takt bringen. »Vielleicht hat Hector auch noch eine Verabredung und will mir nichts davon sagen. Es wäre nicht das erste Mal. Weiß der Himmel, wo Hector nach diesen Parties immer landet.«
»Erzählen Sie mir von Kippie!«
»Sieht gut aus, hat zu lange Haare – jedenfalls früher –, ist immer in Schwierigkeiten. Er schwängerte Madge Whites Tochter, als sie beide vierzehn waren. War das ein Wirbel damals! Nimmt Drogen – oder tat es jedenfalls. War in einer

Rehabilitationsklinik irgendwo in Frankreich«, erklärte Camilla.
»Sehr präzise«, lobte Philip sie.
»Was?«
»Ihre Antwort.«
»Danke.«
»Wie alt ist er?«
»Ich glaube, er war drei oder vier, als Pauline Jules heiratete.«
»Dann ist er also jetzt fünfundzwanzig oder sechsundzwanzig«, errechnete Philip.
»Warum interessieren Sie sich so für Kippie?«
»Wissen Sie was? Ich weiß es nicht«, antwortete er, und sie lachten beide.
Hinter ihnen verhalfen Jules und einige Freunde Rose, die lauthals den Text von »Camelot« sang, zu einem möglichst würdevollen Abgang. Blondell, Paulines Mädchen, stand wartend an der Tür. Plötzlich fiel Philip wieder ein, daß er Geburtstag hatte. »Wie spät ist es?« fragte er.
»Mitternacht«, antwortete Camilla. »Erzählen Sie mir nur nicht, daß Sie wegen Ihres Fluges unter der Zeitverschiebung leiden und es für Sie eigentlich drei Uhr früh ist und Sie sofort nach Hause müssen! Ich hasse diese Geschichten.«
Philip lachte. »Ich wollte etwas völlig anderes sagen.«
»Nämlich?«
»Wie wär's mit einem Soda bei Ihnen?«
»Oh, wie verrucht!«
»Nun?«
Sie löste ihre Wange von seiner, lehnte sich zurück und sah ihn an. »Tja – ich brauche schließlich jemanden, der mich nach Hause fährt.«
»Ich hatte gehofft, daß Sie das sagen würden«, sagte Philip.

Aus Flos Tonbandaufzeichnungen

Ich war vollkommen zufrieden damit, nur seine Geliebte zu sein. Der Mann hatte schließlich eine Ehefrau. Ich verstand das. Ich hätte auch nie das Leben ausgehalten, das seine Frau führte – all diese Parties und dieser ewige Gesellschaftsstreß. Er brauchte natürlich eine solche Frau. Aber dafür konnte ich wieder was, das seine Frau nicht konnte. Ich meine, der Bursche hatte einen Johnny wie ein Muli. Damit können nicht viele Mädchen umgehen. Ich konnte es. Wir sind alle für irgendwas gut, wissen Sie, und ich war eben dafür gut.

2. Kapitel

Jules Mendelson stand jeden Morgen um fünf Uhr auf, um sich von einem Friseur namens Willi, der um halb sechs ins Haus kam, rasieren zu lassen. Willi tat das nun schon seit fünfundzwanzig Jahren, und es hatte ihm einen kleinen, aber sehr erfolgreichen Friseursalon am Sunset Boulevard eingebracht, weil Jules ihm den Kaufpreis vorstreckte. Willi redete grundsätzlich nur, wenn er direkt angesprochen wurde, denn Jules nutzte die Zeit der Rasur gern, um über die Geschäftsvorgänge nachzudenken, die an dem betreffenden Tag vor ihm lagen. Wenn allerdings ein Haarschnitt fällig war, dann unterhielten sich die zwei Männer über die Baseball- und Footballergebnisse, denn beide waren begeisterte Sportanhänger.

Jules fuhr gewöhnlich um sechs in sein Büro, um, sobald die Börse öffnete, Anrufe seiner New Yorker Teilhaber entgegenzunehmen und mit seinen Partnern in London zu telefonieren. Wenn auf Clouds eine von Paulines Parties stattfand, bedeutete er seiner Frau stets um elf Uhr abends verstohlen, daß er sich zurückziehen würde. Er verabschiedete sich nicht von den Gästen, um keine Unruhe in die Gesellschaft zu bringen, und überließ es Pauline, die Party zu Ende zu führen.

Der letzte Gast war immer Hector Paradiso. Hector liebte es, wenn alle fort waren, mit Pauline durch die Räume zu wandern, Kerzen auszublasen und sich zu vergewissern, daß das Personal alle Aschenbecher geleert hatte. Anschließend setzten sich die beiden zu einem letzten Glas Champagner in die

Bibliothek unter van Goghs »Weiße Rosen« und ließen den Abend in allen Einzelheiten Revue passieren. Es war ein Ritual, das sie beide genossen und als perfekten Abschluß jeder Party betrachteten. Und so war Hector sehr überrascht, als Pauline ihm diesmal, nachdem sie sich um die Kerzen und die Aschenbecher gekümmert hatten, mitteilte, sie habe starke Kopfschmerzen, »einfach tödlich, Lieber«, und wolle sich zurückziehen. Sie erzählte ihm nicht, daß Kippie wieder in der Stadt war.

Hector Paradiso liebte Pauline Mendelson, ohne jemals den großen Liebhaber spielen zu müssen. Sie hatten über ihr Verhältnis nie gesprochen. Es herrschte ein stillschweigendes Einverständnis zwischen ihnen. Hector war nie glücklicher als an den immer häufiger werdenden Abenden, wenn Jules arbeitete oder verreist war und er Pauline zu einer Wohltätigkeitsveranstaltung, in ein Museum, zu einem Ballett oder in die Oper begleiten durfte. Die Fotografen rissen sich jedesmal um Pauline Mendelson, die für Klatschspalten und Modezeitschriften gleichermaßen ein begehrtes Objekt war, und Hector stand dann lächelnd neben ihr, winkte sogar manchmal jovial, als gelte die Aufmerksamkeit der Medien ebenso ihm und der Rolle seiner Familie in der Geschichte der Stadt.

Als er nach der Party den Berg hinunterfuhr, dachte Hector über Pauline nach. Sie war einfach vollkommen. Hector war ein Klatschmaul, das wußten alle, vor allem Pauline, aber sie stellte die große Ausnahme dar: Über sie klatschte er nie. Das Maß seiner Ergebenheit Pauline gegenüber erkannte man schon daran, daß er niemals jemandem erzählte, was er über Jules Mendelson und Flo March wußte.

Hector hatte sein Leben in verschiedene Sparten getrennt: Menschen, die ihm in einer Sparte nahestanden, wußten nichts von den anderen – und so hatte er es immer gehalten. Er war hochgewachsen, stets elegant, kahl und durchtrainiert, und er sah ein gutes Stück jünger aus als achtundvierzig – einer der wenigen Männer, die mit Glatze besser aussehen. Er sagte immer, das Tanzen erhalte ihm letztlich die Figur eines Fünfundzwanzigjährigen – oder doch wenigstens beinahe, weil die Tennismatches, die er jedes Wochenende auf Rose Clivedens Platz absolviere, natürlich auch dazu beitrügen. Er

wurde häufig als ein Nachkomme einer der spanischen Gründerfamilien wie den Sepulvedas und Fugueroas beschrieben, nach denen größere Boulevards benannt waren, womit der Tatsache Rechnung getragen wurde, daß sie sich um die Parzellierung und Entwicklung des Landes und der Stadt verdient gemacht hatten. Und er genoß es immer wieder, wenn ein Fremder zum erstenmal seinen Nachnamen hörte und fragte: »Wie der Paradiso Boulevard auf dem Weg zum Flughafen?«
Das Vermögen, das seine Familie einmal besessen hatte, gehörte längst der Vergangenheit an, aber für einen Mann, der nicht arbeitete, lebte er recht angenehm: Seine Schwester Thelma Worthington, Camillas Mutter, hatte nach ihrem aus Liebeskummer begangenen Selbstmord einen Treuhandfonds hinterlassen. Sein kleines, aber perfektes Haus am Humming Bird Way zwischen Oriole und Trush in den Hügeln von Hollywood war für ein berühmtes Einrichtungsmagazin fotografiert worden und im Lauf der Jahre Schauplatz vieler Cocktailparties gewesen. Er sagte oft, dieses Haus sei eines der wenigen, in denen sich die verschiedensten Kreise der Stadt träfen. Das taten sie auch wirklich – aber nicht gleichzeitig.
Jeder, der etwas über die Gesellschaft von Los Angeles wissen wollte, fragte Hector. Er war immer auf dem laufenden, denn er kannte fast jeden. Und auch über die, die er nicht kannte, wußte er Bescheid. »Wir kennen einander vielleicht nicht alle, aber wir wissen, wer jeder ist«, sagte er gern.
Er konnte die Verbindungen zwischen den alten Familien der Stadt über Generationen rekonstruieren. Wie im Fall der alten Bronwyn Doheny, Caroline Phillips' Mutter, die mit einundneunzig gestorben war und deren Totenmesse am folgenden Tag in der All Saints Episkopal Church in Beverly Hills stattfinden sollte. »Bronwyn war eine geborene Parkhurst«, erklärte er seinem Freund Cyril Rathbone, dem Klatschkolumnisten des »Mulholland«, der dort große Zusammenhänge in zwei Sätzen erklärte. »Sie war die zweite Tochter von Richter Parkhurst. Ihr Großvater baute dieses riesige Haus im französischen Stil am West Adams Boulevard, das jetzt das Center for the Church of the Heavenly Light beherbergt. Heute sind lauter Schwarze in der Gegend, weißt du. Als ich noch ein Kind war, ging ich oft zu Carolines Geburtstagspar-

ties, bevor sie nach Hancock Park zogen. Also, Bronwyns erster Mann, der nicht, ich wiederhole, *nicht* Carolines richtiger Vater war – aber das ist eine ganz andere Geschichte –, war Monroe Whittier, und nach Monroes Tod heiratete sie Justin Mulholland, der das Geld veruntreute. Erinnerst du dich an die Geschichte? Nun, Justin Mulholland, der im Gefängnis starb, war ein Cousin ersten Grades von Rose Cliveden.«

Wenn Hector Paradiso nicht tanzte, dann konnte er stundenlang solche Gespräche führen, und er tat es auch, wenn er einen Abend mit alten Bekannten verbrachte – oder zumindest den ersten Teil des Abends, den vor Mitternacht. Außerdem führte er schon seit vielen Jahren den Kotillon an und lehrte die Debütantinnen, beim Las-Madrinas-Ball, bei dem die Töchter der Elite von Los Angeles in die Gesellschaft eingeführt wurden, mit einem Knicks dekorativ zu Boden zu sinken.

Nach Mitternacht begann sein anderes Leben – so anders, daß seine Freunde aus dem Kreis um Pauline schockiert gewesen wären. Nicht einmal ein so welterfahrenes Paar wie die Mendelsons hätten das Ausmaß seiner nächtlichen Abenteuer vermutet, wenn er sich aufmachte, um käufliche Liebe zu suchen. Obwohl manche vielleicht den Verdacht hatten, daß es noch ein anderes Element in Hectors Leben gab – immerhin war er nie verheiratet gewesen –, war das ein Thema, über das niemals gesprochen wurde; nicht einmal von Rose Cliveden, die sich zwar oft mit Hector stritt, aber trotzdem die Absicht hatte, ihm die Nutznießung eines ihrer Treuhandfonds zu überlassen, falls sie vor ihm sterben sollte. Als er jung war, hatte es durchaus Frauen in seinem Leben gegeben wie Astrid Vartan, die verstorbene Eisprinzessin, mit der er sogar verlobt gewesen war. Über einen kurzen Zeitraum hatte er auch ein Verhältnis mit Rose Cliveden gehabt. Rose, die nie ein Blatt vor den Mund nahm, beschrieb seine Ausstattung, wie sie es nannte, als minimal – »eine Rosenknospe, Herzchen, nicht mehr« –, bescheinigte ihm jedoch eine sensationelle Zungenfertigkeit.

Nach Mitternacht besuchte Hector Etablissements, von denen seine Freunde aus der High-Society noch nie gehört hatten.

Eins davon, ein etwas gehobeneres, war »Miss Garbo's«. Es lag zwischen dem Santa Monica Boulevard und der Melrose Avenue in West Hollywood in der Astopovo Street. Hector, der selbst in einer Gegend, in der es ziemlich unwahrscheinlich war, daß er jemanden aus der vornehmen Sparte seines Lebens traf, immer darauf bedacht war, nicht gesehen zu werden, fuhr seinen Mercedes eigenhändig auf den hinteren Parkplatz: So mußte er beim Verlassen des Nachtclubs nicht vor der Tür warten, bis der Parkwächter seinen Wagen brachte. Er hatte beschlossen, mit Manning Einsdorf, dem Besitzer von »Miss Garbo's«, zu sprechen: Es wäre alles soviel einfacher, wenn der Club einen Hinterausgang hätte, denn dann könnte man das Lokal ungesehen betreten oder verlassen – sogar wenn man ein auffallendes Dinnerjacket trug wie Hector heute abend, denn er war direkt von Clouds hierhergekommen.

»Hallo, Hector!« rief eine laute Stimme von der vollbesetzten Bar her. Es war Joel Zircon, ein Hollywood-Agent und ebenfalls Stammgast.

»Hallo, Joel«, antwortete Hector kühl.

Joel deutete auf den Mann, der neben ihm stand. »Das ist Willard Parker, der Butler von Casper Stieglitz.«

»Hallo, Hector.« Willard streckte die Hand aus. Er kannte Hector Paradiso vom Hörensagen und war nun begierig darauf, ihn persönlich kennenzulernen, um den prominenten Mann später als Freund ausgeben zu können.

Hector nickte, übersah jedoch die dargebotene Hand. Er war nicht hergekommen, um sich zu unterhalten – und schon gar nicht mit dem Butler eines Filmproduzenten.

»Was für ein Programm gibt es denn heute?« fragte er.

»Nicht schlecht, gar nicht schlecht«, meinte Joel.

»Und wo ist Manning Einsdorf?«

»Er kommt in ein paar Minuten. Er wird im nächsten Showblock eine neue Sängerin präsentieren.«

»Ich wäre lieber weg, ehe sie anfängt«, sagte Hector. »Ich kenne Mannings Entdeckungen zur Genüge.«

»Sie sehen ja wieder piekfein aus.« Einsdorf grinste, als er an die Bar trat. Er war sechzig Jahre alt und trug seine grauen Haare mittels Unmengen von Haarspray hochtoupiert, um die

Kahlstelle auf seinem Kopf zu verdecken. Schwere Ringe schmückten seine Hände. »Sie geben diesem Laden doch immer wieder einen Touch von Klasse, Hector.«
Dieser genoß es, im Zentrum des Interesses seiner Bewunderer zu stehen. Er wußte, er war anders als diese Leute – wichtiger, ja, sogar besser. Er nickte huldvoll und sah sich dann in dem langgestreckten Raum um.
»Waren Sie heute abend wieder in gesellschaftlicher Mission unterwegs?« fragte Manning mit einem vielsagenden Blick auf die elegante Aufmachung seines illustren Gastes.
Hector nickte. Es war ein Spiel, das sie immer wieder spielten. Er zog ein goldenes Etui aus der Tasche, entnahm ihm eine Zigarette und zündete sie mit einem Streichholz aus dem mit MISS GARBO's bedruckten Streichholzbriefchen an, das Manning ihm reichte.
»Bei wem?« fragte Einsdorf. Als Außenstehender war er ungeheuer neugierig, was seine Kunden aus der High-Society erlebten, und Hector Paradiso, der seinen Ruf als Gesellschaftslöwe sehr genoß, konnte nicht widerstehen, ihn zu beeindrucken.
»Bei Pauline Mendelson«, antwortete er lässig. Er sprach leise, denn er wußte, welche Wirkung die Erwähnung dieses Namens überall hatte.
»O là là! Und wie war sie heute angezogen?«
Pauline Mendelson wäre sehr überrascht gewesen, wenn sie gewußt hätte, wie oft ihr Name in Verbindung mit Stil und Eleganz von den Gästen eines Lokals wie »Miss Garbo's«, bei Friseuren, Blumenhändlern, Rahmengeschäften und Lampenschirmherstellern in West Hollywood erwähnt wurde.
»Wie Madam X höchstpersönlich! Schwarzer Samt, vorne hochgeschlossen, hinten tief ausgeschnitten. Sehr klassisch«, erzählte Hector.
»Und welchen Schmuck trug sie? Lassen Sie mich raten! Die Smaragde?«
Hector schüttelte den Kopf. »Eine zweireihige Kette aus traubengroßen Perlen und ein einfaches Diamantarmband.«
»Klasse! Die Frau hat wirklich Klasse!« schwärmte Manning. »Nehmen Sie einen Drink auf das Haus, Hector.«
»Einen Scotch mit Soda, Zane«, orderte Hector bei dem Barmann.

»Kommt sofort, Hector. Wie geht's denn immer?«
»Ganz ordentlich. Du siehst recht gut aus für einen alten Mann, Zane.«
Zane lachte. Er war vierzig. »Wollen Sie wissen, wann ich es das erste Mal mit Hector getrieben habe, Manning? Neunzehnhundertachtundsechzig. Stimmt's, Hector? Wir haben uns im ›Numbers‹ am Sunset Strip getroffen.«
»Er war ein heißer Typ«, erinnerte Hector sich.
»Da wir gerade von heißen Typen sprechen – ich habe heute abend ein paar davon hier«, sagte Manning.
»Dann lassen Sie mal sehen! Ich muß ins Bett. Aber nichts aus der Dritten Welt.«
»Wie wär's zum Beispiel mit dem am Ende der Bar – dem Blonden in der Lederjacke?«
Hector blickte in die angegebene Richtung. Der junge Mann auf dem Barhocker bemerkte, daß er beobachtet wurde, und lächelte über den Rand seines Bierglases herüber. Zumindest im schummrigen Licht der Barbeleuchtung sah er sehr gut aus.
»Sie können sich die anderen sparen«, erklärte Hector. »Wie heißt der Junge?«
»Lonny.«
»Und weiter?«
»Woher soll ich das wissen? Er hat es mir nicht gesagt.«
»Sie sollten sich immer auch den Nachnamen sagen lassen.«
»Wozu? Die Burschen wollen doch nicht ins ›Who is who‹ von Los Angeles. Denen geht es um andere Dinge. Und wenn einem einer dieser Kerle den Nachnamen sagt, dann ist es in neun von zehn Fällen der falsche. Warum sollte ich mir also die Mühe machen, danach zu fragen?«
»Hat Lonny etwas Besonderes zu bieten?« Hector starrte den jungen Mann unverwandt an.
»Sie werden entzückt sein, Hector. Er hat das so fieberhaft gesuchte Restmanuskript von ›Candles at Lunch‹!« Manning strahlte. »Hat es Basil Plant eines Nachts geklaut, als der total betrunken war und nicht löhnen wollte. Er glaubte, Basil würde ihm am nächsten Tag ein Vermögen dafür zahlen, aber Basil war so weggetreten gewesen, daß er sich an den Vorfall gar nicht erinnerte – und kurze Zeit später starb er. Jetzt sitzt Lonny auf dreihundertachtundneunzig Seiten eines Romans,

dessen Lektüre seine Intelligenz bei weitem übersteigt, aber er gibt schrecklich damit an.«

»Das ist nicht unbedingt das, was ich mit ›etwas Besonderes‹ meinte«, sagte Hector. »Lassen Sie es mich so ausdrücken: Als ich heute hier hereinkam, hatte ich keine Nacht mit einer Dichterlesung im Sinn. Ich will es noch präziser formulieren: Ist er gut bestückt?«

»Persönliche Erfahrungen habe ich da nicht. Ich kenne nur die Videos.«

»Und?«

»Steif reicht er fünf Zentimeter über den Bauchnabel. Ist es das, was Sie wissen wollten?« fragte Manning.

»Ja, mein Lieber, genau das ist es. Sprechen wir gleich über das Honorar, damit es später keine Mißverständnisse gibt. Mit diesem kleinen Puertoricaner, den Sie mir letzte Woche vorgestellt haben, hatte ich einige Schwierigkeiten.«

»Das hörte ich.«

»Ich zahle fünfundsiebzig, keinen Cent mehr.«

»Inzwischen liegt der Preis bei hundert«, gab Manning zu bedenken.

»Fünfundsiebzig«, wiederholte Hector.

»Und der hübsche Junge, auf den Sie heute ein Auge geworfen haben, kostet sogar hundertfünfzig – ohne handeln«, eröffnete Manning ihm.

»Woher wissen Sie das?«

»Er hat es mir gesagt.«

»Das ist ja eine horrende Summe!« Hector war empört.

»Es kommt immer auf die Perspektive an.« Manning war ein gerissener Geschäftsmann und daran gewöhnt, mit dem geizigen Hector zu schachern. »Hundertfünfzig Dollar hätten zwar nicht gereicht, um einen Tafelaufsatz bei Paulines Party heute abend zu bezahlen, aber einen Tafelaufsatz kann man nicht ficken.«

Hector grinste. »Ich sag's ja immer, Manning – Sie haben Klasse.«

»Sind wir im Geschäft?«

Hector wandte sich an den Barmann: »Zane, gib Lonny da drüben noch ein Bier – mit einem schönen Gruß von Hector Paradiso.«

»Ich wette fünf Dollar, daß er fragen wird: ›Wie der Paradiso Boulevard auf dem Weg zum Flughafen?‹«, sagte Zane.
»Das soll er ja auch, Zane«, erwiderte Hector. »Alle fragen das. Es hat schon achtundsechzig bei dir funktioniert, und es funktioniert heute noch.«
Zane lachte und brachte Lonny ein Bier, der das Glas grüßend in Hectors Richtung hob und ihm zunickte. Hector ging zu ihm, und die beiden schüttelten einander die Hand.
Ein Trommelwirbel ertönte, und dann drang Mannings Stimme aus dem Lautsprecher. »Ladies und Gentlemen, ›Miss Garbo's‹ ist stolz, Ihnen Miss Marvene McQueen präsentieren zu können. Es ist ihr erster Auftritt als Sängerin in Los Angeles.« Der orangefarbene Vorhang teilte sich und gab den Blick auf ein blondes Mädchen frei, das in einem schwarzen Abendkleid mit Spaghettiträgern in der Einbuchtung eines Flügels lehnte. Sie trug die Haare im Stil der Filmstars der vierziger Jahre, bei dem eine Gesichtshälfte regelrecht verhängt war. Als sie, bemüht, Libby Holman zu kopieren, mit dem Song »Moanin' Low« begann, warf sie mit einer gewollt lasziven Bewegung den Kopf zurück. Das Interesse der Gäste, deren Aufmerksamkeit sie zunächst geweckt hatte, schwand sehr bald. Sie vertieften sich wieder in ihre Bargespräche.
»Ist das ein Transvestit?« fragte Hector, als Einsdorf zu ihm trat.
»Ich bitte Sie!« entrüstete sich Manning. »Sie ist eine Frau.«
»Sieht aber wie ein Transvestit aus.«
»Sie ist aber keiner.« Manning war jetzt wirklich verärgert. »Pssst!« zischte er ein paar Gästen zu, die sich lautstark unterhielten.
»Wieviel bezahlen Sie ihr?«
»Sie bezahlt *mich* – es ist ihr Debüt.«
»Sieht nicht gerade toll aus für eine Nachtclubsängerin.«
»Ich finde, sie hat ein sehr apartes Gesicht«, verteidigte Manning sie.
»Jedenfalls hat man bei ihr zu Hause offenbar noch nie etwas von Zahnspangen gehört.«
»Zahnspangen?«
»Sie hat Hasenzähne.«
»Nun, nicht direkt: Einer der beiden Schneidezähne steht etwas über dem anderen.«

»Wo ich herkomme, nennt man das Hasenzähne. Sie wollen mir doch nicht erzählen, daß sie sich mit Singen ihren Lebensunterhalt verdient, oder?«
»Warum?«
»Schauen Sie sich um! Niemand hört ihr zu. Wovon lebt sie?«
»Sie ist Literaturkritikerin beim ›Mulholland‹. Aber behalten Sie das für sich! Sie will nicht, das es jemand erfährt.«
»Ist es Hortense Madden?«
»Höchstpersönlich.«
»He – Manning«, der Barmann Zane unterbrach die Unterhaltung. »Die Sängerin ist abgehauen, weil Sie während ihrer Nummer gequatscht haben.«
»Scheißsängerin«, sagte Hector. Dann wandte er sich an Lonny: »Wir verschwinden hier...«

Lonny hatte einen Joint zwischen den Fingern und betrachtete die silbergerahmten Fotografien auf den Tischen in Hector Paradisos Wohnraum, eine Menge Bilder von vornehmen Leuten, aber auch viele von ehemaligen Stars wie Tyrone Power, Rosalind Russell, Dolores del Rio, Astrid Vartan. Hectors nächtliche Besucher waren stets fasziniert von dieser Galerie. Hector hatte seine schwarze Fliege abgenommen und sein Hemd geöffnet, nippte an einem unverdünnten Whisky und beobachtete von seinem Sessel aus den jungen Mann. In seinem Arm ruhte Astrid, ein Westhighlandterrier. Die Hundedame war daran gewöhnt, daß ihr Herrchen nachts Fremde mit nach Hause brachte. Erst jetzt fiel Hector auf, daß Lonny schwarze Jeans, ein schwarzes Lacoste-Hemd und schwarze Turnschuhe trug.
»Eine Studie in Schwarz«, sagte er.
»Was meinst du damit?« fragte der Junge.
»Es scheint, als seien heute abend alle interessanten Leute schwarz angezogen.«
Lonny nahm eine Fotografie vom Tisch. »Wer ist das?«
»Sie heißt Pauline Mendelson.«
»Eine Filmschauspielerin?«
»Grundgütiger! Nein! Nur eine Freundin.«
»Sieht sehr vornehm aus.«
»Ist sie auch.«

Der Junge musterte ein Foto, das eine junge Braut zeigte.
»Ich bin noch nie auf einer Hochzeit gewesen«, sagte er.
»Wirklich nicht?«
»Ich meine eine richtige Hochzeit, wo die Braut einen weißen Schleier trägt und Brautjungfern hat und am Arm ihres Vaters zum Altar schreitet. He, das bist ja *du* da auf dem Bild. Ist sie deine Tochter?«
»Nein, nein, meine Nichte. Die Tochter meiner Schwester. Ihr Vater lebte nicht mehr, also war ich der Brautführer.«
»Toll.« Lonny nahm einen tiefen Zug. »Das ist guter Stoff.«
»Ich habe noch viel mehr davon – und andere Genüsse kann ich dir auch bieten.«
»Wie lange ist die Hochzeit her?«
»Neun Jahre.«
»Ist die Ehe glücklich?«
»Sie besteht nicht mehr.«
»Geschieden, was?«
»Nein. Der Mann fiel auf der Straße in Barcelona tot um.«
»Im Ernst? Mann, das ist aber wirklich traurig.«
»Wie ist dein Nachname, Lonny.«
»Edge.«
»Lonny Edge. Klingt gut. Heißt du wirklich so, oder ist das dein Strichername?«
»Es ist mein richtiger Name. Und ich mag es nicht, wenn man mich einen Stricher nennt.« Lonnys Stimme hatte einen drohenden Unterton.
Hector fand es einmal mehr beruhigend, die Pistole unter dem Sofakissen zu wissen, die er für den Fall, daß es mit einem nächtlichen Besucher Ärger gab, dort versteckt hielt.
»Ich verdiene damit meinen Lebensunterhalt«, erklärte der junge Mann würdevoll. »Und ich sehe nichts Anrüchiges darin.«
»Natürlich, du hast ganz recht.« Hector lächelte nervös. »Ich wollte dich nicht beleidigen, Junge.«
»Außerdem bin ich eine große Nummer im Videogeschäft«, fuhr Lonny fort.
»Ja, ich glaube, ich habe sogar ein paar von deinen Filmen gesehen. ›Steif, steifer, am steifsten‹ – war das nicht einer?«
»Allerdings, Mann«, Lonny nickte geschmeichelt, weil Hector ihn kannte.

»Ein großartiger Film. Warum kommst du nicht her, Lonny«, meinte Hector, der des Vorspiels müde war. Er setzte Astrid auf den Boden, hob einen Fuß und deutete mit der Spitze seines lackledernen Tanzschuhs auf den Reißverschluß der schwarzen Jeans, während Lonny Edge mit den Händen in den Hüften auf seinen reichen Freier hinuntersah, zu allem bereit. Hector nahm einen Schluck Whisky und fuhr dann lächelnd mit der Schuhspitze an Lonnys Reißverschluß auf und ab.
»Laß mich sehen, ob du wirklich so gut bestückt bist, wie Manning Einsdorf behauptet«, sagte er.

Um fünf Uhr früh, eine Stunde vor Tagesanbruch, krachten im Wohnzimmer des Hauses Humming Bird Way 9221 fünf Schüsse. Hector Huberto Luis Paradiso y Gonsalvo, der letzte männliche Sproß der berühmten Paradiso-Familie, die schon an der Gründung der Stadt beteiligt war, drehte sich um und starrte ungläubig in den Spiegel über dem Kamin. Sein sonnengebräuntes Gesicht hatte eine ungesunde, gelbliche Färbung angenommen. Und dann traf sein Blick plötzlich den seines Mörders, als dieser sich noch einmal hastig umdrehte, bevor er zur Haustür rannte. Astrid bellte dem Flüchtenden wütend hinterher.
Hector tastete sich, eine Blutspur hinterlassend, an der Wand entlang in die Bibliothek hinüber, wo das Telefon stand. Auf seinem Schreibtisch lag ein Stoß blaues Briefpapier der Firma Smythsons aus der Bond Street in London, das mit seinem Namen bedruckt war, ein Geschenk von Pauline Mendelson. »So persönlich, so überlegt, so typisch für Pauline«, hatte Hector, der seine Freundschaft mit der vornehmen Lady immer wieder gern betonte, damals zu Cyril Rathbone gesagt. Als er sich über das Papier beugte, um den Namen der Person aufzuschreiben, die die tödlichen Schüsse auf ihn abgefeuert hatte, tropfte Blut auf sein unbeholfenes Gekritzel. Astrid drückte den Kopf winselnd an seine Beine.
Hector bediente die Sprechanlage, um seinen Hausboy zu erreichen, der im Gartenhaus wohnte.
»Si?« kam Raymundos verschlafene Stimme aus dem Lautsprecher.

»Polizei«, flüsterte Hector. »Hol die Polizei!«
»Sind Sie *okay*, Señor Hector?« fragte Raymundo.
»Hol die Polizei!« Hectors Stimme war kaum noch zu verstehen. Alarmiert sprang Raymundo aus dem Bett.
Aus der Sprechanlage drangen die letzten Worte von Hector Paradiso: »Und laß die ganzen... Pornosachen verschwinden... bevor meine Nichte herkommt.«

Aus Flos Tonbandaufzeichnungen

Sie müssen das begreifen: Ich habe keine Sekunde erwartet, daß Jules Mendelson sich scheiden lassen und mich heiraten würde, und er hat mir das auch nie versprochen, um mich bei der Stange zu halten. Falls er etwas an seiner Frau auszusetzen hatte, zu mir hat er nie etwas gesagt. Die Mendelsons führten eine ideale Ehe – außer daß er eben nicht nur seine Frau liebte, sondern auch mich. Aber er liebte uns auf verschiedene Art. Jules hat immer seinen eigenen Stil gehabt. Er glaubte, er könne uns beide haben, und von mir aus konnte er das auch. Aber es funktionierte nicht so, wie er es sich gedacht hatte.
Sehen Sie, ich habe das alles nicht gewollt. Sie haben sicher schon viele Bilder von Jules gesehen; er war weiß Gott kein schöner Mann. Und ich hatte mich auch nie vorher mit einem so alten Mann eingelassen. Aber Jules hatte Macht, und das fand ich ungeheuer sexy. Wenn Jules ein Restaurant oder einen Raum betrat, dann drehten sich die Leute nach ihm um. Meine Freundin Glyceria, die Faye Converses Garderobiere war, erzählte mir, daß die Frauen damals Henry Kissinger für attraktiv hielten. Mit Jules war es dasselbe.
Und außerdem war er gut zu mir. Er wollte, daß ich mich weiterbildete. Einmal sagte er: »Du mußt anfangen, eine Zeitung richtig zu lesen – nicht nur die Klatschspalten.« Und dann fing er an, mich über Sachen aus den Nachrichten auszufragen, zum Beispiel über Gorbatschow und Bush und das Haushalts-

defizit, und er konnte mir die Dinge so erklären, daß ich sie verstand. Falls Sie irgendwelche Fragen über die Entwicklung der europäischen Währung nach 1992 haben sollten, kann ich Ihnen sehr wahrscheinlich weiterhelfen, das war nämlich eines von Jules' Lieblingsthemen. Er wollte auch, daß ich mich hübsch anzog, und kaufte mir eleganten Schmuck wie diesen Saphirring hier mit den Diamanten und diese Diamantohrringe. Bevor ich Jules kennenlernte, hatte ich eine Zeitlang was mit diesem Geizkragen Casper Stieglitz. Das einzige, was ich von dem bekam, waren schwarze Satindessous von Frederick's of Hollywood! Es dauerte also nicht lange, bis ich mich wirklich in Jules verliebte.

3. Kapitel

In der Nacht nach der Party auf Clouds schliefen Philip Quennell und Camilla Ebury das erstemal miteinander und das zweitemal und das drittemal – und mit jedem Mal wurden sie miteinander vertrauter. Philip wachte später auf als Camilla und beobachtete vom Bett aus, wie sie mit kräftigen Strichen ihr Haar bürstete, während sie sich aufmerksam im Spiegel betrachtete. Ein Träger ihres Nachthemdes war von ihrer Schulter gerutscht, aber sie war so auf ihre Tätigkeit konzentriert, daß sie es gar nicht merkte.
»Als ich noch klein war, zwang mich mein Kindermädchen Temple – das war die Kurzform von Templeton –, meine Haare jeden Morgen hundertmal zu bürsten. Damals haßte ich es, aber irgendwie wurde es zur Gewohnheit, und heute kann ich keinen Tag mit gutem Gewissen beginnen, an dem ich es nicht getan habe. Und ich nutze diese Zeit zum Nachdenken«, sagte Camilla.
»Woher weißt du, daß ich wach bin?« fragte Philip.
»Ich habe dich im Spiegel gesehen.«
»Hübscher Rücken.«
»Wie bitte?«
»Dein Rücken ist hübsch.«
»Danke.«
»Sehr dekorativ, wie der Träger heruntergerutscht ist.«
»Du machst mich verlegen.«
Er lächelte. »Schläfst du immer mit deiner Perlenkette um den Hals?«

»Immer. Sie gehörte meinem Onkel.«
»Dem Platzkartentauscher?«
Sie lachte. »Ja. Onkel Hector. Allerdings sage ich nie Onkel zu ihm, einfach Hector Paradiso.«
»Wie der Paradiso Boulevard auf dem Weg zum Flughafen?«
»Ja. Hectors Urgroßvater – oder Ururgroßvater, da bin ich nie ganz durchgestiegen – hat damals die Stadt mitgegründet. Meine Mutter war Hectors ältere Schwester.«
»Laß mich mal zusammenfassen: Pauline hat mir erzählt, daß du väterlicherseits mit Erdgas verbandelt bist, und mütterlicherseits stammst du aus einer Gründerfamilie. Richtig?«
»Richtig.«
»Dann hast du ja umfassende Beziehungen.«
»Zumindest in Los Angeles.«
»Ich weiß, es geht mich nichts an, aber warum besaß dein Onkel Hector eine Perlenkette?«
»Sie gehörte seiner Mutter, meiner Großmutter, die ich nie kennengelernt habe. Als Hector bei der Armee war, trug er sie unter seiner Uniform. Er behauptete, die Perlen hätten ihm Glück gebracht. Nach dem Militärdienst schenkte er sie meiner Mutter, und als Mummy starb, bekam ich sie. Ich nehme die Kette nur zum Baden ab oder wenn ich schwimmen gehe – das Chlor ist furchtbar schädlich für sie – oder wenn ich Mummys Diamantkollier trage, was ich allerdings nur sehr selten tue, weil es mich nervt, den Schmuck an einem Tag aus dem Banksafe zu holen und wegen der Versicherung am nächsten Tag wieder hinzubringen.«
Philip lachte.
Sie sah ihn verwirrt an. »Habe ich etwas Komisches gesagt?«
»Die Geschichten reicher Leute finde ich immer komisch«, antwortete er.
Sie hatte die hundert Bürstenstriche hinter sich gebracht, ging zum Bett und zog Philip die Decke weg. »Zeit zum Aufstehen!« Sie schaute auf ihn hinunter und platzte heraus: »Oh, gütiger Himmel!«
Philip lächelte verschämt.
»Liegt das an mir oder einfach daran, daß Morgen ist?« fragte sie.
»Beides«, erwiderte Philip, streckte eine Hand aus, streifte

den zweiten Träger ihres Nachthemdes herunter, worauf es bis zur Taille hinabglitt. »Auch die Vorderansicht ist hübsch«, stellte er fest.
Sie verschränkte die Arme über den Brüsten, wandte sich jedoch nicht ab.
»Tu das nicht.« Philip zog ihre Arme herunter und betrachtete ihre Brüste. Langsam fuhr er mit der Fingerspitze um eine der Brustwarzen. »Vollkommen!« konstatierte er. Am Abend zuvor, bei den Mendelsons, hatte er sie anziehend gefunden, aber nicht schön. Doch jetzt revidierte er seine Meinung.
»Das ist wirklich nett«, meinte er.
»Was ist nett?«
»Deine Bescheidenheit.«
»Hör mal, Philip, ich möchte nicht, daß du denkst, daß ich gewohnheitsmäßig Männer von Parties abschleppe«, sagte Camilla. Sie wollte hinzufügen: Du bist der erste seit dem Tod meines Mannes, aber dann tat sie es doch nicht: Es hätte wie eine Rechtfertigung geklungen.
»Das denke ich sowieso nicht«, versicherte Philip zärtlich. Einen Moment lang sahen sie einander tief in die Augen, dann nahm Philip Camilla bei der Hand und zog sie neben sich aufs Bett.
»Es gibt etwas, das ich dir schon heute nacht sagen wollte«, gestand sie.
»Nämlich?«
»Ich finde, das da unten ist ein sehr merkwürdiger Platz für eine Tätowierung.«

Später ging Camilla hinunter, um Kaffee zu machen, den sie dann oben tranken. Im Bad lief Wasser. Philip stand nackt vor dem Waschbecken und rasierte sich. Obwohl sie die Nacht miteinander verbracht, sich in allen möglichen Variationen geliebt und das auch am Morgen noch fortgesetzt hatten, kam sie sich wie ein Eindringling in seine Intimsphäre vor, als sie zu ihm ins Badezimmer trat.
»Entschuldige«, sagte sie.
»Schon gut«, lächelte er.
»Ich brauche das Badesalz.«
»Nur zu – es ist *dein* Bad. Ich habe mir deinen Rasierapparat geliehen.«

Als sie sich an ihm vorbeischob, um an das Toilettenschränkchen heranzukommen, streifte sie seinen Körper. Philip reagierte sofort, und Camilla spürte es. Sie lächelten beide.
Im Schlafzimmer klingelte das Telefon.
»Was? Du hast keinen Anschluß im Bad?« neckte Philip sie. »Ich denke, wir sind in der Weltfilmmetropole.«
»Das hat auf unsere Kreise keine Auswirkungen«, erklärte Camilla und ging zum Telefon. »Wir sprechen nicht einmal mit den Filmleuten. Wahrscheinlich ist es Bunty. Habe ich dir schon erzählt, daß ich eine Tochter habe?«
»Nein.«
»Sie ist acht. Die Eltern ihrer Freundin Phyllis haben in Solvang eine Ranch, und dort ist sie übers Wochenende. Sonst hättest du nicht die Nacht hier verbringen können. Hallo? Oh, guten Morgen, Jules. Die Party war wirklich phantastisch. Ich habe mich großartig amüsiert. Ich wollte Pauline anrufen, um mich zu bedanken, aber ich dachte, es wäre noch zu früh.« Ein langes Schweigen folgte, und dann rief sie: »Nein!« Wieder trat Stille ein, und schließlich sagte Camilla: »Ich kann es nicht glauben. Wie konnte das passieren?« Wieder Schweigen. Dann: »Von wo rufst du an, Jules?«
Philip wickelte sich ein Handtuch um die Hüften, ging ins Schlafzimmer und trat neben Camilla. An ihrem Gesichtsausdruck konnte er erkennen, daß etwas Ernstes, vielleicht sogar Entsetzliches geschehen war.
»Aus Hectors Haus«, klang Jules Mendelsons tiefe Stimme aus dem Hörer.
»Ich bin gleich dort«, sagte Camilla.
»Nein, nein – komm nicht her!« widersprach Jules hastig. »Das hätte gar keinen Sinn. Du würdest dich nur schrecklich aufregen. Ich habe alles im Griff. Du solltest lieber zu Pauline rauffahren. Ich komme in etwa einer Stunde nach.«
Camilla war zwar mit diesem Arrangement nicht einverstanden, aber Jules Mendelson schätzte es nicht, wenn man sich seinen Anordnungen widersetzte.
»In Ordnung, Jules. Hast du es Pauline schon gesagt?«
»Ja, ich habe sie angerufen.«
Camilla legte auf, und Philip fragte: »Was ist los?«
»Hector ist tot.«

»Wie ist er gestorben?«
»Offenbar erschossen.«
Sie schauten einander an, und Philip legte seine Hand auf ihre. »Es tut mir leid.«
Sie nickte. »Mein Vater, meine Mutter, mein Mann – und jetzt mein Onkel. Was zum Teufel stimmt bloß nicht bei uns?«
»Zieh dich an«, sagte Philip. »Ich fahre dich hin.«
»Jules hat mir verboten zu kommen. Er sagte, ich würde mich nur aufregen. Ich soll zu Pauline fahren und dort auf ihn warten. Er will in etwa einer Stunde zu Hause sein.«
»Ist er mit deinem Onkel verwandt?«
»Nein.«
»War er sein bester Freund oder so was?«
»Nein. Hector war eigentlich nur Paulines Freund. Ich glaube, Jules mochte ihn nicht einmal besonders. Warum fragst du?«
»Du bist Hectors einzige lebende Verwandte, oder?«
»Ja.«
»Wie kommt es dann, daß Jules Mendelson vor dir weiß, daß dein Onkel tot ist? Warum hat die Polizei ausgerechnet ihm Bescheid gesagt?«
Camilla sah Philip an. »Ich weiß es nicht, aber Jules kümmerte sich immer um alles. Hinter seiner strengen Fassade ist er ein unglaublich lieber Mensch. Ich habe dir doch erzählt, wie er mir geholfen hat, nachdem Orin in Barcelona tot zusammengebrochen war.«
»Ja, ja, das verstehe ich schon alles«, sagte Philip. »Aber ich verstehe nicht, warum die Polizei ihn benachrichtigt und dich nicht.«
»Du hast recht, das ist wirklich merkwürdig«, sagte Camilla nachdenklich.
»Meinst du nicht, du solltest doch rüberfahren?«
»Jules sagte, ich solle bei Pauline auf ihn warten.«
»Du machst auf mich aber nicht den Eindruck, als seist du eine Frau, die sich von Befehlen sonderlich beeindrucken läßt.«
»Lasse ich mich auch nicht.«
»Dann komm! Ich bringe dich hin.«

Aus Flos Tonbandaufzeichnungen

Eines Tages gestand Jules mir, er habe in Paulines Familie manchmal Minderwertigkeitskomplexe. Ich konnte mir nicht vorstellen, daß er irgendwo Minderwertigkeitskomplexe haben könne, aber er behauptete es. Paulines Vater war ein großer Sportler, Jules dagegen beschränkte sich auf die Theorie und den Fernseher. Kaum jemand wußte, daß sein eines Bein dünner war als das andere, was ihm schwer zu schaffen machte: Er hatte als Kind in Chicago Kinderlähmung gehabt. Und deshalb spielte er weder Golf noch Tennis, und er betätigte sich auch sonst nicht sportlich.

Er hatte auch das Gefühl, Pauline habe ihre Ostküstenherkunft nie ganz vergessen. Obwohl sie ja eine Säule der Gesellschaft von Los Angeles geworden war, empfand er sie letztlich nach wie vor nur als Gast. Wenn ihre Schwestern sie besuchten, was mehrmals im Jahr vorkam, fühlte er sich wie ein Außenseiter, während sie sich über alte Bekannte unterhielten, von denen er nie gehört hatte. Manchmal sprachen sie sogar französisch miteinander.

Und einmal sagte er, wenn ihm etwas zustoßen sollte, würde Pauline Los Angeles bestimmt innerhalb eines Jahres verlassen.

4. Kapitel

Unglücksnachrichten vor allen anderen, sogar vor den Medien zu erfahren, war nichts Neues für Pauline Mendelson: Aufgrund der Prominentenstellung und des Einflußreichtums ihres Mannes hatte sie schlechte Neuigkeiten über ihr einziges Kind Kippie Petworth stets noch vor der Polizei erfahren. Seine Kleptomanie hatte sich zwar längst gelegt, aber früher hatte Jules viele peinliche Vorfälle vertuschen und viele Geschädigte beschwichtigen sowie bezahlen müssen. Dabei war er nur Kippies Stiefvater, aber alle wußten, daß Johnny Petworth, Kippies leiblicher Vater, in Krisensituationen keinen Heller wert war. Er konnte nur Karten und Backgammon spielen.

Obwohl Pauline an unangenehme Nachrichten gewöhnt war, versetzte ihr der frühmorgendliche Anruf, der Jules zu einer so unchristlichen Zeit aus dem Haus trieb, einen ungeheuren Schock.

»Was ist denn los?« hatte sie vom Bett aus gefragt, als er nach dem rätselhaften Gespräch auflegte und in die Kleider fuhr, ohne sich zu waschen oder zu rasieren. Sie fürchtete natürlich, es könnte etwas mit ihrem Sohn sein, der am Abend zuvor so unerwartet in die Stadt zurückgekehrt war, nachdem er die Behandlung in der französischen Klinik Monate früher, als von den Ärzten vorgesehen, abgebrochen hatte.

Jules war schon an der Tür. Er drehte sich um. »Es geht um Hector.«

»Um Hector!« rief Pauline erleichtert. »Gott sei Dank! Ich dachte schon, es wäre wieder etwas mit Kippie.«

»Er ist tot«, sagte Jules.
»Hector?« flüsterte Pauline kaum hörbar. »Was ist geschehen?«
»Ich weiß noch nichts Näheres. Ich rufe dich an.«
»War es ein Autounfall? Was ist passiert?«
»Ich weiß es nicht.«
»Wo fährst du hin?«
»Zu seinem Haus.«
»O Jules, soll ich mich um Camilla kümmern?«
»Nein.«
»Wenn sie dich angerufen haben, dann haben sie doch auch bestimmt ihr Bescheid gesagt.«
Jules nickte. »Hast du heute viel auf dem Programm?«
»Was immer es ist, ich kann alles absagen.«
»Gut. Bleib hier und warte!«
Gleich darauf hörte sie draußen das wütende Bellen der Schäferhunde, die wie immer bei Dunkelheit über das Grundstück streiften und nun Jules auf seinem Weg zur Garage folgten. »Hallo, Jungs, bin doch bloß ich. Nur die Ruhe!« hörte sie ihn sagen. So scharf die Hunde auch abgerichtet waren, auf Jules' Befehle reagierten sie sofort. »Pfeifen Sie sie zurück, Smitty, *ich* bin es nur«, rief er leise.
»Stimmt was nicht, Mr. Mendelson?« fragte Smitty, der seit fünfzehn Jahren Nachtwächter auf Clouds war.
»Sieht ganz so aus«, antwortete Jules lakonisch. »Ich muß zum Humming Bird Way. Sagen Sie mir doch bitte, wie ich da hinkomme. Ich kann mich nicht mehr erinnern.«
»Sie biegen vom Strip in die Doheny ein, dann rechts in die Oriole, und die mündet in den Humming Bird«, erklärte der Mann.
»Na ja, wenn ich erst mal in der Gegend bin, werde ich schon hinfinden. Ich war ja schon hundertmal dort.«
Pauline schaltete den Nachrichtensender ein, aber es gab nichts außer Berichten über Vergewaltigungen, Morde, Bandenverbrechen, geplatzte Drogengeschäfte und die Scheidung eines Fernsehstars. Sie war noch wie betäubt von der Nachricht über Hectors Tod, und sie konnte nicht weinen, obwohl sie ihren Freund schon jetzt schmerzlich vermißte. In den kommenden Tagen sollte sie immer und immer wieder sagen:

»Er war mein erster Freund hier, nachdem Jules und ich nach Los Angeles gezogen waren.« Sie erinnerte sich daran, daß Hector am Abend zuvor mit ihr noch wie gewohnt ein Glas Champagner trinken wollte, nachdem alle Gäste gegangen waren. Aber sie hatte es abgelehnt. Mein Gott, dachte sie, wenn er geblieben wäre, dann wäre das, was immer es auch sein mag, vielleicht nicht geschehen. Und dann fiel ihr ein, daß Rose am Ende des Flurs im Gästezimmer schlief.
Ich werde sie wecken, beschloß Pauline.

Auf dem Sunset Boulevard bewegte sich der Verkehr zuerst noch im Schneckentempo voran und kam dann völlig zum Stehen. Philip Quennell und Camilla Ebury, die auf dem Weg von Camillas Haus in Bel Air zu Hector Paradisos Haus in den Hügeln von Hollywood waren, saßen ungeduldig schweigend im Wagen.
»Dieses Herumsitzen macht mich wahnsinnig!« Sie trommelte nervös mit den Fingern auf das Armaturenbrett. »Sonst kommt man auf dem Sunset viel besser vorwärts.«
»Vielleicht hat es irgendwo weiter vorne einen Unfall gegeben«, meinte Philip.
»Ich glaube eher, daß im Beverly Hills Hotel wieder mal ein größeres Fest stattfindet.«
Philip drückte mehrere Male auf die Hupe.
»Das bringt auch nichts«, sagte Camilla.
»Ich weiß, und ich selbst kann Leute nicht ausstehen, die hupen. Aber ich spüre, wie unruhig du bist.«
»Vielleicht sollten wir bei der Roxbury links abbiegen und zur Lexington rüber, dann könnten wir hinter dem Hotel vorbeifahren und danach wieder auf den Sunset zurück«, schlug sie vor.
»Meinst du, daß Hector viel Geld zu Hause hatte?« fragte Philip.
»Das ist schlecht möglich«, erklärte sie.
»Weshalb?« wunderte er sich.
»Nun, arme Leute hielten ihn sicher für reich, aber die reichen Leute hielten ihn für arm.«
»Reichtum ist relativ, meinst du?«
»So was in der Art. Jules hat es mir erklärt.«

»War Hector je verheiratet?«
»Einmal verlobt mit einer Astrid Soundso, aber nie verheiratet.« Camilla sah aus dem Seitenfenster.
»Warum weinst du nicht?« fragte Philip.
»Um in deiner Gegenwart zu weinen, kenne ich dich nicht gut genug.«
»Doch, das tust du«, widersprach er.
»Ich habe dich erst gestern abend kennengelernt.«
»Wir haben aber in kürzester Zeit größte Fortschritte gemacht«, gab er zu bedenken.
»Ich möchte, daß du etwas weißt.«
»Nämlich?«
»Es ist nicht mein Stil, Männer von Parties abzuschleppen.«
»Das hast du mir vorhin schon gesagt, aber es war auch da unnötig. Ich wußte das.«
Sie tätschelte seine Hand, die locker auf dem Lenkrad lag.
»Ich danke dir, daß du mitkommst.«
»Darf ich dich etwas fragen?«
»Natürlich.«
»Über deine Ehe?«
»In Ordnung.«
»Hast du deinen Mann nicht geliebt?«
»Warum fragst du das?« Camilla war sichtlich überrascht.
»Du hast sehr unbeteiligt gewirkt, als du von ihm sprachst.«
»Unbeteiligt? Wann soll denn das gewesen sein?«
»Gestern abend auf der Party.«
»Was habe ich denn da gesagt?«
»Du sagtest: ›Sterben Sie nie in einem Land, dessen Sprache Sie nicht verstehen. – Es ist ein absoluter Alptraum.‹«
»Aber das stimmt!«
»Ich bin sicher, daß es stimmt. Doch im Zusammenhang damit, daß dein Mann tot auf der Straße zusammengebrochen ist, erschien mir die Bemerkung ein wenig flapsig.«
»Hältst du mich für herzlos?«
»Ich möchte es gern herausfinden.«
Sie schaute geradeaus und dachte eine Weile nach, bevor sie antwortete. »Ich nehme an, wir hätten uns irgendwann scheiden lassen, wenn Orin nicht gestorben wäre. Wir waren nicht glücklich miteinander, aber Bunty betete ihren Vater gera-

dezu an, und ich war nicht todunglücklich – nur eben nicht glücklich. Zufrieden?«
»Eine ehrliche Antwort.«
»Und jetzt, sag *du* mir etwas!«
»Okay.«
»Erinnerst du dich immer so genau an das, was die Leute gesagt haben?«
»Ja.«
»Dann muß ich in Zukunft vorsichtiger sein.«
Philip deutete nach vorne: »Schau, es geht weiter.«

»Tut mir leid, Ma'am. Es darf niemand ins Haus«, sagte der Beamte, der vor Hector Paradisos Haus Wache stand.
Auf beiden Straßenseiten standen Polizeifahrzeuge, und der Übertragungswagen einer örtlichen Fernsehstation fuhr langsam die Straße auf und ab, um einen Parkplatz zu finden. Vor dem Haus stand eine Ambulanz mit offenen Hecktüren. Der Fahrer lehnte rauchend an der Kühlerhaube. Auf der anderen Straßenseite standen, teils im Nachtgewand, Nachbarn beieinander und beobachteten die Vorgänge.
»Keiner darf hier rein.« Der Polizist hob abwehrend die Hände.
»Ich bin Mr. Paradisos Nichte«, erklärte Camilla.
»Es tut mir leid, Ma'am, ich kann Sie nicht reinlassen. Ich habe meine Befehle«, lehnte der Mann höflich ab.
»Das ist Camilla Ebury, Officer«, mischte Philip sich ein. »Mrs. Ebury ist Mr. Paradisos einzige noch lebende Verwandte.«
»Ich werde reingehen und fragen, Mrs. Berry, aber nicht jetzt«, erklärte der Beamte. »Es tut mir leid, wenn ich Ihnen Schwierigkeiten mache, aber ich tue nur, was man mir gesagt hat. Der Gerichtsmediziner ist gerade drin.«
»Sagen Sie doch wenigstens Bescheid, daß ich hier bin«, bat Camilla. »Und ich heiße Ebury, nicht Berry. E-b-u-r-y. Meine Mutter war Mr. Paradisos Schwester. Ich wurde von Mr. Jules Mendelson über den Tod meines Onkels informiert.«
Immer, wenn dieser Name fiel, bewirkte er, gleichgültig unter welchen Umständen, eine Veränderung im Verhalten der

Menschen. Der Polizist wirkte plötzlich sehr bemüht und wollte gerade ins Haus gehen, als die Tür aufging und zwei seiner Kollegen erschienen, die einen jungen Mann zwischen sich hatten, dessen Hände auf dem Rücken mit Handschellen gefesselt waren. Der Übertragungswagen hatte einen Parkplatz gefunden, und die Fernsehleute packten ihre Ausrüstung aus. Der Kameramann stürzte herbei, um eine Aufnahme von den dreien zu machen. Der Festgenommene rief: »Bitte, keine Fotos!« senkte den Kopf und drehte das Gesicht zur Seite. Als er den Blick hob, begegnete er dem Camillas.

»Ich habe es nicht getan, Miss Camilla! Ich schwöre es bei Gott! Ich schlief im Gartenhaus, als Ihr Onkel mich über die Sprechanlage rief und mir sagte, ich solle die Polizei holen. Als ich rüberkam, war er schon tot, und der Mörder war weg. Ich schwöre es, Miss Camilla!«

»O Raymundo!« Camilla war hin- und hergerissen zwischen Mitleid und Entsetzen.

Die Polizisten führten Raymundo zum Streifenwagen. Einer öffnete die Tür, der andere stieß ihn ins Auto.

»Wer ist Raymundo?« fragte Philip.

»Der Hausboy meines Onkels, schon seit vielen Jahren«, erklärte sie.

Der Wachtposten meldete: »Sie können jetzt rein, Mrs. Ebury – und Ihr Freund auch.«

Der eifrige Kameramann stürzte auf sie zu, und Camilla nahm eine dunkle Brille aus ihrer Handtasche und setzte sie auf.

»Ein blonder Mann, der aussah wie ein Athlet, kam vorhin aus dem Haus gerannt!« schrie jemand hinter ein paar Bäumen hervor.

»Wer ist denn das?« fragte Philip.

»Die Verrückte von nebenan«, antwortete Camilla. »Sie hat Hector das Leben zur Hölle gemacht, ihn dauernd beobachtet und sich alle möglichen Sachen zusammenphantasiert.«

Sie betraten das Haus. Links von der kleinen Eingangshalle lag das Eßzimmer, rechts der Wohnraum und dahinter die Bibliothek. Das Haus summte vor Geschäftigkeit.

»Das ist seine Nichte, Captain«, stellte der Beamte Camilla vor, als sie ins Wohnzimmer kamen.

Philip nahm ihren Arm.

»Captain Mariano – Mrs. Ebury«, sagte der Captain mit einer angedeuteten Verbeugung.
Camilla nickte und deutete auf ihren Begleiter. »Mr. Quennell.« Sie sah sich um. Ein Geschoß hatte den Spiegel über dem Kamin getroffen, ein weiteres hatte die Glasplatte des Couchtisches zertrümmert. Auf dem blauen Bezug des Sofas waren Blutspuren, ebenso auf dem Weg zur Bibliothek. Camilla schnappte nach Luft, als sie die Beine der nackten Leiche ihres Onkels sah, die in dem angrenzenden Raum lag.
»Können sie Ihren Onkel identifizieren, Mrs. Ebury?« fragte Mariano.
Sie war kalkweiß geworden und sah aus, als würde sie jeden Moment in Ohnmacht fallen. Hilfesuchend wandte sie sich an Philip.
»Hat ihn denn nicht Mr. Mendelson identifiziert?« wunderte sich Philip.
»Er hat den Raum gar nicht betreten«, antwortete der Captain.
»Vielleicht könnte *ich* die Leiche identifizieren«, schlug Philip vor.
»Wie gut kannten Sie den Verstorbenen?«
»Nur sehr flüchtig: Wir sind einander gestern auf einer Party vorgestellt worden. Aber ich weiß natürlich, wie er aussieht.«
»Ist Ihnen das recht, Mrs. Ebury?« wandte sich Mariano an Camilla.
Sie nickte, und Philip ging in die Bibliothek. Hector Paradiso lag bäuchlings in einer Blutlache. Sein Oberkörper wies mehrere Einschüsse auf, und auf der Wange, die Philip sehen konnte, und auf beiden Hinterbacken leuchteten rote Flekken.
»Ja, das ist Hector Paradiso«, bestätigte Philip. Er dachte daran, wie unermüdlich der Mann am Abend zuvor getanzt hatte und wie seine blendend weißen Zähne in dem gebräunten Gesicht geleuchtet hatten. Jetzt war die tiefe Bräune einer gelblichen Blässe gewichen, die durch die roten Male noch betont wurde.
»Wie viele Schüsse haben ihn getroffen?« fragte Philip.
»Drei. Im ganzen scheinen fünf abgefeuert worden zu sein«, antwortete der Captain.

»Woher rühren denn die roten Flecken?«
»Das Opfer scheint mit seinen eigenen Lacklederschuhen geschlagen worden zu sein«, vermutete Mariano.
Durch die offene Tür hörte Philip Camilla sagen: »Es will mir nicht in den Kopf, daß Raymundo das getan hat. Mein Onkel hat seine Familie aus Mexico hierhergebracht, den Leuten eine Arbeitserlaubnis besorgt und sie auf die Schule geschickt, wo sie Englisch lernen konnten.«
»Wir sind gar nicht sicher, daß er der Täter ist, Mrs. Ebury«, sagte ein Polizeibeamter.
»Aber ich habe doch gesehen, wie man ihn in Handschellen in einen Streifenwagen gesetzt hat.«
»Ich glaube nicht, daß Raymundo Ihren Onkel getötet hat«, erklärte der Captain. »Wissen Sie zufällig, wo Ihr Onkel gestern abend war, Mrs. Ebury?«
»Ja. Auf einer Party bei den Mendelsons.«
»Das weiß ich. Wir haben schon mit Mr. Mendelson gesprochen. Ich meine danach.«
»Nein, keine Ahnung.«
Philip kam ins Wohnzimmer zurück. »Wo ist Mr. Mendelson?« fragte er.
»Er ist gegangen«, antwortete Mariano.
»Wie lange ist das her?«
»Er blieb nur ein paar Minuten.«
»Vielleicht solltest du ihn zu Hause anrufen«, sagte Philip zu Camilla.
»Ja.«
»Ich denke nicht, daß er nach Hause gefahren ist«, meinte der Captain. »Ich hörte, wie er Sandy Pond anrief und ihn bat, ihn sofort zu empfangen.«
»Wer ist Sandy Pond?« erkundigte sich Philip bei Camilla.
»Der Verleger des ›Tribunal‹.«
»Vorsicht, wir kommen!« rief eine Stimme aus der Bibliothek.
»Treten Sie bitte beiseite, Mrs. Ebury, Mr. Quennell!« forderte Mariano die beiden auf.
Zwei Bahrenträger durchquerten mit Hector Paradisos sterblichen Überresten, die in einem schwarzen Gummisack mit Reißverschluß lagen, das Wohnzimmer.
Der Captain horchte auf. »Was ist das?«

»Was?« fragte einer der Polizisten.
»Es hört sich an wie Weinen.«
»O mein Gott!« erschrak Camilla. »Astrid.«
»Wer ist Astrid?« wollte Philip wissen.
»Hectors Hund«, erwiderte sie und rief: »Astrid! Astrid!«
Die herzzerreißenden Laute kamen aus der Bibliothek. Camilla lief hinüber, kniete sich auf den Boden und spähte unter das Sofa. »Astrid, komm da raus, meine Süße«, lockte sie mit sanfter Stimme. Dann streckte sie die Hand aus und zog den kleinen Terrier vorsichtig aus seinem Versteck. Das Tier war völlig verstört. Camilla drückte es an sich, küßte es auf den Kopf und tätschelte es beruhigend. »Hector hat sie von Rose geschenkt bekommen«, erklärte sie. »Ich werde sie zu ihr bringen.«
»Dieses kleine Hundemädchen weiß, wer Hector Paradiso getötet hat«, sagte Philip.
»Zu schade, daß Astrid nicht reden kann«, bedauerte Mariano.

»Es interessiert mich einen Dreck, ob Mr. Einsdorf strikte Order gegeben hat, vor Mittag nicht gestört zu werden«, brüllte Joel Zircon ins Telefon. »Wecken Sie ihn auf!«
Einige Minuten später kam Manning Einsdorf wütend an den Apparat. »Das ist unerhört, Joel!« schimpfte er. »Ich brauche meinen Schlaf. Ich habe letzte Nacht erst um vier zugemacht.«
»Hast du schon das von Hector Paradiso gehört, Manning?« fragte Joel.
»O mein Gott – Aids?«
»Nein, Manning, er ist ermordet worden, mit drei Schüssen.«
»Was?«
»Du hast ganz richtig gehört.«
»Ist er tot?«
»Natürlich ist er tot!«
»O mein Gott! Du glaubst doch nicht, daß Lonny... o mein Gott! Ist es schon in den Nachrichten gekommen?«
»Nein, bis jetzt noch kein Wort.«
»Und woher weißt du es?«
»Einer meiner Ehemaligen ist Sanitäter: Er war beim Abtransport mit von der Partie und hat mich anschließend angerufen.«

»O mein Gott!«
»Jetzt hast du bereits dreimal ›O mein Gott!‹ gesagt, Manning. Es empfiehlt sich wohl, daß du deinen Arsch in Bewegung setzt, in den Club fährst und alle Unterlagen über die Strichjungen und gefährliche Telefonnummern vernichtest, sonst sitzt du plötzlich bis zum Hals in der Scheiße.«
»Dieser verfluchte Lonny!« tobte Manning.
»Wie heißt diese lausige Sängerin, die gestern abend bei dir aufgetreten ist?«
»Marvene McQueen.«
»Sag Marvene McQueen, daß sie Hector Paradiso gestern nicht in deinem Laden gesehen hat – und sag es auch Zane!«
»Mach dir wegen Zane keine Gedanken«, sagte Manning.

Aus Flos Tonbandaufzeichnungen

Jules sagte mir mal: Wenn man etwas unbedingt erreichen will, dann schafft man es auch. Das hat mich unheimlich aufgebaut. Wissen Sie, ich hatte mir immer gewünscht, berühmt zu werden, aber ich konnte mir nicht vorstellen, womit. Er sagte, er habe schon immer gewußt, daß er mal eine wichtige Persönlichkeit werden würde. Und das ist er weiß Gott geworden.
Aber diese Art von Berühmtheit war nicht die, die ich wollte.

5. Kapitel

Später an diesem Tag kehrte Philip Quennell ins »Château Marmont« zurück, ein Apartmenthotel, das in dem Teil des Sunset Boulevard lag, der als Strip bekannt und ständig von Filmleuten und Künstlern bevölkert ist. Bettye, die Sekretärin von Casper Stieglitz, hatte für ihn ein Zimmer bestellt – oder, wie sie es bezeichnete, eine Juniorsuite, die, wie Philip dann feststellte, aus einem kombinierten Wohn-Schlafzimmer bestand.

»Ideal zum Arbeiten«, hatte Bettye ihm erklärt, als sie ihn in New York anrief, um ihm die Reservierung mitzuteilen. »Alle Schriftsteller, die aus New York herüberkommen, wohnen dort.« Philip, der nichts für Dauertelefonate übrig hatte, bremste Bettyes Redefluß mit der Versicherung, es höre sich alles sehr gut an, aber Bettye hatte das Gefühl, er sei unzufrieden und fügte als zusätzliches Plus seiner zukünftigen Unterkunft hinzu: »Es ist das Hotel, in dem John Belushi sich den goldenen Schuß verpaßte.«

»Aha«, meinte Philip nicht gerade begeistert.

»Aber das passierte in einem der Bungalows, nicht in dem Zimmer, in dem Sie wohnen werden.«

Das irregeleitete Gepäck war inzwischen von der Fluggesellschaft ins Hotel gebracht worden, und Philip duschte ausführlich und zog zum erstenmal seit seinem Abflug von New York frische Kleider an. Kurz zuvor hatte er Camilla Ebury in die tröstende Obhut Paulines nach Clouds gebracht.

Pauline hatte bereits in der Tür gestanden, als Philip den

Mietwagen vor dem Haus anhielt. Dann öffnete sie die Beifahrertür, Camilla stieg aus, und die beiden Frauen fielen sich in die Arme.
»Es ist so schrecklich!« klagte Pauline.
»Der arme Hector!« sagte Camilla. »Du warst ihm so eine gute Freundin. Er betete dich an!«
»Und ich ihn. Ich mache mir die größten Vorwürfe, daß ich ihn letzte Nacht so schnell weggeschickt habe. Er wollte noch wie üblich mit mir über die Party sprechen und ein Glas Champagner trinken, aber mir war nicht danach.«
»O Pauline – es ist doch nicht deine Schuld! Ich habe schon gehört, daß Kippie wieder da ist, und natürlich wolltest du mit *ihm* zusammensein.«
Pauline lächelte schwach, als Camilla den Namen ihres Sohnes erwähnte, antwortete jedoch nicht.
»Wie geht es ihm denn?« fragte Camilla.
»Ach, so lala«, erwiderte Pauline.
In der kurzen Pause, die folgte, hörte man, wie auf dem Tennisplatz hinter dem Haus ein Ball mit großer Kraft gegen eine Wand geschlagen wurde. Pauline hatte einen Kaschmirpullover über den Schultern, und obwohl es nicht kalt war, zog sie ihn vorne zusammen, als friere sie. Camilla und Philip kamen gleichzeitig auf den Gedanken, daß Kippie auf dem Tennisplatz war. Pauline wandte sich an Philip und begrüßte ihn herzlich. Wenn es sie überraschte, ihn in Camillas Begleitung zu sehen, und noch dazu in derselben Kleidung wie am Abend zuvor, so ließ sie es jedenfalls nicht erkennen.
»Jules' Wagen ist ja gar nicht da«, fiel Camilla auf.
»Er ist heute früh gleich nach dem Anruf weggefahren und noch nicht zurückgekommen«, erklärte Pauline.
»Wer hat angerufen?«
»Das weiß ich nicht. Die Polizei, nehme ich an.«
Camilla und Philip sahen einander an.
»Ist Rose noch hier?« fragte sie.
»Allerdings. Sie ist inzwischen bei ihrer zweiten Bloody Mary und der vierzigsten Zigarette. Ich habe immer Angst, daß sie irgendwann das Haus anzündet.« Pauline hatte sich wieder gefaßt.
»Wie hat sie auf die Nachricht reagiert?«

»Hell verzweifelt. Sie ruft alle Welt an und macht sich für alles verantwortlich. Wenn sie keinen Streit mit ihm gehabt hätte, wäre es nie passiert und so weiter und so weiter.«
»Wie so viele enge Freunde sprachen sie häufig nicht miteinander«, sagte Camilla, und sie lachten beide.
Aus dem Auto hörte man den Hund winseln.
»Was in aller Welt ist das?« fragte Pauline verblüfft.
»O mein Gott – die habe ich ja ganz vergessen«, erschrak Camilla. »Das ist Astrid. Wir haben sie mitgebracht. Ich konnte sie doch nicht in diesem Haus lassen. Das arme Ding hatte sich unter dem Sofa in der Bibliothek verkrochen. Ich dachte, daß Rose sie vielleicht haben will, weil sie sie doch Hector geschenkt hatte.«
»Das wird genau das Richtige für sie sein«, nickte Pauline. »Sie ist bereits vollauf damit beschäftigt, das Begräbnis zu organisieren. Es soll ein Hochamt in der Good Shepherd Church in Beverly Hills abgehalten werden. Sie will, daß Erzbischof Cooning die Messe zelebriert, stell dir das vor! Und nach der Beerdigung will sie ein großes Essen im Country Club von Los Angeles geben. Macht es dir etwas aus, daß sie alles in die Hand genommen hat?«
»Überhaupt nicht.« Camilla schüttelte den Kopf. »Rose ist im Organisieren von Parties nicht zu schlagen – und sie wird auch aus dieser Trauerfeier eine Party machen.«
»Jetzt kommt herein, ihr beide«, forderte Pauline sie auf.
Philip, der Camilla und sie schweigend beobachtet hatte, sagte: »Für die Zeitungen ist die Geschichte ja ein wahrer Festschmaus. Es überrascht mich, daß die Reporter hier noch nicht Schlange stehen.«
»Ich glaube nicht, daß sie herkommen werden«, meinte Pauline.
»Aber die Story hat alles, was ein Aufmacher braucht: eine reiche Familie, eine prominente Figur der Gesellschaft, eine enge Beziehung zu Pauline Mendelson ...«
»Nein, ich denke nicht, daß man es hochspielen wird.«
»Wie kommen Sie darauf?«
»Jules hat es gesagt, als er anrief. Er war bei Sandy Pond vom ›Tribunal‹.«
»Stell dir vor, Pauline, sie haben Raymundo in Handschellen abgeführt«, sagte Camilla. »Ich habe es selbst gesehen.«

»Sie haben ihn bestimmt schon wieder laufenlassen. Es war offensichtlich eine Verwechslung. Aber jetzt kommt herein! Rose wird sich schon fragen, wo ich bleibe.«
Philip lehnte ab: Vor vierundzwanzig Stunden hatte er all diese Menschen noch gar nicht gekannt, und er hätte sich in einer so privaten Situation unbehaglich gefühlt. »Ich komme nicht mit. Ich werde lieber ins Hotel fahren, nach meinem Gepäck schauen und Casper Stieglitz Bescheid sagen, daß ich angekommen bin.«
Pauline lächelte ihn freundlich an: »Herzlichen Glückwunsch zum Geburtstag!«
Philip erwiderte ihr Lächeln, gerührt, daß sie sich daran erinnerte.
»Ich wußte ja gar nicht, daß du heute Geburtstag hast, Philip«, sagte Camilla.
»Seit gestern abend ist so viel passiert, daß ich es selbst vergessen hatte«, antwortete er.
»Wie alt bist du denn geworden?«
»Dreißig.«
»Ich bin zweiunddreißig.«
»Ich mag ältere Frauen.«
Camilla lachte. »Pauline, ich kann dir gar nicht genug dafür danken, daß du gestern abend diesen wundervollen Mann eingeladen hast: Ich weiß nicht, was ich ohne ihn getan hätte.« Sie sah Philip an.
»Ich rufe dich an«, versprach er.
Als er aus dem Hof fuhr, kam ihm Jules Mendelson in seinem dunkelblauen Bentley entgegen. Er hielt vor der Haustür, stieg aus und nahm Camilla in die Arme. Philip hatte ihn nur flüchtig gesehen, aber er war ihm erschöpft vorgekommen.

Als Philip Quennell Jules Mendelson am Abend vorher erklärt hatte, er finde keinen Geschmack an Alkohol, und deshalb den Château Margaux von der Bresciani-Versteigerung ablehnte, hatte er nicht die Wahrheit gesagt. Aber es war eine Lüge, mit der er schon seit langer Zeit lebte. Er hatte in der Vergangenheit sehr wohl ein »Problem« gehabt, wie Jules vermutete, und dieses Problem hatte schwerwiegende Folgen, weshalb er einen Teil seines Lebens – einen Teil, über den er

niemals sprach – mit dem Versuch der Wiedergutmachung verbrachte. Zweimal im Jahr fuhr er nach Connecticut in seine Geburtsstadt. Sein Vater, der Arzt des kleinen Ortes, war früh gestorben, doch Philip hatte dank eines Stipendiums gute Schulen besuchen können. Jenseits der Dammstraße, die Old Saybrook mit Winthrop Point verband, einer Enklave für wohlhabende Sommergäste aus Hartford und New Haven, wohnte Sophie Bushnell, die seit dem Unfall im Rollstuhl saß.
Am Morgen nach seinem Geburtstag saß Philip um sieben Uhr früh in einem kleinen Raum am Robertson Boulevard in West Hollywood, las den »Los Angeles Tribunal« und trank Kaffee aus einem Pappbecher, während er darauf wartete, daß die Therapiestunde für die Anonymen Alkoholiker begann. Er war überrascht, auf der ersten Seite keinen Bericht über den Tod Hector Paradisos zu finden. Erstaunlicherweise stand auch in den Lokalnachrichten kein Wort darüber. Schließlich entdeckte er auf der Seite mit den Nachrufen einen kurzen Artikel über Paradisos plötzliches Ende.
»Irgendwas stimmt da nicht«, sagte das Mädchen, das neben ihm saß und mitgelesen hatte.
»Hmmm?« brummte Philip fragend.
Sie duftete nach teurem Parfüm und Badeöl. Jetzt tippte sie mit einem sorgfältig manikürten Fingernagel auf die Meldung über Hector Paradiso.
»Ich sagte, irgendwas an der Story stimmt nicht«, wiederholte sie.
Philip sah sie an. Sie war jung und sehr hübsch und hatte dunkelrote Haare und lebhafte blaue Augen, die ihn halb herausfordernd, halb belustigt ansahen. Sie war elegant gekleidet, aber ihr Benehmen, ihre Stimme und die Art, wie sie dasaß, paßten irgendwie nicht zu ihrer Aufmachung. Sie strahlte eher Sinnlichkeit aus als vornehme Zurückhaltung, und Philip fand es merkwürdig, eine so auffallende Erscheinung zu einer so frühen Zeit in einer solchen Umgebung vorzufinden.
»Den Eindruck habe ich auch«, antwortete er.
»Möchten Sie wissen, wie ich die Sache sehe?«
»Natürlich.«
»Er war auf Pauline Mendelsons Party, stimmt's?«

»Wie kommen Sie darauf?«
»Er ging auf alle Parties bei Pauline Mendelson. Er war ihr Schoßhündchen. Alle Damen der High-Society haben ihr Schoßhündchen.«
Philip lächelte sie an. Er fand sie sympathisch. »Woher wissen Sie überhaupt, daß eine Party stattfand?«
Sie zuckte die Achseln. »Ich habe es in Cyril Rathbones Kolumne im ›Mulholland‹ gelesen: Ich lese immer die Klatschspalten.«
»Erzählen Sie weiter.«
»In meiner Version machte er auf dem Heimweg bei ›Miss Garbo's‹ Station.«
»Und wer ist das?«
»Sind Sie neu in der Stadt?«
»Ja.«
»Es ist eine Nachtbar, ein Lokal, das gutsituierte Herren mit einer gewissen Veranlagung nach vornehmen Parties gern besuchen, wenn Sie verstehen, was ich meine.«
Philip nickte. »Wieso sind Sie so gut informiert?« fragte er.
»Ich hatte in meinem letzten Job mit solchen Burschen zu tun.«
»Wie Hector Paradiso?«
»Ja. Ich kannte ihn sogar selbst.«
»Und was war Ihr letzter Job?«
»Wir sprechen über Hector, nicht über mich«, erinnerte sie ihn.
»Natürlich. Wie heißen Sie?«
»Flo.«
»Und weiter?«
»Flo M.«, antwortete sie, wobei sie das M betonte.
»Ach, ja, tut mir leid. Ich nehme es manchmal nicht so genau mit der Anonymität«, entschuldigte Philip sich.
»Das sollten Sie aber. Ich halte mich an die Regeln: Keine Nachnamen bei den Anonymen Alkoholikern.«
»Sie haben recht. Ich heiße Philip Quennell.«
»K.« korrigierte sie ihn. »Sie heißen Philip K.«
»Nicht K, sondern Q«, verbesserte er sie. »Ich heiße Philip Q.«
»Na ja, im Buchstabieren war ich nie besonders.« Flo lächelte. »Haben Sie was dagegen, wenn ich rauche?«

»Nein.«
»Sehr schön. Manche Leute flippen schon aus, wenn sie eine Zigarette bloß sehen. Es gibt jetzt so viele Nichtrauchertreffen. Das ist der Hauptgrund, weshalb ich zu dieser unchristlichen Zeit hierher komme: Hier darf ich rauchen.«
Sie öffnete die Tasche, die an einer Goldkette über ihrer Schulter hing, und nahm ein goldenes Etui heraus. Philip sah, daß ihr Vorname FLO in Buchstaben aus Saphiren auf dem Deckel stand. »Ich würde das Rauchen ja aufgeben, aber ich liebe dieses Etui zu sehr, um es in irgendeine Schublade zu verbannen.«
Sie zündete die Zigarette mit einem passenden goldenen Feuerzeug an.
»Das ist aber kein ausreichender Grund«, fand Philip.
»Für mich schon«, widersprach Flo. »Als ich noch Drogen nahm, hatte ich immer meine Joints drin.«
Philip lachte. Er wollte ihr gerade noch eine Frage zu Hector Paradiso stellen, als die Stunde begann. Flo setzte sich hinter ihn. Beide hoben nie die Hand, um sich zu beteiligen, aber sie hörten dem Sprecher und den Teilnehmern, die über ihre Erfahrungen sprachen, aufmerksam zu.
Bei dem Gebet, mit dem das Treffen endete, drehte Philip sich zu Flo um. Sie hatte die Augen geschlossen, hielt ihre beiden Nachbarn an der Hand und betete das Vaterunser mit einer Zigarette im Mundwinkel.
»Kommen Sie am Freitag abend zu dem Treffen am Rodeo Drive?« fragte er, als sie auf die Straße hinaustraten.
»O nein, da gehe ich nie hin. Und auch nicht zu der Cedars-Sinai-Veranstaltung am Sonntag. Da sind mir zu viele Prominente. Hier gefällt es mir: Man trifft nie jemanden, den man kennt.«
Philip war leicht verwirrt. »Sie möchten nicht vielleicht mal mit mir Essen gehen, oder?«
Flo lächelte: »Nein, ich bin schon vergeben.«
»Ich wollte mich nicht an Sie ranmachen«, sagte er.
»Nein?« fragte Flo, eine Hand in die Seite gestemmt.
Philip grinste. »Haben Sie das angenommen?«
»Der Gedanke ist mir gekommen«, gab sie zu. »Sie sind nicht gerade häßlich, wissen Sie.«

»Sie auch nicht«, gab er zurück. »Aber ich hatte wirklich nur eine nette Tasse Kaffee und eine ebensolche Unterhaltung im Sinn.«
»Was ist dann aus dem Essen geworden? Jetzt bin ich Ihnen plötzlich nur noch eine Tasse Kaffee wert! Und wir wollen uns ›nett‹ unterhalten? Ein guter Trick, Philip Q. Ich wette, er funktioniert fast immer.« Lachend hob sie zum Abschied die Hand und warf die rote Mähne zurück: »Wiedersehen.«
Er sah ihr nach. Sie hatte einen wiegenden Gang, der ihm unwillkürlich Bewunderung entlockte. Er konnte nicht sagen, ob sie sich absichtlich so aufreizend bewegte, aber es hatte jedenfalls diese Wirkung. Philip konnte sich gut vorstellen, daß ihr die Männer nachpfiffen. Sie ging zum Parkplatz vor einem Einrichtungsgeschäft, das noch geschlossen hatte, und stieg in ein rotes Mercedes-Cabriolet. Er fragte sich, woher sie wohl soviel Geld hatte.

An diesem Tag sollte Philip Quennell zum erstenmal mit Casper Stieglitz von Colossus Pictures zusammentreffen. Früher hatte Colossus ein eigenes Studio in Hollywood besessen, aber jetzt benutzte die Produktion einen Teil der ehemaligen Warner-Bros-Studios im San Fernando Valley. Philip, der sich mit den Umgehungsstraßen nicht auskannte, fuhr, ausgerüstet mit einem Plan, den er im Hotel bekommen hatte, schon eine Stunde vor seiner Verabredung los, denn er rechnete damit, sich ein paarmal zu verfahren. Doch es ging alles glatt. Und so war er schließlich fünfunddreißig Minuten zu früh am Ziel. Er beschloß, noch irgendwo einen Kaffee zu trinken, und hielt auf dem Parkplatz eines »House of Pancakes«. Vor dem Restaurant standen mehrere Verkaufsständer mit den Hollywood-Zeitungen »Reporter« und »Daily Variety« und mehreren Lokalblättern, deren Namen Philip noch nie gehört hatte. Er entschied sich für den »Valley Sentinel«.
Als er am Tresen saß und sein Kaffee gekommen war, nahm er sich die Zeitung vor. Auf der dritten Seite fand er einen Artikel mit der Überschrift »Tod eines millionenschweren Salonlöwen«. Die Fakten waren dürftig: Hector Paradiso, Nachkomme einer spanischen Gründerfamilie, war »unter mysteriösen Umständen« in seinem Haus im Humming Bird

Way ums Leben gekommen. Es waren mehrere Schüsse abgefeuert worden. Cyril Rathbone, der Klatschkolumnist des »Mulholland«, der sich als Hectors engsten Freund bezeichnete, wurde zitiert: »Er wirkte wie ein spanischer Grande.« Rose Cliveden, die als »Mitglied der High-Society« beschrieben wurde, hatte bei einem Telefoninterview in ihrem Haus in Holmby Hills gesagt, er sei ihr »langjähriger Freund« gewesen, und »die Welt« habe »einen galanten Gentleman verloren«. Paradisos mexikanischer Hausboy, Raymundo Perez, war vernommen und anschließend wieder auf freien Fuß gesetzt worden. Auch er wurde zitiert: »Mr. Paradiso verschaffte mir eine Arbeitserlaubnis. Er war ein sehr großzügiger Mann.«

»Noch Kaffee?« fragte die Kellnerin hinter dem Tresen.

Philip sah auf die Uhr: Er mußte gleich los. »Nein, danke«, lehnte er ab, riß die Seite mit dem Artikel über Hector aus der Zeitung und steckte sie in die Tasche, griff nach der Rechnung, legte ein Trinkgeld neben seine leere Tasse und zahlte bei der Kassiererin am Eingang.

Als er auf das Tor der Colossus Pictures zufuhr, ergriff ihn so etwas wie Ehrfurcht: Gleich würde er zum erstenmal ein Filmstudio betreten! Am Wachhäuschen erklärte er: »Ich habe eine Verabredung mit Casper Stieglitz. Mein Name ist Philip Quennell.«

Der Posten trug eine dunkle Brille. Er griff wortlos nach dem Telefonhörer, überflog eine Liste, die vor ihm lag und wählte die Nummer eines Nebenanschlusses.

»Hier ist ein Mr. Quennell für Mr. Stieglitz«, sagte er.

»Kann ich den Wagen da drüben hinstellen?« Philip deutete auf eine Parklücke.

»Wenn Sie das tun, sprechen Sie hinterher mit einer Sopranstimme«, entgegnete der Wächter trocken. »Das ist Marty Leskys Platz.«

»Oh, tut mir leid!« Sogar Philip wußte, daß Marty Lesky der oberste Boß von Colossus Pictures war.

Philip konnte hören, wie am anderen Ende der Leitung jemand ununterbrochen schnatterte. Wahrscheinlich Bettye, die alte Tratsche, dachte er. Der Posten legte auf. »Bettye läßt Ihnen sagen, daß Mr. Stieglitz unerwartet weg mußte und Sie deshalb am späten Nachmittag auf ein paar Drinks zu sich nach Hause bittet.«

»Aber ich weiß ja gar nicht, wo Mr. Stieglitz wohnt«, gab Philip zu bedenken.

»Bettye hat gesagt, Sie sollen sie anrufen, wenn Sie wieder im Hotel sind.«

Aus Flos Tonbandaufzeichnungen

Jules hatte vor, mich 1992 mit nach Brüssel zu nehmen. Sie wissen bestimmt, worum es da gehen wird: Es gibt dann nur noch eine Währung wie hier bei uns – keinen französischen Franc, keine italienische Lira oder deutsche Mark mehr. Ich habe vergessen, wie das neue Geld heißen soll, aber es wird in allen europäischen Ländern gelten. Jules hatte mir schon ein Appartement in der Avenue Hamoir ausgesucht; ich glaube, so hieß die Straße. Es war angeblich eine vornehme Adresse. Mr. und Mrs. Mendelson hatten sich für ein vornehmes Haus in der Avenue Prince d'Orange entschieden. Jules schickte mich zum Französischlernen auf die Berlitz School.

Der Mann hat wirklich eine Menge für mich getan, das muß man ihm lassen.

6. Kapitel

Vor der Kirche hielt ein Reporter des »Sentinel« Rose Cliveden auf, um von ihr eine Äußerung zu Hector Paradiso zu bekommen. »Alle beteten ihn an«, erklärte sie, und da sie kein Mensch war, der es bei einer so kurzen Antwort belassen konnte, fügte sie hinzu: »Er hatte keinen einzigen Feind auf der Welt.«

»*Einen* scheinbar doch«, meinte der Reporter sarkastisch.

Rose bedachte ihn mit einem Blick, von dem sie hoffte, daß er vernichtend wirkte.

Der Reporter insistierte: »Und der eine genügte ja offenbar.«

»Entschuldigen Sie mich«, sagte Rose hoheitsvoll und stieg eilig die Stufen zur Good Shepherd Church hinauf, um Pauline und Jules Mendelson einzuholen, die wortlos an dem Journalisten vorbeigegangen waren. Wegen ihrer gebrochenen Zehe immer noch auf einen Stock gestützt, blieb sie im Vorraum stehen und sah sich um.

»Hast du schon mal so viele Leute auf einem Haufen gesehen?« wandte sie sich am Weihwasserkessel an Madge White, tauchte ihren weißbehandschuhten Finger hinein und bekreuzigte sich mit einer fließenden Bewegung. »Da ist Loretta Young. Sieht sie nicht phantastisch aus? Und da sind Ricardo und Georgiana Montalban und Cesar Romero. Alle katholischen Stars sind gekommen. Sie haben Hector geliebt. Jane Wyman konnte nicht; sie dreht ihre Serie. Du kennst ja Jane – nichts als Arbeit, Arbeit, Arbeit. Aber sie hat wundervolle Blumen geschickt. Gelbe Lilien. Aus Petras Laden. Oh, dort ist ja Faye Converse.« Sie winkte Faye zu und dann noch einigen anderen, behielt jedoch unverändert ihre ernste Miene bei. »Der arme Hector!« wiederholte sie immer und immer wieder.

Die Kirche war überfüllt. Wer keinen Sitz- oder Stehplatz mehr ergattert hatte, stand draußen auf dem Rasen. Später, bei dem Mittagessen, das Rose Cliveden im Country Club von Los Angeles gab, sagte Monsignore McMahon, daß nur bei der Christmette so viele Menschen in die Kirche gekommen seien. Das lag aber nicht etwa daran, daß Hector Paradiso so bekannt oder gar beliebt gewesen wäre: vielmehr riefen die rätselhaften Umstände, unter denen er gestorben war, mehr Aufregung hervor, als der natürliche Tod eines weitaus wichtigeren Mannes es vermocht hätte, und Leute, die Hector entweder nur flüchtig oder überhaupt nicht gekannt hatten, waren gekommen, um die vornehmen oder berühmten Freunde des Verstorbenen zu sehen.

Die meisten der Männer, die sich als Platzanweiser zur Verfügung gestellt hatten, kamen aus Hectors Freundeskreis, aber Rose entschied, Freddy Galavant die Gunst zu erweisen, sie an ihren Platz zu führen; sie fand, daß er in dem silbergrauen Anzug, der zu seinen Haaren paßte, äußerst distinguiert aussah. Er hatte unter dem letzten Präsidenten – als Belohnung für die Beschaffung beträchtlicher Wahlkampfspenden – den Posten eines Botschafters in einem lateinamerikanischen Land erhalten, und die Tatsache, daß er, gemeinsam mit Winthrop Soames, Sandy Pond, Sims Lord und Ralph White, als Platzanweiser fungierte, zeigte den hohen Stellenwert von Hector Paradiso in der Gemeinde an. Allerdings hatte keiner der Männer ihn näher gekannt. »Aber ihre Ehefrauen kannten ihn gut«, hatte Rose gesagt, als sie mit den Mendelsons die Beerdigung plante. Jules Mendelson hatte sich geweigert, den Nachruf zu sprechen – schließlich sei er nicht katholisch. Freddy Galavant, der sich immer noch gern mit »Herr Botschafter« anreden ließ, sei für diese Aufgabe bedeutend besser geeignet – auch wenn er ebenfalls kein Katholik sei.

Cyril Rathbone, der Gesellschaftskolumnist des »Mulholland«, war tödlich gekränkt, daß man nicht *ihn* gebeten hatte, die Abschiedsrede zu halten: Er betrachtete sich als Hectors engsten Freund und hatte es als selbstverständlich angenommen, daß er im Gottesdienst sprechen würde. Cyril war dafür bekannt, vom Klang seiner weichen, englischen Stimme selber bezaubert zu sein, und von dem Augenblick an, als er von Hectors Tod erfuhr, hatte er sich ausgemalt, vom Altar der Good Shepherd Church zu den Menschen zu sprechen, die er am meisten bewunderte – allen voran Pauline Mendelson, die seinem Charme bisher allerdings nicht erlegen war. Aber sein Angebot wurde abgelehnt – besonders energisch von Jules Mendelson –, als Sims Lord, Jules' Anwalt, mit der Information kam, daß gegen Cyril eine Anklage wegen eines Sittlichkeitsdeliktes vorliege. »Irgendeine sadomasochistische Schweinerei«, sagte Sims.

»Das kommt gerade recht!« meinte Jules sarkastisch. »Freddy, du wirst die Rede halten.«

»Aber ich kannte Hector kaum«, wandte Freddy Galavant ein.

»Wir werden dir alle nötigen Einzelheiten geben«, beruhigte Jules ihn und beendete damit die Diskussion. Er war es nicht gewöhnt, daß seine Entscheidungen in Frage gestellt wurden, und das gestattete er auch keinem Botschafter.

Schließlich saß Rose in der Bank hinter Camilla Ebury, neben Pauline und Jules. Obwohl Philip Quennell mit Camilla gekommen war, saß er nicht mit ihr in der ersten Reihe: Er fand, daß ihre Beziehung noch zu neu war, als daß er sich so in den Vordergrund hätte spielen können. Camilla hatte dafür Verständnis gehabt, und Pauline, die beobachtete, wie er sich weiter hinten einen Platz suchte, bewunderte das Taktgefühl des jungen Mannes. Sie lehnte sich vor und flüsterte Camilla zu: »Bring Philip nachher unbedingt mit zu uns!« Camilla lächelte, griff nach hinten und tätschelte Paulines Hand.

Rose flüsterte Pauline zu: »Sind die Blumen nicht hinreißend?«

Pauline nickte, ohne jedoch ihr Gebet zu unterbrechen. Sie wollte sich in keine Unterhaltung mit ihr einlassen, denn sie wußte, daß Rose dann nicht mehr aufhören würde zu reden. Rose konnte Grabkränze nicht ausstehen und hatte Petra von Kant, der Floristin, bei der alle aus ihren Kreisen einkauften, präzise Anweisungen für die Dekoration der Kirche gegeben.

»Sie kennt uns alle und weiß, was wir mögen«, hatte sie ihren Entschluß begründet. »Und außerdem werden auch Hectors Freunde ihre Blumen bei Petra holen, und dann kann sie sie entsprechend beraten.« Und so war die Kirche mit jungen Birken und großen Körben voll gelben und rosa Tulpen geschmückt. Die Kränze mit Gladiolen und Nelken und den steifen Bändern mit der Goldschrift – die Art von Arrangements, die Rose und ihre Freunde verabscheuten – waren zu den Seitenaltären verbannt worden, um die Farbzusammenstellung, die Rose mit Petra erarbeitet hatte, nicht zu stören. Nur eine riesige Orchideenrispe auf Hectors Mahagonisarg, die aus Paulines eigenem Gewächshaus stammte, fiel aus dem Rahmen, aber als Hectors bevorzugte Freundin durfte sie dieses Sonderrecht in Anspruch nehmen.

Rose war im großen und ganzen zufrieden mit der Organisation der Beerdigungsfeierlichkeiten, doch sie empfand es als persönliche Niederlage, daß sie es nicht geschafft hatte, Erzbischof Cooning dazu zu bewegen, die Totenmesse zu halten, und das, obwohl sie eine beachtliche Summe für die Renovierung seiner Residenz in Hancock Park beigesteuert hatte. Dem Erzbischof, der dafür bekannt war, daß er von der Kanzel der Saint Vibiana Church herab flammende Predigten gegen den Sittenverfall des Landes hielt, war Hector Paradisos Doppelleben durchaus bekannt, denn er hatte ihm mehr als einmal die Beichte abgenommen und daher den Verdacht, daß Hectors Tod ganz bestimmte Hintergründe hatte. Glücklicherweise war er zu einer Konferenz in den Vatikan abberufen worden und konnte damit Rose Clivedens Ersuchen ablehnen, ohne sie vor den Kopf zu stoßen.

Pauline hatte Hectors Tod am schwersten getroffen. Ohne dies je in Worte zu fassen, hatte sie die Phantasie genährt, daß Hector, wenn er in der Lage gewesen wäre, Frauen zu lieben, *sie* geliebt hätte. Wenn er sie manchmal nach Parties spontan küßte oder umarmte, dann waren das zwar innige, aber immer freundschaftliche Gesten gewesen, und Pauline wußte, daß seine Zärtlichkeiten nie mehr hätten sein können – selbst wenn sie ihn ermutigt hätte, was sie selbstverständlich niemals tat. Nicht einmal Jules hatte Einwände gegen diese »Liebesbeziehung« gehabt und Hector schließlich manchmal sogar amüsant gefunden, denn er war humorvoll und unterhaltsam. Zu Anfang mochte Jules ihn jedoch nicht. »Ich habe Schwierigkeiten mit Menschen, die nicht arbeiten«, begründete er seine Abneigung damals. Hector war mehrmals dabeigewesen, wenn die Mendelsons mit einer gecharterten Yacht vor der jugoslawischen oder türkischen Küste oder zwischen den griechischen Inseln kreuzten. Pauline konnte den Gedanken nicht ertragen, daß Hector unter unwürdigen Umständen gestorben war, und hatte widerstrebend die Selbstmordversion akzeptiert, die Jules vorschlug, nachdem Camilla und Rose gegangen waren.

»Es ist besser so«, hatte Jules gesagt.

»Warum?« fragte Pauline.

»Weil die wahren Umstände widerwärtig waren«, erklärte Jules.

»Wieso das? Erzähl es mir!«

Jules war es sichtlich peinlich. »Seine sexuellen Neigungen waren anscheinend – nun ja, abartig.«

»Und?«

»Du wußtest es?« Jules starrte sie verblüfft an.

»Natürlich.«

»Und es störte dich nicht?«

»Also, Jules, wirklich! Er war mein Freund.«

»Wenn die wahren Umstände seines Todes bekannt werden, wird das ein schlechtes Licht auf Hector werfen; und auf seine Familie und alle, die mit ihm zu tun hatten.«

»Seine Familie besteht nur noch aus Camilla, und die war nur seine Nichte. Ich glaube kaum, daß sein Tod sie in ein schlechtes Licht setzen wird.«

»Seine Familie hat immerhin die Stadt mitgegründet. Es würde den Namen Paradiso mit einem Makel behaften.«

»Und wen meinst du mit denen, die mit ihm zu tun hatten? Uns vielleicht?«

»Die Tatsache, daß er noch wenige Stunden vor seinem Tod bei uns war, und auch die Tatsache, daß bekannt ist, wie eng du mit ihm befreundet warst, verwickelt uns automatisch in die Geschichte. Aber ich will unter keinen Umständen, daß eine schlechte Publicity mir meine Berufung nach Brüssel vermasselt. Deshalb bin ich für die Selbstmordidee, denn die Wahrheit wäre wirklich zu peinlich.«

»Aber wer soll denn das glauben? So dumm sind die Leute doch nicht!«
»Da bin ich ganz anderer Meinung.«
»Nun, ich glaube die Geschichte *nicht*«, sagte Pauline ruhig.
»Glaube sie lieber!« antwortete er.
»Ist das ein Befehl?«
»Ja.« Es lag eine Härte in seiner Stimme, die er ihr gegenüber noch nie gezeigt hatte. »Wir werden sagen, daß Hector krank gewesen sei, und Dr. James wird es bestätigen. Wir werden sagen, er hätte eine Bypass-Operation vor sich gehabt. Ich dachte zuerst an Aids, aber eine Herzkrankheit macht sich besser. Wir werden sagen, er habe entsetzliche Angst vor dem Eingriff gehabt und befürchtet, hinterher Invalide und eine Last für seine Freunde zu sein. Und dann hätte er an dem Abend vielleicht zu viel getrunken und seinem Leben ein Ende gesetzt.«
»Jules, ich bitte dich! Dr. James war Hectors Freund und nicht sein Arzt. Das war Mickie Cox.«
»Das weißt nur du, Pauline. Und du vergißt es ganz schnell!« Er lehnte sich herüber und küßte seine Frau auf die Wange.
»Aber Dr. James wird sich doch bestimmt weigern, diese Räuberpistole zu bestätigen.«
»Wird er nicht«, widersprach Jules entschieden, und Pauline begriff, daß ihr Mann den Arzt offenbar davon überzeugt hatte, daß es nicht ratsam sei, sich ihm zu widersetzen.
Schon vor und dann nach der Messe wurde der Boden für Jules' Version bereitet. »Nein, nein, nein«, sagte Sims Lord, als er gefragt wurde, ob Hector möglicherweise ermordet worden sei. »Nein, nein, nein«, war Freddy Galavants Erwiderung auf dieselbe Frage. Auch Sandy Pond und Ralph White antworteten in diesem Sinne, und ebenso mehrere Personen des öffentlichen Lebens der Stadt. Und dann wurde das Wort Selbstmord zum erstenmal ausgesprochen. Viele waren enttäuscht, denn schließlich wäre ein Mord viel aufregender gewesen, andere glaubten auch weiterhin an ein Gewaltverbrechen, würden diesen Verdacht jedoch in Kürze nicht mehr äußern.
Philip Quennell, der im hinteren Teil der Kirche saß, war überrascht, als er die junge Frau, die sich ihm bei dem Treffen

der Anonymen Alkoholiker als Flo M. vorgestellt hatte, den Mittelgang heraufkommen und zwei Reihen weiter vorne anhalten sah. Ihre teure Handtasche hing an einer Goldkette über ihrer Schulter, und sie hob sie an, als sie nach katholischem Brauch ein Knie beugte, bevor sie in die Bank trat. Dann kniete sie nieder, bekreuzigte sich und senkte den Kopf zum Gebet. Im Gegensatz zu den meisten Anwesenden verrenkte sie sich nicht den Hals, um zu sehen, wer alles da war. Ein Mann, der seine Haare von hinten über seine Glatze gekämmt hatte und direkt vor Philip saß, stieß seine beiden Begleiter in die Rippen und deutete dann auf das Mädchen, worauf sie einander verständnisinnig angrinsten. Sowohl Philip als auch dem größten Teil der übrigen Trauergäste waren die drei unbekannt; es handelte sich um Manning Einsdorf, den Eigentümer von »Miss Garbo's«, Joel Zircon, den Künstleragenten, und Willard, den Butler von Casper Stieglitz – die drei Männer, mit denen Hector noch kurz vor seinem Tod gesprochen hatte.

Während der Messe wandte sich Pauline an Jules, der tief in Gedanken versunken dasaß.

»Worüber grübelst du?« flüsterte sie.

»Ich habe morgen eine Verabredung mit Myles Crocker vom Außenministerium«, flüsterte er zurück. »Wegen Brüssel.«

»Und daran denkst du *jetzt?*«

»Ja.«

»Betest du nie?«

»Nein.«

In seiner Rede über Hector schilderte Freddy Galavant ihn als großen Menschenfreund. »Er vergötterte seine Freunde«, sagte er und sah dabei Pauline, Camilla und Rose an. »Er war ein Mann von solchem Taktgefühl und so großer Sensibilität, daß er diesen Freunden gewisse Aspekte seines Lebens verschwieg – und zweifellos hat sein großes Geheimnis zu dieser schrecklichen Tragödie geführt. Adieu, schöner Prinz. Mögen dich Heerscharen von Engeln in den ewigen Schlaf singen.«

Einige Schluchzer wurden laut. Cyril Rathbone dagegen lachte und versicherte allen in seinem Umkreis, daß seine Rede bedeutend besser gewesen wäre. Philip sah, daß Flo M. weinte. Sie öffnete ihre Handtasche, um ein Taschentuch herauszuholen, aber an der Art, wie sie darin herumwühlte, erkannte er, daß sie wohl keines dabeihatte. Als sie sich die Tränen schließlich mit der Hand abwischte, zog Philip sein Taschentuch heraus, beugte sich zwischen Manning Einsdorf und Joel Zircon nach vorne, tippte Flo auf den Arm und gab es ihr. Sie nickte zum Dank, drehte sich jedoch nicht um, um festzustellen, von wem es stammte. Sie wußte ohnehin, daß es von Philip kam: Sie hatte ihn aus dem Augenwinkel gesehen, als sie auf der Suche nach einem Platz an seiner Bank vorbeikam.

Als es Zeit für die Kommunion war, gingen die Katholiken unter den Trauergästen zum Altar. Dabei mußten sie sich an dem Sarg vorbeidrängen, um zu der Schranke zu gelangen, wo sie der Monsignore, der anstelle von Erzbischof Cooning die Totenmesse zelebrierte, mit erhobenem Abendmahlskelch erwartete. Auch Flo March ging zur Kommunion.

Nach der Messe blieb Rose Cliveden auf der obersten Treppenstufe stehen, nahm ihre dunkle Brille ab und musterte die Menge, während der Sarg in einen Leichenwagen geschoben wurde. »Ich war die ganze Zeit in Tränen aufgelöst«, erzählte sie Pauline, die neben ihr stand, und ihr fleckiges Make-up bewies es. »So viele Fremde sind gekommen«, fuhr sie fort, aber Pauline war nicht in Stimmung für einen Plausch. Die unwillkommenen Kränze, die Rose so verabscheute, wurden in einen zweiten Leichenwagen geladen. Auf dem Holy-Cross-Friedhof, wo die Familie Paradiso ein Mausoleum hatte, würde man sie irgendwo seitlich ablegen.

Rose ließ sich von Paulines Schweigsamkeit nicht beirren. »Ich dachte immer, ich kenne alle Freunde von Hector. Was glaubst du, wer all diese Leute sind? Sieh dir mal den Mann da drüben an – den, der sich die Haare von hinten über die Glatze gekämmt hat.« Sie starrte Manning Einsdorf an, der in einiger Entfernung mit Joel Zircon und seinem Freund Willard die Menschen musterte, die aus der Kirche kamen. »Für die Frisur braucht er bestimmt jeden Tag eine Dose Haarspray! Er sieht aus wie Ann Miller. Ich gebe dir mein Wort darauf, daß Hector nie im Leben jemanden wie den gekannt hat – oder wie seine Freunde. Ich glaube, diese Leute sind nur gekommen, um Prominente zu sehen, meinst du nicht auch? Faye Converse, zum Beispiel.«

Aus dem Augenwinkel sah Pauline Jules in der Menge mit einer unbekannten jungen Frau sprechen.
Als Jules die junge Frau erreichte, hatte sie spöttisch gesagt: »Weißt du, wie man diese Kirche nennt? Unsere liebe Frau von den Cadillacs. Die einzig armen Menschen in dieser Kirchengemeinde sind die Dienstmädchen der reichen Leute.«
»Was um alles in der Welt machst du hier?« fragte Jules gereizt. »Ich bin fast aus der Bank gefallen, als ich dich zur Kommunion gehen sah.« Er sprach mit ihr, ohne sie anzusehen, als suche er jemanden.
»Ich kannte Mr. Paradiso«, antwortete sie. »Oder denkst du vielleicht, daß ich nur so zum Vergnügen auf irgendwelche Beerdigungen gehe?«
»Du kanntest Hector?«
»Ja.«
»Wie denn das?«
»Als Kellnerin im ›Viceroy Coffee Shop‹ servierte ich ihm jeden Morgen seinen Kaffee und ein Croissant«, erklärte Flo. »Er war knauserig mit dem Trinkgeld, aber er hatte immer interessante Geschichten auf Lager. Ich könnte dir ein paar erzählen, bei denen dir die Haare zu Berge stehen würden – über Leute, mit denen er sich nach den vornehmen Parties traf. Ich glaube kein Wort von dieser Selbstmordgeschichte. Ich werde dir sagen, was ich denke.«
»Ich will es gar nicht hören«, erklärte Jules brüsk, als fürchtete er, sie würde es ihm hier und jetzt auseinandersetzen. Er winkte seinem Chauffeur zu und bedeutete ihm, den Wagen in die Seitenstraße zu bringen, denn er hatte keine Lust, hinter all den anderen Limousinen auf dem Santa Monica Boulevard im Stau zu stehen.
»Dann entschuldige mich bitte«, sagte sie würdevoll.
»Ich muß gehen – da ist mein Wagen.«
»Es ist dir unangenehm, mit mir gesehen zu werden, nicht wahr, Jules?«
»Nein«, widersprach er ungeduldig.
»Doch! Ich sehe es und ich spüre es.«
»Ich komme später vorbei«, versprach Jules hastig und ließ sie stehen.
Sie drehte sich um und sah direkt in die Augen von Philip

Quennell, der sie beobachtet hatte. Sie formte mit den Lippen einen lautlosen Dank für das Taschentuch. Er nickte lächelnd, aber sie ging nicht auf ihn zu, und auch er blieb, wo er war.
»Sieh mal, Pauline, Jules winkt dir. Du sollst auf die Bedford-Drive-Seite der Kirche kommen«, sagte Rose. »Kommt ihr zum Friedhof?«
»Nein«, antwortete Pauline.
»Aber doch zu meinem Essen, oder?«
»Nein, auch das nicht, Rose. Das verstehst du doch, oder?«
»Ja, natürlich, Liebste. Aber es ist töricht von euch, solche Vorbehalte gegen den Country Club von Los Angeles zu haben.«
»Ruf mich später an.«
»Ist es nicht wundervoll, daß die katholische Kirche Selbstmördern heutzutage ein christliches Begräbnis gewährt?« sagte Rose.

Aus Flos Tonbandaufzeichnungen

Ich wußte nie, wie schrecklich es ist, arm zu sein – bis ich Geld hatte. Aber meine Kindheit war grausig. Ich habe mir viel Mühe gegeben, sie zu vergessen. Meine Mutter kam durch ein Feuer in einem Fürsorgeheim ums Leben. Meinen Vater habe ich nicht gekannt. Sie erzählte mir, er habe uns verlassen, als ich ein Jahr alt gewesen sei, aber ich glaube, sie wußte gar nicht, wer es überhaupt war. Ja, so war das.

7. Kapitel

Zweiundzwanzig Jahre zuvor wurde Pauline McAdoo eine Woche vor dem festgesetzten Hochzeitstermin von Jules in die Anwaltskanzlei gebracht, die seine Interessen vertrat und wo man ihr einen Ehevertrag zur Unterschrift vorlegte, in dem die Höhe der Abfindung im Falle einer Scheidung festgesetzt war. Pauline las die Vereinbarung schweigend durch. Als Marcus Stromm, seit vielen Jahren Jules Mendelsons Rechtsbeistand, ihr einen Füllfederhalter reichte, schleuderte sie den Ordner mit solcher Wucht nach dem Mann, daß ihm der Füller aus der Hand fiel und Tinte auf das Monogramm seines maßgeschneiderten weißen Hemdes spritzte. Dann stand Pauline auf, ohne Jules, der neben ihr gesessen und die Szene schweigend beobachtet hatte, auch nur eines Blickes zu würdigen, und verließ das Büro.

Jules rannte hinter ihr her und fing sie bei den Aufzügen ab, aber obwohl er mit Engelszungen redete, konnte er sie nicht davon abhalten, in die erste Kabine zu steigen, die vor ihr hielt. Sie hatte ihm weder geantwortet noch sah sie ihn an, als die Lifttüren sich schlossen. Sie stammte zur einen Hälfte aus einer vornehmen New Yorker und zur anderen aus einer ebensolchen Northeast-Harbor-Familie, und Jules' Ansinnen, einen solchen Vertrag zu unterschreiben, als sei sie das Groupie eines Rockstars, bestätigte die Vorbehalte, die ihre Schwestern von Anfang an gehabt hatten, als sie ihnen erzählte, daß sie die Absicht habe, gleich nach ihrer Scheidung von Johnny Petworth Jules Mendelson zu heiraten. Ihre Ehe mit Johnny,

häufig Thema der Klatschspalten, war von Beginn an eine Enttäuschung gewesen, und Pauline konnte sich keine lebenslange Verbindung mit einem Mann vorstellen, dessen Ehrgeiz sich darauf beschränkte, der Beste in Squash, Backgammon und Bridge zu sein – und das immer im schicksten Rahmen.
»Nein, nein Pauline«, hatten ihre Schwestern protestiert, sowohl unabhängig voneinander als auch gemeinsam. »Es ist gleichgültig, wieviel Geld dieser Mr. Mendelson hat. Er paßt einfach nicht in unsere Kreise – ganz und gar nicht.«
Ihr Vater, den sie verehrte, und der völlig in sie vernarrt war, gab ihr bezüglich ihrer geplanten Heirat nur einen Punkt zu bedenken: »Jules ist sehr nett«, sagte er, »und er ist sicherlich auch sehr reich – aber er ist für keinen der Clubs akzeptabel.«
Sie wußte, was das hieß. Sie kannte diesen Satz schon ihr ganzes Leben lang: Er wurde benutzt, um Menschen wie die McAdoos von gewöhnlichen Sterblichen zu trennen, denn für ihr Leben waren Clubs von großer Wichtigkeit. Ein früher McAdoo hatte eine Dynastie begründet, die mit Frachtschiffen, Handel, Eisen, Eisenbahnen, Land und Textilien Vermögen gemacht hatte, aber diese Vermögen waren im Laufe eines Jahrhunderts dahingeschmolzen. Die finanziellen Verhältnisse der jetzigen McAdoos waren vergleichsweise bescheiden, was sich allerdings nicht auf die gesellschaftliche Stellung auswirkte.
»Das macht mir nichts aus, Poppy«, sagte Pauline.
»Aber eines Tages *wird* es dir etwas ausmachen«, hatte ihr Vater geantwortet.
Die ablehnende Haltung ihrer Familie hatte Pauline nur noch in ihrer Entschlossenheit bestärkt, Jules Mendelson zu heiraten. Das Wichtigste war für sie, daß sie ihn als idealen Stiefvater für Kippie betrachtete, der drei Jahre alt und der allgemeinen Ansicht nach ein reizendes Kind war, jedoch dringend männlicher Autorität bedurfte.
Am Abend des Tages, an dem Pauline Marcus Stromms Büro verlassen hatte, flog sie von Los Angeles nach New York. Es gab in ihrem Leben einen Mann, den sie noch mehr liebte als Jules Mendelson, obwohl er keine solchen Erfolgschancen hatte, und zu ihm floh sie jetzt. Jules, dem ihre Selbständigkeit imponierte, reiste ihr nach und steckte ihr einen Ring an

den Finger, dessen Diamant um ein Beträchtliches größer war als der, den er ihr eine Woche früher geschenkt hätte.
»Erstaunlich«, sagte Pauline, überrascht über das Format des Steins, und fragte sich, ob er nicht vielleicht zu protzig sei wie etwa der, den die Schauspielerin Faye Converse trug. Sie wußte, daß ihre Schwestern darüber spotten würden, aber sie wußte auch, was sie am Ende sagen würden: »Ach, Pauline, du bist so groß, da kannst du so ein Schmuckstück schon tragen.«
»Es ist der ›de Lamballe‹«, erklärte Jules, ebenso stolz wie am Tag zuvor, als er van Goghs »Weiße Rosen« erstanden hatte, die er Pauline zur Hochzeit schenken wollte.
»Erstaunlich«, sagte Pauline wieder, denn sie hatte schon von diesem Diamanten gehört. Jules erzählte ihr die Geschichte des Steines: Von einer Prinzessin war er zur Tochter eines deutschen Munitionsfabrikanten und anschließend zu einer amerikanischen Erbin gelangt. Danach war er zwanzig Jahre in der Versenkung verschwunden und dann plötzlich bei einer Versteigerung in Genf wieder aufgetaucht. »Er ist wirklich besonders schön«, lobte ihn Pauline.
In der Woche darauf heirateten Jules und Pauline in Paris. Nur Sims Lord, der Marcus Stromm als Jules' Anwalt abgelöst hatte, war dabei. Obwohl es Jules widerstrebte, seine Finanzgeschäfte schleifen zu lassen, flogen sie nach der Hochzeit ins »Mamounia Hotel« nach Marrakesch. Eines Abends, als sie auf dem Balkon ihrer Suite den Sonnenuntergang genossen, sagte Jules: »Es gibt etwas, das du wissen mußt.«
»Und was?«
»Als ich jung war, geriet ich einmal in einen Schlamassel. Bitte frage mich nicht nach näheren Einzelheiten. Es ist passiert, und ich kann es nicht ungeschehen machen.«
»Warum bringst du es denn überhaupt zur Sprache, wenn du mir nichts darüber sagen willst?« fragte Pauline.
»Weil ich es für meine Pflicht halte.«
»Bist du vorbestraft?«
»Nein. Das ist einer der Vorteile, die es mit sich bringt, reiche Eltern zu haben.« Jules grinste schief. Doch er machte einen so gequälten Eindruck, daß Pauline nicht weiter in ihn dringen wollte. Irgendwann würde er es ihr schon erzählen.

»O ja, damit kenne ich mich aus«, sagte sie, um ihn aufzuheitern. »Ich hatte einen Onkel Harry. Harry Curtis, der Mann der Schwester meiner Mutter, wurde eines Nachts in einem schmuddeligen Hotelzimmer auf der West Side tot aufgefunden. Und nicht eine einzige Zeitung erwähnte, daß er Frauenkleider trug: Poppy hatte dafür gesorgt.«
»Harry Curtis? In Frauenkleidern! Ich habe ja eine Menge Geschichten über ihn gehört, aber die kannte ich noch nicht«, staunte Jules.
»Arme Tante Maud! Sie ist nie darüber hinweggekommen.«
»Nun, *das* war jedenfalls nicht mein Delikt«, sagte er. »Da kannst du sicher sein.«
Pauline lachte und ließ das Thema damit ruhen.
Jules überließ Pauline die Wahl ihres gemeinsamen Wohnsitzes, und sie entschied sich dafür, in Los Angeles die alte Stern-Villa oben auf dem Berg zu kaufen und sie von Grund auf zu renovieren. Im Laufe der Jahre wurde das berühmte Clouds daraus. Der Verkäufer verlangte fünf Millionen Dollar, einen für die damalige Zeit unverschämt gepfefferten Preis, aber Jules Mendelson feilschte niemals, wenn er etwas haben wollte. Er kam mit Pauline zu einer abschließenden Besichtigung und überreichte dem völlig verdatterten Helmut von Stern einen Scheck in der gewünschten Höhe.
»Ich habe nachgedacht, Mr. Mendelson.« Von Stern starrte gierig auf den Scheck in seiner Hand.
»Worüber?« fragte Jules.
»Über das Haus.«
»Wollen Sie es nicht mehr verkaufen?«
»O doch, doch, natürlich. Ich meinte auch eigentlich den Preis. Ich denke, ich sollte lieber fünfeinhalb Millionen dafür verlangen.«
»Ich verstehe.« Jules nahm von Stern den Scheck aus der Hand und riß ihn mittendurch. »Bist du soweit, Darling?« wandte er sich an Pauline. »Guten Tag, Mr. von Stern.«
Er nahm Paulines Arm und steuerte mit ihr auf die Haustür zu, die in den verwahrlosten Hof führte.
Von Stern erkannte voller Entsetzen, daß er einen Fehler gemacht hatte. Das Haus stand schon seit drei Jahren zum Verkauf und war völlig heruntergekommen. Die Mendelsons

stiegen gerade in ihren Wagen, als von Stern ihnen hinterherrief: »Kommen Sie zurück! Wir müssen miteinander reden!« Bei dem Gedanken, daß gleich fünf Millionen Dollar aus seinem Hof rollen würden, erfaßte ihn Panik.
Jules und Pauline folgten von Stern zurück in die Eingangshalle.
»Ich habe ebenfalls nachgedacht«, erklärte Jules.
»Worüber?«
»Über den Preis. Mein Höchstgebot liegt jetzt bei viereinhalb. Nehmen Sie sie, oder lassen Sie es.«
Pauline beobachtete ihren frischgebackenen Ehemann zum erstenmal bei einer geschäftlichen Transaktion. Sie war fasziniert. An diesem Nachmittag kauften die Mendelsons die Stern-Villa und tauften sie Clouds.
Die Clubs, die für ihre Gesellschaftsschicht in Southampton, Palm Beach, Northeast Harbor und Newport so wichtig waren, spielten in Los Angeles keine große Rolle, und die Tatsache, daß Jules nicht als Mitglied zugelassen wurde, war nicht weiter bedrückend. Sowohl Rose Cliveden als auch Sims Lord hatten sich für Jules verwendet, aber Freddy Galavant, der später ein Freund der Mendelsons wurde, fragte damals das Aufnahmekomitee: »Wenn er nicht so reich wäre, würden Sie ihn dann auch als Mitglied wollen?« Niemand antwortete, und damit war die Sache ein für allemal erledigt.
In den Jahren seit ihrer Heirat waren Jules und Pauline in der Welt des Wohlstandes und der Macht zu einem bekannten Paar geworden, und alle Vorurteile seitens Paulines Familie waren längst vergessen. Paulines Schwestern waren jetzt sogar stolz auf ihren Schwager und luden die Mendelsons mehrmals im Jahr ein. Jules war unter zwei Präsidenten bei allen Wirtschaftskonferenzen die Graue Eminenz gewesen und zweimal – in Paris und Toronto – in der Präsidentenlimousine in angeregtem Gespräch mit dem Regierungschef fotografiert worden.
»Fragt Jules!« sagten die Leute, wenn es um Finanzierungsangelegenheiten ging. Wenn Jules sprach, schenkte Pauline ihm ihre volle Aufmerksamkeit, nicht nur auf Parties, wenn ihm Fragen über die Wirtschaft oder die Wahlen gestellt wurden, sondern auch zu Hause, wenn sie mit ihm allein war, und diese

Eigenschaft schätzte er an ihr besonders. Nur sie allein wußte freilich, daß sie dabei manchmal gleichzeitig im Kopf die Sitzordnung für die nächste Dinnerparty entwarf. Ihre Ehe wurde allgemein als perfekt betrachtet. Und das war sie auch – auf ihre Weise.

Jules hatte sich geweigert, zu dem Mittagessen zu gehen, das Rose nach Hectors Beerdigung im Country Club gab. Obwohl der Club, eine Bastion des alten Geldadels der Stadt, es geleugnet hätte, wenn es je von einer Zeitung behauptet worden wäre, wurden doch nur notgedrungen Leute aus der Filmindustrie und Angehörige gewisser Religionsgemeinschaften und Rassen aufgenommen. Im Falle der Mendelsons war die Mitgliedschaft mit der Begründung abgelehnt worden, sie seien vielleicht zu bekannt – ein Vorwand, der Pauline und Jules königlich amüsierte. Aber es lag nicht daran, daß man ihm verwehrte, dem Club beizutreten, weshalb Jules keine Lust hatte, nach dem Begräbnis durch den säulengeschmückten Eingang dieser heiligen Hallen zu treten. Als Gast von Rose Cliveden wäre er jederzeit willkommen gewesen. Doch wußte er, daß dort der Klatsch blühen würde, denn der geheimnisvolle Tod von Hector Paradiso gab natürlich Anlaß zu allen möglichen Spekulationen. Jules wollte nicht über die Umstände ausgefragt werden, die den Tod herbeigeführt hatten, der, wie er wußte, offiziell als Selbstmord deklariert wurde. Sein Entschluß, nicht zu dem Essen zu gehen, kam Pauline sehr entgegen: Sie trauerte wirklich um ihren Freund und befürchtete, daß der Leichenschmaus in eine Party mit unangemessener Stimmung ausarten würde wie alle Zusammenkünfte, die Rose organisierte.

Philip Quennell, der Camilla begleitet hatte, nahm erfreut die Einladung an, bei den Mendelsons auf Clouds zu essen. Diese Lösung war ihm bedeutend lieber, als in den Club zu gehen, wo viele Leute sein würden, die er nicht kannte, und die die verschiedensten Theorien über das Dahinscheiden ihres »geliebten Hector« entwickeln würden, worüber er sehr viel mehr wußte als alle dort. Er freute sich, als Jules für ihn eine Kunstführung durch das Haus machte, während sie darauf warteten, zum Essen gerufen zu werden. Philip fand es inter-

essant zu beobachten, wie Jules jedes seiner Bilder betrachtete, als sehe er es zum erstenmal. Zu jedem erklärte er die Herkunft oder die Gemütsverfassung des Künstlers zur Entstehungszeit des Werkes oder das Motiv, oft verriet er sogar den Preis. Vor einem Bonnard-Gemälde, das Misia Sert auf einem Sofa in einem Salon zeigte, blieben sie stehen. »Das ist nur eines von vielen Bildern, die Bonnard von dem alten Mädchen gemalt hatte«, sagte Jules. »Eins ist im Besitz von Baron Thyssen, und eins hat eine der Annenberg-Schwestern in Palm Beach, aber meines ist bei weitem das beste. Sehen Sie sich ihren Gesichtsausdruck an! Ich habe vor drei, vier Jahren achthunderttausend Dollar für das Bild bezahlt. Ich kaufte es bei Boothby's bei der Elias-Renthal-Versteigerung, als dessen gesamter Besitz unter den Hammer kam. Vor einer Woche sind mir vierzehn Millionen dafür geboten worden! Pauline mag es nicht, wenn ich im Zusammenhang mit Kunstgegenständen von Geld spreche, aber man kann gar nicht an diesem Thema vorbei, so wie die Preise in die Höhe schießen. Natürlich würde es mir nicht im Traum einfallen, auch nur eines meiner Bilder zu verkaufen, außer ich hätte die Möglichkeit, die Sammlung zu verbessern, denn ich möchte sie zusammenhalten.«
Philip nickte.
»Diese Unterhaltung ist selbstverständlich vertraulich«, betonte Jules.
»Natürlich«, antwortete Philip.
»Sie sind hier als Gast meiner Frau und in Begleitung von Camilla, die eine alte Freundin der Familie ist«, fuhr Jules fort, als wolle er Philip damit deutlich machen, welche Ehre und welche Verpflichtung es bedeute, in einem so vornehmen Haus eingeladen zu sein.
»Natürlich«, sagte Philip wieder. Ihm war klar, daß Jules an das Buch dachte, das er über Reza Bulbenkian geschrieben hatte.
»Wieviel verdienen Sie eigentlich?« fragte Jules.
»Nicht genug, um an eine ernsthafte Beziehung zu einer jungen Dame wie Camilla Ebury denken zu können – wenn es das ist, worauf Sie hinauswollen«, entgegnete Philip.
Jules lachte. Philips Antwort gefiel ihm. Seit Jules von Pauline

erfahren hatte, daß Philip das Buch geschrieben hatte, das Reza Bulbenkian so erbost hatte, faßte er eine Zuneigung für ihn, obwohl Reza sein Freund war, oder doch zumindest ein Geschäftsfreund.

Sie traten durch die offene Fenstertür der Bibliothek auf die Terrasse hinaus. An der steinernen Treppe, die zum Rasen hinunterführte, stand eine Rodin-Skulptur, und im Gras und unter den Bäumen hatte Jules Mendelson seine Skulpturengalerie installiert.

»Donnerwetter!« platzte Philip heraus.

Und wieder lachte Jules: Philips Reaktion freute ihn. »Es wundert mich immer wieder, wie viele Menschen gar nicht erkennen, was sie da vor sich haben und denken, es stehen eben einfach ein paar Statuen herum. Da drüben ist meine neueste Errungenschaft, ein Miró. Eine der wenigen Skulpturen, die er gemacht hat. Eine herrliche Arbeit, nicht wahr? Aber ich weiß nicht, ob ich schon den richtigen Ort für sie gefunden habe. Ich stelle die Figuren immer erst an alle möglichen Plätze, bevor ich mich dann für einen entscheide. Der Rodin hier war meine erste Plastik. Früher gehörte sie meinem Großvater, dann ging sie in fremde Hände über, und als ich sie in einem Versteigerungskatalog entdeckte, kaufte ich sie zurück und begann damit meine Skulpturengalerie. Als nächstes erstand ich die Henry Moores. Wenn es Sie interessiert, dann gehen Sie zu dem Orangenbaum und sehen Sie sich den Maillol von hinten an. Diese Figur ist mein Lieblingsstück.«

Philip trat hinter die runde, sinnliche Frauengestalt. Es belustigte ihn, daß Jules ihm empfohlen hatte, sich ihre Rückseite zu betrachten. Ganz in der Nähe hörte er Hunde bellen und an einem Drahtzaun hochspringen.

»Klingt ja gefährlich«, meinte er.

»Das sind die Wachhunde. Keine Sorge, sie sind in den Zwingern und werden nur nachts herausgelassen«, beruhigte Jules ihn.

»Sie hören sich an, als würden sie einen in Stücke reißen«, sagte Philip.

»Das würden sie auch, wenn man eine unerwünschte Person ist«, erwiderte Jules trocken.

Hinter ihnen trat Pauline auf die Terrasse. Sie hatte den Hut abgenommen, den sie in der Kirche getragen hatte. »Jules, ich möchte dir Philip entführen, und Camilla will mit dir noch vor dem Essen über Hectors Testament sprechen«, sagte sie. »Sie ist in der Bibliothek.«

»Das heißt, daß Pauline Ihnen ihren Garten zeigen will.« Jules lächelte. Er stieg die Stufen zur Terrasse hinauf und legte zärtlich den Arm um die Taille seiner Frau. »Hat dir Freddys Rede gefallen?«

»Größtenteils«, nickte Pauline. »Allerdings hätte ich gut auf die singende Engelschar verzichten können. Das war ja wirklich übelster Kitsch, und abgenommen habe ich es ihm auch nicht.«

Die Männer lachten.

»Kratz mich mal, Darling«, bat Jules und drehte sich um. »Es juckt teuflisch.« Er verrenkte sich fast den Arm, um Pauline eine Stelle in der oberen Region seines Rückens zu zeigen.

Pauline rieb kräftig über die angegebene Partie. »Da?« fragte sie.

»Nein, höher. Ein bißchen weiter links. Da ist es! Fester!«

»Wer war denn das Mädchen, mit dem du heute nach der Messe gesprochen hast, Jules?« erkundigte sich Pauline, ohne mit dem Reiben aufzuhören.

»Ich erinnere mich nicht.«

Philip wollte schon an seiner Stelle antworten: Flo M., aber dann besann er sich eines Besseren. Er hatte kein Recht, sich einzumischen.

»Als du den Chauffeur suchtest«, versuchte Pauline, Jules weiterzuhelfen.

»Ich weiß nicht, welches Mädchen du meinst. Ich habe nach der Messe mit vielen Leuten gesprochen«, wich Jules aus.

Seine Frau gab nicht auf. »Sie war recht hübsch. Eine Rothaarige. Ziemlich auffällig.« Das Wort »auffällig« betonte sie in einer Weise, die nur einen sehr aufmerksamen Zuhörer erkennen ließ, daß sie es als Synonym für »billig« gebrauchte.

»Ach, die! Sie sagte, sie sei eine Freundin von Hector gewesen.« Seine Stimme klang ungeduldig, als halte er die Unterhaltung über dieses Thema für unnötige Zeitverschwendung.

»Sie trug ein sehr schönes Chanel-Kostüm. Ich hätte mir das Modell neulich beinahe selbst bestellt.«

»Keine Ahnung, wer sie ist«, schloß ihr Mann die Diskussion mit einem Achselzucken, und in Philip erwachte plötzlich der Verdacht, daß es zwischen Jules und dem Mädchen mit dem roten Mercedes eine Verbindung gab.
»Ich bin richtig gerührt, wie Jules sich nach Hectors Tod um alles gekümmert hat«, sagte Pauline, nachdem er gegangen war, um mit Camilla zu sprechen.
»Warum denn das?« fragte Philip.
»Weil er ihn am Anfang nicht ausstehen konnte. Jules kann Männer nicht leiden, die nur über Kleider und Parties quatschen und darüber, wer beim Dinner neben wem gesessen hat. Und er lehnt rigoros Menschen ab, die nicht arbeiten. Also hatte Hector alle schlechten Karten. Aber er war sehr wichtig für mich. Frauen wie ich brauchen einen Hector, der ihnen versichert, daß sie immer noch hübsch sind oder an einem bestimmten Abend besonders gut aussehen – all die Dinge, die Ehemänner über ihren Geschäften so oft zu sagen vergessen.«
Ihr apartes Gesicht war für einen Augenblick von Traurigkeit überschattet, doch gleich darauf lächelte sie wieder. »Mit der Zeit entwickelte Jules jedoch eine echte Zuneigung für Hector, auch wenn er es nie zugeben würde. Tatsache ist nämlich, daß mein lieber Mann Klatschgeschichten über alles liebt, er tut nur so, als interessierten sie ihn nicht. Letzten Sommer in Griechenland brachte Hector uns derart zum Lachen, daß wir Seitenstechen bekamen.«
Philip und Pauline waren im Laufe ihres Gesprächs über den Rasen zur Orangerie gewandert, an deren Gitterwänden Spalierbäume emporwuchsen. Dahinter leuchtete ein Schnittblumengarten in voller Blüte.
»Das ist wirklich besonders schön, Pauline.« Philip war ehrlich beeindruckt.
»Ich neige nicht zu Angeberei, aber mit meinem Garten und dem Gewächshaus prahle ich regelrecht. Sehen Sie das da hinten? Rosen, Päonien, Rittersporn, Mohnblumen und Astern. Ist das nicht ein himmlischer Anblick?«
Philip nickte.
»Jetzt müssen Sie sich noch meine Lieblinge ansehen, und dann gehen wir zum Essen. Die Köchin drohte, wenn wir nicht

auf die Sekunde pünktlich am Tisch säßen, würde das Soufflé zusammenfallen. Sie hat eine Vorliebe für üble Voraussagen.«
Das ganze Treibhaus war voll herrlicher Orchideen. Ein älterer Mann in Jeans und Pullover kam vom hinteren Ende, um Pauline zu begrüßen.
»Hallo, Mrs. Mendelson«, sagte er.
»Das ist Jarvis«, stellte Pauline ihn vor. »Er ist ein wahrer Schatz. Die Leute denken, daß *ich* der große Orchideenexperte sei, aber das stimmt überhaupt nicht: Was Sie hier sehen, ist allein das Verdienst von Jarvis, ich heimse freilich den Beifall ein. Das ist Philip Quennell, Jarvis.«
Die Männer schüttelten einander die Hand.
»Glauben Sie kein Wort«, sagte Jarvis zu Philip und lächelte Pauline an. »Mrs. Mendelson versteht mehr von Orchideen als irgend jemand sonst.«
»Jarvis und ich arbeiten zur Zeit daran, eine gelbe Phalaenopsis zu vervollkommnen, von der wir uns eine Sensation in Züchterkreisen erhoffen«, fuhr Pauline fort.
Philip tat aus Höflichkeit so, als interessiere ihn das, doch in Wahrheit faszinierten ihn Menschen bedeutend mehr als Orchideen.
Pauline durchschaute ihn sofort. Sie lachte: »Merken Sie es, Jarvis, Mr. Quennell hat nicht das geringste für unsere botanischen Experimente übrig.«
Als sie zum Haus zurückgingen, schaute Pauline Philip von der Seite an und sah, daß er lächelte.
»Warum lächeln Sie?«
»Ich nehme an, daß nicht einmal ein Prozent der Bevölkerung unseres Landes so lebt wie Sie und Jules, und ich freue mich, daß ich die Möglichkeit habe, Zaungast zu sein«, entgegnete er.
»Glauben Sie wirklich, daß das stimmt: – nicht einmal ein Prozent?«
»Ja, das glaube ich.«
»Darüber habe ich noch nie nachgedacht.«

»Wir sind heute ganz unter uns«, erklärte Pauline, als sie mit Philip den Wintergarten betrat. Er hatte auch nicht mit einer großen Gesellschaft gerechnet. Der Raum war halbrund und

vollkommen verglast. »Kommen Sie hier neben mich! Camilla, setz dich da hin, und du, Jules, dort!«
Sie saßen, den Blick auf den Rasen, auf Regency-Bambusstühlen an einem Glastisch. Eine Zeitlang sprachen Camilla und Pauline über die Totenmesse: die Trauerrede, die Musik, die Blumen und die unzähligen Menschen, die teilgenommen hatten. Blondell servierte pochierten Lachs und ein Käsesoufflé. Dudley, der Butler, schenkte den Wein ein.
»Es überrascht mich, daß die Zeitungen diesen Fall nicht größer bringen«, sagte Philip. Niemand antwortete, und er fuhr fort: »Eigentlich wäre es doch ein idealer Aufmacher gewesen.« Wieder keine Reaktion. »Was glauben Sie, Mr. Mendelson, wer hat Hector umgebracht?«
Eine lange Pause folgte, dann knurrte Jules: »Niemand hat Hector umgebracht. Es war Selbstmord.«
»Das glaube ich keinen Augenblick«, widersprach Philip.
Jules war es nicht gewöhnt, daß man seine Aussagen anzweifelte. »Die Fakten sind eindeutig.« Seine Halsmuskeln waren sichtbar angespannt und seine Stimme klang mühsam beherrscht. »Es gibt gar keinen Zweifel. Ich habe mit Detective McDaniels gesprochen, der vor zwei Jahren den Tod von Madge Whites Vater untersuchte, der in der Garage ihres Hauses in Bel Air erschossen wurde. Erinnerst du dich an die Sache, Pauline?«
Sie nickte schweigend.
»Eindeutig«, wiederholte Jules. »Das hat Detective McDaniels wörtlich gesagt.« Er betonte das Wort »Detective«, als würde seine Behauptung damit bewiesen. »Und auch der Gerichtsmediziner – ein Japaner, dessen Namen ich vergessen habe – teilt seine Meinung. Ich war dort – ich habe es selbst gehört.«
»Aber *Sie* glauben es doch bestimmt nicht, oder, Mr. Mendelson?«
Sein Gastgeber sah ihn schweigend an, und Philip erinnerte sich noch lange danach an diesen Blick. Doch er war nicht bereit, sich einschüchtern zu lassen. »Wir haben alle schon genügend Filme gesehen, um zu wissen, daß ein einziger Schuß in Mund oder Schläfe viel wirkungsvoller ist als drei Schüsse in den Oberkörper, ganz abgesehen davon, daß es

unmöglich ist, sich selbst dreimal in den Oberkörper zu schießen.«
Wieder machte sich Schweigen breit. Schließlich warf Jules mit zornrotem Gesicht seine Serviette auf den Tisch, schob seinen Bambusstuhl so heftig zurück, daß die Füße über den Marmorboden kreischten, und stand auf. Auf dem Weg ins Haus streifte sein massiger Körper im Vorbeigehen die Degas-Skulptur der vierzehnjährigen Ballerina, die in klassischer Pose mit graziös nach hinten gestreckten Armen dargestellt war und deren Haare das originale rosa Satinband schmückte. Die Figur stürzte von dem Marmorsockel, auf dem sie seit vierzehn Jahren im Wintergarten der Mendelsons gestanden hatte.
Pauline sprang auf. »Jules, der Degas!«
Mit einer für einen so schweren Mann erstaunlichen Wendigkeit fuhr Jules herum, streckte die Hände aus und erwischte den Kopf der Plastik genau in dem Augenblick, als sie auf dem Boden aufschlug.
»Gott sei Dank!« Pauline atmete auf. »Ist sie in Ordnung?«
Er drehte die Skulptur so vorsichtig herum, als sei sie ein Kind, das er aus einem Autowrack oder einem Feuer gerettet hatte, und musterte sie prüfend. Wenn sie allein waren, nannten er und Pauline die junge Tänzerin Clothilde. Als er schließlich sprach, klang seine Stimme sehr kleinlaut. »Du hattest recht, weißt du, Pauline. Du wolltest immer, daß ich einen durchsichtigen Sturz für sie anfertigen lasse, aber ich glaubte, es würde sie stören, eingesperrt zu sein.«
»Ist sie zerbrochen?«
»Sie hat einen Sprung.«
»O Jules, wie schade!« Das Bedauern in ihrer Stimme galt allerdings weniger dem Wertverlust des Kunstwerks als vielmehr der Bekümmerung ihres Mannes über die Beschädigung eines seiner Lieblingsstücke.
»Nun, ich denke, wir werden sie jetzt noch mehr lieben«, meinte er im sanften Ton eines liebenden Vaters.
»Ich fürchte, es ist alles meine Schuld«, sagte Philip. »Ich hatte nicht die Absicht, Sie wütend zu machen, Sir.«
Jules warf ihm einen vernichtenden Blick zu und verließ mit der Figur im Arm den Raum.

Philip sah Camilla an: Er hoffte auf Rückenstärkung von ihrer Seite. Sie war schließlich mit ihm im Humming Bird Way gewesen. Sie hatte das Blut an den Wänden gesehen, den Einschuß im Spiegel und den zerschossenen Glastisch.
Doch Camilla enttäuschte ihn. »Wenn ihnen irgend etwas verdächtig erschienen wäre, dann hätten der Gerichtsmediziner und der Detective sicher nicht übereinstimmend erklärt, daß es sich um Selbstmord handle.«
»Ich kann Menschen wie euch nicht verstehen.« Philip war aufgebracht. »Ein Mann ist ermordet worden, und die Sache wird vertuscht, und ihr akzeptiert die Geschichte oder unterstützt sie sogar.«
»Du mußt das verstehen, Philip. Jules glaubt, es sei so am besten.«
»Für wen?«
»Mein Mann hat nicht etwa niedere Beweggründe für seine Handlungsweise«, sagte Pauline. »Er ist lediglich bemüht, den guten Ruf einer berühmten Familie zu wahren. Sie haben doch gehört, wie er sagte, der Gerichtsmediziner habe auf Selbstmord erkannt.«
»Trotzdem stimmt da was nicht«, beharrte Philip. Er schob seinen Stuhl zurück, stand jedoch noch nicht auf. »Laßt mich für den Moment einmal so tun, als glaubte ich die Selbstmordversion. Ich war dort. Ich habe die Leiche gesehen. Ich sah, wie viele Schüsse abgefeuert wurden: Fünf. Der Selbstmord eines prominenten Mannes aus einer hochgestellten Familie, der sich mit drei von diesen fünf Schüssen tötete, wäre jedenfalls eine Bombenstory, aber sie ist nicht geschrieben worden. Das riecht für mich nach Vertuschung.«
»Ich verstehe wirklich nicht, warum Ihnen das so wichtig ist«, Pauline zeichnete mit einem Löffel Muster auf ihr Platzdeckchen. Sie war hin- und hergerissen: Einerseits wußte sie, daß Philip recht hatte, andererseits wollte sie ihrem Mann nicht in den Rücken fallen.
»Ich werde Ihnen sagen, warum: Ich finde nicht, daß mächtige Leute das Recht haben, zu entscheiden, was die Öffentlichkeit erfahren soll und was nicht.«
»Manchmal ist es aber angebracht«, entgegnete Pauline.
»Das glaube ich nicht.«

»Wenn die Wahrheit herauskäme, könnte das viel Kummer verursachen.«
»Wenn sie *nicht* herauskommt, dann mache ich mich zum Mittäter, und das will ich unter keinen Umständen.« Philip stand auf. Es war ihm durchaus bewußt, daß er die Rechte eines Gastes bei weitem überschritten hatte, aber er wollte sich wenigstens einen guten Abgang verschaffen. »Ich werde selbstverständlich sofort gehen. Es tut mir leid, Sie verärgert zu haben, Pauline, aber ich möchte Ihnen zum Abschluß noch erklären, warum ich mich nicht dazu bereitfinden kann, Ihre Verschleierungstaktik zu billigen oder gar zu unterstützen: Sie führt dazu, daß ein Killer frei herumläuft! Das finde ich gewissenlos. Guten Tag.«
Er nickte Pauline und Camilla zu und verließ den Raum. Draußen wußte er im ersten Moment nicht, ob er sich nach rechts oder nach links wenden mußte, um zur Eingangshalle und damit zur Haustür zu kommen. Da kam der Butler Dudley auf ihn zu und beantwortete seine unausgesprochene Frage: »Hier entlang, Sir.« Er ging nach links an der Bibliothek vorbei, dann nach rechts am Salon vorbei und dann wieder nach links, und da war die Halle. Auf einer Konsole lag mit dem Gesicht nach oben die Degas-Skulptur der Ballerina. Sie wirkte traurig, als wüßte sie, daß sich nun kein Museum mehr für sie interessieren würde. Philip ging vorbei, ohne innezuhalten und sich den Sprung anzusehen.
Der Butler öffnete ihm die Tür, und Philip nickte ihm zu, bevor er ins Freie trat. Dudley, der stets die Stimmung seiner Herrschaft teilte, erwiderte das Nicken nicht. Philip fiel auf, daß Jules' dunkelblauer Bentley nicht mehr dastand. Er stieg in seinen Wagen, startete ihn und wendete. Er fragte sich, warum er sich in einem fremden Haus zu einem solchen Auftritt hatte hinreißen lassen. Als er langsam auf die Hofausfahrt zurollte, hörte er hinter sich seinen Namen rufen: Camilla lief hinter dem Wagen her. »Warte, ich komme mit.«

Philip lag, die Hände hinter dem Kopf verschränkt, nackt in Camillas Bett und starrte an die Decke.
Camilla, die neben ihm lag, fuhr mit den Fingern zart über seine Brust, beugte sich über ihn und küßte seine Brustwarze. »Ich konnte einfach nicht widerstehen«, lächelte sie.

»Bedien dich nur.« Er streichelte ihre Haare, während sie ihre Lippen über seine Brust wandern ließ. Als sie den Kopf hob, um ihn anzusehen, zog er sie zu sich hoch und küßte sie. Nachdem sie sich geliebt hatten, lagen sie engumschlungen da.
»Du hättest mich heute kaltlächelnd bei Pauline zurückgelassen, oder?« fragte Camilla.
»Ja. Mir war ernst mit dem, was ich sagte, weißt du.«
»Oh, das weiß ich sehr wohl. Du hast dir einen Feind gemacht, das muß dir klarsein.«
»Ist es auch.«
»Einen ernstzunehmenden Feind.«
»Zweifellos. Ist doch eine Leistung, es sich innerhalb von nur einem Jahr mit Reza Bulbenkian *und* Jules Mendelson zu verderben, findest du nicht?«
»Es könnte dir etwas zustoßen.«
»Wird es schon nicht.«
Später begleitete Camilla Philip zu seinem Wagen.
Philip schaute sie zärtlich an. »Ich wünsche dir schöne Träume.«
Sie gab ihm einen Gutenachtkuß. »Pauline mag dich, das weiß ich, und Jules verehrt sie«, erklärte sie, der die Auseinandersetzung beim Mittagessen nicht aus dem Kopf gehen wollte.
»Ja, das tut er wohl.« Philip nickte. »Aber ich glaube, Pauline würde Liebe der Verehrung entschieden vorziehen.«
»Was in aller Welt meinst du denn damit?«
»Denk darüber nach!«

Aus Flos Tonbandaufzeichnungen

Jules war ein reicher Mann, und es schmeichelte mir, daß er sich soviel Zeit für mich nahm. Und er wollte viel mehr, als bloß mit mir ins Bett, das können Sie mir glauben. Sonst wäre ich auch nie so lange mit ihm zusammengeblieben. Er wollte, daß ich mich bildete. Einmal sagte er zu mir: »Sag nicht Schüla, sag Schüler!« Zuerst dachte ich, er wolle mich demütigen, aber dann begriff ich, daß er nur wollte, daß ich alles richtig mache. Haben Sie je einen älteren Mann und eine junge Frau beobachtet, die zusammen in einem Restaurant sitzen und sich krampfhaft bemühen, sich zu unterhalten, weil sie sich eigentlich gar nichts zu sagen haben, wenn sie nicht miteinander in den Federn liegen? Jules wollte vermeiden, daß es uns auch so ergeht. Und deshalb brachte er mir alles mögliche bei. Und soll ich Ihnen was sagen? Es machte mir Spaß zu lernen.

8. Kapitel

Philip Quennell kannte sich in Beverly Hills immer noch nicht aus und hatte Schwierigkeiten, die kurze Sackgasse namens Palm Circle zu finden, wo der Filmproduzent Casper Stieglitz wohnte. »Vom Sunset Boulevard in die Hillcrest, rechts abbiegen zur Mountain, und dann links zum Palm Circle«, hatte Bettye, Caspers Sekretärin, Philip am Telefon erklärt, der sich die Angaben auf einem Block mit dem Aufdruck »Château Marmont« notierte. Als würde ihm das die Suche erleichtern, fügte sie dann noch hinzu: »Es ist das Haus, in dem früher Totie Fields wohnte.«

Als er am Tor auf die Klingel drückte, leuchtete in der Überwachungskamera über seinem Kopf ein rotes Licht auf. »Philip Quennell für Mr. Stieglitz«, erklärte er, in Richtung Linse sprechend.

»Fahren Sie am Tennisplatz vorbei zum Haus und benutzen Sie die vordere Eingangstür«, kam eine Stimme mit englischer Klangfärbung durch die Sprechanlage.

Das hölzerne Tor, weit weniger elegant als das der Mendelsons, öffnete sich mühsam, als sei es lange nicht geölt worden. Als Philip am Tennisplatz vorbeikam, hörte er kreischendes Gelächter und sah zwei ungewöhnlich hübsche Mädchen, eine Blondine und eine Brünette, die in extrem knappen Shorts und Angora-Pullovern ein mehr als stümperhaftes Match austrugen.

»Der Ball *war* aus, und das weißt du auch ganz genau, du Betrügerin«, schimpfte das blonde Mädchen.

»Leck mich am Arsch, Darlene«, antwortete Ina Rae.
Dieser Ausspruch wurde mit neuerlichem kreischenden Gelächter quittiert.
Der Hof war mit Kopfsteinen gepflastert. Philip umrundete eine Insel, auf der Geranien um ein Vogelbad herum gepflanzt waren, und hielt vor dem Haus. Es war ursprünglich im spanischen Stil erbaut worden, doch inzwischen hatte man die Rundbögen begradigt und das rote Ziegeldach durch ein Mansarddach ersetzt, das dem Bau ein französisches Aussehen gab. Die Tür öffnete sich, und ein Butler erschien. Er trug dunkle Hosen, hatte die Ärmel seines weißen Hemdes aufgekrempelt und wischte sich die Hände an einer grünen Schürze ab.
»Entschuldigen Sie meinen Aufzug, Mr. Quennell«, bat er in außergewöhnlich herzlichem Ton, »ich bin gerade dabei, das Silber zu putzen; eine schmutzige Arbeit.«
Philip nickte verständnisvoll.
»Wenn Sie mir bitte folgen wollen«, forderte der Mann ihn auf. »Mein Name ist Willard, Sir. Mr. Stieglitz ist im Pavillon am Pool.«
Sie gingen durch die Halle zum Wohnraum, der auf Philip den Eindruck machte, als sei er von einem Kulissenbauer eingerichtet worden. Riesige Bilder, die sich in einer weißen Fläche mit verschiedenfarbigen Punkten erschöpften, bedeckten die Wände.
»Mr. Stieglitz ist ein großer Sammler«, erklärte Willard.
»Sieht ganz so aus.«
Durch eine Fenstertür gelangten sie auf die Terrasse. Philip folgte dem Butler an dem unmittelbar angrenzenden Swimmingpool entlang zum Pavillon, wo der Butler eine breite Glasschiebetür öffnete.
»Mr. Quennell ist hier, Mr. Stieglitz«, rief er in den Raum hinein. Dann trat er beiseite, um Philip den Vortritt zu lassen. Drinnen herrschte tiefe Dunkelheit abgesehen von dem Licht, das durch die Tür hereindrang, und dem Schein einer kleinen Lampe am anderen Ende. Schwere Vorhänge verdeckten die Fenster. Zuerst sah Philip überhaupt nichts: Der Kontrast zu der strahlenden Helligkeit draußen war zu kraß.
»Möchten Sie einen Drink?« fragte Willard.

»Nein, danke. Es ist stockdunkel hier drin – ich sehe rein gar nichts.«
»Der Pavillon dient Mr. Stieglitz auch als Vorführraum«, erklärte der Butler. »Er hat sich gerade einen Rohschnitt angesehen, und dazu müssen die Verdunkelungsvorhänge geschlossen sein.«
»Ich verstehe.«
Eine Toilettenspülung rauschte. »Mr. Stieglitz wird gleich kommen«, sagte der Butler mit englischem Akzent. »Wollen Sie vielleicht einen Kaffee?«
»Nein, nichts, danke.«
»Nehmen Sie doch Platz.«
Philip ließ sich in einem tiefen Sessel nieder. Seine Augen hatten sich inzwischen einigermaßen umgestellt. Auf einem schweren Couchtisch vor ihm standen Schalen mit Weingummi, den verschiedensten Schokoriegeln, Schokoladenbrezeln und Nüssen. Daneben lagen Dutzende von Drehbüchern mit Pappeinbänden in verschiedenen Farben.
Wieder rauschte die Toilettenspülung. Dann öffnete sich eine Tür, und Casper Stieglitz erschien. Er war in eine locker fallende Kombination aus schwarzem Samt gekleidet und trug einen breitrandigen Hut mit einem schwarzen Band, den er bis zu den Augenbrauen heruntergezogen hatte. Sein Gesicht zeigte die typische Höhensonnen-Bräune, und er verbarg seine Augen hinter einer schwarzgefaßten Brille mit dicken, dunklen Gläsern.
»Willard – sagen Sie diesen Gänsen auf dem Tennisplatz, sie sollen nicht so einen Radau machen. Bei den Ausdrücken, mit denen die um sich werfen, hat man ja das Gefühl, man sei sonstwo!« Casper Stieglitz nieste heftig. »Ist denen denn nicht klar, daß sie in Beverly Hills sind und nicht zu Hause – wo auch immer das sein mag.« Seine Nase war hörbar verstopft. »Hallo, Mr. Quennell – ich bin Casper Stieglitz.«
Er reichte Philip, der zur Begrüßung aufgestanden war, die linke Hand und stieß das Wort »Schleimbeutelentzündung« hervor, um zu erklären, warum er ihm nicht die Rechte gab, bevor er erneut dröhnend nieste. Philip fragte sich, warum er wohl im Haus einen Hut aufhatte.
»Sie scheinen ja schrecklich erkältet zu sein.«

»Das kann man wohl sagen«, bestätigte Casper, griff in die Hosentasche, zog ein Taschentuch heraus und putzte sich trompetend die Nase, aber außer dem Geräusch schien diese Aktion nicht viel Abhilfe zu schaffen.
»Setzen Sie sich doch wieder, Mr. Quennell. Ihr Buch über diesen Wall-Street-Menschen hat mir imponiert«, sagte Stieglitz und ließ sich Philip gegenüber in einen Sessel fallen.
»Danke sehr.«
»Hat Reza Bulbenkian Sie unter Beschuß genommen?«
»Ein bißchen.«
»Er wollte Ihnen die Beine brechen lassen, stimmt's?«
»Er hat damit gedroht«, nickte Philip.
Casper lachte. »Es hat mir gefallen, wie sie die Geschichte geschrieben haben – so richtig schön hart. Ich dachte, Sie seien älter. Wie alt sind Sie denn?«
»Dreißig.«
»Dreißig? Aha. Nun, äh, das Projekt, das ich mit Ihnen realisieren will, ist was ganz anderes als Ihr Buch. Wir haben in unseren Kreisen ein großes Drogenproblem, wissen Sie.«
»Ja. Mein Agent hat mir schon gesagt, daß Sie einen Film über dieses Thema drehen wollen.«
»Aber es wird keiner für die Kinos.«
»Nicht?« Philip war überrascht. »Das hatte ich allerdings angenommen.«
»Nein.«
»Fürs Fernsehen?«
»Nein, auch nicht.«
»Jetzt verstehe ich gar nichts mehr.«
Casper lachte wieder. Seine strahlend weißen Zähne – zu gleichmäßig, zu groß und zu perfekt – erinnerten Philip an Kaugummidragees. Jetzt, nachdem er sich völlig an die Dunkelheit gewöhnt hatte, fiel ihm die straffe, faltenlose Haut des Produzenten auf, offenbar das Ergebnis eines erst kurz zurückliegenden Liftings. Casper beugte sich vor und schaufelte eine Handvoll Nüsse aus einer der Schalen, und während er weitersprach, warf er sich immer zwei, drei auf einmal in den Mund. »Ich bin vor ein paar Monaten irrtümlich wegen Drogenhandels festgenommen worden. Eine Lieferung aus Kolumbien war versehentlich in die Hände eines meiner Ange-

stellten geraten, der das Päckchen mit der Überzeugung in mein Haus brachte, es handle sich bei dem Inhalt um Aufnahmen aus einem Film, den ich damals in Mittelamerika drehte.«
Für einen Augenblick schien es, als habe er den Faden verloren. »Es ist eine lange Geschichte.«
Philip sah ihn fragend an. »Ich verstehe nicht, was ich damit zu tun habe.«
»Dazu komme ich schon noch«, erklärte Casper. Offenbar erinnerte er sich wieder daran, wie weit er mit seinem Bericht gewesen war. Er schniefte und putzte sich erneut lautstark die Nase. »Der Richter, der für diesen Fall zuständig war, erkannte den groben Fehler, der passiert war, und bat mich, einen Film über den Drogenmißbrauch in unserer Branche zu machen, den man Kokainabhängigen zeigen könnte, in Rehabilitationskliniken und so weiter. Eben überall, wo der erbitterte Kampf gegen die Drogen geführt wird.«
»Und als Gegenleistung wird keine Anklage gegen Sie erhoben, stimmt's?« sagte Philip.
»Das Ganze ist völlig lächerlich!« empörte sich Casper. »Ich bin in dieser Angelegenheit nichts weiter als ein unschuldiger Zuschauer gewesen, aber meine Anwälte und ich fanden, daß es besser für mich sei, den verdammten Film zu drehen und damit eine weiße Weste zu behalten, als mich unerfreulicher Publicity auszusetzen. Gewissermaßen als Sozialarbeit, wissen Sie. Auf sehr hoher Ebene natürlich. Ist Ihnen Sozialarbeit ein Begriff?«
»Ja, darüber weiß ich bestens Bescheid«, nickte Philip. »Aber ich glaube nicht, daß mich ein solches Vorhaben interessiert, Mr. Stieglitz.«
»Casper – nennen Sie mich Casper, Phil. Möchten Sie vielleicht ein paar Nüsse?«
»Nein.«
»Das sind Cashews. Nein? Oder einen Schokoriegel?«
»Nein, danke.«
»Hat Ihnen dieser Schwachkopf Willard eigentlich keinen Drink angeboten?«
»Das hat er, doch. Aber ich möchte keinen.«
»Ein Bier?«
»Nein. Hören Sie, wir müssen über diese Sache sprechen«, sagte Philip. »Ich hatte mir etwas völlig anderes vorgestellt.«

»Na wenn schon. Sie verdienen gutes Geld – allerdings natürlich nicht so viel wie ein alter Hase –, aber ganz bestimmt mehr als mit Ihrem Buch. Für den Film werden wir Gesetzeshüter und Dealer und so weiter interviewen. Wir können es auch arrangieren, daß Sie bei einer Festnahme dabei sind, und das dann einbauen. Es wird für sie ein blendender Start in unserem Geschäft sein.«
Philip nickte. Er wirkte allerdings nicht ganz überzeugt.
»Und dann wird der Film den verschiedensten Gruppen vorgeführt, die mit dem Drogenproblem zu tun haben, und Sie bekommen einen eigenen Schaukasten, in dem die anderen Studios Ihre Arbeit sehen können. Entschuldigen Sie mich für einen Moment – ich muß aufs Klo.« Als er aufstand, mußte er wieder niesen und spuckte dabei Philip die halbzerkauten Cashewnüsse ins Gesicht, die er im Mund gehabt hatte. »O Mann, das tut mir aber leid!« Er zog sein schmuddeliges Taschentuch heraus. Philip lehnte es mit einem Kopfschütteln ab. »Ich muß aufs Klo«, wiederholte Casper und verschwand. Philip hörte, wie Casper hinter sich absperrte. Er betrachtete sein vollgespucktes Gesicht in dem Spiegel, der hinter den Flaschen der Bar angebracht war. Nußteilchen hingen in seinen Augenbrauen und klebten an seiner Nase. Er drehte den Wasserhahn an der Bar auf, um sich abzuwaschen, stellte jedoch gleich darauf fest, daß kein Handtuch da war. Er verließ den Projektionsraum, ging den Weg zurück, den er gekommen war, und trat durch die Fenstertür ins Haus. Der Butler war nirgends zu sehen. Noch zwei weitere Türen und eine verspiegelte Bar, und Philip stand in einem Flur, der, wie sich herausstellte, zum Schlafzimmer des Filmproduzenten führte. Auf dem riesigen Bett lag ein braun-orange gemusterter Überwurf. Eine Tür führte ins Bad; von dort aus gelangte man ins Ankleidezimmer.
Philip drehte den vergoldeten Heißwasserhahn auf und wusch sich das Gesicht gründlich mit der Sandelholzseife aus der muschelförmigen, vergoldeten Seifenschale. Dann trocknete er sich mit einem braunen Handtuch ab, auf dem in weißen Satinbuchstaben das Monogramm C. S. stand und das mit einer Reihe identischer Handtücher auf einem beheizten Ständer gehangen hatte. Da er sich danach jedoch immer noch nicht sauber fühlte, wiederholte er die Prozedur.

Als er fertig war, betrachtete er die Dutzende von gerahmten Fotografien, die die Wände des Badezimmers und des Ankleideraums bedeckten. Auf fast jedem Bild war Casper Stieglitz – bedeutend jünger allerdings – mit einem anderen hübschen Mädchen zu sehen: bei Preisverleihungen, bei offiziellen Essen oder bei Filmpremieren. Auf allen Bildern lachte er strahlend, ein Symbol für Ruhm und Erfolg. Es gab auch Fotos, die ihn bei einer Drehbuchbesprechung am Swimmingpool zeigten, oder wie er einem blonden Starlet mit Wein zuprostete, während er auf einer Luftmatratze im Wasser lag.

In Caspers Schränken hingen Dutzende von Seidenhemden neben Dutzenden von Sportsakkos, Dutzenden von Anzügen, Dutzenden von verschiedenen Smokingmodellen in Nachtblau, Braun und Schwarz. In einem anderen Schrank lagen, ordentlich aufeinandergestapelt, Pullover in allen erdenklichen Farben, alle mit demselben Muster und alle aus Kaschmir. Auf einem Tisch standen Rasierwasserflaschen, Haarbürsten mit goldenen Rücken, eine mit Samt ausgeschlagene Lederkassette mit Dutzenden von Manschettenknöpfen und ein riesiges Silbertablett mit einer Reihe von Sonnenbrillen.

Es klopfte an der Badezimmertür. »Sind Sie da drin, Philip?« fragte Casper.

»Ja. Ich wasche mir das Gesicht.«

»Das Gästebad liegt am Ende der Halle«, erklärte Casper mit deutlichem Mißfallen.

»Das konnte ich ja nicht ahnen«, rief Philip hinaus. In diesem Augenblick fiel sein Blick auf die merkwürdigen Gegenstände oben auf den Kleiderschränken. Es waren Perückenständer! Er zählte sie: einunddreißig! Und darauf ruhten Toupets in allen Stadien des Haarwuchses, von frisch geschnitten bis dringend schnittbedürftig.

»Ich komme gleich 'raus«, versprach Philip.

Aus dem Zimmer neben dem Ankleideraum hörte er das Kleinmädchengegacker von Ina Rae und Darlene.

»Wo sind die Massagestäbe?« fragte Ina Rae.

»Ich dachte, *du* hättest sie mitgebracht«, antwortete Darlene.

»Nein, du blöde Kuh, *du* solltest sie doch mitbringen! Casper wird ganz schön wütend sein.«

»Wozu brauchst du überhaupt einen?«

»Der Bursche hat einen Pimmel wie ein Tampon«, erklärte Ina Rae trocken.
Darlene kreischte vor Vergnügen.
Philip öffnete die Badezimmertür. Casper sah ihn besorgt an. Offenbar fürchtete er, Philip könne seine Toupetsammlung gesehen haben.
»Sie haben ein interessantes Haus, Mr. Stieglitz«, sagte Philip.
»Ich habe es völlig umgekrempelt, nachdem ich es gekauft hatte – den ganzen spanischen Mist beseitigt und es im französischen Stil hergerichtet. Thelma Todd hat das Haus gebaut«, erklärte er. »Sie wurde ermordet, erinnern Sie sich?«
»Nein.«
»Na ja, war ja auch lange vor Ihrer Zeit. Sogar lange vor meiner. Ich wollte früher mal einen Film über den Fall machen. Faye Converse sollte Thelma spielen, aber irgendwie wurde nie was draus. Ich konnte nicht alle Informationen zusammenkriegen.«
Sie schwiegen.
»Was diesen Drogenfilm betrifft«, begann Casper schließlich wieder.
»Ich glaube nicht, daß ich der richtige Mann dafür bin, Mr. Stieglitz«, sagte Philip.
»Ich zahle fünfzigtausend sofort. Fünfzigtausend, wenn Sie den ersten Entwurf abliefern und weitere fünfzigtausend, wenn wir in Produktion gehen. Kein schlechter Verdienst für einen jungen Burschen wie Sie. Sie haben für das ganze Buch über diesen Strolch Reza Bulbenkian nur fünfzigtausend bekommen.«
Philip lachte. »Lassen Sie mich mit meinem Agenten sprechen. Dann rufe ich Sie an.«
»Wann wird das sein? Ich muß dem Typen von der Gemeinde Bescheid sagen, sonst bin ich dran.«
»Ich melde mich heute abend oder spätestens morgen früh«, sicherte Philip ihm zu.
»Es gibt Leute, die würden mir für ein solches Angebot die Füße küssen«, grollte Casper.
»Davon bin ich überzeugt«, erwiderte Philip. »Aber das sind bestimmt Leute, die Sie für das Projekt nicht haben wollen.«
Er ging in die Halle hinaus und öffnete die Haustür. Draußen

empfing ihn gleißender Sonnenschein, und er mußte die Augen mit der Hand beschirmen, um überhaupt etwas sehen zu können. Ich werde mir eine dunkle Brille kaufen, beschloß er, obwohl er dunkle Brillen nicht ausstehen konnte. Er war gerade in seinen Wagen gestiegen, als er jemanden seinen Namen rufen hörte. Er schaute sich suchend um und sah den Butler in der Tür stehen. Philip kurbelte das Fenster herunter, und Willard kam herüber.

»Was gibt's?«

»Es ist eigentlich ganz unwichtig«, sagte der Mann.

»Was ist unwichtig?«

»Es betrifft das Haus.«

»Was ist damit?«

»Es stimmt nicht, daß Thelma Todd es gebaut hat. Das bringt er immer durcheinander.« Er schüttelte ärgerlich den Kopf. »Thelma lebte und starb – Gott sei ihrer Seele gnädig – am Pacific Coast Highway in Santa Monica.«

Philip starrte ihn verständnislos an.

»Mr. Stieglitz ist gar nicht wirklich an der Geschichte Hollywoods interessiert. Dieses Haus wurde von Gloria Swanson gebaut, als sie mit dem Marquis de la Falaise verheiratet war. Nachdem sie geschieden waren, versuchte Mr. Hearst es für Marion Davies zu kaufen, aber Miss Swanson wollte aus irgendeinem Grund nicht, daß sie es bekäme und verkaufte es an Constance Bennett. Miss Bennett hat auch das Mansarddach draufmachen lassen. Soviel ich weiß, hat Thelma Todd dieses Haus nicht einmal je betreten.«

»Ich dachte, es hätte Totie Fields gehört.«

»Oh, das war viel später«, winkte Willard ab. Seiner Meinung nach hatte Totie Fields zu dem Haus nichts Wesentliches beigetragen.

Philip konnte sich nicht vorstellen, daß der Butler ihn nur aufgehalten hatte, um ihm die Geschichte des Hauses zu erzählen.

»Es ist eigentlich ganz unwichtig«, wiederholte Willard.

»Aber interessant. Tut mir leid, ich habe Ihren Namen vergessen.«

»Willard.«

»O ja, richtig, Willard. Wenn Sie nicht gerade das Silber putzen, müssen Sie dann die ganzen Perücken waschen?«

Willard schnappte nach Luft. »Sie haben die Toupets gesehen? Er würde tot umfallen, wenn er das wüßte. Er denkt, keiner wüßte, daß er Perücken trägt.«
»Ich werde es nicht verraten«, beteuerte Philip.
»Ich habe Sie bei Hector Paradisos Totenmesse gesehen.«
»Sie kommen ja weit herum, Willard.«
»Eine schreckliche Geschichte.«
»War Hector ein Freund von Ihnen?«
»Ein Bekannter, wäre wohl zutreffender.«
»Es war Selbstmord, heißt es«, sagte Philip.
»Aber das glauben Sie doch wohl nicht, oder?«
»Es steht sogar im Autopsiebericht.«
Willard sah zum Haus hinüber. »Ich werde lieber wieder reingehen. Mr. Stieglitz wird sich schon wundern, wo ich bleibe.«
»Ich glaube, Ina Rae und Darlene kümmern sich zur Zeit um Mr. Stieglitz«, grinste Philip. »Allerdings haben sie ihre Massagestäbe vergessen.«
»Sind das nicht gräßliche kleine Nutten?« Willard schüttelte mißbilligend den Kopf.
Philip drehte den Zündschlüssel um. »Ich werde das über Gloria Swanson und Constance Bennett nicht vergessen«, versicherte er.
Der Butler faßte einen Entschluß. »Haben Sie schon mal von einem Lokal namens ›Miss Garbo's‹ gehört?« fragte er.
»Nein«, antwortete Philip, obwohl er sich sehr gut daran erinnerte, daß Flo es bei dem Treffen der Anonymen Alkoholiker ihm gegenüber erwähnt hatte.
»In der Astopovo Street zwischen Santa Monica Boulevard und Melrose?«
Philip schüttelte den Kopf. »Nein, kenne ich nicht.«
»Wäre auch nicht ganz Ihr Geschmack, denke ich.«
»Was ist das denn für ein Laden?«
»Die Art von Bar, in der Herren eines gewissen Alters und mit einer, äh, gewissen Veranlagung käufliche Liebe finden können.«
»Aha. Und warum erzählen Sie mir das?«
»Hector Paradiso hat auf dem Heimweg von Pauline Mendelsons Party dort Station gemacht.«
»Ich dachte, Hector Paradiso sei ein Frauenheld gewesen«, wunderte sich Philip.

»Hector Paradiso war so schwul, wie man nur sein kann, Mr. Quennell«, eröffnete Willard ihm.
»Und woher wissen Sie, daß er dort war?«
»Weil ich *auch* dort war«, erklärte der Butler. »Ich habe ihn gesehen, sogar mit ihm gesprochen. Joel Zircon, der Agent, der für Mona Berg arbeitet, hat mich ihm vorgestellt.«
»Aber wie können Sie sicher sein, daß es dieselbe Nacht war?«
»Er hatte ein Dinnerjacket an. Er kam von Pauline Mendelsons Party. Er erzählte, Pauline habe ein schwarzes Samtkleid und eine weiße Perlenkette getragen – wie Madame X in dem Sargent-Film.«
»Das hat Hector gesagt?«
»Ja.«
»Zu Ihnen?«
»Zu Manning Einsdorf.«
»Wer ist denn das?«
»Ihm gehört der Laden. Er war auch bei der Totenmesse. Er trägt die Haare über seine Glatze gekämmt.«
»Willard!« brüllte Casper Stieglitz aus dem Haus.
Der Butler schrak auf und fügte noch hastig hinzu: »Er ging mit einem blonden Typen weg, so gegen zwei Uhr früh. Der Typ hieß Lonny.«

Abgesehen von einigen handgeschriebenen Anordnungen auf blauem Briefpapier von Smythson's in London hatte Hector Paradiso kein Testament hinterlassen. »Typisch«, sagte Jules mit einem ärgerlichen Kopfschütteln, als er es erfuhr. Hector, das wußte jeder, war nie ein Geschäftsmann gewesen. In seinen Verfügungen, die weder notariell bestätigt noch von Zeugen unterschrieben waren, vermachte er das Familiensilber Camilla Ebury und das Flora-Danica-Porzellan Pauline Mendelson; sein Hund Astrid, den er nach einer Eisläuferin benannt hatte, mit der er einmal verlobt gewesen war, ging an Rose Cliveden, und sein Hausboy Raymundo erhielt tausend Dollar.
»Das ist alles, was gefunden wurde.« Jules warf Sims Lord, seinem Anwalt, die blauen Zettel mit Paradisos Handschrift auf den Schreibtisch: Pauline hatte nämlich gemeint, es sei eine nette Geste, Sims einzuschalten, um Hectors Nachlaß zu

regeln und dafür zu sorgen, daß alles möglichst schnell über die Bühne ginge.
An einem der folgenden Tage bekam Sims Lord einen Anruf von einer Frau namens Mercedes Sandoval, die ihren Vornamen, in kastilischer Manier, Mer*th*edes aussprach. Sie hatte jahrelang als Teilzeitsekretärin für Hector gearbeitet, seine Partyeinladungen geschrieben, für die Bezahlung seiner Rechnungen gesorgt und sein Scheckbuch geführt. Mercedes teilte Sims Lord mit, daß ein Scheck abgebucht worden sei, den Hector in der Nacht seines Todes ausgestellt hätte und der am nächsten Tag eingelöst worden sei. Der Scheck lautete auf einen Namen, den sie noch nie gehört habe: Lonny Edge.
»Soll ich den Vorgang der Polizei melden?« fragte Mercedes.
»Nein, schicken Sie die Unterlagen mir«, sagte Sims Lord. »Ich werde dafür sorgen, daß die Polizei sie bekommt.«

Aus Flos Tonbandaufzeichnungen

Ich glaube, damals fiel es mir gar nicht auf, aber wenn ich jetzt zurückdenke, wird mir klar, daß Jules vor meinen Augen verfiel. Es brachen schrecklich viele Dinge gleichzeitig über ihn herein, aber das wußte ich nicht. Ich nervte ihn noch zusätzlich, indem ich ihn immer wieder drängte, mir endlich ein Haus zu kaufen, jetzt weiß ich aber, daß er ganz andere Sachen im Kopf hatte. Als Jules jung war, war er eine ganz große Nummer in Chicago, 1953, glaube ich. Ich möchte sein Andenken nicht beschmutzen – obwohl ich da wohl nicht mehr viel verderben könnte –, aber es ist ein wichtiger Punkt in der Geschichte. Er nahm eines Nachts ein Mädchen mit in ein Hotel; es war das »Roosevelt Hotel«, daran erinnere ich mich noch genau. Sie war keine Nutte, aber eben so ein billiges Mädchen, wie man sie in Bars aufreißen kann. So wie ich. Sie müssen wissen, Jules war ein sehr auf Sex fixierter Mann, auch wenn man ihm das nicht ansah. Das Mädchen bekam Angst vor ihm. Der Bursche hat einen Johnny wie ein Muli – habe ich Ihnen das schon erzählt? Ich glaube ja. Jedenfalls lief das Mädchen auf den Balkon raus, er packte sie, um sie ins Zimmer zurückzuholen, und dabei brach er ihr den Arm. Und irgendwie stürzte sie dann auf die Straße hinunter. Es wurde alles vertuscht, die Familie des Mädchens bekam eine Abfindung. Es wurde nie ein Bericht darüber geschrieben, aber Arnie Zwillman wußte Bescheid – und Arnie Zwillman erpreßte Jules.

9. Kapitel

Als Camilla Ebury ein paar Tage später Pauline Mendelson fragte, ob Kippie sich wohl zu einem gemischten Doppel bereitfinden würde – »Ich habe Philip erzählt, daß Kippie die beste Rückhand der Welt spielt« –, eröffnete Pauline ihr, daß ihr Sohn bereits wieder nach Lyon in die Rehabilitationsklinik zurückgekehrt sei. Diese war den Mendelsons vom Leiter von »Le Rosay« empfohlen worden, jener Schule im schweizerischen Gstaad, die Kippie hinauswarf, obwohl Jules angeboten hatte, eine neue Bibliothek zu stiften. Pauline wirkte nicht mehr angespannt, wenn Kippies Name fiel, und Camilla wagte es, zwischen zwei Backgammonspielen ein paar Fragen zu stellen.

»Ich dachte, er hat die Therapie in Lyon vielleicht schon abgeschlossen«, sagte sie.

»O nein, er muß noch mindestens drei Monate dortbleiben.«

»Und warum war er dann hier?«

»Um zum Zahnarzt zu gehen. Er hatte einen Schneidezahn verloren – ich nehme an, bei einer Prügelei, aber er war nicht sehr gesprächig –, und er weigerte sich, zu einem dieser französischen Dentisten zu gehen, wofür ich Verständnis habe. Dr. Shea behandelte ihn ein paarmal, implantierte einen neuen Zahn, und fertig. Schon konnte Kippie wieder zurückfahren.«

»Wie war er denn?«

»Ach, du kennst doch Kippie: beängstigend bezaubernd. Blondell verwöhnte ihn unsäglich. Die Köchin liebt ihn abgöt-

tisch. Sie machte ihm Kartoffelbrei und püriertes Hühnchenfleisch, lauter Sachen, die er nicht beißen mußte. Und der Butler überschlug sich geradezu. Jules und Kippie hatten sich natürlich sofort in den Haaren. Daran wird sich wohl nie mehr etwas ändern, auch wenn ich unverdrossen versuche, immer wieder Frieden zu stiften.« Sie hielt kurz inne und fügte dann hinzu: »Aber er hat sich scheinbar gefangen. Er schien es sogar eilig zu haben, nach Frankreich zurückzukehren, was mich sehr erstaunte.«
»Was will er denn machen, wenn er endgültig nach Hause kommt?« fragte Camilla.
»Im Augenblick hat er die Idee, ein Restaurant zu eröffnen. Kannst du dir das vorstellen? Aber nächste Woche fällt ihm sicher wieder etwas anderes ein.«
Sie begannen ein neues Backgammonspiel.

Eine Woche zuvor, am Abend der Mendelson-Party, hatte Kippie Petworth seine Mutter angerufen, um ihr zu sagen, daß er in Los Angeles sei. Die Neuigkeit traf sie völlig überraschend. Pauline hörte gerade zu, wie der ehemalige Präsident, der rechts von ihr saß, eine langatmige Anekdote über eine Auseinandersetzung zwischen seiner Frau und der des sowjetischen Regierungschefs erzählte, die sie schon kannte, als der Butler kam, um sie zu holen. Sie hatte das Kinn graziös in die Hand gestützt und lauschte ihrem hochgestellten Gast so aufmerksam, als höre sie die Story zum erstenmal. Sie lächelte und lachte an den richtigen Stellen. Als Dudley sich zu ihr herunterbeugte, hob sie die Hand, um ihn bis zur Pointe zurückzuhalten.
»Es ist wirklich zu komisch!« sagte sie am Schluß und lachte herzlich mit den anderen Gästen. Die Geschichte hätte, von einem anderen erzählt, niemanden interessiert oder erheitert, aber so fand sie großen Beifall. Jetzt endlich wandte Pauline sich halb zu dem Butler um, in der Erwartung, er werde ihr von einem Problem in der Küche berichten oder einem mit der Kapelle, die kurz zuvor angekommen war.
»Es ist Kippie«, flüsterte er ihr ins Ohr.
»Kippie?« fragte sie und wandte ihm nun ihr ganzes Gesicht zu. Ihre Stimme klang zwar überrascht, aber nicht einmal Sims

Lord, der links vor ihr saß, konnte ihrem Tonfall entnehmen, daß möglicherweise eine Familienkrise bevorstand.
»Am Telefon«, erklärte Dudley leise. »Ich sagte ihm, Sie gäben eine Party, aber er bestand darauf, mit Ihnen zu sprechen.«
»Ruft er aus Frankreich an?«
»Ich glaube er... Er scheint hier zu sein.«
»Würden Sie mich entschuldigen, Mr. Präsident?« Sie legte ihre Damastserviette neben ihren Teller und stand auf. »Es scheint ein kleines Problem mit dem Soufflé zu geben.«
»Eine Hausfrau hat eben nie Feierabend«, antwortete der Präsident und alle lachten über seinen Scherz.
»Ich werde Rose Cliveden herüberschicken, damit sie meinen Platz warmhält.« Pauline lächelte, und damit war sie fort. »Ich möchte in der Bibliothek sprechen, Dudley. Bitte sorgen Sie dafür, daß ich nicht gestört werde.« Auf dem Weg wurde sie immer wieder von Gästen angesprochen, und sie erwiderte jeden Gruß mit einem charmanten Lächeln, blieb jedoch kein einziges Mal stehen. »Was für ein wundervolles Kleid!« sagte sie zu Madge White, deren Tochter Kippie geschwängert hatte, als die beiden erst vierzehn gewesen waren. »Danke, für das Kompliment, Sandy. Ich freue mich, daß du dich so gut amüsierst«, sagte sie zu Sandy Pond, dessen Familie der »Los Angeles Tribunal« gehörte. »Faye, falls vor dem Gästebad eine Schlange stehen sollte, dann benutze doch einfach meines oben. Blondell wird dich reinlassen«, sagte sie zu Faye Converse.
»Pauline, ich muß mit dir reden!« Hector Paradiso packte sie am Arm.
»Wie ungezogen von dir, die Platzkarten zu vertauschen«, schalt sie ihn scherzhaft und steuerte unbeirrt auf die Bibliothek zu. »Warum in aller Welt hast du das bloß getan?«
»Ich fühlte mich auf dem Platz, den du mir zugedacht hattest, benachteiligt.«
»Ich werde es dir nicht nachtragen, wenn du mir versprichst, mit Rose zu tanzen. Ich glaube, du hast sie schwer gekränkt.«
»Aber Pauline, ich muß dir unbedingt etwas sagen.«
»Nicht jetzt, Hector.« Sie trat in die Bibliothek und schloß die Tür vor Hectors Nase. Wie immer, wenn sie den Raum betrat,

schaute sie zu den »Weißen Rosen« hinauf, und wie immer hatte das Bild eine beruhigende Wirkung auf sie. Sie nahm den Telefonhörer ab. »Hallo? Hallo, Kippie? Hier ist Mutter.«

Kippie hatte aus dem Haus von Arnie Zwillman angerufen, was er seiner Mutter jedoch verschwieg. Pauline hätte der Name wahrscheinlich ohnehin nichts gesagt im Gegensatz zu Jules Mendelson. In den Augen der Mendelsons und ihresgleichen war Arnie keine erstrebenswerte Bekanntschaft, und vielleicht reizte Kippie gerade das an ihm. Arnie hatte früher ein Hotel in Las Vegas besessen, das »Vegas Seraglio«, und das Geld, das die Versicherung bezahlt hatte, nachdem es abgebrannt war, bildete den Grundstock für sein Vermögen. Wenn man Arnie wütend machen wollte, und er konnte entsetzlich wütend werden, dann brauchte man ihn nur als den »Mann, der das ›Vegas Seraglio‹ niederbrannte, um die Versicherungssumme zu kassieren« zu bezeichnen. Manch einer hatte es getan, und manch einer bedauerte es. Generell jedoch war Arnie, wie seine Freunde behaupteten, ein besonders netter Bursche. Wenn Gäste seine Villa bewunderten, dann erklärte er ihnen, daß sie früher Charles Boyer gehört habe, doch diejenigen, die sie zu Boyers Zeiten gekannt hatten, hätten sie kaum wiedererkannt: Ganze Wände waren durch gläserne Schiebetüren ersetzt worden, deckenhohe Spiegel verdeckten die französische Holzverkleidung, und dort, wo sich früher die Bibliothek befunden hatte, waren jetzt die Sauna und ein Bad. Türkis, Rosa und Orange, die Lieblingsfarben von Arnies vierter Ehefrau, Gladyce, dominierten bei dem, was sie ihr Dekor nannte. Inzwischen war Gladyce jedoch fort und an ihrer Stelle Adrienne Basquette eingezogen, die hoffte, sich Arnies Zuneigung und Aufmerksamkeit wenigstens so lange erhalten zu können, bis die Scheidung von Gladyce durch war und sie die fünfte Mrs. Zwillman.

Adrienne hörte das Glockenspiel und schaltete die Außenbeleuchtung ein. Die Türen waren viereinhalb Meter hoch und aus kugelsicherem Glas, auf dem sowohl zum Schutz als auch zur Verzierung schmiedeeiserne Gitter saßen. Adrienne sah, daß ein gutgewachsener junger, blonder Mann draußen stand, dem Blut aus dem Mund lief. Er ist hinreißend, dachte sie – Frauen fanden Kippie durchwegs hinreißend.

»Wo ist Gladyce?« fragte er, als sie die Tür öffnete.
»Wo kommen *Sie* denn her?« Ihr Ton machte deutlich, daß Gladyce schon vor einer ganzen Weile von der Bildfläche verschwunden war.
»Aus Frankreich.«
»O là là!« sagte Adrienne. »Ihr Mund sieht ja schlimm aus.«
»Fühlt sich auch schlimm an. Ist Arnie da?«
»Was soll ich ihm sagen, wer da ist?«
»Kippie.«
»Erwartet er Sie?«
»Fragen Sie ihn.« Er lächelte sein bewährtes Lächeln – diesmal allerdings mit geschlossenem Mund, da ihm ein Vorderzahn fehlte.
Sie schloß die Haustür und ließ Kippie warten. Er schaute sich um, stellte fest, daß niemand in Sichtweite war und spuckte einen Mundvoll Blut in einen Terracottatopf neben der Tür, in dem ein Bonsai wuchs. Einige Minuten später kam Adrienne zurück, machte die Tür weit auf und bat ihn herein.
»Arnie kommt sofort«, sagte sie. »Er ist gerade in der Sauna. Kann ich Ihnen irgend etwas bringen?«
»Eine Schachtel Kleenex.«
»Was ist passiert?« Sie deutete auf ihren Mund, um ihm zu zeigen, worauf ihre Frage sich bezog.
»Könnten Sie mir nicht die Kleenex holen, bevor wir uns unterhalten?« bat Kippie ungeduldig.
»Sie benehmen sich wie ein verzogenes Balg«, schalt sie.
»Ich *bin* ein verzogenes Balg.«
Sie verschwand in einem Badezimmer, das an die Halle grenzte, und kam mit einem türkisfarbenen Behälter zurück, der rosa Papiertücher enthielt. »Geben Sie um Himmels willen acht auf Arnies Teppiche! Er würde ausflippen«, warnte sie ihn.
In diesem Augenblick erschien Arnie Zwillman. Er war dunkelbraun gebrannt, trug einen Bademantel aus Frottee und kämmte sich im Gehen die nasse, silbergraue Mähne aus dem Gesicht. An seinem kleinen Finger blitzte ein Brillantring. Kippie hatte ihn einmal als »attraktiv – auf diese bestimmte Las-Vegas-Art« beschrieben. Arnie musterte Kippie schweigend.
»Ich konnte mir gar nicht vorstellen, wer um zehn Uhr abends bei uns klingelt«, unterbrach Adrienne die Stille.

»Verschwinde«, knurrte ihr Zukünftiger mit einer herrischen Kopfbewegung und einer Geste, die seinen Befehl noch unterstrich. Sie zog sich widerspruchslos zurück. »Komm mit in die Sauna«, wandte er sich an Kippie. »Wir können auch dort reden. Und gib um Himmels willen acht auf meine weißen Teppiche!« Er ging voran, rückte auf dem Weg zwei Bilder gerade und entfernte eine Aschenspur von der Glasplatte eines Messingtisches.

»In welcher Klemme steckst du denn?« fragte er.

»Wer sagt, daß ich in der Klemme stecke?«

»Verarsch mich nicht, mein Junge.«

»Warum willst du es wissen?«

»Weil ich dir sonst nicht raushelfen kann.«

»Und wie?«

»Richter Quartz wird die Voruntersuchung leiten, richtig?«

»Ja. Woher weißt du das?«

»Es ist mein Geschäft, solche Dinge zu wissen. Ich wußte es schon zehn Minuten, nachdem sie dich hoppgenommen hatten. Ein Freund kam mit derselben Maschine wie du aus Paris. Eigentlich sollten sie *ihn* filzen, aber statt dessen nahmen sie sich *dich* vor.«

»Ich weiß überhaupt nicht, warum sie so über mich herfielen«, beschwerte sich Kippie. »Ich hatte bloß ein paar lächerliche Joints dabei, und sie taten, als brächte ich eine Ladung aus Kolumbien mit. Du hättest sehen sollen, was die mit meinem Gepäck anstellten.«

»Die Arschlöcher haben den Falschen erwischt«, erklärte Zwillman.

»Meine Eltern werden mich umbringen.«

»Du hast ja einen Zahn verloren.«

»Ja.«

»Und wie?«

»Der eine Cop hat mich geschlagen.«

»Cops verprügeln aber normalerweise keine grünen Jungs wie dich. Hast du vielleicht mal wieder deine Sohn-aus-reichem-Haus-Nummer abgezogen?«

»So ähnlich.«

»Hast du ihn möglicherweise als Scheißbullen beschimpft?«

Kippie nickte.

Sie sahen einander an und lachten. »Du bist wie ein offenes Buch für mich, Junge.«
»Die beiden Cops, die der Kerl vom Zoll rief, waren echte Riesen. Sie faßten mich unter den Achseln, hoben mich hoch, daß meine Füße den Boden nicht mehr berührten, und trugen mich durch den Warteraum von Pan Am. Ich machte nicht gerade eine tolle Figur. Und das, nachdem sie mich gezwungen hatten, mich auszuziehen, und mir den Finger bis ans Heft in den Hintern geschoben hatten, um festzustellen, ob da vielleicht Drogen versteckt sind. Ich war völlig fertig.«
Aus der Sprechanlage kam eine Frauenstimme. »Ich habe jetzt Zeit für Sie, Mr. Zwillman.
Arnie drückte auf einen Knopf. »*Okay*, Wanda, stellen Sie schon mal das Bett auf!« Er wandte sich wieder an Kippie. »Willst du auch 'ne Massage?«
»Nein, danke.« Kippie fühlte sich schon in der Sauna unbehaglich genug.
»Diese Wanda hat aber wirklich was drauf«, versicherte Arnie. »Tolle Technik – solange du noch einen hochkriegst.«
Kippie zuckte die Achseln.
»Ich nehme an, du hast Jules und Pauline nichts von deinem kleinen Abenteuer erzählt?« Arnie sprach die Namen mit übertriebener Deutlichkeit aus, eine spöttische Betonung ihrer Vornehmheit.
Kippie schüttelte den Kopf.
»Du rufst sie am besten von hier aus an. Aber sag ihnen nicht, was vorgefallen ist! Sag es niemandem – außer deinem Anwalt. Ich werde dir einen besorgen. Wird zehn Riesen Vorschuß kosten.«
»Kannst du mir die leihen?« fragte Kippie.
»Ich habe schon die Kaution für dich berappt, Jungchen. Selbst meine Großzügigkeit hat ihre Grenzen.«
»Aber woher soll ich zehn Riesen kriegen?«
»Von deiner reichen Mami.«
»Die gibt mir nichts. Das hat sie mir das letzte Mal schon gesagt.«
»Du mußt eben deinen ganzen Charme aufbieten, das kannst du doch so gut. Damit kriegst du sie bestimmt rum. Und wenn du dann Montag früh vor Richter Quartz erscheinst, wird das Verfahren eingestellt. Darauf kannst du dich verlassen.«

»Und was willst du für deine Hilfe haben? Ich kann mir nicht vorstellen, daß du das alles nur für mich tust, weil du mich für einen so netten Jungen hältst.«
»Kluges Kind.«
»Also – was willst du.«
»Eine Vermittlung.«
»Welcher Art?«
»Du sollst mich mit deinem Vater bekanntmachen.«
»Mit meinem Vater? Der lebt auf Long Island, ist inzwischen mit der ehemaligen Mrs. Beauchamp verheiratet und spielt täglich von morgens bis abends Bridge in Southampton oder Palm Beach oder im ›Racquet Club‹ in New York oder im ›Piping Rock‹, wo immer er gerade ist. Was für einen Grund solltest du haben, die Bekanntschaft von Johnny Petworth machen zu wollen?«
»Halt mich nicht für blöde, du verwöhnte Kröte. Ich spreche von Jules Mendelson.«
»Aber der ist nur mein Stiefvater.«
»Gut, dann ist er eben dein Stiefvater. Ich möchte deinen Stiefvater kennenlernen.«
Kippie zögerte. Er wußte aus der Vergangenheit, daß er da nichts versprechen konnte. »Mein Stiefvater hält nicht gerade viel von mir«, sagte er.
»Du willst doch aus dem Schlamassel raus, ohne daß deine Familie etwas von der Sache erfährt, oder?«
»Arnie, hör doch mal, Mann! Mein Stiefvater wird dein Haus nie betreten, das weiß ich.«
»Das weiß ich auch, mein Junge. Deshalb sollst du ja auch arrangieren, daß deine Eltern zum Essen und zu einer Filmvorführung zu Casper Stieglitz gehen. Ich werde auch dort sein, aber das sagst du ihnen natürlich nicht.«
»Wer ist Casper Stieglitz?«
»Ein Filmproduzent.«
»Aber meine Mutter und mein Stiefvater verkehren nicht mit diesen Leuten. Ich sage nicht, daß das richtig ist, ich sage nur, daß es so ist.«
»Arrangier es, du kleines Arschloch! Du willst doch nicht in der Zeitung lesen, daß du nach der Ankunft mit dem Pan-Am-Flug Nummer drei aus Paris verhaftet worden bist, oder? Ich

glaube, Jules und Pauline wären auch nicht scharf darauf, vor allem jetzt, wo die Wirtschaftskonferenz in Brüssel bevorsteht.«

Kippie begriff, daß er keine Wahl hatte.

»Was ist das ›Piping Rock‹?« fragte Arnie.

»Ein Club.«

»Wo?«

»Auf Long Island.«

»Was für eine Art von Club?«

»Die Art, in die man dich nicht reinlassen würde.«

»Als Mitglied, meinst du?«

»Nicht mal als Gast eines Mitgliedes. Nicht mal zum Mittagessen.«

»Und wieso nicht?«

»Du bist nicht nach dem Geschmack dieser Leute.«

Arnie nickte. »Du rufst jetzt besser deine Mami an und erklärst ihr, daß du ganz dringend zehntausend Dollar brauchst. Ich lasse mich inzwischen massieren.«

Zu Hause kamen Jules, Pauline und Kippie in der darauffolgenden Zeit nur einmal zusammen. Obwohl Hector Paradiso im Bestattungsinstitut in einem offenen Sarg aufgebahrt lag, ging das Leben in der Stadt seinen gewohnten Gang, wenn man von den endlosen Spekulationen über die Todesursache einmal absah. Freddy Galavant und Konsorten beschlossen, ihr Dinner zu Ehren des brasilianischen Botschafters nicht abzusagen. Polly Maxwell sah keinen Grund, die Modenschau im »Bel Air Hotel« zugunsten der Waisen von Los Angeles abzublasen, obwohl Pauline Mendelson, Camilla Ebury und Rose Cliveden telefonisch mitgeteilt hatten, daß sie nicht kommen würden. Und Ralph White weigerte sich trotz des Protestes seiner Frau Madge, auf sein von langer Hand für das Wochenende geplantes Forellenangeln auf dem Metolius River in Oregon zu verzichten, doch versprach er, rechtzeitig zur Beerdigung zurück zu sein.

Jules hatte alle Hände voll zu tun. Die Wirtschaftskonferenz in Brüssel stand bevor, und es waren eine Menge Vorbereitungen zu treffen. Einer Delegation der National Gallery in Washington war ein Mittagessen auf Clouds mit anschließender

Besichtigung der Sammlung zugesagt worden, was nicht rückgängig zu machen war. Gleichzeitig lief die Planung von Hectors Begräbnis auf Hochtouren, an der Jules ein überraschendes Interesse zeigte. Pauline war erstaunt, als er darauf bestand, frühere Botschafter und Angehörige der Prominenz von Los Angeles als Sargträger zu verpflichten, obwohl keiner von ihnen Hector mehr als flüchtig gekannt hatte.
Kippie war in diesen Tagen sehr schweigsam und sprach höchstens mit Blondell und Dudley, oder er schlug stundenlang einen Tennisball gegen die Wand auf dem Platz. Zwischendurch ging er zu Dr. Shea, der ihm einen neuen Vorderzahn einsetzen sollte, oder zu Dr. Wright, um den Zeigefinger seiner rechten Hand behandeln zu lassen, dessen Spitze Hectors Hund Astrid ihm auf Clouds abgebissen hatte.
Als Kippie dieses eine Mal mit seiner Mutter und seinem Stiefvater allein war, zupfte er auf seiner Gitarre herum, was Jules wahnsinnig machte. Bevor Kippie auf die Idee mit dem Restaurant gekommen war, hatte er Gitarrist werden wollen. Dann rief Miss Maple, Jules' Sekretärin an, daß Bettye, Casper Stieglitz' Sekretärin, telefonisch eine Einladung für Mr. und Mrs. Mendelson zum Essen und zu einer Filmvorführung übermittelt habe, deren Termin weit genug in der Zukunft lag, um die Annahme sicherzustellen.
»Lehnen Sie ab«, ordnete Jules an. »Wir kennen diesen Casper Stieglitz ja nicht einmal.«
Kippie blickte von seiner Gitarre auf und spielte einen Akkord, der so mißtönend war, daß sein Stiefvater verärgert herüberschaute.
»Nein, Jules, lehn nicht ab«, sagte Kippie so energisch, daß Jules die Sprechmuschel des Hörers zuhielt und fragte: »Wovon redest du?«
»Ich sage dir, du sollst die Einladung annehmen.«
»Was weißt du denn darüber?«
»Sag Miss Maple, sie soll zusagen, Jules.«
Die beiden starrten einander an. »Sagen Sie vorläufig noch nichts, Miss Maple«, korrigierte Jules sich und legte auf. »Deine Mutter wird niemals zu Casper Stieglitz gehen.«
»Doch, sie wird. Wenn du es ihr befiehlst.«
»Ich komme nicht ganz mit«, bekannte Jules. »Kennst du denn diesen Casper Stieglitz?«

»Nein.«
»Und woher weißt du, daß er uns einladen will?«
»Ich weiß es eben.«
»Von wem?«
»Es wird auch jemand dort sein, der dich kennenlernen will.«
»Wer?«
»Darf ich nicht sagen.«
»Das würde ich dir aber raten.«
»Arnie Zwillman.«
»Arnie Zwillman!« Jules war sichtlich schockiert.
»Kennst du ihn?« fragte Kippie.
»Natürlich kenne ich ihn *nicht!* Du etwa?«
»Ja.«
»Wie kommst du denn dazu, einen solchen Kerl zu kennen?«
»Du hörst dich an wie meine Mutter.«
Jules ignorierte die Bemerkung. »Der Mann ist ein Gangster. Er hat das ›Seraglio Hotel‹ in Las Vegas niedergebrannt, um die Versicherungssumme zu kassieren.«
»Er ist nie verhaftet worden«, sagte Kippie.
»Und er ist ein Falschspieler: Er hat ein elektronisches Überwachungssystem in der Decke seines Spielzimmers, und darüber sitzt ein Mann und informiert ihn mit schwachen Stromstößen darüber, welche Karten die anderen Spieler in der Hand haben.«
»Dafür, daß du Arnie nicht kennst, weißt du aber erstaunlich viel über ihn.«
»Sag es mir, Kippie – in welcher Beziehung stehst du zu ihm?«
In diesem Moment trat Pauline ein, ganz in Schwarz: Sie kam vom Beerdigungsinstitut, wo Hector aufgebahrt lag, damit seine Freunde von ihm Abschied nehmen konnten.
»Na, wie war's?« fragte Jules.
»Ein Alptraum«, stöhnte sie. »Der arme Hector. Er hätte es verabscheut. Diese Latinos weinen so laut, und der Rosenkranz fand und fand kein Ende. Es war zum Verrücktwerden. Und die Blumen! Du hast noch nie so entsetzliche Blumen gesehen: Rosa Gladiolen, orangefarbene Lilien, alles, was ich nicht ertrage. Morgen in der Kirche wird das ganz anders. Rose Cliveden und Camilla kümmern sich um alles, und Petra von Kant arrangiert die Blumen selbst.« Sie wandte sich an

Kippie: »Wie geht es dir, Darling? Was macht dein Zahn? Laß mal sehen! Oh, unser Dr. Shea leistet wirklich gute Arbeit. Und wie ist es mit dem Finger? Hast du große Schmerzen? Ich bin so froh, daß dieses kleine Biest aus dem Haus ist. Bitte bring mir doch ein Glas Wein, Darling! Deine Mutter ist völlig erledigt.«

Sie ließ sich auf einer Chaiselongue nieder und legte die Füße hoch. Kippie brachte ihr den Wein. »Danke dir, Darling. Ist es nicht schön, daß die Familie einmal beieinander ist – und noch dazu zu meiner liebsten Tageszeit. Es ist so lange her, seit wir so zusammen waren.«

Sie schaute ihren Mann und ihren Sohn an und lächelte. Keiner der beiden teilte ihre Begeisterung, aber sie nickten. Ein kurzes Schweigen folgte.

»Casper Stieglitz hat uns zum Essen eingeladen«, sagte Jules schließlich.

»Casper Stieglitz? Warum denn das, um Himmels willen?« Pauline kicherte über die Lächerlichkeit eines solchen Ansinnens.

»Und zu einer Filmvorführung«, ergänzte er.

»Ach, großer Gott, mit lauter Leuten, die wir nicht kennen.« Soweit es sie betraf, war das Thema damit erledigt.

Jules sah Kippie an und hob die Schultern: Er hatte es immerhin versucht.

Kippie fixierte seinen Stiefvater, während er wieder auf seiner Gitarre herumzupfte. »Das ist meine neueste Komposition«, erklärte er. »Der Text ist recht interessant.« Und er sang mit leiser Stimme nuschelnd:

»Flo ist der Name der Geliebten meines Stiefvaters,
sie wohnt in der Azelia Lane.
Jeden Nachmittag um Viertel vor vier ...«

Jules war kaum je in seinem Leben verblüfft gewesen, aber jetzt war er fassungslos.

»Auch wenn es von dir ist, ich habe jetzt keinen Sinn für Gitarrenmusik, Darling«, sagte Pauline. »Mein Kopf schmerzt höllisch.«

»Tut mir leid, Ma.« Kippie legte die Gitarre weg. »Arnie Zwillman wird auch dort sein.«

»Und wer, frage ich dich, ist Arnie Zwillman?« Die Art, wie sie den Namen aussprach, machte deutlich, daß sie es nicht für erstrebenswert hielt, seinen Träger kennenzulernen.
»Er wird dir gefallen, Ma. Arnie Zwillman stammt aus einer alten Gaunerfamilie. Steht auf der Lohnliste der Mafia. Das ist keiner von deinen Neureichen. Du wirst ihn lieben.«
Pauline lachte. »Glaubst du, daß mein Sohn sich über mich lustig macht, Jules?«
Ihr Mann antwortete nicht.
»Und woher kennst du ihn?« fragte Pauline.
Jetzt lachte Kippie. Er liebte seine Mutter sehr, und er war stolz darauf, daß sie eine solche Schönheit war. In allen Schulen, die er im Laufe der Zeit besucht hatte, hatten die älteren Schüler und die Lehrer sich gleichermaßen darum gerissen, ihr vorgestellt zu werden, und sie war ihnen stets sehr freundlich begegnet. Er vergaß auch nie ihren Geburtstag und schenkte ihr immer etwas zu Weihnachten. Aber er kam nicht mit den Menschen zurecht, mit denen sie sich umgab. Und er verabscheute Jules Mendelson. Und deshalb vertraute er sich seiner Mutter auch nie an, obwohl sie seine Geheimnisse sicherlich für sich behalten hätte.
»Ich wünschte, mein Sohn würde seine Zeit in der Gesellschaft jener Leute verbringen, mit denen er aufgewachsen ist, anstatt sich mit diesen merkwürdigen Gestalten herumzutreiben«, klagte Pauline. »Ich weiß gar nicht, wo du dieses Gelichter immer auftust, Kippie.«
»Hör mal, Pauline«, sagte Jules plötzlich und stand auf. »Ich glaube, wir sollten die Einladung doch annehmen. Nur dieses eine Mal.«
»Ich hätte nie gedacht, so etwas einmal von dir zu hören. Ich dachte immer, du könntest die Filmleute nicht ausstehen.«
»Trotzdem sollten wir hingehen.« Seine Stimme war sanft, aber er sah Pauline mit einem Blick an, der ihr nahelegte, sich seinem Wunsch zu fügen.
»Du kannst ja gehen«, stellte sie ihm frei. »Ich werde auf keinen Fall mitkommen. Ich kenne diesen Mann nicht, und ich wüßte wirklich nicht, was ich dort sollte.«
Jules sah wieder Kippie an und bedeutete ihm mit einer verstohlenen Handbewegung, daß er Pauline schon noch überreden würde.

Arnie erhielt gerade seine tägliche Massagebehandlung, als Kippie kam, und so setzte sich der Junge mit einer Illustrierten in den Wohnraum, bis Wanda ihre Arbeit beendet hatte.
»Willst du auch 'ne Massage?« fragte Arnie, als er im Bademantel aus seinem Fitneßraum kam.
»Nein, danke.«
»Sie hat wirklich was los – solange du noch einen hochkriegst.«
»Kein Bedarf, danke«, lehnte Kippie ab.
»Bis morgen, Wanda«, verabschiedete Arnie die Frau über die Schulter, ging zur Bar und goß sich ein Glas Grapefruitsaft ein.
»Was hat dein Stiefvater gesagt?«
»Er wird hingehen.«
»Guter Junge. Und was ist mit deiner Mutter?«
»Die will nicht.«
»Zickig, was?«
»›Lauter Leute, die wir nicht kennen‹, sagte sie.«
»Wie herablassend.«
»So ist sie eben.«
»Sag deiner Mutter ...«
Kippie hob protestierend die Hand. »Ich kann meiner Mutter nicht befehlen, irgendwohin zu gehen. Das kann nur mein Stiefvater. Er wird es schon schaffen, daß sie mitgeht.«
Arnie Zwillman nickte. »Was ist mit deinem Finger passiert?«
»Ein Hund hat mich gebissen.«
»Ist der Finger ab?«
»Nur ein Stück.«
»Ich hasse Blut«, erklärte Arnie angewidert. »Was hat dein alter Herr über mich gesagt?«
»Er ist nicht mein alter Herr, – das habe ich dir doch gesagt.«
»Schon gut. Also dann – was hat dein Stiefvater Jules Mendelson über mich gesagt?«
»Daß du das ›Vegas Seraglio‹ niedergebrannt hast, um die Versicherungssumme zu kassieren.«
Arnie lief dunkelrot an. »Dieser Mistkerl!«
»He, du sprichst von meinem Stiefvater!«
»Was hat er noch gesagt?«
»Daß du beim Kartenspielen betrügst.«

»Na, wenn schon. Ich kenne niemanden, der da nicht betrügt. Das gehört dazu. Man betrügt die Betrüger.«
»Er sagte, du hast ein elektronisches Überwachungssystem in der Decke des Spielzimmers.«
»Woher, zum Teufel, weiß er das?«
»Hör zu, Arnie, ich kritisiere dich nicht etwa, ich gebe nur weiter, was er gesagt hat.«
»Deine Voruntersuchung ist morgen. Richter Quartz wird das Verfahren einstellen.«

»Komm einen Moment rein!« forderte Jules Kippie am nächsten Morgen auf, als dieser auf dem Weg zum Frühstückszimmer an der Bibliothek vorbeikam. Jules hatte einen dunklen Anzug an – es war der Tag von Hectors Beerdigung – und eine Kaffeetasse in der Hand. »Wir müssen etwas besprechen, bevor deine Mutter herunterkommt.«
Er kehrte zu seinem Sessel unter van Goghs »Weißen Rosen« zurück und schob ein paar Zeitungen beiseite. Kippie schloß die Tür hinter sich, setzte sich jedoch nicht.
»Ich habe die Klinik in Lyon angerufen und mit Pater LaFlamme gesprochen«, sagte sein Stiefvater. »Sie nehmen dich wieder. Ich glaube, dort bist du gut aufgehoben.«
Kippie nickte.
»Miss Maple hat deinen Flug bereits gebucht.«
Kippie nickte wieder und sagte: »Ich bin dir sehr dankbar.«
»Mach dir nichts vor! Ich habe das nur für deine Mutter getan, nicht etwa dir zuliebe«, stellte Jules klar.
»Ich bin dir trotzdem sehr dankbar.«

Aus Flos Tonbandaufzeichnungen

In den Büchern wurde ich als Beraterin geführt; obwohl nur Gott allein weiß, in welcher Hinsicht ich als Beraterin hätte dienen können. Jules Mendelson war ein großzügiger Mann, das muß ich ihm lassen. Jeden Monat kam mein Scheck, adressiert an F. Houlihan. Houlihan ist mein richtiger Name, aber ich habe ihn schon viele Jahre nicht mehr benutzt. »March« habe ich mal erfunden, für den Fall, daß ich eine Schauspielerin oder ein Model würde, aber daraus wurde nie was. Ab und zu kam es vor, daß Jules mir wegen irgendwas schreiben mußte, und dann fing er den Brief immer mit »Lieber Red« an. Das machte er, damit seine Sekretärin glauben sollte, F. Houlihan sei ein Mann – und Miss Maple spielte mit. Aber sie wußte genau Bescheid. Eines Tages rief sie mich an und erklärte mir sehr freundlich, daß sie fände, ich gäbe zuviel Geld aus. Natürlich hat Jules nie von diesem Anruf erfahren. Wenn sie mir nur geraten hätte, das Geld auf eine Bank zu tragen und für schlechte Zeiten zu sparen! Aber das hätte wahrscheinlich auch nichts genützt: Ich hätte sicher nicht auf sie gehört. Wissen Sie, mein großer Fehler war, daß ich dachte, das Karussell würde sich immer weiter drehen.

10. Kapitel

Hätte Flo March gewußt, daß der Brand sich nicht ausbreiten würde, dann hätte sie nicht so panisch reagiert, als auf dem Flur vor ihrer Suite im »Meurice Hotel« in Paris eine hysterische Frauenstimme nachts um zwei Uhr plötzlich »Feuer!« kreischte. Hätte sie Ruhe bewahrt, dann wäre Flos Foto nicht auf der Titelseite des »Figaro« und zweier anderer Pariser Tageszeitungen erschienen, ebensowenig wie in der »International Herald Tribune«. Doch so sah alle Welt sie, die schönen roten Locken völlig zerzaust, mit einer Decke über ihrem Silberfuchsmantel und einem nagelneuen Louis-Vuitton-Köfferchen in der Hand, das zweifellos als Schmuckkoffer diente. Vielleicht hätte noch nicht einmal das Aufsehen erregt, denn Flo March war, wie die meisten Geliebten prominenter Männer, ziemlich unbekannt, aber im Hintergrund der Fotografie sah man ihren Wohltäter und Liebhaber, zwar angezogen, aber ohne Krawatte und ebenfalls auf der Flucht vor dem vermeintlichen Großfeuer, das sich in Wahrheit auf eine Matratze beschränkte, die ein angetrunkener Fernsehstar in der Suite nebenan mit einer fallengelassenen Zigarette in Brand gesteckt hatte. Und Flos Wohltäter und Liebhaber war ein *sehr* bekannter Mann – so bekannt, daß man wußte, daß er an der Place Vendôme im »Ritz« wohnte und offensichtlich nur für ein nächtliches Schäferstündchen einen Abstecher in das andere Hotel gemacht hatte, wie Cyril Rathbone, der Klatschkolumnist des »Mulholland«, als Kommentar auf einem der Zeitungsausschnitte notierte, die er an seinen alten Freund

Hector Paradiso aus Paris schickte; dort nämlich hielt er sich zur Zeit des Feuers zufällig auch auf.
»Arme Pauline!« schrieb Cyril in seiner Spinnenbein-Schrift an den Rand eines anderen Artikels. Er hatte Pauline Mendelson nie gemocht, weil sie ihm nicht gestattete, in seiner Kolumne über ihre Parties zu berichten. Nicht einmal Hectors Überraschungsversuche hatten etwas gefruchtet. »Streng dich nicht weiter an, Lieber«, hatte Pauline eines Tages zu ihm gesagt. »Wir können keine Zeitungsleute wie Mr. Rathbone in unser Haus lassen. Jules haßt diese Art von Publicity; und außerdem schreibt der Mann schon genügend über uns, ohne jemals hiergewesen zu sein.« Und so war Cyril der Meinung, es könne gar nichts schaden, der ach so vornehmen Mrs. Mendelson eins reinzuwürgen.
Bei mehreren Gelegenheiten, wie auch auf der Party, die seine letzte sein sollte, hatte Hector versucht, Pauline über die Lage aufzuklären und sie vorzuwarnen, falls das Foto auch in einer amerikanischen Zeitung erscheinen sollte. Jedesmal ging er dieses Vorhaben mit größtem Widerwillen an, und jedesmal war er innerlich dankbar, wenn ihm erneut mißlungen war, es auszuführen, denn er wußte genau, wie tief Pauline verletzt sein würde.
Kein Mann konnte zufriedener mit seiner Ehe sein als Jules Mendelson. Von dem Augenblick an, als er dreiundzwanzig Jahre zuvor Pauline McAdoo-Petworth bei Laurance Van Degans Geburtstagsparty im »Everglades Club« in Palm Beach sah, hatte er gewußt, daß sie die ideale Frau für ihn war. In Jules' Augen war Pauline, die an diesem Abend fast ausschließlich mit Johnny Petworth tanzte, obwohl sie in Scheidung lebten, die Verkörperung von Seriosiät und Eleganz.
Jules galt damals nicht gerade als begehrter Junggeselle. Er war unattraktiv, schlampig angezogen, ein ständig verknautscht herumlaufender Bursche, der keinen Wert auf eine gepflegte Erscheinung legte. Hinzu kam, daß die Information über seinen ungeheuren Reichtum und seine Genialität in Finanzgeschäften noch nicht die Kreise erreicht hatte, in denen Pauline, trotz ihrer Jugend, bereits damals ein Begriff war.
Die Leute in Palm Beach fanden Jules langweilig und bei

Tisch schwierig zu plazieren. »Darling, macht es dir sehr viel aus, daß ich dich neben Jules Mendelson gesetzt habe?« fragten Gastgeberinnen besorgt ihre besten Freundinnen. Bei einem Dinner am Abend nach Van Degans Geburtstagsfeier hatte Rose Cliveden Jules Mendelson dann neben Pauline gesetzt – und die hatte sofort erkannt, was in ihm steckte. Erst viele Jahre später, als das Wirtschaftsmagazin »Forbes« regelmäßig eine Liste der hundert reichsten Leute in Amerika zu veröffentlichen begann und Jules Mendelson einen der ersten Plätze belegte, fanden ihn auch die Leute, die ihn zu Beginn als uninteressant betrachtet hatten, plötzlich faszinierend. »Habe ich ein Glück, daß ich heute neben Ihnen sitzen kann!« strahlten die früher so unwilligen Damen nunmehr – aber zu der Zeit war Pauline schon längst Mrs. Mendelson.

Niemand, der Jules kannte, hätte vermutet, daß er es einem Menschen gestatten würde, ihn zu verändern, wie es Pauline in derselben gründlichen Weise tat wie bei der alten Von-Stern-Villa. Sie wies Willi, seinen Friseur, an, Jules' Scheitel höher zu legen und die Koteletten zu kürzen. Sie suchte seine Krawatten, Manschettenknöpfe und Kragenknöpfe aus. Sie schleppte ihn nach London zu dem Schneider, der schon seit vielen Jahren die Anzüge für ihren Vater anfertigte, ebenso wie zu seinem Hemdenschneider und seinem Schuhmacher, und sie traf alle Entscheidungen, bis ihr Mann begriffen hatte, wie man in ihren Kreisen auszusehen hat. Jedermann fiel seine entscheidend verbesserte Erscheinung auf, und auch die Tatsache, daß er sich bei Dinnerparties plötzlich als guter Gesprächspartner erwies.

»Hast du eine Geliebte, Jules?« fragte Pauline ihn eines Tages – mehr als ein Jahr bevor Cyril Rathbone in der Pariser Presse das Foto von Flo March mit Jules im Hintergrund sah.

Dudley hatte gerade die Drinks gebracht und den Raum verlassen. Obwohl Pauline keine besonders leidenschaftliche Frau war, reichte ihr die hehre Verehrung nicht aus, die ihr Mann ihr entgegenbrachte, und jetzt wollte sie wissen, ob er seine körperlichen Bedürfnisse bei einer anderen befriedigte. Das Gespräch fand in dem Zimmer statt, von dem aus man einen herrlichen Blick auf den Sonnenuntergang hatte und wo

die Mendelsons sich jeden Abend bei Anbruch der Dämmerung zusammenfanden, um über die Ereignisse des Tages zu sprechen, bevor sie sich zum Essen umzogen.
Jules wandte sich ihr zu. »Was soll diese Frage?«
»Ich meine ja nur.« Sie hob verteidigend die Hände.
»Aber was soll diese Frage?« insistierte Jules.
»Du wiederholst dich. Was soll eine solche Frage wohl bedeuten? Ein Mann, der in der Lage ist, mit Hunderten von Millionen zu jonglieren, sollte intelligent genug sein, eine vernünftige Antwort zu geben.« Die Stimme der sonst so ausgeglichenen Pauline hatte einen schrillen Unterton.
»Was ist denn mit dir los?« Er klang, als habe er nicht das Geringste zu verbergen.
»Schon wieder eine Frage. Du antwortest mir mit Fragen. Damit kannst du sicher bei deinen Geschäften Menschen einschüchtern und in die Defensive treiben, aber bei mir klappt das nicht. Ich bin einer der wenigen Menschen, die keine Angst vor dir haben.«
Er lächelte. »Das weiß ich, seit du damals Marcus Stromm den Ehevertrag hingeschmissen und sein Hemd mit Tintenflecken ruiniert hast. Das ist einer der vielen Gründe dafür, daß ich dich liebe.«
»Du hast aber eine merkwürdige Art, mir diese Liebe zu zeigen«, entgegnete sie.
»Ich kann nur wieder mit einer Frage antworten: Was meinst du damit?«
»Ich werde allgemein als schöne Frau betrachtet. Jedenfalls sagen mir die Leute, daß ich schön sei, und in den Zeitungen und Illustrierten werde ich auch als schön beschrieben. Ich sage das ohne Angeberei. Es ist etwas, das man mir schon von Kindheit an sagte. Und es ist etwas, an dem ich arbeite: Ich schwimme jeden Morgen vierzig Runden, ob es regnet oder die Sonne scheint, ich verbringe einen beträchtlichen Teil des Tages bei Pooky, um mich frisieren zu lassen, und bei Blanchette, um mich maniküren zu lassen. Und ich fahre zweimal im Jahr nach Paris, um mich neu einzukleiden.«
»Das weiß ich doch alles«, sagte Jules.
»O ja, ich weiß, daß du das weißt. Ich weiß auch, daß es dir gefällt, mich neben dir zu haben, wenn du bei einem dieser

zahllosen Dinners erscheinst, an denen du teilnehmen mußt. Und ich weiß, wie wichtig es für dich ist, daß ich interessante Menschen auf deine Parties bringe und als perfekte Gastgeberin glänze, wenn du Männer, mit denen du Geschäfte machst, beeindrucken willst.«

»Ja, das ist alles richtig.«

»Aber es genügt mir nicht mehr, Jules. Was mein Liebesleben betrifft, so könnte ich genausogut mit Hector verheiratet sein.«

»Aber ich liebe dich wirklich.«

»Ich spreche jetzt von der körperlichen Liebe! Ich bin doch nicht nur ein gesellschaftlicher Faktor: Ich bin eine Frau!«

Jules verstand sie. Er verehrte seine Frau; ein Leben ohne sie war für ihn nicht vorstellbar, seine Ehe ebenso bindend wie ein Geschäftsvertrag. Um ihr Mißtrauen zu beschwichtigen, kam er seinen ehelichen Pflichten eine Zeitlang gewissenhafter nach als vor diesem Gespräch, aber ihre Beziehung hatte einen Knacks bekommen – durch einen Faktor, mit dem er niemals gerechnet hatte: die Sexualität.

Flo March hatte früher Houlihan geheißen, Fleurette Houlihan, und sie hatte diesen Namen immer verabscheut. »Ich sehe doch schon irisch genug aus, um nicht auch noch Fleurette Houlihan heißen zu müssen«, hatte sie oft geklagt und dabei ihre leuchtendrote Mähne geschüttelt.

Zu dem Namen Flo March war sie über Umwege gekommen. Als sie noch die Hoffnung hatte, Schauspielerin zu werden, und im »Viceroy Coffee Shop« am Sunset Strip als Kellnerin arbeitete, nannte sie sich zunächst Rhonda March, nach Rhonda Fleming, einem rothaarigen Filmstar, den ihre Mutter sehr bewundert hatte. Das »Viceroy« hatte den Ruf, den besten Kaffee in ganz West Hollywood zu servieren, und dort lernte sie auch Jules Mendelson kennen, der ein leidenschaftlicher Kaffeetrinker war und es bis auf zehn Tassen pro Tag brachte. Er kam eines Tages in den »Viceroy Coffee Shop«, weil die Kaffeemaschine im Büro kaputt war.

Jules Mendelson war kein Mann, der sich üblicherweise mit Kellnerinnen in Kaffeebars unterhielt, aber an jenem Tag sagte er aus einem Grund, den er selbst nicht verstand, zu dem

rothaarigen Mädchen, das laut Namensschild »Rhonda« hieß: »Ich nehme an, man nennt Sie Red.«
»Nein, das tut man nicht«, widersprach sie heftig. Sie war ein hübsches Mädchen und wußte, wie man mit lüsternen, älteren Männern umgehen mußte. »Um die Wahrheit zu sagen: Ich kann's nicht ausstehen, wenn man Red zu mir sagt.«
»Wie werden Sie denn dann genannt?«
Seine Stimme drückte echtes Interesse aus, und sie hatte das Gefühl, ihm unrecht getan zu haben. »Sie wollen meinen Namen wissen?«
»Ja.«
Sie tippte auf ihr Namensschild: »Rhonda.«
Er sah ihr zu, wie sie den Tisch mit einem türkisfarbenen Schwamm abwischte. »Sie sehen nicht wie eine Rhonda aus.«
»Ich hatte schon überlegt, ob ich vielleicht Rondelle draus machen sollte.«
»O nein«, protestierte er, »bloß nicht!«
»Wollen Sie Kaffee?« fragte sie. »Wir machen den besten Kaffee von ganz West Hollywood.«
»Ja.«
Als sie die Tasse vor ihn hinstellte, fragte er: »Wie haben Sie denn geheißen, bevor Sie Ihren Namen änderten?«
»Das wollen Sie ganz bestimmt nicht hören.«
»Doch, das will ich.«
»Fleurette Houlihan«, gestand sie kaum hörbar. »Ich kriege eine Gänsehaut, wenn ich es bloß ausspreche. Stellen Sie sich das mal im Vorspann von 'nem Film vor!«
Er lachte. »Fleurette gefällt mir.«
»Das ist nicht Ihr Ernst!«
»Doch, irgendwie schon.«
»Sie spinnen ja.« Aber sie freute sich, eine Gelegenheit zu haben, über sich zu sprechen.
»Wie wär's mit Flossie?«
»Das hört sich ja noch billiger an als Fleurette.«
»Und was ist mit Flo?«
»Hmmm.« Sie dachte nach.
»Ich kannte mal eine Flo«, sagte Jules. Er hatte gar nicht beabsichtigt, das Gespräch derart zu vertiefen. »Sie war auch ein sehr hübsches Mädchen.«
Und so wurde aus Rhonda Flo.

Flo March war damals vierundzwanzig Jahre alt, vielleicht nicht das klügste Mädchen in der Stadt, aber dafür eines der nettesten und ganz sicher eines der hübschesten – wenn man rote Haare, blaue Augen und cremefarbene, zarte Haut schätzte. Manchmal ging sie mit drittklassigen Agenten aus, denen sie morgens im Coffee Shop den Kaffee servierte, aber die verschafften ihr niemals Probeaufnahmen und luden sie auch nie in teure Restaurants ein: Sie gingen mit ihr in eine andere Kaffeebar, und ansonsten hatten sie nur eins im Kopf – und *nur* das eine. Für gewöhnlich gab sie auch nach, denn es war einfacher, ja zu sagen; sie war weiß Gott nicht scharf auf Ärger.

Hector Paradiso, der in den Hollywood Hills wohnte, frühstückte jeden Morgen im »Viceroy« und erzählte ihr oft, wo er am Abend zuvor gewesen war: auf einer Party bei Rose Cliveden oder auf einer von Faye Converse, oder sogar bei Pauline Mendelson. Flo lauschte seinen Berichten wie gebannt, vor allem, wenn er von Pauline Mendelsons Parties erzählte. Sie las jede Zeile über sie in den Klatschspalten der Zeitungen und in den Modemagazinen, die Hector ihr manchmal mitbrachte, wenn er sie gelesen hatte. Und sie wußte über Hectors Doppelleben Bescheid: Alle Strichjungen vom Strip kamen ebenfalls ins »Viceroy« und erzählten Flo ihre Abenteuer mit den reichen Typen, die mit ihrem Mercedes oder Rolls-Royce am Straßenrand hielten, den Preis aushandelten und sie dann mit nach Hause nahmen.

Nach dem ersten Mal kam Jules jeden Tag in den »Viceroy Coffee Shop«. Immer hatte er eine Wirtschaftszeitung dabei, und immer saß er an demselben Tisch. Der Geschäftsführer sah es zwar nicht gern, daß er eine Nische blockierte, die eigentlich für vier Personen gedacht war, und nur Kaffee bestellte, aber irgend etwas an Jules hinderte den Mann daran, ihn zu bitten, sich an den Tresen zu setzen. Hinzu kam, daß Rhonda, die jetzt darauf bestand, mit Flo angesprochen zu werden, ihm erzählt hatte, daß der Gast jedesmal zehn Dollar Trinkgeld gäbe.

»Ich möchte nicht, daß Sie glauben, dieser Job wäre eine Dauerlösung für mich«, sagte Flo einige Tage später, als sie Jules mit einer Hand Kaffee nachschenkte und mit der ande-

ren die Kunststoffplatte des Tisches mit ihrem türkisfarbenen Schwamm abwischte. »Er ist nur eine Zwischenstation.«
»Auf dem Weg zum Filmruhm natürlich«, lächelte er über den oberen Rand seines »Wall Street Journals« hinweg.
»Oh, ich würde mich schon mit weniger zufriedengeben«, erklärte sie ernsthaft.
»Nämlich?«
»Die zweite Hauptrolle in einer Fernsehserie wäre nicht schlecht – vielleicht als beste Freundin des Stars. Dann könnte man mir nicht die Schuld geben, wenn sie nach dreizehn Wochen abgesetzt werden müßte, und ich könnte in aller Ruhe zu einer anderen Serie wechseln, wieder als zweite Hauptrolle. Es wär' mir sogar eine durchlaufende Nebenrolle recht.«
Jules lachte.
Flo war gekränkt. »Warum lachen Sie? Ich meine es ernst!«
»Ich lache, weil ich Sie bezaubernd finde, nicht über Sie.«
»Weil Sie mich bezaubernd finden«, wiederholte sie andächtig. »Das ist wirklich nett.«
»Tun Sie denn etwas dafür?«
»Für was?«
»Für Ihre Karriere. Nehmen Sie Unterricht, haben Sie sich schon einen Agenten besorgt, gehen Sie zum Vorsprechen oder was auch immer Schauspielerinnen tun müssen, um vorwärtszukommen? Sie warten doch nicht etwa darauf, daß Sie hier am Tresen entdeckt werden, oder?«
»Man braucht Fotos dazu«, erklärte Flo. »Sonst empfangen sie einen erst gar nicht.«
»Dann lassen Sie doch welche machen.«
»Lassen Sie doch welche machen, sagt er!« Sie verdrehte die Augen. »Haben Sie 'ne Ahnung, was das kostet?«
»Sie geben ja schon auf, bevor Sie überhaupt angefangen haben«, stellte er fest. »Ich sage Ihnen etwas: Wenn Sie etwas unbedingt wollen, dann schaffen Sie es auch. Glauben Sie mir.«
Sie schaute ihn ernst an. Dies war kein Geplänkel, wie sie es von ihren anderen Gästen gewöhnt war. »Die Sache ist die: Ich wünsche mir brennend, berühmt zu werden, aber ich weiß nicht, ob ich dafür irgendwas gut genug kann.«

»Sie sehen heute besonders gut aus«, lobte Jules an einem anderen Tag, als sie eine frische rosa Uniform anhatte.
»Meine Mutter sagte immer, Maureen O'Hara sei die erste rothaarige Schauspielerin gewesen, die sich getraut hätte, im Film Rosa zu tragen«, erzählte Flo.
Jules nickte etwas verwirrt. Vieles, was Flo sagte, verstand er nicht, aber er hörte ihr gern zu. Sie hatte zu allem eine klare Meinung. Miss Maple, seine Sekretärin, die schon seit Jahren für ihn arbeitete, konnte nicht verstehen, daß ihr Chef jeden Morgen gegen zehn das Büro verließ, um in den »Viceroy Coffee Shop« zu gehen, obwohl Beth, ihre Assistentin, ausgezeichneten Kaffee kochte. Er erklärte ihr, er genieße die frische Luft auf dem Weg und die Gelegenheit, das »Wall Street Journal« und die »London Financial Times« lesen zu können, ohne unentwegt durch Anrufe gestört zu werden. Danach stellte Miss Maple keine Fragen mehr.
Flo schaute aus dem Fenster und entdeckte eine elegante dunkelblaue Limousine am Straßenrand.
»Ist das Ihr Wagen da draußen?«
Jules folgte ihrem Blick, musterte den Wagen, als gehöre er ihm gar nicht, und wandte sich dann wieder ihr zu: »Wie kommen Sie darauf, daß er mir gehören könnte?«
Sie zuckte die Achseln. »Er würde zu Ihnen passen.« Er antwortete nicht.
»Und außerdem sieht hier sonst keiner so aus, als ob er sich einen solchen Schlitten leisten könnte. Haben Sie Ihn geleast oder gehört er Ihnen?«
Jules sah keinen Ausweg. »Er gehört mir.« Er hoffte, das Thema sei damit erledigt.
»Ja, natürlich komme ich mit auf eine Spritztour«, sagte sie, brach in schallendes Gelächter aus und errötete gleichzeitig. »He, ich mach' bloß Spaß. Ich wollte schon immer mal in einem Rolls-Royce fahren.«
»Es ist kein Rolls«, erklärte Jules.
»Was denn dann?«
»Ein Bentley.«
»Ein Bentley. Und was ist ein Bentley? Den Namen hab' ich noch nie gehört.« Ihre Stimme klang tief enttäuscht.
»Nun – es ist so etwas Ähnliches wie ein Rolls. Kommt von

derselben Firma.« Jules hatte das Gefühl, seinen Wagen verteidigen zu müssen. Diese Unterhaltung war weit unter seiner Würde.
»Wie eine billigere Ausgabe oder so?« fragte Flo.
»Ja, das stimmt wohl – aber viel billiger auch nicht.« Er warf einen Blick zur nächsten Nische und fragte sich, ob die Leute dort wohl zuhörten, oder ob sie wußten, wer er war. Er wollte die Nische mit den orangefarbenen Kunstlederpolstern so schnell wie möglich verlassen, malte sich aus, wie er einen großen Schein auf den Tisch legte, aufstand und die Kaffeebar verließ, aber er tat es nicht. Statt dessen schob er Flo seine Tasse hin, damit sie ihm nachschenkte.

Wie es eine Motte zum Licht zieht, so zog es Jules Mendelson zum »Viceroy Coffee Shop«. Von seiner Nische aus konnte man ein hohes Gebäude sehen: Die goldenen Buchstaben auf einer Seitenwand wiesen es als das Jules-Mendelson-Gebäude aus. Bis jetzt hatte ihn jedoch niemand in der Kaffeebar mit diesem Namen in Verbindung gebracht.
Eines Morgens ließ Flo ihn warten. Sie stand am Tresen und schäkerte mit einem jungen Mann, den Jules schon von vorherigen Besuchen kannte. Er sah gut aus und trug viel zu enge, schwarze Jeans, und zu seiner eigenen Überraschung weckte die offensichtlich vertraute Unterhaltung Zorn und Eifersucht in Jules. Als Flo endlich an seinen Tisch kam, verhielt er sich kühl und abweisend.
»Ist Ihnen ’ne Laus über die Leber gelaufen?« fragte sie. Das war eine ihrer Redensarten, die er nicht ausstehen konnte.
»Wer ist der Bursche, mit dem Sie am Tresen gesprochen haben?« fragte er, als sie ihm den Kaffee brachte.
»Welcher?«
»Der blonde.«
»Oh, der – das ist Lonny.« Sie drehte den Daumen abwärts.
»Sie scheinen ihn recht gut zu kennen.«
»Was treibt er sich denn dauernd hier herum?«
»Er trinkt Kaffee, genau wie Sie. He, Sie sind doch nicht etwa eifersüchtig auf Lonny!«
»Eifersüchtig? Natürlich nicht. Warum sollte ich eifersüchtig sein? Ich wollte nur wissen, wer er ist.«

»Lassen Sie sich über Lonny informieren: Er ist nicht – ich wiederhole *nicht* – an jungen, hübschen Mädchen interessiert, sondern an alten Herren, die solche Wagen fahren wie Sie.«
Jules wurde rot. Es gefiel ihm nicht, als »alter Herr« eingestuft zu werden. Er war dreiundfünfzig und hielt sich nicht für alt. Er hatte angefangen, auf sein Gewicht zu achten, aß nur noch kalorienarme Dinge wie gegrillte Seezunge und Blattspinat und verzichtete auf Brot und Nachtisch. Sogar Willi, sein Friseur, der ihn jeden Tag um halb sechs Uhr früh rasierte, hatte erst heute morgen gesagt, er sehe fit und um Jahre jünger aus.
Flo erkannte, daß sie ihn gekränkt hatte. »Ich meine nicht wirklich alt«, korrigierte sie sich hastig. »Ich meine *älter.* Lonny war mit diesem berühmten Schriftsteller befreundet, der kürzlich gestorben ist. Wie hieß er bloß? Sie haben bestimmt schon von ihm gehört.« Sie tippte sich mit dem Zeigefinger auf die Oberlippe und dachte angestrengt nach. »Basil Plant, glaube ich. Jedenfalls hat Lonny angeblich ein Stück von seinem letzten Manuskript geklaut oder so ähnlich. Irgendwer hat mir die Geschichte erzählt, aber ich hör' hier so viele Geschichten, daß ich nicht alle auseinanderhalten kann.«
Jules schüttelte den Kopf. Der junge Mann interessierte ihn nicht mehr.
»Curly denkt, Sie hätten was für mich übrig«, wechselte Flo das Thema.
»Wer ist Curly?«
»Der Geschäftsführer. Da drüben: Er unterhält sich gerade mit Lonny. Er sagt, Sie sitzen immer an diesem Tisch, weil ich dafür zuständig bin, und daß Sie die größten Trinkgelder von allen geben, die hier reinkommen.«
Jules antwortete nicht. Er hob die »Financial Times« höher, als habe er etwas Wichtiges darin entdeckt, aber in Wahrheit wollte er nur verbergen, daß er rot geworden war. Er fürchtete nichts so sehr wie Tratsch. Allerdings war er sicher, daß niemand im »Viceroy« wußte, wer er war. Allmählich fragte er sich, ob er es eigentlich selbst wußte: Der Jules Mendelson, den er kannte, würde niemals täglich über eine Stunde in einer Nische mit orangefarbenen Kunstledersitzen in einer Kaffeebar am Sunset Boulevard hocken, um eine rothaarige Kellnerin namens Flo March anzustarren.

An diesem Tag lud er Flo zu einer Fahrt in seinem Bentley ein.

Ihr Kleid war billig und für seinen Geschmack zu auffällig. Jules fand, daß es nicht zu ihr paßte. Der Rock war ihm zu kurz, obwohl er zugeben mußte, daß sie besonders schöne Beine hatte. Er war gewohnt, sie in ihrer schlichten Uniform zu sehen, und ihre private Aufmachung enttäuschte ihn.
»Wissen Sie, was ich an Ihnen mag?« fragte sie.
»Was?«
»Sie waren richtig verlegen, als Sie mich einluden – als ob Sie keine Übung im Mädchenaufreißen hätten. Das hat mich richtig gerührt.«
»Ich dachte, der Wagen hätte es Ihnen angetan.«
»Der natürlich auch«, gab sie zu, und sie lachten beide. Er bemerkte, daß sie sich an ihrem eigenen Humor freute: Wenn sie etwas Lustiges sagte, dann lachte sie über ihre oft recht derben Scherze mindestens so laut wie ihr Zuhörer.
»Sie lachen nicht genug«, stellte sie fest. »Hat Ihnen das schon mal jemand gesagt?«
»Ich glaube, Sie haben recht.«
»Wollen Sie wissen, was ich noch an Ihnen mag?«
»Natürlich.«
»Sie haben sich nicht gleich auf mich gestürzt, als wir im Wagen saßen.«
»Das bedeutet nicht, daß ich es nicht gern getan hätte.«
»Das weiß ich, aber Sie haben es *nicht* getan. Sie haben sich wie ein Gentleman benommen, und das kenne ich von den Typen nicht, die mich sonst einladen.« Sie verfiel in Schweigen.
»Ich weiß nicht mal, wie Sie heißen«, sagte Flo, als sie auf dem Parkplatz hinter dem »Viceroy«, wo ihr eigener Wagen stand, aus dem Bentley stieg.
»Na und?«
»Ach, kommen Sie schon, sagen Sie's mir.«
»Jules Mendelson.«
Sie starrte ihn mit offenem Mund an. »Wie beim Jules-Mendelson-Flügel im Cedars Sinai Hospital?«
Er nickte.

»Das sind Sie?«
Er nickte wieder.
»Da haben sie meine Mutter hingebracht, aber es war schon zu spät. Sie kam bei einem Brand in einem Fürsorgeheim um.«
»Das tut mir leid.«
Ihre gute Laune war verflogen. »Nacht«, sagte sie, schlug die Beifahrertür zu und ging auf ihren Wagen zu. Doch dann drehte sie sich zu ihm um. Er saß regungslos hinter dem Steuer und sah sie an. Sie kam zurück, machte die Tür wieder auf und steckte den Kopf herein: »Heißt das, daß Sie mit Pauline verheiratet sind?«
Er nickte. Er wußte, daß Blumenhändler, Friseure und Verkäuferinnen seine Frau mit dem Vornamen anredeten, aber es war das erste Mal, daß er es selbst erlebte.
»Kein Wunder, daß Sie so ein Geheimnis aus Ihrem Namen gemacht haben«, sagte Flo. »Machen Sie lieber, daß Sie nach Hause kommen. Ihre Frau gibt wahrscheinlich wieder mal eine Party und fragt sich, wo Sie bleiben.« Sie knallte die Tür zu, und diesmal kam sie nicht zurück.

Am nächsten Tag war Flo sehr zurückhaltend. Als Jules sich an seinen gewohnten Platz setzte, bat sie Belle, ihre Tische mit zu übernehmen; angeblich wollte sie ihre Pause früher nehmen. Dann ging sie zum Tresen und schäkerte auffällig mit Joel Zircon, dem Hollywood-Agenten, und Manning Einsdorf, dem Besitzer vom »Miss Garbo's«. Jules vertiefte sich wütend in sein »Wall Street Journal«.
Durch das Fenster hinter ihm sah Flo zum erstenmal bewußt die goldenen Lettern an dem großen Gebäude gegenüber. Jules blieb nur auf zwei Tassen, stand auf und ging, nachdem er zehn Dollar Trinkgeld hingelegt hatte – diesmal für Belle. Am nächsten Tag brachte er Flo ein Geschenk mit: eine kleine blaue Schachtel von »Tiffany's«, die mit einem weißen Seidenband zugebunden war.
»Für Sie.« Er schob ihr die Schachtel hin.
»Wirklich?« Kindliche Freude leuchtete auf ihrem Gesicht.
»Machen Sie's auf.«
»Jetzt gleich?«

»Natürlich.«
Sie knotete das Band so vorsichtig auf, als wolle sie es sich aufheben, lächelte ihn an und öffnete langsam die Schachtel. Das Geschenk lag zwischen zwei Wattepolstern. Sie nahm es heraus. Ihre Enttäuschung war deutlich zu erkennen.
»Tun Sie mir 'n Gefallen, Mister Großkotz! Nehmen Sie diesen Kram aus der Billigabteilung und stecken Sie ihn sich sonstwohin. Mikey von der Tankstelle drüben hätte mir was Besseres geschenkt als eine silberne Schlüsselkette mit einem Herz dran. Ist Ihnen das von Weihnachten im Geschäft übriggeblieben? Heben Sie's doch für den Geburtstag Ihrer Empfangsdame auf. He, Belle, übernimm doch bitte hier! Ich mach' Pause.«
Jules starrte grimmig vor sich hin. Sie hatte recht: Es war ein billiges Geschenk, besonders, wenn man bedachte, was er damit erreichen wollte! Und es war tatsächlich ein übriggebliebenes Geschenk aus dem Betrieb: Die weiblichen Angestellten hatten diese Dinger als Beigabe zu ihrem Bonus bekommen.
Als er sich an diesem Abend zum Dinner umzog, rief er bei ihr an, um sich zu entschuldigen. Es war das erste Mal, daß er bei ihr anrief – sogar das erste Mal, daß er überhaupt eine fremde Frau von zu Hause aus anrief. Der Anschluß war besetzt. Er duschte und wählte wieder ihre Nummer. Besetzt. Er befestigte seine Kragenknöpfe und seine Manschettenknöpfe und wählte wieder. Besetzt. Er zog seine schwarzen Lackschuhe an. Besetzt. Er schlüpfte in sein Dinnerjacket. Besetzt.
»Jules!« rief Pauline von nebenan. »Wir kommen zu spät!«
»Komme schon«, rief er zurück. Ein letztes Mal, dachte er.
»Hallo?«
»Bei Ihnen war besetzt«, sagte er.
»Ja, das war es«, antwortete sie kühl.
»Mit wem haben Sie telefoniert?« Das war idiotisch, dachte er.
»Das geht Sie einen Dreck an.«
»Was ist denn los?«
»Sie tun so, als hätte ich kein Recht, zu telefonieren.«
»Es tut mir leid. Ich sage Ihnen was. Lassen Sie morgen einen Zweitanschluß legen. Ich werde ihn bezahlen.«

»*Sie* können vielleicht Geschenke machen, Großkotz«, sagte sie.
Es klopfte, die Tür seines Ankleidezimmers ging auf und Pauline steckte den Kopf herein. »Jules, bitte! Wir kommen zu spät! Es ist eine Überraschungsparty für Madge, und Rose dreht durch, wenn wir sie platzen lassen.«
»Ich komme sofort. Laß mich nur schnell mit Sims zu Ende sprechen.« Sie machte die Tür wieder zu.
»Guter Gott, war das Pauline?« fragte Flo hingerissen. »Ich kann es nicht glauben! Pauline Mendelson! ›Jules, bitte! Wir kommen zu spät! Es ist eine Überraschungsparty für Madge, und Rose dreht durch, wenn wir sie platzen lassen‹«, imitierte Flo Paulines vornehme Aussprache perfekt.
»Jesus!« Jules geriet in Panik. Für ihn waren die auf höchstem Niveau geführte eheliche Gemeinschaft mit Pauline und die ausschließlich sexuelle Anziehung, die Flo auf ihn ausübte, zwei völlig verschiedene Dinge, die er unbedingt voneinander getrennt halten wollte. »Ich muß weg«, sagte er.
»Wiedersehen.« Ihr gleichgültiger Ton ärgerte ihn.
»Sind Sie immer noch böse?« fragte er.
»Nein.«
»Mit wem haben Sie vorhin telefoniert?«
»Mit einem meiner Liebhaber natürlich!« Sie legte auf.
Am nächsten Tag setzte Jules sich mit einem Pelzhändler im San Fernando Valley in Verbindung, dessen Kunden nicht aus Paulines Umfeld kamen, und ließ Flo einen Silberfuchsmantel schicken.
»Na, das ist doch schon viel besser«, sagte sie, als sie ihn aus der Schachtel hob.

Sogar die Frauen, die Pauline Mendelson darum beneideten, daß sie mit einem silbernen Löffel im Mund auf die Welt gekommen war, waren sich darin einig, daß sie als Frau des Chefs der amerikanischen Delegation in Brüssel eine optimale Figur machen würde. Jules wartete zwar immer noch auf die offizielle Bestätigung, daß er den Posten bekomme, aber der Präsident hatte ihm versichert, das sei nur noch eine reine Formsache, und er könne mit den Vorbereitungen beginnen. Die Gewißheit, diese ersehnte Position zu erreichen, machte

die quälende Besessenheit, die Flo March in ihm ausgelöst hatte, leichter erträglich.
Im Zuge ihrer beiden alljährlichen Reisen nach Paris, wo sie ihre Garderobe auf den neuesten Stand brachte, hatte Pauline mehrere Abstecher nach Brüssel gemacht und ein großes Haus mit einem herrlichen Park in der Avenue Prince d'Orange gemietet, wo sie in dem Jahr ihres Aufenthaltes aller Erwartung nach aufsehenerregende Parties geben würde. Mr. Jensen, der französische Innenarchitekt, war mit Pauline hinübergeflogen. Sie hatten gemeinsam die Farben ausgesucht, in denen die Zimmer gehalten würden und entschieden, wie die Bilder plaziert werden sollten, die sie mitbringen wollte: van Goghs »Weiße Rosen«, die sechs Monets und das Bonnard-Gemälde von Misia Sert. Pauline, die Perfektionistin war, hatte im Laufe der Jahre ihr Schulfranzösisch so weit vervollkommnet, daß sogar ihre zahlreichen französischen Freunde ihre fehlerlose Grammatik und die akzentfreie Aussprache lobten. Jules hingegen hatte keine Begabung für Fremdsprachen, und sein Französisch hätte bei den Franzosen normalerweise Heiterkeit erregt, aber niemand machte sich über Jules Mendelson lustig. Dazu waren sein Auftreten, seine Macht und sein Reichtum zu imponierend.

Als Pauline mit ihrer Schwester und ihrem Schwager, Louise und Lawford Ordano aus Philadelphia, nach China flog, nahm Jules Flo auf eine Geschäftsreise nach Paris mit. Sie saßen in verschiedenen Abteilen der Concorde und sprachen während des Fluges kein einziges Wort miteinander, denn es waren mehrere Leute an Bord, die er kannte. In Paris wohnten sie in verschiedenen Hotels. Die Mendelsons stiegen üblicherweise im »Ritz« an der Place Vendôme ab, und für Flo hatte Jules eine Suite im nahegelegenen »Meurice« bestellt. Er lebte ständig in der Angst, es würde ihn einer von Paulines Freunden mit der rothaarigen Schönheit sehen.
Sobald sich die Limousine mit den dunkel getönten Scheiben, die sie vom Charles-de-Gaulle-Flughafen in die Stadt bringen würde, in Bewegung setzte, schaute Flo, überwältigt von der Tatsache, daß sie in Paris war, aus dem Fenster und fragte: »Ist das da der Eiffelturm?«

»Nein, das ist der Tower vom Flugplatz.«
»Ach. Sieht aber aus wie der Eiffelturm.«
»Nein, das tut er nicht«, erwiderte Jules gereizt. »Er sieht aus wie der Tower vom Flugplatz.«
»Für mich sieht er aus wie der Eiffelturm«, beharrte Flo.
Er gab ihr eine Kreditkarte und sagte ihr, bei welchen Modehäusern sie einkaufen konnte – natürlich bei denen, die Pauline nicht frequentierte. Er begleitete sie jedoch nicht zu den Modeschauen, und sie hatte keine Ahnung, was sie kaufen sollte. Eine Verkäuferin, die Flos Ratlosigkeit rührte, gab ihr einen Tip: »Mit Chanel können Sie nichts falsch machen.«
Also ging Flo dorthin und bestellte am ersten Tag vier komplette Ausstattungen. Am zweiten Tag erweiterte sie ihre Bestellung um sechs. Als eine Änderungsschneiderin sie nach ihren Wünschen fragte, antwortete sie: »Tun Sie, was Sie für richtig halten. Ich überlasse alles Ihnen.«
Nach zwei Tagen hatte sie fast fünfzigtausend Dollar ausgegeben. Ein Kassierer, dem weder ihr Gesicht noch ihr Name etwas sagte, führte ein Telefongespräch, um ihre Kreditwürdigkeit zu überprüfen. Er erhielt die Auskunft, daß Deckung in unbegrenzter Höhe garantiert würde.
Jeden Abend dinierten Jules und Flo in ihrer Suite im »Meurice«, und dort schlief er auch das erste Mal mit ihr. Er entdeckte, daß sein sexueller Appetit grenzenlos war. Seine Wünsche waren nicht gerade alltäglich, aber Flo verweigerte ihm nichts. In der schönen, jungen Frau, die früher einmal Fleurette Houlihan geheißen hatte, fand er seine ideale Sexpartnerin.
Natürlich wäre es ihr lieber gewesen, sich in der Stadt frei bewegen zu können, aber andererseits fand sie es herrlich, überhaupt in Paris sein zu dürfen. Die Aussicht, nach ihrer Rückkehr im Gespräch mit ihren Freundinnen im »Viceroy Coffee Shop« oder bei Pooky, ihrem Friseur, locker einfließen lassen zu können ». . . als ich in Paris war. . .«, versetzte sie in Hochstimmung, und sie bedauerte zutiefst, als das angebliche Großfeuer, das sich als brennende Matratze in der Suite nebenan herausstellte, ihrem Aufenthalt ein vorzeitiges Ende setzte.
Trotz seiner großen Leidenschaft für Flo spielte Jules nie mit

dem Gedanken, sich von Pauline scheiden zu lassen. Er brauchte sie beide, und es kam ihm gar nicht in den Sinn, daß das auf Dauer nicht möglich sein würde. Er beschränkte seine Beziehung zu Flo ausschließlich auf die Sexualität und gestattete ihr kein Eigenleben; dafür bezahlte er viel Geld. Wären die Frauen jemals zusammengetroffen und hätten ihrer beider Beziehung zu Jules verglichen, dann hätten sie festgestellt, daß jede das hatte, was die andere sich am meisten wünschte: Die vornehme Pauline hätte viel darum gegeben, eine handfestere Liebe von Jules zu bekommen, und Flo hätte es aus tiefster Seele genossen, als Gastgeberin am Kopf einer Tafel mit berühmten und reichen Leuten zu sitzen.

Und nun wachte Jules um drei Uhr früh auf und konnte nicht wieder einschlafen. Sein Kopf war voll mit Bildern seiner schönen Geliebten. Er sehnte sich so sehr nach ihr, daß es schmerzte, wälzte sich hin und her und hätte am liebsten ihren Namen herausgeschrien. In seiner Verzweiflung zog er sich mit einem so heftigen Ruck die Bettdecke über den Kopf, daß Pauline plötzlich im Freien lag.
»Jules, um Himmels willen, was ist denn los mit dir?« Sie war aufgewacht, weil sie fror. Unwillig zog sie die Decke wieder ein Stück zu sich herüber.
»Es tut mir leid.« Seine Stimme klang so traurig, daß Paulines Ärger über die Störung ihrer Nachtruhe augenblicklich verflog.
»Jules, gibt es etwas, über das du reden möchtest? Geht es um Brüssel? Stimmt etwas nicht?«
»Nein, nein. Es tut mir leid, Pauline. Schlaf weiter. Es geht mir gut. Es ist nur...«
»Nur was?«
»Ach, nichts, wirklich.« Er begann, geräuschvoll zu atmen, um sie glauben zu lassen, daß er wieder eingeschlafen sei. Es war nicht vorgesehen gewesen, daß er sich in Flo March verliebte: Er hatte sie sich nur als Geliebte stets zur Verfügung halten wollen, die er mit Geschenken bei Laune hielt. Nie wäre er darauf gekommen, daß er einmal den Wunsch haben würde, sein ganzes Leben umzukrempeln und sie zur dominanten Figur darin zu machen.

Aus Flos Tonbandaufzeichnungen

Jules erzählte mir mal von dem Typen, der ihn so wütend gemacht hatte, daß er die Degas-Ballerina vom Sockel stieß, die ihm das liebste Stück in seiner Sammlung war, aber ich wußte nicht, daß er von Philip Quennell sprach. Wenn *ich es gewußt hätte, wäre ich in der Nacht, als ich beschloß, Jules zu verlassen, weil er in dem Steakhaus im Valley, als er Madge White über den Weg lief, so getan hatte, als ob er mich nicht kennen würde, nie zu Philip ins »Château Marmont« gegangen. Später erfuhr ich, daß Philip von Anfang an nicht geglaubt hatte, Hector Paradiso hätte Selbstmord begangen. Und immerhin war er einer der wenigen, die Hectors Leiche in dem Haus gesehen hatten. Er rief beim Verleger des »Tribunal« an, um herauszufinden, warum die Zeitung die Geschichte nicht groß rausgebracht hatte – und das machte Jules höllisch wütend.*
Er konnte der netteste Mann der Welt, aber auch ein Mistkerl sein. Ich habe diese Seite an ihm nie kennengelernt, aber ich weiß, daß er es war, der dafür sorgte, daß Casper Stieglitz Philip Quennell die Mitarbeit an seinem Filmprojekt kündigte.

11. Kapitel

»Hollywood ist absolut unbarmherzig, sobald man einen Flop produziert«, sagte Casper Stieglitz, dessen letzte vier Filme Flops gewesen waren. Er hatte es sich zur Aufgabe gemacht, Philip Quennell in die Geheimnisse der Filmindustrie einzuweihen. »Es vergibt oder übersieht großzügig Betrügereien, Unterschlagungen und sogar gelegentlich Morde, aber einen Flop verzeiht es nie.«
Casper ließ seinen Blick, den er wie immer hinter den dicken dunklen Gläsern seiner Brille verbarg, forschend durch das Restaurant wandern und schüttelte dann sichtlich enttäuscht den Kopf. »Ich bin der prominenteste Gast heute«, sagte er ärgerlich. Einen Moment lang fragte er sich, ob Michael, der Geschäftsführer, ihn vielleicht in den falschen Raum gesetzt hatte, und er überlegte, ob er verlangen solle, einen Tisch nebenan zu bekommen. Dort hatte er auf dem Weg zur Toilette nämlich Marty Lesky, den obersten Boß von Colossus Pictures, sitzen sehen. Das »Le Dôme«, hatte Casper erklärt, als er Philip dorthin beorderte, um mit ihm über ihr gemeinsames Filmprojekt zu sprechen, werde von Leuten aus der Film- und Musikbranche bevorzugt und sei ein guter Ort, um gesehen zu werden und ein neues Projekt ins Gespräch zu bringen. Casper entfaltete seine Serviette mit einer schwungvollen Bewegung und legte sie auf seinen Schoß. Philip bemerkte, daß er das Mitte-des-Monats-Toupet aufhatte. Es war mit einem Gummiband zu einem Pferdeschwanz zusammengenommen: Pferdeschwänze mit Gummiband waren zur Zeit der letzte

Schrei für Produzenten mittleren Alters, und Casper, das war Philip schnell aufgefallen, ging stets mit der Mode. Unter der offenen schwarzen Armani-Samtjacke trug er ein T-Shirt, das mit einem Ausschnitt aus Picassos »Guernica« bedruckt war. Philip mußte zugeben, daß das Toupet täuschend echt wirkte. Er fragte sich, ob Willard ihm wohl dabei half, es fachgerecht festzukleben.
Casper, der sich immer noch Gedanken über seine Plazierung machte, wirkte nervös und nieste immer wieder heftig, worauf jedesmal ein prustendes Schneuzen folgte. »Ich muß aufs Klo«, erklärte er unvermittelt und sprang auf. Und dann entdeckte er Mona Berg. »Oh, Mona ist hier!« Plötzlich klang seine Stimme bedeutend ruhiger: Er hatte festgestellt, daß ein so wichtiger Gast wie Mona Berg im selben Raum saß wie er.
»Hallo, Casper«, rief Mona und hielt eine Faust ans Ohr, um ihm zu verstehen zu geben, daß sie später miteinander telefonieren sollten.
»Das hier ist Philip Quennell«, erklärte Casper lautstark. »Mona Berg ist die Topagentin in der Stadt.«
Philip und Mona riefen einander ein »Hallo« zu.
»Mona, Philip hat dieses sensationelle Buch über Reza Bulbenkian geschrieben, ›Takeover‹. Hast du es gelesen?«
»Ich komme nie dazu, etwas anderes zu lesen als Drehbücher, Casper«, antwortete Mona Berg. »Aber ich werde mir irgendwie die Zeit nehmen, Ihr Buch zu lesen, Phil, das verspreche ich. Was hältst du von meiner Idee, Elliott Carver die Rolle von Bligh spielen zu lassen?«
Casper schüttelte entschieden den Kopf. »Elliot hat sechs Flops hintereinander gemacht. Er kann höchstens noch in einer Vorabendserie im Fernsehen spielen, aber auf keinen Fall die Hauptrolle in einem Casper-Stieglitz-Film.«
»Du machst einen großen Fehler, Casper.« Mona war bekannt für die Hartnäckigkeit, mit der sie versuchte, ihre Klienten an den Mann zu bringen. »Marty Lesky hat sich gestern zu Hause den Rohschnitt von ›Career Girl‹ angesehen und gesagt, Elliott sei fabelhaft. Sogar seine Frau fand ihn großartig – und das heißt wirklich was.«
»Entschuldige mich einen Augenblick, ich muß aufs Klo«, sagte Casper.

»Eines Tages wird ihn das viele Zeug, das er sich in die Nase stopft, umbringen«, stellte Mona nüchtern fest.
Philip teilte diese Meinung zwar, sagte jedoch nichts.
»Ich habe gehört, Sie schreiben das Drehbuch zu der Drogendokumentation«, wechselte sie das Thema.
Er fand diese Unterhaltung quer durch das Lokal ziemlich grotesk.
»Ja.«
»Eine undankbare Aufgabe.«
»Glaube ich allmählich auch.«
»Wenn Sie nicht mit echten Cops arbeiten wollen, sondern mit Schauspielern, was übrigens immer besser funktioniert, dann rufen Sie doch mich an! Ich würde Sie gerne mit Elliott Carver bekannt machen.«
»Das regelt alles Casper.«
»Da bist du ja endlich, Joel«, sagte sie zu dem Mann, der zu ihr an den Tisch getreten war.
»Tut mir leid, Mona«, entschuldigte sich Joel und setzte sich.
»Ich hasse es zu warten, Joel.«
»Ich sagte doch, es tut mir leid, Mona. Ich habe im Stau gesteckt.«
»Wie war doch gleich Ihr Name?« rief sie zu Philip hinüber.
»Quennell, Philip Quennell.«
»Joel Zircon – Philip Quennell«, stellte sie vor.
»Habe ich Sie nicht bei der Messe für Hector Paradiso gesehen?« fragte Joel. »Sie sind doch der Bursche, der Flo March sein Taschentuch gab, stimmt's?«

»Sie müssen sich anders anziehen, Philip«, sagte Casper Stieglitz, als er sich wieder hinsetzte. Philip fiel auf, daß Casper jedesmal, wenn er von der Toilette kam – und er ging sehr häufig hinaus –, etwas Neues im Kopf hatte, was ihn jeweils leidenschaftlich beschäftigte.
»Was stimmt denn nicht mit meiner Kleidung?« fragte Philip.
»Sie paßt einfach nicht hierher«, erklärte Casper. »Blauer Blazer, graue Flanellhosen, spießiges Oberhemd – ich bitte Sie! Dieser Look ist doch schon seit Jahren passé. Und schmeißen Sie um Himmels willen ihre gepunkteten Krawatten weg! Sie sehen aus wie ein Geschichtslehrer und nicht wie

ein Drehbuchschreiber. Es fehlt wirklich nur noch eine gottverdammte Pfeife, um das Bild komplett zu machen. Die Junkies, mit denen wir für unseren Film reden müssen, sprechen nicht mit Ihnen, wenn Sie so daherkommen.«
»Ich dachte, Sie sind begeistert von dem, was ich bis jetzt geschrieben habe.«
»Bin ich ja, bin ich ja.«
»Aber daraus ersehen Sie doch, daß Junkies durchaus mit mir reden, trotz meiner Aufmachung.«
»Ich will ja auch nur sagen, daß sie nicht hierher paßt.«
»Hören Sie, Casper: Mir gefällt es nicht, wie *Sie* sich anziehen. Ich hatte nie was für schwarzen Samt übrig, aber es geht mich nichts an, wie Sie herumlaufen, also sage ich auch nichts dazu. Ebensowenig geht es aber Sie etwas an, wie ich mich kleide. Einigen wir uns darauf, daß Sie sich so anziehen, wie Sie wollen, und ich mich so anziehe, wie ich will. *Okay?«*
»Okay, okay. Regen Sie sich doch nicht gleich so auf! Ich wollte Ihnen doch nur die kalifornischen Gebräuche erklären.«
»Ich bin nur vorübergehend in Kalifornien«, entgegnete Philip.
Casper schnippte mit den Fingern. »Sie haben mich da auf eine Idee gebracht. Plötzlich gefällt mir Ihr Aufzug, Pünktchenkrawatten eingeschlossen. Ich möchte Sie um einen Gefallen bitten.«
»Im Zusammenhang mit dem Film?«
»Nein, im Zusammenhang mit einem Dinner am Sonntag in einer Woche.«
»O nein, da kann ich nicht: Ich fahre mit meiner Freundin übers Wochenende auf ihre Ranch.«
»Na und? Dann kommen Sie eben ein bißchen früher zurück.«
»Und warum sollte ich?«
»Ich habe ein paar hochkarätige Leute zum Essen eingeladen, und ich finde, Sie würden gut dazu passen. Ich weiß nie, was ich mit solchen Snobs reden soll.«
»Wer kommt denn?«
»Arnie Zwillman.«
»Wer ist Arnie Zwillman?«
»Der Mann, der das ›Vegas Seraglio‹ niedergebrannt hat, um die Versicherungssumme zu kassieren.«

»Und das verstehen Sie unter ›hochkarätig‹?«
»Nein, *er* ist nicht hochkarätig. Aber die anderen sind's.«
»Und wer ist das?«
»Jules und Pauline Mendelson.«
»Jules und Pauline Mendelson kommen zu Ihnen zum Essen?« Philip machte keinen Versuch, seine Verblüffung zu verbergen.
»Kennen Sie sie?«
»Sie wollen doch hoffentlich nicht Ina Rae und Darlene dazusetzen, oder?«
Casper lachte. »Habe ich Ihnen schon von dem T-Shirt erzählt, das Ina Rae gestern abend anhatte?«
»Nein.«
»Da stand drauf: ›Warnung, ich schreie, wenn ich komme.‹ Ich dachte, mich zerreißt es. Dieses Mädchen ist wirklich eine tolle Type.«
»Pauline Mendelson könnte sich sicher auch kaum halten vor Lachen«, sagte Philip trocken.
»Ich glaube, Ina ist wirklich unpassend für diese Gesellschaft«, erklärte Casper, nachdem er über Philips Worte nachgedacht hatte. »Ich könnte Sie ja später zur Vorführung dazuholen. Aber dann brauche ich fürs Dinner noch ein Mädchen. Was ist mit dieser Freundin, mit der Sie ins Wochenende fahren?«
»Sie heißt Camilla Ebury.«
»Schauspielerin, Model oder Tänzerin?«
»Nichts davon.«
»Bringen Sie sie mit.«
»Die Sonntagabende verbringt sie immer mit ihrer Tochter. Sie essen im Country Club, ein Familienritual.«
»Sagen Sie ihr, daß ich einen Film vorführen werde.«
»Das wird sie kaum reizen.«
Casper schnippte wieder mit den Fingern. »Hortense Madden! Das ist *die* Idee! Dann hat das Ganze doch Niveau.«
»Wer ist Hortense Madden?«
»Die Literaturkritikerin vom ›Mulholland‹.«
»Du lieber Himmel!«
»Kennen Sie sie?«
»Nein, ich kenne sie nicht, aber sie hat mein Buch verrissen.«

»Das ist typisch für sie: Sie verreißt alles, was erfolgreich ist.«
»Und was ist der Zweck dieser Dinnereinladung, Casper?« fragte Philip.
»Arnie Zwillman will Jules Mendelson kennenlernen und ließ mich bitten, das zu arrangieren. Mehr weiß ich auch nicht.«
Philip überlegte. »Okay«, sagte er schließlich. »Ich komme.«

»Es war sehr lieb von dir, heute nachmittag mit Bunty ins Kino zu gehen«, sagte Camilla.
»Sie ist ein großartiges Mädchen.«
»Sie betet dich an. Sie hat mir gesagt, sie findet dich ausgesprochen gutaussehend.« Camilla lächelte.
»Ich nehme an, ich kann dich nicht dazu überreden, mich Sonntag in einer Woche zum Abendessen zu Casper Stieglitz zu begleiten, oder?« fragte Philip.
»Nur, wenn ich Bunty mitbringen kann.«
»Ich glaube nicht, daß sich Bunty dort wohl fühlen würde.«
»Das denke ich auch.« Camilla nickte. Sie lachten beide. »Allerdings würde es mich ungeheuer reizen, mir seine Perückenkollektion anzusehen – oder Ina Rae. Ich weiß nicht, was mich mehr fasziniert.«
»Die Mendelsons kommen ebenfalls.«
»Die Mendelsons gehen zu Casper Stieglitz?« Sie sah ihn entgeistert an. »Das kann ich nicht glauben.«
»Jedenfalls hat Casper mir das heute beim Mittagessen erzählt.«
»Dann muß es um irgendein Geschäft gehen.« Camilla schüttelte den Kopf. »Ich wette, sie sagen in letzter Minute ab. Ich kenne doch Pauline!«

Nach ihrer Rückkehr aus Paris, wo sie ein Liebespaar geworden waren, hatte Jules im Rausch seiner Leidenschaft beschlossen, ein Liebesnest für Flo und sich zu mieten. Sie kündigte ihren Job im »Viceroy Coffee Shop«, zog aus ihrem Apartment im Silverlake District aus und wohnte vorübergehend im Hotel »Sunset Marquis« in West Hollywood. Zunächst hatte Jules vor, eine Wohnung in einem Hochhaus am Sunset Boulevard zu nehmen, aber als er – unter falschem

Namen – dort hinkam, um sich die Räume anzusehen, traf er im Lift auf Marty Lesky von Colossus Pictures. Später erfuhr er vom Hausmeister, daß Marty Lesky ein Apartment in dem Gebäude hatte. Aus Martys Nervosität im Lift und der Tatsache, daß die Leskys eines der größten Häuser in Bel Air besaßen, schloß er, daß Marty seine Geliebte hier versteckte. Jules betrat das Haus nie wieder.

»Ich habe heute ein sehr hübsches Haus angeschaut«, erzählte Flo eines Tages. Sie fand es ungeheuer aufregend, in den, wie sie sagte, schicksten Vierteln der Stadt Häuser zu besichtigen. Jules hatte ihr einen leuchtendroten Mercedes geleast, und sie fuhr stundenlang damit herum und erforschte die teueren Gegenden wie Beverly Hills, Holmby Hills und Bel Air, die sie zuvor nie gesehen hatte. Bei ihren Exkursionen wurde sie von einer Maklerin namens Elaine begleitet, die früher einmal Schauspielerin gewesen war und die Geschichte jedes Hauses kannte. »Das ist das Haus, in dem Lana Turners Tochter Johnny Stompanato ermordet hat«, sagte sie zum Beispiel. Oder: »Hier hat Judy Garland eine Überdosis genommen.« Oder: »Dort haben Jack und Anjelica gewohnt.« Flo wußte natürlich, daß sie Jack Nicholson und Anjelica Huston meinte.

»Wo?« fragte Jules.

»In Bel Air. Oben im Stone Canyon, hinter dem ›Bel Air Hotel‹. Elaine sagt, es hat einer der Exfrauen von Amos Swank gehört.«

»Bel Air? O nein, nein, nein!« Jules schüttelte energisch den Kopf. »Bel Air kommt nicht in Frage.«

Flo hatte mit der Zeit gelernt, daß sie, wenn Jules mit »O nein, nein, nein!« auf eine Bitte reagierte und dazu energisch den Kopf schüttelte, unwissentlich in den Lebensbereich vorgedrungen war, den er mit Pauline teilte. Für ihn bedeutete ein Haus in Bel Air, wo so viele ihrer Freunde wohnten, eine Gefahr, in den engen Straßen der exklusiven Enklave auf Bekannte zu stoßen. Er hörte förmlich, wie eine von Paulines Freundinnen, schlimmstenfalls Rose Cliveden, zu seiner Frau sagte: »Ich habe Jules heute nachmittag in Bel Air gesehen.«

»Ich denke, es wäre besser, du würdest dich ein bißchen weiter draußen umsehen, in der Nähe von Benedict oder

Coldwater Canyon«, meinte er: Dort war es unwahrscheinlich, daß er Leuten über den Weg lief, mit denen er und seine Frau an den meisten Abenden der Woche dinierten.
»Das ist eine hübsche Gegend«, stimmte ihm Flo zu und ratterte die Namen mehrerer Fernsehstars herunter, die Häuser in diesen Canyons hatten.
Schließlich fand Flo ein ideales Haus, das, hinter Büschen verborgen, in der kleinen Straße Azelia Lane etwas abseits von Coldwater Canyon lag. Elaine hatte ihr erzählt, daß es früher Trent Muldoon gehört hatte, einem Fernsehstar, dessen Serie abgesetzt worden war und der in den Jahren seiner stets nur durchschnittlichen Erfolge immer über seine Verhältnisse gelebt hatte. »Er warf das Geld mit beiden Händen aus dem Fenster, und jetzt ist er total pleite«, berichtete Elaine. »Nehmen Sie's als Warnung!«
»War das wirklich Trent Muldoons Haus?« fragte Flo begeistert.
Elaine nickte. »Seine Frau läßt sich gerade von ihm scheiden und zieht ihn bis aufs Hemd aus. Er braucht dringend Geld, um wieder auf die Füße zu kommen.«
Flo war hingerissen, endlich ein eigenes Haus zu haben – mit einem Swimmingpool, einer Adresse in Beverly Hills, einer allseits als illuster bekannten Postleitzahl und einer ebensolchen Telefonvorwahl. Sie konnte sich gar nicht beruhigen. Als sie Jules gestand, daß sie die Rinderschädel an der Wand und die Westerneinrichtung nicht ausstehen konnte, erlaubte er ihr, den größten Teil von Trents Möbeln, die im Mietpreis inbegriffen waren, in ein Lager schaffen zu lassen und das Haus nach ihrem Geschmack einzurichten.
Eine Zeitlang war sie so glücklich wie nie zuvor, aber auch sehr allein. Manchmal hatte sie das Gefühl, für Jules nur Mittel zum Zweck zu sein, und sie gewöhnte sich an, an den Nachmittagen ein paar Gläser Wein zu trinken und mehrere Marihuanazigaretten zu rauchen.
»Hallo?«
»Ich bin auf dem Weg zu dir.«
»Jetzt?«
»Ich möchte, daß du nackt bist, wenn du mir die Tür aufmachst.«

Wie verlangt, öffnete sie nackt die Tür.
»Willst du 'n Drink?« fragte sie.
»Nein!« Er musterte hungrig ihren Körper und riß sich die Krawatte und das Hemd herunter. »Komm ins Schlafzimmer!«
Die Art, in der er von ihr Besitz ergriff, hatte nichts Zärtliches. Er wollte nur möglichst schnell in ihren schönen Körper eindringen und dort so lange wie möglich bleiben. Seine Lust auf sie schien unstillbar. Damals ahnte er noch nicht, daß sie ein wichtiger Mensch in seinem Leben werden könnte, er betrachtete sie lediglich als Ventil für seine wachsenden sexuellen Ansprüche. Er war ein Kunstsammler und liebte das kultivierte Leben. Flo war zu ungebildet, um Liebe in ihm zu erwecken. Es gab Dinge an ihr, die ihn wahnsinnig machten. Sie sprach »Sandwich« wie »Sämmitsch« aus, sie bewegte die Lippen, wenn sie las, sie trank Cola aus der Büchse, und sie hatte keine Ahnung vom Weltgeschehen.
Er hatte nie die Absicht gehabt, sich als Professor Higgins zu gebärden, aber er stellte fest, daß sie nie beleidigt war, wenn er sie korrigierte, weil ihn wieder einmal etwas, das sie tat oder sagte, auf die Palme trieb. Sie begrüßte seine Kritik sogar und machte den bemängelten Fehler niemals wieder. Zuerst belustigte es ihn, daß sie seine gelegentlichen Korrekturen und Anregungen so prompt beherzigte, doch dann fing er an, sich ernsthaft mit ihr zu beschäftigen. Ihre Aussprache wurde gepflegter, ihre Haltung besserte sich, ihr Gang wurde graziöser. Tief in seinem Innern wußte er genau, daß es ein Unding war, eine so schöne junge Frau derart unter Verschluß zu halten, aber er wollte nichts daran ändern. Es hätte ihn nur einen Anruf bei Marty Lesky gekostet, Flo eine kleine Rolle in einer der zahlreichen Serien zu verschaffen, die Colossus Pictures produzierte, oder einen Termin zum Vorsprechen für einen Film. Reiche Männer, die eine Geliebte hatten, taten einander immer gern einen Gefallen. Aber Jules konnte sich nicht dazu überwinden, dieses Gespräch zu führen, mit dem er Flos sehnsüchtigsten Wunsch hätte erfüllen können, endlich »Jemand« zu sein: Er wollte sie ganz für sich haben.
Wenn er endlich befriedigt und ausgepumpt von ihr abließ, sprach er mit ihr wie mit nur sehr wenigen anderen Menschen:

über seine Geschäfte, den eventuellen Verkauf seiner Kunstsammlung und über das Apartment in der Avenue Hamoir, in dem sie wohnen sollte, wenn er nach Brüssel ginge. Die Aussicht, ein Jahr in Brüssel zu verbringen, begeisterte sie. Schließlich warf er stets einen Blick auf seine Uhr, sagte: »Ich muß weg!«, sprang aus dem Bett, fuhr in seine Kleider und machte sich auf den Heimweg, um rechtzeitig zu Hause zu sein, um mit Pauline gewohnheitsmäßig ein Glas Wein zu trinken, bevor sie sich umzogen und zu der Party gingen, die für den jeweiligen Abend auf dem Programm stand. Oft rief er Flo auf dem Weg nach Clouds über das Autotelefon an.

»Was machst du?«

»Du meinst, seit du mich vor elf Minuten zum drittenmal besprungen hast?« antwortete sie eines Tages verärgert. Sie wußte, daß er es haßte, wenn sie ordinär wurde – außer, wenn sie miteinander im Bett waren –, aber sie wollte ihn dafür bestrafen, daß er ihr kaum noch Luft zum Atmen ließ. Sein mißbilligendes Schweigen wirkte jedoch wie immer einschüchternd auf sie. »Ich liege hier auf dem Seidenlaken, das du mir in Paris gekauft hast, erschöpft von deiner Leidenschaft und habe mir ein Glas Wein aus der Flasche von der Bresciani-Auktion eingegossen, die du mir von zu Hause mitgebracht hast. Zufrieden?« Sie verschwieg ihm, daß sie dazu einen Joint rauchte: Er hätte es nicht gebilligt. Er hatte ihr einmal gesagt, daß er Menschen, die Drogen nähmen, zutiefst verabscheue.

Im Laufe der Zeit mißfiel es Flo immer mehr, für Jules ausschließlich ein Lustobjekt zu sein. Er verlangte, daß sie jederzeit verfügbar war, falls es ihm einfiel, unerwartet hereinzuschneien oder sie anzurufen. Letzteres tat er manchmal öfter als zehnmal am Tag. War belegt, konnte ihn das zur Raserei treiben. Er stellte sich dann vor, es gebe andere Männer in ihrem Leben, obwohl er genau wußte, daß es nicht so war. Flos Weinkonsum stieg, ebenso die Menge der Marihuanazigaretten. Ein paarmal drohte sie, ihn zu verlassen, aber diese Ankündigungen schreckten Jules nicht im mindesten. Er wußte, daß er das Aufregendste war, was Flo bisher widerfahren war, und er wußte, daß auch Flo das wußte. Und er kannte die Macht des Geldes ...

Außer an den Abenden, an denen er mit Pauline zu Parties

fuhr, benutzte Jules den Bentley nicht mehr: Er hatte zu große Angst, erkannt zu werden, wenn er nachmittags zu Flo in die Azelia Lane fuhr, und leaste einen unauffälligen Cadillac mit dunklen Scheiben, durch die ihn Passanten nicht sehen konnten. Eines Abends, als Pauline zu einer Party nach New York geflogen war, fuhr er Flo zu ihrem alten Apartment, in dem seiner Meinung nach obskuren Silverlake District, wo sie gewohnt hatte, bevor sich ihre finanziellen Verhältnisse so drastisch verbessert hatten: Ihre frühere Vermieterin hatte ihr mitgeteilt, es sei Post für sie gekommen. Als sie in der Melrose Avenue an einer Ampel halten mußten, schaute Flo aus dem Fenster und sah eine Stadtstreicherin, die sich an einer Hausmauer für die Nacht einrichtete.

Plötzlich packte Flo die Angst. »Die erinnert mich an meine Mutter«, sagte sie.

»Wer?« fragte Jules.

»Die da.« Flo deutete auf die Frau. »Ich wette, sie war früher hübsch – wie meine Mutter.«

Jules nickte.

»Meine Mutter starb bei einem Feuer in einem Fürsorgeheim.«

»Das hast du mir schon erzählt.«

»Du wirst doch für mich sorgen, oder, Jules? Ich könnte es nicht ertragen, arm zu sterben wie meine Mutter.«

»Ich sorge doch für dich.«

»Nein, ich meine danach.«

»Nach was?«

»Ach, nichts.«

Er wußte, was sie meinte. Aber er wollte nicht daran denken. Den Rest der Fahrt schwiegen sie beide.

Jeden Morgen ohne Ausnahme fuhr Philip Quennell zu dem Treffen der Anonymen Alkoholiker, das in einer Baracke am Robertson Boulevard abgehalten wurde. Bevor die Therapiestunde begann, las er Zeitung und beteiligte sich kaum je an der Unterhaltung der anderen Teilnehmer.

Eines Morgens tippte ein langer roter Fingernagel auf die Sportseite der »Los Angeles Tribunal«, den er gerade las. »Glauben Sie, McEnroe wird ein Comeback schaffen?« hörte er eine bekannte Stimme fragen.

»Hallo, Flo!«
»Hallo, Phil!« Sie öffnete ihre Tasche und holte das Taschentuch heraus, das er ihr bei der Totenmesse für Hector Paradiso geliehen hatte. Es war gewaschen und gebügelt. »Vielen Dank für die Leihgabe.«
Er steckte es ein.
»Haben Sie Loretta Young in der Kirche gesehen?« fragte sie. »Ich hoffe nur, daß ich in dem Alter auch noch so gut aussehe.«
Philip lächelte.
»Wer hätte gedacht, daß wir uns so kurz nach unserem Kennenlernen in so vornehmer Gesellschaft wiedersehen«, sinnierte Flo. »Sie waren sicher anschließend bei Rose Clivedens Essen im Country Club.«
»Nein, war ich nicht.«
»Ich habe Cyril Rathbones Bericht darüber im ›Mulholland‹ gelesen«, erzählte Flo. »Die arme Rose.«
»Warum ist Rose arm?«
»Haben Sie denn nichts davon gehört? Sie ist über Hectors Hund gestolpert und hat sich ein Bein gebrochen.«
»Stand das auch in Cyril Rathbones Kolumne?«
»Klar. Da kriege ich alle meine Informationen her.«
Als sie nach dem Meeting auf die Straße traten, fragte Philip: »Wie hieß doch noch der Club, den Hector Paradiso in der Nacht vor seinem Selbstmord besuchte?«
»Haben Sie Selbstmord gesagt?«
»Das scheint doch die allgemeine Ansicht zu sein.«
»Daß ein heller Kopf wie Sie sich für so dumm verkaufen läßt, wundert mich wirklich. Der Club heißt ›Miss Garbo's‹. Manche Gäste sagen aber einfach nur ›Garbo's‹.«
»Und wo ist er?«
»In der Astopovo Street zwischen dem Santa Monica Boulevard und der Melrose. Wollen Sie etwa dort hingehen?«
»Ja. Ich möchte herausfinden, wen Hector in der Nacht damals mitgenommen hat. Haben Sie Lust, mich zu begleiten?«
»Ich kann nicht.«
»Und warum nicht?«
»Ich habe Ihnen doch schon gesagt, daß ich vergeben bin.«
»Na und? Ich will doch kein Verhältnis mit Ihnen anfangen. Es wäre mir nur wohler, wenn ich nicht allein hinmüßte.«

»Aber mein Freund ist ein teuflisch eifersüchtiger Bursche – ruft mich zwanzigmal am Tag an, um mich zu kontrollieren.«
»Sie geben mir also einen Korb, ja?«
»Tut mir leid, Phil.«
»Ich heiße Philip, nicht Phil. Ich kann die Abkürzung nicht leiden.«
»Oh, Entschuldigung. Philip hört sich auch viel vornehmer an.«
»Kommen Sie wirklich nicht mit?«
»Hübsche Mädchen sind dort sowieso äußerst ungern gesehen. Aber lassen Sie mich wissen, was Sie herausbekommen haben. Fragen Sie nach Manning Einsdorf. Der trifft die Vereinbarungen.«
»Von dem habe ich schon gehört.«
»Und, Phil?« Er sah sie mahnend an. Sie schnippte mit den Fingern. »Ich meine Philip. Sie sind so ein hübscher Kerl, machen Sie am besten ein Vorhängeschloß an Ihren Reißverschluß.«

An diesem Tag rief Philip bei der »Los Angeles Tribunal« an.
»Weiß Mr. Pond, wer Sie sind?« fragte die Sekretärin, nachdem Philip ihr seinen Namen genannt hatte.
»Sagen Sie ihm, ich sei der Autor des Buches über Reza Bulbenkian.«
»Würden Sie mir bitte den Grund Ihres Anrufes nennen?«
»Nein.«
»Ich bin verpflichtet, Sie danach zu fragen: Mr. Pond ist sehr beschäftigt.«
»Ich verstehe.«
»Also, wollen Sie es mir nun sagen?«
»Nein. Erklären Sie ihm nur, wer ich bin. Dann kann Mr. Pond selbst entscheiden, ob er mit mir sprechen will oder nicht.«
Eisiges Schweigen folgte. Dann sagte sie: »Einen Moment.«
Gleich darauf war Sandy Pond am Apparat. »Ich habe Ihr Buch sehr genossen, Mr. Quennell«, sagte er jovial. »Stimmt es, daß Reza Bulbenkian gedroht hat, Ihnen die Beine brechen zu lassen?«
Philip lachte. »Ja, das hat er.«

»Ich habe von meiner Frau gehört, daß Sie sich häufig mit unserer Freundin, Camilla Ebury, treffen.«
»Stimmt.« Er war nicht bereit, sich ausführlicher dazu zu äußern.
»Was kann ich für Sie tun?« fragte Sandy Pond.
»Ich wüßte gern, warum Ihre Zeitung den Mord an Hector Paradiso nicht groß herausgebracht hat.«
Eine Pause folgte. Dann fragte der Verleger hörbar indigniert: »Welchen Mord?«
»Seinen Tod dann eben«, verbesserte Philip widerwillig.
Sandy Pond schwieg.
»Sie kannten Hector Paradiso doch, oder?«
»Ja, ich kannte ihn. Ich war auch einer der Sargträger. Er war ein charmanter Bursche, ein guter Freund meiner Frau. Sie sagte immer, er sei der beste Tänzer von Los Angeles. Es ist wirklich eine Tragödie.«
»Es wurden fünf Schüsse auf ihn abgegeben, drei trafen, Mr. Pond«, sagte Philip. »Ich war ein paar Stunden später in seinem Haus – mit Camilla Ebury. Ich habe für die Polizei seine Leiche identifiziert.«
»Aber es war Selbstmord, Mr. Quennell. Ich habe den Autopsiebericht gelesen.«
»Kommt es Ihnen nicht merkwürdig vor, daß jemand fünfmal auf sich selber schießt und dabei auch noch einen Spiegel und einen Glastisch trifft?« fragte Philip.
»Offenbar steckte er in einer tiefen Depression. Ich lasse Ihnen gern durch meine Sekretärin eine Kopie des Autopsieberichtes zukommen.«
Sandy Ponds Tonfall zeigte deutlich, daß er das Gespräch beenden wollte.
»Sind Sie nicht der Ansicht, daß auch sein Selbstmord eine gute Story abgegeben hätte, Mr. Pond?«
»Wie meinen Sie das?«
»Ein prominenter Bürger der Stadt, der sich in den höchsten Gesellschaftskreisen bewegt, bei den Mendelsons aus und ein geht, begeht Selbstmord, indem er fünfmal auf sich schießt. Da, wo ich herkomme, wäre das eine gute Story. Und wenn man dann noch bedenkt, daß er aus einer Gründerfamilie stammte, nach der sogar ein Boulevard benannt ist, dann wäre es sogar ein Aufmacher.«

»Ist das alles, Mr. Quennell?«
»Ich glaube, daß hier ein Kapitalverbrechen vertuscht wird. Und daß Ihre Zeitung daran beteiligt ist.«
»Das ist ebenso lächerlich wie abwegig.« Alle Freundlichkeit war aus Sandy Ponds Stimme verschwunden.
Philip fürchtete, er würde einfach auflegen und begann, sehr schnell zu sprechen: »Ist es nicht so, daß Jules Mendelson Sie am Morgen nach dem Mord an Hector Paradiso aufsuchte? Oh, Verzeihung, am Morgen nach Hector Paradisos Selbstmord natürlich.«
»Auf Wiederhören, Mr. Quennell.«

Bei der Dinnerparty, die Ralph und Madge White an diesem Abend in ihrem Haus in Hancock Park für einige Freunde gaben, bedeutete Sandy Pond Jules Mendelson nach dem Essen verstohlen, ihm auf die Veranda zu folgen. »Hast du schon mal was von einem gewissen Philip Quennell gehört?« fragte er. »Er hat das Buch über unseren Freund Bulbenkian geschrieben.«
»Ja, habe ich. Er hat sich mit Camilla angefreundet. Warum?«
»Ich bekam heute nachmittag einen sehr beunruhigenden Anruf von ihm.«

Am selben Abend, nur ein paar Stunden später, war »Miss Garbo's« wie üblich vollkommen überfüllt. Marvene McQueen, die Sängerin, hatte ihr halbes Programm bereits hinter sich gebracht.
»Du bist nicht meine erste Liebe, ich habe schon andere Männer vor dir gekannt«, sang sie.
Sie starrte unverwandt in das grelle Licht des Scheinwerfers. Sie spitzte die Lippen über ihren vorstehenden Zähnen und Tränen füllten ihre stark geschminkten Augen, als sie ihr Erkennungslied seufzte. Einer der schmalen Träger ihres schwarzen Abendkleides rutschte von ihrer Schulter, sie löste den Blick von ihrem Fixpunkt und ließ die Haare einem Vorhang gleich über eine Gesichtshälfte fallen wie ein Filmstar aus den vierziger Jahren. Aber sie bemühte sich umsonst: Kein Gast würdigte sie auch nur eines Blickes.
»Zane!« rief Manning Einsdorf, der auf einem hohen Hocker

saß, von dem aus er den ganzen Raum überblicken konnte, zu seinem Barmann hinüber. »Gib Mr. Coughlin und seinem Gast am Tisch sechsundzwanzig nichts mehr zu trinken. Die beiden haben genug. Und sag dem Parkwächter, er soll ein Taxi rufen: Ich möchte nicht wegen ein paar Besoffener in Schwierigkeiten geraten.«

»Nur die Ruhe, Manning, nur die Ruhe!« beschwichtigte Zane ihn. »Wird alles prompt erledigt.«

»Miss Einsdorf ist in letzter Zeit auffallend gereizt«, stellte Joel Zircon fest, der an der Bar stand und die Unterhaltung gehört hatte.

»Miss Einsdorf ist ständig auffallend gereizt, seit Du-weißt-schon-wer mit Du-weißt-schon-wem ihr Lokal verlassen und im Kugelhagel geendet hat. Sie reißt mir jeden Abend zehnmal den Kopf runter«, sagte Zane und grinste.

Philip Quennell blieb kurz an der Tür stehen und bahnte sich dann mühsam einen Weg durch den lärmerfüllten Raum. Schließlich fand er noch einen Platz an der Bar, indem er sich seitwärts hinstellte. Joel Zircon, der ihm im »Le Dôme« von Mona Berg vorgestellt worden war, musterte ihn vom Ende der Bar her überrascht und fixierte ihn dann auf dem Umweg über den blaugetönten Spiegel hinter den Flaschen. Philip wartete darauf, etwas bestellen zu können, und konzentrierte sich inzwischen auf Marvene McQueens Darbietung.

»Du gehst jetzt besser, ich mag dich viel zu sehr, du gehst jetzt besser«, sang sie.

»Bier?« fragte Zane.

»Lemon Soda.«

Zane ließ die Limonade aus einem Gummischlauch vom Zapfhahn in ein Glas laufen und stellte es vor Philip auf den Tresen.

»Wer ist die Sängerin?«

»Marvene McSowieso«, antwortete Zane.

»Ein Transvestit?«

»Nein, eine echte Frau.«

»Sie hat Hasenzähne.«

»Kann man wohl sagen.«

Philip beugte sich vor, um seine Stimme nicht erheben zu müssen: »Ich suche Manning Einsdorf.«

Zane sah ihn erstaunt an. »Er sitzt da hinten auf dem hohen Hocker. Hat ganz schön zu tun heute abend. Erwartet er Sie?«
»Nein.«
»Was soll ich ihm sagen, wer ihn sprechen will?«
»Das werde ich ihm selbst sagen.« Philip löste sich von der Bar und kämpfte sich zu Manning Einsdorf durch.
»Zane!« zischte Joel Zircon, und als der Barkeeper sich umdrehte, winkte Joel ihn zu sich. »Was hat der Kerl denn gewollt?«
»Hat nach Manning gefragt. Weißt du, wer das ist? Sieht nicht aus wie einer von uns, wenn du verstehst, was ich meine«, sagte Zane. »Aber heutzutage weiß man das ja nie so genau.«
»Nein, nein, der ist wirklich keiner von uns. Schreibt das Drehbuch für einen Film, den Casper Stieglitz machen muß, damit er nicht in den Knast kommt, weil man zehn Pfund Kokain bei ihm gefunden hat«, erklärte Joel. »Mona Berg hat es mir erzählt. Aber was zum Teufel will er hier?«
Manning Einsdorf beugte sich von seinem Hochsitz herunter und legte eine Hand hinters Ohr: »Wer?« fragte er.
Philip wiederholte den Namen: »Lonny.«
»Ich kenne keinen Lonny.«
»Blond und offensichtlich recht gut aussehend.«
»Das sind viele meiner Gäste.«
»Der Name sagt Ihnen nichts?«
»Nein.«
»Ich verstehe.« Philip nickte. »Kannten Sie Hector Paradiso?«
»Nein.« Manning Einsdorf wandte sich ab und rief seinem Barmann zu: »Tisch zweiundzwanzig hat nichts mehr zu trinken. Und sorg dafür, daß Marvene ein Glas Champagner bekommt! Sag ihr, sie war fabelhaft heute abend. Und sie soll nicht vergessen, ›Moanin' Low‹ zu singen.«
Philip blieb stur. »Sie sagten, Sie hätten Hector Paradiso nicht gekannt?«
»Genau.«
»Aber Sie waren bei seiner Totenmesse.«
»Wer hat das gesagt?«
»Niemand.«
»Wie kommen Sie dann darauf?«
»Ich saß in der Bank hinter Ihnen. Sie waren mit Joel Zircon

da, dem Agenten, der mit Mona Berg zusammenarbeitet, und mit Willard, Casper Stieglitz' Butler.«

Manning begann sich sichtlich unbehaglich zu fühlen. »Na ja, natürlich kannte ich ihn«, gab er zu. »Schließlich kannte jeder Hector Paradiso. Gott gebe seiner Seele Frieden. Aber ich war nicht mit ihm befreundet.«

»Soviel ich weiß, war er in der Nacht hier, in der er ermordet wurde.«

»Er wurde nicht ermordet.«

»Ich bitte um Verzeihung. Soviel ich weiß, war er in der Nacht hier, in der er Selbstmord beging.«

»Keine Ahnung.«

»Denken Sie nach!«

»Sehen Sie sich um: So voll ist es hier jeden Abend. Ich kann mich doch unmöglich an jeden erinnern, der hier reinkommt. ›Miss Garbo's‹ war außerdem nichts für Hector Paradiso. Er gehörte zur High-Society.«

Philip ließ nicht locker. »In der besagten Nacht kam er direkt von Pauline Mendelsons Party hierher. Trug ein Dinnerjakket. Man hat mir erzählt, daß er Ihnen sogar beschrieb, was Pauline an dem Abend getragen hatte.«

»Ich kann mich an nichts erinnern«, beharrte Manning.

»Auch nicht daran, daß er Ihr Lokal mit einem Mann namens Lonny verließ?«

»Wie oft soll ich Ihnen noch sagen, daß ich keinen Lonny kenne und Hector in der Nacht nicht gesehen habe?«

»Ich danke Ihnen.«

»Bleiben Sie noch! Meine neue Sängerin wird gleich wieder auftreten.«

»Von der habe ich genug gehört.«

Draußen gab Philip dem Parkwächter sein Ticket. »Ein beiger Le Sabre«, erklärte er.

Eine Seitentür des Clubs öffnete sich. Zane streckte den Kopf heraus und pfiff leise durch die Finger. Als Philip sich suchend umsah, bedeutete Zane ihm mit einer Kopfbewegung, zu ihm herüberzukommen.

»Ich habe Pinkelpause. Muß mich beeilen«, sagte der Barmann.

»Ihr Boß hat ja nicht gerade ein herzliches Verhältnis zur Wahrheit«, stellte Philip fest.

»Nein, nein – Ehrlichkeit war noch nie sein Fall.«
»Was gibt es?« fragte Philip.
Zane warf einen Blick hinter sich, bevor er sprach. »Sie sind auf der Suche nach Lonny?«
»Ja, aber ich weiß nicht einmal seinen Nachnamen.«
»Edge. Er heißt Lonny Edge. Lebt am Cahuenga Boulevard, Nr. 7204 ¼, ganz in der Nähe der Ivar. Ich weiß seine Telefonnummer nicht, er steht auch nicht im Telefonbuch. Aber ich habe gesehen, wie er in der besagten Nacht mit Hector abzog – gegen halb drei.«
»Wie war doch gleich Ihr Name?«
»Zane.«
»Danke, Zane. Wie kommt es, daß Sie mir das erzählen? Sie riskieren damit Ihren Job.«
»Ich mochte Hector, und ich glaube nicht, daß er Selbstmord begangen hat. Er machte ganz und gar nicht den Eindruck, als wolle er sich umbringen. Irgendwer vertuscht da einen Mord.«
Philip nickte. »Genau. Wie ist denn dieser Lonny Edge?«
»Das werden Sie ja selbst sehen. Er ist einer der Spitzenstricher. Bedient Männer und Frauen, Hauptsache, der Preis stimmt. Reiche Kerle lassen ihn übers Wochenende nach New York oder Hawaii einfliegen. Hat auch nichts gegen Gruppensex. Und er dreht Pornofilme. Hören Sie, ich muß wieder rein, Miss Einsdorf ist in letzter Zeit auffallend gereizt.«
»Danke, Zane.«
»Sie haben nie mit mir gesprochen, *okay?«*
»Na klar.«
Als Philip in seinen Wagen stieg, sah er Marvene McQueen aus dem Seiteneingang kommen, den auch Zane benutzt hatte. Sie trug eine dunkle Brille, als wäre sie ein berühmter Filmstar, der nicht erkannt werden will, und stieg auf dem Parkplatz in einen alten Honda, der in krassem Widerspruch zu diesem Image stand.

Aus Flos Tonbandaufzeichnungen

Das Dumme ist, mit einem Chanelkostüm kann man sich nicht unterhalten. Außer Glyceria, Faye Converses Dienstmädchen, meinem Friseur Pooky und der Innenarchitektin, die mir half, mein Haus einzurichten, hatte ich niemanden, mit dem ich reden konnte. Na ja, manchmal rief ich Curly an, den Geschäftsführer vom »Viceroy«, und dann quatschten wir ein bißchen über die alten Zeiten. Von ihm bekam ich auch meinen Stoff.

Eines Tages, als ich wieder mal reichlich Marihuana und Wein intus hatte, von dem Jules nach der Bresciani-Auktion einen Vorrat bei mir deponiert hatte, wurde mir klar, daß ich fast jeden Nachmittag satt war. Es machte mir dann nicht soviel aus, daß ich niemanden zum Reden hatte. Aber allmählich wurde meine Haut schlechter. Ohne angeben zu wollen – ich hatte immer eine besonders schöne Haut. Das haben mir alle gesagt. Also hörte ich auf mit dem Gras und dem Wein. Es war ganz schön hart. Pooky, der massenweise Kokain schnupft, erzählte mir von den Anonymen Alkoholikern. Die Sache gefiel mir, aber Jules drehte fast durch. »Da kannst du unmöglich hingehen!« erklärte er. Pooky sagte, daß in einer Holzhütte am Robertson Boulevard jeden Morgen schon ganz früh Meetings abgehalten würden. Aus meiner Zeit als Kellnerin war ich an frühes Aufstehen gewöhnt. Und dort lernte ich Philip Quennell kennen.

12. Kapitel

Niemand sah, wie es passierte – sie war zu der Zeit auf der Damentoilette –, aber irgendwie fiel Rose Cliveden hin und brach sich ein Bein. Das war am Tag von Hectors Beerdigung, im Country Club in Los Angeles. Madge White behauptete später steif und fest, Rose sei über Astrid gestolpert, Hectors kleinen Hund; der Verstorbene hatte Astrid Rose hinterlassen, aber das wußte Rose noch nicht, als sie von ihr zu Fall gebracht wurde – falls es wirklich so war. Roses zahlreiche Unfälle waren nie ganz klar zu rekonstruieren.
Rose liebte Hunde und wäre nicht auf die Idee gekommen, Astrid für ihr gebrochenes Bein verantwortlich zu machen. Nicht nur war der Hund die letzte Erinnerung an Hector, Rose spendete auch, wie sie immer wieder allen erzählte, große Summen für das Tierhein. Sie gab Clint die Schuld an ihrem Unfall, den Barmann des Clubs, dem sie vorwarf, ihre Bloody Mary zu stark gemacht zu haben. Zu Madge sagte sie, sie sei entschlossen, etwas zu unternehmen, sich vielleicht bei der Clubleitung über Clint beschweren. Sie konnte ihn sowieso nicht ausstehen, seit ihr hinterbracht worden war, daß er von ihr als der »alten Rosie« gesprochen hatte, als sie sich bei einem früheren Unfall die Schulter ausgerenkt hatte und mit einem Krankenwagen abtransportiert worden war.
Als Madge White Pauline Mendelson die Geschichte erzählte, fragte diese: »Warum hat Rose den Hund überhaupt zu dem Essen mitgenommen?«
»Sie hatte Astrid sogar eine schwarze Schleife in die Stirnfran-

sen gebunden«, sagte Madge. Pauline lachte. Wie alle Freunde von Rose wußte sie nie so genau, ob sie sich über sie amüsieren oder ärgern sollte.
»Dieser Hund ist eine richtige kleine Bestie«, stellte Pauline fest. »Du glaubst nicht, wie sie Kippie angriff, als Camilla sie nach Hectors Tod mitbrachte, um sie Rose zu übergeben. Wir trauten unseren Augen nicht. Als er vom Tennisplatz kam, schoß Astrid auf ihn zu, sprang an ihm hoch und biß ihm die Spitze seines rechten Zeigefingers ab. Es blutete wie verrückt.«
Dann wurde Pauline bewußt, daß sie von Madge kein Mitleid für ihren Sohn erwarten konnte: Obwohl Madge eine ihrer besten Freundinnen war, hatte sie ihr gegenüber das Thema Kippie immer ausgeklammert, seit er im zarten Alter von vierzehn Jahren Madges gleichaltrige Tochter geschwängert hatte.
Madge gab denn auch keinen Kommentar. »Rose hat den Hund weggegeben«, berichtete sie statt dessen.
»Das ist doch nicht möglich!«
»Sie hat ihn Faye Converse geschenkt. Faye hat ein Herz für herrenlose Hunde.«
Pauline brachte das Gespräch wieder auf Rose, »die arme Rose«, wie sie allgemein genannt wurde, und erwähnte deren Alkoholkonsum, der allmählich besorgniserregende Ausmaße annahm: »Es wird immer schlimmer mit ihr.«
Natürlich trauerte Rose derzeit sehr um ihren langjährigen Freund, aber alle wußten, daß ihr als Entschuldigung für ihr unmäßiges Trinken jeder Grund recht gewesen wäre. »Was spielt es denn für eine Rolle, ob ich zuviel trinke oder rauche?« hatte sie Pauline gefragt. »Ich bin sechzig Jahre alt und kein Mann will mich mehr ficken.«
»O Rose!« hatte Pauline damals gesagt. Was hätte sie auch sonst dazu sagen sollen? Rose prahlte ständig damit, daß sie einmal mit Präsident Kennedy, im Lincoln-Zimmer, im Bett gewesen sei, aber einige ihrer Freunde hatten ernste Zweifel an dieser Geschichte. Rose war dreimal verheiratet gewesen und dreimal geschieden worden. Irgendwann waren die Männer sang- und klanglos verschwunden. Es hatte nie einen Skandal gegeben, nie eine Szene, jedenfalls nicht in der Öf-

fentlichkeit. »Wo ist denn Bakie?«, »Wo ist denn Ozzie?«, »Wo ist den Fiske?« hatten sich die Leute jeweils nach den Ehemännern erkundigt, nachdem Rose auf mehreren Parties ohne Begleitung erschienen war, und sie hatte jedes Mal gelassen geantwortet: »Verreist.« Kurz darauf hatten die Leute dann erfahren, daß eine Blitzscheidung stattgefunden hatte, für gewöhnlich irgendwo in der Karibik. Jene Faktoren, die Scheidungen meist so langwierig und unangenehm machten – Abfindung und Unterhalt – hatten bei Rose nie eine Rolle gespielt, denn in jeder Ehe war *sie* es gewesen, die das Geld gehabt hatte – und ihr einziges Kind, eine Tochter aus ihrer ersten Ehe, bei der angeblich eine Gehirnoperation vorgenommen worden war, lebte, wie Rose sagte, »in einem Heim«.

Sie hatte es sich angewöhnt, endlose Telefongespräche zu führen, in denen sie jede Einzelheit jeder Party beschrieb, auf der sie gewesen war, und es war unmöglich, sie loszuwerden, sosehr sich der Zuhörer auch bemühte, das Gespräch zu beenden.

»Ich saß zwischen zwei wahrhaft göttlichen Männern!« sagte sie an diesem Tag zu Pauline. »Sie waren zwar schwul, aber was macht das in meinem Alter denn noch aus? Jedenfalls konnte man sich blendend mit ihnen unterhalten! Ich meine, ich bin keine Intellektuelle, obwohl ich gerne gute Bücher lese oder ein gutes Stück sehe, und diese beiden Burschen waren absolut göttlich, so amüsant und boshaft. Wir haben gelacht und gelacht!«

»Ich muß Schluß machen«, sagte Pauline am anderen Ende der Leitung, aber Rose nahm es nicht zur Kenntnis.

»Madge White war auch da«, fuhr sie fort. »Die arme Madge: Sie hatte doch tatsächlich zum zweitenmal das dunkelblaue Pünktchenkleid an! Glaubst du, es würde sie kränken, wenn ich ihr einige meiner alten Kleider rüberschickte? Sie könnte sie ja weiter machen lassen. Sie hat ganz schön zugelegt; ist dir das auch aufgefallen?«

»Rose, Liebe, ich muß wirklich Schluß machen. Jules ist gerade gekommen«, sagte Pauline, doch Rose ließ sich nicht abschütteln. Pauline warf Jules einen Kuß zu, deutete auf den Telefonhörer, formte mit den Lippen den Namen »Rose« und verdrehte die Augen. Jules lächelte, trat an den Bartisch und goß Wein in zwei Gläser: Es war Zeit für ihren gemeinsamen Dämmerschoppen.

»Arm wie die Kirchenmäuse, diese Whites«, plapperte Rose. »Aber Madge läßt sich nie was anmerken. Das mag ich so an ihr. Arbeitet wie ein Pferd in ihrer Immobilienagentur und ernährt ihren Mann, der nie fähig wäre, auch nur einen Cent zu verdienen. Wenn du mich fragst, der Kerl ist ein totaler Blindgänger. Den einzigen Verlust, den ich letztes Jahr hatte, verdanke ich einem seiner Börsentips. Und die Tochter ist eine Rumtreiberin. Lebt zur Zeit mit einem Koreaner oder so was.«

»Rose, ich werde jetzt auflegen«, erklärte Pauline. Jules stellte ihr Weinglas neben das Telefon. »Jules ist hier. Ja, das werde ich. Ich sage es ihm. Er läßt dich herzlich grüßen. Auf Wiedersehen, Rose. Auf *Wiedersehen*, Rose!« Sie legte den Hörer auf die Gabel. »Großer Gott!« Sie nahm Jules' Hand und küßte sie. Seine Finger rochen eindeutig nach einer anderen Frau. Sie hob den Kopf und sah ihren Mann an, als hätte er sie geohrfeigt.

Jules bemerkte ihren Blick nicht und fragte unbefangen: »Wie geht's denn der alten Rosie?«

»O gut, sie ist wie üblich betrunken«, antwortete Pauline. »Aber lassen wir das Thema Rose, mir reicht es für heute. Sie hat sich am Tag von Hectors Beerdigung im Country Club ein Bein gebrochen. Ist es nicht ein Glück, daß wir nicht dort waren?« Sie stand unsicher von ihrem Stuhl auf. Wenn sie nur nicht ohnmächtig wurde!

»Schau dir nur diesen herrlichen Sonnenuntergang an«, schwärmte Jules.

»Ich scheiß' auf den Sonnenuntergang!« sagte Pauline. Das Glas entglitt ihrer Hand und zerschellte auf dem Terrazzo-Boden. Jules, der ein solches Wort in den ganzen zweiundzwanzig Jahren ihrer Ehe noch kein einziges Mal aus dem Munde seiner Frau gehört hatte, starrte ihr verständnislos nach, als sie aus dem Zimmer stürzte.

Als Philip Camilla Ebury erzählte, daß er in einem Club namens »Miss Garbo's« gewesen sei und den Namen des Mannes erfahren habe, mit dem Hector in der Nacht seines Todes von dort weggegangen sei, wurde sie sehr still. Sie saßen in der Bibliothek von Camillas Haus in Bel Air auf dem Sofa. Camilla rückte von ihm ab. Dann griff sie nach der Fernbedienung und schaltete den Fernseher aus, der im Hintergrund leise gelaufen war.

»Woher kennst du überhaupt ein Lokal, das ›Miss Garbo's‹ heißt?« fragte sie schließlich. »Ich wohne schon mein ganzes Leben lang hier und habe noch nie etwas davon gehört.«

»Der Butler von Casper Stieglitz hat mir davon erzählt«, erklärte Philip. »Er war in der fraglichen Nacht dort und hat Hector gesehen.«

»Glaubst du immer alles, was dir ein Butler erzählt?«

»Aber es ist wahr!«

»Und was ist das für ein Lokal?« fragte sie.

»Reiche, ältere Herren können dort junge Männer mieten.«

Camilla schüttelte heftig den Kopf. »Ich glaube es einfach nicht!«

»Na, hör mal, du hast deinen Onkel doch nicht etwa für einen Frauenhelden gehalten, oder?«

»Das ist nicht komisch, Philip.«

»Wovor fürchtest du dich denn, Camilla? Daß man deine Tochter in zehn Jahren nicht zum Debütantinnenball zulassen wird, weil ihr Großonkel als schwul galt und ermordet wurde?«

»Wie ist doch gleich einer deiner Lieblingsausdrücke, Klugscheißer, oder? Also, sei kein Klugscheißer, Philip.«

»Ich bin kein Klugscheißer, Camilla, und es tut mir leid, wenn du diesen Eindruck hast, aber wir müssen realistisch sein.«

»Gut, seien wir realistisch. Warum interessiert dich die Sache eigentlich so? Der Tod meines Onkels geht dich doch nicht das geringste an – du kanntest ihn ja nicht einmal!«

»Und warum interessiert dich die Sache so wenig?« gab er zurück. Er sah, daß seine Frage sie wütend machte. Sie wurde rot, und ihre Stimme bekam einen harten Unterton, den er bei ihr noch nie gehört hatte. »Ich bin nicht gleichgültig«, sagte sie, mühsam beherrscht. »Wir haben es immer und immer wieder durchgekaut. Mein Onkel hat Selbstmord begangen.«

»Das hat er nicht!«

Camilla sah Philip an, bevor sie weitersprach. »Ich habe gehört, du hast Sandy Pond vom ›Tribunal‹ angerufen. Sandy hat es Jules erzählt. Sie dachten, du hättest in meinem Auftrag gehandelt, und schickten mir eine Kopie des Autopsieberichts. Ich habe ihn gelesen. Es ist wirklich nichts Geheimnisvolles am Tod meines Onkels, und ich wünschte, du würdest aufhören, dich um meine Angelegenheiten zu kümmern.«
»Etwas ist mir bei euch schon aufgefallen«, sagte Philip. »Wenn es brenzlig wird, haltet ihr alle zusammen wie Pech und Schwefel.«
Camilla stand auf. »Ich glaube, du gehst jetzt besser.«
»Die klassische Reaktion einer Tochter aus reichem Haus«, stellte Philip trocken fest. »Entweder man ist deiner Meinung oder du verschwindest. Nun – *ich* werde verschwinden, Lady.«
Sie war daran gewöhnt, daß Menschen von ihrem Reichtum beeindruckt waren. Philip hingegen war ihr Geld von Anfang an gleichgültig gewesen, und sie hatte das sehr erfrischend gefunden. Sie wollte nicht, daß er ging, aber sie konnte sich nicht dazu überwinden, es ihm zu sagen. Orin, ihr verstorbener Mann, der Vater ihrer Tochter, hatte immer alles getan, was sie von ihm verlangte – wie es sich eben für einen gekauften Ehemann gehörte –, aber Philip war anders. Sie wußte, daß er tatsächlich gehen würde, wenn sie ihn nicht aufhielte, denn er war in keiner Weise von ihr abhängig. Dennoch sagte sie nichts, verließ die Bibliothek und ging langsam die Treppe hinauf.
Philip folgte ihr in die Halle, doch Camilla blieb nicht stehen. »Jules Mendelson versucht uns einzureden, daß Schwarz in Wirklichkeit Weiß ist, und weil er so reich ist, und offenbar auch sehr mächtig, scheinen die meisten Menschen ihm zu glauben«, sagte er. »Aber *ich* glaube ihm *nicht*. Ich habe nichts übrig für ein Gesellschaftssystem, in dem jemand die Macht hat, bei einer Zeitung anzurufen und zu sagen: ›Die Story wird nicht gedruckt!‹ oder der Polizei zu befehlen: ›Dieser Mord wird als Selbstmord deklariert!‹ Es ist mir klar, daß die Angehörigen deiner Kreise damit kein Problem haben – aber ich gehöre nun einmal nicht dazu.«
Camilla war inzwischen fast im ersten Stock angekommen. Sie wandte sich ihm zu, hin und hergerissen zwischen den Ver-

pflichtungen, die sie gegenüber ihresgleichen hatte, und den starken Gefühlen, die sie für den Mann empfand, der gerade dabei war, sie zu verlassen. »Tief im Innern empfinde ich ebenso wie du«, gestand sie.

»Na wunderbar. Dann handle auch entsprechend. Bis dann, Camilla. Mein Telefonnummer kennst du ja.«

»Hast du denn nichts zu packen?« fragte sie in dem hilflosen Versuch, ihn aufzuhalten.

»Das Schöne an Einwegrasierern ist, daß man nichts zu pakken hat, wenn man eine Beziehung beendet«, antwortete er. Und damit verließ er das Haus.

Das Haus Cahuenga Boulevard 7204 ¼, in dem Lonny Edge wohnte, war nicht leicht zu finden. Bettye, die Sekretärin von Casper Stieglitz, hatte die genauen Angaben auf einen von Caspers Notizzetteln geschrieben, weil sie der Meinung war, die Adresse habe etwas mit dem Drehbuch zu tun, das Philip für ihren Boß verfaßte. Philip fuhr nahe der Hollywood Bowl die Highland Avenue hinauf und bog dann rechts in die schmale Odin Street ein. Nach einer Überführung gelangte er auf den Cahuenga Boulevard, eine Hauptdurchgangsstraße, die vor langer Zeit mit Bulldozern durch einen Berg gebahnt worden war. Von der Hollywood Bowl wehten die Klänge der Themamelodie von »Star Wars« herüber: Ein philharmonisches Orchester probte für ein Freilichtkonzert, das für diesen Abend angesetzt war. An den Hängen auf beiden Seiten des Boulevards klebten Bungalows und drei oder vier Stockwerke hohe Apartmenthäuser in Beige und Rosa, in den fünfziger Jahren für einkommensschwache Bürger erbaut. Die meisten Hausnummern an der Straße waren abgerissen oder von Autos umgefahren worden. Gelegentlich gab es auch intakte Schilder – Bretter mit Selbstklebezahlen und einem nach oben zeigenden Pfeil.

Als Philip eine Nummer in den Sechstausendern sah, parkte er seinen Wagen und suchte zu Fuß weiter. Der Bürgersteig war voller Risse und übersät mit Abfall wie Bierflaschen, Einwegspritzen und gebrauchten Kondomen, die Obdachlose überall verstreut hatten, als sie die Mülltonnen nach Brauchbarem durchsuchten.

Bei Nummer 7200 führte eine wacklige Holztreppe nach oben, gerade breit genug für eine Person. Nach fünfundfünfzig Stufen gelangte Philip in einen Hof, um den herum mehrere winzige Bungalows aus den dreißiger Jahren kauerten. Leuchtendrote Bougainvilleas wuchsen üppig wie Unkraut aus jeder Mauerritze und überwucherten die Dächer der meisten Häuschen. In der Mitte des Hofes stand ein halb zerfallener Brunnen, auf dessen Rand eine halbgegessene Grapefruit mit einem Plastiklöffel und ein umgefallener Pappbecher lagen. Es sah aus, als habe jemand überstürzt sein Frühstück abgebrochen.

Die Innentür von Nummer 7204 ¼ war offen, die Fliegentür davor jedoch zu. Ganz schwach drang die Musik von der Hollywood Bowl herüber: Jetzt probten die Philharmoniker einen Strauß-Walzer. Plötzlich brachen sie ab, und dieselbe Passage wurde wiederholt. Philip fand die Klingel zwar, aber sie war übermalt worden und funktionierte nicht. Er klopfte an den Rahmen der Fliegentür. »Hallo?«

»He, du bist heute aber früh dran, Cyril«, kam die Antwort von drinnen.

Philip stutzte. Dann klopfte er noch einmal.

»Es ist offen«, rief die Stimme. »Ich steh' gerade unter der Dusche. Du kommst zu früh, Mann. Ich hab' dich nicht vor vier erwartet.«

Philip hörte Wasser rauschen. Er öffnete die Fliegentür und trat in das kleine Wohnzimmer. Es war unordentlich, aber nicht schmutzig. Überall auf dem Boden lagen Kleidungsstücke herum, und an einem Ausklapphaken an der Wand hing ein schwarzes Suspensorium. Die Einrichtung war typisch für eine möblierte Unterkunft aus der Entstehungszeit des Bungalows: zweckmäßig, aber inzwischen recht schäbig. Auf einem Holztisch stand eine offene Bierflasche auf einem Papierhaufen, der wie ein achtlos zusammengeschobenes Manuskript aussah.

»Mach's dir gemütlich, Cyril«, rief die Stimme von nebenan herüber. »Der Gin steht in der Küche, und Eiswürfel sind auch da.«

Philip fühlte sich ziemlich unbehaglich. Er setzte sich auf einen Küchenstuhl an den Holztisch, von dem an vielen Stellen die Farbe abgeblättert war. Er war hergekommen, ohne sich anzumelden, weil Lonnys Nummer nicht im Telefonbuch stand, und es war klar, daß Lonny einen anderen Besucher erwartete. Das Telefon klingelte, und sofort schaltete sich der Anrufbeantworter ein.

»Hier spricht Lonny. Ich bin gerade nicht da. Hinterlassen Sie Ihren Namen und Ihre Nummer, auch wenn Sie glauben, ich hätte sie, und die Zeit Ihres Anrufs. Ich melde mich so schnell wie möglich. Sprechen Sie nach dem Pfeifton.«

»Hi, Lonny. Hier ist Ina Rae. Wie geht's denn immer, Schätzchen? Hör mal, ich habe uns einen flotten Vierer an Land gezogen – bei meinem Zuckerschnäuzchen. Sonntag nacht. Gibt Riesenkohle. Du, ich und Darlene. Erinnerst du dich an Darlene? Du hast sie mal bei mir kennengelernt. Eine Blondine. Eine obergeile Schnepfe. Vergiß nicht, Kondome mitzubringen. He, das war'n Witz, Lonny. Ruf mich an, Herzchen. Ich lieb dich. Und du hast *meine Nummer, verdammt.«*

Philip betrachtete nachdenklich den Anrufbeantworter, während er Ina Rae zuhörte. Wie viele Ina Raes gab es wohl? Sie mußte das Mädchen sein, das bei Casper Stieglitz die Massagestäbe vergessen hatte und ein T-Shirt mit der Aufschrift »Warnung – ich schreie, wenn ich komme« besaß.

Der Biergeruch aus der offenen Flasche war so penetrant, daß Philip sie so weit wie möglich wegstellte. Ohne nachzudenken, legte er die oberste Seite des Manuskripts beiseite, auf der »Kapitel vier« stand. Schrieb der Pornofilmstar Lonny Edge vielleicht seine Memoiren? Die Bierflasche hatte einen nassen Ring auf dem Papier hinterlassen. Philip fing an zu lesen. Zu seiner Überraschung kam ihm der Stil sofort bekannt vor. Er glaubte zu wissen, wer der Autor war – und ganz sicher war es nicht Lonny Edge. Vor dem Unfall, der zu Philips Weggang aus Princeton führte, hatte er seine Diplomarbeit geschrieben: über den Romanschriftsteller Basil Plant, der an einer Überdosis Tabletten gestorben war, die er im Vollrausch geschluckt hatte.

Basil Plant hatte behauptet, daß »Candles at Lunch«, sein lang angekündigter Schlüsselroman, fertig sei, doch seine Feinde – und davon gab es reichlich – sagten, er habe aufgrund übermäßigen Alkohol- und Drogenkonsums längst eine Dauerblok-

kierung, und seine Karriere sei zu Ende. Drei Kapitel von »Candles at Lunch« erschienen in dem Magazin »Monsieur« und verursachten einen Riesenskandal, der dazu führte, daß er von ebendiesen Leuten geächtet wurde, über die er schrieb. Basil hatte seinem Verleger mitgeteilt, er müsse nur noch ein paar abschließende Korrekturen vornehmen und würde das restliche Buch danach sofort abliefern, doch als er starb, war das Manuskript nirgends zu finden, und die ersten drei Kapitel wurden als unvollendetes Werk veröffentlicht.
Philip las:

»Ich bin auf der Suche nach einem Mr. Burns – einem Mr. D. F. Burns. Habe ich das Vergnügen mit diesem Gentleman?«
»Es wäre möglich – und doch auch wieder nicht«, antwortete Burnsie.
»Sie *sind* es, Mr. Burns, ich *weiß* es! Ich weiß es *genau!*«
»Sind Sie aus dem Süden, Ma'am?« fragte Burnsie.
»Da kommen Sie *auch* her, das weiß ich.«
»Und mit wem habe *ich* das Vergnügen?« fragte Burnsie.
»Meine Freundin Kate McDaniels sagt, Sie seien eine absolute Sensation, und daß ich Sie unbedingt kennenlernen müßte.«
»Mrs. McDaniels und ich sind nicht besonders gut aufeinander zu sprechen, Ma'am. Sie hat mich vor einiger Zeit gefeuert und mich damit in einen finanziellen Abgrund gestürzt, der auch der Grund dafür ist, daß Sie mich in einer so heruntergekommenen Bleibe wie dem ›Yucca Flats Arms‹ im Armenviertel von Hollywood vorfinden. Und wer sind Sie nun eigentlich?«
»Ihre gute Fee.«
»Hmmm«, brummte Burnsie.
»Was ich hier habe, ist eine Einladung von Kate McDaniels für Sie: Sie sollen heute abend ins ›Bel Air Hotel‹ kommen und sie zu einer Party auf den Dachgarten des ›Bistro‹ in Beverly Hills begleiten.«

Philip Quennell war so fasziniert von seiner Lektüre, daß er nicht hörte, wie nebenan das Wasser abgedreht wurde. Basil

Plants Manuskript war also deshalb nie gefunden worden, weil es im Bungalow eines Strichers und Porno-Stars am Cahuenga Boulevard in Los Angeles lag: des Mannes, der »Miss Garbo's« mit Hector Paradiso wenige Stunden vor dessen Ermordung verlassen hatte. Philip hörte auch nicht, daß Lonny Edge »Singin' in the Rain« sang, während er sich abtrocknete, und so war er völlig überrumpelt, als Lonny splitternackt ins Zimmer tänzelte, wobei er nach Gene-Kelly-Art »Da-daaaa« trällerte.
Die beiden jungen Männer starrten einander verdutzt an.
»Heiliger Bimbam«, rief Lonny.
»Offensichtlich haben Sie jemand anderen erwartet«, konstatierte Philip.
»Das können Sie laut sagen« Lonny nickte. »Ich dachte, es sei Cyril Rathbone.« Er zog sein nasses Handtuch vom Haken an der Badezimmertür und wand es sich um die Hüften.
»Ich bin Philip Quennell.« Philip streckte Lonny die Hand hin. »Ich habe Ihre Adresse von Zane, dem Barmann von ›Miss Garbo's‹. Ich hätte mich ja telefonisch angemeldet, aber er hat mir Ihre Nummer nicht gegeben, und im Telefonbuch steht sie nicht.«
Lonny sah seinen unerwarteten Besucher mit leicht blutunterlaufenen Augen an; er schien angenehm überrascht. »Herzlich willkommen. Zanes Freunde sind auch meine Freunde. Ich wünschte, ich hätte gewußt, daß Sie kommen. Ich habe um vier einen Kunden, also müssen wir uns beeilen oder auf morgen vertagen. Cyril ist ein Stammkunde; er kommt jeden Donnerstag Punkt vier und kann es auf den Tod nicht ausstehen, wenn ich ihn warten lasse. Und absagen kann ich ihm auch nicht – er garantiert mir ein regelmäßiges Einkommen, wissen Sie.«
Philip war wie vor den Kopf geschlagen, doch dann riß er sich zusammen. »Hören Sie, warum ziehen Sie sich nicht an? Dann können wir uns unterhalten, bis Ihr Freund kommt.«
»Mir ist nicht kalt«, entgegnete Lonny. Er band sich das weggerutschte Handtuch wieder um, ging zum Tisch hinüber und stapelte die Manuskriptseiten ordentlich aufeinander.
Einen Augenblick war Philip hin und hergerissen zwischen seinem Interesse an dem Manuskript und dem eigentlichen

Zweck seines Besuches. »Ich nehme an, Sie fragen sich, weshalb ich hier bin« begann er.
»Das nicht. Ich wundere mich nur, warum ein so gut aussehender Bursche wie Sie dafür bezahlt«, meinte Lonny mit einem prüfenden Blick. »Oh, ich verstehe! Sie sind verheiratet, richtig? Und Ihre Frau ist schwanger, richtig? Und Sie sind geil, richtig? Nun, Sie sind zur richtigen Adresse gekommen, Cyril hin oder her.«
Philip schüttelte den Kopf. »Nein, ich bin nicht aus dem Grund hier, den Sie annehmen.«
Erst jetzt wurde Lonny mißtrauisch. Er ging zur Badezimmertür und nahm einen Frotteemantel vom Haken. Als er ihn angezogen und zugebunden hatte, sah Philip, daß auf der Tasche in grüner Schrift »Beverly Hills Hotel« stand.
»Also, worum geht's?« fragte Lonny. »Wie kommen Sie dazu, einfach hier einzudringen? Dieses Haus ist Privatbesitz.«
»Ich wollte Ihnen nur ein paar Fragen stellen.«
»Sind Sie 'n Bulle?«
»Nein.«
»Reporter?«
»Nein.«
»Was denn dann?«
Philip antwortete nicht gleich. Die Fragen waren durchaus verständlich. Aber wie sollte er seine Position erklären? Lonny Edge war so ganz anders, als er sich Hector Paradisos Mörder vorgestellt hatte. »Ich bin an den Umständen interessiert, die zu Hector Paradisos Tod geführt haben«, sagte er schließlich.
Lonny starrte ihn alarmiert an und schluckte. »Was zum Teufel sollte *ich* über Hector Paradisos Tod wissen?«
»Sie haben ›Miss Garbo's‹ in der fraglichen Nacht immerhin zusammen mit ihm verlassen.«
»Wer sagt das?«
»Mehrere Leute, darunter Zane.«
»Und was hatten Sie mit Hector Paradiso zu tun? Gehören Sie zur Familie? Waren Sie sein Anwalt oder was?« wollte Lonny wissen.
Wieder antwortete Philip nicht sofort. Er hatte überhaupt nichts mit Hector Paradiso zu tun. Er hatte ihn nur zweimal in

seinem Leben gesehen: einmal auf Pauline Mendelsons Party, als er sich unbekümmert die Schuhe durchtanzte, und dann ein paar Stunden später, als er mit drei Kugeln im Leib tot in seiner Bibliothek lag. Er konnte nicht einmal antworten »Ich bin der Geliebte von Hector Paradisos Nichte«, denn das war er nicht mehr; und Hector Paradisos Nichte schien ebenso bereit zu sein wie alle anderen, Jules Mendelsons Selbstmordversion zu akzeptieren, obwohl alle Indizien dagegen sprachen.
»Ich denke, er wurde umgebracht«, erklärte Philip ausweichend.
»Und ich bin's gewesen, ja?«
»Das habe ich nicht gesagt.«
»Warum sind Sie dann hier?«
»Ich weiß nicht, warum ich hier bin«, gestand Philip. »Ich wollte, glaube ich, nur wissen, wie Sie aussehen – und Sie sind ganz anders, als ich Sie mir vorgestellt hatte.«
»Wie heißen Sie gleich wieder?« fragte Lonny.
»Quennell. Philip Quennell.«
»Hören Sie. Ich habe ihn ein bißchen geschlagen, weil er es wollte – mit seinen Abendschuhen. Das geilte ihn auf. Und dann habe ich ihn mit einem Gürtel gefesselt, aber das war alles. Diese reichen Kerle! Haben alles, was man sich denken kann, aber hassen sich selbst! Und sie sind scharf darauf, daß ihnen einer, der gesellschaftlich weiter unten steht, sagt, daß sie Dreck sind. Kennen Sie solche Typen?«
Philip kannte solche Typen nicht, nickte aber trotzdem. »Sie hatten keinen Streit, wegen Geld oder so?«
»Doch, da gab es schon was. Ich nehme normalerweise keine Schecks, wissen Sie, bei mir muß alles bar gezahlt werden, sogar bei Stammkunden wie Cyril.«
»Aber bei ihm haben Sie eine Ausnahme gemacht?«
»Na ja, ich hab' mich schließlich breitschlagen lassen: Er sagte, er hätte es mit Manning Einsdorf so ausgemacht. Als ich ging, war er quietschlebendig. Ich hörte erst am nächsten Tag von Manning, daß er tot war, das schwöre ich!«
»Hat es vielleicht ein Handgemenge wegen der Waffe gegeben?« fragte Philip.
Lonny starrte ihn verständnislos an. »Es war gar keine Waffe da, das schwöre ich.«

»Die Polizei hat Sie nicht verhört?«
»Nein.«
»Hat sich ein Mann namens Jules Mendelson an Sie gewandt?«
Lonny war sichtlich verblüfft. Draußen klackten Schritte.
»Hallo«, erklang eine Stimme.
»Herrje, das ist Cyril«, sagte Lonny.
»Hallo?«, rief Rathbone noch einmal und klopfte an den Rahmen der Fliegentür.
»Komm rein, Cyril«, forderte Lonny ihn auf.
»Ich habe dir ein paar kleine Napfkuchen mitgebracht«, verkündete Cyril mit geziertem englischen Akzent, als er ins Zimmer trat, und schwenkte eine Kuchenschachtel. Der zweireihige Seersucker-Anzug, die rosa Krawatte und der verwegen schiefe Strohhut waren für einen Vierzigjährigen entschieden zu jugendlich.
»Das ist Cyril – und das ist mein Freund, äh, Phil Quin«, stellte Lonny die beiden Männer einander vor.
Philip nickte Cyril Rathbone zu, der abweisend den Blick senkte und dabei einen Fleck auf seiner rosa Krawatte entdeckte. »Verdammt!« fluchte er.
»Was ist los, Cyril?« fragte Lonny.
Er deutete auf seine Krawatte: »Mayonnaise!« stieß er angewidert hervor. »Hast du Mineralwasser da?«
»Ich wollte gerade gehen«, erklärte Philip.
Er ging zur Tür.
»Der Gin ist in der Küche, Cyril«, sagte Lonny. »Und Eis ist auch da. Mach dir 'n Drink.«
Dann folgte er Philip und trat mit ihm hinaus.
»Das ist mein Vier-Uhr-Kunde.«
»War mir klar«, erwiderte Philip.
»Er weiß nicht, daß ich in der Nacht damals bei Hector war. Sie waren enge Freunde. Es würde ihm nicht gefallen, wenn er wüßte, daß ich was mit Hector hatte.«
»Ich werde es ihm bestimmt nicht erzählen«, versicherte Philip. »War der Hausboy in der Nacht auch da – oder sonst jemand?«
»Nur der verdammte kleine Köter, Astrid.«
»Sie haben meine Frage wegen Jules Mendelson vorhin nicht beantwortet«, hakte Philip nach.

»Jules wer?«
Aus einem anderen Bungalow rief eine Stimme: »He, Lonny, du hast deine Grapefruit und deinen Kaffeebecher auf dem Brunnen liegenlassen. Der Hausmeister ist stocksauer.«
»Schon gut, schon gut, ich hole das Zeug gleich«, antwortete Lonny.
»Er sagt, es sieht aus wie in einem Schweinestall.«
»Mann, oh Mann«, stöhnte Lonny ärgerlich. Er ging zum Brunnen und sammelte die Überreste seines Frühstücks ein. »Ich muß wieder rein.«
Philip nickte und steuerte auf die Treppe zu. Doch dann blieb er stehen und drehte sich um. »Wie gut kannten Sie Basil Plant?«
Lonny sah ihn überrascht an. »Basil Plant?«
»Ja. Wie gut kannten Sie ihn?«
»Ziemlich gut.«
»Woher haben Sie das Manuskript, das auf Ihrem Tisch liegt?«
»Das ist eine lange Geschichte.«
»Ich würde sie gerne hören.«
»Ich habe es eines Nachts kassiert, als er betrunken war und nicht zahlen wollte. Warum interessiert Sie das?«
»Hat er es nie zurückverlangt?«
»Er hat sich gar nicht daran erinnert, daß ich es mitgenommen hatte. Und dann war er plötzlich tot.«
»Und Sie haben es nie Cyril Rathbone gezeigt?« fragte Philip erstaunt.
»Der kommt nur aus *einem* Grund zu mir – und nur aus diesem. Wir reden nicht viel.«
»Wenn es das ist, was ich vermute, dann ist das Manuskript viel Geld wert.«
Lonnys Interesse erwachte. »Wirklich?«
»Falls Sie mal drüber reden wollen – ich wohne im ›Château Marmont‹.«
»Klar. Schade, daß Sie nicht schwul sind: Ich hätte es Ihnen umsonst gemacht.«
Philip lachte. Dann schnippte er mit den Fingern. Etwas war ihm eingefallen.
»Was ist los?« fragte Lonny.

»Ina Rae hat angerufen, als Sie unter der Dusche waren. Sie hat einen Vierer an Land gezogen. Für Sonntag nacht.« Damit überquerte er den Hof und machte sich an den Abstieg zur Straße.
»Ich sag' Ihnen was«, rief Lonny ihm nach.
Philip hielt inne. »Ich höre.«
»Ich war nicht der einzige männliche Besuch in der besagten Nacht.«
Philip machte Anstalten, die Stufen wieder hochzuklettern, aber Lonny hob abwehrend die Hände. »Nicht jetzt, Mann. Ich hab' einen Kunden – meine Miete ist fällig.«

Als Philip die Tür zu seinem Zimmer im »Château Marmont« öffnete, stellte er überrascht fest, daß die Balkontür offen war. Sein erster Gedanke war, daß eingebrochen worden sei. Vielleicht war der Eindringling ja sogar noch da! Langsam schob er sich an der Wand entlang, um vom Balkon aus nicht gesehen zu werden. Als er die Glastür erreichte, schlug er sie zu und verriegelte sie. Im gleichen Augenblick erschien draußen ein Frauengesicht: Camilla Ebury! Sekundenlang starrten sie einander verblüfft durch die Glasscheibe an, dann ließ Philip Camilla herein.
»Ich dachte, es sei an der Zeit, mir anzusehen, wie du lebst.« Sie sah ihn schüchtern an, als zweifle sie, ob sie willkommen sei.
»Ich freue mich, dich zu sehen«, lächelte er sie an. »Ich dachte, du wärst ein Einbrecher.«
»Genaugenommen stimmt das ja. Aber eigentlich bin ich nur eine Dame, die einen Herrn vermißt hat.« Ihre Offenheit machte sie selbst verlegen.
»Du bist sehr lieb. Ich fand es scheußlich, dein Haus im Streit zu verlassen.«
»Ich konnte es nicht ertragen, dich zu verlieren«, gestand sie. »Ich wußte gar nicht, wie gern ich dich habe – bis du weg warst.« Camilla schien den Tränen nahe.
Philip trat zu ihr und nahm sie in die Arme. »Ich bin froh, daß du da bist.« Er drückte sie fest an sich, dann lockerte er seine Umarmung, schaute Camilla an und streichelte ihr Gesicht, bevor er sie küßte. Der Kuß war weniger Ausdruck sexueller Begierde als vielmehr erwachender Liebe.

»Ich muß dir etwas sagen. Damit es keine Mißverständnisse zwischen uns gibt.« Er löste sich von ihr und sah sie ernst an. »Ich war bei Lonny Edge.«
»Wer ist Lonny Edge?«
»Der Bursche, der laut Aussage des Barkeepers vom ›Miss Garbo's‹ mit Hector das Lokal verließ.«
Sie nickte. »Ich hatte mir schon gedacht, daß du ihn aufsuchen würdest. Und wie ist dieser Lonny?«
»Ganz anders, als ich ihn mir vorgestellt hatte. Ein bißchen einfältig vielleicht, aber sonst ganz in Ordnung.«
»Erzähl mir mehr. Ich will alles wissen.«
»Er spielt in Porno-Videos und ist anscheinend eine ziemlich große Nummer auf diesem Gebiet.«
»Großer Gott! Hat er dir etwa seine Videos vorgespielt?«
»Nein.«
»Hat er tatsächlich ›Miss Garbo's‹ mit meinem Onkel verlassen?«
»Ja.«
»Und wie ist dein Eindruck?«
»Verwirrend.«
»Inwiefern?«
»Ich glaube nicht, daß er der Mörder deines Onkels ist.«

Aus Flos Tonbandaufzeichnungen

Wie Sie wissen, träumte ich immer davon, Schauspielerin zu werden, aber ich hatte nie viel in dieser Richtung unternommen, außer ein paar Fotos machen zu lassen. Als mein Haus in Azelia Lane fertig eingerichtet war, hatte ich jede Menge Zeit, und ich dachte, jetzt oder nie. Aber ich wußte nicht, wie ich es anstellen sollte, und natürlich konnte ich nicht mit Jules darüber reden; er hätte nur versucht, mich von meinem Plan abzubringen. Ulkigerweise hatte ausgerechnet Glyceria einen Kontakt zu einer wichtigen Persönlichkeit im Showgeschäft. Nein, ich meine nicht Faye Converse. Glycerias Schwester war Dienstmädchen bei einem Regisseur von Colossus Pictures, und sie arrangierte es, daß ich ihn kennenlernte. Er ließ mich für die Hauptrolle einer Miniserie vorsprechen, für den Fall, daß sie sich entschließen würden, sie einer Unbekannten zu geben. Es ging um ein Mädchen von ganz unten, das nach ganz oben heiratet und später seinen Mann erschießt. Der Gag an der Geschichte war, daß ausgerechnet seine Mutter, die ihre Schwiegertochter verabscheut, sie deckt – aber Sie müssen ja nicht das ganze Drehbuch kennen.

Ich ließ mich aufdonnern wie noch nie. Pooky machte mir eine tolle Frisur, und Blanchette manikürte mich, und ich kam in das Büro, als gehörte mir die Welt. Ich kopierte den Tonfall von Pauline Mendelson und unterhielt mich mit den Produzenten und dem Regisseur, als täte ich so was jeden Tag, und sie waren begeistert. Sie meinten, ich könnte eine neue Maureen O'Hara oder Rhonda Fleming oder Arlene Dahl sein, wegen meiner roten Haare. Alles lief phantastisch – bis sie mich baten, die Rolle zu lesen. Da geriet ich in Panik. Ich verwechselte die Zeilen und versprach mich in einer Tour. Ich weiß, daß ich rot anlief wie eine Rote Bete – und dieser Rot-Ton beißt sich entsetzlich mit roten Haaren! Ich fragte, ob ich noch mal von vorne anfangen könnte, und sie sagten, natürlich, aber an der Art, wie sie es sagten, erkannte ich, daß ich durchgefallen war.

Ich habe Jules nie was davon erzählt. Der Regisseur sagte, er würde mich anrufen, wenn er wieder mal was für mich hätte, aber er hat sich nie mehr gemeldet. Jedenfalls gaben sie die Rolle dann Ann-Margret.

13. Kapitel

»Wer ist diese Frau nur?« fragte die Dekorateurin Nellie Potts die Floristin Petra Kelly, als sie mit ihr im »Ivy« am Robertson Boulevard zu Mittag aß.
»Ich habe da so eine Vermutung«, antwortete Petra und tippte an ihr Glas, um dem Kellner zu zeigen, daß sie noch eine Bloody Mary wollte.
»Sie kauft Vierzigtausend-Dollar-Vorhänge und läßt eine Wand einreißen, damit ihr Ankleidezimmer größer wird – und das in einem Haus, das nur gemietet ist«, sagte Nellie.
»Und diese Massen von Chanel-Kostümen, die sie hat!« ergänzte Petra, die seit kurzem die Blumenarrangements für die fragliche Lady fertigte.
»Daß sie solche Unsummen für ein Haus ausgibt, für das sie nur einen dreijährigen Mietvertrag hat...« sinnierte Nellie.
»Das soll nicht deine Sorge sein.«
»Wie eine reiche Erbin sieht sie jedenfalls nicht aus.«
»Nein, weiß Gott nicht.«
»Aber sie arbeitet auch nicht.«
»Partiell schon – ihr Mundwerk ist ununterbrochen im Einsatz«, spöttelte Petra. »Und sie will alles über die Parties wissen, für die ich den Blumenschmuck liefere, und welche Blumen meine Kunden bestellen und sogar, wieviel alles kostet.«
»Über meine Kunden fragt sie mich auch unentwegt aus. Und wenn ich ihr erzähle, daß jemand, über den sie was in Cyril Rathbones Kolumne gelesen hat, ein bestimmtes Sofa oder

einen bestimmten Bezugsstoff hat, dann will sie genau das gleiche. Aber ich mag sie irgendwie.«
»Ich auch.«
»Sie muß einen schwerreichen Gönner haben«, meinte Nellie.
»Kein Zweifel«, nickte Petra.
»Bezahlt sie ihre Rechnungen?«
»Prompt, Sie wartet nicht mal den Monatsersten ab.«

Wenn sie nicht mit blonder Perücke, blauen Lidschatten und blauen Kontaktlinsen als Marvene McQueen auf der Nachtclubbühne stand, war Hortense Madden die gefürchtete Literaturkritikerin des »Mulholland«, die nichts so sehr verabscheute wie erfolgreiche Autoren. Im Büro trug sie die Haare streng nach hinten zu einem altjüngferlichen Knoten geschlungen, und die Gläser ihrer Brille waren so dick, daß ihre Augen dahinter unnatürlich groß wirkten. Sie spitzte immer ein wenig die Lippen, um ihre vorstehenden Zähne zu verbergen – sogar, wenn sie ihren geliebten Chlorophyllkaugummi kaute, von dem ihre Zunge grün wurde.
An diesem Tag sah sie noch unzufriedener aus als sonst. Kummer und Empörung entströmten jeder Pore ihrer Haut. Nicht einmal ihre vernichtende Kritik am Buch eines bekannten Romanschriftstellers, die den Mann, wie auch beabsichtigt, sicher tief treffen würde, konnte ihre Stimmung heben.
Sie hielt ein Ablehnungsschreiben in der Hand, das sie um so mehr schmerzte, als es ein Formbrief war. Er kam von dem Discjockey eines Radiosenders und hatte der Kassette mit traurigen Liebesliedern beigelegen, die sie mit soviel Mühe aufgenommen hatte. Der Discjockey hieß Derrick Lafferty und war ein glühender Fan der, wie er sie bezeichnete, »begnadeten Künstlerinnen« Libby Holmann, Mabel Mercer, Spivvy und Bricktop – aber *ihre* Tonbandaufnahme hatte er als ungeeignet abgelehnt, obwohl sie genau jene Songs der Damen ausgewählt hatte, die er so verehrte. Diese Zurückweisung schmerzte sie mehr, als sie es für möglich gehalten hätte.
Durch die papierdünne Wand hörte sie Cyril Rathbone im Nebenzimmer am Telefon lachen und schwatzen, während er Einladungen annahm, Tips für seine Kolumne erhielt und

Essensverabredungen in vornehmen Restaurants traf. Hortense Madden verabscheute Cyril Rathbone, den sie für einen Philister hielt.

Als sie gerade den Hörer abnehmen wollte, um sich ein Sandwich für eine weitere einsame Mahlzeit an ihrem Schreibtisch zu bestellen, klingelte das Telefon. Das »Hallo«, mit dem sie sich meldete, klang wie das Bellen eines wütenden Hundes.

»Hortense?« fragte die Stimme am anderen Ende der Leitung.

»Wer ist da?« fragte sie unvermindert feindselig.

»Casper Stieglitz.«

»Oh, hallo, Casper.«

»Was zum Teufel ist mit Ihnen los?«

»Gar nichts.«

»Sie haben mich zu Tode erschreckt!«

Hortense verdrehte die Augen. »Ich stecke mitten in der Arbeit, das ist alles.«

»Wen nageln Sie denn heute ans Kreuz?«

Sie ignorierte die Frage. »Haben Sie einen bestimmten Grund für Ihren Anruf, Casper?«

»Ja, allerdings. Ich möchte Sie für Sonntag abend zum Dinner einladen. Ich gebe eine kleine Party bei mir.«

Wie alle Welt, so wußte auch Hortense, daß es mit Casper Stieglitz steil bergab ging, und sie wollte gerade absagen, als er fortfuhr: »Jules und Pauline Mendelson werden dasein, und auch noch ein paar andere Leute.« Der Stolz, der bei der Erwähnung der beiden Namen in seiner Stimme mitschwang, war nicht zu überhören.

Hortense schüttelte verblüfft den Kopf. Sie konnte es gar nicht fassen, daß sie tatsächlich zu einer Party eingeladen wurde, auf der auch die Mendelsons sein würden. Im Nebenzimmer lachte Cyril Rathbone geckernd; vermutlich bekam er von irgend jemandem eine Klatschgeschichte erzählt. Sie wußte, wie inständig Cyril sich wünschte, Pauline Mendelson kennenzulernen – und sie wußte auch, daß Pauline Mendelson ihm niemals gestattete, aus erster Hand über ihre Parties zu berichten. Die Aussicht, ihm von dieser Einladung zu erzählen, war so verlockend, daß sich ihre Stimmung zum erstenmal seit dem Erhalt des Briefes von Derrick Lafferty ganz erheblich besserte.

»Lassen Sie mich in meinen Terminkalender sehen«, sagte sie. Das brauchte sie zwar nicht zu tun, denn abgesehen von ihren Auftritten im »Miss Garbo's« hatte sie grundsätzlich keine Pläne für abends, aber sie ließ eine angemessene Zeit verstreichen, bevor sie frage: »*Wann* wäre das, sagten Sie?«
»Sonntag.«
»Ich werde es irgendwie einrichten.«
»Um acht geht's los. Nach dem Essen gibt's eine Filmvorführung.«
»Ich freue mich, Casper.«

Flo March lag an ihrem Swimmingpool auf einem brandneuen Liegestuhl, der zu den brandneuen Poolmöbeln gehörte, die sie sich angeschafft hatte, weil Nellie Potts, ihre Innenarchitektin, ihr erzählt hatte, daß Pearl Silver die gleichen hätte. Flo hatte ihr Bikinioberteil ausgezogen und sich so hingelegt, daß die Spätnachmittagssonne auf ihre Schultern fiel. Auf dem Tisch neben ihr stand ein Küchenwecker, der in zwanzig Minuten klingeln würde, denn auf diesen Zeitraum hatte sie der Empfehlung ihrer Gymnastiklehrerin entsprechend ihr Sonnenbad begrenzt. Außerdem waren da ein weißes Telefon, damit sie hier draußen den Anruf von Jules entgegennehmen könnte, wenn er wie üblich anriefe, ein Eiskübel, mehrere Dosen Diätcola, Sonnenmilch, ein Exemplar des neuesten »Mulholland«, aufgeschlagen bei Cyril Rathbones Klatschkolumne, ihr goldenes Zigarettenetui mit den Saphir-Initialen auf dem Deckel, das dazu passende goldene Feuerzeug und ihre neueste Errungenschaft: ein Fernglas. In ihrer Einsamkeit hatte Flo sich angewöhnt, ihre Nachbarn hügelaufwärts zu beobachten.
Sie war gerade am Einschlafen, als das Winseln eines Hundes sie aufschreckte. Sie öffnete die Augen, nahm die dunkle Brille ab und sah einen weißen Westhighland-Terrier vor ihrem Liegestuhl sitzen.
»Na so was«, sagte Flo zu dem Hund. »Was machst du denn hier? Wem gehörst du?« Sie klopfte auf ihren Liegestuhl, und der Hund hopste zu ihr hinauf. »Was bist du für ein süßes Tier! Hast du dich verlaufen?« Sie setzte sich auf und zog ihr Bikinioberteil wieder an. »Hast du Durst? Möchtest du viel-

leicht ein bißchen Wasser?« Sie stand auf und ging zum Haus, wo ihr neuer mexikanischer Gärtner den Schlauch an der Mauer ordentlich zusammengerollt hatte, hob einen der Geranientöpfe, die rund um die Terrasse standen, aus seinem roten Tonuntersatz und füllte etwas Wasser in den improvisierten Trinknapf. »Hier hast du Wasser!« rief sie dem Hund zu, und als er angelaufen kam, setzte sie sich auf einen Stuhl und schaute ihm beim Trinken zu. Als der Hund genug hatte, sprang er auf Flos Schoß, und sie nahm ihn auf den Arm wie ein Baby, das ein Bäuerchen machen soll. »Oh, was bist du für ein süßes, süßes Ding!« Zum erstenmal seit langer Zeit erfüllte sie tiefe Zufriedenheit.

»t'schuldigung, Ma'am«, klang eine Stimme durch die Hecke, die Flos Grundstück von dem des Nachbarn trennte. Flo war so verblüfft, daß jemand sie mit »Ma'am« titulierte, daß sie nicht sofort antwortete.

»Ma'am?« wiederholte die Stimme.

»Meinen Sie mich?« rief Flo. Es kam ihr etwas merkwürdig vor, mit jemandem zu sprechen, den sie nicht sehen konnte.

»Haben Sie unseren kleinen Hund gesehen?«

»Ja, der ist hier«, antwortete Flo.

»Könnte ich vielleicht rüberkommen und ihn holen, Ma'am? Ich bekomme Ärger, wenn Miss Converse merkt, daß er weggelaufen ist. Ich soll mich ja um ihn kümmern, aber ich kann nicht gleichzeitig die Hausarbeit machen und hinter Astrid herlaufen.«

»Kommen Sie nur.« Flo stand auf, ging zum Liegestuhl zurück und zog ihren Porthault-Frotteemantel an, der zu ihren Porthault-Badetüchern paßte.

»Da bist du ja, du ungezogenes kleines Biest«, schalt das Dienstmädchen von nebenan, als es von der Straße her in den Garten kam. »Es tut mir leid, daß sie Sie gestört hat, Ma'am.«

»Oh, bitte schimpfen Sie sie nicht. Sie hat mich überhaupt nicht gestört. Sie ist ein so lieber Hund, nicht wahr, mein Schätzchen? Wie war doch gleich ihr Name?«

»Astrid.«

»Ein seltsamer Name für einen Hund«, fand Flo.

»Sie ist nach einer verstorbenen Eisläuferin benannt, wenn ich das richtig mitbekommen habe. Ich habe zuviel im Kopf, als mir die Lebensgeschichte eines Hundes merken zu können. Jedenfalls hat Miss Converse, meine Chefin also, sie von Mrs. Rose Cliveden geschenkt bekommen, dieser Partylöwin, wissen Sie, nachdem Mr. Cliveden beim Leichenschmaus über Astrid gestolpert war. Die hatte sie wiederum von Hector Paradiso geerbt, der fünfmal auf sich selber geschossen hat. Oder so ähnlich – ich kann das nicht alles so genau behalten.« Das Mädchen schüttelte verärgert den Kopf.

Flo betrachtete sie fasziniert. »Sie meinen, dieser Hund hat Hector Paradiso gehört?« fragte sie.

»Seien Sie vorsichtig! Das kleine Ungeheuer hat irgendeinem jungen Mann den Finger abgebissen«, warnte das Dienstmädchen.

»Aber sie ist der netteste Hund, den ich je gesehen habe. Ich kann mir nicht vorstellen, daß sie irgend jemanden beißen könnte«, widersprach Flo. Sie drückte das Tier an sich. »Wie heißen Sie?«

»Glyceria, Ma'am. Es tut mir leid, daß wir Ihnen so viele Umstände machen.«

»Oh, Sie machen mir überhaupt keine Umstände«, protestierte Flo hastig. Seit Nelli Potts zwei Tage zuvor die Montage der Vierzigtausend-Dollar-Vorhänge überwacht hatte, war Glyceria der erste Mensch, mit dem Flo sprechen konnte – außer Jules natürlich. »Möchten Sie vielleicht einen Drink?« versuchte sie die unverhoffte Besucherin aufzuhalten.

»Einen Drink? O nein, danke, Ma'am.« lehnte Glyceria ab.

»Ich meinte ja nichts Alkoholisches – eine Diätcola vielleicht oder einen Eistee.«

»Na ja, ein Eistee wäre schön. Aber wenn ich hierbleibe, kann ich das Telefon nicht klingeln hören, und das wäre Miss Converse nicht recht«, sagte Glyceria.

»Welche Miss Converse ist das denn?« fragte Flo vorsichtig.

»*Faye* Converse, natürlich«, erklärte Glyceria.

»Faye Converse?« rief Flo aufgeregt. »Die Filmschauspielerin? Faye Converse wohnt nebenan hinter dieser Hecke?«

»Wußten Sie das denn nicht? Haben Sie den Touristenbus nicht bemerkt, der jeden Tag hier vorbeifährt?«

»Nein, nein, das habe ich nicht! Ich kann es nicht fassen! Faye Converse ist meine Nachbarin! Ich kann es kaum glauben!«

Vergnügt vor sich hinträllernd lief Flo ins Haus, um eine Büchse Eistee für Faye Converses Dienstmädchen zu holen. »Sie können die kleine Astrid jederzeit bei mir lassen«, rief sie hinaus. »Ich kümmere mich gern um sie, wenn Sie zu tun haben. Ich habe mir schon immer einen Hund gewünscht!«

Jules Mendelson hatte Astrid zum erstenmal gesehen, als er nach der telefonischen Nachricht von Hector Paradisos Tod in dessen Haus gekommen war. Er hatte Flo nichts davon erzählt, und er teilte ihre Begeisterung für Astrid nicht im geringsten, was die kleine Hundedame mit spontaner Abneigung quittierte. Sie biß ihn zwar nicht wie Kippie, bellte ihn aber dermaßen empört an, daß Jules so wütend wurde, wie Flo ihn noch nie erlebt hatte.
»Ich komme hierher, um mich zu entspannen, und bin wirklich nicht scharf darauf, mich von einem kleinen Giftköter ankläffen zu lassen!« erklärte Jules, vor Zorn schwer atmend, und starrte den Hund feindselig an.
»Sie gehört Faye Converse, Jules. Sie ist nur zu Besuch hier«, sagte Flo, als könne die Erwähnung der berühmten Schauspielerin den Zorn sowohl des Hundes als auch ihres Liebhabers mindern. Flo genoß es, Faye Converses Namen ins Gespräch einfließen lassen zu können, und es störte sie dabei nicht im mindesten, daß die illustre Nachbarin sie ihrerseits gar nicht kannte. »Komm her, du böses, kleines Mädchen, und hör auf zu bellen«, schalt sie liebevoll und klopfte einladend auf das frisch bezogene Sofa, für das sie denselben grauen Satin gewählt hatte, den Rose Cliveden nach Nellie Potts' Aussage in ihrem Salon verwendet hatte.
»Schaff sie raus hier!« befahl Jules aufgebracht. »Ich will den Hund nicht in der Nähe haben.«
Nach dieser Auseinandersetzung schickte Flo, sobald sie Jules' Wagen kommen hörte, den Hund durch die Hecke nach Hause: Sie fürchtete, daß Jules es ihr sonst sogar verbieten würde, Astrid auch in seiner Abwesenheit zu Besuch zu haben. Das Tier war ein wichtiger Faktor in Flos Leben geworden. Jeden Morgen, wenn sie vom Treffen der Anonymen Alkoholiker zurückkam, pfiff sie ihren Astrid-Pfiff, wie sie es nannte, und sofort kam der kleine Hund durch die Hecke. Er

hatte einen unstillbaren Hunger nach Zärtlichkeit, und Flo wurde es nie müde, ihn im Arm zu halten, zu streicheln und mit ihm zu sprechen. Sie kaufte einen Hundenapf und alle erdenklichen Leckerbissen. Das Schönste für sie war, Hundekuchen in Stückchen zu brechen und diese in die Luft zu werfen: Astrid sprang jedes Mal wie ein Gummiball in die Höhe und fing sie auf.

Oft kam Glyceria auf ein Glas Eistee oder eine Tasse Kaffee herüber, je nach Wetter, Flo, die stets begierig auf Neuigkeiten über ihre Nachbarin war, hing wie gebannt an Glycerias Lippen, wenn sie ihr irgendwelche Nebensächlichkeiten über Faye Converse erzählte. An ihren einsamen Abenden richtete sie manchmal ihr Fernglas auf das Haus der Filmschauspielerin und beobachtete, wie sie hof hielt. Flo wünschte sich sehnlichst, auch zu der Welt der berühmten und vornehmen Leute zu gehören, aber mit der Zeit begriff sie, daß es dort keinen Platz für sie gab – außer als Jules Mendelsons heimlicher Geliebter.

Aus Flos Tonbandaufzeichnungen

Ich fing an, Tennis zu spielen. Ich komme zwar nicht aus den Kreisen, wo man Golf und Tennis spielt, aber Tennis hatte ich schon immer schick gefunden. Und mir gefielen die kurzen Shorts und die Schirmmützen. Also nahm ich dreimal die Woche Unterricht im »Beverly Hills Hotel«. Und Sie werden es nicht glauben: Ich war ziemlich gut. Mein Trainer sagte, er hätte noch nie einen Schüler gehabt, der so schnell lernte.

Als Faye Converse für ihr Comeback zu Außenaufnahmen wegfuhr, meinte Glyceria, es gäbe bestimmt keinen Ärger, wenn ich ihren *Tennisplatz benutzte. Es wäre schön gewesen – als hätte ich meinen eigenen. Aber es gab ein Problem: Ich hatte niemanden, mit dem ich spielen konnte.*

14. Kapitel

Hector Paradiso hätte es nicht für möglich gehalten, daß man ihn so schnell vergaß. Schließlich war er zu Lebzeiten eine schillernde Figur und ständiger Gesprächsstoff gewesen, gleichermaßen geliebt und abgelehnt. Aber schon kurz nach seinem Tod verblaßte die Erinnerung an ihn, denn es gab nichts, womit er sich im Bewußtsein der Menschen hätte halten können: Er hinterließ keine trauernde Ehefrau und keine Kinder, kein wie auch immer geartetes Unternehmen, weil er nie ernsthaft gearbeitet hatte, und keine Familienangehörigen außer einer Nichte.

Rose Cliveden lag krank im Bett und führte endlose Telefongespräche, wobei »Gespräche« allerdings nicht ganz das richtige Wort war: Sie hielt Monologe, untermalt vom leisen Klirren der Eiswürfel in ihrem Weinglas, und ihre Opfer am anderen Ende der Leitung verzweifelten. »Neulich fragte mich doch tatsächlich jemand, ob ich mich an Hector Paradiso erinnere! Großer Gott! Nicht auszudenken, wenn der arme Hector das gehört hätte! Hörst du, Camilla?«

»Ja, ich höre zu.«

»Dann sag doch was!«

»Ich sage das, was ich schon vor fünf Minuten gesagt habe: Ich muß aufhören.« Und damit setzte sie diese Ankündigung in die Tat um.

Philip gab ihr einen Abschiedskuß.

»Ich würde so gern mitkommen«, sagte Camilla.

»Das wäre nicht gut«, meinte Philip.

»Ich möchte mal einen Porno-Star aus der Nähe sehen.«
»Kaum zu glauben, wie Sie sich verändert haben, Mrs. Ebury.« Philip grinste.
Als Lonny Edge sich bereiterklärt hatte, sich im »Viceroy Coffeeshop« am Sunset Boulevard mit Philip Quennell zu treffen, stellte er nur eine Bedingung: Er wollte nicht über Hector Paradiso sprechen. Philip war einverstanden: »Es geht mir ohnehin nur um das Manuskript, das Sie haben. Basil Plants Manuskript. Bringen Sie es doch mit.«
»Ausgeschlossen, Mann! Das halte ich unter Verschluß«, sagte Lonny. Seit Philip ihm gesagt hatte, daß es möglicherweise viel Geld wert sei, betrachtete er es als Kapitalanlage. In Zeiten von Aids waren Stricher nicht mehr so gefragt, und Lonny machte sich allmählich Gedanken über seine Zukunft: Immerhin näherte er sich schon den Dreißigern. Und deshalb hatte er das Manuskript sauber geordnet unter einen Stoß Lacoste-Hemden in den Kleiderschrank gepackt.
Curly, der schon zu Flos Zeiten Geschäftsführer im »Viceroy« gewesen war, nickte Lonny zu, als er hereinkam: »Lange nicht gesehen.«
Lonny erwiderte seinen Gruß. »Ich suche einen Mr. Quennell«, sagte er und ließ gleichzeitig seinen geschulten Blick taxierend über die Gäste gleiten.
»Er sitzt in Nische dreizehn«, gab Curly Auskunft.
»Das war früher Flos Nische«, erinnerte sich Lonny.
»Genau. Ich vermisse den Rotschopf. Sie ist zu Geld gekommen, habe ich gehört.«
Als Lonny sich Philip gegenüber gesetzt hatte, bestellten die beiden Männer bei der Kellnerin Kaffee. »Möchten Sie frühstücken?« fragte Philip.
Lonny, der aus ärmlichen Verhältnissen stammte, nahm grundsätzlich jedes kostenlose Angebot an, so auch das Frühstück, das in diesem Fall sein zweites war. »Gern«, sagte er. »Bringen Sie mir ein paar Pfannkuchen und Spiegeleier mit Speck, aber knusprig. Das ist alles.«
»Sie haben es nicht mitgebracht?«
»Was?«
»Das Manuskript von Basil Plant.«
»Ich habe Ihnen doch gesagt, daß ich es unter Verschluß halte.«

»Aber ich kann Ihnen nicht sagen, ob es etwas wert ist, wenn ich es nicht lesen darf«, erklärte Philip.
»Ich dachte, Sie haben es gelesen, als Sie bei mir waren – während ich unter der Dusche stand.«
»Da habe ich doch nur einen kurzen Blick darauf geworfen. Ich glaube, es ist das berühmte Manuskript, aber ich muß mich absichern. Ich bin nicht scharf darauf, mich lächerlich zu machen. Haben Sie auf irgendwelchen Seiten Notizen entdeckt?«
»Was für Notizen?«
»Korrekturen, Einfügungen und Derartiges. Vielleicht Fußnoten?«
Lonny zuckte die Achseln. »Ich habe das verdammte Ding nicht gelesen. Was glauben Sie, ist es wert – falls es wirklich das ist, was Sie denken?«
»Das kann ich Ihnen nicht sagen. Drei Kapitel davon sind erschienen, der Rest wurde nie gefunden.«
»Basil war sehr unangenehm, wenn er betrunken war. Wurde regelrecht bösartig. Nüchtern war er der netteste Mensch der Welt. Was kann es denn wenigstens ungefähr wert sein?«
»Ich weiß es nicht – aber ich könnte es herausfinden. Es könnte eine Menge wert sein, aber bevor ich etwas unternehme, muß ich sicher sein, daß es kein Irrtum ist.«
Als Philip anfing, Lonny zu erklären, wie kompliziert es sei, die Echtheit des Manuskripts festzustellen, schaute er auf und sah Jules Mendelson mit einem Exemplar des »Wall Street Journal« hereinkommen. Lonny, der mit dem Rücken zum Eingang saß, bemerkte ihn nicht. Philip beobachtete, wie Curly Jules mit respektvoller Vertrautheit begrüßte und zu einem Fenstertisch führte. Jules setzte sich und schlug seine Zeitung auf. Er war so in seine Lektüre vertieft, daß er nicht einmal aufschaute, als die Kellnerin ihm seinen Kaffee hinstellte.
»Entschuldigen Sie mich einen Moment«, sagte Philip zu Lonny, als dessen Frühstück kam. »Ich komme gleich wieder.«
»Da drüben, die orangefarbene Tür neben der Kasse«, deutete Lonny zur Herrentoilette.
Philip nickte und verschwand durch die angegebene Tür. Eine

Minute später kam er wieder heraus und steuerte auf Jules Mendelson zu.
»Mr. Mendelson?« sagte er.
Jules sah zwar von seiner Zeitung auf, begrüßte Philip jedoch nicht.
»Ich bin Philip Quennell«, versuchte Philip ihm auf die Sprünge zu helfen.
»Ich weiß.« Jules wandte seine Aufmerksamkeit wieder seiner Zeitung zu. Seit dem Tag, als er die Degas-Ballerina von ihrem Sockel gestoßen hatte, empfand er eine starke Abneigung gegen den jungen Mann: Er gab ihm die Schuld an dem Unglück.
Als habe Philip seine Gedanken gelesen, sagte er: »Es tut mir leid wegen der Degas-Ballerina. Ich habe Mrs. Mendelson schriftlich um Entschuldigung gebeten.«
»Das hat sie mir erzählt«, antwortete Jules, ohne den Blick zu heben.
Philip ließ nicht locker: »Ich hätte nie gedacht, Sie in einem solchen Lokal beim Frühstücken anzutreffen.«
»Ich frühstücke nicht, ich trinke Kaffee«, korrigierte ihn Jules gereizt. »Ich komme jeden Tag hierher, um in Ruhe meine Zeitung lesen zu können.« Er tippte vielsagend auf das Blatt.
»Hier sind alle möglichen interessanten Typen versammelt«, fuhr Philip unbeirrt fort. »Sehen Sie den Burschen da drüben, der die Pfannkuchen in sich hineinschlingt, den in Jeans, T-Shirt und Windjacke?«
»Was ist mit ihm?«
»Er ist ein Stricher. Und er macht Porno-Videos.«
Jules nickte uninteressiert und kehrte wieder zu seiner Lektüre zurück. »Ich hätte nicht gedacht, daß Ihre Neigungen in diese Richtung gehen«, spöttelte er.
Philip lächelte. »Sie wissen doch, was man sich von ihm erzählt, oder?«
»Natürlich weiß ich das *nicht*. Ich habe den Mann noch nie gesehen.«
»Es heißt, er sei der Mörder von Hector Paradiso.«
Jules lächelte gequält. »Wieder die alten Kamellen! Hector Paradiso hat Selbstmord begangen, Mr. Quennell.«
»Nein, das hat er nicht, Mr. Mendelson.«

»Sie brauchen sich nur den Polizeibericht durchzulesen.«

»Nach der Party bei Ihnen fuhr Hector in eine Bar namens ›Miss Garbo's‹. Das ist so ein Laden, wo reiche Macker junge Gefährten finden können – gegen Bares. Es gibt mehrere Zeugen, die Ihnen bestätigen können, daß Hector das Lokal in Begleitung dieses jungen Herrn verließ. Ich habe mir den Polizeibericht angesehen, es steht kein Wort darüber drin. Wollen Sie mir immer noch erzählen, daß Hector Paradiso nach Ihrer Party direkt nach Hause fuhr, um mit fünf Schüssen einen Spiegel, einen Glastisch und sich selbst zu erlegen?«

»Es mag für Sie ja recht spannend sein, Detektiv zu spielen, Mr. Quennell, aber mich langweilt es offengestanden.« Jules blätterte gelassen um und las den Bericht über den Wall-Street-Mann Elias Renthal weiter, der nach fünf Jahren aus dem Gefängnis entlassen worden war.

»Das hat überhaupt nichts mit Spannung zu tun«, protestierte Philip empört. Mich interessiert lediglich, warum der wahre Sachverhalt vertuscht wird. Es sieht doch ganz danach aus, als handle es sich um einen ›Schwulenmord‹, wie die Regenbogenpresse es bezeichnen würde: Hector riß im ›Miss Garbo's‹ einen Typen auf, nahm ihn mit nach Hause, geriet mit ihm in Streit – wahrscheinlich wegen Geld, es heißt ja, er sei ziemlich knapp bei Kasse gewesen – und wurde umgebracht. Nicht gerade eine erhebende Story, aber auch keine so seltene. Letztes Jahr ereilte einen bekannten Innenarchitekten in New York das gleiche Schicksal: Bertie Lightfoot. Erinnern Sie sich? Pauline hat ihn sicher gekannt. Dann war da noch der Galeriebesitzer – wie hieß er doch gleich? Ludovic Cato, stimmt's? Erstochen und nach Schwulenmanier gefesselt. Aus den Fällen wurde kein Geheimnis gemacht. Warum also jetzt hier diese Vertuschung? Glauben Sie, daß die Angehörigen Ihrer vornehmen Kreise nicht wußten, daß Hector schwul war? Ich bin sicher, sie wußten es. Sie haben vielleicht nicht darüber gesprochen, aber sie wußten es. Wen versuchen Sie also zu schützen? Er hat keine Familie hinterlassen, die unter einer solchen Enthüllung zu leiden hätte. Es gibt nur eine Nichte, und die möchte inzwischen auch, daß die Sache aufgeklärt wird.«

Jetzt blickte Jules doch von seiner Zeitung auf: Er war es nicht

gewöhnt, daß Menschen ihn so respektlos behandelten. »Verschwinden Sie, Quennell!« Sein Ton war eisig. »Ich habe keine Ahnung, wovon Sie sprechen, Sie Arschloch!«
»Oh – der große Kunstsammler und Menschenfreund hat gesprochen«, sagte Philip sarkastisch.
Einen Augenblick schauten die beiden Männer einander feindselig in die Augen, dann ging Philip zurück an seinen Tisch.

Manchmal griff Jules, kaum daß er von Flo abgelassen hatte, nackt und verschwitzt neben ihr auf dem Rücken liegend zum Telefon, stellte sich den Apparat auf den Bauch und rief Miss Maple im Büro an, um sich nach etwaigen Neuigkeiten zu erkundigen. Zweimal habe er sogar im Weißen Haus angerufen und dem Präsidenten am Ende des zweiten Gesprächs »herzliche Grüße an Barbara« aufgetragen, als sei das das Alltäglichste von der Welt, erzählte Flo später tief beeindruckt Glyceria. Nachdem er den Hörer aufgelegt hatte, lag er nachdenklich da und bedeutete Flo mit einer Handbewegung, ihm etwas zu trinken zu bringen.
Sie war fasziniert von der Art, wie er Riesengeschäfte über das Telefon abwickelte. Verkaufen Sie dies, kaufen Sie das. Sie kam sich allein dadurch wichtig vor, daß von ihrem Apparat aus über so große Summen gesprochen wurde. Im Laufe der Zeit erfuhr sie, daß Sims Lord Anwalt und engster Berater von Jules war, Reza Bulbenkian sein Kontaktmann in New York und Miss Maple seit über zwanzig Jahren seine Sekretärin. (Miss Maple sorgte auch dafür, daß Flos Rechnungen bezahlt wurden, und schickte ihr die monatliche Apanage.)
Flo hielt Jules eine Büchse Eistee hin. »Ich hasse Eistee aus der Büchse!« fuhr Jules sie an. »Ich hasse es überhaupt, aus Büchsen zu trinken, verstanden?«
»Oh.« Es verletzte Flo jedesmal, wenn Jules sie kritisierte.
»Hör mal«, sagte Jules und nahm ihre Hand. »Wie heißt diese Innenarchitektin, die du dir ausgesucht hast?«
»Nellie Potts.«
»Richtig, Nellie Potts. Sag ihr, sie soll bei Steuben in New York anrufen und ein paar ordentliche Gläser für dich bestellen. Zwölf von jeder Sorte: für Wasser, verschiedene für

Cocktails, für Rotwein und Weißwein und für Champagner. Es schmeckt alles viel besser, wenn man es aus schönen Gläsern trinkt.«

»Toll!« Flo war hingerissen. »Soll ich FM eingravieren lassen? Ich habe irgendwo gelesen, daß Dom Belcanto auf allen Gläsern sein Monogramm hat.«

»Monogramme sind kitschig«, lautete Jules' Urteil. »Und außerdem würde das viel zu lange dauern. Die Firma soll sie vom Federal Express liefern lassen, dann sind sie in ein paar Tagen hier, und du kannst mir meine Drinks endlich in passenden Gläsern servieren.«

»Ich werde Nellie nachher gleich anrufen«, versicherte Flo eifrig. Sie freute sich immer, wenn sie ihre viele Freizeit irgendwie ausfüllen konnte.

»Da wir gerde bei Nellie Potts sind...« Jules griff nach hinten und faßte in den neuen Vorhangstoff. »Hast du eine Ahnung, wieviel diese Vorhänge kosten?«

»Natürlich.«

»Das ist viel Geld für ein paar Vorhänge, Flo. Hast du dich vorher nach dem Preis erkundigt?«

»Ja, das habe ich.«

»Und er hat dich nicht irritiert?«

Flo hob die Augenbrauen. »Du kannst es dir doch leisten, Jules.«

»Darum geht es nicht.«

»Worum geht es dann?«

»Dieses Haus ist nur gemietet. Vierzigtausend-Dollar-Vorhänge für ein gemietetes Haus zu kaufen ist Schwachsinn. Du kannst sie nicht mitnehmen, wenn du eines Tages ausziehst, und dieser ehemalige Fernsehstar, dem dieses Haus gehört, lacht sich dann ins Fäustchen.«

»Du mußt mich nicht extra darauf hinweisen, daß dieses Haus gemietet ist. Übrigens wird der Umbau des Ankleidezimmers noch mal soviel kosten.«

»Das ist nicht dein Ernst!«

»Bin ich dir das nicht wert, Jules? Solltest du mit meinen Diensten nicht mehr zufrieden sein, werde ich mich gerne anderweitig orientieren«, erklärte Flo geziert.

»Laß uns nicht streiten, Flo! Ich bin müde. Mir gehen so viele Dinge durch den Kopf.«

Flo stand vom Bett auf, zog ihren Morgenmantel an und erklärte: »Ich möchte, daß du mir das Haus kaufst, Jules. Ich habe erfahren, daß Trent Muldoon bereit ist, es herzugeben.«

»Ich habe wirklich Wichtigeres im Kopf«, antwortete Jules ablehnend.

»Du lenkst immer wieder ab, Jules. Nie ist dir ein Zeitpunkt recht, um darüber zu sprechen. Ich will etwas Eigenes haben. Ich wohne in einem gemieteten Haus und fahre einen geleasten Wagen – was soll aus mir werden, wenn dir etwas passiert? Ich habe mich an dieses Leben gewöhnt.«

»Du brauchst dir keine Sorgen zu machen«, beruhigte Jules sie. »Sims Lord wird sich um alles kümmern.«

»Weißt du, Jules, ich sitze den ganzen Tag hier rum und warte auf dich. Ich habe keine Freunde, abgesehen von Faye Converses Dienstmädchen. Ich habe keinen Job. Du hast Angst, dich mit mir in der Öffentlichkeit zu zeigen, also komme ich fast nie vor die Tür. Ich habe dreißig Chanel-Kostüme und Vierzigtausend-Dollar-Vorhänge und demnächst auch noch ein paar hundert Steuben-Gläser ohne Monogramm, aber mein Leben ist nicht ausgefüllt. Und deshalb möchte ich wenigstens etwas Eigenes haben.«

»Schon gut, schon gut, ich kaufe dir das Haus«, gab Jules entnervt nach.

»Danke. Und wenn wir schon gerade dabei sind: Ich möchte auch, daß du mir den Wagen kaufst.«

»Es wird Zeit, daß ich mich anziehe.« Jules stand auf und sammelte seine Kleidungsstücke ein.

»He, Jules, du mußt den Rettungsring um deine Taille loswerden«, sagte Flo. »Pauline schleppt dich auf zu viele Bankette. Wenn du dich vorbeugst, um deine Schnürsenkel zu binden, läufst du rot an und kriegst keine Luft mehr.«

Jules war gleichzeitig verärgert und gerührt. Er wurde nicht gerne an seinen Umfang erinnert. Erst kürzlich hatte ihn ein Illustriertenartikel erbost, in dem er als »Mann von stattlicher Statur« beschrieben wurde. Plötzlich wurde ihm bewußt, wie anders das Verhältnis zwischen ihm und Flo war als das zwischen Pauline und ihm: Die Ehepartner zogen sich in ihren jeweiligen Ankleidezimmern an oder aus und zeigten sich einander erst, wenn sie zum Ausgehen oder fürs Bett fertig waren.

Flo trat zu ihm und schlang die Arme um seinen Hals. »Es macht mir nichts aus. Je mehr du wiegst, um so mehr habe ich zum Lieben.«
Als Jules angezogen war, ging er in Flos Wohnzimmer. Sie saß auf dem Sofa und las Cyril Rathbones Klatschkolumne im »Mulholland«. Überrascht stellte er fest, daß es ihn rührte, als er sah, wie sie beim Lesen die Lippen bewegte: Sonst ging es ihm immer auf die Nerven.
»O là là!« Sie hob die Zeitung hoch, wobei sie den kleinen Finger abspreizte, was sie für vornehm hielt.
»Was ist los?« fragte Jules.
»Pauline Mendelson öffnet ihr Orchideenhaus für eine Besichtigung durch den Gartenclub von Los Angeles!« las sie vor. »›Mrs. Mendelson, die elegante Gattin des Milliardärs Jules Mendelson, hat eine seltene gelbe Pha-la-en-opsis gezüchtet.‹ Habe ich das richtig ausgesprochen?«
Jules ging nicht darauf ein: Es war ihm unerträglich, wenn sich die verschiedenen Bereiche seines Lebens überschnitten.
»Hör mal, Flo, du darfst beim Lesen nicht die Lippen bewegen«, sagte er.
»Habe ich das getan?« Flo schlug die Hand vor den Mund. »Als ich in der Junior Highschool war, sagte Schwester Andretta, meine Lehrerin, immer wieder: ›Fleurette, du bewegst schon wieder deine Lippen beim Lesen‹, und die ganze Klasse lachte. Ich dachte, ich hätte es mir längst abgewöhnt.«
»Ich werde dir morgen ein paar Bücher mitbringen, damit du mal was anderes liest als Klatschspalten.«

Pauline hatte Jules nicht auf den Geruch der anderen Frau angesprochen, den sie bemerkt hatte, als sie seine Hand küßte, aber sie beobachtete ihn seitdem viel aufmerksamer. Doch es gab keine verräterischen Hinweise wie Lippenstiftspuren an Taschentüchern oder Hemdkragen. Zum erstenmal, seit sie vor zweiundzwanzig Jahren hierhergezogen waren, wurde das Ritual ihres gemeinsamen Dämmerschoppens unterbrochen: Pauline erschien mehrere Tage nicht. Wenn sie zu Parties fuhren oder von dort nach Hause, hatte sie stets das Gefühl, als sei er mit seinen Gedanken ganz woanders, aber sobald sie in der Öffentlichkeit auftraten, mimten sie das glückliche Ehepaar, und das so perfekt, daß nicht einmal der mißtrauischste Beobachter auf den Gedanken gekommen wäre, daß sie Theater spielten. Mehrere Male wachte Pauline nachts auf und sah, daß Jules an die Decke starrte, aber sie sprach ihn nicht an.

Sie hatte sich an den Status, Ehefrau eines der wichtigsten Männer des Landes zu sein, gewöhnt, und es war ihr durchaus bewußt, daß es nicht leicht wäre, einen Mann zu finden, der ihm an Bedeutung gleichkäme. Sie mußte mit Bedacht vorgehen. Jules erkannte an dem unterkühlten Verhalten seiner Frau, daß etwas nicht stimmte. Vielleicht hatte sie von seinem Verhältnis erfahren? Aber er hatte doch alles unternommen, daß es geheim blieb! Nicht einen Augenblick spielte er mit dem Gedanken, sich von Pauline scheiden zu lassen, auch wenn seine sexuelle Bindung an Flo immer stärker wurde.

Pauline war mißtrauisch geworden, und seine Ehe stand auf dem Spiel, aber dennoch fuhr er jeden Nachmittag in die Azelia Lane. Er konnte es kaum erwarten, Flos volle Brüste und buschigen Schamhaare zu sehen, die er viel schöner fand als ihr apartes Gesicht. Kurz bevor er bei ihr ankam, rief er sie übers Autotelefon an und befahl ihr, sich auszuziehen: Er wollte keine Sekunde ihrer gemeinsamen Zeit vergeuden. Er war unersättlich, und sie ließ ihn gewähren. »Hör auf, für da unten diese Wasch-Lotions und Deos zu benutzen«, sagte er eines Nachmittags. »Dein natürlicher Geruch ist viel besser – und viel aufregender.« Wenn sie miteinander im Bett waren, verlangte er, daß sie vulgäre Dinge sagte, und Flo gehorchte. »Das kannst du doch bestimmt noch besser«, flüsterte er ihr einmal ins Ohr. Ihr war klar, daß er damit nicht ihre Sexpraktiken meinte, sondern ihre Ausdrucksweise, und so befriedigte sie seinen Wunsch nach den ordinärsten Zoten. Danach fragte er: »Wo zum Teufel hast du das alles gelernt?«

Sie lag auf dem Rücken, rauchte eine Zigarette und schaute dem aufsteigenden Rauch nach. »Werd jetzt bloß nicht spießig, Jules!« sagte sie ärgerlich. »Du hast mich gebeten, mich so zu geben – und bloß, weil du deinen Orgasmus jetzt hinter dir hast, brauchst du nicht plötzlich den Moralapostel zu spielen.«

Er schwieg betreten. Am nächsten Tag kaufte er ihr ein Schmuckstück, einen mit Diamanten eingefaßten Saphirring.

Sie war hingerissen. »Genau wie der von Lady Di!« rief sie. »Nur größer! Ich habe früher immer gedacht, wenn ich mir mal einen wirklich teuren Ring leisten kann, kauf' ich einen Saphir. Aber das habe ich dir nie erzählt, oder? Woher wußtest du es denn?«
»Er hat die Farbe deiner Augen«, erklärte Jules.
Sie war gerührt. »Du überraschst mich, Jules. Manchmal bist du so grob und gefühllos. Ich habe gedacht, die Farbe meiner Schamhaare wäre die einzige, die du je an mir bemerkt hast.«
Jules brach in schallendes Gelächter aus. Sie war ihm unterlegen, sowohl von der gesellschaftlichen Stellung als auch vom Intellekt her, aber er liebte sie. Er liebte sie wahnsinnig.
»Ich liebe dich, Jules«, sagte sie.
»Wirklich?«
Sie dachte über das nach, was sie gerade gesagt hatte. Vielleicht verehrte sie ihn mehr, als sie ihn liebte, aber ganz bestimmt empfand sie auch Liebe für ihn. »Wirklich«, antwortete sie.
Als er sich an diesem Tag verabschiedete, begleitete sie ihn zum Auto. »Ich bin ganz weg von dem Ring, Jules«, gestand sie, »ich werde ihn nie abziehen. Aber du denkst an das Haus, nicht wahr, Jules? Ich möchte wirklich, daß es mir gehört.«

Ein paar Tage darauf begegneten sich die beiden Frauen in Jules' Leben zufällig auf dem Parkplatz vor Pookys Friseursalon. Pauline kam nur ganz selten dorthin: Sie war eine der wenigen Kundinnen, bei denen Pooky Hausbesuche machte. Als jedoch Pauline am Tag vor der Party bei Casper Stieglitz anrief, konnte er es nicht einrichten, so kurzfristig nach Clouds hinaufzufahren, weshalb sie nach Beverly Hills kam, um sich von ihm frisieren zu lassen. Als sie ihren Wagen auf dem Parkplatz hinter dem Salon abstellte, fuhr ihr ein zurückstoßendes rotes Mercedes-Cabrio in den Kühler. Am Steuer des Mercedes saß Flo March.
Sie sprang aus dem Auto und lief zu Pauline. »Es tut mir so leid!« sagte sie aufgeregt. »Es war meine Schuld. Aber ich bin versichert – keine Sorge! Und es ist auch nicht viel zu sehen, nur eine Delle.«
Dann erst erkannte sie, wessen Wagen sie da gerammt hatte.

»Mein Gott, Mrs. Mendelson«, stammelte sie, »sind Sie verletzt?«
»Nein, es geht mir gut, wirklich. Ich habe den Stoß kaum gespürt«, erwiderte Pauline. Sie stieg aus, um den Schaden in Augenschein zu nehmen. »Machen Sie sich keine Gedanken, es ist halb so schlimm!« Das Mädchen kam ihr irgendwie bekannt vor. »Haben wir uns schon einmal gesehen?« fragte sie.
»Nein, ganz bestimmt nicht«, antwortete Flo hastig. Sie fühlte sich unsicher, ja zittrig. »Aber ich weiß, wer Sie sind: Ich habe Sie erkannt, weil ich schon oft Bilder von Ihnen gesehen habe. Geht es Ihnen wirklich gut?«
»Ja, wirklich.«
»Vielen Dank, Mrs. Mendelson.« Die Frau ihres Liebhabers faszinierte sie.
Pauline lächelte. »Sie haben ein sehr hübsches Kostüm an.«
»Meine Güte, so ein Kompliment aus Ihrem Mund!« Flo errötete tief.
Das Kostüm half Pauline schließlich auf die Sprünge: »Jetzt weiß ich, wo ich Sie gesehen habe: Bei der Totenmesse für Hector Paradiso. Waren Sie mit ihm befreundet?«
Flo wurde nervös. »Ja, ich kannte ihn. Ich muß jetzt aber los. Ich danke Ihnen für Ihre Freundlichkeit, Mrs. Mendelson!«
»Sagen Sie mir Ihren Namen, dann kann ich meinem Mann erzählen, daß wir uns getroffen haben.«
»Wiedersehen, Mrs. Mendelson.« Flo stürzte zu ihrem Wagen, stieg ein, ließ den Motor an und trat so heftig auf das Gaspedal, daß der Mercedes einen Satz machte. Sie war völlig durcheinander: Nie war ihr der Gedanke gekommen, daß Pauline Mendelson eine nette Frau sein könne.
Obwohl Pauline keine Frau war, die man mit einem Schmuckstück beschwichtigen konnte, wie teuer es auch sein mochte, wagte Jules den Versuch, ihre Beziehung mit einem Geschenk zu kitten. Er hatte von Paulines Freund, dem Leiter der Schmuckabteilung des Londoner Auktionshauses Boothby, Prinz Friedrich von Hessen-Darmstadt, erfahren, daß ein paar ganz bestimmter gelber Diamantohrringe in dieser Woche unter den Hammer kommen sollte, und er hatte den Prinzen gebeten, es für ihn zu ersteigern.

An dem Sonntag, an dem die Party bei Casper Stieglitz stattfand, kam Willi, Jules' Friseur, am Nachmittag noch einmal, um ihm die Haare zu schneiden. Pauline hatte sich erst am Samstag dazu überreden lassen, Jules zu der Party zu begleiten, war jedoch nach wie vor absolut nicht begeistert. »Es wäre sehr wichtig für mich«, hatte Jules gesagt. Sie kam nicht oft in den Genuß dieses bittenden Tones. Fast hätte sie seine momentane Schwäche ausgenutzt und ihn auf die andere Frau angesprochen, aber dann ließ sie es doch: Sie wollte dieses wichtige Thema nicht so nebenher abhandeln. Also sagte sie nur: »Gut, ich komme mit.«

»Ich muß Ihnen unbedingt zeigen, was ich für Pauline gekauft habe«, sagte Jules zu seinem Friseur Willi in einer Anwandlung von Vertraulichkeit und griff in die oberste Schublade seiner Frisierkommode, um eine kleine Samtschatulle herauszunehmen.

Als er sie öffnete, leuchteten zwei gelbe Diamantohrringe auf, die mit kleineren Diamanten eingefaßt waren.

»Schauen Sie«, sagte Jules stolz, »sie sucht schon lange Ohrringe zu ihrem gelben Diamantcollier und -armband. Da erfuhr ich, daß diese hier bei Boothby's zur Versteigerung kommen, und ließ sie für mich erwerben.«

Willi verstand nichts von gelben Diamanten, aber er sah, daß sie groß waren, und wußte, daß sie teuer waren. Also stieß er einen angemessenen Bewunderungsruf aus. In diesem Augenblick trat Pauline im Negligé ins Zimmer. Sie hatte zwei Kleider über dem Arm, die auf samtbezogenen Bügeln hingen.

»Welches findest du passender für den Abend mit deinen Freunden?« fragte sie und hielt ihrem Mann die Modellkleider zur Begutachtung hin. Jules, der besser als jeder andere wußte, daß seine Frau einen unfehlbaren Geschmack hatte, hatte zwar den leisen Sarkasmus in ihrer Stimme gehört, beschloß jedoch, nicht auf ihn einzugehen.

»Hallo, Willi!« begrüßte Pauline den Friseur.

»Hallo, Mrs. Mendelson!« sagte Willi und konzentrierte sich wieder auf Jules' Haarschnitt. Irgend etwas stimmte nicht mit dem Ehepaar, das er im Laufe der Jahre so gut kennengelernt hatte. Jules Mendelson war nicht nur Willis Kunde, sondern

auch sein Gönner, schließlich hatte er ihm den Kaufpreis für den exklusiven Salon vorgestreckt, in dem Willi die führenden Köpfe der Filmindustrie in Form brachte.
Jules zeigte auf eines der beiden Kleider: »Ich wäre für das da, das andere ist zu elegant.«
»Ich bin noch nie auf einer Gangster-Party gewesen, also kann ich auch nicht wissen, was man da trägt«, entschuldigte Pauline sich spöttisch.
»Mr. Stieglitz ist Filmproduzent«, korrigierte Jules sie.
»Aber Mr. Zwillman ist ein Gangster, jedenfalls sagt Rose Cliveden das«, antwortete Pauline. »Sie hat mir vorgeschlagen, eine Korsage zu tragen.«
»Ich habe ein Geschenk für dich«, wechselte Jules hastig das Thema. »Hier!« Er gab ihr die Samtschatulle.
Pauline öffnete sie und betrachtete die gelben Diamantohrringe. »Sehr hübsch«, meinte sie ohne die Begeisterung, die ein so extravagantes Geschenk verdient hätte. Es schien Jules, als wolle sie noch etwas sagen, und er musterte sie fragend über den Spiegel, vor dem er saß, während er Willis Arbeit verfolgte. Schließlich erklärte sie gleichgültig: »Ich sah sie in dem Boothby-Katalog, den Friedrich mir schickte. Sie gehörten früher einer gewissen Mrs. Scorpios. Wann müssen wir bei Mr. Stieglitz sein?«
Jules und Willi sahen einander im Spiegel an, und Jules hob kaum merklich die Schultern.

Pauline war anerkanntermaßen eine der besten Gastgeberinnen der High-Society und die gewandteste Unterhalterin, aber sie zeigte ihre Kunst nur, wenn sie sich unter ihresgleichen befand oder in Gesellschaft jener Künstler, mit denen sie ihre Parties schmückte. Eine Ausnahme bildeten ferner wichtige Persönlichkeiten, mit denen Jules bei seinen weitverzweigten Aktivitäten zu tun hatte. Jene Leute aber, die sie auf der Party bei Casper Stieglitz anzutreffen erwartete, gehörten zu keiner dieser Gruppen, und sie war nicht gewillt, sich in irgendeiner Weise anzustrengen.
Als die Mendelsons in Caspers Wohnraum traten, fanden sie dort eine überraschend große Gesellschaft vor. Arnie Zwillman, der Casper völlig unter seiner Fuchtel hatte, war

der Meinung gewesen, die Gästeliste müsse erweitert werden, damit es nicht so auffiel, wenn er Jules Mendelson während der Filmvorführung um eine private Unterhaltung bat. Pearl Silver, die Witwe eines Produzenten und eine beliebte Gastgeberin in der Filmkolonie, war erst tags zuvor dazugebeten worden. Unter normalen Umständen hätte sie das Haus von Casper Stieglitz nicht betreten, aber als sie hörte, daß auch Marty und Sylvia Lesky dasein würden, sagte sie zu. Marty Lesky, der oberste Boss von Colossus Pictures, wurde von vielen als der mächtigste Mann der Filmindustrie betrachtet, und Sylvia, deren Vater Martys Vorgänger gewesen war, wurde von Kolumnisten wie Cyril Rathbone als »ungekrönte Königin Hollywoods« bezeichnet. Marty Lesky hatte eine tiefverwurzelte Abneigung gegen jede Art von Drogen und wäre schon aus diesem Grund niemals zu Casper Stieglitz gegangen, aber bei einem Kartenspiel im Hillcrest Country Club hatte er erfahren, daß auch das Ehepaar Mendelson sein Kommen angesagt hatte.

»Das kann doch nicht wahr sein!« hatte er gestaunt. »Jules Mendelson geht zu Casper Stieglitz? Und Pauline auch? Könnte mir das vielleicht mal jemand erklären?«

Er hatte ganz sicher keinen gesellschaftlichen Ehrgeiz, aber wie viele Filmleute ein großes Interesse an Kunst, und so war er erst kürzlich in den Vorstand des County Art Museum von Los Angeles berufen worden. Er erklärte Sylvia, die ebensowenig scharf darauf war, zu der Party zu gehen, wie Pauline Mendelson oder Pearl Silver, daß es von Vorteil sein könne, Jules näher kennenzulernen: Man könne versuchen, ihn dazu zu bewegen, dem County Museum seine berühmte Sammlung zu vermachen anstatt einem der anderen Museen, die hinter seinen Schätzen her waren.

Unter den Gästen befanden sich auch Dom Belcanto, der berühmte Balladensänger, dem man Verbindungen zur Mafia nachsagte, und seine vierte Frau Pepper. Es war bekannt, daß Dom jeden Freitagabend in Palm Springs mit Arnie Zwillman Karten spielte, und Zwillman hatte Dom und Pepper selbst eingeladen. Die letzte Ergänzung der Gesellschaft, die ursprünglich als ganz klein geplant war, bildete das Ehepaar Amos Swank. Er war Talkmaster einer Nachtshow im Fernse-

hen und ging so gut wie nie auf Parties. Wenn er es doch tat, sprach er kaum ein Wort – und das, obwohl er den größten Teil Amerikas in seiner Sendung brillant unterhielt. Auch Amos war zum viertenmal verheiratet, und seine Frau hatte ihn dazu überredet, mit ihr zu Casper Stieglitz zu gehen, was er sonst nie getan hätte.
Pearl Silver und Sylvia Lesky waren zwar keine Freundinnen von Pauline, aber sie hatte schon in einigen Komitees mit ihnen zusammengearbeitet, und die drei Frauen begrüßten einander herzlich. Ohne es auszusprechen, wußten sie alle voneinander, daß sie nicht freiwillig hier waren. Pauline ging herum und tat so, als bewundere sie Caspers Gemälde, die sie abscheulich fand. Und dann entdeckte sie in der so unglücklich zusammengestellten Gruppe Philip Quennell, den sie nicht mehr gesehen hatte, seit er beim Mittagessen auf Clouds nach der Gedenkmesse für Hector Paradiso ihren Mann so in Wut gebracht hatte.
»Was sagen Sie zu diesen Kunstwerken?« fragte Philip, als er zu ihr trat.
Jules, der daneben stand, grüßte mit einem knappen Nicken und entfernte sich.
»Ich hasse solche Riesenleinwände mit einem blauen Klecks in der Mitte«, antwortete Pauline angewidert.
»Na ja, mit van Goghs ›Weißen Rosen‹ kann man sie wohl nicht vergleichen.« Philip lächelte.
Pauline lächelte ebenfalls. »Wir haben Sie vermißt.«
»Ich glaube kaum, daß Jules mich vermißt hat«, erwiderte Philip.
»Na schön, dann habe eben *ich* Sie vermißt.«
»Sie kommen mir verändert vor«, sagte Philip.
»Inwiefern?«
Philip dachte einen Augenblick nach und meinte dann: »Irgendwie traurig, wenn das das richtige Wort ist.«
Sie sah ihn voller Zuneigung an. »Wissen Sie, Philip, wenn mir die Ehe nicht heilig und Camilla nicht eine meiner engsten Freundinnen wäre, dann würde ich mich Ihnen an den Hals werfen, obwohl ich sechzehn Jahre älter bin als Sie.«
Philip errötete. »Ich kann mich nicht erinnern, mich jemals so geschmeichelt gefühlt zu haben.«

»Daß ich Sie ausgerechnet *hier* wiedertreffe ...« wunderte sie sich.
»Es überrascht mich auch, daß *Sie* sich bereitgefunden haben herzukommen.«
»Sicher nicht mehr als mich.«
»Wie geht es der Degas-Ballerina?« fragte Philip.
»Sie ist zur Reparatur in Paris. Jules hat sie selbst hinübergeflogen. Im Louvre gibt es da einen ausgezeichneten Mann, von dem uns Pierre Rosenberg erzählt hat.« Sie ließ den Blick durch den Raum wandern. »Sagen Sie, Philip, ist Mr. Stieglitz verheiratet?«
»Er ist seit kurzem wieder solo – nach einer äußerst dramatischen Scheidung«, erzählte Philip. »Aber die beiden gehen immer noch gemeinsam zu Preisverleihungen. Das weiß ich alles von seinem Butler Willard.«
Pauline lachte. »Können Sie mir sagen, wer all diese Leute sind? Pearl Silver kenne ich flüchtig, und Sylvia Lesky und ich waren gemeinsam die Schirmherrinnen der Cedar-Sinai-Wohltätigkeitsveranstaltung, aber die anderen ... Kennen *Sie* die alle?«
»Nein, aber ich weiß von einigen, wer sie sind. Amos Swank zum Beispiel ist ein bekannter Talkmaster.«
»Ach ja, natürlich.« Sie nickte.
»Der Name Dom Belcanto sagt mir allerdings gar nichts.«
»Da kann nun wieder ich Ihnen weiterhelfen: Er hat auf einem meiner Benefizabende gesungen. Aber wer ist dieses altjüngferliche Geschöpf mit den Hasenzähnen?«
»Hortense Madden – die Literaturkritikerin vom ›Mulholland‹.«
»Und die Lady, die ununterbrochen auf Marty Lesky einredet?«
»Mona Berg, eine bekannte Schauspieleragentin. Und der Mann neben ihr ist Joel Zircon. Die beiden arbeiten zusammen.«
Für Joel Zircon war der Abend geradezu eine Offenbarung. Er war im letzten Moment von Mona Berg gebeten worden, sie zu begleiten, da sie nicht allein erscheinen wollte. Er hatte noch nie von den Mendelsons gehört, aber es versetzte ihn in Hochstimmung, in einem Raum mit den Leskys, den Belcan-

tos und den Swanks sein zu dürfen, und es schien ihm nichts auszumachen, daß sie ihn nicht in ihre Unterhaltung einbezogen, wenn er sich zu ihnen gesellte. Als er den Butler Willard entdeckte, mit dem er sich im »Miss Garbo's« oft unterhielt, tat er, als habe er ihn noch nie gesehen.
»Und wer von den Herren ist nun Arnie Zwillman?« fragte Pauline. »Er ist einer von denen, von denen man immer wieder hört, aber ich habe keine Ahnung, wie er aussieht.«
»Das ist der Sonnenbankgebräunte da hinten, der sich gerade mit den Belcantos unterhält«, antwortete Philip.
Pauline musterte den Mann eingehend. Arnie Zwillman gestattete es niemandem, ihn zu fotografieren. Als der »Los Angeles Tribunal« ein paar Jahre zuvor einen Bericht über die Aktivitäten der Mafia in Las Vegas gebracht hatte, konnte der Artikel über Arnie Zwillman nur mit einer fünfzehn Jahre alten Blitzlichtaufnahme illustriert werden, die in einem Nachtclub gemacht worden war, als er eine Romanze mit einer Sängerin hatte.
»Wer *ist* er eigentlich?« fragte Pauline. »Können Sie mir das vielleicht erklären?«
»Er hat das ›Vegas Seraglio‹ niedergebrannt, um die Versicherungssumme zu kassieren.«
»Das habe ich jetzt schon ein paarmal gehört, aber das sagt doch nicht genug über seine Persönlichkeit aus.«
»Sein Bruder wurde in seinem Swimmingpool in Las Vegas erschossen. Seine letzte Ehefrau wurde mehrmals ins Cedar Sinai Hospital eingeliefert, nachdem er sie zusammengeschlagen hatte, aber es kam nie zu einer Anklage. Er war in verschiedene Bandenmorde verwickelt, hat es aber geschafft, den Fangnetzen mehrerer Generalstaatsanwälte immer wieder zu entschlüpfen. Haben Sie jetzt einen umfassenderen Eindruck von ihm?«
Sie hörte ihm jedoch gar nicht mehr zu: Es war jemand angekommen, den sie lieber nicht getroffen hätte. »Mein Gott, das auch noch!« stöhnte sie.
»Wen haben Sie denn jetzt entdeckt?« fragte Philip.
»Mr. Cyril Rathbone.«
»Den Klatschkolumnisten?« Er folgte ihrem Blick und erkannte den Mann sofort: Er hatte ihn bei Lonny Edge kennen-

gelernt, als er dort gewesen war, um nähere Einzelheiten über Hector Paradisos Tod zu erfahren.
»Ja. Er macht mich wahnsinnig. Ich bin so eine Art fixe Idee von ihm: Unentwegt schreibt er über mich. Lassen Sie mich jetzt bloß nicht allein!«
Casper Stieglitz, der nicht daran gewöhnt war, vornehme Gäste in seinem Haus zu haben, sah keine Notwendigkeit, jeden Neuankömmling herumzuführen, um ihn den anderen vorzustellen, aber Cyril Rathbone war ohnehin kein Mann, der darauf wartete, daß man ihn vorstellte. Als er Pauline am anderen Ende des Raumes erspähte, ließ er Pepper Belcanto, die gerade mitten im Satz war, kurzerhand stehen und schoß mit ausgestreckten Händen auf sie zu. »Pauline! Ich bin entzückt!« rief er in seinem gekünstelten, englischen Tonfall, als wären sie die besten Freunde.
»Guten-Abend-wie-geht-es-Ihnen?« sagte Pauline. Sie war sicher, daß er die Absicht hatte, sie auf die Wangen zu küssen. Die Hand, die er ihr reichte, mußte sie wohl oder übel nehmen, wenn sie keinen Skandal heraufbeschwören wollte, aber sie war nicht bereit, dem Mann, den sie dermaßen verabscheute, zu gestatten, ihr in so intimer Weise nahezutreten. Als sein Gesicht sich dem ihren näherte, machte sie einen Schritt rückwärts. »Ich habe eine Erkältung«, erklärte sie ihr Verhalten lahm.
Rathbone lief dunkelrot an. Er haßte Pauline wegen der Hochmütigkeit, mit der sie ihn behandelte, war aber gleichzeitig auch widerstrebend beeindruckt von der Vornehmheit, die sie verkörperte. Hätte sie ihn nur ein einziges Mal angelächelt oder zu einer ihrer Parties eingeladen, wäre sein Haß sofort verflogen und er zu einem ihrer ergebensten Bewunderer geworden. Aber darauf wartete er vergebens.
»Kennen Sie Mr. Quennell? Cyril Rathbone«, stellte Pauline die Männer einander vor.
Cyril musterte den jungen Mann, mit dem Pauline sich so angeregt unterhalten hatte, voller Neugier. Er kam ihm irgendwie bekannt vor.
»Wie war Ihr Name?« hakte er nach.
»Quennell, Philip Quennell«, sagte Philip. Er erinnerte sich, daß Lonny ihn bei seinem Besuch dem Kolumnisten als Phil

Quin vorgestellt hatte, weil er seinen Namen nicht richtig verstanden oder gleich wieder vergessen hatte.
»Kennen wir uns?«
»Nicht, daß ich wüßte. Und ich würde mich bestimmt an Sie erinnern«, erwiderte Philip. Wenn er nicht neben Pauline gestanden hätte, wäre Rathbone mit Sicherheit sofort eingefallen, unter welchen Umständen sie sich kennengelernt hatten.
Rathbone wandte sich wieder an Pauline. »Obwohl *Sie* hier sind und die Leskys und Pearl, ist es eine zweitklassige Party«, sagte er, als stünde er mit den Genannten weit über den anderen Gästen. Wenn er damit gerechnet hatte, daß diese Äußerung ihn der Lady sympathischer machen würde, um deren Gunst er immer wieder buhlte, wurde er enttäuscht: Sie lachte nicht und sie stimmte ihm auch nicht zu.
»Wie geht es Ihrer gelben Phalaenopsis?« fragte er in der Hoffnung, mit seinem geheuchelten Interesse an dieser seltenen Orchidee Punkte sammeln zu können.
»Sehr gut«, erklärte sie kurz angebunden.
»Ich dachte gerade heute wieder an unseren gemeinsamen Freund Hector.« Cyril machte einen letzten Versuch, mit Pauline ins Gespräch zu kommen.
Sie nickte.
»Es vergeht fast kein Tag, an dem nicht etwas geschieht, das ich ihm gerne erzählen würde. Wir haben uns früher täglich miteinander unterhalten.«
Pauline hatte keine Lust, sich von Rathbone in ein Gespräch über den Freund verwickeln zu lassen, der ihr so sehr fehlte. Sie hatte nie verstanden, was Hector an ihm so unterhaltsam gefunden hatte, und sie wußte, daß jede Äußerung, zu der sie sich hinreißen lassen würde, am nächsten Tag in der Zeitung zu lesen wäre – und nicht unbedingt korrekt wiedergegeben. Ihr fiel auf, daß Cyril die Krawatte einer englischen Schule trug, die er nie besucht hatte, und als sie den Blick nach unten wandern ließ, sah sie, daß seine auffallend kleinen Füße in auf Hochglanz polierten Schuhen von Lobb in der St. James Street steckten.
In diesem Augenblick wurde zum Essen gerufen, und Pauline ergriff sofort die Gelegenheit, sich von dem Mann zu entfernen, der ihr von Herzen zuwider war.

»Gütiger Himmel!« Sie schauderte und fragte sich zum wiederholten Mal, warum sie sich hatte überreden lassen, Jules hierher zu begleiten.
»Sie waren nicht besonders höflich zu Mr. Rathbone«, stellte Philip fest.
»Keine Sorge, den kann man nicht beleidigen.« Pauline lächelte. »Ich hoffe, Sie sitzen beim Essen neben mir, Philip.«

An anderen Ende des Raumes stand Jules mit Marty Lesky, Dom Belcanto und dem Gastgeber zusammen. Er gab vor, die Bilder an den Wänden zu bewundern, die ebenso wie die Einrichtung des Hauses auf das Konto des Studioausstatters gingen. In Wahrheit verabscheute Jules wie seine Frau die Machwerke, aber als Kunstsammler äußerte er sich stets höflich über die Besitztümer anderer Leute, auch wenn er sie scheußlich fand. Sein Urteilsvermögen auf dem Kunstsektor wurde sehr hoch geachtet, und so fühlte Casper Stieglitz sich äußerst geschmeichelt von der angeblichen Bewunderung seines Gastes. Als Dom Belcanto ihn nach dem Namen des Künstlers fragte, der die Scherben von Tellern und Kaffeetassen auf der Leinwand arrangiert hatte, mußte er peinlicherweise gestehen, daß er ihn nicht wußte. Er flüsterte Jules vertraulich zu, er müsse auf die Toilette und anschließend nachsehen, wie weit das Essen sei, und verschwand. Er legte größten Wert darauf, daß das Dinner pünktlich serviert wurde, damit die Filmvorführung zur geplanten Zeit beginnen konnte: Anschließend erwartete er Ina Rae, Darlene und einen Porno-Darsteller namens Lonny, den Ina Rae unbedingt mitbringen wollte, zu einem Vierer. Er wollte seine illustren Gäste unbedingt aus dem Haus haben, bevor die drei kamen. Arnie Zwillman nutzte Caspers Verschwinden, um sich und seine zukünftige Frau Adrienne Basquette Jules vorzustellen. Dann wurde zum Essen gerufen.

Bettye, Caspers Sekretärin, hatte die Platzkarten geschrieben. Weder Jules noch Pauline erwähnten ihren Tischnachbarn gegenüber, daß ihr Nachname falsch geschrieben war: mit zwei d. Sie empfanden beide, daß dieser Fehler zu dem ganzen verunglückten Abend paßte. Die angespannte Stimmung zwischen Pauline und ihrem Mann hielt sie davon ab, seinen Blick zu suchen und mit ihm über die falsche Schreibweise ihres Namens zu lächeln, aber sie vermißte die eheliche Vertrautheit schmerzlich, die zweiundzwanzig Jahre zwischen ihnen geherrscht hatte. Vor kurzer Zeit hätten sie einander auch noch über den Tisch hinweg angesehen und sich insgeheim über die schwarzen Servietten und das schwarze Geschirr mokiert. Jules wußte, wie Pauline schwarze Servietten und schwarzes Geschirr haßte, aber sie konnten jetzt auch darüber keine Blicke mehr wechseln – ebensowenig wie darüber, daß das Personal des Partyservice von der falschen Seite servierte oder die Flaschen, aus denen ein fade schmeckender Soave ausgeschenkt wurde, deutlich sichtbar mit einem Kaufpreis von acht Dollar ausgezeichnet waren, was, wie Pauline wußte, Jules wahnsinnig machte.

Er wußte sehr gut, daß er wegen Arnie Zwillman hier war, und er wartete darauf, daß der Mann den ersten Schritt tat. Fast alle am Tisch wandten sich in der gezwungenen Unterhaltung an Jules Mendelson, sogar Marty Lesky, der es gewöhnt war, seinerseits die dominierende Person auf jeder Party zu sein. Jules' Anwesenheit ließ die üblichen Themen, über die Filmleute sonst sprachen – Einspielergebnisse, Dreharbeiten und Wechsel in der Studiohierarchie – zu seicht erscheinen, und er wurde zu seiner Meinung über den Präsidenten und die Wirtschaftslage befragt und schließlich auch zu dem Senats-Hearing betreffs der Berufung eines vom Präsidenten vorgeschlagenen Mannes an den Obersten Gerichtshof, über den befremdende Tatsachen bezüglich Frauen und Alkohol bekannt geworden waren.

»Ich habe keine Informationen aus erster Hand, aber anscheinend gibt es da einige Dinge in Johns Vergangenheit«, sagte Jules vorsichtig. Er wollte sich diesen Leuten gegenüber, die er nicht kannte und die ihn am nächsten Tag mit Sicherheit zitieren würden – allen voran Cyril Rathbone –, nicht näher zu dem Thema äußern. In Wahrheit wußte Jules recht gut über den Fall Bescheid, und es war ihm bewußt, daß gewisse Dinge, die dem fraglichen Kandidaten vorgeworfen wurden, durchaus auch auf ihn zutrafen. Würde seine Beziehung zu Flo March bekannt, wäre es mehr als fraglich, ob der Senat seine

Nominierung für Brüssel bestätigte. Ein kalter Schauer überlief ihn. Er schaute über den Tisch hinweg seine schöne, elegante Frau an, und wieder einmal wurde ihm bewußt, wie sehr er sie brauchte. Jules, der sonst an Wein nur nippte, nahm einen großen Schluck von Caspers billigem Gesöff und schnitt eine Grimasse.
»Alle Prominenten haben ihre kleinen Geheimnisse«, meinte Pearl Silver, die dafür bekannt war, daß sie eine Unterhaltung in Gang halten konnte. »Sind Sie nicht auch dieser Meinung, Jules? Nicht einmal Roosevelt war da eine Ausnahme, und der saß immerhin im Rollstuhl. Er hatte was mit dieser Lucy Sowieso, die angeblich eine so gute Freundin von Eleanor war.«
»Ich glaube, jeder hat einen dunklen Fleck auf seiner Weste«, sagte Sylvia Lesky.
»Ich nicht«, tönte Casper Stieglitz, obwohl fast jeder der Anwesenden wußte, daß er bei Außenaufnahmen im Ausland wegen Drogenbesitzes festgenommen worden war und sein Boß Marty Lesky an höchster Stelle interveniert hatte, um zu verhindern, daß er dort ins Gefängnis kam.
»Dann sind Sie eine Ausnahme, Casper.« Pearl wechselte einen vielsagenden Blick mit Sylvia.
Stille breitete sich aus, und dann sprach plötzlich Philip Quennell, obwohl es üblich war, daß bei solchen Parties nur die wichtigen Personen das Gespräch bestritten und die anderen zuhörten. »Ich denke, daß alle Geheimnisse irgendwann einmal ans Licht kommen.« Er fixierte Jules, aber der hatte ihm gar nicht zugehört: Er unterhielt sich gerade mit Pepper Belcanto.
»Glauben Sie das wirklich?« fragte Pauline, die ebenfalls ihren Mann ansah.
Philip fuhr fort: »Aber für Leute in hohen Positionen und Leute, die eng mit diesen Leuten zu tun haben, findet sich immer eine Möglichkeit, ungestraft davonzukommen. Das ist eine Tatsache, ein Bestandteil der Macht.«
Unbehagliches Schweigen folgte, und Philip, der sich jetzt an die Allgemeinheit gewandt hatte, spürte den wütenden Blick, den Jules Mendelson ihm zuwarf, wie eine körperliche Berührung.

»Wer ist denn dieser Kerl?« fragte Arnie Zwillman mit kaum gedämpfter Stimme, wobei er sich an Adrienne Basquette vorbei zu Casper Stieglitz hinüberbeugte.
»Er hat ein Buch geschrieben«, sagte Casper als Erklärung zu Philips Person.
»Ist ja toll«, spottete Arnie.
Casper entschuldigte sich und ging hinaus. Philip bemerkte, daß Caspers häufige Gänge ins Badezimmer Wirkung zu zeigen begannen: Er aß fast nichts und putzte sich angeblich wegen einer Erkältung unentwegt die Nase. Joel Zircon, der während des ganzen Essens kein einziges Wort gesprochen hatte, folgte Casper hinaus, um auch eine Prise zu ergattern. Gespräche dieser Art waren im Hause Stieglitz nicht üblich. Es hatte eine Zeit gegeben, da war er in Filmkreisen eine bekannte Figur gewesen, aber es war schon einige Jahre her, daß er einen Streifen produziert hatte, der auch nur annähernd an die sensationellen Erfolge seiner früheren Werke herankam. Wegen seiner fragwürdigen Angewohnheiten lud man ihn schon lange nicht mehr ein und nahm Einladungen von ihm nicht an. Er aber schätzte längst seine Art von Gesprächen, die er in dem Jahr seit seiner Scheidung mit Ina Rae führte und mit den Leuten, die sie ihm ins Haus brachte.
Während des Essens hüllte Hortense Madden sich in feindseliges Schweigen. Der Abend war in dem Augenblick für sie gelaufen gewesen, als Cyril Rathbone ankam, den alle zu kennen schienen, wogegen keiner der Gäste etwas mit ihrem Namen anfangen konnte. Sie hatte gehofft, Pauline würde sie vielleicht als »interessant« einstufen und zu ihrer nächsten Party einladen, doch diese Hoffnung wurde zerstört, als Cyril Rathbone Pauline vor dem Dinner mit Beschlag belegte und damit verhinderte, daß sie sie überhaupt kennenlernte. Philip Quennell saß zwischen Hortense und Pauline, konzentrierte seine Aufmerksamkeit jedoch ganz auf letztere. Hortenses Versuche, mit Arnie Zwillman ins Gespräch zu kommen, der auf der anderen Seite neben ihr saß, wurden jeweils mit einem knappen Ja oder Nein abgeblockt, wonach er sich sofort wieder Adrienne Basquette zuwandte. Arnie Zwillman war nie bereit, Zeit mit Mädchen zu vergeuden, die nicht hübsch waren. Nachdem Casper hinausgegangen war, verlor die Un-

terhaltung ihren offiziellen Charakter, und Philip wandte sich an Hortense.
»Casper sagte mir, Sie seien die Literaturkritikerin des ›Mulholland‹«, begann er.
»Das bin ich«, bestätigte sie erfreut: Zum erstenmal an diesem Abend wußte jemand, wer sie war!
»Ihre Kritik meines Buches hat mich ziemlich gekränkt«, gestand er.
»Was für ein Buch war denn das?« fragte sie, obwohl sie es genau wußte.
»Es heißt ›Takeover‹«, erklärte Philip, »und es handelt von Reza Bulbenkian, dem Wall-Street-Mann.«
»Ach das, ja, ja«, sagte sie abfällig. »Nicht mein Geschmack.«
»Das habe ich gemerkt«, erwiderte Philip trocken. Dann fügte er hinzu: »Aber es war sehr erfolgreich.«
»Als ob das wichtig wäre!« Sie lachte, aber es klang eher wie ein Schnauben. »Das ist alles, was Autoren wie Sie interessiert, nicht wahr?«
»Legen Sie denn keinen Wert auf Bestätigung?«
»Natürlich nicht.«
»Oder auf Beifall.«
»Nein.« Sie schüttelte den Kopf. Irgendwie kam sie ihm bekannt vor.
Sie nahm seine Platzkarte zur Hand, als könne sie sich nicht an seinen Namen erinnern. Beim Lesen kniff sie die Augen zusammen und kräuselte die Lippen über ihren vorstehenden Zähnen.
»Verdienen Sie sich mit Schreiben Ihren Lebensunterhalt, Mr. Quennell?«
»Ja, das tue ich.«
»Hmmm.« Sie nickte.
Philip musterte sie scharf, und dann wußte er es plötzlich: »Sie haben ja noch einen Nebenjob.«
Sie sah ihn erschrocken an. »Was in aller Welt meinen Sie denn damit?«
»Wie Pearl Silver vorhin so richtig sagte: Alle bekannten Leute haben ihre kleinen Geheimnisse«, antwortete Philip.
»Ich habe keine Ahnung, wovon Sie sprechen.«
Philip begann leise zu singen, so leise, daß nicht einmal Pauline neben ihm es hören konnte.

»Du bist nicht meine erste Liebe, ich habe andere Männer gekannt, aber die haben mir alle nicht soviel bedeutet«, sang er leise.
Ihr Gesicht spiegelte blankes Entsetzen wider.
»Hortense Madden singt im ›Miss Garbo's‹ als Marvene McQueen! Hat Cyril Rathbone schon eine Kritik über ihre Darbietung geschrieben? Ich würde sie liebend gerne lesen!« Und er sang weiter, jetzt etwas lauter: »Du gehst jetzt besser, ich mag dich viel zu sehr, du gehst jetzt besser.«
»Was wollen Sie von mir?«
»Daß Sie ein Manuskript lesen.«
»Von Ihnen?«
»Nein, nicht von mir.«
»Von wem dann?«
»Das verrate ich Ihnen nicht: Ich möchte, daß Sie es lesen und mir dann sagen, wer es Ihrer Meinung nach geschrieben hat.«
»Was soll das? Ist das ein Spiel?«

Die Leskys gingen unmittelbar nach dem Essen mit der Erklärung, sie hätten sich den Film, den Casper für die Vorführung ausgesucht hatte, gerade am Abend vorher zu Hause angesehen. Pearl Silver klagte über Kopfschmerzen und schloß sich ihnen an. Dom Belcanto sagte, er und Pepper wollten in dieser Nacht noch nach Palm Springs zurückfahren. Und Amos Swank und seine neue Frau verschwanden ohne eine Entschuldigung und sogar ohne sich zu verabschieden.
Der Film war fünfzehn Minuten gelaufen, als Arnie Zwillman Jules in dem dunklen Vorführraum aufs Knie tippte, aufstand und hinausging.
»Wenn euch der Film nicht gefällt, kann ich einen anderen einlegen lassen«, bot Casper an.
»O nein, ich finde ihn herrlich«, protestierte Adrienne Basquette. »Die Kostüme sind phantastisch.«
»Der Streifen wird keinen müden Cent einspielen«, prophezeite Casper.
Einige Minuten, nachdem Arnie verschwunden war, flüsterte Jules Pauline ins Ohr: »Ich komme gleich zurück. Ich muß Sims Lord anrufen.«
Er stand auf, und für einen Augenblick blockierte er den

Lichtstrahl des Projektors, wobei sein massiger Schatten fast die gesamte Leinwand verdunkelte.
»Setzen!« rief Hortense Madden, die nicht länger von den Mendelsons beeindruckt war: Sie schienen ihren Namen nicht zu kennen und hatten beim Kaffee beide kein einziges Wort mir ihr gesprochen.
Pauline sah ihrem Mann nach. Sie verstand immer noch nicht, warum Jules darauf bestanden hatte, hierherzukommen – und noch dazu mir ihr. Irgendwie hing es wohl mit Arnie Zwillman zusammen, und zweifellos war er ihm jetzt nachgegangen. Sie begriff nicht, was die beiden Männer miteinander zu tun haben konnten. Sie hoffte nur, es habe nichts mit Kippie zu tun.
Cyril lehnte sich auf seinem Sitz hinter Pauline nach vorne und flüsterte ihr zu: »Ist sie nicht göttlich?« Er war ein Mann, der sich nicht so leicht geschlagen gab.
»Wer?« fragte Pauline nach hinten.
Cyril nannte den Namen der Schauspielerin auf der Leinwand, die wirklich ungewöhnlich schön war. Pauline nickte, ohne sich umzudrehen. Obwohl sie sich nie in die Geschäfte ihres Mannes mischte, hatte sie jetzt den Wunsch, ihn zu suchen.
»Sehen Sie diesen Typen da?« Caspers Frage bezog sich auf einen Mann, der gerade in Großaufnahme zu sehen war. »Er hat nacheinander sieben Flops gemacht. Jetzt bleibt ihm nur noch eine Rolle in einer Vorabendserie. Er hatte ein Verhältnis mit dem Regisseur.«

Als Jules vom Vorführraum im Garten ins Haus zurückkam, stand er einen Moment unschlüssig im Wohnzimmer. Die Aperitifgläser waren weggeräumt worden, aus der Küche hörte man die Leute vom Partyservice beim Abwaschen mit dem Geschirr klappern, und im Eßzimmer brummte ein Staubsauger.
»Mr. Zwillman hat mich gebeten, Ihnen auszurichten, er sei in der Bar«, sagte eine Stimme hinter ihm. Jules drehte sich um und sah sich dem Butler Willard gegenüber.
»Und wo ist die Bar?«
»Durch die Halle, erste Tür links«, gab Willard Auskunft.
»Danke.«
Der Gedanke, sich mit Arnie Zwillman unterhalten zu müs-

sen, mißfiel Jules entschieden, aber er ging dennoch in die angegebene Richtung und öffnete gleich darauf die Tür zur Bar. Arnie saß mit einem Drink in der Hand auf einem Sofa. Die beiden Männer sahen einander einen Augenblick lang schweigend an. Dann sagte Zwillman: »Machen Sie die Tür zu!« Jules schloß die Tür.
»Wollen Sie 'n Drink?« fragte Arnie.
»Nein, danke.«
»Doch, Sie müssen was trinken: Entspannt die Atmosphäre.«
»Ich trinke nie nach dem Essen«, erklärte Jules.
»Heute schon!« insistierte Zwillman. Er stand auf, mixte einen Scotch mit Soda und gab Jules das Glas. »Ist Ihre Frau immer so still, oder waren die Gäste unter ihrem Niveau?«
»Meine Frau fühlt sich heute abend nicht wohl«, antwortete Jules frostig.
»Weiß Sie, daß Ihr Großvater als Buchhalter für Al Capone gearbeitet und wegen Steuerhinterziehung gesessen hat?« fragte Arnie.
»Nein, das weiß sie nicht. Die Sache liegt fünfundfünfzig Jahre zurück und interessiert heute keinen mehr.«
»Kommen Sie mir jetzt bloß nicht mit Ihrem Oberklassengetue, Julie«, schnauzte Arnie.
»Ich heiße Jules«, korrigierte Jules eisig.
»Oh, ich bitte um Verzeihung, Jules«, sagte Arnie in gespielter Zerknirschung.
»Hören Sie, Zwillman, worum geht's? Als Brandstifter und Falschspieler sind Sie wohl kaum in der Position, sich als Moralapostel aufspielen zu können.« Jules' Stimme troff vor Verachtung.
Arnie fixierte ihn ruhig und fragte dann gelassen: »Weiß Ihre vornehme Frau von dem Mädchen mit dem gebrochenen Arm, das neunzehnhundertdreiundfünfzig im ›Roosevelt Hotel‹ in Chicago vom Balkon fiel?«
Jules erbleichte.
Arnie Zwillman lächelte bösartig. »Ich bin sicher, auch Ihr Freund, der Präsident, der sich mit der Absicht trägt, Sie nach Brüssel zu schicken, kennt diese pikante Geschichte nicht.«
Jules hatte das Gefühl, man habe ihm einen eisernen Ring um die Brust gelegt. Sein Herz klopfte wie ein Hammer, und er legte unwillkürlich die Hand darauf.

»Es war ein Unfall«, brachte er mühsam hervor.
»Setzen Sie sich!« befahl Arnie, als spräche er mit einem Domestiken. Jules ließ sich schweratmend in einen Sessel sinken und starrte Arnie Zwillman an.
»Nein, nein, hierher.« Arnie klopfte auf den Platz neben sich auf dem mit Cordsamt bezogenen Sofa. »Ich habe einen Polypen auf einem Stimmband und spreche nicht gern laut.«
Jules stand gehorsam auf und setzte sich neben ihn.
»Sie schleppen ein ganz schönes Gewicht mit sich rum, mein Guter«, konstatierte Arnie. »Wie alt sind Sie?«
»Kommen wir zur Sache!« sagte Jules.
»Also, wie alt? Siebenundfünfzig? Achtundfünfzig? Irgendwo in der Gegend. Sie müssen besser auf sich achten! Sehen Sie mich an! Ich bin in Ihrem Alter. Schauen Sie sich meinen Bauch an – flach wie ein Bügelbrett. Und wissen Sie, wieso? Ich esse Gemüse. Ich esse Obst. Ich gehe jeden Tag fünf Meilen spazieren. Ich lasse mich täglich massieren und sitze ebensooft im Dampfbad und in der Sauna. Da schwitzen Sie die verdammten Pfunde runter wie nichts. Sie müssen Ihr Fett loswerden, sonst macht noch Ihr Herz schlapp. Was meint denn Ihre Lady dazu? Stört es sie nicht?«
»Falls Mrs. Mendelson irgendwelche Klage hat, so hat sie sie jedenfalls bisher nicht geäußert«, erwiderte Jules steif.
»Ich meine nicht Mrs. Mendelson.«
Jules schwieg einen Moment, dann fragte er: »Aus welchem Grund sitzen wir eigentlich hier?«
»Ich bin ein Freund Ihres Sohnes.«
»Er ist mein Stiefsohn«, verbesserte ihn Jules.
»Ach ja, richtig: Stiefsohn. Der Junge hat mir auch immer wieder erklärt, Sie seien sein Stiefvater. Ihr Stiefsohn ist ein sehr schlimmer Junge, aber liebenswert, das muß man ihm lassen, ausgesprochen liebenswert. Er ist nicht gerade vom Ehrgeiz besessen, aber mit einem so reichen Stiefvater hat er das ja wohl auch nicht nötig.«
»Da liegen Sie völlig falsch.« Jules schüttelte energisch den Kopf.
»Vielleicht hat er nicht direkt von Ihnen etwas zu erwarten, aber doch indirekt über seine Mutter, vorausgesetzt, Sie fahren als erster in die Grube, was nicht unwahrscheinlich ist«, sagte Arnie.

Der Gedanke, eines Tages sterben zu müssen, entsetzte Jules. Er war ein überaus erfolgreicher Mann und hatte große Pläne, sein Vermögen und seine Macht noch zu vergrößern. Und die Krönung seines Lebens, seine Berufung nach Brüssel, stand unmittelbar bevor.

»Es war nett von Kippie, unser Zusammentreffen hier zu arrangieren«, sagte Zwillman. »Es ist nicht gerade leicht, Sie ans Telefon zu bekommen.«

»Es ist mir ein Rätsel, woher mein Stiefsohn Sie überhaupt kennt.«

»Oh, Kippie gerät von Zeit zu Zeit in kleinere Schwierigkeiten, wie Sie sicher wissen, und wenn er sich nicht an seinen berühmten Stiefvater oder seine vornehme Mama wenden kann, dann bittet er mich um Hilfe«, erklärte Arnie. »Eines Tages wird es ein böses Ende nehmen mit ihm – das ist Ihnen auch klar, oder?«

Diese düstere Voraussage hörte Jules nicht zum erstenmal: Direktoren verschiedener teurer Internate hatten dasselbe prophezeit, nachdem sie Kippie von ihrer Schule verwiesen hatten. »Ich denke, das Vorgeplänkel ist jetzt zu Ende, Zwillman. Warum sitze ich hier und unterhalte mich mit Ihnen im Haus dieses Kokain schnupfenden Casper Stieglitz, den ich noch nie vorher gesehen habe?« fragte Jules.

»Ich erkläre es Ihnen sofort«, antwortete Arnie. »Ich möchte über eine kleine Geldwaschaktion verhandeln. Schließlich werden Sie in Brüssel die besten Möglichkeiten dafür haben. Was hielten Sie davon, mit mir in die Geldwäscherei einzusteigen, Jules?«

»Ein hübsches Mädchen, finden Sie nicht?« erkundigte Pauline sich nach Philip Quennells Meinung über die Schauspielerin, die eben auf der Leinwand zu sehen war. Casper, der gerade wieder einmal aus dem Badezimmer zurückkam, hörte ihre Bemerkung.

»Sie ist ein kesser Vater«, erklärte er und setzte sich in die Reihe hinter Pauline in die Nähe des Mikrophons, mit dem er dem Filmvorführer Anweisungen geben konnte.

»O nein, das kann ich nicht glauben!« Pauline schüttelte heftig den Kopf.

»Stimmt aber«, beharrte Casper. »Hat die Mösen von halb Kalifornien ausgeschleckt.«
Pauline war so schockiert, daß ihr die Worte für eine Entgegnung fehlten. Sie starrte vor sich hin und fragte sich, wo Jules so lange blieb. Vielleicht war er schon nach Hause gefahren. Sie wußte aus Erfahrung, daß er zu ruhelos war, um ein Theaterstück oder einen Film wirklich genießen zu können. Sie wandte ihr Gesicht Philip zu, der bemerkt hatte, wie sehr Caspers ordinäre Äußerung sie entsetzt hatte, und sie aufmunternd anlächelte. Mühsam brachte sie ein Lächeln als Antwort zustande und erhob sich. Wie vorher Jules stand jetzt sie im Lichtstrahl des Projektors und warf einen Schatten auf die Leinwand.
»Müssen Sie auf die Toilette, Pauline?« dröhnte Casper.
»Wo ist mein Mann?« war die Gegenfrage.
»Drüben im Haus. Er unterhält sich mit Arnie Zwillman.«
»Wie komme ich da hin?«
Aus der Dunkelheit tauchte plötzlich Willard auf. »Ich bringe Sie hinüber, Mrs. Mendelson«, erbot er sich.
»Gefällt Ihnen der Film nicht, Pauline?« fragte der Gastgeber. Er rief dem Vorführer über das Mikrophon zu: »Was haben Sie sonst noch auf der Pfanne, Bernie?«
»*Mir* gefällt der Film, Casper«, sagte Hortense Madden provozierend.
Pauline gab keine Antwort. Philip Quennell stand ebenfalls auf. »Alles in Ordnung?«
»Natürlich, Philip. Danke. Setzen Sie sich wieder! Ich will nur Jules suchen«, erklärte sie leise. Sie nahm die Hand, die Willard ihr hinstreckte, und ließ sich durch den dunklen Raum zur Tür führen.
»Vorsicht, da ist eine Stufe«, warnte Willard sie.
Draußen blieb Pauline kurz stehen und sog tief die frische Nachtluft ein.
»Es tut mir leid, Mrs. Mendelson – die Bemerkung von Mr. Stieglitz, meine ich«, sagte der Butler.
»Ich habe noch nie im Leben eine solche Ausdrucksweise gehört!«
»Er ist immer ein bißchen überdreht, wenn er zuviel erwischt«, versuchte Willard den Fauxpas seines Herrn zu entschuldigen.

Pauline schaute ihn an. Sie war sich nicht sicher, ob er tatsächlich das meinte, was sie seinen Worten entnahm, aber sie beschloß, ihn nicht zu fragen: Sie war in einem Haus mit Dienstboten aufgewachsen und hatte gelernt, eine gewisse Distanz zum Personal zu wahren. »Sehen Sie sich diese Rosen an«, sagte sie statt dessen. »Sie müßten dringend beschnitten werden – und öfter gegossen. Dieser Garten ist eine Schande.«

»Mr. Stieglitz läßt alles verkommen, seit seine Frau ausgezogen ist«, bedauerte Willard.

»Sogar sich selbst, wie es scheint«, antwortete Pauline sarkastisch.

»Kommen Sie, wir gehen hier am Pool entlang. Seien Sie vorsichtig, einige Außenlampen sind ausgefallen! Letzte Woche ist ein Gast böse gestürzt.«

»Ich hoffe nicht, daß mir das auch passiert.« Vorsichtshalber hielt sie sich an Willards Arm fest.

»Ich kenne Ihr Haus, Mrs. Mendelson«, eröffnete Willard ihr überraschend.

»Ach, wirklich?«

»Früher hieß es das Stern-Haus.«

»Ja, wir haben es von Mr. von Stern gekauft.«

»Kaum jemand weiß, daß er es für Carole Lupescu gebaut hat, den Stummfilmstar, wissen Sie. Und sie hat sich dort auch umgebracht.«

»Das wußte ich nicht.«

»Sie hat sich in der Garage in ihren Duesenberg gesetzt und den Motor laufen lassen.«

»Ich verstehe.«

»Die Häuser von Filmschauspielern faszinieren mich: Ich kenne die Geschichte von jedem in dieser Stadt.«

»Unser Haus hat heute nicht mehr viel Ähnlichkeit mit dem, das wir damals kauften.«

»Ich weiß: Ich habe gehört, Sie haben es total umgebaut und die Wohnfläche verdoppelt.«

»Sie wissen wirklich gut Bescheid.«

Als sie sich der Terrasse näherten, sagte Willard unvermittelt: »Hector Paradiso war ein Freund von mir.« Wäre Hector noch am Leben gewesen, hätte er das weit von sich gewiesen, aber

so blieb Willards Behauptung unwidersprochen. »Ich habe Sie bei der Gedenkmesse gesehen«, fuhr er fort.
»Es war schrecklich traurig«, erinnerte sich Pauline. Sie hatten die Terrasse erreicht. »Jetzt weiß ich allein weiter. Hier bin ich auch herausgekommen, nicht wahr?«
»Mrs. Mendelson, Hector hat sich nicht selbst umgebracht. Das wissen Sie auch, nicht wahr?«
Sie sah ihn an. »Nein, das weiß ich *nicht*. Laut Autopsiebericht war es Selbstmord.« Noch während sie sprach, fragte sie sich, warum sie sich verpflichtet fühlte, das ausgerechnet dem Butler von Casper Stieglitz zu erklären. Es mußte daran liegen, daß er freundlich zu ihr gewesen war und offenbar ernstmeinte, was er sagte.
»Bitte, hören Sie mir zu«, drängte er. »Ein zwielichtiger Bursche namens Lonny Edge hat Hector getötet. Glauben Sie mir, Mrs. Mendelson! Ich sage Ihnen das, weil Sie so gut mit Hector befreundet waren.«
Pauline wußte nicht, was sie antworten sollte. Sie hatte nie verstanden, warum ihr Mann Hectors Tod unbedingt als Selbstmord hinstellen wollte, aber die wahren Umstände kannte sie nicht. Sie wurde einer Erwiderung enthoben, als plötzlich lautes Gelächter die Stille der Nacht unterbrach: Drei junge Leute, zwei Frauen und ein Mann, kamen leicht schwankend um die Hausecke auf den Pool zu.
»Und um Gottes willen, fahr ihm nicht mit der Hand durch die Haare! Er trägt ein Toupet und denkt, wir hätten es noch nicht bemerkt«, sagte eines der Mädchen, und die drei schüttelten sich vor Lachen.
Willard rief überflüssigerweise: »Wer ist da?«
»Hallo, Willard. Wir sind's, Ina Rae, Darlene und Lonny«, rief Ina Rae zurück.
»Guter Gott!« Der Butler warf Pauline einen unbehaglichen Blick zu. »Sie sind früh dran, Ina Rae, die Filmvorführung dauert noch. Gehen Sie durch den Kücheneingang hinein!«
»Gibt's was zu trinken, Willard?«
»Fragen Sie in der Küche.« Er wandte sich an Pauline, die das Trio wie gebannt anstarrte. »Die nächste Schicht«, erklärte er lapidar.
»Hat sie gesagt, der junge Mann heiße Lonny?« fragte Pauline.

»Ja.«
»Ist das der Lonny, den Sie gerade erwähnt haben?«
Willard nickte und öffnete die Tür.
»In diesem Haus ist ja allerhand los«, konstatierte Pauline und trat vor dem Butler ins Haus. »Wo kann ich meinen Mann finden?«
»In der Bar – mit Mr. Zwillman.«
»Zeigen Sie mir den Weg?«
»Hier entlang, bitte.«
Pauline schaute ihn so forschend an, als wolle sie sich sein Gesicht einprägen, und öffnete dann, ohne anzuklopfen, die Tür zur Bar. Jules und Arnie Zwillman saßen in ernstem Gespräch miteinander auf dem Sofa. Beide Männer hatten ein Glas in der Hand, und die Luft war schwer von Zigarrenrauch. Als sie Pauline sahen, unterbrachen sie überrascht ihre Unterhaltung. Sie fragte sich, wie eng die Beziehung der beiden wohl sein mochte. Jules hatten den Gesichtsausdruck, den sie sonst bei ihm sah, wenn er sich mit seinen Freunden aus der Hochfinanz unterhielt.
»Jules, ich möchte nach Hause.« Sie blieb in der Tür stehen.
Er warf einen Blick auf seine Uhr. »Ist der Film schon zu Ende?«
»Für mich, ja.«
»Stimmt etwas nicht, Pauline?«
»Ich habe entsetzliche Kopfschmerzen und will sofort nach Hause – mit dir oder ohne dich.«
»Hast du Mr. Zwillman schon kennenge...«
»Ja, das habe ich«, unterbrach seine Frau ihn. »Kommst du?«
Damit drehte sie sich auf dem Absatz um und ging hinaus.

»He, Willard!« rief Ina Rae aus Caspers Schlafzimmer, wo sie sich mit Darlene und Lonny bei Joints und Margaritas die Zeit vertrieb, bis Caspers vornehmen Freunde endlich gingen und die Orgie beginnen konnte. »Kommen Sie doch mal her!«
Willard war gerade in der Küche und bezahlte die Leute vom Partyservice, wobei er reklamierte, daß einer der schwarzen Teller zu Bruch gegangen war.
»Was ist los, Ina Rae?« fragte er, als er schließlich in der Tür erschien: Je eher sie begriff, daß er nicht sofort alles stehen und liegen ließ, wenn sie rief, desto besser.

»Mein Freund Lonny möchte, daß Sie etwas für ihn tun.«
Der Butler musterte Lonny, der Jackett und Jeans ausgezogen hatte und mit einem Joint im Mundwinkel in einem schwarzen Suspensorium und T-Shirt auf Caspers Bett saß.
»Sie kommen mir irgendwie bekannt vor, Willard«, sagte Lonny.
»Ich war in der Nacht im ›Miss Garbo's‹, als Sie mit Hector weggingen«, erklärte der Butler.
»In der Nacht war anscheinend die ganze verdammte Welt dort. Der arme Hector! Wer hätte gedacht, daß er sich voll Blei pumpen würde?«
Einen Augenblick starrten die beiden Männer einander unverwandt an. »Sie wollten etwas von mir?«
»Richtig. Ist Mr. Quennell drüben bei der Filmvorführung?«
»Ja«, antwortete Willard überrascht.
»Wenn er rauskommt, dann geben Sie ihm das hier, okay?«
Lonny hielt ihm einen großen Umschlag hin, auf dem in ungelenken Buchstaben MR. P. QUINEL – PERSÖNLICH stand und darunter FOTOKOPIEN.
»Schreiben Sie Ihre Memoiren, Lonny?« fragte der Butler spöttisch. »Falls es so ist, sollten Sie einen Rechtschreibkurs absolvieren.«
»Geben Sie ihm das, Sie Arschloch, und verschonen Sie mich mit Ihrer Klugscheißerei! *Okay?*« Während er sprach, ließ Lonny, ohne den Blick von Willard zu lösen, seine Hand über Darlenes Knie an der Innenseite ihres Oberschenkels hinaufgleiten.
»Hören Sie, Sie billiger Stricher, unterstehen Sie sich nicht, sich nachher mit den teuren Handtüchern abzuwischen, *okay?*«
»Ich kenne mich aus«, beruhigte ihn Ina Rae. »Ich weiß, wo die billigen Handtücher sind. Wann ist denn dieser blöde Film aus, Mann? Wenn es noch lange dauert, fangen wir ohne Casper an: Lonny ist schon ganz scharf.«

Der Bentley stand vor dem Haus im Hof. Jules öffnete Pauline die Beifahrertür, ließ sie einsteigen, schloß die Tür hinter ihr, ging um den Wagen herum und schob sich hinter das Lenkrad. Schweigend legten sie die Sicherheitsgurte an. Beim Zurück-

stoßen krachte der Wagen in die Fahrerseite eines alten Honda.
»Großer Gott!« Jules öffnete die Tür und streckte den Kopf hinaus. »Ich muß reingehen und dem Butler Bescheid sagen.«
»Nein, das mußt du nicht.«
»Vielleicht ist es Zwillmans Wagen.«
»Dieses schäbige Ding? Dem gehört doch eher der goldene Rolls da drüben. Du kannst morgen anrufen. Es ist ja nur eine Delle.«
»Eine Neunhundert-Dollar-Delle, schätze ich.«
»Die Reparatur wirst du dir gerade noch leisten können. Fahr jetzt! Ich will hier weg.«
Gehorsam setzte er den Wagen in Bewegung. Am Mountain Drive übersah er eine rote Ampel.
»Bist du betrunken?« fragte Pauline.
»Ein bißchen, ja«, antwortete Jules.
»Du fährst ziemlich riskant.«
»Willst *du* ans Steuer?«
»Ja, das wäre mir lieber.«
Er hielt am Straßenrand, stellte die Schaltung auf Leerlauf, löste seinen Gurt, stieg aus und ging sehr langsam zur anderen Wagenseite hinüber. Pauline öffnete ihren Sicherheitsgurt und rutschte auf den Fahrersitz hinüber. Jules stieg ein, beide schnallten sich wieder an, Pauline stellte die Automatik wieder auf Fahrt und fuhr den Mountain Drive in Richtung Sunset Boulevard hinunter.
»Zwillman«, sagte Jules, als der Wagen vor einer Ampel auf dem Sunset Boulevard halten mußte.
»Was ist mit ihm?«
»Du weißt, daß ich nach dem Abendessen nie trinke, aber er nötigte mir drei Drinks auf.«
»Du hättest sie ja nicht trinken müssen.«
»Ich weiß.«
»War Mr. Zwillman der Grund, daß wir zu dieser entsetzlichen Party gingen?«
»Ja.«
»Damit du einmal, wenn die Polizei dich mal fragen sollte, wie du ihn kennengelernt hast, sagen kannst: ›Ich wurde ihm auf einer Party im Haus des Filmproduzenten Casper Stieglitz

vorgestellt. Es war eine Abendesseneinladung mit anschließender Filmvorführung. Meine Frau war auch dabei. Mr. Zwillman war einer der Gäste, ebenso wie Marty Lesky, der Boß von Colossus Pictures und seine Frau Sylvia‹, und so weiter?«

»Du bist wirklich äußerst scharfsichtig, Pauline. Zwillman wußte, wir würden niemals sein Haus betreten, und niemand außer diesem Kokain schnupfenden Casper Stieglitz, der seinerseits nirgends mehr eingeladen wird, würde ihn je in sein Haus bitten: Er wird von allen wie ein Aussätziger gemieden.«

»Und trotzdem schleppst du mich in das Haus dieses Kokain schnupfenden Aussätzigen, um dich mit einem Gangster zu treffen. Das wird sich in Cyril Rathbones Kolumne prächtig machen. Ich bin neugierig, ob er auch Ina Rae, Darlene und Lonny erwähnen wird.«

»Wen?«

»Die Spätschicht kam gerade, als ich ging.«

»Mein Gott!« sagte Jules.

»Und was wollte Mr. Zwillman nun von dir? Irgendeinen streng geheimen Börsentip?«

»Es hatte mit Brüssel zu tun«, erklärte Jules vage.

Pauline lachte. »Welches Interesse kann Mr. Arnie Zwillman, der das ›Vegas Seraglio‹ niederbrannte, um die Versicherungssumme zu kassieren, an der Einigung Europas haben?«

»Es ging weniger um die Einigung Europas als um die Rolle, die ich als Repräsentant der Vereinigten Staaten dabei spielen werde«, antwortete Jules.

»Laß dir doch nicht jeden Satz aus der Nase ziehen, und komm möglichst bald zur Sache!« Pauline bog in den Benedict Canyon ab, fuhr bis zum Angelo Drive, wo sie nach links einbog und sicher die hügelaufwärts führenden Haarnadelkurven hinter sich brachte, die Ortsfremden nachts zu gefährlich waren. Es kam nur sehr selten vor, daß Pauline chauffierte, und obwohl er angetrunken war, registrierte er mit Bewunderung ihre souveräne Fahrweise.

»Mr. Zwillman ist offenbar im Drogengeschäft und hat immense Geldsummen, die ich auf dem europäischen Gemeinschaftsmarkt in Umlauf bringen soll, um seine Operationen zu verschleiern.«

Jules hickste.
»Und wie kam er darauf, daß du darauf eingehen würdest?«
»Er hat mir gedroht.«
»Womit?«
Jules schaute aus dem Fenster und schwieg.
Sie wandte ihm ihr Gesicht zu. »Was hast du ihm geantwortet?«
»Er solle sich zum Teufel scheren.«
»Als ich hereinkam, schien es mir aber nicht, als hättest du ihm eine so drastische Empfehlung gegeben«, bemerkte Pauline spöttisch. »Ganz und gar nicht.«
Wieder antwortete Jules nicht.
»Wirst du die Sache der Polizei oder dem FBI oder der CIA oder dem Präsidenten oder sonst jemandem mitteilen?« fragte sie.
Sie sahen einander an. »Nein«, erwiderte Jules.
»Vor vielen Jahren, als wir frisch verheiratet waren, erzähltest du mir, daß du in der Vergangenheit mal in einen Schlamassel geraten seist, wie du es ausdrücktest...«
»Darüber will ich nicht sprechen«, erklärte Jules entschieden.
»Du vertraust mir nicht, Jules – nach zweiundzwanzig Jahren Ehe?«
»Ich vertraue dir absolut, Pauline. Aber ich will nicht darüber sprechen.«
»Dann sage mir wenigstens eins: Weiß Arnie Zwillman über diese Sache Bescheid, über die du nicht sprechen willst?«
Wieder starrte Jules schweigend aus dem Fenster.
»Vielleicht handelte er im Auftrag und das Gespräch wurde abgehört«, meinte Pauline.
Jules sah sie überrascht an. »Auf die Idee bin ich überhaupt nicht gekommen.«
Sie fuhren einige Minuten in Schweigen dahin. Schließlich fragte Pauline: »Ist dir schon aufgefallen, daß unsere sogenannte perfekte Ehe am Zerbrechen ist?«
»Ja.«
»Und? Kümmert dich das?«
»Selbstverständlich tut es das! Ich finde es schrecklich. Was können wir tun?«
»*Ich* bin nicht diejenige, die ein Verhältnis hat.« Pauline

lenkte den Wagen scharf nach rechts und hielt vor dem geschlossenen Tor von Clouds. Sie drückte auf den Knopf, der das Fenster herunterließ, streckte die Hand aus und tippte einen siebenstelligen Code in das Schloß, das in die rote Ziegelwand neben der Einfahrt eingelassen war. Langsam schwangen die eindrucksvollen Torflügel auf.

Jules, der sie beobachtet hatte, sagte: »Du bist eine erstaunlich tüchtige Frau, Pauline.« Vom Haus oben auf dem Hügel hörte man wildes Hundegebell.

Sie schaute ihn an. »Ich weiß«, erwiderte sie und ließ den Wagen anrollen. Hinter ihnen schloß sich das Tor wieder. Als sie in den kopfsteingepflasterten Hof einfuhren, umringten die Schäferhunde wütend kläffend den Bentley.

Jules öffnete seine Tür. »*Okay,* Jungs, *okay!* Schluß jetzt! Schluß! Smitty? Sind Sie da, Smitty?« rief er nach dem Wächter.

»Hier, Mr. Mendelson.«

»Rufen Sie doch bitte die Hunde zurück!«

»Schön ruhig, Jungs, ganz ruhig jetzt! Ich mache Ihnen die Tür auf, Mrs. Mendelson. Hoffentlich hatten Sie einen schönen Abend.«

»Danke, ja, das hatten wir, Smitty.« Ihr Vater hatte seine drei Töchter gelehrt, vor dem Personal grundsätzlich das Gesicht zu wahren, gleichgültig, wie schlecht es ihnen auch gehen mochte.

»Fahren Sie den Wagen weg, Smitty?« bat Jules.

»Natürlich.«

In der Eingangshalle steuerte Pauline sofort auf die Treppe zu und legte die Hand auf das Geländer. Jules, der dicht hinter ihr war, streckte die Hand aus und legte sie auf ihre. »Vielleicht könnten wir morgen miteinander frühstücken«, meinte er. Dieser Vorschlag war höchst ungewöhnlich, denn normalerweise hatte Jules das Haus schon einige Stunden verlassen, ehe Pauline nach Blondell klingelte, damit ihr das Frühstück serviert wurde.

»Ich wollte eigentlich ausschlafen«, antwortete Pauline und zog ihre Hand weg. Sie ging langsam die Treppe hinauf. Eines der sechs Monet-Gemälde an der Wand des Aufgangs schien ihr eine Idee schief zu hängen, und sie blieb stehen, um es geradezurücken.

»Das kannst du ja trotzdem tun«, sagte Jules. »Ich werde auf dich warten.«
Sie drehte sich halb um und schaute auf ihn hinunter. Sie wußten beide, daß es höchste Zeit für ein Gespräch war. Dann erklärte sie unvermittelt – und es war der erste von mehreren einsamen Entschlüssen, die sie im kommenden Jahr treffen sollte, um ihre Autorität im Haus zu manifestieren: »Ich bin nicht bereit, die Monets dem Carnegie Museum in Pittsburgh für die Ausstellung zu leihen.«
»Aber wir haben es versprochen«, wandte Jules ein. »Ich bin sicher, sie haben ihren Katalog bereits drucken lassen.«
»Das ist mir gleichgültig. Ich werde die Bilder nicht aus dem Haus geben. Ich will sie hier haben, wenn die Leute vom Gartenclub kommen.«
Jules hob die Augenbrauen. »In Ordnung«, gab er nach. Ihre Entscheidung ärgerte ihn, denn er nahm seine Verpflichtungen gegenüber der Kunstwelt sehr ernst, aber als erfahrener Geschäftsmann wußte er, wann er eine Konzession machen mußte. Und während er noch zu ihr hinaufsah, zerbrach er sich bereits den Kopf darüber, welche Ausrede er dem Kurator des Museums am nächsten Morgen servieren konnte.
Pauline fiel zum erstenmal auf, daß ihr Mann allmählich alt wurde.

Schließlich verabschiedeten sich auch noch die wenigen Gäste, die den Film bis zum Schluß durchgehalten hatten. Casper, der heilfroh war, sie endlich los zu sein, machte sich nicht die Mühe, sie zum Parkplatz hinauszubegleiten, sondern steuerte sofort auf das Schlafzimmer zu, in dem Ina Rae, Darlene und Lonny auf ihn warteten.
Philip Quennell öffnete die Tür seines Mietwagens und bemerkte überrascht den großen Umschlag auf dem Fahrersitz. Er hob das Kuvert auf, las seinen falsch geschriebenen Namen und wußte augenblicklich, von wem es stammte.
»He! Irgend jemand hat mir eine Delle ins Auto gefahren!« kreischte Hortense Madden, als sie bei ihrem Honda ankam. »Ich wette, das war dieser Arschkriecher Cyril Rathbone. Kaum war Pauline Mendelson weg, war er wie der Blitz ver-

schwunden. Er ist genau der Typ, der einem reinfährt und dann einfach abhaut. Na, den werde ich mir morgen kaufen!« Philip warf die Autotür wieder zu und ging zu Hortense hinüber. Das Kuvert nahm er mit. »Ziemlich häßliche Delle«, bemerkte er. »Ob sich die Tür noch öffnen läßt?«

»Mal sehen.« Es ging.

»Könnte schlimmer sein«, fand Philip.

»Dieser Cyril ist ein Arsch!« Hortense zitterte vor Wut. »Pauline, wie wundervoll!« ahmte sie Rathbones überschwenglichen Tonfall nach.

»Ich kann es Ihnen nicht verdenken, daß Sie aufgebracht sind, und es ist wahrscheinlich nicht gerade der passende Moment, aber hier habe ich das Manuskript, von dem ich Ihnen beim Essen erzählte«, sagte Philip.

»Und was soll ich damit?«

»Lesen Sie es bitte, und sagen Sie mir, von wem es Ihrer Meinung nach geschrieben wurde. Würden Sie mich dann anrufen? Ich wohne im ›Château Marmont‹.«

Aus Flos Tonbandaufzeichnungen

Viele Leute dachten, ich ginge nur zu Pooky, weil er Pauline Mendelsons Friseur war, aber das stimmt nicht. So was würde ich nie machen. Ich kannte Pooky noch aus meiner Zeit im »Viceroy Coffee Shop«. Er war ein Stammgast, kam jeden Morgen und bestellte Saft, Weizenvollkorntoast und Tee. Nie was anderes. Eines Tages sagte er zu mir: »Rhonda«, damals nannte ich mich noch Rhonda, »Sie haben wirklich schönes Haar, aber die Frisur ist falsch. Kommen Sie zu mir, und ich werde Ihnen eine andere machen.« Ich konnte es gar nicht fassen. Ich meine, Pooky stand immer wieder in den Zeitungen, sie schrieben, welche berühmten Leute er frisierte – Faye Converse zum Beispiel, Sylvia Lesky und Pauline Mendelson. Ich sagte: »Machen Sie Witze? Das könnte ich mir nie leisten.« Und er sagte: »Ich mache es gratis.« Na, da ging ich natürlich hin. Seit damals habe ich immer die gleiche Frisur – und das war, bevor ich Jules Mendelson kennenlernte. Später, als ich mit Jules schlief und vornehme Kleider trug, den Mercedes fuhr und in Beverly Hills wohnte, bezahlte ich dann denselben Preis wie die High-Society-Ladies und die Filmstars. Pooky hat sich bestimmt gewundert, woher ich plötzlich soviel Geld hatte, aber er sprach mich nie darauf an. Aber ich weiß, daß er sich für mich freute, daß sich mein Leben offenbar zum Guten gewendet hatte. Er frisierte Pauline Mendelson immer bei ihr zu Hause. Ich habe das Haus nur einmal gesehen, und ich war nie im ersten Stock, aber ich weiß, daß sie sich einen regelrechten Schönheitssalon neben ihrem Ankleidezimmer eingerichtet hatte, weil sie nicht gerne zu Pooky ins Geschäft hinunterfuhr. Aber eines Tages, als ich auch gerade dort war, kam sie plötzlich rein. Ich wäre am liebsten im Erdboden versunken. Sie sagte, sie wolle ihren Vater an der Ostküste besuchen und müsse sich vorher noch schnell frisieren lassen. Und ich hatte den »Mulholland« in der Hand und las gerade einen Bericht über sie in Cyril Rathbones Kolumne. Das war das erste Mal, daß ich das Gefühl hatte, Pooky könne einen Verdacht haben, was Jules und mich anging, denn er zog schnell den Vorhang meiner Kabine zu, als wolle er nicht, daß sie mich sah, und ging hinaus, um mit ihr zu sprechen. Als er zurückkam, erwähnte er sie mit keinem Wort.

15. Kapitel

»Dudley, bitte werfen Sie die Pfingstrosen weg, die hier auf dem Tisch im Flur stehen, es liegen überall Blütenblätter herum«, rief Pauline am nächsten Morgen von oben.
»Sofort, Mrs. Mendelson.« Diensteifrig stürzte Dudley die Stufen hinauf.
Er liebte seinen Arbeitsplatz im Haus der illustren Mendelsons und wünschte sich von Herzen, daß alles so bliebe wie bisher. Es war bei den Dienstboten der feineren Häuser der Stadt allgemein bekannt, daß Dudley bei weitem den besten Lohn bekam – eine Tatsache, die ihn in Domestikenkreisen zu einer Art Berühmtheit machte. Zu den häufigen Parties auf Clouds erschienen die berühmtesten und vornehmsten Persönlichkeiten des Landes, und Dudley genoß es, von vielen mit Namen angesprochen zu werden, vor allem von ehemaligen Präsidenten, die regelmäßig zu Gast waren. Es war ein Maßstab für die Wertschätzung, die Jules Mendelson ihm entgegenbrachte, daß er, und nur er, van Goghs »Weiße Rosen« abstauben durfte, das am meisten geliebte Kunstwerk der beachtlichen Sammlung.
Als Pauline herunterkam, um mit Jules zu frühstücken, war sie bereits im Reisekostüm. Ihr Nerzmantel, den sie nur an der Ostküste trug, lag über einem vergoldeten Stuhl in der Eingangshalle. Das Format der beiden Taschen, die Dudley heruntergebracht hatte, ließ darauf schließen, daß sie nur eine kurze Reise plante. Sie hielt eine Liste mit Anweisungen für das Personal in der Hand.

»Dudley, ich habe vergessen, Blondell zu sagen, daß die Kleenex in Mr. Mendelsons Bad grundsätzlich weiß zu sein haben, unter keinen Umständen rosa. Sorgen Sie dafür, daß sie sie auswechselt!«

»Natürlich, Mrs. Mendelson.« Dudley nickte.

Jules hörte Pauline und kam aus der Bibliothek, wo er mit seinen verschiedenen Niederlassungen telefoniert hatte, während er auf sie wartete. In der Hand hielt er die unvermeidliche Kaffeetasse. »Wo fährst du denn hin?« fragte er überrascht, als er die Reisetaschen und das Tweedkostüm, das sie anhatte, bemerkte. Er hatte erwartet, sie in einem der fließenden Hauskleider zu sehen, die sie morgens für gewöhnlich trug.

»Ich möchte meinen Vater besuchen«, erklärte sie.

»Ist er krank?«

»Nicht kränker als sonst, aber ich habe ihn seit Monaten nicht gesehen.«

Am Abend zuvor hatte sie diesen Plan mit keinem Wort erwähnt.

»Wann hast du dich dazu entschlossen?«

»Heute nacht.«

Er drehte sich um und ging zurück zur Bibliothek. »Ich werde mich darum kümmern, daß du das Flugzeug bekommst«, sagte er.

»Nicht nötig, Miss Maple hat schon alles arrangiert. Ich fliege nach Bangor, und die Maschine kommt sofort zurück, damit du heute abend nicht das Meeting im Museum in Fort Worth versäumst.«

»Du bist sehr tüchtig, Pauline.«

»Das hast du mir vor ein paar Stunden schon einmal gesagt.«

»Hast du schon gefrühstückt?«

»Nein, natürlich nicht: Ich dachte, wir wollten gemeinsam frühstücken.«

Ihr nüchterner Tonfall irritierte Jules. Er war sie ganz anders gewöhnt – liebevoll und nachgiebig –, und ihre Kälte verunsicherte ihn. Sie ging vor ihm her den Flur entlang und trat in den Frühstücksraum, den sie noch nie vorher gemeinsam benutzt hatten, da der Ablauf ihres Tagesbeginns, wie sich herausstellte, so grundverschieden war. Pauline musterte den

Tisch und nickte zufrieden: Ihre Instruktionen, die sie noch in der Nacht für Blondell aufgeschrieben hatte, waren gewissenhaft ausgeführt worden. Eine Porthault-Tischdecke war aufgelegt worden, und neben den beiden Gedecken von Paulines Lieblingsservice mit dem Sonnenaufgangsmuster lagen die passenden Servietten. In der Mitte des Tisches leuchteten in einer niedrigen Vase frisch geschnittene Rosen aus dem Garten. Die Morgenzeitungen aus New York und Los Angeles waren auf einem Beistelltisch ordentlich aufeinandergestapelt worden. Auch jetzt, da ihr Leben aus den Fugen zu geraten drohte, übersah Pauline bei der Haushaltsführung nicht die kleinste Einzelheit.

Jules schaute sie aufmerksam an. »Es sieht sehr hübsch aus.«

»Ja, nicht wahr?«

Dudley, der eine scharfe Beobachtungsgabe besaß, hatte das unübliche gemeinsame Frühstück seiner Herrschaft mit Befremden registriert. Ernsten Gesichts trat er mit einem Tablett ins Zimmer, auf dem zwei Silberkannen standen, und goß Pauline Tee und Jules Kaffee ein.

»Danke, Dudley«, sagte Pauline. »Ich nehme nur Melone und eine Scheibe Toast. Sagen Sie Gertie, sie soll das Vollkornbrot dafür nehmen. Was Mr. Mendelson haben möchte, wissen Sie ja sicher.«

»Ja, Ma'am.« Dudley nickte.

»Lassen Sie die Kanne hier, Dudley!« Jules klopfte mit den Fingerknöcheln neben seiner Tasse auf den Tisch. »Ich gieße mir dann selbst nach.«

»Trinkst du immer noch sechs Tassen Kaffee zum Frühstück?« fragte Pauline.

»So ungefähr.«

»Das kann deinem Herzen kaum guttun.«

»Meinem Herzen? In den letzten Tagen haben es alle mit meinem Herzen.« Jules war sichtlich gereizt.

»Wer sind ›alle‹?« fragte Pauline.

»Zum Beispiel Arnie Zwillman gestern abend.«

»Oh.« Es gelang ihr, ihren ganzen Abscheu in dieses eine kleine Wort zu legen, und sie wedelte mit den Händen durch die Luft, als habe die Erwähnung dieses Namens den Raum mit üblem Geruch erfüllt.

Dudley brachte eine silberne Platte mit Rühreiern und knusprigem Speck für Jules. Pauline nahm die zarte Minton-Tasse in beide Hände, stützte die Ellbogen auf den Tisch und beobachtete Jules, während er sich von der Platte bediente.
Als Dudley wieder draußen war, sagte sie: »Ich gebe dir die gelben Diamantohrringe zurück.« Sie schüttelte die Schmuckstücke wie Würfel in der Hand und warf sie dann über den Tisch.
Jules starrte sie erstaunt an: »Gefallen sie dir nicht?«
»Doch, sie sind sehr schön. Aber ich würde sie niemals tragen.«
»Ich dachte gestern abend, sie gefallen dir.«
»Ich habe ja nicht gesagt, daß sie mir nicht gefallen. Ich sagte, ich würde sie nicht tragen.«
»Und warum nicht?«
»Weil du sie mir aus schlechtem Gewissen geschenkt hast, gewissermaßen als Entschädigung. Rose sagt immer: ›Je treuloser der Ehemann, um so größer die Schmucksammlung seiner Frau.‹«
»Das klingt wirklich nach Rose.« Jules steckte die Ohrringe in die Tasche. »Ich werde sie in den Safe legen für später.«
»Was meinst du damit? Für Weihnachten? Für meinen Geburtstag? Nein, Jules, ich will sie nicht. Gib sie bei Boothby's zurück.«
»Also gut«, gab Jules nach.
An der Wand neben Pauline hing ein kleines Bild von Fatin-Latour, ein Stilleben mit Trauben und Birnen. Sie stand auf und verrückte es um den Bruchteil eines Zentimeters. »Ich habe dieses Bild immer geliebt.«
»Erinnerst du dich noch, wann wir es gekauft haben?« fragte Jules.
»Natürlich.« Einen Augenblick schien es, als wolle sie auf das Erlebnis zurückkommen, aber dann ließ sie es doch sein. »Waren wir jemals glücklich miteinander, Jules? Oder war das Ganze nicht mehr als eine zweiundzwanzig Jahre dauernde Show-Ehe?«
»O Pauline, sprich nicht so, bitte!«
Dudley kam zurück, um Jules noch einmal die Platte mit den Rühreiern zu reichen, aber Pauline bedeutete ihm mit einer

Handbewegung, den Raum zu verlassen, bevor Jules Gelegenheit hatte, sich seinen Teller erneut zu füllen.
»Es wird viel Mühe machen, all das aufzuteilen«, sagte sie.
»Was alles?«
Sie machte eine umfassende Geste. »Alles«, und sah ihn an. Sein Gesicht drückte tiefe Besorgnis aus. In diesem Augenblick bedeuteten ihm seine Besitztümer und seine Position mehr als seine sexuelle Besessenheit, und er war bereit, Flo auf der Stelle aufzugeben. »So etwas darfst du nicht einmal im Scherz sagen!«
»Aber ich scherze nicht. Es ist mir bitterernst.«
»Nein, natürlich scherzt du nicht.«
»Als du mir damals den Heiratsantrag machtest, versuchte mein Vater mich vorsichtig von dieser Ehe abzubringen, und jetzt fliege ich zu ihm, weil ich mit jemandem sprechen muß, dem ich vertrauen kann, um mir darüber klarzuwerden, ob ich bei dir bleiben soll oder nicht.«
»Hör zu, Pauline, ich tue, was du willst! Verlaß mich nicht!«
»Was ist mit dieser rothaarigen Frau?«
»Mit welcher rothaarigen Frau?«
»Wenn du nicht einmal jetzt ehrlich sein kannst, dann können wir das Gespräch auf der Stelle beenden. Vor einigen Monaten wurde mir ein Ausschnitt aus einer Pariser Zeitung geschickt, in dem ein Bericht über einen Brand im ›Hotel Meurice‹ stand. Auf dem Bild daneben sah man eine junge Frau mit einem Schmuckkoffer in der Hand und dahinter dich. Offiziell wohntest du ja wie immer im ›Ritz‹. Ich beschloß, die Sache zu übergehen, aber neuerliche Hinweise machen mir das jetzt unmöglich.«
»Hinweise?«
»Deine Finger haben nach ihr gerochen, Jules.«
Ihr Mann wurde dunkelrot, und sein Gesichtsausdruck war so eindeutig wie ein unterschriebenes Geständnis. »Also schön, es stimmt. Aber es ist vollkommen bedeutungslos. Ich werde die Geschichte beenden, das schwöre ich dir. Es wäre doch absurd, wenn eine Ehe wie die unsere wegen eines Seitensprungs zerbrechen würde.«
»Ich würde das nicht gerade einen Seitensprung nennen, Jules.«

»Aber es ist nicht mehr. Ich schwöre es! Ich bin jetzt siebenundfünfzig. Vielleicht hatte ich nur Angst vor dem Altwerden. Ich wurde einfach von einem Gefühl überwältigt.«
»Glaubst du, ich hätte nicht auch hin und wieder derartige Gefühle für andere Männer?«
Jules starrte sie entgeistert an: Dieser Gedanke war ihm noch nie gekommen.
»Doch, doch, es ist so«, bekräftigte Pauline. »Philip Quennell ist zum Beispiel einer davon. Ich finde ihn ausgesprochen attraktiv – und das habe ich ihm gestern abend auf dieser schrecklichen Party sogar gesagt.«
Bei der Erwähnung von Philips Namen zuckte Jules zusammen. Er konnte diesen Kerl einfach nicht ertragen.
»Ich konnte mir durchaus vorstellen, etwas mit ihm anzufangen. Aber ich habe es nicht getan.«
Der bloße Gedanke, daß seine Frau ein Verhältnis haben könnte, erfüllte Jules mit Entsetzen. »Und was hat dich zurückgehalten?« fragte er dumpf. »Die Rücksicht auf Camilla?«
»Auch, ja. Aber ebenso die Tatsache, daß ich unsere Ehe bisher sehr ernst genommen habe.«
»Ebenso wie ich.«
»Das stimmt nicht. Du betrachtest eine Frau nur als Dekorationsstück, und das genügt mir nicht.« Einen Augenblick schwiegen sie beide, dann fuhr Pauline fort: »Nur, daß du keinen falschen Eindruck bekommst: Philip Quennell hat mir in keiner Weise Avancen gemacht.«
»Ich habe eine ausgeprägte Abneigung gegen deinen Freund entwickelt«, sagte Jules.
»Er glaubt nicht, daß Hector Paradiso Selbstmord begangen hat, und, wie ich gestern abend erfuhr, der Butler von Casper Stieglitz glaubt es ebenfalls nicht.«
Jules machte eine wegwerfende Handbewegung. »Wen kümmert es schon, was solche Leute glauben oder nicht?«
»Ich glaube auch nicht, daß es Selbstmord war.«
»Ich habe dir schon mal gesagt, du tätest besser daran, es zu glauben.«
»Und ich fand das schon beim erstenmal höchst befremdend.«
Es klopfte und Dudley trat ein. Es war ihm sichtlich unange-

nehm, das offenbar sehr wichtige Gespräch zwischen den Mendelsons, denen er nun schon seit so vielen Jahren diente, zu unterbrechen. »Entschuldigen Sie die Störung!«
»Ist schon in Ordnung«, beruhigte ihn Pauline.
»Der Wagen ist vorgefahren, und das Gepäck ist bereits verstaut.«
»Danke, ich komme gleich. Legen Sie doch bitte diese Zeitungen auf den Rücksitz.«
Als Dudley wieder draußen war, bot Jules Pauline an: »Ich begleite dich zum Flugplatz.«
»Sei nicht albern!« Sie nahm einen letzten Schluck Tee.
»Du mußt dich nicht abhetzen«, sagte ihr Mann. »Trink doch noch eine Tasse Tee! Das Angenehme an einem eigenen Flugzeug ist, daß es wartet.«
Pauline schüttelte unwillig den Kopf: Sie hatte diesen Satz schon zu oft gehört, um ihn noch originell finden zu können. Sie stand auf, ging zur Tür und drehte sich dort noch einmal um: »Dieses Zimmer ist wirklich recht hübsch, findest du nicht? Schade, daß wir es nie benutzt haben.« Und damit ging sie hinaus.
Jules schob seinen Stuhl zurück und folgte ihr bis in den Hof. »Haben Sie Mrs. Mendelsons Gepäck schon eingeladen?« fragte er, obwohl Dudley das Pauline bereits mitgeteilt hatte. Der Chauffeur hielt die Tür auf. Pauline wandte sich noch einmal an den Butler: »Dudley, das Fenster in der Toilette neben der Bibliothek hat einen Sprung. Lassen Sie die Scheibe doch bitte von Joe auswechseln!« Sie stieg in den Wagen. »Ach, noch etwas, Dudley: Überprüfen Sie bitte, ob ein Teller des Flora-Danica-Services fehlt. Ich habe sie gestern gezählt und bin nur auf dreiundzwanzig gekommen.«
Jules trat zum Wagen und bedeutete dem Chauffeur mit einem Kopfnicken, daß er die Tür selbst zumachen würde. »Grüß deinen Vater herzlich von mir.«
»Das werde ich tun«, antwortete Pauline.
»Wie lange wirst du weg sein?«
»Ich weiß nicht genau. Nicht lange.«
»Wenn du zurückkommen willst, gib Bescheid! Ich schicke dir dann das Flugzeug nach Bangor.« Er hätte gerne verhindert, daß sie abreiste, aber er wußte nicht, wie.

Pauline zog ihre Handschuhe an. »Auf Wiedersehen, Jules.«
»Du wirst mir fehlen«, sagte er.
Pauline nickte und wandte sich an den Chauffeur: »Wir können fahren, Jim.«
Jules schloß die Fondtür und hob zum Abschied grüßend die Hand. Der Wagen war seinen Blicken schon längst entschwunden, als er immer noch regungslos im Hof stand.
Von einem Flurfenster im ersten Stock aus verfolgte Blondell die Abreise der Hausherrin. Sie war traurig, obwohl sie nicht hätte erklären können, weshalb. Dudley, der die Szene von der Eingangshalle aus beobachtete, erfüllten im Gegensatz zu Blondell ungute Vorahnungen.
Jules empfand ein schmerzliches Gefühl der Verlassenheit. Pauline war ein ganz wesentlicher Faktor in seinem Leben. Seit er erwachsen war, hatte man ihn in die Aufsichtsräte von Konzernen, Krankenhäusern und Museen berufen, er hatte bei der Beerdigung eines ehemaligen Präsidenten der Vereinigten Staaten sowie bei denen von sechs Senatoren und mehreren Chefs von Banken und Großbetrieben als Sargträger oder Redner fungiert. Als Ehemann von Pauline Mendelson betrachtete man ihn als wichtige Persönlichkeit und als Bereicherung des Gesellschaftslebens. Und doch, das wußte er, hatte er keinen einzigen Freund, an den er sich in Krisenzeiten hätte wenden können – außer Pauline.

»Gehst du eigentlich jemals zum Arzt?« fragte Flo eines Tages.
»Warum sollte ich?«
»Na ja, um dich durchchecken zu lassen.«
»Nein.«
»Das solltest du aber.«
»Ich weiß, ich weiß.«
Sie kaufte ein Laufband für ihn, das sie in ihrem Schlafzimmer aufstellte, und sie zwang ihn, es jeden Nachmittag zwanzig Minuten lang zu benutzen, um etwas gegen sein Übergewicht zu tun. Als er aus den Bankunterlagen ersah, wieviel das Gerät gekostet hatte, war er gerührt, daß sie einen so großen Teil ihrer Apanage für ihn ausgegeben hatte.
»Jules, Liebling, ich begreife nicht, was man unter ›Geld waschen‹ versteht«, sagte Flo.

Jules hatte die Hände auf das Geländer des Trimm-Geräts gelegt und marschierte auf der Stelle. Diese zwanzig Minuten nutzten sie, um sich zu unterhalten, und sie genossen diese Art Erweiterung ihrer Beziehung beide. »Es ist ganz einfach«, antwortete er. Er freute sich, Flo etwas beibringen zu können. »Sagen wir mal, ich habe ein Gemälde, das eine Million Dollar wert ist. Arnie Zwillman kauft mir das Bild für diesen Preis ab, und er bezahlt bar. So, wie die Situation auf dem Kunstmarkt momentan ist, steigt das Gemälde im Wert, und wenn er es nun auf dem offiziellen Markt verkaufen oder versteigern läßt, bekommt er dafür ›gewaschenes‹, also sauberes Geld.«
Sie sah ihn voller Bewunderung an: »Du kannst alles so gut erklären.«
Jules lächelte geschmeichelt, wurde jedoch gleich wieder ernst. »Arnie sprach allerdings nicht über Kunst.«
»Schätzchen, du kannst dich unmöglich auf so was einlassen! Das weißt du doch, oder?«
»Ja, ich weiß es.«
»Dann sag Arnie Zwillman, er soll sich zum Teufel scheren!«
Er schaltete das Laufband ab. Eine Weile blieb er schweigend auf dem Gerät stehen, dann ging er zum Bad. An der Tür sagte er: »Es steckt mehr dahinter, als du ahnst.«
»Und was?«
»Es gibt Dinge, die nur er über mich weiß.«
»Auch nicht Pauline?«
»Nein, auch nicht Pauline.«
Sie starrte seinen Rücken an. »Erzählst du's mir?«
Er drehte sich zu ihr um und sah sie an. Sie hatte ihn noch nie so verzweifelt gesehen. Er öffnete den Mund, um etwas zu sagen, doch dann schaute er auf seine Uhr. »Ich gehe jetzt lieber. Ich muß mich mit Sims Lord zum Abendessen treffen, und ich bin ohnehin schon spät dran.«
»Ich will es aber wissen«, insistierte Flo.
Jules war kein Mensch, der sich leichtfertig anderen anvertraute. Nicht einmal sein verläßlicher Ratgeber Sims wußte alles, was es über ihn zu wissen gab. Jules hatte zwar vor, ihm an diesem Abend von Arnie Zwillmans Vorschlag zu berichten, aber er würde es nicht über sich bringen, ihm das zu erzählen, was der Gauner wußte – wie zum Beispiel die Ge-

schichte von dem Mädchen, das 1953 im »Roosevelt Hotel« vom Balkon seines Zimmers gestürzt war. Oder über Kippie. Manchmal machte er sich Sorgen wegen seines Herzens: Wenn er über die Dinge nachdachte, die er tief in seinem Innern begraben hatte, schlug es viel zu schnell. Er wußte, er sollte sich einen Termin bei Dr. Petrie geben lassen, aber er war ständig zu beschäftigt und schob es immer wieder hinaus.
»Sag es mir!« beharrte Flo.
Als er schließlich zu sprechen begann, war seine Stimme so leise, daß Flo sich vorbeugen mußte, um ihn zu verstehen. Sie wußte, wenn sie ihn unterbrach und bat, lauter zu sprechen, würde er seine Meinung ändern und nicht weitererzählen.
»Als ich noch ein junger Mann war, geschah in Chicago etwas Schreckliches, für das ich die Verantwortung trage«, sagte er.

Neville McAdoo amüsierte sich königlich, wenn man ihn als den Vater von Pauline Mendelson beschrieb, und noch mehr, wenn man von ihm als von Jules Mendelsons Schwiegervater sprach. Im letzten Sommer hatte er seinen fünfundsiebzigsten Geburtstag gefeiert, mit einer kleinen Tanzparty in einem grün-weiß-gestreiften Zelt, die seine drei Töchter und ihre Ehemänner für ihn gegeben hatten. Alle seine Enkel waren gekommen, sogar Kippie, den man in der Familie allgemein den kalifornischen Cousin nannte. Die Männer trugen Blazer und weiße Flanellhosen, und die Damen zarte, blumengemusterte Seide oder bedruckten Chiffon und kaum Schmuck. Der Aufwand, mit dem das gesellschaftliche Leben in Newport und Southampton verbunden war, nötigte ihnen nur ein mitleidiges Lächeln ab. Sie bevorzugten ganz entschieden die Schlichtheit. »Sie haben einfach keinen Stil«, urteilte Neville McAdoo wegwerfend. »Und nicht unsere Disziplin.« Parties in seiner Heimat wurden von Dolly De Longpre, der seit dreißig Jahren bekanntesten Gesellschaftsreporterin New Yorks, grundsätzlich nicht erwähnt.
Bei dieser Geburtstagsfeier hatte Jules Mendelson die Bewunderung aller McAdoos gewonnen, als er sich mehrere Stunden um Tante Maud kümmerte, die in der Familie die arme Tante Maud hieß: Der Ehemann der armen Tante Maud, Onkel Harry, war in Frauenkleidern tot in einem schmuddeligen

Hotelzimmer an der New Yorker Westside gefunden worden, und seitdem hatte sich Tante Maud zu einer wahren Zumutung entwickelt.

Kippie, der aus diversen Internaten geflogen war, bevor er in der Schweiz die Schule schließlich abschloß, übte einen geheimnisvollen Zauber auf die Familienmitglieder aus. »Er sieht so gut aus«, schwärmten die älteren Damen, oder: »Er hat einen so unglaublichen Charme.« Gleichaltrige waren über ihn geteilter Meinung. An jenem Tag erwürgte er am Tisch der jungen Leute eine Katze, was seine Cousins und Cousinen aus dem Osten gleichermaßen entsetzte und faszinierte. »Ich spreche nie wieder ein Wort mit dir, Kippie«, sagte seine Cousine aus Philadelphia, Louise Ordano, unter Tränen. »Bloß gut, daß es nicht eine von Poppys Abessiniern war!« Cosimo und Cosima waren die beiden Katzen ihres Großvaters, die er vergötterte. Wie stets hatte Kippie auch diesmal wieder Glück: Der Vorfall hatte keine unangenehmen Folgen, denn das Tier war offenbar ein Streuner auf der Suche nach Nahrung gewesen und wurde von niemandem vermißt. Kippie begrub es gemeinsam mit Bozzie Manchester, seinem Cousin aus New York, außerhalb des Grundstücks seines Großvaters, und niemand verlor mehr ein Wort über die unglückliche Katze.

»Es ist so herrlich hier«, sagte Pauline. »Ich nehme mir jedesmal vor, in Zukunft öfter herzukommen, und dann tue ich es doch nicht.«

»Die Van Degans wollen dich zum Essen einladen«, berichtete Neville McAdoo.

»Keine Lust. Ich bleibe lieber bei dir«, lehnte Pauline ab. Sie tauchte einen Zipfel ihrer Serviette in ein Wasserglas und rieb einen Fleck aus dem weißen Leinensakko ihres Vaters, auf das Karottencremesuppe vom Löffel getropft war. »Beug dich weiter über den Tisch, damit du nicht kleckerst«, riet sie ihm. »Und laß mich deine Serviette höher hinaufziehen, so, das ist besser. Jetzt iß deine Suppe auf! Das nette Mädchen aus der Stadt hat sie eigens für dich gemacht. Sie ist wirklich ein Schatz.«

»Colleen«, sagte der alte Herr. »Sie heißt Colleen. Sie ist kein

Dienstmädchen, weißt du, auch keine Köchin. Sie kommt her und kümmert sich um mich, wenn sie Ferien hat oder an den Wochenenden.« Alles, was in Northeast Harbor vorging, interessierte ihren Vater: Er nahm ebenso am Leben der Ortsansässigen Anteil wie an dem der Sommergäste. »Sie besucht die Hotelfachschule und will später Geschäftsführerin vom ›Asticou Inn‹ werden.«

»Großartig«, fand Pauline. »Die jungen Leute von heute sind so ehrgeizig und zielstrebig.«

»Wie geht es Kippie?« fragte ihr Vater.

»Unglücklicherweise läßt *er* weder Ehrgeiz noch Zielstrebigkeit erkennen, aber sein Charme ist ungebrochen. Er ist immer noch in der Rehabilitationsklinik in Frankreich.«

Neville McAdoo tätschelte die Hand seiner Tochter. Er war ein schlanker Mann. Bis zu seinem Schlaganfall hatte er jeden Tag Tennis gespielt. Um sich gegen die Sonne zu schützen, trug er eine weiße Schirmmütze, die schon so oft gewaschen worden war, daß sie völlig aus der Form geraten und schlaff auf seinem Kopf hing. Sie saßen auf der Veranda seines großen, mit Zedernholz verkleideten Hauses, das im Laufe von fünfzig Maine-Wintern grau geworden war, und blickten auf den Somes Sound hinaus. Es war ein Glück gewesen, daß das alte Haus der McAdoos in Bar Harbor, das an Northeast Harbor angrenzte, bei dem Großfeuer im Jahr 1947 völlig abbrannte: Das ehemals beträchtliche Familienvermögen war zu diesem Zeitpunkt schon ziemlich zusammengeschmolzen, und die McAdoos hätten es sich nicht mehr viele Sommer leisten können, das Haus zu halten. Von der Versicherungssumme baute Neville McAdoos Vater ein angemesseneres Haus in Northeast Harbor, das nur zehn Schlafzimmer hatte anstatt dreißig, und dort verbrachten Pauline und ihre Schwestern bis zu ihrer Verheiratung jeden Sommer.

»Was ist los, Pauline?« fragte Poppy.

Sie schaute ihn an. »Du hast immer gewußt, wenn etwas nicht stimmte, nicht wahr?«

»Nun, in diesem Fall ist das nicht besonders schwer: Du kommst doch nicht vor Beginn der Saison aus heiterem Himmel hierher, wenn es nicht etwas Wichtiges gibt«, sagte er.

Pauline löste und verknotete die Ärmel ihres Kaschmirpullovers, der über ihren Schultern hing. Dann stand sie aus ihrem Korbsessel auf, ging zur Brüstung der Veranda und setzte sich mit dem Gesicht zu ihrem Vater auf das Geländer. »Ich trage mich mit dem Gedanken, Jules zu verlassen.«

Jules sprach mit seiner Geliebten niemals über die Unternehmungen seiner Frau, aber seine Geliebte verfolgte Paulines Aktivitäten minutiös mittels der Gesellschaftsreportagen und Klatschkolumnen, nicht zuletzt dank Cyril Rathbones hartnäckigem Interesse an Pauline Mendelson. Glücklicherweise hatte er die Mendelsons offenbar nicht mit Arnie Zwillman in Verbindung gebracht, sondern sie in seinem Bericht über die Party bei Casper Stieglitz nur als »Überraschungsgäste bei einem gemischten Abend« erwähnt.
»Wo liegt Northeast Harbor?« fragte Flo.
»In Maine«, antwortete Jules erstaunt. »Warum?«
»Ist es so wie Malibu?«
»Guter Gott, nein!«
»Wie Newport?«
»Meinst du das Newport in Kalifornien oder das auf Rhode Island?«
»Ich wußte gar nicht, daß es zwei gibt.«
»Tut es aber. Nein, es hat nicht die geringste Ähnlichkeit mit dem kalifornischen – und es ist unauffälliger als das auf Rhode Island.«
»Unauffälliger? Meinst du damit vornehmer?«
»Gewissermaßen.«
»Für die heimlichen Reichen?«
»So etwas. Was hast du denn plötzlich mit Northeast Harbor?«
»Ich habe gehört, daß Pauline dort ihren Vater besucht.«
Jules sah sie verblüfft an. »Und von wem hast du das gehört?«
»Na ja, eigentlich habe ich es gelesen.«
»Und wo?«
»In der Kolumne von Cyril Rathbone.«
»Das hätte ich mir denken können. Das Geschreibsel von diesem Mistkerl scheint für dich ja das Evangelium zu sein.«
»Ich würde mit Freuden sterben, wenn ich dadurch in seine Kolumne käme.«

»Ich bitte dich!«
»Doch, wirklich, Jules. Ich interessiere mich wahnsinnig für all die Leute und Schauplätze, über die er schreibt. Es ist ja für mich eine andere Welt. Irgendwann möchte ich mal überall da hin – nach Newport und Southampton, Northeast Harbor und so weiter.«
»Ich hätte nichts dagegen, wenn du mir noch ein Glas Wein anbieten würdest«, sagte Jules.
»Jetzt, wo Pauline nicht hier ist, mußt du doch nicht nach Hause, oder?«
»Doch, aber nicht gleich. Ich habe eine Dinnereinladung für heute abend, aber die kann ich absagen. Ich dachte, wir könnten vielleicht zusammen zu Abend essen.«
»Wie wär's denn, wenn du mich zum Essen ausführen würdest, Jules?« schlug Flo vor.
»Warum sollen wir nicht hier essen?«
»Weil es mir zum Hals heraushängt, hier zu essen: Chinesisches Pappschachtelessen von ›Mr. Chow‹ oder italienische Pappschachtelpizza von ›Spafo‹ – das ist meine ganze Abwechslung. Ich kann nun mal nicht kochen. Ich möchte ausgehen.« Sie stand auf, um ihre Ungeduld zu unterstreichen.
Jules schüttelte den Kopf. »Wir können aber nicht ausgehen.«
»Und weshalb nicht?« insistierte Flo. Sie begann, an den Fingern die augenblicklichen Lebensumstände ihres Liebhabers aufzuzählen. »Pauline ist in Maine und besucht ihren Vater. Es gibt keine Dinnerparty bei Rose Cliveden, weil sie mit einem Gipsbein und einer Flasche Wodka im Bett liegt, und außerdem gehst du sowieso nie ohne deine Frau zu diesen Schickeria-Dinners. Der Mann vom Museum in Hartford, der sich deine Bilder anschauen und dich dazu überreden wollte, sie dem Wadsworth Atheneum zu vermachen, mußte seinen Besuch verschieben, weil seine Schwiegermutter sich umgebracht hat. Sims Lord ist bei der Bankerversammlung in Chicago und hält dort deine Rede, weil du nicht hin wolltest. Und der Knabe vom Louvre in Paris, der deine Degas-Ballerina repariert hat, bringt die Statue erst morgen abend zurück. Du hast also Zeit, und du wirst mich zum Essen ausführen.«
Jules lachte. »Großer Gott! Woher weißt du denn das alles?«
»Ganz einfach: Du liegst mit dem Telefon auf dem Bauch in

meinem Bett und führst viele Gespräche, und ich höre zu und merke mir alles.«

Er tätschelte ihre Hand. »Hör zu, Liebes: Es ist keine gute Idee, zum Essen auszugehen – vor allem nicht im Augenblick.«

»Ich bitte dich ja nicht, mit mir in den ›Bistro Garden‹ oder zu ›Chasen's‹ zu gehen. Wir müssen doch nicht in ein vornehmes Lokal gehen, wo du auf Schritt und Tritt Bekannte triffst.«

Jules schüttelte den Kopf. Er wollte sich mit Flo nicht in der Öffentlichkeit zeigen, aber er brachte es nicht fertig, ihr das zu sagen.

»Und was ist mit dem Valley? Dort ist bestimmt keiner, den du kennst. Laß uns doch einfach miteinander essen gehen wie zwei ganz normale Leute, die ein Verhältnis haben. Bitte, Jules. Bitte! Ich bin immer schön angezogen, aber ich kann es niemandem zeigen. Du weißt nicht, wie einsam ich mich fühle.«

»Okay.« Er streckte die Hand aus und ließ sie liebkosend über ihren Oberschenkel gleiten.

Sie schlug ihm auf die Finger. »Jetzt wirst du nicht wieder geil! Ich kenne diesen Trick. Wenn wir erstmal *dabei* sind, gehst du auf keinen Fall mehr mit mir aus! Nach dem Essen werde ich mich um deinen Johnny kümmern, aber erst *danach!*«

Sie sprang aus dem Bett und lief zu ihrem Ankleidezimmer. An der Tür drehte sie sich um und sagte: »Heute ist ein neues Chanel-Kostüm gekommen. Schwarz mit goldenen Knöpfen – und einem sehr, sehr kurzen Rock.«

»Dann wollen wir mal sehen, wo wir hingehen können«, bemühte Jules sich um einen unbekümmerten Ton.

Zweiundzwanzig Jahre zuvor hatte Neville McAdoo seiner Tochter von der Heirat mit Jules Mendelson abgeraten. Er war ein Anhänger von Kondition und sportlichem Können, und es hatte ihn bedenklich gestimmt, daß Jules Übergewicht hatte und sich nie körperlich betätigte – fast ebensosehr wie die Tatsache, daß er für keinen der Clubs akzeptabel war, denen die McAdoos schon seit Generationen angehörten. Clubs spielten in ihrem Leben eine große Rolle. Aber nicht einmal Neville McAdoo konnte Jules' Stellung in der Welt der

Hochfinanz ignorieren, und im Laufe der Jahre hatte er sogar Zuneigung und Respekt für seinen Schwiegersohn entwickelt. Und Jules war, obwohl er das nie zugegeben hätte, vom Stammbaum seiner Frau beeindruckt. Am Anfang wunderte er sich darüber, daß eine Familie, die so große Publicity durch die glänzenden Heiraten der drei Töchter erlangt hatte, so wenig Geld hatte. In einer Ära riesiger Vermögen waren die McAdoos kaum einer Erwähnung wert, zumindest in jenen Kreisen, in denen Jules sich bewegte. Er, der reiche Außenseiter, hatte nach Poppys Schlaganfall die Renovierung des Hauses seines Schwiegervaters bezahlt, hatte es winterfest machen, das Dach neu decken und die große Veranda noch verbreitern lassen, um mehr Platz für den Rollstuhl zu schaffen, der seit damals ein unverzichtbares Utensil für den alten Herrn war. Die Bibliothek, die Poppy »Bücherzimmer« nannte, war zu einem Schlafzimmer umgerüstet und der kleine, angrenzende Waschraum zu einem richtigen Badezimmer vergrößert worden, mit Haltestangen bei Badewanne und Dusche: Neville McAdoos größte Angst war, hinzufallen und sich die Hüfte zu brechen.

Ihre Geschichte zu erzählen, war für Pauline ebenso schmerzlich wie schwierig. Sonst berichtete sie immer präzise und anschaulich von ihrem Leben, aber jetzt sprach sie stockend und unzusammenhängend und hielt das Gesicht abgewandt, damit ihr Vater nicht die Scham und den Schmerz darin sehen konnte. Jules habe eine Affäre, begann sie, und sie habe es auf beschämendste Weise herausgefunden. »Es tut so weh, Poppy. Er hält diese Frau aus, und er ist ihr hörig.«

»Hat er dir gesagt, er sei ihr hörig?«

»Ich bin in letzter Zeit nachts öfter aufgewacht, und jedesmal lag er neben mir und starrte an die Decke.«

Wenn Pauline erwartet hatte, ihr Vater würde mit Schadenfreude reagieren, hatte sie sich getäuscht. Und er hatte auch nicht die Absicht, sie mit einem Ich-habe-es-dir-ja-gleich-Gesagt noch zusätzlich zu demoralisieren, denn er liebte seine Tochter und sah, daß sie todunglücklich war.

»Hast du sie jemals gesehen?« fragte er, als Pauline geendet hatte.

»Ich bekam anonym einen Ausschnitt aus einer Pariser Zeitung mit einem Foto von ihr zugeschickt. Er hat sie mit nach Paris genommen. Habe ich dir das schon erzählt?« Sie war so durcheinander, daß sie gar nicht mehr wußte, was sie alles gesagt hatte.

»Ist sie jünger als du?«

»Nicht so jung, daß sie meine Tochter sein könnte, aber fast. Und sehr hübsch. Etwas gewöhnlich, aber hübsch.«

»Stammt sie aus euren Kreisen drüben?«

»Himmel, nein!«

»Besteht die Gefahr, daß du ihr über den Weg läufst?«

»Ich glaube kaum.«

»Könnten Freunde von euch wie Rose Cliveden oder Camilla Ebury mit ihr zusammentreffen?«

Eine der Abessinierkatzen kam auf die Veranda, steuerte auf Neville McAdoos Rollstuhl zu und hob eine Pfote, um ihn am Bein zu kratzen.

»Oh, da ist sie ja.« Er beugte sich hinunter und hob die Katze auf seinen Schoß. »Oder er. Ich bin nie ganz sicher, ob ich es gerade mit Cosima oder Cosimo zu tun habe. Wer bist du?« Er drehte die Katze um und schaute nach. »Cosima, natürlich, ich wußte es doch gleich.« Er lehnte sich mit der Katze im Arm zurück. »Wird über euch geklatscht?« fragte er, als habe die Unterbrechung gar nicht stattgefunden.

»Wenn ja, dann habe ich jedenfalls noch nichts davon bemerkt«, antwortete Pauline. »Meine Freunde benehmen sich wie immer.«

»Will Jules dich verlassen, um sie zu heiraten?«

»Nein, das glaube ich nicht. Ich habe sogar das Gefühl, als sei das Gegenteil der Fall. Er will uns offenbar *beide* haben.«

»Vielleicht liegt es an deiner Überaktivität, was euer gesellschaftliches Leben betrifft«, meinte Poppy. »Als du ihn kennengelernt hast, hatte er dafür jedenfalls gar nichts übrig. Vielleicht ist diese Frau nur ein Ausgleich für all die Parties.«

Pauline war gekränkt. »Die Frauen exponierter Männer müssen sich gesellschaftlich engagieren«, verteidigte sie sich. »Ich habe zu Jules' Erfolg einen wichtigen Beitrag geleistet, und er ist sich dessen auch durchaus bewußt, aber unser *gemeinsamer* Erfolg steht und fällt natürlich mit Jules, das ist keine Frage. Er ist ein außergewöhnlicher Mann, daran habe ich seit dem

Abend, als wir uns in Palm Beach zum erstenmal trafen, keinen Augenblick gezweifelt.«
»Das klingt, als liebtest du ihn noch.«
»Das tue ich auch«, erwiderte sie. »Verglichen mit meinem ersten Mann – wie Tag und Nacht! Johnny war eben völlig unbedeutend.«
»Ach, Johnny Petworth.« Mr. McAdoo schüttelte betrübt den Kopf. »Ich traf ihn bei meinem letzten Besuch in New York im ›Butterfield‹: Er war völlig außer sich über einen Irrtum, der Win Stebbins beim Bridge unterlaufen war.«
»Genau das meine ich mit unbedeutend.« Pauline nickte. »Ich erkannte schon während der Flitterwochen, daß diese Heirat ein Fehler gewesen war, aber wenn ich Jules nicht getroffen hätte, wäre ich vielleicht wieder bei einem Johnny Petworth gelandet.«
»Dann steh es durch, Pauline! Die Sache wird sich totlaufen. Er ist nicht der erste Mann, der eine Affäre hat, weißt du, und es ist höchst unwahrscheinlich, daß du von dieser Person behelligt wirst. Viel schlimmer wäre es, wenn sie zu eurem Bekanntenkreis gehören würde.«
Ihr Vater hob die Hand und deutete mit einem knochigen Finger auf den Somes Sound hinaus.
»Was ist, Poppy?« fragte Pauline.
»Da draußen segelt Billy Twombley mit seinem neuen Boot.«
»Ein schönes Boot.« Pauline wußte, das Thema Jules Mendelson war für ihren Vater vorerst abgeschlossen.

Flo und Jules fuhren ins San Fernando Valley zu einem Steakhaus am Ventura Boulevard. Da Flo immer sehr genau zuhörte, wußte sie, daß für die Angehörigen jener Kreise, in denen sich die Mendelsons bewegten, das Valley so weit entfernt war wie ein anderer Bundesstaat.
»Haben Sie vorbestellt?« fragte der Geschäftsführer.
»Nein«, antwortete Jules.
»Dann werden Sie etwa zwanzig Minuten warten müssen, fürchte ich«, erklärte der Mann nach einem Blick auf die Reservierungsliste. »Sie können ja solange in die Bar gehen.«
»Ich will aber nicht zwanzig Minuten warten«, erklärte Jules.
»Sieh mal! Da drüben in der Ecke ist ein Tisch frei«, meldete Flo.

»Er ist für das Paar gedacht, das bereits in der Bar wartet«, sagte der Geschäftsführer hastig. Er nahm demonstrativ zwei Speisekarten, um sie dem besagten Paar gleich vorlegen zu können.
Jules griff in die Hosentasche und holte einen losen Packen Scheine heraus. Er hielt nichts von Geldklammern, geschweige denn Brieftaschen. Er nahm eine Banknote und gab sie dem Geschäftsführer.
»O nein, Sir. Ich muß wirklich die Reihenfolge einhalten.« Dann blickte er auf den Schein in seiner Hand hinunter, und sein Gesichtsausdruck veränderte sich. »Lassen Sie mich nachsehen, ob vielleicht im John-Wayne-Zimmer etwas freigeworden ist.«
»Ich will nicht im John-Wayne-Zimmer sitzen, ich will den Tisch dort drüben in der Ecke«, sagte Jules.
Der Geschäftsführer gab auf. »Folgen Sie mir!«
»Wieviel hast du ihm gegeben?« flüsterte Flo, als sie hinter dem Mann hergingen.
»Fünfzig.«
»Meine Güte!«
Als sie Platz genommen hatten, bestellte Jules einen Martini und Flo eine Cola light. In der Öffentlichkeit fühlte er sich unbehaglich mit ihr. In ihrem Haus konnte er sich stundenlang mit ihr unterhalten, aber in diesem Restaurant fand er es schwierig, das Gespräch in Gang zu halten. Er nahm die Speisekarte, die in einem Ledereinband mit Quaste steckte, und warf einen Blick darauf. »Sehen wir mal, was es gibt.«
»Ich muß dir gestehen, ich esse keine Steaks«, sagte Flo.
»Warum hast du das denn nicht zuvor gesagt?«
»Ich fürchtete, du würdest es dir dann anders überlegen und doch nicht mit mir essen gehen.«
Er zog wieder die Speisekarte zu Rate. »Es gibt Hummerschwänze, zwar tiefgefroren, da bin ich sicher, aber reizt dich das?«
»Oh, natürlich. Ich kann es gar nicht glauben, daß wir wirklich hier sind, Jules.«
Sie ließ den Blick über die anderen Tische wandern, und plötzlich leuchteten ihre Augen auf.
Jules war alarmiert: »Siehst du jemanden, den du kennst?«

»Trent Muldoon, den Fernsehstar, dem das Haus gehört, das du mir schon so lange versprochen hast.«
»Grüße ihn um Himmels willen nicht!«
»Ich kenne ihn ja gar nicht persönlich.«
Ein kurzes Schweigen folgte, dann fragte er: »Womit hast du deinen Tag heute verbracht?«
»Mit Lesen. Ich lese eine Menge, weißt du«, erzählte sie.
»Freut mich, das zu hören. Was liest du denn so – außer Cyril Rathbones Kolumne, meine ich?«
»Biographien hauptsächlich«, sagte sie gewichtig.
»Biographien? Wirklich? Über wen denn?«
»Vor allem über Marilyn Monroe«, antwortete sie unbefangen. »Ich glaube, ich habe bald alles durch, was je erschienen ist.«
Jules lachte.
»Lach du nur! Typisch Jules.« Sie schüttelte geringschätzig den Kopf. »Ich glaube zufällig, daß Marilyn ermordet wurde. Nein – ich *weiß* es. Alles deutet darauf hin. Sie starb nicht bei sich zu Hause, weißt du, sie starb im Krankenwagen, und dann brachten sie sie zurück, und so ist sie dann tot aufgefunden worden.«
Jetzt schüttelte Jules ebenfalls den Kopf, aber aus einem anderen Grund: Er war bis zum Wahnsinn in eine Frau verliebt, die in keiner Hinsicht zu ihm paßte. Eine Unterhaltung wie diese wäre mit Pauline undenkbar gewesen. Pauline wußte über Politik und Wirtschaft genug, um bei jedem Gespräch mithalten zu können, und es gelang ihr immer wieder, ihn zu fesseln, wenn sie von Ereignissen oder Persönlichkeiten aus den Kreisen erzählte, in die sie hineingeboren worden war. Sie wäre nie auf die Idee gekommen, wilde Theorien über Marilyn Monroes Tod aufzustellen.
»Eine absurde Geschichte«, sagte er.
Flo ließ sich nicht beirren. »Sie war eine unbequeme Frau.« Sie nickte bedeutsam, als wolle sie Jules damit andeuten, daß sie viel mehr wußte, als sie sagte. »Ich habe früher vieles mitbekommen.«
»Wo denn?«
»Im Coffee Shop. Du glaubst nicht, was ich da alles aufgeschnappt habe. Und von Glyceria weiß ich auch allerhand: Faye Converse war nämlich mit Marilyn befreundet.«

»Und was ist ›allerhand‹?«
»Was machen mächtige Leute mit jemandem, der ihnen unbequem geworden ist?«
»Na, was?«
»Weißt du das nicht?«
»Nein.«
»Sie räumen die Person aus dem Weg. Marilyn haben sie auch aus dem Weg geräumt.«
»O gütiger Himmel.« Jules seufzte ungeduldig. »Ihr mit euren hanebüchenen Phantastereien!«
»Und ihr mit eurem ewigen Abstreiten, daß es Verschwörungen gibt.« Ihr Ton war plötzlich hart geworden.
Einen Augenblick starrten sie einander schweigend an, dann fragte Jules: »Streiten wir uns etwa?«
»Ich steige aus.« Sie lächelte. »Ich will mir diesen Abend nicht verderben.«

Pauline ging durch einen unordentlichen Seitenflur, vorbei an Krokettschlägern, Tennisschlägern, Stiefeln und Regenschirmen, und betrat ein kleines Wohnzimmer, dessen Einrichtung kaum etwas mit Eleganz, aber sehr viel mit Gemütlichkeit zu tun hatte. Nach längerem Suchen fand sie die Fotoalben auf dem Ablagebrett des Tisches hinter dem Sofa mit dem verknautschten, abgeschabten Chintzbezug.
»Hier habe ich sie«, verkündete sie, als sie auf die Veranda zurückkam. »Ich wußte doch, daß ich sie irgendwo gesehen hatte.«
Ihr Vater lächelte sie an. Er nahm seine Goldrandbrille aus der Brusttasche und setzte sie auf. Pauline zog sich einen Sessel neben seinen Rollstuhl und legte die Alben auf den Tisch vor ihnen. Langsam blätterten sie die Seiten um, und kurz darauf hatte die Vergangenheit sie gefangengenommen. Pauline vergaß für eine Weile ihren Kummer. Als sie zu dem neuesten Album kamen, in dem die Bilder der letztjährigen Geburtstagsparty eingeklebt waren, fragte Poppy: »Was ist eigentlich aus Justine Altemus geworden?«
»Hast du das nicht gehört? Sie hat Herkie Saybrook geheiratet.«
Neville McAdoo nickte beifällig. Eine solche Verbindung be-

trachtete er als angemessen. »Das hat ihrer Mutter sicher gefallen.«
»Ach, Lil ist doch alles recht«, antwortete Pauline.
»Ein guter Krockettspieler, dieser Herkie Saybrook. Sein Großvater und ich waren zusammen in Groton.« Er blätterte weiter und gab jeweils Kommentare zu den abgebildeten Leuten. Dann sagte er unvermittelt: »Du hast mir nicht alles erzählt, was dich bedrückt, stimmt's?«
»Ja.«
»Und?«
»Ich habe das Gefühl, Jules wird von einem Gangster erpreßt«, eröffnete Pauline ihm.
»Weil er eine Geliebte hat?« fragte Poppy. »Das ist doch heutzutage kein Erpressungsgrund mehr.«
»Nein, nicht deshalb. Als wir frisch verheiratet waren, hat er mir gebeichtet, daß Jahre zuvor etwas Schlimmes in seinem Leben vorgefallen sei. Er bat mich, ihn nicht nach Einzelheiten zu fragen. Ich wollte damals nur wissen, ob es gerichtliche Folgen für ihn gehabt habe, und er sagte in etwa: ›Einer der Vorteile, die es mit sich bringt, reiche Eltern zu haben, ist, daß sie einem aus Schlamasseln heraushelfen.‹ Und dann erzählte ich ihm, um ihn abzulenken, die Geschichte von Tante Mauds Mann, den man in Frauenkleidern in einem schmuddeligen Hotel auf der West Side gefunden hatte.«
»Das ist doch nicht dein Ernst!«
»Doch.«
»Aber wir haben alle versprochen, diese Sache niemandem gegenüber zu erwähnen.«
»Ich weiß. Aber Jules tratscht niemals, und er würde nie etwas tun, was mir schaden könnte, das weiß ich.«
»Außer eine Geliebte zu haben.«
Pauline schaute auf den Somes Sound hinaus. »Ich weiß also nicht, was für einen dunklen Punkt es in Jules' Vergangenheit gibt, aber ich fürchte, dieser Gangster – Arnie Zwillman heißt er – weiß es. Ich vermutete früher, er habe vielleicht als Jugendlicher ein Mädchen geschwängert, aber jetzt glaube ich, daß es sich um etwas Ernsteres handelt. Nachdem er sich neulich abends mit diesem Zwillman unterhalten hatte, sah er zum erstenmal richtig alt aus. Was immer es auch sein mag,

wenn es ans Licht kommt, wird es wahrscheinlich die Berufung nach Brüssel gefährden, und diese Berufung ist das Wichtigste in seinem Leben.«
Neville McAdoo klappte das Fotoalbum zu und nahm seine Brille ab, bevor er ernst sagte: »Ein Grund mehr, bei ihm zu bleiben, Pauline.«

Jules gab dem Parkwächter seinen Parkschein.
»Was für ein Modell ist es, Sir?« fragte der Junge.
»Ein dunkelblauer Bentley«, antwortete Jules. Seit längerer Zeit war er heute zum erstenmal nicht mit dem Cadillac zu Flo gefahren.
Flo schaute neugierig zu dem Paar hinüber, das ebenfalls auf seinen Wagen wartete. »Da ist Trent Muldoon wieder!« Aufgeregt tippte sie Jules auf den Arm, um ihn zu veranlassen, sich umzudrehen und sich den Fernsehstar anzusehen. »Ich werde rübergehen und mich mit ihm bekanntmachen«, sagte sie. »Ich habe in irgendeiner Kolumne gelesen, daß er demnächst in Jugoslawien dreht.«
»Nein, du gehst nicht«, protestierte Jules.
»Jules! Hallo-wie-geht's?«
Flo stand mit dem Rücken zur Sprechenden, erkannte jedoch an ihrer Stimme sofort, daß ihr Geliebter von einer Lady aus der High-Society erspäht worden war. Sie fragte sich, wie sie wohl alle diese Art zu sprechen gelernt hatten, die sie sofort als Frauen von Niveau und Reichtum klassifizierte. Später, als sie allein war, wiederholte sie immer und immer wieder dieses »Jules! Hallo-wie-geht's?«, bis sie den Tonfall perfekt imitieren konnte. »Hallo, Madge«, hörte sie Jules antworten. Sie wußte, daß die beiden sich jetzt zuerst auf die eine und dann auf die andere Wange küßten, wie es in diesen Kreisen üblich war. Sie hätte Jules gerne bei diesem Ritual beobachtet, aber sie wagte nicht, sich umzudrehen. »Was machst du denn hier draußen?« fragte die Frau.
»Ich hatte ein kleines Geschäftsessen mit Sims Lord«, erklärte Jules. »Und du? Was hat dich hierher verschlagen?«
»Wir sind auf dem Weg zur Ranch«, antwortete Madge. »Ralph liebt das Essen hier, frag mich nicht, warum – all dieses rohe Fleisch, das die Ärzte für so ungesund halten ... Wo ist

Sims? Ich würde ihn auch gerne begrüßen. Ich habe ihn seit einer Ewigkeit nicht mehr gesehen.«
»Ich glaube, auf der Toilette.«
»Ralph auch. Wie geht es Paulines Vater?«
»Gut. Ein kleiner Schlaganfall kann Neville McAdoo nicht umwerfen.«
»Wann kommt sie zurück?«
Der Bentley hielt vor dem Restaurant, und der Parkwächter sprang heraus. »Ihr Wagen, Sir«, rief er Jules zu. Dann ging er auf die Beifahrerseite hinüber und öffnete die Tür, damit Flo einsteigen konnte.
Sie drehte sich um und blieb unschlüssig stehen. Madge White jedoch, deren Tochter von Kippie Petworth geschwängert worden war, als die beiden vierzehn Jahre alt waren, spürte sofort, daß das hübsche rothaarige Mädchen in dem Chanel-Kostüm Jules' Begleiterin sein mußte.
Jules, der es als Geschäftsmann gewohnt war, schwierige Situationen zu meistern, schaltete blitzschnell: »Oh, darf ich vorstellen: Miss – äh, helfen Sie mir, ich kann mir Namen so schlecht merken«, bat er Flo.
»March«, flüsterte sie verwirrt.
»O ja, natürlich, Miss March. Ich hoffe, Sie können mir verzeihen. Namen sind mein absoluter Schwachpunkt. Dies ist Mrs. White. Miss March arbeitet für Sims.«
»Hallo-wie-geht-es-Ihnen?« Madge starrte die junge Frau mit unverhohlener Neugier an.
Flo nickte nur schweigend. Sie hatte sofort an Madges Blick erkannt, daß diese die wahren Umstände durchschaute, und wußte nicht, wie sie sich verhalten sollte.
Eine Hupe dröhnte: Der Bentley blockierte den Eingang, und es hatte sich schon eine ganze Autoschlange gebildet.
»Ihr Wagen, Sir!« rief der Parkwächter wieder, aber weder Jules noch Flo machten Anstalten einzusteigen.
Da hielt plötzlich ein Taxi neben dem Bentley. Als die Fahrgäste ausstiegen, rief Flo: »Ich nehme das Taxi!« und lief auf den Wagen zu.
Jules rief ihr hinterher: »Aber ich setze Sie gerne zu Hause ab, Miss March.« Er fragte sich, ob Madge wohl die Besorgnis in seiner Stimme bemerkte.

Flo saß bereits im Taxi und sah zu Jules herüber. Sie hatte Tränen in den Augen. »Nein, nein, das ist nicht nötig, Mr. Mendelson. Aber vielen Dank für das Angebot!« Sie schlug die Tür zu und beugte sich zu dem Fahrer vor: »Geben Sie Gas!«

»Und wohin, Lady?« Die junge Frau befand sich offensichtlich in einem Zustand höchster Erregung, und der Chauffeur hoffte, sie würde nicht den Versuch machen, ihn in ihre Probleme einzuweihen.

»Bitte, fahren Sie endlich los! Bitte!« Sie nannte ihm ihre Adresse.

»Soll ich den Laurel Canyon oder den Coldwater Canyon nehmen?« Er sprach mit dem typischen Akzent der Ostküste. Flo schaute aus dem Rückfenster und sah, daß Jules sich gerade von Madge White verabschiedete. Er würde bestimmt in die Azelia Lane fahren, aber sie wollte ihn heute nicht mehr sehen.

»Nein, hören Sie, bringen Sie mich zum ›Château Marmont‹ am Sunset Strip. Und nehmen Sie den Laurel Canyon, das geht schneller.«

Im »Château Marmont« wohnte Philip Quennell.

Aus Flos Tonbandaufzeichnungen

Am Nachmittag des Tages, an dem Pauline nach Northeast Harbor abgereist war, um ihren Vater zu besuchen, war Jules wie immer um dreiviertel vier bei mir. Er sagte mir übrigens nicht, daß seine Frau weg war, ich erfuhr es aus Cyril Rathbones Kolumne. Na ja, wir hatten es schon ein paarmal getan, und er lag auf meinem Bett, telefonierte wie üblich und wickelte noch schnell ein kleines Geschäft ab, bevor wir wieder zur Sache kamen. Für einen Mann in seinem Alter hatte er ein geradezu sensationelles Durchhaltevermögen – besser als fast alle viel jüngeren Burschen.

An diesem Tag brauchte er seinen kleinen Taschenkalender, den er immer mit sich herumtrug. Dort standen seine ganzen Termine drin und die sechzig oder siebzig Telefonnummern, die er für seine Geschäfte und im Privatleben ständig brauchte. Ich stand als »Red« drin – wahrscheinlich, damit Pauline keinen Verdacht schöpfte, wenn sie es mal in die Hände bekam.
An diesem Tag telefonierte er mit irgend jemand Wichtigem, ich weiß nicht mehr mit wem, vielleicht mit Myles Crocker vom Außenministerium, und er winkte mir, ohne sein Gespräch zu unterbrechen, damit ich ihm seinen Taschenkalender aus der Jackettasche holte. Ich konnte nicht widerstehen und blätterte ihn durch, um zu sehen, welche vornehmen Dinnerparties für diese Woche auf dem Programm standen. Und dabei entdeckte ich, daß mehrere Termine bei Dr. Petrie eingetragen waren. Falls Sie den Namen nicht kennen – Dr. Petrie ist einer der führenden Herzspezialisten von Los Angeles. Ich weiß das allerdings nur zufällig, weil Jules mal zu einem Essen ging, das Petrie zu Ehren gegeben wurde. Irgendwie wurde mir plötzlich ganz kalt: Ich hatte Angst, er könne krank sein.
Später fragte ich ihn: »Bist du okay, *Jules?« und er sagte: »Inwiefern?« Und ich antwortete: »Ich habe in deinem Kalender ein paarmal den Namen Dr. Petrie gelesen.« Wenn Jules wütend war, wurde er dunkelrot im Gesicht und sehr still. Und so war es auch diesmal. Er wurde sehr wütend. Er sagte, ich hätte nicht in seinem Buch herumschnüffeln dürfen, so was tue man nicht.*
Wissen Sie, ich dachte immer, das Karussell würde sich ewig weiterdrehen, aber an jenem Tag hätte ich anfangen müssen, mir Gedanken zu machen.

16. Kapitel

Am Nachmittag jenes Tages, an dem Jules und Flo ins San Fernando Valley zum Essen fuhren, kam es auf einer Straße in Beverly Hills zu einer Begegnung, die ebenfalls zu einer Krise in einer Beziehung führte.

Camilla Ebury, die reiche und hübsche junge Witwe, die ein Verhältnis mit Philip Quennell hatte, empfand in wachsendem Maße Gefühle für ihn, die sie ihrem verstorbenen Mann nie entgegengebracht hatte, und immer wieder stiegen in ihr Gedanken an eine mögliche Heirat auf, obwohl sie fast nichts über das Vorleben ihres Liebhabers wußte. Sie wußte nur, daß er kein Mitgiftjäger war. Philip für seinen Teil genoß die für ihn äußerst angenehme Affäre mit Camilla, ohne je an eine dauerhafte Bindung zu denken. Er war nur ein Durchreisender in der Stadt, in der seine Freundin verwurzelt war, und er hatte nach wie vor die Absicht, nach der Beendigung des Drehbuches für Casper Stieglitz nach New York zurückzukehren. Bis dahin hätten sich die hohen Wogen, die sein Buch über Reza Bulbenkian hervorgerufen hatte, sicherlich geglättet.

Wie viele andere Frauen aus ihren Kreisen widmete Camilla einen Großteil ihrer Zeit karitativen und kulturellen Aktivitäten. Sie arbeitete für die Wohlfahrtseinrichtungen der Stadt, und ihr Name fand sich häufig in den Komitees von Benefizveranstaltungen. Sie war der Ansicht, daß Menschen, die in den Reichtum hineingeboren worden waren, die Verpflichtung hatten, den weniger Begünstigten zu helfen. Außerdem

war sie eine exzellente Tennisspielerin sowie eine ausgezeichnete Golferin und nahm oft an Turnieren teil. Sie hatte in Bel Air einen eigenen Tennisplatz, und dort spielten Philip und sie morgens oft ein paar Sätze, bevor er ins »Château Marmont« fuhr, um zu arbeiten. Mehrmals in der Woche spielte sie Golf im Country Club am Wilshire Boulevard.
»In diesem Club sehen alle Leute gleich aus«, sagte Philip eines Sonntags, als sie dort zu Abend aßen.
Sie wußte, was er meinte. »Wenn man sich so lange kennt, wird man sich wohl mit der Zeit ähnlich«, sagte sie jedoch, als verstehe sie nicht, was er sagen wollte. Sie gehörte dem Club an, seit sie denken konnte, ebenso wie ihr Vater und ihr verstorbener Ehemann. Jeden Sonntagabend kam sie mit ihrer Tochter Bunty hierher – ebenso, wie ihr Vater früher mit ihr –, und Philip hatte es sich angewöhnt, sie zu begleiten.
»Keine Filmleute«, hakte er nach.
»Nein.«
»Keine Minderheiten.«
»Und was ist mit Mr. und Mrs. Watkins?«
»Eine verlogene Konzession.«
»Nun, so ist das eben, und es ist immer so gewesen«, meinte sie mit einem Achselzucken. Sie haßte Gespräche wie diese. »Die anderen haben dafür Clubs, in denen *wir* nicht erwünscht sind, vergiß das nicht!«
Philip lachte: Er hörte diese Rechtfertigung von ihr nicht zum erstenmal.
»Nicht einmal die Mendelsons wurden in den Country Club aufgenommen, und das, obwohl Pauline aus einer der vornehmsten Familien der Ostküste stammt«, gab Camilla zu bedenken.
»Ich wette, wenn du nachforschen würdest, kämst du dahinter, daß das Problem Jules ist und nicht seine Frau.«
Sie antwortete nicht. Dann entdeckte sie ihre Tochter. »Da kommt Bunty, bitte, wechsle das Thema!«
Philip spielte nicht Golf, aber eines Tages bat Camilla ihn, sich mit ihr zum Mittagessen im Club-Grill zu treffen, wo alle Golfer nach dem Spiel aßen. Sie gefiel ihm ausgesprochen gut mit ihrer Schirmmütze, den knappen Shorts und der pastellgestreiften Bluse. Rose Cliveden hatte ihren ersten Auftritt im

Club, seit sie sich am Tag von Hector Paradisos Beerdigung das Bein gebrochen hatte. Sie liebte dramatische Auftritte und ließ sich im Rollstuhl von einer Krankenschwester hereinschieben, obwohl sie schon recht gut an Krücken gehen konnte.

»Ich bin wieder da!« rief sie. Ihre Freunde stürzten auf sie zu, um sie zu begrüßen, und für alle wurden Bloody Marys bestellt. Wie immer, wenn Rose auftauchte, begann eine Party. Aus der Seitentasche ihres Rollstuhls zauberte sie zwei hübsch verpackte Geschenke hervor. Eines war für Clint, den Barmixer, dem sie die Schuld für ihren Unfall gegeben hatte, weil seine Bloody Marys angeblich zu stark gewesen waren, und das andere war für ihre Freundin Camilla Ebury, die an diesem Tag dreiunddreißig Jahre alt wurde.

»Du hast mir gar nicht gesagt, daß du heute Geburtstag hast«, beschwerte sich Philip, als sie an einem separaten Tisch Platz genommen hatten.

Camilla errötete. »Ich sage nie jemandem, daß ich Geburtstag habe. Rose sorgt schon dafür, daß es bekannt wird: Sie hat ein Buch, in dem alle Geburtstage stehen. Ich weiß nie, wann wer Geburtstag hat.«

»Was machst du nach dem Essen?« fragte er.

»Ich muß um vier zu einer Besprechung ins Waisenhaus.«

»Und bis dahin?«

»Werde ich duschen und mich umziehen.«

»Du kommst mit mir«, widersprach Philip.

»Wohin?«

»Dir ein Geschenk kaufen.«

»Das mußt du doch nicht.«

»Das weiß ich. Aber ich will es.«

Eine halbe Stunde später schlenderten Philip und Camilla Hand in Hand den Rodeo Drive entlang und schauten sich die Auslagen an. Sie fühlten sich unbeschwert und glücklich, als schwänzten sie die Schule. Plötzlich sah Philip eine hübsche junge Frau auf sich zukommen. Er war so überrascht, daß er wie angewurzelt stehenblieb. Die junge Frau hatte ihn schon früher entdeckt und länger Zeit gehabt, den Schock dieser unerwarteten Begegnung zu verkraften.

»Hallo«, sagte er.

»Hallo«, antwortete sie.
Camilla sah von einem zum anderen und ließ Philips Hand los.
»Was für ein unglaublicher Zufall«, sagte er.
»Kann man wohl sagen«, stimmte ihm die junge Frau zu.
»Wohnst du jetzt hier?« fragte er.
»Nein. Du?«
»Nein. Ich arbeite nur ein paar Monate hier. Wo lebst du denn?«
»Immer noch in San Francisco. Und du in New York?«
»Ja.« Ein unbehagliches Schweigen folgte.
Camilla unterbrach es schließlich: »Philip, ich gehe zurück zum Auto.«
»Oh, entschuldigt bitte«, sagte Philip hastig. »Das ist Camilla Ebury – Terry, äh, wie heißt du denn zur Zeit?«
Sie lachte. »Immer noch Sigourney.«
»Terry Sigourney – Camilla Ebury«, brachte Philip die Vorstellung endlich zustande.
Die beiden Frauen nickten einander zu.
»Ich habe dein Buch über diesen Wall-Street-Menschen gelesen«, wandte sich Terry an Philip.
Er nickte.
»Haben sie dir wirklich die Beine gebrochen? Ich hab' irgend so was gelesen.«
»Nein, nein. Es war nur eine Drohung.«
Camilla hatte genug. »Ich nehme mir drüben am ›Beverly Wilshire‹ ein Taxi.«
»Nein, nein, warte doch!« Philip griff nach ihrer Hand.
Sie entzog sie ihm.
»Tja, ich muß weiter«, sagte Terry und wandte sich dann an Camilla: »Wie gefällt Ihnen denn seine niedliche Tätowierung da unten?«
Camilla wurde dunkelrot vor Zorn und Verlegenheit.
Terry sah Philip an. »Wiedersehen, Philip! Wenn es dich mal nach San Francisco verschlagen sollte, ich habe dort eine Galerie. Hauptsächlich Stiche von Vögeln. Sie steht im Telefonbuch.« Damit ging sie weiter.
Camilla und Philip sahen sich einen Augenblick lang schweigend an. Dann sagte er: »Du hast dich unmöglich benommen.«

»*Ich* habe mich unmöglich benommen? Und was ist mir *ihr?* Was sollte diese anzügliche Bemerkung über die Tätowierung?«
»Na, die hast du ihr ja geradezu abgebettelt.«
»Ich war eben eifersüchtig.«
»Vergessen wir's! Wohin gehen wir als nächstes? Drüben im ›Beverly Wilshire‹ gibt es eine Tiffany-Filiale, *okay?*«
»Wie komme ich nur zu der Vermutung, daß Terry mehr für dich war als eine flüchtige Bekanntschaft?«
Er antwortete nicht gleich.
»Na?« bohrte sie weiter.
»Eine Jugendtorheit«, erklärte er.
»Und *wie* töricht?«
Philip schwieg einen Moment, dann sagte er: »Ich war mal mit ihr verheiratet.«
Camilla starrte ihn entsetzt an. »Verheiratet? Du hast mir nie erzählt, daß du verheiratet warst.«
»Weil ich es schon fast vergessen hatte.«
»Wie kann man eine Ehe vergessen?«
»Ich war damals erst achtzehn. Wir sind nach Mexico durchgebrannt.«
»Wurde die Ehe annulliert?«
»Nein, geschieden.«
»Wie lange warst du verheiratet?«
»Nicht einmal ein Jahr.«
»Bring mich bitte nach Hause! Ich muß um vier im Waisenhaus sein und möchte mit meinem eigenen Wagen hinfahren.«
»Ich habe dir doch noch kein Geschenk gekauft!«
»Ich will auch keins.«
Sie fuhren schweigend nach Bel Air. Als er in die Zufahrt einbog, griff sie nach ihrer Handtasche, und als der Wagen vor dem Haus hielt, hatte sie die Tür bereits geöffnet. Sie wollte aussteigen, aber Philip legte die Hand auf ihren Arm.
»Warum bist du so?« fragte er.
»Wie lange gehe ich jetzt schon mit dir ins Bett? Seit der Nacht, in der Hector umgebracht wurde – und mir ist klargeworden, daß ich nicht das Geringste über dich weiß. Nichts.«
»Ich wußte nicht, daß man vor Beginn einer Affäre Referenzen vorlegen muß.«

Sie ging nicht darauf ein. »Ich weiß nicht, ob du einen Vater, eine Mutter, einen Bruder oder eine Schwester hast – oder sogar ein Kind.«
»Du kannst beruhigt sein.«
»Und jetzt erfahre ich durch einen Zufall, daß du verheiratet warst.«
»Das warst du doch auch.«
»Es stört mich ja auch nicht, daß du verheiratet warst. Mich stört nur, daß du mir etwas so Wichtiges verschwiegen hast.«
»Das liegt zwölf Jahre zurück, und es dauerte nur sieben Monate. Was ist dabei?«
»Es ist nichts dabei.«
»Ich war damals anders als heute. Wilder. Rebellisch. Meine Eltern schickten mich ins Internat, als ich erst elf war, weil sie sich scheiden ließen, und die nächsten sieben oder acht Jahre verbrachte ich damit, eine Möglichkeit zu suchen, mich an ihnen zu rächen. Und nach Mexico abzuhauen erschien mir schließlich als das geeignete Mittel. Das Ganze war eine kindliche Verirrung, nicht mehr.«
»Was ist dein Geheimnis, Philip?«
»Ich verstehe nicht.«
»Du hast ein Geheimnis. Ich spüre es. Ich weiß es.«
Er mied ihren Blick.
»Du wirst es mir nicht erzählen, oder?«
Er antwortete nicht.
»Ich will dich nicht mehr wiedersehen, Philip.«
»Das ist ziemlich kindisch, finde ich.«
Sie schüttelte den Kopf. »Laß dir erzählen, was für eine Idiotin ich bin. Ich dachte, du würdest mir vielleicht einen Heiratsantrag machen. Ich ging sogar zu meinen Anwälten – nur für alle Fälle. Mein Leben wird von Anwälten geregelt, das ist ein Teil eines Arrangements, das mein Vater getroffen hat. Sie teilten mir mit, daß du im Falle einer Heirat einen Ehevertrag unterschreiben müßtest.«
Philip lachte verblüfft. »Das würde ich nie tun.«
»Dann könntest du mich nicht heiraten.«
»Aber das will ich doch auch gar nicht.«
Camilla errötete tief. »Nicht?«
»Nein: Männer sollten niemals Frauen heiraten, die mehr

Geld haben als sie selbst. So was kann nur schiefgehen. Du kannst also deinen Anwälten mitteilen, sie können den Ehevertrag im Klo runterspülen.«

»Es besteht kein Grund, grob zu werden.«

»Ich bin nicht grob, ich stelle nur eine Tatsache fest. Was hast du gegen eine Liebesaffäre? Wir hatten doch wirklich eine besonders schöne Zeit miteinander. Ich war noch nie der Ansicht, daß eine Romanze unweigerlich in eine Ehe münden muß.«

»Adieu, Philip!« Sie verabschiedete sich. »Wenn du dich dazu bereitfinden solltest, mir dein Geheimnis zu verraten, können wir ja gelegentlich mal zusammen zu Mittag essen.« Sie stieg aus.

Philip starrte ihren Rücken an. »Ein Mädchen ist durch meine Schuld an den Rollstuhl gefesselt. Ich saß eines Tages betrunken am Steuer«, sagte er. »Der Unfall hat mein Leben für immer verändert.« Damit fuhr er los.

Philip Quennell hatte seit seiner Ankunft in Los Angeles nicht viele Freunde gefunden. An seinem ersten Abend in der Stadt hatte er auf der Party bei den Mendelsons Camilla Ebury kennengelernt. Der geheimnisvolle Tod ihres Onkels in jener Nacht hatte sie einander sehr schnell nähergebracht, und er hatte seitdem den größten Teil seiner freien Zeit mit ihr verbracht und dabei mehr ihr Leben mitgelebt, als sich ein eigenes zu schaffen. Der Bruch, den die unerwartete Begegnung mit Terry Sigourney verursachte, hatte ein abruptes Ende seines gesellschaftlichen Lebens zur Folge. Er hatte keine Lust, Casper Stieglitz zu besuchen. Der Mann war ihm inzwischen zutiefst zuwider. Er fühlte auch kein Bedürfnis, Lonny Edge aufzusuchen – nicht einmal, um näheres über seine Freundschaft mit dem berühmten Autor Basil Plant zu erfahren, den Philip verehrte. Er hatte nur den Wunsch, das Drehbuch zu beenden, das er Casper Stieglitz dennoch zugesagt hatte, und möglichst bald nach New York zurückzukehren.

An diesem Abend saß er in seinem Zimmer im »Château Marmont« und arbeitete, als es klopfte. Normalerweise wurden Besucher von der Rezeption telefonisch angekündigt, aber in diesem Fall war kein Anruf erfolgt. Als Philip die Tür öffnete, sah er sich unvermutet der hübschen jungen Frau gegenüber, die er nur als Flo M. kannte. Sie trug wie immer ein Chanel-Kostüm, aber im Gegensatz zu der kühlen Zurückhaltung, die er von den Treffen bei den Anonymen Alkoholikern her kannte, schien sie heute höchst erregt.

»Wollen Sie mich nicht reinbitten?« fragte sie.

»Oh, natürlich, entschuldigen Sie«, antwortete er hastig und öffnete die Tür zur Gänze. Flo trat ins Zimmer, und er machte die Tür wieder zu.

»Hier leben Sie also«, stellte sie überflüssigerweise fest. »Ich habe das Hotel noch nie von innen gesehen. Ich war früher Kellnerin im ›Viceroy Coffee Shop‹ oben am Sunset Boulevard. Alle Schriftsteller, die hier wohnten, kamen regelmäßig zum Frühstück zu uns, und deshalb hörte ich viel über dieses Haus. Es ist wirklich hübsch hier, finden Sie nicht?«

»Irgendwie habe ich den Verdacht, daß Sie nicht um halb elf Uhr nachts hergekommen sind, um das Hotel endlich von innen zu sehen.«

»Sie sind auch Schriftsteller, oder? Sie sehen aus wie ein Schriftsteller.« Sie spazierte im Zimmer herum und sah sich alles ganz genau an. Sein Computer stand auf einem Schreibtisch und der Drucker daneben auf einem kleinen Spieltisch. Sie beugte sich vor und las die bernsteinfarbene Schrift auf dem Monitor. »Sie schreiben ein Drehbuch, ja?«

»Sind Sie in Schwierigkeiten?«

»Nein, überhaupt nicht. Arbeiten Sie immer im Morgenmantel? Dieser blau-weiß-gestreifte Stoff ist wirklich hübsch. Hat Ihnen Ihre Freundin geschenkt, wette ich.«

»Wenn ich es nicht besser wüßte, würde ich glauben, Sie stehen unter Aufputschmitteln«, sagte er. »Sie reden wie ein Wasserfall.«

Sie öffnete die Balkontür und trat hinaus. »Mann, schauen Sie sich bloß den Verkehr auf dem Sunset Boulevard an!« rief sie ins Zimmer.

Er folgte ihr. Sie lehnte auf dem Geländer und sah hinunter. Jetzt nahm sie eine Zigarette aus dem goldenen Etui mit den Saphirbuchstaben, zündete sie mit ihrem goldenen Feuerzeug an und inhalierte tief.

»Was ist los, Flo?« Er nahm ihr die Zigarette aus den Fingern und warf sie vom Balkon.

»Könnten Sie mich vielleicht für heute nacht aufnehmen?«
»Ist ziemlich eng hier.«
»Das würde mich nicht stören«, meinte sie.
Sie sahen einander an.
»Sie sind noch verbandelt?«
Er lächelte traurig. »Leider nicht. Warum?«
»Ich auch nicht mehr.«

Als Ralph White aus der Herrentoilette des Steakhauses im San Fernando Valley kam und in den Wagen stieg, den der Parkwächter inzwischen vorgefahren hatte, fragte Madge ihn sofort: »Hast du Sims Lord auf der Toilette getroffen?«
»Sims? Nein. Außer mir war niemand dort«, antwortete Ralph. »Warum?«
»Du wirst nicht glauben, was ich gerade erlebt habe!« begann Madge aufgeregt zu erzählen.
Jules Mendelson war schon weg: Er hatte einen derartigen Blitzstart hingelegt, daß Madge überzeugt war, die Polizei würde ihn an der nächsten Ecke stoppen. Aber er hatte Glück. Er bog vom Ventura Boulevard in den Coldwater Canyon ab und raste den Berg hinauf, wobei er ununterbrochen hupte und langsamere Fahrzeuge rücksichtlos von der Straße scheuchte. Als er oben ankam, verlangsamte er seine Geschwindigkeit, denn auf der Beverly-Hills-Seite des Canyons patroullierten mehr Steifenwagen als auf der anderen. Kurze Zeit später bog er links in die Straße ein, die zur Azelia Lane führte.
Während der Fahrt legte er sich zurecht, was er Flo sagen wollte. Er hatte nicht mit ihr ausgehen wollen. Das, was er am meisten fürchtete, war tatsächlich geschehen. Die Schuld lag bei ihr, nicht bei ihm. Das würde er ihr schon klarmachen. Aber gleichzeitig wurde er die Erinnerung an den traurigen und verletzten Ausdruck ihrer Augen nicht los, den er gesehen hatte, als er vorgab, ihren Namen nicht mehr zu wissen.
Er fuhr in die Einfahrt des Hauses, das er für sie gemietet hatte, sprang aus dem Auto und nahm sich in der Eile nicht einmal die Zeit, die Tür zu schließen. Er drückte ungeduldig auf die Klingel. Als keine Reaktion erfolgte, sperrte er mit seinem Schlüssel auf. Auch die Haustür ließ er offen. Die

Lampen brannten noch genauso wie bei ihrem Weggang, und auch die Gläser standen noch auf dem Couchtisch.
»Flo!« rief er. »Flo! Wo bist du, Flo?« Er lief ins Schlafzimmer, ins Bad und hinaus in den Innenhof. Keine Spur von ihr. Es war ihm ein Rätsel, wo sie sein konnte. Er wußte, daß sie keine Freundinnen hatte außer dem Dienstmädchen von nebenan, aber sie würde niemals in Faye Converses Haus gehen, um Fayes Mädchen zu besuchen.
Astrid, das Erbstück von Hector, hatte Geräusche gehört und kam durch die Hecke. Sie stürzte durch die offene Haustür herein, überzeugt, daß sie gleich mit Freuden begrüßt und mit Leckerbissen verwöhnt würde.
Hund und Mann glaubten beide, die Geräusche würden von Flo verursacht. Jules rannte vom Schlafzimmer ins Wohnzimmer und stand plötzlich Astrid gegenüber. Sie starrten einander an, wie sie es bei ihrer ersten Begegnung getan hatten – in Hector Paradisos Bibliothek mit der Leiche zwischen sich, wo Jules den verräterischen Zettel an sich genommen hatte, bevor die Polizei kam. Astrid bellte wie verrückt, als fürchte sie, daß nun auch Flo etwas zugestoßen sei.
»Verschwinde, du kleines Mistvieh!« befahl Jules mit drohender Stimme.
Doch Astrid bellte weiter und rückte langsam vor.
Jules nahm einen der Kerzenleuchter vom Kaminsims, an denen gefährlich aussehende Drachen emporkrochen, und für die Nellie Potts Flo mehrere tausend Dollar abverlangt hatte, weil sie angeblich antik waren und aus dem Schloß des letzten Kaisers von China stammten. Er schwang den Kerzenhalter wie einen Besen, und der kleine Hund wich ängstlich zurück.
»Raus hier!« brüllte Jules und verfolgte Astrid, bis er sie aus der Haustür getrieben hatte, die er danach sofort zuschlug.
Er ging zu Flos Bar. Die Dutzende und Dutzende von Steuben-Gläsern standen ordentlich aufgereiht auf Glasborden. Er nahm ein Weinglas, öffnete den kleinen Kühlschrank unter dem Tresen, holte eine Flasche Weißwein von der Bresciani-Auktion heraus und goß sich ein Glas ein. Dann setzte er sich auf Flos Sofa, nahm den Telefonhörer ab und wählte eine Nummer.
»Dudley, hier ist Mr. Mendelson«, sagte er, als sein Butler

sich meldete. »Es tut mir leid, Sie so spät noch aufzuschrekken. Hat Mrs. Mendelson angerufen? Aha. Dudley, ich komme heute nicht nach Hause. Ich bleibe hier im Büro. Ich habe noch zu arbeiten, und morgen muß ich schon sehr früh zu einer Besprechung. Was sagen Sie? Nein, danke. Das wird nicht nötig sein. Im Büro sind frische Hemden – *hier,* meine ich – und Wäsche. Aber das ist sehr freundlich von Ihnen. Bitte, legen Sie Willi einen Zettel hin, daß er mich morgen im Büro rasieren soll. Nein, ich glaube nicht, daß Mrs. Mendelson heute noch anruft. In Maine muß es jetzt schon nach eins sein. Ich rufe morgen früh wieder an. Gute Nacht, Dudley.«

Als Jules um fünf Uhr zu der ihm gewohnten Zeit auf Flos Sofa aufwachte, sprang er auf und ärgerte sich, daß er eingeschlafen war. Sicher war Flo irgendwann nach Hause gekommen und gleich ins Bett gegangen. Aber sie war nicht da. Er fuhr ins Büro, wo er erst einmal badete und sich umzog. Willi, der ihn mit einem langen Messer rasierte, mußte zweimal absetzen, weil er fürchtete, ihn zu schneiden, als Jules unvermittelt in sich zusammensank. Jede Stunde wählte er ihre Nummer. Mittags sagte er eine Verabredung ab und fuhr zu ihrem Haus. Er geriet allmählich in Panik. Zuerst rief er bei der Polizei an, um festzustellen, ob nachts ein Unfall eines Valley-Taxis gemeldet worden sei. Dann rief er die Notaufnahmestationen der Krankenhäuser an, um zu erfahren, ob eine gewisse Miss Flo March oder eine Miss Fleurette Houlihan eingeliefert worden sei. Danach fuhr er zum »Viceroy Coffee Shop«. Abends saß er auf Clouds in der Bibliothek. Das Essen, das Blondell ihm auf einem Tablett gebracht hatte, rührte er nicht an.

Zwei Tage später rief er Sims Lord an, seinen Anwalt und Freund. Sims wußte, daß Jules eine Affäre hatte: Er hatte den Saphirring für Flo besorgt ebenso wie den Nerzmantel und noch mehrere andere Geschenke, die Jules aus Furcht vor möglichem Gerede nicht selbst hatte kaufen wollen. Sims, der zum zweitenmal geschieden und frei von jeder persönlichen Beschränkung war, half Jules gerne. Er war in Pasadena geboren und hatte eine Ostküstenerziehung genossen. Seine Kleidung war konservativ und zurückhaltend vornehm, was besonders Pauline gefiel. Er sah gut aus, wie ein klarer Wintertag, hatte ihn Pauline einmal beschrieben. Sein Haar war frühzeitig weiß geworden, und seine Augen leuchteten in einem intensiven Blau. Er konnte sehr freundlich und verbindlich sein, aber auch sehr kalt und abweisend – je nachdem, was die jeweilige Situation erforderte. Und diese Fähigkeit schätzten die Mendelsons besonders an ihm. Es hieß, Sims Lord sei der Anwalt mit nur einem Klienten – Jules Mendelson –, was nicht stimmte, denn er hatte viele Klienten, aber andererseits traf es gewissermaßen doch zu, denn die Angelegenheiten der Mendelsons beanspruchten seit nun schon zwei Jahrzehnten achtzig Prozent seiner Zeit.

Sims wußte also von Jules' Verhältnis, hatte jedoch nicht geahnt, welches Ausmaß an Leidenschaft dieser der ehemaligen Kellnerin entgegenbrachte, und so war er regelrecht schockiert angesichts Jules' Aussehen, als dieser an jenem Morgen in sein Büro trat.

»Flo hat mich verlassen«, sagte Jules mit Tränen in den Augen. In seiner Stimme lag ein Schmerz, dessen Sims ihn gar nicht für fähig gehalten hatte. Die beiden Männer sprachen mehrere Stunden miteinander. Jules schilderte Sims seine Beziehung zu Flo mit vorbehaltloser Offenheit. »Wenn sie zurückkommt, mußt du ihr das Haus kaufen – und den Wagen. Ich will, daß alles auf ihren Namen läuft. Ich möchte nicht, daß sie in der Luft hängt, falls mir etwas passieren sollte. Und ich will auch Pauline keinen Peinlichkeiten aussetzen. Also ist es am besten, wir regeln alles vorher.«

»Was glaubst du, wo sie ist?« fragte Sims, obwohl sie diese Frage schon x-mal erörtert hatten.

»Ich weiß es nicht.«

»Hat sie Familie?«

»Nein.«

»Jules, spring mir jetzt nicht ins Gesicht...«

»Warum sollte ich.«

»Gibt es vielleicht einen anderen Mann?«

»Großer Gott!« Der Gedanke, ein anderer Mann könnte Flo berühren, war für Jules unerträglich.

»Hast du schon daran gedacht, einen Privatdetektiv zu engagieren?«

»Wäre das nicht gefährlich, denk an die eventuelle Publicity!«
»Nein, nein. Ich weiß den richtigen Mann für dich. Er ist absolut diskret. Wird dich natürlich was kosten, aber das spielt ja wohl keine Rolle. Sein Name ist Trevor Dust.«

Als Philip Quennell zu Casper Stieglitz fuhr, um ihm den ersten Entwurf seines Drehbuches zu bringen, blieb Flo in seinem Zimmer. Sie hatten das Hotel seit ihrer Ankunft kaum verlassen, außer um zu den Meetings der Anonymen Alkoholiker zu fahren oder zum Essen zu »Musso and Frank's« am Hollywood Boulevard zu gehen. Philip mochte dieses Restaurant, und außerdem hielt er es für äußerst unwahrscheinlich, dort Jules Mendelson zu treffen. Jemand klopfte leise und zögernd an die Tür. Flo hatte Philips Morgenmantel an, saß auf einem der beiden Ledersessel und las Cyril Rathbones Kolumne im »Mulholland«.
»Herein!« rief sie in der Meinung, es sei das Zimmermädchen.
Als Camilla Ebury eintrat, wußte Flo March sofort, wer sie war: Zwei Tage lang hatten sie und Philip einander ausführlich ihre Geschichten erzählt.
»Oh, es tut mir leid«, sagte Camilla. »Ich habe mich im Zimmer geirrt.«
In Flos Augen war Camilla absolut perfekt. Ihr blondes Haar war in der Mitte gescheitelt und wurde von zwei Spangen zurückgehalten. Sie trug eine echte Perlenkette. Ihr grünweißes Kleid war aus Seide. Sogar ihr Parfüm duftete vornehm. Sie sah aus, als sei sie auf dem Weg zu einer Besprechung eines Wohltätigkeitskomitees im »Bistro Garden«. Flo war überzeugt, daß sich ihr »Hallo-wie-geht-es-Ihnen« genauso anhören würde wie das von Madge White.
Camilla trat rückwärts auf den Flur hinaus, um die Nummer an der Zimmertür nochmals zu lesen, obwohl sie den Morgenmantel sofort als den von Philip erkannt hatte. »Ich verstehe das nicht.« Sie sah das Mädchen ratlos an.
»Es ist ganz einfach. Ich bin Flo March.«
»Hallo-wie-geht-es-Ihnen?«
Flo lächelte. »Sie sind Camilla, stimmt's?«
»Ja. Woher wissen Sie das?«
Flo musterte sie aufmerksam. Im Gegensatz zu ihrem eigenen

hübschen Gesicht fand man in dem von Camilla keine Spuren eines Existenzkampfes. Sie hatte immer alles gehabt, sich nie um etwas bemühen müssen. Sie war zwar nicht arrogant geworden, aber sie betrachtete ihren Reichtum und ihr sorgenfreies Leben als Selbstverständlichkeit.
»Ich glaube, ich gehe lieber«, meinte Camilla. »Es war dumm von mir, überhaupt herzukommen.«
»Hören Sie! Ich wette, Sie denken, Phil und ich hätten was miteinander. Aber da irren Sie sich ganz gewaltig. Wir sind nur Freunde, das ist alles. Ich brauchte für ein paar Tage einen Unterschlupf, und er bot ihn mir.«
Camilla sah sie zweifelnd an.
»Ein Mann und eine Frau können durchaus Freunde sein, ohne daß sich was zwischen ihnen abspielt – sogar wenn der Mann so gut aussieht wie Phil. Früher habe ich das nicht geglaubt, aber jetzt weiß ich es. Außerdem bin ich schon vergeben. Das habe ich ihm gleich gesagt, als wir uns kennenlernten. Und Sie sind offenbar seine Liebe.«
»Hat er das gesagt?« fragte Camilla überrascht.
»Ja.« Flo nickte. »Das hat er.«
»Was bin ich für eine Närrin!« schalt sich Camilla. »Jetzt habe ich ihm schon zweimal gesagt, ich wolle ihn nicht mehr sehen, und beide Male wollte ich überhaupt nicht, daß wir uns trennen.«
»Das hört sich an, als seien Sie in ihn verliebt.«
»Das bin ich auch.«
»Wollen Sie einen Rat?«
»Ja.«
»Bleiben Sie noch ein Weilchen hier. Er wird bald zurück sein. Ich wollte mich sowieso gerade anziehen und gehen.«
Flo stand auf, öffnete die Schranktür und nahm ein Chanel-Kostüm heraus. »Er ist zu Casper Stieglitz gefahren, um ihm den ersten Entwurf des Drehbuches zu bringen.«
»Oh.« Camilla betrachtete Flo interessiert. Das Kostüm war offensichtlich für den Abend gedacht, und als Flo die Jacke anzog, sah Camilla das Pariser Etikett. Die Kleidung und die Frau paßten irgendwie nicht zusammen. Sie war hübsch, sehr hübsch sogar, und ihre Züge zeigten Humor und Warmherzigkeit, aber ihre Stimme ließ auf einen anderen Hintergrund als den Camillas schließen – und auf ein härteres Leben.

»Sind Sie Schauspielerin?« fragte Camilla.
»Ich habe mal für eine Miniserie vorgesprochen, das war meine ganze schauspielerische Karriere«, antwortete Flo. »Natürlich bekam ich die Rolle nicht, Ann-Margaret bekam sie. Sie sagten, sie bräuchten einen bekannten Namen.«
»Ich dachte ja auch nur...« sagte Camilla. »Es geht mich ja gar nichts an.«
»Ich weiß, ich bin schwer einzuordnen.« Flo grinste. »Ich scheine nicht zu einer eindeutigen Kategorie zu gehören.« Sie zog ihre Schuhe an. Dann hängte sie sich die Handtasche mit der langen goldenen Kette über die Schulter. »So, ich bin soweit. Wenn Phil kommt, dann sagen Sie ihm bitte, ich bedanke mich sehr, *okay?*«
Camilla nickte.
»Ich wette, er sieht scharf aus in seinen Jockey-Unterhosen.« Flo lächelte.
»Er trägt Boxershorts«, erklärte Camilla.
»Da sehen Sie, wie wenig ich von ihm weiß...«

Jules saß auf einem von Flos grauen Satinsofas und redete auf Trevor Dust ein, den Privatdetektiv, den Sims Lord ihm empfohlen hatte. Auf dem Tisch lagen Fotos von Flo, große Hochglanzbilder, die sie hatte machen lassen, als sie noch im »Viceroy Coffee Shop« arbeitete, und neuere Schnappschüsse, die an ihrem Swimmingpool aufgenommen worden waren. Außerdem hatte Jules mehrere Chanel-Kostüme auf dem anderen Sofa ausgebreitet, um dem Detektiv zu zeigen, was Flo getragen hatte, als Jules sie zuletzt sah.
Der Detektiv nahm die Sonnenbrille mit den geschliffenen Gläsern ab und setzte statt dessen seine Lesebrille auf. Dann zog er aus der Gesäßtasche seiner Hose einen kleinen Spiralblock und überflog seine Notizen. »Der Taxichauffeur war ein Iraner namens Hussein Akhavi. Er ist in Ordnung, das habe ich überprüft. Akhavi erinnert sich daran, daß eine Frau, auf die Miss Marchs Beschreibung paßt, an dem bewußten Abend in sein Taxi gestiegen ist. Er sagte, sie sei sehr aufgeregt gewesen und habe vielleicht sogar geweint. Er habe sich nicht in die Probleme der Frau hineinziehen lassen wollen. Er sagte, sie habe ihm zuerst eine Adresse in Beverly Hills angegeben –

wahrscheinlich diese hier, aber das wußte er nicht mehr –, es sich dann aber anders überlegt und ihn gebeten, sie zum Hotel ›Château Marmont‹ am Sunset Strip zu bringen. Sie gab ihm einen Zwanziger und sagte, er solle den Rest behalten. Aber weder eine Miss March noch eine Miss Houlihan hat sich in jener Nacht oder seitdem im ›Château Marmont‹ eingetragen.«

»Gute Arbeit.« Jules nickte anerkennend. »Und jetzt machen Sie bitte folgendes: Besorgen Sie mir eine Kopie der Gästeliste der fraglichen Nacht und jeder folgenden.«

»Ist zum Teil schon erledigt«, sagte Trevor Dust. Er klappte seine Brieftasche auf und entnahm ihr ein Kuvert, das er Jules reichte. »Hier ist die Liste der besagten Nacht. Ich mußte den Nachtportier bestechen, um sie zu bekommen. Die Liste für die folgenden Nächte besorge ich noch.«

In diesem Augenblick fuhr ein Taxi vor und Flo stieg aus. Sie sah Jules' Bentley und einen zweiten, unscheinbaren Wagen in der Einfahrt stehen, schloß eilends die Haustür auf und ging ins Wohnzimmer.

»Hallo«, sagte sie gelassen.

»Flo!« rief Jules. »Wo zum Teufel bist du gewesen?«

»Ich mußte nachdenken.«

»Aber du bist zurückgekommen.«

»Ich hatte es satt, immer dasselbe Kostüm zu tragen.«

Jules stürzte auf sie zu und wollte sie in die Arme nehmen, aber sie wich zurück.

»Wer ist denn dein Freund? Und warum liegen lauter Fotos von mir herum – und meine Kleider? Wer sind Sie? Ein Bulle? Ein Privatdetektiv?«

»Ich war in Panik, Flo«, erklärte Jules. »Ich habe Mr. Dust engagiert, um dich ausfindig machen zu lassen.«

»Ich bin nicht bereit, in seiner Gegenwart ein privates Gespräch zu führen.« Flo zeigte mit dem Finger auf Trevor Dust. »Schmeiß den Schnüffler raus, dann können wir reden.«

Jules war so glücklich, Flo wiederzuhaben, daß er ihre Ausdrucksweise nicht einmal bemerkte. »Gut. Das wäre dann alles, Mr. Dust. Ich danke Ihnen sehr. Schicken Sie mir die Rechnung ins Büro!«

Als er den Detektiv zur Tür brachte, ging Flo zur Bar und

holte sich eine Dose Cola light aus dem Kühlschrank. Sie öffnete sie und trank einen Schluck aus der Büchse. Doch dann erinnerte sie sich an ihre Steuben-Gläser und goß die Limonade in ein Wasserglas.

Als Jules zurückkam, hielt sie es ihm entgegen: »Hübsche Gläser hast du mir gekauft.«

»Wo warst du?«

»Bei einem Freund.«

»Bei was für einem Freund?«

»Einem Freund eben.«

»Freund oder Liebhaber?«

»Das geht dich nichts an.«

Außer sich vor Eifersucht packte Jules sie am Arm, und zwar so grob, daß ihr das Glas aus der Hand fiel und vor dem Kamin auf dem Steinboden zerschellte. Sie schrie auf vor Schmerz.

Sofort ließ er sie los. »O mein Gott!« stöhnte er. »O Flo, es tut mir leid, das wollte ich nicht.«

Sie wich zurück. Angst stand in ihr Gesicht geschrieben. »War das damals auch so mit dem Mädchen, das 1953 in Chicago vom Balkon deines Zimmers im ›Roosevelt Hotel‹ fiel?« fragte sie. »Hast du sie so erschreckt, daß sie vor dir zurückwich und abstürzte?«

»Flo, bitte verzeih mir!« flehte er sie an. Er kniete sich hin, umschlang ihre Oberschenkel und preßte sie an sich. »Verzeih mir! Ich liebe dich, Flo! Ich liebe dich! Bitte, verzeih mir!«

Flo March hatte Jules Mendelson nie zuvor weinen sehen.

»Ist Pauline noch in Northeast Harbor?« fragte Flo.

»Ja.«

»Gut. Ich möchte nämlich etwas tun.«

»Und was?«

»Ich will Clouds sehen.«

»O nein, das wäre nicht klug.«

»Warum nicht?«

»Eine überflüssige Frage: Es ist Paulines Haus.«

»*Deines* doch wohl auch. Ich will es nur mal sehen, Jules, nur durch die Zimmer gehen – das ist alles.«

»Ausgeschlossen.«

»Warum?«
»Es könnte katastrophale Folgen haben.«
»Wer sollte es denn erfahren?«
»Zum Beispiel Dudley ... und Blondell ... und Smitty.«
»Und wer sind die drei?«
»Der Butler, das Mädchen und der Wächter. Und dann ist da auch noch das Küchenpersonal. Die Köchin Gertie, und noch ein paar, deren Namen ich mir nie merken kann.«
Flo überlegte. »Hast du manchmal auch Besprechungen auf Clouds?«
»Ja, manchmal.«
»Dann komme ich eben einfach zu einer Besprechung.«
»Was für eine Idee!«
»Nein, hör doch mal! Du fährst nach Hause und sagst zu Mr. Dudley: ›Ich erwarte eine Miss March zu einer Besprechung.‹ Dann, so um acht oder halb neun, komme ich. Ich klingle. Dudley macht mir auf und führt mich in die Bibliothek, wo du sitzt und Zeitung liest. Er sagt: ›Miss March, Sir.‹ Ich gebe dir die Hand, als sähe ich dich zum erstenmal, und dann kannst du mir das Haus und den Park zeigen. Immerhin hast du andauernd Leute von Museen da, da falle ich doch gar nicht auf. Ich möchte unbedingt das Bild mit den weißen Rosen sehen.«
»Ich kann dir eine Postkarte davon geben«, bot Jules an.
»Ich will keine Postkarte, ich will das Original sehen.«
»Es ist zu gefährlich.«
»Wenn wir mit dem Rundgang fertig sind, bedanke ich mich dafür, daß Mr. Mendelson so liebenswürdig war, sich die Zeit zu nehmen, mir seine Sammlung zu zeigen.‹ Dann steige ich wieder in meinen Mercedes und fahre ab.«
»Warum willst du das denn unbedingt?«
»Weil ich wissen möchte, wie du lebst, Jules. Das ist doch verständlich, oder? Ich sehe dich öfter als irgend jemand sonst, aber immer kommst *du* zu *mir.* Ich bin eben neugierig.«
»Okay.« Er gab nach. »Aber du mußt deine Rolle perfekt spielen: Dudley hat eine äußerst scharfe Beobachtungsgabe.«

Flo stand in der Eingangshalle von Clouds und schaute sich um. Ihr fehlten die Worte. An dem moirébespannten Aufgang der geschwungenen, schwerelos wirkenden Freitreppe hingen sechs riesige Gemälde, und eine wahre Flut von Orchideen in blau-weißen chinesischen Übertöpfen schmückten die Halle. Sie ist gar nicht da, und trotzdem ist das Haus voller Blumen, dachte Flo.

Sie hatte erwartet, den Besuch auf Clouds genießen zu können, aber diese Hoffnung wurde zwangsläufig zunichte gemacht: In ihrer Phantasie war Paulines Haus zwar auch beeindruckend gewesen, aber die tatsächliche Pracht war zuviel für sie. Als sie Dudley einen Flur entlang folgte, warf sie auf dem Weg kurz einen Blick in die Zimmer, an denen sie vorbeikam: Alle waren absolut perfekt. Sie hatte Pauline immer in eleganten Kleidern, mit Perlenketten und auf Einladungen gesehen, kurz: wie sie eben in den Magazinen und Zeitungen beschrieben und gezeigt wurde. Aber sie hatte nie bedacht, daß eine so vornehme Frau natürlich auch in einem Rahmen lebte, den sie sich als uneheliche Tochter aus ärmlichen Verhältnissen gar nicht vorstellen konnte. Hätte sie insgeheim mit dem Gedanken gespielt, irgendwann Mrs. Mendelson werden zu können, jetzt hätte sie begriffen, daß das niemals möglich war.

Als Dudley die Tür zur Bibliothek öffnete, begann die geplante Vorstellung. »Guten Abend, Miss March«, begrüßte Jules sie, erhob sich aus einem englischen Sessel und legte seine Zeitung beiseite.

Sie sah den Mann an, mit dem sie drei Stunden zuvor noch im Bett gelegen und in dessen Ohr sie Obszönitäten geflüstert hatte, um seine Lust zu steigern, und dessen Körper und Wünsche sie so genau kannte. Sie stellte fest, daß er ihr in dieser Umgebung fremd erschien.

»Guten Abend, Mr. Mendelson«, erwiderte sie seinen Gruß schüchtern.

»Sind Sie gerade erst in Los Angeles angekommen?«

»Ja, heute.«

»Hatten Sie einen guten Flug?«

»Ja, danke.«

»Wenn Sie wollen, führe ich Sie durch das Haus und zeige Ihnen meine Kunstsammlung.«

»Sehr gern.«

»Möchten Sie etwas trinken?«

»Nein, danke.«
»Falls Miss March es sich anders überlegen sollte, werde ich läuten, Dudley. Würden Sie bitte die Gartenbeleuchtung einschalten?«
»Sofort, Sir.«
Als der Butler gegangen war, standen sie sich verlegen gegenüber. Flo wünschte, sie wäre nicht gekommen.
»Das hier sind van Goghs ›Weiße Rosen‹«, brach Jules schließlich das Schweigen und zeigte auf das Gemälde über dem Kamin.
»Die Farbe ist aber dick aufgetragen«, lautete ihr Kommentar, und Jules zuckte innerlich zusammen. »Ich glaube, ich habe irgendwo gelesen, daß das Bild ungefähr vierzig Millionen wert ist. Kann das sein?«
»Ja, das stand in dem Artikel.«
»Mann-o-mann«, staunte sie.
Wieder trat Schweigen ein.
»Der Raum, in dem wir uns befinden, ist die Bibliothek«, erklärte Jules wie ein Museumsführer. Dann stockte er: Er konnte seiner Geliebten gegenüber unmöglich alles beschreiben und kommentieren wie bei seinen sonstigen Besuchern, die meist von Museen kamen.
Sie schaute sich in dem Raum um, blieb jedoch stehen, wo sie war.
»Schöne Einrichtung«, lobte sie unbeholfen.
Jules haßte das Wort »Einrichtung« im Zusammenhang mit Kunstgegenständen, aber er spürte, wie unbehaglich Flo sich fühlte, und korrigierte sie dieses eine Mal nicht. Statt dessen griff er nach ihrer Hand und drückte sie, und Flo lächelte dankbar.
»Ich glaube, ich gehe lieber wieder«, meinte sie.
»Du willst schon gehen? Aber du hast doch noch gar nichts gesehen.«
»Das macht nichts.«
Draußen im Garten gingen die Lichter an. Sie drehte sich um und warf einen Blick hinaus. »Du mußt dir wenigstens noch meine Skulpturen ansehen«, drängte Jules. »Es würde einen merkwürdigen Eindruck machen, wenn du so schnell wieder gingst.«

Das Telefon klingelte. Jules ging zu dem Apparat hinüber.
»Ich dachte, in vornehmen Häusern nimmt der Butler die Anrufe entgegen«, sagte Flo.
»Das tut er auch, aber dies ist meine Privatleitung. Ich bin sicher, es ist Sims Lord. Er wollte etwas für mich herausfinden – wegen des Hauses in der Azelia Lane.« Er schaute sie an, um zu sehen, ob sie begriff, was das für sie bedeutete.
Gleichzeitig nahm er den Hörer ab. »Hallo? Oh – Pauline! Wie geht es dir? Und deinem Vater? Was? Nein, nein, ich habe keinen Besuch.«
Er sah wieder zu Flo hinüber und ihre Blicke trafen sich. Sie öffnete die Terrassentür und ging hinaus, als habe sie vor, sich die Skulpturen im Garten anzusehen.
»Was sagst du?« fragte Jules ins Telefon. »Tatsächlich? Oh, das ist gut. Wann? Ja, fein. Ich werde veranlassen, daß das Flugzeug dich morgen in Bangor abholt. Ich habe dich vermißt.«
Als er das Gespräch mit seiner Frau beendet hatte, folgte er seiner Geliebten in den Garten. Er ging an dem Rodin vorbei, der früher seinem Großvater gehört hatte und an einem Henry Moore, über dessen glatte Oberfläche er liebkosend die Hand gleiten ließ. Keine Spur von Flo. Als er bei dem Maillol hinter dem Orangenbaum angekommen war, rief er: »Flo, wo bist du?«
Hinter ihm öffnete und schloß sich die Terrassentür. Er schaute zum Haus zurück und sah Dudley über den Rasen auf sich zukommen. »Suchen Sie Miss March, Sir?«
»Ja. Sie wollte sich ein bißchen umsehen, während ich telefonierte, und ich vergaß, sie vor den Hunden zu warnen.«
»Miss March ist gegangen, Sir«, eröffnete Dudley ihm. »Sie sagte, sie habe alles gesehen.«
»Oh.«

Später, als Jules sich auszog, leerte er wie üblich die Taschen seines Jacketts und legte Brieftasche, Kleingeld, Einstecktuch und Schlüssel in seinem Ankleidezimmer auf die Kommode. Als er das Sakko auf den Stummen Diener hängte, fiel sein Blick auf das Kuvert in der Innentasche, das er dort hineingesteckt und dann vergessen hatte. Er nahm es heraus. Auf der linken oberen Ecke des Umschlags stand der Name des Privatdetektivs Trevor Dust. Jules riß das Kuvert auf und fand darin die Gästeliste des »Château Marmont« von jener Nacht, in der Flo sich laut Aussage des iranischen Taxifahrers dort hatte absetzen lassen. Er überflog die Liste. Und plötzlich entdeckte er einen bekannten Namen: Philip Quennell. Blinde Wut stieg in ihm hoch.

Um neun Uhr am nächsten Morgen ließ Jules sich von Miss Maple mit Marty Lesky verbinden, dem obersten Boß von Colossus Pictures. Nach den üblichen einleitenden Nichtigkeiten kam Jules zum Thema, und das war nicht, wie Marty Lesky angenommen hatte, das Los Angeles County Museum.

»Für Ihr Studio arbeitet ein Mann namens Philip Quennell«, sagte Jules.

»Und was macht er für uns?« fragte Marty.

»Er ist Schriftsteller. Derzeit verfaßt er wohl ein Drehbuch für einen Dokumentarfilm. Für Casper Stieglitz.«

»Ach ja, richtig. Ich habe ihn neulich kennengelernt... Er war doch auch auf der Dinnerparty bei Casper! Hat er nicht das Buch über Reza Bulbenkian geschrieben? Was ist mit ihm, Jules?«

»Schicken Sie ihn nach Hause.«

»Und wo ist sein Zuhause?«

»Das weiß ich nicht. Aber schicken Sie ihn auf alle Fälle heim.«

»Ein guter Drehbuchschreiber ist schwer zu finden, Jules.«

»Nein, das stimmt nicht, Marty – Sie haben mir selbst einmal gesagt: ›Einen anderen Schreiber findet man immer.‹«

»*Ich* habe das gesagt?«

»Ja. Ich erinnere mich genau daran. Schicken Sie Mr. Quennell nach Hause!«

»Und mit welcher Begründung? Er hat sich nichts zuschulden kommen lassen. Ich kann doch niemanden einfach so rausschmeißen.«

»Wann ist die Besprechung wegen des neuen Museumsflügels, Marty?«

»Am Dienstag. Ihre Sekretärin hat bereits mitgeteilt, daß wir mit Ihnen rechnen können.«

»Ich werde es leider nicht einrichten können.«
»Ach, kommen Sie, Jules.«
»Und was mein Angebot an das Museum betrifft...«
»Sie können sich unmöglich Ihren Verpflichtungen entziehen. Nicht einmal Jules Mendelson kann das. Sie haben eine verbindliche Zusage gemacht.«
»Meine Verpflichtungen scheren mich einen Dreck, Marty. Was kann mir schon an einem Flügel liegen, über dem Ihr Name steht?«
»Wie hieß dieser Drehbuchautor?«
»Quennell, Philip Quennell.«

Aus Flos Tonbandaufzeichnungen

Clouds! Meine Güte, was für ein Haus! Ich habe es nur einmal gesehen, und ich glaube, ich war nicht mal eine halbe Stunde dort, aber ich habe genug gesehen. Es war einfach perfekt. Bis ins kleinste. Alles am richtigen Platz. Und alles einfach schön. Wenn die Leute in Hollywood Filme über reiche Leute drehen, lassen sie dafür die tollsten Kulissen bauen, aber die halten keinen Vergleich mit Clouds aus.
Es gibt ein paar Ladies, über die ich schon viel gelesen habe, Mrs. Paley zum Beispiel, Mrs. Guinness und die Herzogin von Windsor. Die wußten wirklich, wie man ein großes Haus führt. Jetzt weiß ich, daß Pauline Mendelson auch zu ihnen gehört.

17. Kapitel

Als Philip Quennell am späten Nachmittag in Caspers Büro anrief, um seine Meinung über den ersten Drehbuchentwurf zu hören, den er ihm mitgebracht hatte, teilte ihm Bettye, die Sekretärin, mit, daß ihr Chef sich entschlossen habe, mit einem anderen Autor weiterzumachen.

»Was soll das heißen?« fragte Philip überflüssigerweise.

»Daß Sie gefeuert sind«, erklärte Bettye lapidar.

»Ich möchte Sie nicht kränken, Bettye, aber ich würde es doch vorziehen, von meinem Boß persönlich gefeuert zu werden.«

»Es tut mir schrecklich leid, Mr. Quennell, aber Mr. Stieglitz ist in einer wichtigen Konferenz«, log Bettye mit geheucheltem Bedauern.

»Natürlich, er ist ja immer so beschäftigt. Würden Sie ihm bitte sagen, daß er mich anrufen soll?«

»Bis wann werden Sie die Juniorsuite im ›Château Marmont‹ räumen?« fragte Bettye.

»Wer sagt denn, daß ich sie räume?«

»Ich habe das Hotel informiert, daß das Studio das Zimmer nur noch bis Mitternacht bezahlt.«

»Sie hatten ja wirklich einen arbeitsreichen Tag, Bettye«, stellte Philip spöttisch fest.

»Ich tue nur meine Arbeit, Mr. Quennell.«

Es überraschte Philip nicht, daß Casper auch nach mehreren Anrufen in seinem Haus nicht zurückrief. Und so fuhr er abends hin, obwohl er sicher war, daß Willard, der Butler, versuchen würde, ihn mit der Behauptung abzuspeisen, Mr.

Stieglitz sei nicht zu Hause. Als er am Tor klingelte, leuchtete ein rotes Licht unter der Überwachungskamera auf, und Willards Stimme fragte: »Ja, bitte?«

»Willard, ich würde gerne kurz mit Ihnen reden«, sagte Philip in die Linse.

»Mr. Stieglitz ist nicht zu Hause, Mr. Quennell«, antwortete der Butler erwartungsgemäß.

»Ich will ja auch mit *Ihnen* sprechen«, betonte Philip. »Ich habe von Lonny Edge ein paar interessante Informationen zu Hector Paradisos Tod bekommen und brauche Sie, um jemanden zu identifizieren.«

Willards Tonfall wechselte von frostig zu vertraulich. »Hören Sie, Mr. Quennell, ich habe strikte Anweisung, Sie nicht hereinzulassen. Ich weiß nicht weshalb, aber Mr. Stieglitz befahl mir, ihn zu verleugnen und Ihnen nicht aufzumachen.«

»Neulich hatte ich den Eindruck, es läge Ihnen etwas daran, den Tod Ihres Freundes aufzuklären«, hakte Philip nach.

»Das tut es ja auch.« Willard schien langsam weich zu werden.

»Ich bleibe nur eine Minute«, versprach Philip.

»In Ordnung. Ich werde das Tor öffnen. Aber bitte fahren Sie nicht zum Haus; bleiben Sie in der Einfahrt stehen. Ich komme hinunter.«

Die Torflügel schwangen auf, und Philip fuhr die Zufahrt hinauf. Auf dem Tennisplatz war das Flutlicht eingeschaltet und ein Match im Gang. Er erkannte das neckische Gelächter von Ina Rae und Darlene sofort wieder. Willard kam in der langen, grünen Schürze angerannt, die er immer zum Silberputzen trug, und wedelte abwehrend mit den Armen. »Nein, nein, nicht zum Haus!« schrie er. »Ich habe doch gesagt, wir treffen uns an der Einfahrt!«

Philip nickte ihm freundlich zu, als verstünde er kein Wort, und fuhr an Willard vorbei. Als er den Hof erreichte, sah er, daß die Haustür offenstand. In höchster Eile sprang er aus dem Auto, lief in die Eingangshalle und sperrte die Tür hinter sich zu, um Willard die Verfolgung zu erschweren.

Wohnzimmer und Bar waren leer, also saß Casper bestimmt im Vorführraum im Garten. Als Philip näher kam, stellte er fest, daß die Vorhänge zugezogen waren: Offenbar lief ein Film.

Langsam zog er die Glasschiebetür auf. Als er in den dämmrigen Raum trat – überraschenderweise war die Leinwand dunkel –, stemmte sich Casper, der wie immer seine dunkle Brille trug, gerade aus einem Sessel hoch und steuerte mit unsicheren Schritten auf die Bar zu. Er trug ein schwarzes Samthemd – und das war auch schon alles. Der betäubende Duft von Marihuana hing schwer in der Luft. Philip vermutete, daß vor kurzem ein kleines Intermezzo mit Ina Rae und Darlene stattgefunden hatte. Casper betrachtete sich im Spiegel hinter den Flaschen. Langsam drehte er den Kopf von einer Seite zur anderen und setzte eine Miene auf, die die Zornesfalte zwischen seinen Augenbrauen verschwinden ließ. Dann hob er das Kinn, so daß die schlaffe Haut unter seinem Kinn gespannt wurde. Schließlich beendete er seine Begutachtung, hob das Samthemd ein wenig an und urinierte ins Waschbekken der Bar.

»Das ist wirklich Klasse«, sagte Philip Quennell hinter ihm. »Und so hygienisch.«

Casper fuhr herum. »Großer Gott!« stöhnte er. »Sie haben mich zu Tode erschreckt! Sehen Sie, was Sie angerichtet haben: Ich habe mich total vollgepißt, und die Gläser und die Flaschen auch noch! Was zum Teufel wollen Sie hier?«

»Nein, vielen Dank, ich möchte keinen Drink«, lehnte Philip sarkastisch ab.

»Hat Bettye Ihnen nicht Bescheid gesagt?«

»Doch, doch, sie hat mir alles brav ausgerichtet. Ich fand es nur nicht ganz passend, von einer Sekretärin gefeuert zu werden, und sagte ihr, ich wolle es von Ihnen selbst hören, worauf Sie mir mitteilte, Sie seien in einer wichtigen Konferenz. Da ich aber nun mal ein hartnäckiger Mensch bin, beschloß ich, Ihnen einen Besuch abzustatten.«

»Ich werde diesen Schwachkopf Willard sofort rausschmeißen!« Casper griff zornbebend nach dem Telefon.

»Das dürfen Sie nicht tun – ich habe den armen Kerl reingelegt. Und gute Silberputzer sind schwer zu finden.«

»Was wollen Sie, Quennell?«

»Oh, jetzt bin ich plötzlich wieder Quennell! Ich werde Ihnen sagen, was ich will, Stieglitz: Ich will wissen, warum Sie mich feuern.«

»Ich habe mich entschlossen, mit einem anderen Autor weiterzumachen.«

»Genau Bettyes Worte. Warum kann ich sie bloß nicht glauben?«

Casper sah Philip an und entschloß sich zu einem kumpelhaften Ton. »Sie und ich, Philip, uns ist der Sprit ausgegangen. Nehmen Sie's nicht persönlich, das passiert in Hollywood alle Tage. Schreiber sind austauschbar. Wie Marty Lesky so richtig sagt: ›Einen anderen Schreiber findet man immer.‹ Wissen Sie wie viele ich für ›Candles at Lunch‹ hatte?«

»Nein, weiß ich nicht, aber es interessiert mich auch nicht.«

Casper ging zu seinem Sessel zurück und zog sich die Hosen an.

»Ich will eine Antwort, Casper.«

Der Produzent schaufelte eine Handvoll Cashewnüsse aus einer Schale auf dem Tisch und warf sich immer mehrere auf einmal in den Mund. Er war nervös und wollte offensichtlich Zeit gewinnen. Schließlich sagte er mit vollem Mund: »Ich war enttäuscht von Ihrem Interview mit den Süchtigen. Es kam, äh, nicht richtig 'rüber, was die Burschen treibt, die, äh, Dealer dranzukriegen. Drogen, das brauche ich Ihnen wohl nicht zu sagen, vernichten unsere Nation.«

»Welch goldene Worte aus Ihrem Munde!« spottete Philip.

»Was meinen Sie damit?«

»Man hat zehn Pfund Kokain bei Ihnen gefunden, und Sie kommen nur ungeschoren davon, weil einige Ihrer Winkeladvokaten und einflußreichen Freunde – wie zum Beispiel Arnie Zwillman – Richter Quartz dazu überredet haben, sich damit zufriedenzugeben, daß Sie einen Antidrogenfilm drehen. Und während der ganzen Zeit nehmen Sie selbst Drogen! Ich könnte Sie ans Messer liefern, Casper: Die Geschichte wäre ein gefundenes Fressen für die Medien. Damit wären Sie erledigt, das ist Ihnen doch wohl klar?«

»Ich nehme keine Drogen«, stritt Casper die Anschuldigung empört ab. »Früher habe ich ein paarmal was genommen, das gebe ich zu, aber seit meiner Verhaftung, die, wie jeder weiß, auf einer Verwechslung beruhte, habe ich nichts mehr angerührt.«

Philip ging zum Couchtisch hinüber und hob eine bernsteinfar-

bene Flasche mit Kokain vom Boden auf, die Casper heruntergefallen war. Er trug sie zur Bar und leerte das weiße Pulver ins Waschbecken. »Gemischt mit Ihrem Urin gewinnt es sicher noch an Qualität«, sagte er.
»Machen Sie, daß Sie rauskommen!« Casper zitterte vor Wut, aber auch vor Angst.
Philip musterte ihn belustigt. »Hat Ina Rae Ihnen vielleicht über den Kopf gestreichelt?« fragte er boshaft. »Ihr Toupet sitzt schief – geradezu verwegen.«
»Raus hier!« Casper wollte sich auf Philip stürzen, doch der hielt ihn mit einer Hand fest und riß ihm mit der anderen die Brille herunter.
»Was soll das?« kreischte Casper. »Ohne Brille kann ich nichts sehen.«
»Ich wußte doch, daß hinter diesen dunklen Gläsern flinke, listige Augen lauern«, grinste Philip.
Casper nieste.
Philip hob die Hände und trat einen großen Schritt zurück. »Bitte nicht«, sagte er, „halb zerkaute Nüsse im Gesicht sind etwas, woran ich mich lieber nicht gewöhnen möchte!«
»Das Studio zahlt Ihr Zimmer im ›Château Marmont‹ nur noch bis Mitternacht«, erklärte Casper.
»Ja, ja, das hat Bettye mir auch schon gesagt. Hören Sie, Casper, es macht mir nichts aus, gefeuert zu werden, aber ich habe den Verdacht, daß diese Entscheidung nicht auf Ihrem Mist gewachsen ist, und ich möchte wissen, wessen Idee es war.«
Casper sah Philip an, antwortete jedoch nicht.
»Wer hat Ihnen befohlen, mich rauszuwerfen – oder besser, Ihrer Sekretärin zu sagen, daß sie mich rauswerfen soll?«
»Niemand, ich schwöre es!«
»Natürlich«, spöttelte Philip. »Sie sind ganz allein darauf gekommen.«
»Ja. Wirklich. Ich finde einfach, daß Sie das Interview mit den Süchtigen nicht gut hingekriegt haben«, sagte Casper.
»Vorgestern gefiel es Ihnen noch ganz besonders«, erinnerte Philip ihn. »Wer hat Ihnen befohlen, mich zu feuern?«
Casper schüttelte den Kopf.
Philip ließ Caspers Brille zu Boden fallen und trat darauf.

»Oje, jetzt habe ich Ihre Brille zerbrochen. Wie ungeschickt von mir!«
Casper ließ sich mit einem erstickten Laut auf Hände und Knie nieder, um die Überreste der Sehgläser einzusammeln. Philip streckte die Hand aus und packte Stieglitz am Kragen seines Samthemdes. »Wissen Sie, Casper, als ich noch in Princeton war, sah ich mir Ihren Film ›A Mansion in Limbo‹ dreimal an, weil ich ihn so großartig fand. Damals habe ich mir gewünscht, Sie kennenzulernen. Jetzt *habe* ich Sie kennengelernt und festgestellt, daß Sie nichts sind als ein bedauernswerter Drogenabhängiger mit einem gelifteten Gesicht und einem Toupet. Wie ist das gekommen, Casper?«
»Lassen Sie mich aufstehen«, bat Casper.
»Wer hat Ihnen befohlen, mich zu feuern?«
»Niemand, ich schwöre es!«
»Entweder Sie sagen es mir, oder ich reiße Ihnen diese Matratze vom Kopf und rufe die Mädchen vom Tennisplatz herein, damit sie sehen können, wie ihr kleines Zuckerschnäuzchen ohne angeklebte Haare aussieht.«
Casper sank entsetzt in sich zusammen. »Tun Sie das nicht, ich flehe Sie an, Phil! Ina Rae weiß nicht, daß ich ein Toupet trage.«
»Wer hat Ihnen befohlen, mich zu feuern, Casper?«

Arnie war überrascht, nach dem Gespräch im Haus von Casper Stieglitz nichts von Jules Mendelson zu hören, also rief er bei ihm im Büro an, um ein zweites Zusammentreffen für die weitere Erörterung seines Vorschlages zu vereinbaren. Miss Maple, Jules' Sekretärin, hatte seinen Namen noch nie gehört, und so stellte sie ihm die Fragen, die eine besorgte Sekretärin unbekannten Anrufern zu stellen pflegt.
»Weiß Mr. Mendelson, worum es bei Ihrem Anruf geht?« fragte sie.
»Ja, das weiß er«, antwortete Arnie.
»Mr. Mendelson ist im Augenblick in einer Konferenz. Wenn Sie mir Ihre Nummer geben, dann kann ich Sie zurückrufen, sobald er Zeit hat. Wie war doch gleich Ihr Name?«
»Zwillman. Arnie Zwillman. Stellen Sie durch.«
»Wie bitte?«

»Rufen Sie in die Konferenz rein und sagen Sie ihm, Arnie Zwillman sei am Telefon. Er wird den Anruf annehmen, das kann ich Ihnen versprechen, Miss, äh, wie war doch gleich Ihr Name?«
»Ich habe ihn Ihnen gar nicht gesagt.«
»Rufen Sie einfach durch, Miss Zickig.«
Als Miss Maple Jules Mendelson darüber informierte, daß ein ungehobelter Bursche namens Zwillman am Telefon sei und darauf bestanden habe, daß sie ihn in der Konferenz störte, wandte Jules sich an Sims Lord: »Zwillman ist am Telefon.«
»Geh' lieber dran!« riet Sims. »Irgendwann mußt du ja doch mit ihm reden. Ich habe die Sache überprüft: Alle Berichte über den Vorfall in Chicago im Jahr 1953 sind damals vernichtet worden. Es ist, als wäre die Sache nie passiert.«
Jules nickte. »Hallo?« meldete er sich.
»Sie sollten Ihrer Vorzimmermieze sagen, wer ich bin, Jules«, sagte Arnie. »Ich mag es nicht besonders, so herablassend behandelt zu werden. ›Weiß Mr. Mendelson, worum es bei Ihrem Anruf geht?‹, fragt mich diese Ziege doch tatsächlich! Und in einem Ton ...«
»Und worum *geht* es nun bei Ihrem Anruf?« fragte Jules.
»Ich hatte erwartet, etwas von Ihnen zu hören.«
»Nun, jetzt hören Sie mich ja.«
»Wir müssen uns möglichst bald treffen. 1992 ist nur noch einen Katzensprung weg. Es muß noch viel besprochen werden – der Modus operandi, wie das bei euch Hochgestochenen heißt.«
»Ich habe keine Lust, mich mit Ihnen zu treffen, Zwillman, weder heute noch sonstwann.«
»Machen Sie Witze?«
»Nein, ich mache keine Witze. Und rufen Sie mich nicht noch einmal an, sonst sehe ich mich gezwungen, das FBI einzuschalten.«
»Oh, Sie großer, gefährlicher Mann!« spottete Arnie.
»Also denn, Arnie.«
»Sie machen einen Riesenfehler, Mendelson.«
»Das glaube ich nicht, Zwillman.«
»Du warst großartig, Jules«, sagte Sims, als Jules aufgelegt hatte.

»Aber nur, weil ich gerade von dir erfahren hatte, daß es keine Unterlagen mehr über die Sache gibt, Sims. Ich gehe einen Kaffee trinken; ich brauche ein bißchen frische Luft.«

Eine Stunde später informierte Arnie Zwillman über einen hochgestellten Mittelsmann den Außenminister über den Vorfall, in den Jules Mendelson – eben der Mann, den der Präsident als Führer der amerikanischen Delegation nach Brüssel schicken wollte – im Jahre 1953 verwickelt gewesen war und der eine junge Frau das Leben kostete, als sie vom Balkon von Mendelsons Zimmer im Chicagoer »Roosevelt Hotel« fiel oder gestoßen wurde.
Die Unterlagen über diesen Vorfall seien auf Bitten der Eltern von Jules Mendelson durch den Bürgermeister der Stadt vernichtet worden; es befänden sich jedoch Kopien im Besitz von Mr. Zwillman, und diese stünden dem Außenminister jederzeit zur Verfügung, berichtete der Mittelsmann. Die Eltern des toten Mädchens seien damals für ihren Verlust von der Familie Mendelson entschädigt worden.

An diesem Tag las Jules Mendelson im »Viceroy Coffee Shop« nicht wie üblich seine Wirtschaftszeitungen. Er hatte andere Dinge im Kopf. Die Befriedigung darüber, daß er Arnie Zwillman hatte abblitzen lassen, war nicht so groß, wie er erwartet hatte. Vielleicht lag es an dem Ton, mit dem Zwillman gesagt hatte: »Sie machen einen Riesenfehler, Mendelson.« Kein Mensch hatte ihn je nur mit »Mendelson« angesprochen. Tief in Gedanken versunken rührte Jules in seiner Tasse, obwohl weder Zucker noch Sahne in seinem Kaffee waren, als Philip Quennell an seinen Tisch trat und sich ihm gegenüber in die Nische setzte.
»Hallo, Jules«, sagte er.
»Verschwinden Sie, Quennell«, schnappte Jules. Arnie Zwillman fürchtete er, Philip Quennell aber in keiner Weise. Er hatte diesen Kerl von Anfang an nicht gemocht, der damals auf der Party als einziger nicht im Dinnerjacket erschienen war und den hervorragenden Wein von der Bresciani-Auktion abgelehnt hatte, auf den Jules so stolz war. Und bei jedem weiteren Zusammentreffen hatte sich seine Abneigung noch verstärkt.

»Ich habe gehört, Sie haben dafür gesorgt, daß Casper Stieglitz mich rausgeworfen hat«, sagte Philip.
Jules machte keinen Versuch, seine Verachtung zu verbergen. »Ich verschwende meine Zeit nicht damit, drittklassige Schreiberlinge feuern zu lassen. Hauen Sie ab.«
»Ach, wirklich nicht?« Philip blieb sitzen. »Nachdem ich Casper Stieglitz gedroht hatte, ihm das Toupet herunterzureißen und ihn so ein paar seiner Betthäschen zu präsentieren, erzählte er mir, daß Sie Marty Lesky angerufen hätten, um ihn zu veranlassen, mich, wie er sagte, ›nach Hause zu schicken‹; andernfalls würden Sie Ihre Zusage bezüglich des Los Angeles County Museum zurücknehmen, was für Marty sehr schmerzlich gewesen wäre.«
Jules starrte Philip feindselig an.
»Haben Sie mich feuern lassen, weil ich an dem Sprung in Ihrer Degas-Ballerina schuld bin? Oder weil ich mich weigere, Ihre Selbstmordstory zu glauben und den Verdacht habe, daß Sie an der Verschleierung der wahren Todesumstände von Hector Paradiso beteiligt sind? Oder vielleicht, weil wir eine gemeinsame Freundin namens Flo March haben?«
Jules konnte es nicht ertragen, Flos Namen aus dem Munde dieses gutaussehenden, selbstbewußten jungen Mannes zu hören. Er haßte ihn! Er haßte ihn wegen seiner Jugend; er haßte ihn, weil er so gut aussah. Aber was er am meisten haßte, war die Vorstellung, daß Flo vielleicht aus Zorn über ihn mit Philip Quennell geschlafen und dieselben Dinge mit ihm getan hatte, ohne die er, Jules, nicht mehr leben konnte. Außer sich vor Zorn und hochrot im Gesicht stand er auf, beugte sich über den Tisch und packte Philip am Kragen.
Der zuckte nicht einmal mit der Wimper. »Wenn Sie so klug sind, wie allgemein von Ihnen behauptet wird, dann nehmen Sie sofort die Hände weg, Jules«, sagte er. »Es ist mir egal, wie alt Sie sind, wie reich Sie sind oder wie wichtig: Ich prügle Sie aus diesem Lokal – vor all den neugierigen Gästen, die Sie jetzt schon anstarren.«
Jules sah an dem Ausdruck in Philips Augen, daß dieser es ernst meinte. Er ließ ihn los.
»Ist alles in Ordnung, Mr. Mendelson?« fragte Curly, der Manager des Coffee Shops, der alarmiert herbeigestürzt war.

»Schaffen Sie den Kerl hier raus, Curly«, befahl Jules.
»Sie können sich die Mühe sparen.« Philip strahlte eine bedrohliche Entschlossenheit aus, die sowohl Jules als auch Curly spürten. Wenn der Geschäftsführer tatsächlich vorgehabt hatte, ihn gewaltsam aus dem Lokal zu entfernen, so ließ er diesen Plan jetzt fallen. »Ich werde gleich von allein gehen«, fuhr Philip fort. »Ich habe Mr. Mendelson alles gesagt, was ich ihm sagen wollte – bis auf eines.«
»Machen Sie schon, gehen Sie«, forderte Curly ihn auf.
Philip wandte sich Curly zu. »Ich werde gehen, aber erst, wenn ich fertig bin.« Er drehte sich wieder Jules zu. Die beiden Männer standen sich gegenüber, und die anderen Gäste beobachteten sie gespannt. »Glauben Sie ja nicht, daß ich sang- und klanglos verschwinden werde, Jules, trotz Ihrer Anordnung, mich nach Hause zu schicken. Ich mag Sie nicht, ebensowenig wie Ihren schlitzohrigen Freund, Reza Bulbenkian. Ich mag keine Leute, die einer Zeitung befehlen können, eine Geschichte zu verschweigen, auf deren Kenntnis die Öffentlichkeit ein Recht hat – und der Polizei, einen Mörder ungeschoren davonkommen zu lassen. Sie decken jemanden; und ich werde nicht nach New York zurückkehren, bevor ich herausgefunden habe, wer es ist. Vielleicht haben Sie Hector Paradiso ja sogar selbst erschossen.«
»Verschwinden Sie!« schnauzte Jules.
»Ich lasse mich nicht vertreiben, auch wenn Sie sich noch so sehr anstrengen. Ich habe beschlossen, noch eine Weile hierzubleiben. Bis dann, Jules, und auf Wiedersehen, Curly.«
Jules sank auf die kunstlederbezogene Bank zurück und schaute Philip Quennell nach. Er wußte, daß dieser Mann bei Flo trotz seiner Jugend und seiner Attraktivität kein Rivale für ihn war; und er wußte auch, daß seine unbegründete Eifersucht, die daraus resultierte, daß Flo zwei Nächte im »Château Marmont« verbracht hatte, ihn zu einem taktischen Fehler getrieben hatte, der ihm bei einer geschäftlichen Transaktion niemals unterlaufen wäre.

Für gewöhnlich traf Jules nachmittags um Viertel vor vier in der Azelia Lane ein. Da er jeden Tag ab sechs Uhr früh im Büro saß, fand es niemand sonderbar, daß er grundsätzlich um halb vier wegging und unerreichbar war, bis er sich anderthalb Stunden später telefonisch nach etwaigen Anrufen erkundigte. Zu diesem Zeitpunkt hatte er bereits durchschnittlich dreimal mit Flo March geschlafen.

Auch an dem Tag, an dem er mit Arnie Zwillman telefoniert und im »Viceroy Coffee Shop« die Auseinandersetzung mit Philip Quennell gehabt hatte, öffnete er wie gewöhnlich Punkt halb vier seine Zimmertür. Miss Maple, die schon viele Jahre für ihn arbeitete, registrierte besorgt seinen niedergeschlagenen Gesichtsausdruck. Als er an ihrem Schreibtisch vorbeikam, hob sie verabschiedend die Hand, ohne ihr Telefongespräch zu unterbrechen: »Ich bedaure, Mr. Mendelson ist außer Haus. O hallo, Mr. Crocker, sagen Sie mir doch Ihre Nummer: Ich werde in etwa anderthalb Stunden mit ihm sprechen, dann kann ich sie ihm geben. Ja, natürlich weiß ich, daß die Vorwahl von Washington 202 ist – nach all den vielen Telefonaten zwischen Ihnen und Mr. Mendelson muß ich das ja wohl.«

Jules war schon an der Ausgangstür seines Büros im obersten Stock des Mendelson-Gebäudes, als er den Namen Crocker hörte. Er drehte sich zu Miss Maple um. »Ist das Myles Crokker?« fragte er leise.

»Würden Sie bitte einen Augenblick warten, Mr. Crocker, mein zweiter Apparat klingelt...« Miss Maple drückte auf den Warteknopf. »Ja, er ist es«, nickte sie. »Myles Crocker vom Außenministerium: die rechte Hand des Außenministers.«

»Ich weiß, wer er ist«, sagte Jules ungeduldig. Er stellte seine Aktenkoffer auf Miss Maples Schreibtisch und ging in sein Zimmer zurück.

Miss Maple war sehr verwundert über diese Abänderung des gewohnten Tagesablaufs. Ihr war aufgefallen, daß ihr Chef seit kurzem merklich gealtert war. Seit Pauline nach Northeast Harbor abgereist war, machte er einen bedrückten Eindruck. An den Tagen, an denen er stundenlang mit Sims Lord konferiert hatte, war er ihr regelrecht panisch vorgekommen, und seit er heute aus dem »Viceroy Coffee Shop« zurück war, hatte er völlig geistesabwesend gewirkt. Nur die Nachricht, daß ein Unwetter in Bangor, Maine, Mrs. Mendelsons Flug mit dem Privatjet mehrere Stunden verzögern würde, hatte ihn kurzfristig aus seinen Gedanken reißen können.

»Mr. Mendelson ist gerade noch einmal unerwartet zurückgekommen, Mr. Crocker«, sagte Miss Maple ins Telefon. »Ich verbinde Sie.«

»Ich bin gebeten worden, Sie anzurufen, Jules«, erklärte Myles Crocker gleich darauf. »Der Minister ist wegen der Geiselaffäre seit dem frühen Morgen beim Präsidenten und konnte Sie nicht selbst anrufen, aber er wird sich bestimmt bei Ihnen melden, wenn die Lage sich hier etwas beruhigt hat.«

»Ja.« Jules ahnte, daß er nichts Gutes zu erwarten hatte.

»Ich fürchte, ich habe eine schlechte Nachricht für Sie, Jules.« Myles Crocker fühlte sich hörbar unbehaglich.

»Ja?«

»Der Minister wollte es Ihnen eigentlich unbedingt selbst sagen, aber er ist ja nun verhindert.«

»Ja?«

»Es geht um Ihre Berufung nach Brüssel.«

»Ja?«

»Der Minister hat eine recht bestürzende Information erhalten.«

»Was für eine Information?«

»Es geht dabei um einen Vorfall in einem Chicagoer Hotel im Jahre 1953. Wenn diese Geschichte publik würde, wäre Ihre Nominierung hinfällig, und so hält man es hier für das beste, sie einfach zurückzunehmen.«

Jules blieb vollkommen gelassen: »Ich habe diese verleumderische Story auch schon gehört. Es ist kein wahres Wort daran – keines! In meiner Position muß ich mich damit abfinden, daß immer wieder Gerüchte über mich in Umlauf gebracht werden. Wenn an der Sache etwas dran wäre, gäbe es darüber Unterlagen in Chicago – aber es sind keine da.«

»Die Originale wurden vernichtet, das ist richtig – aber es gibt offenbar Kopien. Zumindest *eine* Kopie. Ein Mr. Arnie Zwillman, der früher in Chicago lebte, hat sie dem Außenminister per Fax durchgegeben – und der ›Washington Post‹.«

»Großer Gott!«

»Es ist mir schrecklich unangenehm, daß ausgerechnet ich Ihnen diese Nachricht übermitteln muß, nachdem ich so viele schöne Abende bei Ihnen und Ihrer Frau verbracht habe.«

Jules antwortete nicht.
»Sind Sie noch dran, Jules?«
»Ja, ich bin noch dran, Myles. Sagen Sie bitte dem Minister, er braucht sich nicht die Mühe zu machen, mich anzurufen.«
Als er den Hörer aufgelegt hatte, legte Jules Mendelson den Kopf auf seine auf dem Schreibtisch verschränkten Unterarme und begann zu weinen.

Aus Flos Tonbandaufzeichnungen

Meine Mutter erzählte mir immer wieder: »Dein Vater hat uns verlassen, als du ein Jahr alt warst.« Aber sonst sagte sie nichts über ihn, also phantasierte ich mir was zusammen. Und ich hoffte, daß er eines Tages zurückkommen und uns das Leben leichter machen würde. Ich dachte, er sei vielleicht neugierig, wie ich inzwischen aussah. Als ich älter wurde, begriff ich allmählich, daß er meine Mutter nie geheiratet hatte; und manchmal hatte ich den Verdacht, daß sie gar nicht wußte, wer mein Vater war.
Jules fragte mich einmal: »Hast du das jemals zu deiner Mutter gesagt?« Natürlich hatte ich das nicht – *ihr Leben war auch so schon schwer genug.*

18. Kapitel

»Du bist spät dran«, sagte Flo. »Ich dachte schon, du kommst heute überhaupt nicht.«
»Warum stehen denn so viele Wagen in der Straße?« fragte Jules. »Ich konnte kaum in die Einfahrt rein: Ein Jaguar blockierte sie zur Hälfte.«
»Und dabei habe ich den Parkwächtern extra gesagt, sie sollen sie freihalten«, empörte sich Flo.
»Was ist denn los?« Normalerweise war die Azelia Lane eine ruhige kleine Straße, von dem Besichtigungsbus abgesehen, der mehrmals am Tag durchfuhr, und der Stimme des Fremdenführers, der die Fahrgäste auf Faye Converses Haus hinwies.
»Bei Faye Converse ist ein Grillfest«, erklärte Flo aufgeregt. Sie hatte die Vorgänge nebenan durch ihr Fernglas beobachtet: Ihr Schlafzimmer bot einen perfekten Aussichtsplatz. »Schau bloß mal, Jules! Fayes Sonnenschirm paßt genau zu ihrem Kaftan. Sie hat ganz Hollywood eingeladen – praktisch jeden, von dem man je gehört hat. Oh, oh, meine Güte! Da ist Dom Belcanto! Mich trifft der Schlag! Und Pepper, seine neue Frau! Glyceria hat erzählt, daß Dom manchmal auf Faye Converses Parties singt. Oh, sieh nur, da ist Amos Swank, der Talkmaster! Erst gestern habe ich ihn im Fernsehen gesehen, und jetzt ist er da drüben! Und da ist dein spezieller Freund Cyril Rathbone.«
Sie gab Jules das Fernglas, aber er hatte keine Lust, sich Filmstars anzusehen, die sich auf einer Grillparty produzierten. Kreischendes Gelächter drang herüber.

»Magst du denn die Geräusche einer Party nicht, Jules?« fragte Flo. Sie hatte schon wieder das Fernglas an den Augen und erinnerte ihn in ihrer kindlichen Erregung an ein Mädchen vom Lande, das von einer Loge aus völlig verzaubert seine erste Oper erlebt. »Das Stimmengewirr und das laute Gelächter? Möchtest du nicht wissen, was sie reden? In *deine* Welt passe ich vielleicht nicht, aber zu den Filmleuten würde ich schon passen, das weiß ich.«
Jules schüttelte den Kopf und ging ins Wohnzimmer. Er nahm eine Flasche Weißwein aus dem Kühlschrank der Bar und goß sich ein Glas ein. Dann zog er sein Jackett aus und warf es auf eines der grauen Satinsofas, ließ sich schwer nieder und starrte ins Leere. Seine Gedanken waren immer noch bei dem Anruf von Myles Crocker. Er stellte sich vor, wie Myles seine Reaktion an den Außenminister weitergab und dieser an den Präsidenten, und Verzweiflung erfüllte ihn, ein Gefühl, das er in seinem ungewöhnlich erfolgreichen Leben bisher nicht gekannt hatte.
»Bist du *okay*, Jules?« fragte Flo, als sie aus dem Schlafzimmer herüberkam. Sie legte das Fernglas auf die Bar.
»Natürlich. Warum fragst du?«
»Du wirkst so – ich weiß nicht –, so still, so in dich gekehrt, irgend so was. Habe ich was falsch gemacht? Bist du böse auf mich, weil ich Faye Converses Party durch das Fernglas beobachte? Ist es das?«
Jules lächelte sie an. »Nein.«
»Wahrscheinlich tut man so was nicht. Pauline würde bestimmt nie auch nur auf die Idee kommen«, sagte Flo.
Dieses eine Mal reagierte er nicht mit Abwehr oder Zorn, als sie den Namen seiner Frau erwähnte. Er betrachtete sie aufmerksam, als wolle er sich ihr Gesicht einprägen.
»Manchmal schaust du mich an, als würden wir uns nicht wiedersehen«, sagte sie. »Bist du ganz bestimmt *okay?*«
»Ich hab's dir doch gesagt: Es geht mir gut.«
»Ich weiß, wie ich dich aufheitern kann, Schätzchen.« Sie begann zu singen: »Gib mir, gib mir, gib mir, wonach ich mich so sehne – du weißt, für deine Küsse würde ich sterben.«
Wieder lächelte Jules.
»Ich wußte doch, das heitert dich auf.«

Sie küßte ihn und streichelte sanft sein Gesicht, bis sie spürte, daß er auf ihre Zärtlichkeit reagierte. Als sie sich dann liebten, war er so leidenschaftlich wie nie zuvor. Er konnte nicht genug von ihr bekommen. Seine Zunge bohrte sich tief in ihren Mund. Er saugte ihren Speichel heraus. Er atmete ihren Atem ein. Und immer und immer wieder sagte er ihr, wie sehr er sie liebe.

Später, als er Miss Maple anrief, um sich nach eventuellen Anrufen zu erkundigen, bedeutete er Flo, ihm seinen kleinen Taschenkalender zu bringen, der immer in seiner linken Jakkettasche steckte. Er legte die Hand über die Sprechmuschel und sagte: »Das Jackett liegt auf dem Sofa im Wohnzimmer.«

Flo schlüpfte in ein Negligé und hochhackige Satinpantöffelchen. Als sie hinüberging, hörte sie Jules sagen: »Rufen Sie bei mir zu Hause an. Sagen Sie Dudley, Jim soll sie vom Flugplatz abholen, und er soll für alle Fälle eine halbe Stunde früher dort sein. Bleiben Sie dran, ich geben Ihnen gleich die Nummer von Friedrich von Hessen-Darmstadt durch.«

Am Wortlaut des Gesprächs erkannte sie, daß Pauline aus Northeast Harbor zurückkommen und Jules ab morgen wieder den gesellschaftlichen Stundenplan durchexerzieren würde, nach dem er und seine Frau lebten. Wie so oft war sie eifersüchtig, weil Pauline soviel mehr von Jules hatte als sie. Von draußen hörte sie, daß die Party zu Ende ging: Ein Gast nach dem anderen verabschiedete sich.

Flo griff in die linke Tasche von Jules' Jackett und fand den Kalender sofort. Einmal hatte Jules gesagt: »In diesem kleinen Buch steckt mein ganzes Leben: Alle Nummern, die ich brauche, alle Geschäftsbeziehungen, die ich unterhalte.« Als sie das Büchlein herauszog, streifte sie ein kleines Samtetui, und sie nahm auch das heraus. Dann ging sie ins Schlafzimmer zurück und gab Jules seinen Kalender. Neugierig öffnete sie das Etui. Es enthielt die großen gelben Diamantohrringe, die Jules Pauline geschenkt und die sie ihm am nächsten Morgen zurückgegeben hatte. Er hatte sie Miss Maple geben wollen, damit sie sie an Boothby's zurückschickte, aber nach der Begegnung mit Philip Quennell im »Viceroy Coffee Shop« hatte er völlig darauf vergessen.

Flo dachte natürlich, er habe die Ohrringe für sie gekauft,

stieß einen Entzückensschrei aus, schlug jedoch sofort die Hand vor den Hund, denn Jules telefonierte immer noch, und er haßte es, wenn er von ihr gestört wurde. Als er den Hörer aufgelegt hatte, lief sie zu ihm, schlang die Arme um seinen Hals und küßte ihn. »Sie sind phantastisch, Jules!« Sie strahlte. »Ich habe in meinem ganzen Leben noch nicht so was Schönes gesehen!«
»Wovon sprichst du denn?« fragte Jules verständnislos.
»Wovon ich spreche, fragt er!« Sie befestigte die Ohrringe an ihren Ohrläppchen nnd hielt die Haare nach hinten. *»Davon* spreche ich!«
Jules sah sie entgeistert an. Es erschreckte ihn, die Schmuckstücke, die er für seine Frau gekauft hatte, an den Ohren seiner Geliebten zu sehen. Und Flo zeigte die Begeisterung, die er von seiner Frau erwartet hatte! Er brachte es nicht übers Herz, ihr zu sagen, daß die Ohrringe nicht für sie bestimmt waren und er Miss Maple gerade am Telefon aufgetragen hatte, Friedrich von Hessen-Darmstadt anzurufen, den Chef der Schmuckabteilung von Boothby's, um ihm mitzuteilen, daß er die Ohrringe in die nächste Versteigerung nehmen solle.
»Warum schaust du mich so komisch an?« fragte sie.
»Ich schaue dich nicht komisch an«, widersprach Jules. Seine Stimme klang erschöpft. »Ich genieße nur deinen Anblick, das ist alles. Die Ohrringe stehen dir ausgezeichnet.«
»Meinst du, ich kann den blauen Saphirring und die gelben Ohrringe zusammen tragen?« fragte sie.
»Ich denke schon.« Jules nickte.
Nichts beflügelte Flos Stimmung so wie ein schönes Geschenk. Sie drehte die Radiomusik lauter, ließ ihr Negligé von den Schultern gleiten und tanzte im Zimmer herum, nackt bis auf die hochhackigen Pantöffelchen. Sie wußte, daß sie Jules auf diese Art besonders gefiel. Er lag auf dem Bett und beobachtete sie, und allmählich erregte ihn ihr erotischer Tanz erneut. Er war bezaubert von ihrem schönen jungen Körper, ihrer cremefarbenen Haut, ihrem wohlgeformten Hinterteil, ihren makellosen Brüsten und dem üppigen Buschen roter Schamhaare, von dem er nie genug bekam, wie oft er auch von ihm umschmeichelt wurde, in ihn eindrang, ihn küßte, seinen Duft einatmete oder das Gesicht in ihm vergrub.

Als sie vom Schlafzimmer in den Wohnraum hinübertanzte, folgte er ihr. Sie griff nach hinten und zog ihn an seinem erigierten Penis hinter sich her zum Sofa. Dann drehte sie sich zu ihm um, setzte sich auf die Lehne und ließ sich mit gespreizten Beinen nach hinten fallen. Der Anblick der einladenden Öffnung in dem roten Haarbuschen überwältigte ihn. Mit einem brutalen Stoß drang er in sie ein und stieß immer und immer wieder zu, auf dem Weg zu der gemeinsamen Explosion, die ihn für den Augenblick seine große Enttäuschung vergessen lassen würde.
Der Herzanfall ereilte Jules im Augenblick der Ejakulation, und Flo mißdeutete die Zuckungen seines Körpers und das schmerzvolle Stöhnen als Ausdruck der Lust. Erst als sein erschlaffter Penis aus ihr herausglitt und er hinter dem Sofa zusammenbrach, erkannte sie, was geschehen war. Sie schwang die Beine von der Lehne, sprang auf und stürzte zu Jules. Sein Gesicht war aschgrau. Speichel tropfte aus seinem Mund. Sie dachte, er sei tot.
Der gellende Schrei, den Flo ausstieß, war trotz der geschlossenen Terrassentür noch in Faye Converses Garten zu hören. Inzwischen waren alle Gäste gegangen bis auf Cyril Rathbone, der sich nicht von seiner berühmten Gastgeberin trennen konnte, obwohl Faye sein bewunderndes Gefasel schon satt hatte. Er kannte die Handlungen aller siebenundfünfzig Filme, die sie gedreht hatte.
»Wie erstaunlich, daß Sie sich an ›The Tower‹ erinnern, Cyril.« Faye unterdrückte ein Gähnen. Ausgerechnet über diesen Film sprach sie besonders ungern, denn er war einer ihrer großen Flops gewesen, in dem sie entgegen aller Ratschläge die Maria Stuart gespielt hatte. Sie wünschte, sie hätte Glyceria nicht zu einer Besorgung weggeschickt: Das Mädchen wußte, wie man hartnäckige Anbeter los wurde.
Und dann zerriß Flos schriller Schrei die Luft.
»Was in aller Welt war das?« Cyril sprang von seinem Terrassenstuhl auf.
»Warum gehen Sie nicht nachsehen?« schlug Faye vor, die endlich eine Möglichkeit sah, ihn abzuwimmeln.
»Glauben Sie, es ist jemand ermordet worden?« Seine Augen leuchteten vor Sensationsgier.

»Nein, so hat es sich nicht angehört.«
»Wer wohnt denn nebenan?«
Faye zuckte die Achseln. »Ich habe nicht die leiseste Ahnung. Das Haus gehört Trent Muldoon, aber er hat es vermietet.«
»Vielleicht sollte man die Polizei anrufen«, meinte Cyril.
»Schauen Sie lieber erst, ob wirklich etwas passiert ist. Es kann schließlich auch im Fernsehen gewesen sein. Ich würde ja Glyceria hinüberschicken, mein Mädchen, aber sie ist unterwegs, um ein Desinfektionsmittel für die Gästetoilette zu holen.«
»Kann man durch die Hecke?« fragte er.
»Nein, Sie müssen außenrum gehen.« Faye stand auf. »Es hat mich gefreut, daß Sie da waren, Cyril. Wenn Sie über meine Party berichten, dann erwähnen Sie bitte nicht, daß Pepper Belcanto zu viele Tequila Sours getrunken und anschließend die ganze Toilette vollgespuckt hat, in Ordnung? Sie wissen, wie böse Dom werden kann. Da könnten leicht ein paar Kniescheiben zu Bruch gehen. Auf Wiedersehen, Cyril!«
»Ich komme gleich wieder zurück und erzähle Ihnen, was da drüben los ist«, sagte er eilfertig.
»O nein, das ist nicht nötig.«
Sie drehte sich schnell um und ging ins Haus. Cyril nahm es übel, auf eine solche Weise abserviert zu werden, aber seine Neugier war stärker als die erlittene Kränkung. Er ging die Einfahrt von Fayes Haus hinunter und bog nach ein paar Schritten auf der Azelia Lane in die nächste Einfahrt ein. Das Haus lag versteckt hinter Bäumen und Büschen. Er näherte sich vorsichtig. Ein dunkelblauer Bentley blockierte die offene Garage, in der ein rotes Mercedes-Cabriolet stand. Aus dem Haus hörte man das hysterische Schluchzen einer Frau. Die Eingangstür war zugesperrt. Er ging um das Haus herum. Der Swimmingpool lag verlassen da. An der Terrassentür schirmte er seine Augen gegen das Sonnenlicht ab und spähte in den Raum. Auf dem Boden lag eine splitternackte, massige Männergestalt. Eine ebenfalls nackte, rothaarige Frau mit makelloser Figur kniete über ihm und machte Mund-zu-Mund-Beatmung.
Cyril schob die Glastür auf. »Kann ich helfen?«
»Rufen Sie einen Krankenwagen!« schrie Flo zwischen zwei

Atemstößen. Ohne den Kopf zu heben, deutete sie auf das Telefon auf dem Bartresen.
»Wie ist die Adresse hier?« fragte Cyril.
»Azelia Lane, 844. Sagen Sie nur, das Haus neben dem von Faye Converse«, stieß Flo zwischen zwei weiteren Atemstößen hervor.
Er wählte den Notruf. In den Sekunden, bevor am anderen Ende der Hörer abgenommen wurde, bemerkte Cyril die Unmengen von Steuben-Gläsern auf den Borden hinter der Bar. Sein Blick wanderte durch den Raum. In den grauen Satinbezügen der Sofas erkannte er Nellie Potts' Lieblingsstoff dieser Saison wieder – fünfundneunzig Dollar der Meter. Er fragte sich, in wessen Haus er da wohl geraten sein mochte.
»Hallo? Oh, Gott sei Dank! In der Azelia Lane 844 hat ein Mann einen Schlaganfall oder einen Herzinfarkt. Das ist halb den Goldwater Canyon rauf. Biegen Sie in den Cherokee Drive ein, und dann die zweite oder dritte Straße links, ich weiß nicht genau, welche. Es ist das Haus neben dem von Faye Converse. Beeilen Sie sich!«
Nachdem er den Hörer aufgelegt hatte, sagte er: »Sie schicken einen Krankenwagen.«
Die Frau am Boden nickte, ohne ihre Bemühungen zu unterbrechen. Trotz der dramatischen Umstände bemerkte Cyril, daß der Mann, der da auf dem Teppich mit dem Tode rang, es im Hinblick auf sein Gerät, wie Cyril die Genitalien insgeheim nannte, durchaus mit Lonny Edge aufnehmen konnte. Als die Frau den Kopf hob, um Luft zu holen, sah er zum erstenmal das Gesicht dieses Mannes.
»Grundgütiger!« flüsterte er, als er feststellte, daß er Jules Mendelson vor sich hatte, den Milliardär, Kunstsammler und Favoriten des Präsidenten für den Anführer der amerikanischen Delegation in Brüssel, den Ehemann der eleganten Pauline. Es war erst eine gute Woche her, daß die beiden ihn auf dieser gespenstischen Party bei Casper Stieglitz so hatten abfahren lassen.
»Grundgütiger!« flüsterte er wieder. Und jetzt erkannte er in der rothaarigen Frau, die sich so verzweifelt um Jules' Leben bemühte, jenes Mädchen wieder, dessen Bild er Hector Paradiso aus Paris geschickt hatte, wo es einen Zeitungsbericht

über das Feuer im ›Meurice Hotel‹ illustriert hatte – mit Jules im Hintergrund. Später hatte er auch noch Pauline eine Kopie geschickt, natürlich anonym.
»Grundgütiger!« flüsterte er zum drittenmal.
Cyril Rathbone war zu ehrgeizig, um jetzt Mitgefühl zu empfinden: Hier war ihm unversehens eine sensationelle Story in den Schoß gefallen, und er mußte schnell handeln, bevor irgendwelche einflußreichen Leute auftauchten und die Tatsachen verdrehten, wie es bei Hector Paradisos Tod geschehen war.
»Hören Sie, Miss ... Die Ambulanz wird gleich hier sein. Ich muß weg«, sagte er.
Flo ließ gerade lange genug von Jules ab, um zu sagen: »Geben Sie mir bitte mein Kostüm! Auf meinem Bett. Da hinten.« Sie nahm die Beatmung wieder auf und zeigte in die Richtung, in der ihr Schlafzimmer lag. »Und bringen Sie mir seine Hose mit!« rief sie gleich darauf hinter Cyril her.
Als Cyril ins Schlafzimmer kam, rief er die Verlegerin des »Mulholland« an. »Schicken Sie sofort einen Fotografen zur Notaufnahme des Cedars Sinai Hospital! Ich kann jetzt nicht reden«, zischte er ins Telefon. »Vertrauen Sie mir!«
Seit Jahren träumte Cyril Rathbone von einer Gelegenheit, vom Klatschkolumnisten zum Verfasser eines Aufmachers zu avancieren, der landesweit Aufsehen erregte. Jetzt war es soweit.
»Haben *Sie* die Mund-zu-Mund-Beatmung durchgeführt, Lady?« fragte einer der fünf Sanitäter, die mit dem Krankenwagen gekommen waren. Ein anderer machte eine Herzmassage bei Jules. Ein dritter versuchte, seinen Puls zu finden.
»Ja«, sagte Flo, ohne den Blick von ihrem Liebhaber zu wenden. »War das nicht richtig?«
»Doch, genau richtig. Sie haben es sehr gut gemacht. Wo haben Sie das gelernt? Die meisten Leute wissen nicht, wie man es macht.«
Der Mann hatte einen Block in der Hand und zückte einen Kugelschreiber: Er wollte ihr einige Fragen stellen, während zwei seiner Kollegen den Rollwagen auseinanderklappten, auf den die Trage gesetzt würde.
»Da, wo ich gearbeitet habe. Wir mußten es lernen für den

Fall, daß einer der Gäste einen Herzanfall bekam oder so. Aber ich habe es heute zum erstenmal bei einem echten Notfall gemacht.« Flo beobachtete, wie Jules auf die Bahre gehoben und festgeschnallt wurde. Sie hatte es gerade noch geschafft, ihm die Hose anzuziehen, bevor der Krankenwagen gekommen war, aber nur, weil sie die Unterhose weggelassen hatte. Auch für das Hemd hatte die Zeit nicht mehr gereicht. Als sie gehört hatte, wie die Ambulanz mit heulender Sirene in die Einfahrt einbog, war sie schnell in das Kostüm geschlüpft, das sie anhatte, als sie von ihrem Schlafzimmerfenster aus mit dem Fernglas Faye Converses Party beobachtete.
»Ihr Mann?« fragte der Sanitäter.
»Nein.«
»Name?«
»Meiner oder seiner?«
»Seiner.«
»Jules Mendelson.«
Er sah sie fragend an: »Wie bei dem Jules-Mendelson-Flügel des Cedars Sinai?«
»Ja.«
»Ach, du Schande!« Er blickte von seinen Notizen auf. »Alter?«
»Sechsundfünfzig, glaube ich – oder siebenundfünfzig.«
»Sie sind demnach *nicht* Mrs. Mendelson?«
»Nein.«
»Ist das hier Ihr Haus?«
»Ja.«
»Gibt es eine Mrs. Mendelson?«
»Ja.«
»Hat man sie schon informiert?«
»Nur *Sie* sind informiert worden«, sagte Flo. »Es ist ja erst vor etwa zwanzig Minuten passiert. Er brach einfach zusammen. Und dann kam ein Mann, der wohl nebenan auf der Party gewesen war, und rief Sie. Ich weiß nicht, wer es war, weil ich die ganze Zeit Mund-zu-Mund-Beatmung machte. Wird er sich wieder erholen?«
»Soll *ich* Mrs. Mendelson informieren?«
»Sie ist mit einem Privatflugzeug auf dem Rückweg von Northeast Harbor in Maine. Soll heute abend ankommen. Ich habe gefragt, ob er sich wieder erholen wird.«

»Wir bringen ihn sofort auf die Intensivstation«, antwortete er ausweichend.
Die Trage mit Jules wurde hinausgerollt und in den Krankenwagen geschoben. Flo und der Sanitäter folgten ihr.
»Wir sind soweit, Charlie«, rief einer der Männer aus dem Wagen.
»Wollen Sie mitfahren? Ich kann Ihnen meine Fragen auch unterwegs stellen«, sagte Charlie zu Flo.
»Okay.«
Er half ihr beim Einsteigen.
»Was für ein Autotyp ist denn das, Charlie?« fragte der Fahrer. »Der blaue, meine ich.«
»Ein Bentley neunzig«, erklärte Charlie. »Ein toller Schlitten, was? Dafür mußt du so um die hundertfünfzigtausend hinblättern. Weißt du, wer unser Patient ist?«
»Nein.«
»Jules Mendelson, der Milliardär – der Jules Mendelson, dessen Name am Anbau des Cedars Sinai Hospital steht«, sagte Charlie. »Also mach hin, sonst werden wir alle gefeuert.«
»Jetzt wundert es mich nicht mehr, daß die Zentrale durchgegeben hat, daß Fotografen vor der Notaufnahme rumlungern«, erwiderte der Fahrer. »Mann, diese Einfahrt ist so schmal und steil! Ich weiß gar nicht, wie ich hier rauskommen soll.«
»Es sind Fotografen vor dem Krankenhaus?« fragte Flo alarmiert.
Der Fahrer nickte.
»Lassen Sie mich wieder raus!« drängte Flo.
»Was ist denn los?«
»Hören Sie, Charlie: Ich bin seine Freundin, nicht seine Frau. Verstehen Sie? Ich fahre lieber mit meinem Wagen hinterher.«
Charlie sagte zwar nicht: Das habe ich mir schon gedacht, aber sie las es in seinem Gesicht. Wie alle Menschen fand auch Charlie Flo auf Anhieb sympathisch. »Halt an, Pedro!« sagte er. »Die Lady steigt wieder aus.«
Der Krankenwagen kam am Ende der Einfahrt zum Stehen. Charlie öffnete die Hecktür, um Flo hinauszulassen.
Sie beugte sich über den leblosen Körper auf der Bahre. »Jules, Schätzchen«, flüsterte sie ganz nah an seinem Gesicht.

Sein Mund und seine Nase waren von einer Sauerstoffmaske verdeckt. »Ich fahre mit meinem Wagen zur Klinik. Ich komme gleich nach. Du bist in guten Händen. Ich liebe dich, Schatz.«
»Wissen Sie, wie Sie zur Notaufnahme kommen?« fragte Charlie.
»Ja. Man hat meine Mutter mal dorthin gebracht.«
Sie hatte es so eilig, aus der Ambulanz zu klettern, daß sie stolperte und hinfiel, wobei sie sich den Rock zerriß und die Knie aufschürfte. »Gottverdammt!« fluchte sie.
Charlie streckte besorgt den Kopf heraus. »Sind sie *okay?*«
»Ja, ja«, rief sie. »Fahren Sie los!« Die Sirene heulte auf, und der Wagen bog nach links in die Azelia Lane ein. Als Flo versuchte, sich auf der steilen Einfahrt aufzurappeln, hörte sie Astrid bellen. Sie wußte von Glyceria, daß der Hund während der Party im Bad eingesperrt gewesen war, da er seit Hector Paradisos Tod als bissig verschrien war und Faye nicht riskieren wollte, daß er einen Gast anfiel. Astrid kam um das Haus herum gelaufen, stürzte auf Flo zu, leckte ihre Hände ab und wollte auf den Arm genommen werden.
»Nein, nein, Astrid, nicht jetzt! Ich kann mich jetzt nicht um dich kümmern. Geh nach Hause, Schätzchen! Du kannst nicht hierbleiben. Geh durch die Hecke zurück. Na, mach schon! Glyceria wartet auf dich. Geh nach Hause!«
Der Hund war völlig verwirrt. Er konnte nicht verstehen, weshalb er nicht wie sonst auf den Arm genommen wurde und warum seine geliebte Flo so schroff mit ihm sprach. Flo rannte humpelnd mit blutenden Knien die Einfahrt hinauf. Und dann sah sie, daß Jules' Bentley die Garage blockierte und sie den Mercedes nicht herausholen konnte.
»Verdammt!« schrie sie verzweifelt. Sie spürte, wie ihr die Tränen, die sie seit fast einer Stunde zurückhielt, in die Augen stiegen, aber sie gestattete sich nicht zu weinen. Sie lief zu Jules' Wagen und öffnete die Fahrertür. »Gott sei Dank!« stöhnte sie, als sie sah, daß der Schlüssel steckte. Sie rutschte hinter das Steuer und startete, bevor sie noch die Tür zugemacht hatte. Das Autoradio schaltete sich ein: Es war wie immer auf den Nachrichtensender eingestellt. Astrid versuchte, in den Wagen zu springen. »Nein, nein! Raus!« Flo

schubste sie zurück. »Ich muß zum Krankenhaus!« rief sie dem Hund zu, als könne er diese Erklärung verstehen. Gekränkt, weil der Mensch, den sie am meisten liebte, sie zurückgewiesen hatte, lief Astrid die Einfahrt hinunter.
Flo hatte den Bentley nie vorher gefahren und war nicht auf die Stärke des Motors vorbereitet. Als sie den Fuß aufs Gaspedal setzte, schoß der Wagen vorwärts. Auf halbem Weg die Einfahrt hinunter spürte sie plötzlich einen Aufprall, dann hörte sie ein herzzerreißendes Jaulen. Sie schrie entsetzt auf, trat die Bremse durch, stellte die Automatik auf Parken, sprang aus dem Wagen und lief nach vorne.
»O nein!« stammelte sie fassungslos. »O nein!« Sie zog das zerschmetterte Tier unter dem Kühler hervor und jetzt strömten die Tränen ungehemmt über ihr Gesicht. »O Astrid, meine kleine Astrid, mein kleiner Liebling! Ich habe dich so lieb! Stirb nicht, Astrid, bitte, bitte, stirb nicht! Bitte!« Sie schaute in die Augen des Hundes, und der Hund blickte sie an. Und dann fühlte sie, wie er erschlaffte, er gab einen kleinen Laut von sich und starb.
Flo hielt Astrid in den Armen und wiegte sie hin und her. Aus dem Wagen klangen die Nachrichten. »Wir unterbrechen unser Programm für eine Sondermeldung: Der Finanzmakler und Milliardär Jules Mendelson ist von einem Krankenwagen ins Cedars Sinai Hospital gebracht worden, nachdem er im Haus einer Bekannten in Beverly Hills einen schweren Herzanfall erlitten hatte. Mendelsons Frau ist unseren Informationen nach per Privatjet auf dem Rückweg von Maine. Bleiben Sie auf unserer Welle, wir halten Sie auf dem laufenden!«
Flo legte den kleinen Terrier an den Rand der Einfahrt und küßte ihn. »Ich komme zurück«, flüsterte sie. Dann stieg sie wieder ins Auto. Noch immer liefen ihr die Tränen über die Wangen, und sie gab sich keine Mühe, ihr Schluchzen zu unterdrücken. Sie raste die Azelia Lane hinunter und dann über den Cherokee Drive zum Coldwater Canyon. Als sie dort einbog, zwang sie mehrere Fahrzeuge zu einer Vollbremsung, was mit wütendem Hupen quittiert wurde. Sie preschte, unentwegt überholend, weiter zum Beverly Drive, überfuhr am Sunset Boulevard die rote Ampel, überquerte die Kreuzung und fuhr auf dem Beverly Drive weiter, wobei sie alle langsa-

meren Autos hupend an den Straßenrand drängte. Schließlich bog sie wieder, ohne auf die rote Ampel zu achten, links in den Santa Monica Boulevard ein, kurz darauf rechts in den Beverly Boulevard, auf dem sie bis zum Cedars Sinai Hospital hinunter brauste. Dort bremste sie ab, mußte jedoch feststellen, daß es auf der Straße keinen einzigen Parkplatz gab. Ihr fiel ein, daß sie kein Geld mitgenommen hatte und also nicht in die Besuchergarage fahren konnte. Für den Personalparkplatz fehlte ihr die Plastikkarte, die man brauchte, damit sich die Schranke hob. In ihrer Verzweiflung gab sie Gas und durchbrach die geschlossene Holzschranke. Die Alarmpfeife eines Parkwächters schrillte. Gleichzeitig hielt ein Streifenwagen neben ihr, der ihr gefolgt war, seit sie am Sunset Boulevard die rote Ampel überfahren hatte.
Sie öffnete die Wagentür. »Wo ist der Eingang zur Notaufnahme?« rief sie zwei Krankenschwestern zu, die hinter einem geparkten Wagen eine Zigarettenpause machten. Die beiden deuteten in die entsprechende Richtung, und Flo rannte los.
»Bleiben Sie stehen!« rief der Polizist hinter ihr her.
»Bleiben doch Sie stehen!« rief sie zurück und verschwand in der Klinik.

Rose Cliveden, die den ganzen Tag das Radio laufen hatte, hörte den Bericht über Jules' Herzanfall, den Flo aus dem Bentley gehört hatte, als sie die sterbende Astrid in den Armen hielt. Entsetzt stellte Rose ihr Glas ab. Sollte sie zuerst Camilla Ebury, Miss Maple oder Dudley, den Butler, anrufen? Sie hatte mehrfach mit Pauline telefoniert, seit diese in Northeast Harbor war, und wußte, daß sie heute zurückkommen würde. Aber sie hatte auch in den Nachrichten von dem Unwetter gehört, das in Bangor wütete. Es war also gut möglich, daß das Flugzeug nicht oder nur mit großer Verspätung hatte starten können. Pauline hatte Rose nicht den wahren Grund ihrer Reise gesagt, sondern nur, daß ihr Vater kränkle und sie nach ihm sehen wolle.
Rose entschloß sich, zuerst Dudley anzurufen.
»Ist Mrs. Mendelson schon angekommen?« fragte sie.
»Die Maschine soll um acht Uhr landen, Mrs. Cliveden.«
»Glauben Sie, sie weiß es schon?«

Dudley verstand die Frage nicht. »Was meinen Sie?«
»Glauben Sie, sie hat die Neuigkeit schon gehört?«
»Welche Neuigkeit?«
»Sie wissen also noch gar nichts?« Rose kam sich ungeheuer wichtig vor.
»Was sollte ich wissen?«
»Das mit Mr. Mendelson.«
»Was ist passiert?« fragte Dudley.
»Er hatte einen Herzanfall. Sie haben ihn ins Cedars gebracht. Ich habe es gerade in den Nachrichten gehört.«
»O nein!« Etwa eine halbe Minute lang herrschte Schweigen. »Ich kann nicht verstehen, warum Miss Maple mich nicht angerufen hat«, sagte der Butler schließlich.
»Vielleicht weiß sie es auch noch nicht.«
»Wie könnte das möglich sein?«
»Es ist nicht im Büro passiert. Der Nachrichtensprecher sagte, Mr. Mendelson sei bei einer Bekannten gewesen.«
»Bei wem?«
»Ich weiß nicht, das hat er nicht gesagt. Wer wird Mrs. Mendelson vom Flugplatz abholen?«
»Der Chauffeur wird um sieben hier losfahren: Mr. Mendelson möchte, daß er eine halbe Stunde vor der planmäßigen Ankunft dort ist.«
Rose begann, Befehle zu erteilen, als sei sie dazu befugt. »Lassen Sie erst mich von Jim abholen. Ich finde, ich sollte Mrs. Mendelson in Empfang nehmen: Sie braucht jetzt eine Freundin, und ich bin wohl ihre beste. Ich fahre dann mit ihr ins Krankenhaus.«
»Sehr wohl, Mrs. Cliveden.«
Nachdem Dudley den Hörer aufgelegt hatte, rief er Blondell, das Dienstmädchen, aus dem ersten Stock herunter, die Köchin aus der Küche herüber, Smitty von den Zwingern herein und Jim, den Chauffeur, aus der Garage. »Mr. Mendelson hatte einen Herzanfall«, sagte er, als die Hausangestellten schließlich in der Eingangshalle versammelt waren. Sie empfanden tiefe Bestürzung, als sei ihr eigenes Leben bedroht. Dudley war am längsten im Haus und hatte, wie alle wußten, ein besonders enges Verhältnis zu Jules. Blondell glaubte, Tränen in seinen Augen zu sehen. Dann klingelte das Telefon.

Es war Miss Maple. Sie hatte die Neuigkeit von ihrer Schwester aus Long Beach gehört, die über das Autoradio von dem Anfall erfahren und an der nächsten Tankstelle angehalten hatte, um sie anzurufen. Dudley teilte ihr mit, daß er gerade von Mrs. Cliveden informiert worden sei, die die Nachricht ebenfalls im Radio gehört habe, und daß Mrs. Cliveden mit Jim zum Flugplatz fahre, um Mrs. Mendelson beizubringen, was passiert war.
»Ausgerechnet Rose Cliveden!« sagte Miss Maple. »Die arme Mrs. Mendelson!«
»Das habe ich mir auch gedacht«, gestand Dudley.
»Vielleicht sollte ich den Piloten anrufen, damit er Mrs. Mendelson informiert«, überlegte Miss Maple.
»Das würde ich nicht tun«, riet ihr Dudley. »Da oben in der Luft kann sie doch nichts tun.«
Während Rose darauf wartete, daß Paulines Chauffeur sie abholte, rief sie Camilla Ebury an, um ihr die Neuigkeit zu berichten.
»Ich kann es nicht glauben!« sagte Camilla.
»Aber es stimmt! Es kam in den Nachrichten.«
»Die arme Pauline!«
»Ich muß aufhören zu telefonieren«, erklärte Rose völlig gegen ihre sonstige Gewohnheit. Sie war voller Tatendrang. »Paulines Chauffeur kommt gleich und nimmt mich mit zum Flugplatz, damit sie die schreckliche Neuigkeit wenigstens von einer Freundin erfährt. Mein Gott, sie liebt Jules doch so!«
Camilla rief Philip Quennell im »Château Marmont« an.
»Wo ist es passiert?« fragte er.
»Rose sagte, in den Nachrichten habe es geheißen, bei einer Bekannten.«
Philip wußte sofort, daß diese Bekannte nur Flo March sein konnte, aber er sagte es nicht: Er hatte Camilla nicht erzählt, daß das Mädchen, das sie in seinem Zimmer kennengelernt und so sympathisch gefunden hatte, Jules Mendelsons Geliebte war.
Philip rief bei Flo an und geriet an den Anrufbeantworter. Zuerst wollte er gleich wieder auflegen, aber dann sagte er, ohne seinen Namen zu nennen: »Flo, falls Sie mich brauchen sollten, ich bin im ›Château‹.«

Das Flugzeug hatte beträchtliche Verspätung, und Rose überbrückte die Wartezeit mit mehreren Drinks, die sie sich im Aufenthaltsraum zu Gemüte führte. Jim, der Chauffeur, bewahrte sie zweimal davor, über ihre Krücken zu fallen. Nachdem die Maschine schließlich eine Stunde später als geplant gelandet war, schluchzte Rose haltlos und stammelte wirres Zeug über die schreckliche Nachricht, die sie ihrer liebsten und besten Freundin überbringen müsse. Als Pauline Rose sah, wußte sie sofort, daß etwas Schlimmes geschehen sein mußte, und ihr erster Gedanke galt Kippie. Sie war überzeugt, gleich erfahren zu müssen, daß Kippie tot sei.

»O mein Gott!« sagte sie. »Ist was mit Kippie?«

»Nein, nicht mit Kippie. Mit Jules!« schluchzte Rose und umarmte sie heftig.

Pauline wurde aschfahl. »Mit Jules?« Sie hatte sich entschlossen, dem Rat ihres Vaters entsprechend, bei ihrem Mann zu bleiben, und auf dem Heimflug hatte sie den Vorsatz gefaßt, die Vergangenheit zu begraben und noch einmal ganz neu mit Jules anzufangen. Welcher Mann hat schließlich nicht gelegentlich eine Affäre, hatte sie sich gesagt, und sich die vielen positiven Dinge in ihrem Leben vor Augen geführt: ihr herrliches Haus, ihre Blumen, ihre Freunde, die Reisen, die sie machte, und die Fürsorglichkeit ihres Mannes. Sie dachte an die Zeit in Brüssel, die vor ihnen lag, und all die Einladungen, die sie mit sich bringen würde. Und sie wußte – und das war das Wichtigste –, daß Jules sie trotz allem brauchte und sogar immer noch liebte. Und jetzt sollte er tot sein!

Jim, der Chauffeur, sah ihren entsetzten Gesichtsausdruck und begriff, das Rose Cliveden ihr den Eindruck vermittelt hatte, Mr. Mendelson sei tot. »Nein, nein, Mrs. Mendelson«, sagte er hastig. »Mr. Mendelson hatte einen Herzanfall. Es kam in den Nachrichten. Er ist im Cedars Sinai. Ich werde Sie gleich hinbringen.«

»Und wie geht es ihm?« fragte Pauline.

»Das wissen wir nicht«, antwortete Jim.

»Das wissen wir nicht«, echote Rose schluchzend.

Als sie am Krankenhaus ankamen, sagte Pauline zu ihrem Chauffeur: »Fahren Sie Mrs. Cliveden nach Hause und kommen Sie wieder her, bitte.«

»Aber ich will bei dir sein«, protestierte Rose. »Du brauchst mich doch, Pauline!«
»Nein, Rose. Du mußt das verstehen. Ich möchte mit meinem Mann allein sein. Du hast dich großartig benommen, Liebste. Ich danke dir. Ich kann dir gar nicht genug danken.«
»Brauchen Sie etwas von Ihrem Gepäck?« fragte Jim, als er ihr den Schlag öffnete.
»Nur die kleine Tasche, Jim.« Sie stieg aus und nahm ihn beiseite. »Um Gottes willen, schaffen Sie sie hier weg«, beschwor sie ihn leise. »Und lassen Sie sich ja nicht dazu überreden, sie wieder herzubringen.«
»Sehr wohl, Mrs. Mendelson. Und ... Ma'am . . .?«
»Ja?« fragte Pauline in normaler Lautstärke.
»Sagen Sie Mr. Mendelson, daß wir alle für ihn beten.«
»Richtig, Pauline, sag Jules, daß wir alle für ihn beten«, rief Rose durch das offene Wagenfenster.

Die junge, rothaarige Frau mit dem zerrissenen Chanel-Kostüm und den abgeschürften, blutigen Knien stürmte in höchster Aufregung in die Notaufnahme des Cedars Sinai Hospitals. Sie lief zur Anmeldung, gefolgt von einem Polizisten, der dabei war, einen Strafzettel auszufüllen, und ihre Vergehen herunterratterte, angefangen von einer Fahrgeschwindigkeit von fünfundsechzig Meilen in der Stunde in einer Dreißig-Meilen-Zone über das Überfahren einer roten Ampel bis zur mutwilligen Zerstörung öffentlichen Eigentums und rücksichtslosen Gefährdung. Sie drehte sich zu ihrem Verfolger um und fragte wütend: »Ich habe schließlich niemanden umgebracht.«
Der Polizist schrieb unbeirrt weiter.
»Oder verletzt«, setzte Flo hinzu.
»Das hätte aber passieren können«, gab der Beamte zu bedenken.
»Dann ist dieser Strafzettel, den Sie da ausschreiben, wohl nicht so dringend. Aber der Grund, weshalb ich hierher gefahren bin, ist dringend: Es geht um Leben und Tod. Ich werde also den Strafzettel entgegennehmen, falls Sie je mit dem Schreiben fertig werden sollten, und ich werde vor Gericht erscheinen, falls nötig, und die angesetzte Summe zahlen oder

auch ins Gefängnis gehen, wenn ich muß, und die Schranke bezahlen, die ich ruiniert habe – aber nicht jetzt! Jetzt muß ich Sie auf die höflichste Art, die mir möglich ist, ersuchen, mich keine Sekunde länger zu belästigen!«

»Gib's ihm nur, Schwester!« rief eine Frau, die mit zwei kleinen Kindern auf einer Holzbank saß; ihr Liebhaber war mit zahlreichen Stichwunden eingeliefert worden. Und andere, die ebenfalls an der Wand entlang saßen, johlten begeistert. Der Polizist sah die schöne junge Frau an, die ihn gerade so abgekanzelt hatte. Sie hielt seinem Blick unerschrocken stand. Schließlich rang er sich zu einem Lächeln durch und gab ihr den Strafzettel.

»Ich kann ihn nicht zerreißen, Miss, ich *muß* ihn Ihnen geben.« Es klang fast entschuldigend.

»Ist schon klar.« Flo hatte sich wieder etwas beruhigt.

»Ich hoffe, daß diese Sache gut ausgeht«, sagte er.

»Danke.« Sie wandte sich an die Krankenschwester, die hinter einem Schreibtisch saß. »Ich möchte zu Jules Mendelson.«

Die Schwester, die dem Schildchen an ihrer Tracht nach Mimosa Perez hieß, hatte beobachtet, wie Flo mit dem Polizisten umgesprungen war. »Sie sind Mr. Mendelsons Tochter, richtig?«

Flo sah sie überrascht an. Jules wäre außer sich gewesen, wenn jemand sie in seiner Gegenwart für seine Tochter gehalten hätte. Dann aber erinnerte sie sich daran, wie man ihre Mutter nach dem Brand in dem Fürsorgeheim sterbend hierher gebracht hatte: Nur engsten Familienangehörigen wurde gestattet, mit den Ärzten zu sprechen.

»Ich *muß* Sie fragen«, erklärte die Schwester. »Anordnung des Krankenhauses.«

Flo wußte nicht, was sie antworten sollte, und nickte zögernd.

»Nur engste Familienangehörige dürfen hinein«, fuhr die Schwester fort. »Manche dieser Zeitungsgeier scheuen vor nichts zurück, um in die Intensivstation zu kommen, wenn Prominente eingeliefert werden. Sie hätten sehen sollen, wie es hier zuging, als Lucille Ball starb! Man konnte sich kaum noch bewegen vor Reportern.«

Flo brachte es nicht fertig zu bestätigen, daß sie Jules Mendelsons Tochter sei, aber sie konnte auch unmöglich behaupten,

seine Frau zu sein. Die Schwester war bemüht, der verzweifelt wirkenden jungen Frau in dem teuren Kostüm zu helfen, und sagte: »Ich werde Sie ankündigen, Miss Mendelson. Sie müssen den Flur da hinuntergehen. Beim Wasserbehälter biegen Sie rechts ab zu den Aufzügen. Fahren Sie in den sechsten Stock, dort wird man Ihnen dann weiterhelfen.«
Flo las das Namensschildchen. »Danke, Mimosa.«
Mimosa Perez lächelte. »Ich rufe die diensthabende Schwester an und sage Bescheid, daß Sie auf dem Weg sind.«
Neben der Frau mit den beiden kleinen Kindern, deren Freund man inzwischen in den Operationssaal gebracht hatte, saß, hinter einem Exemplar der »Tribunal« verschanzt, Cyril Rathbone. Er konnte die Wende, die dieser Tag für ihn bedeutete, noch gar nicht recht fassen. »Chanel-Kostüm. Rock zerrissen. Gab vor, seine Tochter zu sein«, schrieb er in Stichworten auf seinen kleinen Spiralblock.

Zweimal ließ Dr. Petrie, der sich um Jules kümmerte, Flo in der Annahme, sie sei ein enges Familienmitglied, von einem seiner Assistenten einen Zwischenbericht über den Zustand des Patienten geben.
»Wir neigen zu vorsichtigem Optimismus«, sagte der Internist.
»Das heißt lediglich, daß er noch am Leben ist«, konstatierte sie.
»Das ist immerhin mehr, als wir bei seiner Einlieferung erwarteten.«
»Kann ich ihn sehen?«
»Noch nicht.«
»Und wann?«
Flo saß Stunden im Aufenthaltsraum vor der Intensivstation, sah fern und versuchte, eine der Illustrierten zu lesen, die auf dem Tisch lagen. Aber es war ihr unmöglich, sich zu konzentrieren. Angst stieg in ihr hoch. Angst um sich und um Jules. Seit er vor fünf Jahren zum erstenmal in den »Viceroy Coffee Shop« kam und ihr Leben veränderte, hatte Flo sich nach einem Freund gesehnt, dem sie sich anvertrauen hätte können, auch wenn es dabei um weit weniger dramatische Ereignisse ging als das heutige. Aber nie hatte sie sich so allein

gefühlt wie während dieser langen Stunden des Wartens, während der sie nicht wußte, ob Jules am Leben bleiben oder sterben würde.
Entsprechend Jules' Anweisung besuchte sie Curly und Belle, ihre Freunde aus dem »Viceroy Coffee Shop«, schon lange nicht mehr. »Diese Leute sind nichts für dich«, hatte er erklärt. Und so waren ihr nur Glyceria und Philip Quennell geblieben. Sie hatte sich jedoch gescheut, Glyceria zu sehr ins Vertrauen zu ziehen, da Jules ihre Freundschaft mit Faye Converses Mädchen mißbilligte. Philip Quennell hingegen hatte sie in den beiden Tagen und Nächten im »Château Marmont« alles über ihre Beziehung erzählt, aber ihr war klar, daß Jules den jungen, gutaussehenden Mann verabscheute, der so nett zu ihr gewesen war, und deshalb konnte sie sich auch nicht an ihn um Trost und Beistand wenden.
Die Abendnachrichten des NBC rissen sie aus ihren Gedanken: »Jules Mendelson, Milliardär aus Beverly Hills, Banker, Kunstsammler und aller Voraussicht nach Anführer der amerikanischen Delegation, die in Sachen Vereinigtes Europa nach Brüssel gehen wird, hat heute nachmittag in einem Privathaus in Beverly Hills einen schweren Herzanfall erlitten. Er wurde bewußtlos und mit Herzstillstand auf dem Fußboden gefunden. Die zu Hilfe gerufenen Sanitäter brachten ihn mit Herzmassage wieder zum Leben und lieferten ihn ins Cedars Sinai Hospital von Los Angeles ein. Ein Sprecher des Krankenhauses verweigerte jede Aussage über Mendelsons Zustand.«
Flo starrte immer noch auf den Bildschirm, als der Nachrichtensprecher Bertie Slatkin schon längst bei einer anderen Meldung war. Das »Privathaus in Beverly Hills«, von dem er gesprochen hatte, war ihr Haus in der Azelia Lane. Ein kalter Schauer überlief sie, als sie begriff, daß man im Falle von Jules' Tod auch sie durch die Nachrichten zerren würde.
»Sie können jetzt reingehen. Aber nur für zehn Minuten«, sagte jener Assistenzarzt, der schon zweimal mit ihr gesprochen hatte. Sie reagierte nicht. »Miss?«
Flo fuhr auf. »Wie bitte?«
»Ich sagte, Sie können jetzt für zehn Minuten reingehen.«
»Ist er bei Bewußtsein?«

»Mal ja, mal nein. Sie dürfen ihn unter keinen Umständen aufregen oder anstrengen.«
»Vielen Dank.«

Arnie Zwillman saß im Spielzimmer seines Hauses, das früher einmal Charles Boyer gehört hatte, und sah von seinen Romméekarten auf, als Bertie Slatkin, der Sprecher der NBC-Abendnachrichten, über Jules Mendelsons Anfall berichtete.
»Ich habe erst kürzlich auf der Party bei Casper Stieglitz zu Jules gesagt: ›Sie müssen Ihr Fett loswerden, sonst macht Ihr Herz schlapp.‹ Das habe ich gesagt, ich schwöre es. Halt, halt, Dom! Ich bin dran!«

»Ich bin Mrs. Mendelson«, erklärte Pauline der Schwester Mimosa Perez an der Anmeldung der Notaufnahme.
»Guten Tag, Mrs. Mendelson.« Mimosa war fasziniert von der Eleganz und Beherrschtheit der Frau, die vor ihr stand.
Cyril Rathbone hütete sich, Pauline anzusprechen. Ja, er hob seinen »Tribunal« sogar noch höher und hörte zu, wie Mimosa Perez Pauline den Weg zur Intensivstation erklärte. Er verfolgte stets die Trends der Mode und konnte eine Pariser Kollektion präzise von der anderen unterscheiden. Nach einem verstohlenen Blick schrieb er auf seinen Spiralblock: »Dunkelgrünes Reisekostüm, Seidenbluse – beides von Givenchy. Chauffeur hat sie gebracht. Kam mit der privaten sechzehnsitzigen 727 aus Bangor, Maine. Hatte ihren kränkelnden Vater besucht.« Und dann schrieb er noch auf: »P. schickte Mrs. Cliveden nach Hause.«
Als Pauline die Tür des Krankenzimmers öffnete, fiel ihr Blick zuerst auf Flo. Jules war nicht bei Bewußtsein. Flo saß über ihn gebeugt auf der Bettkante, streichelte seine Hand und flüsterte aufmunternde Worte in sein Ohr. »Alles wird gut, Jules! Du mußt einfach positiv denken! In Null Komma nichts bist du wieder auf den Beinen. Es liegt nur an dem Streß, den du in letzter Zeit hattest, Arnie Zwillman und deine Berufung nach Brüssel und alles.«
Pauline war wie angewurzelt stehengeblieben: »Ich würde gerne mit meinem Mann allein sein«, sagte sie kalt.
Flo sprang auf, als hätte sie einen elektrischen Schlag bekommen. Entsetzt starrte sie Pauline an und schlug die Hand vor

den Mund. Ihr Gesicht glänzte von Tränen, Wimperntusche und Lippenstift waren verschmiert. Ihr Rock war zerrissen. Sie hatte sich zwar das Blut von den Knien gewaschen, aber sie wußte, daß sie immer noch einen schlimmen Anblick bot. »Oh, Mrs. Mendelson!« hauchte sie. Diese Frau würde niemals in der Öffentlichkeit weinen.

Pauline trat an die andere Seite des Bettes, nahm die Hand ihres bewußtlosen Mannes und sagte, als existiere Flo überhaupt nicht: »Ich bin's, Pauline. Die Krankenschwestern behaupten immer, daß man nichts hören kann, wenn man bewußtlos ist, aber ich habe das nie geglaubt. Mein Vater hat erzählt, daß er letztes Jahr, als er seinen Schlaganfall hatte, alles hörte, was um ihn herum gesprochen wurde. Erinnerst du dich? Das Flugzeug hatte große Verspätung: In Maine war ein entsetzliches Unwetter, und dann gab es in Los Angeles noch Probleme mit der Landung. Vater läßt dich herzlich grüßen. Natürlich weiß er noch nicht, was passiert ist. Rose kam zum Flugplatz, um mir Bescheid zu sagen. Sie war völlig betrunken. Ich werde dir alles erzählen, wenn es dir wieder besser geht. Du wirst dich köstlich amüsieren. Ich habe mit Dr. Petrie gesprochen. Er ist besonders nett und sicher ein guter Arzt. Ich habe verlangt, daß Dr. Rosewald aus New York eingeflogen wird, um dich zu untersuchen. Wenn alles gutgeht, wirst du schon in ein paar Tagen in den Mendelson-Flügel verlegt. Wenn du schon im Krankenhaus sein mußt, sollst du wenigstens in dem Flügel liegen, den du gestiftet hast, stimmt's? Dort wirst du es bequemer haben. Du wirst wieder gesund, Jules! Dr. Petrie ist sehr optimistisch.«

Flo war überwältigt von Paulines Souveränität. Sie hatte noch nie eine Frau mit einer so geraden Haltung, einem so edlen Hals und so aristokratischen Zügen gesehen, geschweige denn mit einer so tiefen Altstimme sprechen hören. Wie ein gefeuertes Dienstmädchen schlich Flo zur Tür, ließ sich dabei jedoch kein Wort entgehen. Als sie das Zimmer verlassen wollte, kam eine Krankenschwester herein.

»Es darf immer nur eine Person hier sein«, flüsterte die Schwester aufgebracht.

»Ich wollte gerade gehen«, erklärte Flo, worauf die Schwester wieder verschwand.

Flo drehte sich um, um einen letzten Blick auf Jules zu werfen, und Pauline drehte sich ihrerseits um und schaute zur Tür. Die Blicke der beiden trafen sich, aber die von Pauline wanderten gleich darauf zu Flos Ohrläppchen: Dort hingen die gelben Diamantohrringe, die Jules ihr am Abend der Party bei Casper Stieglitz geschenkt und die sie ihm am folgenden Morgen zurückgegeben hatte, als sie zum erstenmal gemeinsam im Frühstückszimmer saßen. Paulines Gefaßtheit und Zurückhaltung brachen in sich zusammen. Sie wurde dunkelrot vor Zorn.

»Sie!« rief sie. »Jetzt erinnere ich mich an Sie. Sie sind mir doch gleich bekannt vorgekommen. Sie haben beim Friseur meinen Wagen gerammt. Und wie scheinheilig zerknirscht Sie waren! Mein Gott, ich glaube, ich habe Ihnen sogar ein Kompliment wegen Ihres Kostüms gemacht! Hat unser Zusammentreffen Sie amüsiert? Haben Sie mit meinem Mann über mich gelacht?«

»Niemals! Niemals, das schwöre ich.«

Pauline starrte Flo an und erinnerte sich daran, wie sie Jules nach der Totenmesse für Hector Paradiso zu Hause gefragt hatte, wer die rothaarige Frau in dem Chanel-Kostüm gewesen sei, mit der er vor der Kirche gesprochen habe, und er so getan hatte, als kenne er sie nicht.

»Sie Nutte!« schleuderte sie Flo entgegen.

»Ich bin keine Nutte!« Tränen schossen Flo in die Augen. Pauline hatte, ohne es zu wissen, einen wunden Punkt getroffen: Als Kind hatte Flo einmal gehört, wie ein Mann ihre Mutter eine Nutte schimpfte.

»Sie können sich das Wort aussuchen.« Pauline wandte sich wieder Jules zu.

Jetzt wurde Flo genauso wütend wie Pauline. »Sie haben leicht reden, Mrs. Mendelson. Ihnen wurde immer alles auf einem Silbertablett serviert. Sie haben nie für Ihren Broterwerb arbeiten müssen.«

Pauline wandte sich ihr wieder zu. »Bezeichnen Sie ausgehalten zu werden als Broterwerb?«

»Ja«, fauchte Flo und begegnete unerschrocken Paulines höhnischem Blick. Sie sagte nicht, daß sie Jules Wünsche erfüllte, die seine Frau ihm nicht erfüllen konnte oder wollte, aber Pauline konnte es ihrem Blick entnehmen.

»Ich werde Sie nicht nach Details fragen«, sagte sie schneidend.

»Das wird auch besser für Sie sein«, schnappte Flo. »Ich könnte Ihnen antworten.«

Jules stöhnte, und Pauline beugte sich über ihn.

Die Krankenschwester kam zurück. »Sie sind ja immer noch da! Gehen Sie jetzt, Miss. Sie müssen Ihre Mutter mit Ihrem Vater allein lassen. Es darf immer nur eine Person im Zimmer sein.«

»Ihre Mutter?« schrie Pauline mit überschnappender Stimme. »Ich bin nicht die Mutter dieser Nutte! Hat sie sich mit dieser Lüge hier reingeschmuggelt?«

»Nennen Sie mich ja nicht noch einmal Nutte!« rief Flo drohend. Dann drehte sie sich auf dem Absatz um und ging.

Die Schwester konnte nicht fassen, was sie gerade gehört hatte. Minuten später erzählte sie es der Stationsschwester, und diese gab es an die Ärzte weiter, die es ihrerseits weitererzählten. Es dauerte keine Stunde, bis die Neuigkeit die Notaufnahmestation im Erdgeschoß erreichte, wo Cyril hingerissen auf seinem Notizblock vermerkte: »Auseinandersetzung zwischen Ehefrau und Geliebter auf der Intensivstation, während Jules bewußtlos daliegt. ›Nennen Sie mich ja nicht noch einmal Nutte!‹ rief Flo March.«

Aus Flos Tonbandaufzeichnungen

Es war nicht meine Schuld, daß Jules doch nicht nach Brüssel geschickt wurde. Die Sache war schon geplatzt, bevor die Welt überhaupt von mir erfuhr. Nicht lange vorher, aber immerhin vorher. Ich bin einer der wenigen Menschen, die das wissen. Nicht einmal Pauline wußte es. Jules hatte es ihr nicht erzählt. Aber mir! Arnie Zwillman wußte es auch, der Gangster, wissen Sie. Er war dafür verantwortlich, daß Jules den Posten nicht bekam: Er hängte ihn hin, weil Jules nicht bereit war, krumme Geschäfte mit ihm zu machen. Glauben Sie mir, ich weiß es!

19. Kapitel

Cyril Rathbone hatte ursprünglich sehr viel hochfliegendere Pläne gehabt, als Klatschkolumnist des »Mulholland« zu werden. Auf der englischen Universität, die er besuchte, gewöhnte er sich sein affektiertes Benehmen, die elegante Kleidung und die Ausdrucksweise des späten Oscar Wilde an, und die Theaterstücke, die er während seiner Studienzeit verfaßte, waren eine Hommage an den berühmten Schriftsteller. Jene Stücke, die er nach Abschluß seines Studiums schrieb und beim Londoner West End Theatre unterbrachte, fielen gegen die früheren merklich ab und zeitigten nicht den von ihm erwarteten Erfolg. Schließlich kam er nach Hollywood. Er verbreitete die Geschichte, der uneheliche Sohn eines englischen Aristokraten zu sein, eines Earl, der natürlich nicht mehr lebte. Er sei nach Amerika gekommen, um hier sein Glück zu suchen, da der rechtmäßige Erbe seines Vaters, der derzeitige Earl, ihm das Leben in England zur Hölle gemacht habe. Die Story klang herrlich romantisch und verschaffte ihm sofort den Einstieg in die Gesellschaft. Witzig, intelligent und weltgewandt, modisch gekleidet im englischen Stil und äußerst unterhaltsam, wie er war, wurde er von den Ehefrauen der Produzenten und Studiobosse als amüsante Bereicherung betrachtet.

Von Pearl Silver behaupteten die Leute, sie beobachte immer mit einem Auge den Flugplatz, denn sie wußte eher als alle anderen Bescheid, sobald ein Fremder in die Stadt kam. Pearl, die mehrmals in der Woche Mittagessen und Dinners gab, hielt stets Ausschau nach interessanten Neuankömmlingen, und sie war die erste aus der Filmclique, die Cyril Rathbone einlud. Dann entdeckte ihn Sylvia Lesky, die zwar seltener Einladungen gab, aber dafür in größerem Stil, und die ans Niveau ihrer Gäste bedeutend höhere Ansprüche stellte. »Er ist wie ein frischer Frühlingswind«, schwärmte sie damals. »Wir brauchen einfach ab und zu frisches Blut in unseren Kreisen, wir sehen viel zu oft dieselben Leute.«

Sylvias Begeisterung hielt sich eine ganze Saison, und sie brachte sogar ihren Mann Marty Lesky, den obersten Boß von Colossus Pictures, dazu, Cyril als Drehbuchautor zu verpflichten. Aber keines der Drehbücher, für die Marty Lesky ihn gut bezahlte, wurde je produziert. »Das ist alles zu verstiegen«, urteilte Marty seinerzeit. Cyrils Vertrag wurde gelöst und Sylvia entzog ihm ihre Zuneigung: Im Hause Lesky waren nur Erfolgreiche erwünscht.

Pearl Silver lud ihn nach wie vor ein, allerdings häufiger mittags als abends, denn er war wie Hector Paradiso, der sich mit ihm anfreundete, einer der wenigen Männer, die tagsüber verfügbar waren. Im Laufe der Jahre versuchte Cyril sich in den verschiedensten Sparten als Schreiber, bis ihm schließlich ein Artikel für die Gesellschaftsseite des »Tribunal« zu seiner Kolumne im wöchentlich erscheinenden »Mulholland« verhalf. Er hielt sich zwar nach wie vor für einen Literaten, aber der Erfolg seiner Klatschgeschichten tat ihm trotzdem gut.

Manche kauften ihm die Geschichte des unehelichen Sohnes eines Earl nicht ab, unter ihnen auch Pauline. Ihrem geschulten Auge erschienen seine exzellenten Umgangsformen eher imitiert als von kleinauf erlernt. Er sprang zu schnell auf, wenn eine Dame den Raum betrat, er zog den Stuhl zu schwungvoll zurück, wenn eine Dame sich an den Tisch setzen wollte. Und seine Aussprache, die für die meisten Leute perfekt klang, registrierte Paulines scharfes Gehör nur als affektiert. Sie hatte sich von jeher für alles Englische interessiert. In ihrer Jugend hatten ihre Schwestern geglaubt, sie würde Lord St. Vincent heiraten und auf Schloß Kilmartin leben, aber es war nichts daraus geworden: Neville McAdoo besaß nicht das Vermögen, das der Lord gebraucht hätte, um sein Schloß zu erhalten. So heiratete er statt dessen eine der Van-

Degan-Erbinnen, und Pauline ehelichte Johnny Petworth. Sie erkundigte sich nach Cyrils Ankunft bei dem derzeitigen Earl Rathbone nach dem angeblichen illegitimen Sohn seines Vaters. »Der Mann ist ein Hochstapler!« schäumte der Earl. »Die Geschichte ist eine reine Erfindung.«
Pauline war kein Mensch, der eine solche Entdeckung hinausposaunte. Ihr genügte, daß sich ihr Verdacht bestätigt hatte. Sie sprach erst darüber, als Cyril ein berühmter Klatschkolumnist geworden war und in dieser Eigenschaft nach Clouds eingeladen werden wollte. Hector Paradiso übermittelte ihr diesen Wunsch. »Lade ihn doch ein, Pauline!« bat er sie.
»Jules haßt derartige Publicity«, erwiderte Pauline. »Sie schadet seiner Position.«
»Aber Cyril ist doch kein gewöhnlicher Mensch«, wandte ihr Freund ein. »Du hast ja sicher gehört, daß er der uneheliche Sohn des Earl Rathbone ist, ein echter Gentleman.«
»Nein. Das ist er nicht.«
»Was ist er nicht? Ein Gentleman?«
»Das muß jeder für sich entscheiden. Aber er ist *nicht* der uneheliche Sohn des Earl Rathbone. An der Story stimmt kein einziges Wort.«
»Und woher weißt du das?« fragte Hector ungläubig.
»Ich habe mich informiert.«
»Und wo?«
»Bei dem gegenwärtigen Earl, der ihn angeblich aus England verjagt hat: Er hat noch nie etwas von Cyril Rathbone gehört. Aber bitte, erzähle keinem Menschen etwas davon, Hector.«
»Ehrenwort.«
Eine von Hectors Schwächen war, daß er kein Geheimnis für sich behalten konnte. Als er Cyril berichtete, was Pauline ihm erzählt hatte, lachte dieser auf seine gewohnt bezaubernde Art. »Es ist doch ganz klar, daß Peregrin das sagen muß«, tat er die Erklärung des Earl ab, und damit ließ er das Thema fallen. Aber er vergaß nie etwas, und er wußte, irgendwann würde er Gelegenheit bekommen, sich zu rächen. Er hatte keine Eile.

Das Zusammentreffen mit Pauline Mendelson an Jules' Krankenbett hatte Flo völlig aus der Fassung gebracht und zutiefst beschämt. Als sie in die Einfahrt zu ihrem Haus einbog, sah sie im Scheinwerferlicht des Bentley Astrid noch an der Stelle liegen, wo sie sie fünf Stunden zuvor hingelegt hatte. Es war immer Flos sehnlichster Wunsch gewesen, ihre berühmte Nachbarin eines Tages kennenzulernen und dann vielleicht sogar zu ihren Parties eingeladen zu werden, aber niemals hätte sie gedacht, daß es unter diesen Umständen geschehen würde. Faye Converse hatte sich, nachdem Cyril Rathbone nach nebenan verschwunden war, um dem gellenden Schrei nachzugehen, erschöpft zurückgezogen. Sie wußte nichts von Jules Mendelsons Herzanfall. Abgeschminkt und ohne ihre Haarteile saß sie in Kaftan und Turban mit einer Ziegenkäsepizza, die Glyceria von Spago geholt hatte, vor dem Fernseher, wo auf dem Spielfilmkanal gerade ihr großer Flop »The Tower« lief.

»Weißt du, Glyceria, Jack Warner sagte damals zu mir: ›Du bist kein Typ für Kostümschinken, Faye, überlaß das Olivia de Havilland!‹ Aber ich war stur. Ich sagte: ›Nein, Jack, ich will die Maria Stuart in ›The Tower‹ spielen. Die Rolle ist mir auf den Leib geschrieben.‹ Der Mistkerl hatte natürlich recht. Mein Gott, wie habe ich ihn dafür gehaßt!«

»Ja, Ma'am«, sagte Glyceria.

»Du weißt, daß ich ihn verklagt habe, oder?«

»Nein, Ma'am.«

Es klingelte.

»Er sagte, ich sei ein Alptraum für alle Kinobesitzer.«

Wieder klingelte es.

»Wer immer es ist, ich bin nicht zu Hause.«

»Ja, Ma'am.«

»Ich sollte mir wirklich Leibwächter anschaffen, damit so etwas nicht passieren kann«, meinte Faye. »Dom und Pepper Belcanto haben jetzt auch welche.«

»Ja, Ma'am.«

»Und vor Marty Leskys Haus steht Tag und Nacht ein Streifenwagen.«

Es klingelte erneut.

»Willst du nicht nachsehen, wer da ist?« fragte Faye.

»Ich wußte nicht, ob Sie nicht noch etwas erzählen wollen, Ma'am«, erklärte das Mädchen.

Als sie die Tür öffnete, sah sie sich unverhofft Flo March gegenüber.
»Oh, Gott sei Dank, Glyceria! Ich dachte schon, es wäre keiner da. Ich habe geklingelt und geklingelt.«
»Was willst du denn hier, Flo?« fragte Glyceria erstaunt.
»Ich muß Miss Converse sprechen. Es ist sehr wichtig.«
»Sie will heute abend niemanden mehr sehen«, antwortete Glyceria. »Sie schaut sich einen ihrer alten Filme im Fernsehen an, und sie kann es nicht leiden, wenn man sie dabei stört.«
»Es ist aber wirklich sehr wichtig«, insistierte Flo.
»Du wirst ihr doch nicht erzählen, daß ich ab und zu zum Kaffee zu dir rüberkomme, oder?«
»Natürlich nicht. Bitte, Glycie, laß mich rein!«
Glyceria musterte ihre Freundin prüfend: Sie sah müde und abgespannt aus, keine Spur von ihrer üblichen Fröhlichkeit.
»Bist du *okay,* Flo?«
»Bitte, sag ihr, daß ich hier bin!« flehte Flo.
»Aber sie hat mir ausdrücklich gesagt, daß ich sie nicht stören soll.«
Flo legte die Hände wie einen Trichter um den Mund und rief so laut sie konnte: »Miss Converse!«
»Ich kriege einen Riesenärger!« jammerte Glyceria.
Faye Converse kam in die Halle. »Was ist hier los, Glyceria?« fragte sie ungehalten.
»Miss Converse, das ist Miss March von nebenan. Sie sagt, sie muß Sie unbedingt sprechen«, gab Glyceria Auskunft.
»Es tut mir leid, Sie zu stören, Miss Converse«, entschuldigte Flo sich. »Es geht um Astrid.«
»Oh, Astrid!« Faye Converse warf die Arme in die Höhe. »Dieser ungezogene kleine Hund ist wieder mal weggelaufen. Von Anfang an hatte ich nichts als Ärger mit ihr. Zuerst biß sie Kippie Petworth die Fingerspitze ab, und dann stolperte meine Freundin Rose Cliveden über sie und brach sich ein Bein. Und immer wieder läuft sie davon. Haben Sie sie gefunden?«
»Ich habe sie umgebracht«, sagte Flo leise.
Faye starrte sie entgeistert an. »Sie haben *was?*«
»Ich habe sie überfahren. Es war natürlich keine Absicht. Ein Freund hatte in meinem Haus einen Herzanfall bekommen.

Die Ambulanz kam und brachte ihn zum Krankenhaus, und ich wollte hinterher. Astrid sprang mir vors Auto, und ich konnte nicht mehr bremsen.« Flo fing an zu weinen.
In der Bibliothek klingelte das Telefon.
»Wer es auch ist, ich bin nicht da«, ordnete Faye Converse an.
»Ich habe den kleinen Hund geliebt«, fuhr Flo mit zitternder Stimme fort. »Sie wissen nicht, wie sehr ich ihn geliebt habe, Miss Converse. Ich hätte der kleinen Astrid um nichts in der Welt absichtlich wehgetan. Es tut mir leid, es tut mir so schrecklich leid.«
Glycerias Blick huschte zwischen den beiden Frauen hin und her, dann eilte sie davon.
Während Faye Converse der jungen Frau zuhörte, betrachtete sie sie aufmerksam: Trotz der zerlaufenen Wimperntusche und des verschmierten Lippenstifts war ihr Gegenüber auffallend hübsch. Der zerrissene Rock des Chanel-Kostüms gab den Blick auf blutverkrustete Knie frei. Und dann blieb ihr Blick an den großen, gelben Ohrringen hängen, die genauso aussahen wie jene in dem Katalog von Boothby's, den ihr Friedrich von Hessen-Darmstadt geschickt hatte.
»Sie armes Schätzchen«, sagte sie und schloß Flo in die Arme. »Es ist sehr lieb von Ihnen, daß Sie hergekommen sind und mir erzählt haben, was passiert ist. Es ist Ihnen bestimmt nicht leichtgefallen. Ich kann manchmal ziemlich unangenehm sein, und davon haben Sie sicher schon gehört.«
»Sie sind nicht böse?« fragte Flo mit tränennassen Augen.
»Traurig, aber nicht böse. Astrid war ein seltsamer kleiner Hund. Haben Sie jemals von einem Mann namens Hector Paradiso gehört?«
»Ich kannte Hector.«
»Es scheint niemanden zu geben, der ihn nicht gekannt hat. Astrid hat Hector gehört.«
»Ich weiß. Ein Glück für den Mörder, daß sie nicht sprechen konnte.«
»Ich denke, Hector hat Selbstmord begangen?«
»Da gehen die Meinungen auseinander«, erklärte Flo.
Faye sah sie an. »Waren Sie das, die vorhin so geschrien hat?«
»Ja. Als mein Freund einen Herzanfall bekam.«
»Sie hatten ja einen schrecklichen Tag! Ich hoffe, Ihr Freund erholt sich bald.«

»Das ist sehr freundlich von Ihnen.«
Glyceria kam zurück. »Es will Sie partout jemand sprechen, Miss Converse.«
»Wer?«
»Cyril Rathbone.«
»Mein Gott, ist dieser Kerl eine Nervensäge! Wahrscheinlich will er mir erzählen, daß ›The Tower‹ läuft.«
»Er sagte, es sei sehr wichtig.«
»Entschuldigen Sie mich einen Moment«, wandte sich Faye Converse an Flo.
»Ich wollte sowieso gehen.«
»Nein, nein, warten Sie! Es dauert nicht lange. Sie sind so nett gewesen. Kommen Sie herein und nehmen Sie einen Drink mit mir!«
»O nein, vielen Dank. Ich trinke keinen Alkohol.«
»Aber vielleicht haben Sie Appetit auf eine Pizza. Sie müssen ja völlig erledigt sein. Ich habe eine Ziegenkäsepizza von Spago da. Haben Sie schon mal eine Pizza von Spago gegessen?«
»Ja.«
»Also – bleiben Sie?«
»Wenn Sie es möchten. Könnte ich Ihre Gästetoilette benutzen?«
»Natürlich. Sie ist gleich dort drüben. Ich hoffe, es stinkt nicht mehr da drin: Pepper Belcanto hat heute nachmittag die ganzen Wände vollgespuckt, und die arme Glyceria mußte alles wegputzen.«
In der Toilette duftete es nach Hyazinthenspray. Flo wusch sich das Gesicht und kämmte sich. Sie kam im gleichen Augenblick heraus, als Faye völlig fassungslos den Telefonhörer auflegte: Cyril Rathbone hatte ihr gerade erzählt, daß Jules Mendelson im Haus nebenan, wo seine Geliebte Flo March wohnt, einen schweren Herzanfall erlitten und es auf der Intensivstation des Cedars Sinai eine heftige Auseinandersetzung zwischen dieser Geliebten und Pauline Mendelson gegeben habe. Faye sagte Cyril nicht, daß Flo March gerade zu ihr gekommen war, um ihr die Sache mit Hectors Hund zu beichten, und sie Flo zu einer Ziegenkäsepizza eingeladen hatte.

Nach drei Nächten und zwei Tagen wurde Jules von der Intensivstation in das schönste Zimmer des Mendelson-Flügels verlegt. Dr. Rosewald war aus New York herübergeflogen. Dr. Jeretsky war aus San Francisco gekommen, und Dr. de Milhau mit dem Privatflugzeug der Mendelsons aus Houston geholt worden. Die Aussichten für den Patienten waren nicht vielversprechend. Flo March gelang es mehrere Male, sich als Krankenschwester verkleidet in Jules' Zimmer zu schmuggeln und mit ihm zu reden.

Das Wetter war abscheulich. Es regnete den ganzen Tag in Strömen, und dicke Dunstschwaden deckten die tief unter Clouds liegende Stadt zu wie ein Federbett. Als Dudley Pauline fragte, ob er in der Bibliothek Feuer machen solle, nickte sie dankbar. Nicht einmal die rosa- und lavendelfarbenen Rosen, die sie am Tag zuvor im Garten geschnitten und in die blau-weißen, chinesischen Übertöpfe gestellt hatte, konnten die bedrückende Düsternis des Tages aufhellen. Der CD-Player spielte die Neunte von Gustav Mahler, die Pauline besonders liebte, und sie versuchte, die siebzig Seiten über den Abendempfang der Prinzessin von Guermantes zu lesen, ihre Lieblingspassage aus Prousts »Auf der Suche nach der verlorenen Zeit«. Aber sie konnte sich nicht konzentrieren.
Schließlich setzte sie sich an den Schreibtisch und schrieb ihrem Vater. »Jules geht es sehr schlecht. Er hatte einen schweren Herzanfall. Die Ärzte wissen nichts Genaues. Er ist tapfer, aber natürlich sehr schwach. Ich halte Dich auf dem laufenden. Es war schön, Dich zu sehen, Poppy. Ich danke Dir sehr. Du bist nach wie vor der beste Vater auf der Welt. In Liebe, Pauline.«
Sie war gerade fertig, als Dudley hereinkam, um ihr zu sagen, daß Sims Lord da sei.
»Endlich!« Pauline freute sich darauf, ihn zu sehen. »Führen sie ihn herein.«
Als Sims auf sie zukam, fiel ihr wieder einmal auf, wie unglaublich gut er aussah.
»Hallo, Pauline«, begrüßte er sie herzlich.
»Bist du sehr naß geworden?« fragte sie besorgt.
»Ziemlich, und dabei waren es nur ein paar Schritte vom Auto zum Haus.«

»Es ist sehr lieb von dir, daß du an einem so gräßlichen Tag den weiten Weg hier heraufgekommen bist. Kann ich dir etwas anbieten? Möchtest du einen Drink? Oder soll Dudley dir einen Tee oder einen Kaffee bringen?«

»Gar nichts, danke, Pauline. Als du im Büro anriefst, war ich gerade in Westwood im ›Regency Club‹ beim Mittagessen.«

»Danke, Dudley, das wäre alles«, entließ sie den Butler.

Sie setzte sich Sims gegenüber auf die Kante des Sofas.

»Das Kaminfeuer ist herrlich«, sagte Sims. »Schau, wie dein Ring die Flammen einfängt.«

Pauline blickte auf den riesigen Stein hinunter. »Diesen Ring bekam ich in der Woche, in der ich dich kennenlernte, erinnerst du dich?«

Sims nickte lächelnd: Er war damals nach Marcus Stromms Entlassung Jules' Anwalt geworden, und in derselben Woche hatte Jules Pauline den »de-Lamballe«-Diamanten zur Verlobung geschenkt. Bei der Hochzeit der beiden hatte Sims in Paris als Trauzeuge fungiert. Seit jener Zeit war seine Karriere durch sein enges Verhältnis zu Jules Mendelson sowohl gefördert als auch behindert worden.

»Ich habe angefangen, diesen Ring zu hassen«, gestand sie.

»Zu hassen?«

»All die Jahre hat es mir Spaß gemacht zu sehen, wie die Leute reagierten, wenn sie ihn sahen. Sein Feuer ist ja auch wirklich beeindruckend. Aber jetzt erscheint er mir wie Talmi – meine Ehe auch.«

»Ach, Pauline . . .«

»Es stimmt, und tu nicht so, als wäre es anders, Sims. Ich kenne deine Loyalität gegenüber Jules, und ich schätze sie auch, aber du mußt die ganze Zeit gewußt haben, was da mit dieser Frau läuft.«

Pauline stand auf und streifte den Ring ab. »Ich will ihn nicht mehr.« Einen Augenblick dachte Sims, sie würde ihn ins Feuer werfen, aber sie legte ihn unter van Goghs »Weiße Rosen« in eine silberne Schatulle.

»Findest du das nicht riskant?« fragte Sims.

»Ich werde ihn später im Safe deponieren«, sagte sie gleichgültig. »Aber natürlich habe ich dich nicht gebeten, bei diesem entsetzlichen Wetter den weiten Weg heraufzukommen, um

mit dir über den ›de Lamballe‹ zu sprechen. Ich weiß alles über Jules' Affäre. Ich habe die Frau sogar kennengelernt.«
»Tatsächlich?«
»Sie war in seinem Zimmer auf der Intensivstation, als ich dort ankam. Sie hatte sich als seine Tochter ausgegeben, um hineingelassen zu werden. Als ich eintrat, flüsterte sie ihm gerade etwas ins Ohr. Diese Frau ist nur an einem interessiert, und *nur* an einem: an Jules' Geld! Stell dir diese Geschmacklosigkeit vor: Da liegt Jules schwerkrank im Bett, vielleicht sogar im Sterben, und sie läßt ihm keine Ruhe. Es ist ekelhaft, aber nicht überraschend. Ich weiß, daß sie seitdem noch zweimal bei ihm war – als Krankenschwester verkleidet.«
Sims erzählte Pauline nicht, daß Jules ihn angewiesen hatte, sich um Flo March zu kümmern, ohne zu Feilschen das Haus in der Azelia Lane zu kaufen und auf ihren Namen eintragen zu lassen sowie einen Treuhandfonds einzurichten, der nicht im Testament erwähnt würde, um Pauline nicht zu kränken.
Pauline fuhr fort: »Ich habe eine Bitte, Sims: Ich will Jules nach Hause holen, und ich möchte, daß du das den Ärzten klarmachst. Ich könnte das nie durchsetzen, aber wir wissen ja, wie energisch *du* sein kannst. Jules sagte immer, er sei froh, dich auf seiner Seite zu wissen.«
»Hältst du das für klug, Pauline?« fragte er. »Jules ist sehr krank, und er ist noch längst nicht über den Berg.«
»Ich werde Pflegepersonal einstellen, das sich rund um die Uhr um ihn kümmert, und ich werde zweimal am Tag die Ärzte kommen lassen. Ich will ihn zu Hause haben.«
»Das wird nicht billig werden«, gab er zu bedenken.
»Ach, um Gottes willen, Sims! Dieses Bild allein«, sie deutete auf die »Weißen Rosen« über dem Kamin, »ist vierzig Millionen Dollar wert – mindestens! Wir sollten wirklich keine Zeit damit verschwenden, uns Gedanken über die Kosten zu machen!«
»Und wann soll das über die Bühne gehen?«
»So bald wie möglich.«

Lucia Borsodi, die Verlegerin des »Mulholland«, nahm ihre dunkle Brille niemals ab. Jeder in der Illustriertenbranche gestand ihr neidlos zu, das vom Konkurs bedrohte Magazin gerettet und zu dem enormen Erfolg geführt zu haben, den es jetzt hatte. »Sie hat nicht nur ein außergewöhnliches Gespür für Stories« hieß es in einem großen Bericht im »Sunday Tribunal«, »sondern auch einen unfehlbaren Sinn für das richtige Timing.«

Und so teilte Lucia denn auch Cyril Rathbone mit, daß sie die Geschichte über Jules Mendelson zurückhalten müsse.

»Es ist zu früh, Cyril. Wir wollen nichts überstürzen«, sagte sie.

»Aber Lucia!« Cyril war den Tränen nah.

»Nein, nein, Cyril, vertrauen Sie mir! Ich verstehe, daß es Sie als Kolumnisten in den Fingern juckt, aber wie Sie selbst sagten, steckt eine viel größere Geschichte dahinter. Sie wollen sich nur an Pauline Mendelson rächen, weil sie Sie immer hat abblitzen lassen.«

Cyril errötete tief: Lucia hatte ins Schwarze getroffen.

»Sehen Sie es doch ein!« bat sie sanft. Sie kannte sich mit Schreibern aus und wußte, wie sie sie behandeln mußte. »Was Sie da entdeckt haben, ist nur die Spitze des Eisbergs. Sie waren dabei, als Jules Mendelson den Herzanfall hatte; Sie sahen, wie Flo March Mund-zu-Mund-Beatmung bei ihrem Liebhaber machte; Sie haben vor der Notaufnahme Fotos schießen lassen; Sie sprachen mit dem Polizisten, der Flo March den Strafzettel gab; Sie sahen Pauline Mendelson ankommen; Sie hörten von einer Krankenschwester, daß die beiden Damen sich in Gegenwart des todkranken Mannes in die Haare gerieten . . .«

»Genau.« Cyril nickte mit der Miene eines Geizhalses, der seine Schätze betrachtet. »Es wird die Story meines Lebens!«

»Aber von den Hauptdarstellern in diesem Drama haben Sie nichts – keinen Satz. Sie müssen Flo March interviewen. Wenn Sie das schaffen, gebe ich Ihnen die Titelseite.«

»Die Titelseite!« japste Cyril. Er konnte sein Glück nicht fassen.

»Und in der Zwischenzeit flechten Sie in Ihrer Kolumne kleine Hinweise ein. Damit bereiten Sie Ihre Leser auf die große Story vor.«

Auszug aus Cyril Rathbones Kolumne im »Mulholland«: *Die Cafés summen wie Bienenstöcke ... Wer war die rothaarige Schönheit, die den Milliardär Jules Mendelson im Krankenhaus besuchte, nachdem er letzten Freitag in einem versteckten Haus abseits vom Coldwater Canyon einen schweren Herzanfall erlitten hatte?*

Madge White, die sich ihren Freunden gegenüber stets streng loyal verhielt, erzählte Rose Cliveden unter dem Siegel der Verschwiegenheit, daß sie Flo March – »sie ist so unglaublich gewöhnlich« – vor einem Steakhaus am Ventura Boulevard im Valley kennengelernt habe.

»Nein!« Rose schnappte nach Luft. Obwohl Pauline Mendelson ihre beste Freundin war, wie sie immer wieder jedem gegenüber betonte, genoß Rose jedes bißchen Klatsch, das vielleicht ein wenig an Paulines schimmernder Rüstung der Perfektion kratzen konnte.

»Jules tat so, als könne er sich nicht an ihren Namen erinnern, und er erzählte mir eine haarsträubende Lüge: Sie arbeite für Sims, der gerade auf der Toilette sei. Aber mein Ralph war auf der Toilette und hat Sims dort nicht gesehen.«

Rose war nicht daran interessiert, ob und wann Ralph White in einem Steakhaus im Valley auf der Toilette gewesen war.

»Mein Gott, wie schrecklich!« jammerte sie. »Die arme Pauline! Meinst du, ich sollte mit ihr darüber sprechen?«

»Um Himmels willen, nein, unter gar keinen Umständen!«

»Aber sie ist meine allerbeste Freundin.«

»Sie würde es nicht ertragen.«

»Wahrscheinlich hast du recht.«

»Wir müssen es auf alle Fälle für uns behalten. Kein Wort zu irgend jemandem!«

»Oh, Liebste, ich schweige wie ein Grab.«

Rose legte nicht einmal den Hörer auf, sondern tippte nur auf die Gabel, um gleich darauf Camilla Ebury unter dem Siegel der Verschwiegenheit zu erzählen: »Niemand außer uns weiß es, also kein Wort zu irgend jemandem: Jules hatte seinen Herzanfall im Haus einer Prostituierten. Und rate mal!«

»Was?«

»Madge White hat sie kennengelernt!«

An diesem Abend aß Camilla mit Philip Quennell in »Morton's Restaurant«. Wegen ihrer engen Freundschaft mit den Mendelsons hatte er ihr nicht erzählt, daß Jules dafür gesorgt hatte, daß Casper Stieglitz ihn feuerte. Camilla schien ungewöhnlich still, als sei sie mit ihren Gedanken ganz woanders.
»Stimmt was nicht?« fragte Philip.
»Nein, nein.« Sie ließ den Blick durch das Restaurant wandern. »Ich habe keine Ahnung, wer all die Berühmtheiten sind, um die hier so ein Wirbel gemacht wird. Kennst du welche davon?«
»Im Augenblick fixierst du Barbra Streisand – die mußt du aber doch kennen!« Es ärgerte ihn immer wieder, daß die Leute, die er durch Camilla kennenlernte, so sehr darauf bedacht waren, einen großen Abstand zu den Filmleuten zu wahren.
»Diese krausen Locken stehen ihr überhaupt nicht«, sagte Camilla. »Sie sollte mal zu Pooky gehen.«
»Du schweifst vom Thema ab. Ich habe dich gefragt, ob etwas nicht stimmt. Wenn du so still bist wie heute abend, dann machst du dir immer über irgendwas Sorgen.«
»Rose hat mir heute etwas erzählt, das mich seitdem regelrecht verfolgt.«
»Und was?«
»Ich habe versprochen, es niemandem zu sagen.«
»In Ordnung.«
»Aber ich möchte es dir sagen.«
»Dann sag es!«
»Es betrifft Jules und Pauline.«
»Inwiefern?«
»Weißt du, wo er seinen Herzanfall hatte?«
»Nein«, antwortete Philip, obwohl er sicher war, mit seinem Verdacht recht zu haben.
»Im Haus einer Prostituierten.«
Er nickte verstehend. »Sie ist keine Prostituierte«, sagte er langsam. »Sie ist seine Geliebte. Das ist ein Unterschied.«
»Jules hat eine Geliebte?«
»Ja, schon seit mehreren Jahren.«
Camilla starrte ihn fassungslos an. »Woher weißt du das?«
»Ich kenne sie.«

»Du verblüffst mich immer wieder.«
»Du kennst sie auch.«
»Wirklich?«
»Es ist Flo March.«
»Du meinst dieses hübsche, rothaarige Mädchen, das am Vormittag ein Abendkostüm trägt und in deinem Morgenrock im ›Château Marmont‹ saß?«
»Ja.«
»Sie sagte, du würdest in deinen Jockey-Unterhosen sicher niedlich aussehen.«
Philip lächelte.
»Aber wenigstens erwähnte sie deine Tätowierung nicht.«
Jetzt lachte er.
»Weißt du was, Philip?«
»Was?«
»Ich fand sie irgendwie sympathisch.«

Auszug aus Cyril Rathbones Kolumne im »Mulholland«: *Die Cafés summen wie Bienenstöcke ... Wer war die rothaarige Schönheit, die auf der Intensivstation am Bett des Milliardärs Jules Mendelson saß, als seine Frau, die elegante Pauline, ins Zimmer trat?*

»Hallo?«
»Miss March?«
»Ja?«
»Hier ist Cyril Rathbone.«
»O mein Gott!«
»Ich hoffe, ich habe Sie nicht bei einem Selbstmordversuch gestört.«
»Was soll das heißen?«
Cyril kicherte. »War nur ein kleiner Witz, Miss March.«
»Sie haben aber einen sonderbaren Humor, Mr. Rathbone.«
»Nun ja, Ihre Stimme klang eben so ... so verzweifelt. Ist das das richtige Wort: verzweifelt?«
»Was kann ich für Sie tun?«
»Ich würde mich gerne mit Ihnen treffen, Miss March.«
»Auf keinen Fall.«
»Ich möchte Sie interviewen.«

»Kommt nicht in Frage.«
»Und warum nicht?«
»Darum nicht.«
»Es heißt, Sie hätten ihm das Leben gerettet, Miss March.«
»Ach, heißt es das?«
»Ja, mit der Mund-zu-Mund-Beatmung, die Sie als Kellnerin im ›Viceroy Coffee Shop‹ gelernt haben.«
»Woher wissen Sie das?«
»Ich war bei Ihnen im Haus, nachdem ich drüben bei Faye Converse Ihren Schrei gehört hatte.«
»Das waren *Sie?* Der Mann, der den Krankenwagen für Jules rief, war Cyril Rathbone? Der Kolumnist? *Sie* waren das?«
»Genau.«
»Hören Sie, Mr. Rathbone.«
»Ich höre.«
»Ich dachte früher immer, ich sterbe mit Freuden, wenn ich dadurch in Ihre Kolumne komme. Aber jetzt gefällt es mir überhaupt nicht, daß ich dauernd drinstehe, auch wenn Sie meinen Namen nicht erwähnen.«
»Ich finde wirklich, wir sollten uns treffen.«
»Nein.« Sie legte auf.

Auszug aus Cyril Rathbones Kolumne im »Mulholland«: *Die Cafés summen wie Bienenstöcke ... Ist der Milliardär Jules Mendelson am Freitag nachmittag aus der Prominentenstation des Jules-Mendelson-Flügels in sein Haus zurückgebracht worden, weil eine gewisse rothaarige Schönheit sich zweimal als Schwester verkleidet in sein Krankenzimmer geschlichen hatte?*

Vor der Klinik und dann vor dem Tor zu Clouds war Pauline ständig an Jules' Seite, stützte ihn und lächelte, während die Fotografen Hunderte von Blitzen verschossen. Dann rollte der Bentley – Flo hatte gebeten, den Wagen in der Azelia Lane abzuholen – langsam die Zufahrt hinauf und hielt im Hof. Jim, der Chauffeur, sprang aus dem Wagen und öffnete den Schlag. Pauline stieg als erste aus. Dann half Jim Jules heraus, und Dudley kam mit einem Rollstuhl herangeeilt. Jules, der, auf einen Stock gestützt, wartete, nahm vorsichtig darin Platz. Die Hausangestellten, die seine Ankunft von verschiedenen Fenstern des Hauses aus beobachtet hatten, waren nicht auf die drastische Veränderung seiner Erscheinung vorbereitet gewesen: Er wirkte regelrecht zusammengeschrumpft. Plötzlich war er ein alter Mann – und das mit noch nicht einmal sechzig Jahren.

Auch als sie endlich im Haus waren, behielt Pauline in Dudleys Gegenwart ihre freundliche Miene bei. »Ich hätte gerne eine Tasse Tee«, sagte sie schnell, um dem Butler keine Gelegenheit zu geben, seinem Mitleid Ausdruck zu verleihen. »Und einen Drink. Mr. Mendelson möchte sicher auch etwas trinken, nicht wahr, Jules?«

»Ja, einen Scotch mit Wasser.« Seine Stimme war kaum mehr als ein Flüstern.

»Aber verdünnen Sie den Whisky stark«, bat Pauline. »Ich habe vergessen, Dr. Petrie zu fragen, ob Mr. Mendelson überhaupt Alkohol trinken darf.«

»Soll ich in der Bibliothek servieren?« fragte Dudley.

»Ja, bitte«, sagten beide gleichzeitig.

Alleingelassen in der prachtvollen Eingangshalle mit der Freitreppe, den sechs Seerosengemälden von Monet am Aufgang und den blau-weißen chinesischen Porzellantöpfen, in denen Orchideen aus dem Gewächshaus leuchteten, sahen Pauline und Jules einander an.

»Ich möchte mich ein bißchen ausruhen, Pauline«, sagte er. »Aber ich schaffe die Treppe nicht.«

»Natürlich. Bleib sitzen! Olaf muß jeden Augenblick kommen. Er wird dich hinauftragen.«

»Tragen?« Jules schüttelte den Kopf.

»Allerdings! Du hast dich sowieso schon überanstrengt, als du dich weigertest, dich im Rollstuhl von der Klinik zum Auto bringen zu lassen.«

»Ich habe die Presse mein ganzes Leben lang verabscheut, und ich wollte unter keinen Umständen, daß diese Geier von Fotografen mich im Rollstuhl erleben. Dann hätte ich ja noch kränker ausgesehen, als ich bin.«

Ihre Blicke trafen sich. Sie wußten beide, daß es ihm viel schlechter ging, als Sims Lord in Geschäftskreisen und bei Jules' Partnern verlauten ließ. Jules sank auf den geflochtenen Sitz eines vergoldeten Stuhls. Er gehörte zu einem Ensemble

von sechsen, auf denen er in den zweiundzwanzig Jahren, die sie jetzt in diesem Haus lebten, noch nie gesessen hatte.
»Hat Dr. Petrie dir die Tabletten mitgegeben?« fragte er.
»Ja.«
»Kann ich eine haben?«
»Alle vier Stunden eine, hat er gesagt, und seit der letzten ist kaum eine Stunde vergangen.«
»Ich bin so erschöpft von der Fahrt. Gib mir eine!«
Sie öffnete ihre Tasche, nahm eine Tablette aus einer bernsteinfarbenen Plastikdose und gab sie ihm.
»Wird unser Leben jetzt so weitergehen, Jules?« fragte sie. »Mit Fotografen, die unser Haus belagern, und Reportern, die uns taktlose Fragen stellen? Es gibt eine Grenze für die Belastbarkeit des Ehegelöbnisses, Jules, und was mich betrifft, ist diese Grenze erreicht.«
Er nickte schwach, und wieder fiel ihr auf, wie alt er aussah.
»Ich bin nicht die erste Frau, deren Mann eine Geliebte hat«, fuhr sie fort. »Es gefällt mir natürlich nicht, aber ich hätte vielleicht gelernt, damit zurechtzukommen, wenn es mein Leben nicht tangiert hätte, aber so – niemals! Diese billige, kleine Schlampe hat mich vor aller Welt zum Gespött gemacht.«
»Sie ist nicht schlecht, Pauline. *Ich* bin es vielleicht, aber *sie* ist es nicht. Wenn du sie kennen würdest, würdest du mir zustimmen.«
»Miss March näher kennenzulernen ist ein Vergnügen, das ich mir versagen werde, Jules«, sagte Pauline. Ich weiß nicht, wovor mir mehr graut: daß alle, die mich kennen, und Zehntausende, die mich nicht kennen, über mich tratschen oder daß sie mich bemitleiden. Soviel ich weiß, bin ich vorher nie ein Objekt für Klatsch gewesen und ganz sicher noch nie bemitleidet worden.«
Jules sah sie niedergeschlagen an. »Verlaß mich nicht, Pauline!«
»Natürlich verlasse ich dich nicht, wenigstens solange du so schwach und krank bist.« Sie wollte noch mehr sagen, hielt sich jedoch zurück. Sie ging zur Treppe hinüber und entfernte ein vertrocknetes Blatt von einer Orchideenpflanze.
Jules nickte verstehend.

»Es ist schrecklich«, sagte sie, »daß unser ganzes Leben durch einen Sexskandal zerstört wird. Er wird das einzige sein, was den Leuten letztendlich im Gedächtnis bleibt.«
Wieder nickte Jules schweigend: Er wußte nicht, was er antworten sollte. Hilflos sagte er: »Ich habe noch nie auf einem dieser Stühle gesessen.«
»Sie waren ein Hochzeitsgeschenk von Laurance und Janet Van Degan. Sie sind aus der Zeit. Eine Gillian Sowieso vom Getty Museum hat die Echtheit bestätigt, aber dir haben sie ja nie gefallen: Sie waren dir zu zierlich – und zu golden. Deshalb stellte ich sie hierher in die Halle, damit du sie nicht immer vor Augen hast.«
Vom Hof her klangen Motorgeräusche und Stimmen herein. Jules stand langsam auf und schaute aus dem Fenster. »Was wollen denn die vielen Wagen hier?« fragte er.
»Wagen?« wunderte sich Pauline.
»Drei, vier, sechs, acht – und lauter Frauen mit Blumenhüten steigen aus. Was geht da vor?«
»O Gott, die hatte ich ganz vergessen!« gestand Pauline.
»Was?«
»Das sind die Damen vom Gartenclub. Ich hatte ihnen vor Monaten zugesagt, sie durch das Gewächshaus und den Garten zu führen. Sie hatten von der gelben Phalaenopsis gehört, die Jarvis und ich gezüchtet haben, und ich versprach ihnen, daß sie sie anschauen dürfen.«
»Dudley soll dich entschuldigen.«
»Das geht nicht, Jules.«
»Dann soll Jarvis sie rumführen.«
»Nein, Jules, ausgeschlossen: Sie wollen *mich* sehen – und nicht den armen Jarvis, der die ganze Arbeit damit hatte.«
»Ich dachte nur, du hättest heute keine Nerven dafür.«
»Es geht schon.«
Wieder sahen sie einander an.
»Wir benehmen uns, als wäre unsere Ehe noch wie früher, nicht wahr?« sagte Pauline und legte ihm leicht die Hand auf die Schulter.
Draußen hustete Dudley vernehmlich, um sein Kommen anzukündigen, und trat dann in die Halle. »Da sind Leute angekommen, die behaupten, sie würden erwartet.«

»Ja, das sind die Damen vom Gartenclub. Ich hatte den Termin völlig vergessen. Ich werde sie herumführen. Gertie soll Tee machen und Gurkensandwiches, und dann brauchen wir noch die Zitronenkekse, die sie gestern gebacken hat. Wir werden den Tee in der Bibliothek nehmen. Die Damen werden hingerissen sein von den ›Weißen Rosen‹.«
»Sehr wohl.«
»Aber zuerst helfen Sie bitte Mr. Mendelson die Treppe hinauf. Ich weiß nicht, wo dieser Olaf bleibt. Und, Dudley, es wird heute noch eine Krankenschwester kommen. Sie heißt Miss Toomey, Mae Toomey. Lassen Sie für sie das rote Zimmer neben dem von Mr. Mendelson herrichten, und sagen Sie Gertie, daß Miss Toomey ihre Mahlzeiten im oberen Wohnzimmer einnehmen wird. Sorgen Sie bitte dafür, daß ein Fernsehapparat in ihr Zimmer gestellt wird und sie die Illustrierten bekommt, nachdem ich sie gelesen habe.«
Sie ging zu dem Chippendale-Spiegel hinüber, der über einer vergoldeten Konsole hing, und kniff sich in die Wangen, um die Blässe zu vertreiben, zog die Lippen nach und kämmte sich. »Ach ja, und der Pfleger Olaf soll im Gartenhaus schlafen. Lassen Sie ein Bett hinüberbringen!« Damit öffnete sie die Haustür und trat auf den Hof hinaus.
»Hallo, Blanche. Hallo, Mavis. Willkommen auf Clouds!«

Aus Flos Tonbandaufzeichnungen

Man hat mich eine Schlampe genannt und eine Nutte und noch andere Sachen in dieser Richtung, und es hat mir jedesmal sehr weh getan. Deshalb möchte ich eines klarstellen: Außer mit einem einzigen Mann habe ich Jules nie betrogen, und das war während der Tage, als ich mich von ihm getrennt hatte, weil er vor dem Steakhaus im Valley bei der hochnäsigen Madge White so getan hatte, als würde er mich nur geschäftlich kennen. Es gibt wohl keine Regeln dafür, wie man sich zu verhalten hat,

wenn man mit seiner Geliebten zum Essen ausgeht und eine Freundin seiner Ehefrau trifft. Diese Situation wäre was für die Briefkastentanten der Zeitungen.
Jedenfalls war da dieser Bursche, der mich bei sich aufnahm, als ich Jules vor dem Steakhaus stehengelassen hatte. Er heißt... Nein, ich werde Ihnen seinen Namen nicht sagen: Er ist wieder mit dem Mädchen zusammen, mit dem er sich damals gerade zerstritten hatte, und ich habe ihr gesagt, es wäre nichts zwischen uns gewesen. Aber es war *etwas geschehen. Ich würde lügen, wenn ich behauptete, ich hätte es nur aus Wut getan. Dieser Knabe war wirklich nett. Ich hatte ihn auf einem Treffen der Anonymen Alkoholiker kennengelernt, und an dem besagten Abend fühlten wir uns beide einsam, und wir erzählten uns alle unsere Geheimnisse. In der Zeit, während der ich mich bei ihm versteckte, schliefen wir ein paarmal miteinander. Er hatte an einer wirklich unmöglichen Stelle eine Tätowierung. Darüber konnte ich mich gar nicht beruhigen. Dann kam seine Freundin vorbei, als er nicht da war. Ihren Namen sage ich Ihnen auch nicht, denn sie war mir sympathisch, und sie hat sich mir gegenüber mal sehr nett benommen. Ich sah gleich, daß sie die Richtige für ihn war. An diesem Tag ging ich zu Jules zurück.*

20. Kapitel

»Sekretariat von Mr. Mendelson.«
»Miss Maple?«
»Ja?«
»Hier ist, äh...« Flo brach ab. »Ich bin...« begann sie erneut.
»Ich weiß, wer Sie sind«, half Miss Maple ihr: Sie kannte Flos Stimme von dem Telefonat, in dessen Verlauf sie der jungen Frau gesagt hatte, daß sie zuviel Geld ausgebe.
»Red Houlihan«, platzte Flo schließlich mit dem Namen heraus, den Jules als Pseudonym für sie benutzte.
»Ja, ja, ich weiß.«
»Mein Scheck ist nicht gekommen.«
»Ich weiß.«
»Ich warte schon seit zwei Wochen.«
»Ich weiß.«
»Was ist denn los?«
»Es gibt da ein Problem.«
»Was für ein Problem? Ich soll doch auf Lebzeiten versorgt werden.«
»Ich glaube, Sie sprechen besser mit Sims Lord darüber.«
»Ich habe Rechnungen hier liegen, und der Umbau meines Ankleidezimmers ist in vollem Gang. Nellie Potts hat gesagt, die Leute sind in der Gewerkschaft und müssen pünktlich bezahlt werden.«
»Hören Sie«, sagte Miss Maple, »schicken Sie die Handwerker nach Hause und teilen Sie Nellie Potts mit, daß Sie nichts

mehr an Ihrem Haus machen lassen. Und dann rufen Sie Sims Lord an. Kennen Sie ihn?«
»Nicht persönlich.«
»Ich gebe Ihnen seine Nummer.«
»Die habe ich: Sie steht in Jules' Kalender.«
»Bei *Ihnen* ist er also! Wir haben ihn schon überall gesucht. Ich werde ihn abholen lassen.«
»Ich werde ihn nicht rausgeben.«
»Flo, Sie müssen das verstehen: Ich tue nur, was mir aufgetragen wird.«
»Steckt *sie* dahinter? Sicher steckt sie dahinter, stimmt's?«
»Wer?«
»Das wissen Sie verdammt gut: Pauline.«
»Ich kann dazu nichts sagen«, zog Miss Maple sich aus der Affäre. »Sie müssen schon Sims Lord anrufen. Er weiß über alles Bescheid.«
Flo glaubte, Mitgefühl in Miss Maples Stimme zu hören.
»Miss Maple?«
»Ich muß jetzt auflegen.«
»Fahren Sie gelegentlich zu ihm rauf – nach Clouds, meine ich?«
»Ja.«
»Dann erzählen Sie es ihm! Erzählen Sie ihm, daß sie mir das Geld gesperrt hat. Er wäre nie damit einverstanden!«

Daß Miss Maple Flos Bitte nicht erfüllte, lag nicht an mangelndem Verständnis. Jeden Nachmittag wurde sie von Jim, dem Chauffeur, abgeholt und nach Clouds hinaufgefahren, wo sie nur fünfzehn Minuten hatte – die Zeit, die Dr. Petrie und Miss Toomey für zumutbar hielten –, um ihren Chef über den Stand der geschäftlichen Transaktionen, den Aktienkurs bei Börsenschluß und die zahllosen Anrufe zu informieren, mit denen täglich gute Wünsche für ihn eingingen. Meistens beschränkte Jules sich darauf, zu nicken oder den Kopf zu schütteln, aber manchmal brachte er auch ein schwaches Lächeln zustande, wenn er hörte, daß sich einer seiner Partner nach seinem Befinden erkundigt hatte. Seine Stimme war nach wie vor kaum mehr als ein Flüstern, und das Sprechen strengte ihn sichtlich an. Miss Maple war entsetzt über den körperlichen

Verfall des Mannes, den sie in all den Jahren, die sie für ihn arbeitete, immer als außergewöhnlich vital erlebt hatte. Sie wußte, wie er sich aufregen würde, wenn er erführe, daß Flo schon seit zwei Wochen kein Geld mehr bekommen hatte, und sie befürchtete, daß diese Aufregung seinem Leben ein jähes Ende setzen könnte.

In früheren Jahren hatte Faye Converse einige Affären mit verheirateten Männern gehabt, und so konnte sie die mißliche Lage ihrer schönen, jungen Nachbarin nachempfinden, die sich solche Sorgen wegen ihres Liebhabers machte.
»Habe ich dir je von Senator Platt aus Wyoming erzählt?« fragte Faye ihr Mädchen.
»Nein, Ma'am«, antwortete Glyceria.
»Nachdem Mrs. Platt gedroht hatte, sie würde es Dorothy Kilgallen erzählen, sagte Jack Warner, er würde mich rauswerfen, wenn ich das Verhältnis nicht beende. Das war kurz bevor ›Rittenhouse Square‹ rauskommen sollte, und Jack war nicht bereit, seine Investition aufs Spiel zu setzen. Mein Gott, wie ich Jack Warner haßte!«
»Ja, Ma'am«, sagte Glyceria.
»Und dann war da noch Harry O'Dell. Ich drehte einen Film mit Cagney, und der stellte mir Harry vor. Harry hatte Millionen. Habe ich dir erzählt, was Edith O'Dell gemacht hat?«
»Nein, Ma'am«, sagte Glyceria.
Aber Faye befand sich in einer unguten Lage, denn Pauline Mendelson war eine enge Freundin von ihr, und Jules hatte sie bei mehreren Kapitalanlagen so gut beraten, daß ihre Zukunft gesichert war. Also hielt sie es für das beste, auf Distanz zu ihrer Nachbarin zu gehen, obwohl sie sie mochte. Außerdem hatte sie das Gefühl, daß Cyril Rathbone, der über die ganze Geschichte bestens informiert zu sein schien, mehr vorhatte, als die Andeutungen in seiner Kolumne ahnen ließen. Als sie Flo zum letztenmal gesehen hatte, sagte sie zu ihr: »Was immer Sie auch tun, sprechen Sie nicht mit Cyril Rathbone, es bringt nur Ärger.«
Glyceria jedoch setzte ihre Besuche nebenan fort. Meistens war Flo noch im Morgenmantel, und sie trank kein Cola light mehr, sondern Wein.

»Ich höre die Handwerker gar nicht«, sagte Glyceria eines Tages.
»Kein Wunder, sie arbeiten ja auch nicht mehr.«
»Warum denn nicht?«
»Ich kann sie nicht bezahlen: Ich habe jetzt schon seit drei Wochen keinen Scheck mehr bekommen.«
»Ich wußte nicht, daß dein Freund Mr. Mendelson war«, sagte Glyceria.
»Nicht?«
»Du hast seinen Namen nie erwähnt. Du hast nur gesagt: ›Nach halb vier habe ich keine Zeit.‹ Aber ich wußte nicht, daß dann immer Mr. Mendelson kam.«
Sie betonte »Mr. Mendelson« so auffallend, daß Flo sie fragend ansah. »Kennst du Mr. Mendelson?«
»Allerdings.«
»Woher?«
»Mein Bruder ist sein Friseur.«
»Willi? Willi, der Jules seit Urzeiten jeden Morgen rasiert, ist dein Bruder?«
»Ja. Kennst du Willi?«
»Nein, aber ich habe von ihm gehört.«
»Mr. Mendelson hat ihm damals Geld gegeben, damit er sich mit dem Friseursalon am Sunset Boulevard selbständig machen konnte.«
Flo hatte plötzlich eine Idee. »Fährt Willi immer noch jeden Tag nach Clouds hinauf, um Jules zu rasieren?« fragte sie aufgeregt.
»Ja.«

Als Marty Lesky, der oberste Boß von Colossus Pictures, wie immer ohne Voranmeldung in Willis Friseursalon am Sunset Boulevard erschien, wurde es als selbstverständlich angesehen, daß Joel Zircon, der zwar einen Termin hatte, aber in Filmkreisen nur ein kleines Licht war, ihm den Vortritt ließ. Joel Zircon war glücklich, Marty einen Gefallen tun zu können – vielleicht würde es sich gelegentlich positiv auswirken. »Wir haben uns auf der Dinnerparty bei Casper Stieglitz kennengelernt, Mr. Lesky« sagte er eifrig. »Ich bin Agent.«
»Ich erinnere mich«, log Marty, der keine Lust hatte, sich in

ein Gespräch mit diesem aufdringlichen Menschen einzulassen.
»Auf der Party, bei der auch Pauline und Jules Mendelson waren«, fuhr Joel fort.
»Ich erinnere mich«, sagte Marty wieder.
»Und Arnie Zwillman und Amos Swank«, versuchte Joel die Begegnung mit dem Studioboß auszudehnen.
»Genau. Haben Sie jetzt Zeit für mich, Willi?« rief Marty und verschwand durch den Vorhang in die Kabine, in der Willi seinen prominenten Kunden die Haare färbte.
Während Joel wartete, unterhielt er sich mit Lupe, der Empfangsdame, und las dann die ausliegenden Filmzeitschriften. Zunächst fesselte ihn die Ankündigung, daß Hortense Madden, die Literaturkritikerin des »Mulholland«, möglicherweise das verschwundene Manuskript von »Candles at Lunch« des berühmten Schriftstellers Basil Plant entdeckt habe. Aber seine Konzentrationsfähigkeit war nur gering, und so verlor er das Interesse an dem Artikel, bevor er ihn zu Ende gelesen hatte.
Die messingbeschlagene, ledergepolsterte Eingangstür öffnete sich, und eine junge Frau betrat den Salon. Sie zögerte einen Moment und trat dann zu dem Tisch, hinter dem die Empfangsdame saß.
»Könnte ich bitte mit Willi sprechen?« fragte sie leise.
»Er frisiert keine Damen.«
»Ich bin auch nicht wegen meiner Haare gekommen.«
»Ihr Name, bitte?«
»Der wird ihm nichts sagen.«
»Er ist in der Kabine mit einem Kunden.«
»Könnten Sie ihn bitten, einen Augenblick herauszukommen?«
»Der Kunde ist Marty Lesky, der Boß von Colossus Pictures«, erklärte Lupe gewichtig. »Ich kann da jetzt nicht stören.«
»Dann warte ich.« Flo setzte sich Joel gegenüber in einen Sessel.
Lupe musterte sie verstohlen und stellte fest, daß die Frisur der jungen Frau von Pooky stammte, das Kostüm ein Modell war und Schuhe sowie Handtasche sehr teuer aussahen. Sie stand auf und ging nach hinten.

»Flo?« fragte Joel Zircon. »Sind Sie das?«
Flo sah ihn an und lächelte. »Hallo.«
»Ich bin Joel Zircon. Erinnern Sie sich an mich? Wir kennen uns aus dem ›Viceroy Coffee Shop‹. Sie haben mich früher jeden Morgen bedient.«
»Zwei doppelseitig gebratene Spiegeleier, getoastetes Graubrot, Müsli und Kaffee«, sagte Flo.
Joel lachte. »Sie haben vielleicht ein Gedächtnis!«
»Einmal Kellnerin, immer Kellnerin.«
»Sie sehen phantastisch aus, Flo! Sie haben wohl das große Los gezogen. Ich wette, Sie wissen nicht, wo ich Sie zuletzt gesehen habe.«
»Wo?«
»Bei der Totenmesse für Hector Paradiso.«
»Ach, du lieber Gott!«
»Sie haben geweint, stimmt's? Und der Bursche, der in der Kirche hinter mir saß – Philip Quennell, der damals noch den Auftrag hatte, für Casper Stieglitz ein Drehbuch zu schreiben –, gab Ihnen sein Taschentuch.«
»Was heißt ›damals hatte‹?« fragte Flo.
»Er ist gefeuert worden. Wußten Sie das nicht? Na, das ist vielleicht eine Geschichte!«
»Was ist passiert?«
»Haben Sie je von dem Milliardär Jules Mendelson gehört, der einen Riesenbesitz auf einem Berg hier in der Gegend hat?«
Flo schluckte. Sie wußte, was sie gleich hören würde.
»Dieser Mendelson haßt Quennell. Warum, weiß ich nicht. Jedenfalls rief er Marty Lesky an und befahl ihm, Quennell abzusägen.« Als er Marty Leskys Namen aussprach, senkte er die Stimme und deutete vielsagend auf den Vorhang, hinter dem der Studioboß sich gerade die Haare färben ließ. »Andernfalls werde er seinen Fünf-Millionen-Dollar-Zuschuß, den er dem Los Angeles County Museum für den Bau eines neuen Flügels zugesagt hatte, zurückziehen. Und nachdem Marty Lesky dieser Anbau ungeheuer wichtig ist, rief er brav Casper Stieglitz an und sagte ihm, er solle Philip Quennell schleunigst loswerden. Casper hat mir die ganze Story erzählt.«
Flo starrte Joel schweigend an und stand dann auf, als wolle sie gehen.

»Aber das Schönste haben Sie ja noch gar nicht gehört«, hielt Joel sie auf. »Inzwischen hat Jules Mendelson bei irgendeiner Schlampe, die er bumst, einen schweren Herzanfall erlitten, und jetzt hängt sein Leben an einem seidenen Faden. Ist das nun göttliche Gerechtigkeit, oder was meinen Sie?«

Flo steuerte auf die Tür zu. Sie hatte sie gerade erreicht, als hinter ihr eine Stimme rief: »Miss? Sie wollten mich sprechen?«

Sie drehte sich um und stand Willi gegenüber. Sie warf einen Blick zu Joel Zircon hinüber, der die Szene aufmerksam beobachtete.

»Können wir irgendwo eine Minute ungestört sprechen?« fragte sie.

»Kommen Sie hier ins Büro!« sagte Willi. »Mein Kunde ist in der Färbekabine hinten. Joel, bei Ihnen bin ich in zehn Minuten, vielleicht auch in fünfzehn.«

»Ich bin eine Freundin Ihrer Schwester«, sagte Flo, nachdem Willi die Bürotür geschlossen hatte.

Er musterte sie. »Ich wußte nicht, daß Glycie so feine Freundinnen hat.«

Sie öffnete ihre Tasche, die an einer langen Goldkette über ihrer Schulter hing, und nahm einen Brief heraus.

»Mein Name ist Flo March. Ich bin eine Freundin von Jules Mendelson. Ich weiß, daß Sie ihn nach wie vor jeden Morgen rasieren. Würden Sie ihm bitte diesen Brief geben? Es ist sehr wichtig! Wirklich wichtig! Er wird Ihnen sehr dankbar sein, das kann ich Ihnen versichern.«

Er blickte auf das Kuvert hinunter. Nur das Wort JULES stand darauf. »Ich nehme an, der Inhalt ist persönlich.«

Sie nickte.

»Niemand anderer soll den Brief sehen?«

»O nein. Nur Jules. Ja, niemand anderer!«

»He, Willi! Wie lange wollen Sie mich denn noch hier schmoren lassen, verdammt?« rief Marty Lesky draußen aus der Färbekabine.

Willi schob den Brief in seine Gesäßtasche und klopfte darauf. Dann nickte er lächelnd und ging zu seinem Kunden zurück.

Am nächsten Abend klingelte es an Flos Haustür. Sie saß vor dem Fernseher, schaute sich einen von Faye Converses alten Filmen an und trank Weißwein aus einem Steuben-Glas. Da sie niemanden erwartete, spähte sie durch den Vorhang zum Eingang. Sie konnte zwar Scheinwerfer sehen, aber nicht den dazugehörigen Wagen erkennen.
»Wer ist da?« rief sie an der Tür.
»Olaf.«
»Ich kenne keinen Olaf.«
»Ich bin der Pfleger von Mr. Mendelson. Ich habe eine Nachricht für Sie, Miss March.«
Sie öffnete die Tür. Olaf war ein großer junger Mann in weißem T-Shirt und weißer Hose.
»Kommen Sie rein!« sagte Flo.
»Ich habe gerade Pause«, sagte er. »Willi hat ihm heute früh Ihren Brief gegeben. Ich weiß nicht, was drinstand, aber er war sehr aufgeregt. Die Missis bewacht ihn wie ein Adler, wissen Sie, und auch Miss Toomey, die Krankenschwester, die sie eingestellt hat.«
»Und?«
»Ich bin der einzige, der stark genug ist, um ihn ins Bad tragen zu können. Deshalb verbringe ich viel Zeit mit ihm allein. Am Freitag muß ich ihn wegen einer Untersuchung, die nicht zu Hause gemacht werden kann, zum Arzt fahren. Anschließend bringe ich ihn her. Mr. Lord wird auch dabeisein. Und ich soll Ihnen sagen, Sie brauchen sich keine Sorgen zu machen.«
Flos Augen füllten sich mit Tränen. »Danke, Olaf. Wann kommt er?«
»So gegen zwölf. Vielleicht auch erst um halb eins oder eins. Ich weiß es nicht. Hängt davon ab, wie lange die Untersuchung dauert.«
»Soll ich Essen besorgen?« fragte Flo eifrig.
»Irgendwas Leichtes.«
»Ich werde alle Sachen holen, die er gerne ißt! Und was ist mit Ihnen? Und mit Sims Lord? Werden Sie auch hier essen?«
»Machen Sie meinetwegen keine Umstände.«
»Das sind doch keine Umstände! Oh, ich danke Ihnen, Olaf. Ich war schon ganz krank vor Sorge.«
»Ich weiß alles über Sie und ihn. Er hat es mir erzählt. Wir

haben uns richtig angefreundet. Miss Toomey mag er nicht besonders.«
»Kommen Sie doch rein! Möchten Sie einen Drink? Ich habe gerade vorhin eine Flasche Wein aufgemacht.«
»Nein, vielen Dank. Ich muß zurück nach Clouds. Ich bin mit dem Bentley da: Ich soll üben, weil er nicht will, daß Jim ihn am Freitag herfährt.«

Aus Flos Tonbandaufzeichnungen

Ich habe mich oft gefragt, warum Jules keine Kinder hatte. Ich dachte eigentlich, es hätte ihm gefallen müssen, einen Sohn zu haben, einen kleinen Jules, dem er all sein Geld hinterlassen kann. Er haßte es zwar, wenn die Zeitungen über ihn schrieben, aber er las seinen Namen gerne als Inschrift auf Gebäuden. Und was für ein besseres Denkmal hätte er sich setzen können als einen Sohn, der seinen Namen weiterführt? Einmal fragte ich ihn danach. Ich dachte, daß Pauline keine Kinder gewollt hat, aber er sagte, er habe keine gewollt. Vielleicht hatte es was mit dem Mädchen zu tun, das damals in Chicago vom Balkon seines Hotelzimmers stürzte: Vielleicht hatte er Angst, daß sich sein Jähzorn vererben würde. Ich hätte gerne ein Kind von ihm gehabt. Er wußte es nicht, aber in unserem letzten gemeinsamen Jahr hatte ich es darauf ankommen lassen.

21. Kapitel

Die Wochen schleppten sich dahin, und auf Clouds drehte sich alles nur um Jules. Seit seinem Herzanfall hatte Pauline sich bewundernswert verhalten, was von ihren vielen Freunden anerkennend kommentiert wurde. Trotz der ständigen Andeutungen in Cyril Rathbones Kolumne über eine geheimnisvolle »rothaarige Schönheit« benahm Pauline sich so, als wisse sie überhaupt nichts von dieser Geschichte. Jedem, der anrief, ob ihrem Vater oder ihren Schwestern, engen Freundinnen wie Camilla Ebury und Rose Cliveden, dem Kurator eines Museums, der einmal Gast auf Clouds gewesen war, oder einer hochgestellten Persönlichkeit des öffentlichen Lebens, versicherte sie, daß ihr Mann sich gut erhole.

»Ja, ja, er ist schon wieder zu Hause. Ist das nicht großartig? Jules hat eine Ochsennatur. Die Sache war ein großer Schreck für uns – und eine ernste Warnung. Er hätte schon längst abnehmen müssen, und jetzt tut er es. Ja, ich werde es ihm ausrichten. Er wird sich sehr freuen. Und vielen Dank! Es tut gut, so herzliche Anteilnahme zu spüren.« Anrufer, die Gerüchte über eine Krise in der langjährigen Ehe gehört hatten, glaubten mit der Zeit immer weniger daran.

Nachdem Jules gegen den Willen der behandelnden Ärzte nach Clouds zurückgekehrt war, nahm Pauline allmählich ihr gesellschaftliches Leben wieder auf. »Nein, nein, Rose, natürlich komme ich. Sehr gerne. Jules möchte sogar, daß ich ausgehe. Ich glaube, er freut sich schon immer auf den Klatsch, den ich ihm dann am nächsten Tag erzählen kann.

Und in ein paar Wochen wird er wieder auf den Beinen sein und mitkommen. Langes Kleid oder kurzes?«
Als Prinz Friedrich von Hessen-Darmstadt, der Leiter der Schmuckabteilung des Versteigerungshauses Boothby's, Pauline aus London anrief, um sich nach Jules' Befinden zu erkundigen, teilte er ihr mit, daß er in zwei Wochen nach Los Angeles kommen würde, direkt von einer Party bei einem Milliardär in Tanger.
»Ich werde eine Dinnerparty für Sie geben, Friedrich.«
»Nein, nein, Pauline, das kann ich nicht zulassen. Es brächte viel zuviel Unruhe für Jules mit sich.«
»Sie werden es nicht glauben, wie gut er sich erholt«, antwortete sie. »Aber ich hatte sowieso nicht an eine große Gesellschaft gedacht – nur zehn oder zwölf Personen.«
»Das wäre wunderbar, Pauline.«
»Gibt es jemanden, an dem Ihnen besonders liegt?«
»Faye Converse würde ich sehr gerne einmal wiedersehen.«
»Ausgezeichnet. Sie hat Jules gerade wunderschöne Blumen geschickt.«

Es war später Nachmittag. Flo lag im Bett und ließ das Telefon auf dem Nachttisch immer wieder klingeln. Doch dann fiel ihr ein, daß es ja auch Jules sein könnte, und sie riß den Hörer vom Apparat. Vielleicht hatte Pauline von dem für Freitag geplanten Mittagessen erfahren.
»Hallo?« meldete Flo sich vorsichtig.
»Flo?«
»Ja?«
»Hier ist Philip Quennell.«
Sie entspannte sich. »Oh, Philip.«
»Du bist schon seit einer ganzen Weile nicht mehr bei den Morgenmeetings gewesen«, sagte er. »Bist du *okay?*«
»Ja, ja. Es ist inzwischen einiges passiert. Aber du hast ja sicher davon gehört. Es kam in den Nachrichten.«
»Natürlich habe ich es gehört. Er ist ja wohl schon wieder zu Hause.«
»Ja, aber viel zu früh.«
»Und warum hat man ihn gehen lassen?«
»Kannst du dir das nicht denken?« fragte Flo.

»Nein, kann ich nicht.«
»Pauline hatte erfahren, daß ich als Schwester verkleidet in seinem Zimmer war. Sie drohte, einen Riesenskandal zu machen, und da gaben die Ärzte klein bei.«
»Und woher weißt du das?«
»Mimosa Perez, eine Krankenschwester, hat es mir erzählt. Die Ärzte waren außer sich.«
»Aber er wird doch sicher zu Hause weiter behandelt, oder?«
»Ja.«
»Ich nehme nicht an, daß du ihn besuchen darfst.«
»Richtig.«
»Du machst jetzt bestimmt eine schwere Zeit durch, Flo.«
»Ja.«
Ein langes Schweigen folgte.
»Flo, bist du noch da?
»Ja.«
»Du trinkst doch nicht etwa wieder?«
»Nein!« Sie wußte, daß ihre Antwort zu schnell und zu laut war, und sicher fiel ihm das auf.
»Ich bin hier, falls du reden möchtest.«
»Du bist lieb, Philip.«
»Auch wenn es mitten in der Nacht ist.«
»Danke. Ich werde es nicht vergessen. Ich hoffe nur, daß diese vornehme Frau weiß, was sie an dir hat.«
Er lachte. »Soll ich dich vielleicht morgen früh zu dem Meeting abholen?«
»Nein, danke. Ich rufe dich bald an, Philip. Wirklich.«
»Okay.«
Sie wollte schon auflegen, als ihr plötzlich etwas einfiel: »Philip?«
»Ja?«
»Stimmt es, daß Jules dafür gesorgt hat, daß dir das Drehbuch weggenommen wurde?«
»Hat er dir das erzählt?«
»Nein, natürlich nicht. Irgend so ein Typ namens Joel Zircon hat es mir gesteckt.«
»Mach dir deswegen keine Gedanken!«
»Es ist mir ganz schrecklich. Aber ich habe ihm nicht gesagt, daß ich damals die Tage bei dir war.«

»Das weiß ich doch, Flo.«
»Er hatte mir einen Privatschnüffler auf die Fersen gesetzt.«
»Das sieht ihm ähnlich.«
»Es ist mir wirklich ganz schrecklich. Ich bin schuld. Du hast mich schließlich nicht eingeladen, ich habe dich damals einfach überfallen.«
»Jules hatte mich sowieso auf dem Kieker – seit er seine Degas-Ballerina vom Sockel stieß.«

»Pauline hat uns für Freitag zum Dinner eingeladen«, sagte Camilla.
»*Uns* sicher nicht«, antwortete Philip.
»Doch, sie mag dich. Und sie hat mich ausdrücklich gebeten, dich mitzubringen.«
»Wird es eine große Sache?«
»Nein, nein, nur zwölf oder vierzehn Personen, denke ich. Mit Rücksicht auf Jules.«
»Wird er denn dabeisein? Ist er schon wieder auf?«
»Nein, noch nicht. Aber eine Party bringt natürlich Unruhe ins Haus.«
»Ich finde es merkwürdig, daß Pauline unter den gegebenen Umständen überhaupt eine Einladung gibt. Du nicht?«
»Sie sagt, es gehe ihm schon wieder recht gut. Sie meint, er wird sich bald wieder völlig erholt haben.«
»Und wie bewältigt sie die Situation?«
»Untadelig. Das sagen alle. Sie hat eben Klasse. Ich habe dieses Wort immer gehaßt, aber es ist in diesem Fall wirklich treffend. Offenbar läßt dieser gräßliche Cyril Rathbone in seiner Kolumne immer wieder Andeutungen über die junge rothaarige Frau einfließen, die ich in deinem Hotelzimmer vorfand. Ich habe keiner Menschenseele erzählt, daß ich sie kenne, und ich lese grundsätzlich keinen Klatsch, aber die Geschichte ist in aller Munde. Hauptsächlich Rose Cliveden spricht davon.«
»Aber warum gibt Pauline ausgerechnet jetzt eine Party?«
»Für Prinz Friedrich von Hessen-Darmstadt.«
Philip lachte. »Klingt ja toll! Und wer zum Teufel ist das?«
»Der Leiter der Schmuckabteilung des Londoner Versteigerungshauses Boothby's.«

Philip lachte wieder. »Natürlich! Drunter tut sie's ja nicht.«
»Warum sagst du das so abschätzig?« fragte Camilla.
»Tue ich doch gar nicht.«
»Manchmal verstehe ich dich nicht, Philip.«
»Manchmal verstehe ich dich auch nicht, Camilla.«

Am Morgen jenes Tages, an dem Jules Mendelsons Untersuchung im Cedars Sinai Hospital, die kleine Dinnerparty für Friedrich von Hessen-Darmstadt auf Clouds und das Mittagessen in der Azelia Lane stattfinden sollten, stand Flo früh auf, um für Jules und seinen Anwalt, den sie noch nie vorher gesehen hatte, einzukaufen. Um sieben Uhr früh war sie bis vor einigen Wochen zu dem Treffen der Anonymen Alkoholiker am Robertson Boulevard gefahren, heute fuhr sie um diese Zeit zu Pooky, um sich von ihm frisieren und von Blanchette die Nägel machen zu lassen. Der Friseur sagte danach zu seiner Maniküre, er habe Flo noch nie so nervös gesehen, und sie habe sich auch überhaupt nicht für den Klatsch über seine illustre Kundschaft interessiert, den sie sonst so genoß. Er mochte Flo sehr und fragte sie nicht, ob sie die geheimnisvolle »rothaarige Schönheit« sei, über die Cyril Rathbone in seiner Kolumne immer wieder Andeutungen machte.
Flo hatte nie so gut kochen gelernt, daß sie das Käsesoufflé, das sie auf den Tisch bringen wollte, selbst hätte zubereiten können. Aber sie wußte, wie man einen Tisch festlich deckte. Einige Monate zuvor hatte sie das Foto einer Tafel aus einem Magazin geschnitten, die Pauline Mendelson für einen Botschafter auf Clouds arrangiert hatte, und jetzt kopierte sie diese Tafel mit ihren neuen Steuben-Gläsern, ihrem neuen Geschirr, dem Besteck von Tiffany und dem neuen Tischtuch sowie den Servietten von Porthault.
Petra von Kant, die Floristin der High-Society, kam am frühen Vormittag, um die Tischdekoration zu plazieren. Die Tulpen, die sie aus Holland hatte kommen lassen, waren Flo nicht offen genug. »Die sind ja noch ganz zu!« jammerte sie. »Ich wollte, daß sie aussehen, als hätte ich sie gerade im Garten abgeschnitten. Sie hatten mir doch versprochen, daß sie offen sein würden.« Petra, die Kummer gewöhnt war, ließ sich von Flo den Haartrockner bringen und fönte die Blüten so lange,

bis sie sich weit öffneten. Später erzählte sie Nellie Potts, sie habe noch nie eine Kundin gehabt, die sich so wegen der Höhe der Blumen aufgeführt habe, die in der Mitte des Tisches standen. Sie konnte ja auch nicht wissen, daß Flo in dem Artikel über das Dinner für den Botschafter gelesen hatte, wie genau Pauline darauf achtete, daß die Blumen in der Mitte nie so hoch waren, daß sie die Unterhaltung behinderten, aber Flo hatte diese Maxime der Ehefrau ihres Liebhabers für ihr Debüt als Gastgeberin übernommen. »Ich möchte, daß die Leute sich unterhalten können«, erklärte sie, als erwarte sie dreißig Gäste und nicht drei. Sie hätte auch gerne Platzkarten gehabt, aber ein Blick von Petra zeigte ihr, daß das bei einer so kleinen Gesellschaft nicht angebracht war.

Im »Bistro Garden«, wo sie manchmal mit Nellie Potts gegessen und die Leute beobachtet hatte, von denen sie wußte, daß sie Freunde der Mendelsons waren, gab es vorbereitete Käsesoufflés, die man nur noch in den Ofen zu schieben brauchte, und auch die genaue Zeitangabe wurde mitgeliefert. »Dreißig Minuten bis dreißigeinhalb«, sagte Kurt, als sie das Soufflé abholte. Kurt sagte ihr auch, daß die Vinaigrette erst unmittelbar vor dem Servieren über den knackigen Blattsalat gegeben werden solle, der ebenfalls für sie bereitstand, und wie lange sie die Brötchen aufbacken müsse. Sie schrieb alles gewissenhaft auf, als sei sie bei einem Kochkurs. Dann ging sie am »Farmers Market« in die Konditorei und holte die bestellte Mokkatorte ab, die Jules am liebsten aß. Zu Hause angekommen, legte sie sofort den Weißwein von der Bresciani-Auktion in den Kühlschrank.

In der Stunde vor Jules' voraussichtlicher Ankunft zog sie sich dreimal um. Sie wollte, daß Jules stolz auf sie sein konnte, wenn er sie Sims Lord vorstellte, und sie konnte es immer an seinem Blick erkennen, ob sie richtig angezogen war. Sie entschied sich gegen die gelben Diamantohrringe; sie fand sie für tagsüber zu auffallend. Sie entschied sich gegen ein Chanel-Kostüm; sie fand es zu übertrieben für ein Essen in den eigenen vier Wänden. Sie entschied sich gegen Schwarz; sie fand die Farbe zu bedrückend für den glücklichen Anlaß. Beim dritten Griff in den Kleiderschrank wußte sie, daß sie das richtige gewählt hatte: beigefarbene lange Hosen, einen

beigen Kaschmirpullover sowie einen goldenen Kettengürtel – und als Schmuck nur den Saphirring, den sie, wie sie Jules gesagt hatte, tatsächlich nie abzog, außer zum Baden.
Als sie den Bentley kommen hörte, rannte sie zur Haustür und öffnete sie weit. Olaf saß am Steuer, Sims Lord sehr aufrecht neben dem zusammengesunkenen Jules im Fond. Die prüfenden, kalten Augen des Anwalts ließ sie frösteln. Schon sein bloßer Anblick schüchterte sie ein. Jules hob mühsam eine Hand zum Gruß.
Olaf sprang aus dem Wagen und öffnete den Schlag. Er bückte sich, schob einen Arm unter Jules Beine, legte ihm den anderen um den Rücken, zog ihn aus dem Wagen und trug ihn zum Haus. Flo, die bemerkte, wie peinlich Jules es fand, daß sie ihn so sah, drehte sich um und lief voraus. Sie war nicht auf den Anblick vorbereitet gewesen, den ihr Liebhaber bot. Sein Hals war faltig, der Teint grau, und unter den Augen lagen schwarze Ringe. Er schien dreißig oder vierzig Pfund abgenommen zu haben, seit sie ihn zuletzt im Krankenhaus gesehen hatte, aber es war kein Gewichtsverlust, der zu einem Kompliment Anlaß gegeben hätte.
»Soll ich ihn auf einen bestimmten Platz setzen?« fragte Olaf im Wohnzimmer.
Sie hatte bis zu diesem Augenblick nicht darüber nachgedacht, aber jetzt tat sie, als wäre es seit den frühen Morgenstunden ihre Hauptsorge gewesen. »Ja, dort auf das Sofa, dachte ich«, sagte sie. »In die Ecke. Da kann er den Arm auf die Lehne stützen oder sich hinlegen, wenn er möchte. Lassen Sie mich erst noch ein Kissen für den Rücken bringen. Ist es dir so recht, Jules?«
Er nickte. Nachdem Olaf ihn abgesetzt hatte, lächelte Jules Flo strahlend an, und für einen Augenblick schien er wieder der alte zu sein. Sims Lord und Olaf bemerkten die Veränderung und sahen Flo an. Jules' Blick wanderte durch den Raum und blieb am Eßtisch hängen. Wieder lächelte er und nickte beifällig.
»O Jules, es ist so schön, dich wiederzusehen!« Flo lief zu ihm und kniete sich vor ihm auf den Boden. »Du hast mir so gefehlt! Du weißt nicht, wie sehr! Ich wußte selbst nicht, wie sehr ich mich an dich gewöhnt habe.«

»Du hast mir auch gefehlt«, antwortete Jules. Seine Stimme brach.

Flo streichelte seine Knie. »Manchmal hat es mich verrückt gemacht, wenn du mich zwanzigmal am Tag angerufen hast, oder wie oft es war. Aber jetzt vermisse ich deine Anrufe.«

Wieder lächelte er. »Du kennst Olaf?«

»O ja, ich kenne Olaf. Er war so nett, als er neulich abends vorbeikam. Aber Mr. Lord kenne ich natürlich noch nicht. Hallo, Mr. Lord.« Flo stand auf und streckte dem Anwalt die Hand hin. Obwohl er sie freundlich ansah, strahlten die eisblauen Augen in dem gutgeschnittenen Gesicht unter den frühzeitig weiß gewordenen Haaren eine Kälte aus, die Flo innerlich erstarren ließ.

Er nahm ihre Hand. »Bitte, nennen Sie mich Sims, Flo.« Er hatte sich diese Frau vollkommen anders vorgestellt – hübsch, aber gewöhnlich –, und er hatte geglaubt, sie sei nur an Jules' Geld interessiert. Ihre Schönheit und ihre elegante Aufmachung trafen ihn genauso unvorbereitet wie ihr geschmackvoll eingerichtetes Haus. Aber am meisten überraschte ihn das ganz offenbar enge, emotionale Verhältnis von Jules und Flo.

»Ehrlich gesagt, ich wußte nicht, ob Sie freundlich zu mir sein würden«, gestand Flo.

»Natürlich ist er freundlich zu dir«, sagte Jules. Es stand außer Frage, daß er seinem Anwalt Verhaltensmaßregeln gegeben hatte: Seine Stimme war zwar nach wie vor schwach und leise, aber er hatte immer noch das Sagen.

»Das macht mich sehr glücklich«, Flo lächelte Sims an. »Ich habe einen ausgezeichneten Wein im Kühlschrank – von der Bresciani-Auktion.«

Jules und Sims lachten.

»Möchtest du ein Glas, Jules?« fragte sie.

Er schaute fragend zu Olaf hinüber und nickte dann.

»Sims?«

»Ja, gerne.«

»Sie können aber auch etwas anderes haben. Es ist alles da.«

»Nein, nein. Ich mag Weißwein. Vor allem diesen.«

»Olaf?«

»Nicht für mich, Flo. Aber vielen Dank!«

Sie ging zur Bar, entkorkte die Flasche und goß Wein in drei Gläser.

Jules sah sie erstaunt an. »Du trinkst Wein? Ich dachte, du bist auf Diätcola eingeschworen.«
»An einem solchen Tag mache ich schon mal eine Ausnahme«, erklärte sie. »Willkommen zu Hause, Jules!« Sie hob ihr Glas und die anderen folgten ihrem Beispiel. »Ich will nur schnell das Soufflé in den Ofen schieben, dann können wir reden.«
»Sie ist bezaubernd, Jules«, sagte Sims, als Flo hinausgegangen war, aber Jules bemerkte die leichte Herablassung in seinem Tonfall.
Er nickte verärgert. Dann bedeutete er Sims mit einer Handbewegung, den Aktenkoffer zu öffnen, und Sims entnahm ihm die Papiere, auf die Jules so ungeduldig gewartet hatte.
Als Flo zurückkam, waren die Unterlagen auf dem Couchtisch ausgebreitet.
»Das Essen ist bald fertig«, kündigte sie an.
»Es duftet schon großartig«, fand Olaf.
»Was sind denn das für Papiere?« fragte Flo.
»Lies sie!« sagte Jules.
Sie nahm eines der Dokumente in die Hand. Es war ein Briefbogen mit Firmenaufdruck. In der rechten Ecke standen ihr Name und ihre Adresse. Sie blickte auf und sah erst Jules und dann Sims an. Beide beobachteten sie gespannt.
»Na, lies schon!« forderte Jules sie noch einmal auf.
»Liebe Flo«, las sie vor, »ich erkläre mich bereit, dir ab sofort für die Dauer von fünf Jahren monatlich fünfundzwanzigtausend Dollar zu zahlen. Das Geld wird dir an jedem dreizehnten des Monats aus den Zinsen des Gewinns überwiesen, den die Santucci-Shoppingcenter in Santa Ana, San José und Santa Cruz abwerfen. Sims Lord, mein Anwalt und Bevollmächtigter, ist mit der Ausführung dieses Auftrages betraut worden. Gruß, Jules Mendelson. Zeugen: Olaf Pederson, Margaret Maple.«
Sie hob den Blick, schaute Jules an und brach in Tränen aus.
»Das ist über eine Million.« Er lächelte. »Damit bist du eine reiche Frau.«
»O Jules!« Sie kniete sich wieder vor ihn und legte den Kopf in seinen Schoß. »Ich wußte es. Ich wußte immer, daß du für mich sorgen würdest.«

Er legte ihr die Hand auf den Kopf. »Es geht noch weiter«, sagte er. Wieder machte er Sims ein Zeichen, und der Anwalt reichte ihm ein anderes Dokument.
»Das Haus gehört dir«, sagte Jules.
»Fast«, korrigierte ihn Sims und hob warnend die Hand. »Der Schauspieler, dem es bis jetzt noch gehört, dreht zur Zeit in Jugoslawien, und die Papiere sind noch nicht zurückgekommen. Aber seine Unterschrift ist nur noch eine Formsache.«
Sie richtete sich auf, schlang die Arme um Jules' Hals und küßte ihn auf die Wange. »O Jules, ich weiß nicht, was ich sagen soll.«
»Ich fürchte, Ihr Soufflé brennt an«, meldete sich Olaf zu Wort.
»O mein Gott!« Sie sprang auf und rannte in die Küche. Gleich darauf hörte man sie verzweifelt fluchen.
Als sie zurückkam, hielt sie die Auflaufform mit dem völlig verkohlten Soufflé in den Händen. »Ich wollte euch nicht vorenthalten, was aus dem schönen Essen geworden ist«, sagte sie.
Jules lachte, und Sims stimmte mit ein.
»Ich habe aber noch Salat und Brötchen – und deine Lieblingstorte, Jules.« Sie lächelte tapfer.
»Hört sich gut an«, meinte er.
Olaf hob ihn hoch und trug ihn zum Eßtisch.
»Jules sitzt hier neben mir«, bestimmte Flo, als gäbe sie jeden Tag eine Essenseinladung. »Es gibt keine Platzkarten. Olaf, Sie sitzen da drüben, neben Jules, und Sims links von mir. Ich freue mich so, Sie endlich kennenzulernen, Sims. Jules spricht unentwegt von Ihnen.«
Der Anwalt zog den Stuhl für sie zurück, und sie setzte sich. Sie war höchst zufrieden mit ihrer Leistung.
»Der Tisch sieht wundervoll aus«, lobte Jules sie. Er wußte, wieviel es ihr bedeutete, Gäste in ihrem Haus zu haben. Er streckte die Hand aus und berührte vorsichtig eine Tulpenblüte. »Pauline sagt immer, es gebe keine Blume, die so anmutig stirbt wie eine Tulpe«, sagte er. Tiefes Schweigen folgte dieser seltsamen Bemerkung, und er sagte: »Ich habe keine Ahnung, warum mir das gerade jetzt eingefallen ist.«
Nach Jules' Kompliment für Flos Tischdekoration erlahmte

die Unterhaltung. Sein angeschlagener Zustand erlaubte ihm nicht, wie früher zu dominieren und mit seiner hervorragenden Kenntnis der internationalen Politik und den hochkarätigen Insider-Informationen über die Geschäfts- und Kunstwelt die Konversation zu führen. Olaf, der sich durchaus bewußt war, daß er als Angestellter nur aufgrund der außergewöhnlichen Umstände mit am Tisch saß, hielt es für unangebracht, sich an der Unterhaltung zu beteiligen, und Sims Lords ablehnende Schweigsamkeit schien das Essen in einem Fiasko enden zu lassen. Aber Flo war nicht bereit, sich trotz des angebrannten Soufflés kleinkriegen zu lassen, und kurze Zeit später löste ihr selbstironischer Bericht über die Vorbereitungen der ersten Einladung in ihrem Haus bei den Gästen schallendes Gelächter aus. Und Sims Lord, der Frauen liebte, vor allem verheiratete, fragte sich, warum keine seiner Amouren so unterhaltsam war wie Jules' Geliebte.
Jules war sehr bald erschöpft und konnte schließlich nur noch lächelnd nicken. Als Flo aufstand, um den Tisch abzuräumen, sagte sie: »Warte, bis du deine Torte siehst.« Sie war gerade in die Küche verschwunden, als Jules vornübersank.
»Sind Sie *okay,* Chef?« fragte Olaf alarmiert.
Jules schüttelte langsam den Kopf. Der Pfleger und Sims sprangen auf.
»Jules, was ist los?« rief Flo, als sie mit der Torte aus der Küche zurückkam und die beiden Männer neben ihm knien sah.
»Es ist die Aufregung«, sagte Sims leise zu Olaf, aber so laut, daß Flo es hören konnte. »Ich denke, wir bringen ihn besser nach Hause.«
Olaf hob Jules hoch, trug ihn zum Sofa hinüber, legte ihn hin und begann, seine Brust zu massieren. Sims und Flo standen hilflos daneben. Nach ein paar Minuten kehrte die Farbe in Jules' Gesicht zurück.
»Olaf, ich denke wirklich, wir sollten ihn nach Hause bringen«, drängte Sims nervös. Seine Stimme hatte einen scharfen Unterton. »Wir können nicht riskieren, daß er noch einmal in diesem Haus zusammenbricht. Sie würde durchdrehen.« Es war keine Frage, wen er mit »sie« meinte.
Jules nickte. »Es wäre nicht gut für Flo«, sagte er zu Olaf.

Daraufhin hob der Pfleger ihn wieder hoch und trug ihn zur Tür. Als sie an Flo vorbeikamen, nahm sie Jules' Hand und ging mit zum Auto. Sie öffnete die hintere Tür, und Olaf setzte Jules auf den Rücksitz.
Flo beugte sich in den Wagen. »Auf Wiedersehen, Jules«, sagte sie und griff wieder nach seiner Hand.
Er sah sie an, hob ihre Hand an die Lippen und küßte sie, ohne den Blick von ihrem Gesicht zu wenden.
Sims wurde ungeduldig. »Flo, wir müssen fahren.«
»Ja, ja, ich weiß. Auf Wiedersehen, Jules!« sagte sie noch einmal. »Kann mich einer von Ihnen nachher anrufen? Ich möchte wissen, wie es ihm geht.«
Olaf, der schon hinter dem Steuer saß, nickte und zeigte auf sich, um ihr zu bedeuten, daß er sie anrufen würde. Dann startete er den Motor.
»Bitte, Flo, wir müssen fahren!« wiederholte Sims.
Sie trat zurück und schloß die Wagentür. Olaf wendete, und während des ganzen Manövers hielten Jules und Flo einander mit den Augen fest. Dann rollte der Bentley die Einfahrt hinunter. Flo lief hinterher, bis der Wagen in die Azelia Lane einbog. Sie schaute ihm nach, bis er in den Coldwater Canyon einbog. Sie wußte, sie würde Jules Mendelson nie wiedersehen.

»Niemand gibt so gelungene Parties wie Pauline«, stellte Friedrich von Hessen-Darmstadt voller Begeisterung fest, und der Prinz mußte es wissen, denn er war in den vornehmsten Häusern zu Gast und daran gewöhnt, daß die Gastgeberinnen sich wegen seines klingenden Namens für ihn regelrecht überschlugen. Rose Cliveden, die insgeheim für die Monarchie schwärmte, sank vor ihm sogar in einem tiefen Knicks zu Boden, obwohl seit zweiundsiebzig Jahren kein Mitglied seiner Familie auch nur in die Nähe eines Throns gekommen war und sein Name die ursprüngliche Bedeutung schon im letzten Jahrhundert verloren hatte. Es störte die Damen nicht im geringsten, daß der Prinz keinen Heller besaß und seine Stellung beim Londoner Versteigerungshaus dringend brauchte, um die Reinigungs- und Wäschereirechnungen für seine drei Dinnerjackets und neun Plisseehemden bezahlen zu können. In Gesellschaftskreisen wurde er als Gewinn für jede Party betrachtet, denn er wußte all die internationalen Neuigkeiten, die die Leute der High-Society so gerne hören, und er war klug genug, seine Frau, die eine langweilige Matrone war, stets zu Hause zu lassen. Er hatte Pauline versprochen, mit seinem Bericht über die Party bei dem Milliardär in Tanger, von der er gerade kam, zu warten, bis alle Gäste versammelt waren, da jeder ihn hören wollte.

»Wo haben Sie denn den ›de-Lamballe‹-Diamanten?« fragte er, noch bevor er sich nach Jules' Befinden erkundigte, als er sich zur Begrüßung über Paulines Hand beugte. Sie trug Diamantschmuck um den Hals und an den Handgelenken, aber ihr Verlobungsring lag im Safe. Niemand liebte Schmuck mehr als Friedrich von Hessen-Darmstadt, und es gab wenige Stücke, die er so bewunderte wie den Stein, den Pauline Mendelson zweiundzwanzig Jahre als Symbol für ihre glückliche Ehe getragen hatte. Er brauchte keine Lupe, um beurteilen zu können, wieviel Karat ein Stein hatte, und er konnte potentielle Käufer völlig in seinen Bann schlagen, wenn er ihnen die Herkunft eines bestimmten Stückes beschrieb, wer es schon besessen hatte und was aus den Leuten geworden war.

Pauline schaute auf ihren schmucklosen Ringfinger hinunter. Sie brachte es nicht über sich, dem Prinzen zu gestehen, was sie Sims gestanden hatte: daß der Ring ihr jetzt ebenso unecht erschien wie ihre Ehe. »Oh«, sagte sie in gespieltem Erstaunen, »ich habe tatsächlich vergessen, ihn anzustecken.«

An diesem Abend waren elf Gäste auf Clouds, für Mendelsonsche Verhältnisse eine sehr kleine Gesellschaft. Aber auch diesmal war alles bis ins Detail durchorganisiert, wie es nur Pauline konnte, und jeder der Gäste äußerte sich lobend über ihre Perfektion. Es war ein warmer Abend, und bald würde der Vollmond am Himmel stehen. Paulines Blumengarten hatte nie schöner ausgesehen, und Jules' Skulpturen in seiner Freiland-Galerie waren nie besser zur Geltung gekommen. Im Pavillon am Pool wurden Drinks serviert, und die Luft war erfüllt vom Duft der Orangenblüten, der von der Orangerie herüberwehte. Rose Cliveden trank wie üblich zuviel, wurde jedoch allgemein als amüsant betrachtet – zumindest vor dem

Essen. Außer ihr und dem Prinzen waren Faye Converse und Camilla Ebury gekommen, letztere in Begleitung ihres Freundes Philip Quennell, Ralph und Madge White, Freddie und Betty-Ann Galavant und Sandy und Eve Pond. Abgesehen von Philip und Faye war niemand von den »interessanten Leuten« da, mit denen Pauline sonst ihre Parties würzte, nur Angehörige des »alten Los Angeles«, wie Hector Paradiso es genannt hätte.
Jeder fragte nach Jules. »Es geht ihm schon viel besser. Die Ärzte sind ganz begeistert«, sagte Pauline immer und immer wieder, die Formulierung gelegentlich leicht abwandelnd, obwohl sie natürlich gesehen hatte, in welch besorgniserregendem Zustand Olaf ihn am Nachmittag um halb vier nach der Untersuchung in der Klinik zurückbrachte. Die Hausangestellten beobachteten seine Rückkunft von den Fenstern aus. Dudley eilte mit dem Rollstuhl zum Wagen, aber Olaf stieß das Gefährt beiseite, nahm Jules wie ein Kind auf seine Arme und trug ihn zum Haus. Als er mit ihm an Pauline vorbeikam und sie sah, daß ihr Mann sogar zu schwach war, um zu sprechen, erwog sie, die Party abzublasen, aber nachdem Jules sich etwas erholt hatte, bestand er darauf, daß alles ablaufen solle wie vorgesehen.
Miss Toomey, seine Krankenschwester, sagte immer wieder, sie könne nicht verstehen, daß er so lange weggewesen sei. »Sie durften Mr. Mendelson im Krankenhaus doch nicht warten lassen! Immerhin hat er den Anbau gestiftet. Sein Name steht drauf. Sie hätten ihn bevorzugt behandeln müssen.« Miss Toomey hatte inzwischen einen Anflug der Exklusivität ihrer Dienstherren angenommen. Olaf, der damit beschäftigt gewesen war, es Jules im Bett bequem zu machen, hatte nicht geantwortet.
»Jules ist außer sich, daß Dr. Petrie ihm nicht erlaubt hat, herunterzukommen, aber er läßt Sie herzlich grüßen«, sagte Pauline.
»Die Skulpturen im Garten sind atemberaubend«, schwärmte Prinz Friedrich. »Ich würde zu gerne hinaufgehen und ihm sagen, wie begeistert ich bin. Ich habe sie noch nie bei künstlichem Licht gesehen.«
»Vielleicht später«, sagte Pauline hastig. »Sehen Sie, Dudley

ruft zum Essen.« Sie hakte ihn unter, und gemeinsam gingen sie über den Rasen auf die Terrasse zu.
»Es tut mir leid, daß die gelben Diamantohrringe Ihnen nicht gefallen haben, Pauline«, sagte der Prinz. »Ich war so sicher, sie seien genau nach Ihrem Geschmack.«
Das Bild von Flo March in Jules Krankenzimmer blitzte in Paulines Erinnerung auf. Sie unterdrückte den Zorn, den sie immer noch darüber empfand, daß Jules die Ohrringe seiner Geliebten geschenkt hatte.
»Und wie kommen Sie darauf, daß sie das *nicht* sind?« fragte sie.
»Jules' Sekretärin rief mich an, um Bescheid zu sagen, daß er sie zurückschicken würde: Er wollte, daß ich sie in die nächste Versteigerung nehme.«
»Ach.«
»Wußten Sie das nicht?«
»Wann war das, Friedrich?« Sie bemühte sich um einen unbefangenen Ton.
»Am Tag seines Herzanfalls. Miss Maple rief an und kündigte an, daß die Ohrringe zurückkommen, und am Abend hörte ich von Yvonne Bulbenkian, Jules habe einen Herzanfall gehabt.«
»Aha.« Sie blickte starr geradeaus. Flo March mußte sich die Ohrringe angeeignet haben, nachdem Jules in ihrem Haus zusammengebrochen war. Diese Frau war ja noch schlimmer, als sie angenommen hatte!
»Habe ich etwas gesagt, das Sie beunruhigt?« fragte der Prinz besorgt.
»O nein, überhaupt nicht.«
Weil der Abend so warm war, hatte Pauline die Tafel im Innenhof aufbauen lassen. Der Gärtner Jarvis hatte an den Wänden Töpfe mit prächtigen Exemplaren der gelben Phalaenopsis aneinandergereiht. »Einfach wundervoll!« lautete die einhellige Meinung der Gäste, als sie die Blütenpracht sahen.
»Sie sitzen neben mir, Friedrich«, sagte Pauline. »Und auf der anderen Seite wird Sie Faye Converse flankieren.«
»Meine beiden Lieblingsdamen!« Der Prinz strahlte.
»Sie müssen uns von der Party in Tanger erzählen!«
»Es war ein Alptraum! Ein absoluter Alptraum! Tanger im

August! Eine unvorstellbare Hitze! Und dann die vielen Menschen! Und die Gerüche! Und nirgends eine Klimaanlage! Lange Schlangen am Buffet und allenthalben lange Gesichter. Und die Sitzordnung – eine Katastrophe! Menschen wie uns neben Leute zu setzen, von denen wir noch nie gehört hatten und auf die wir auch in keiner Weise neugierig waren! Sie hätten das Gesicht von Lil Altemus sehen sollen, als sie das Hotel sah, in dem Cyrus uns untergebracht hatte. Allein für diesen Ausdruck hat sich die Reise gelohnt!« Er verzog sein Gesicht in übertriebenem Abscheu und alle lachten. »Sie zog erst gar nicht dort ein, sondern übernachtete auf Reza Bulbenkians Yacht. Es war wirklich köstlich. Ich möchte dieses Erlebnis um nichts in der Welt missen.«
Philip Quennell, der Faye Converses anderer Tischherr war, beobachtete Pauline. Er hatte kein Interesse an der Party in Tanger, er kannte die Leute sowieso nicht, von denen die Rede war, und hatte aufgehört zuzuhören. Statt dessen konzentrierte er sich auf die Gastgeberin, die am Kopf der Tafel saß, einen Ellbogen aufgestützt, das Kinn graziös in die Hand gelegt und scheinbar fasziniert von den Anekdoten, die ihr Ehrengast über die Party zum besten gab, an der alle anderen Anwesenden so brennend interessiert waren. Philip hatte den Verdacht, daß Pauline in Wahrheit mit ihren Gedanken ganz woanders war.
Auch Dudley beobachtete Pauline, während er seinen Pflichten nachkam. Er bemerkte die Anspannung unter ihrer äußeren Gelassenheit. Etwas später bat sie ihren Tischherrn, sie kurz zu entschuldigen, und kam in die Küche, wo sie sich bei Dudley beschwerte, daß eines der Mädchen beim Servieren Kaugummi gekaut habe.
»Ich habe ihn nicht gekaut, Dudley«, sagte das Mädchen, als Pauline wieder gegangen war. »Ich hatte ihn zwar im Mund, aber gekaut habe ich ihn nicht. Wie konnte sie wissen, daß ich einen im Mund hatte?«
Kurz darauf stürmte Miss Toomey aufgebracht herein. »Ich begreife nicht, wie man im Erdgeschoß eine Party veranstalten kann, wenn im ersten Stock ein Mann im Sterben liegt«, schimpfte sie.
Dudley, der seiner Herrschaft in absoluter Loyalität ergeben

war, hatte keine Lust, sich mit der zweifellos tüchtigen Krankenschwester in eine Diskussion über die Verhaltensweise der Hausherrin einzulassen, andererseits hatte er aber nicht die Befugnis, sie zu ersuchen, sich in Gegenwart der anderen Bediensteten zu mäßigen. Er wechselte einen Blick mit Blondell, die gerade der Köchin Gertie half, auf silbernen Platten Pfefferminzplätzchen zu arrangieren, die nach dem Essen im Salon angeboten werden sollten. Mit Blondell, die fast ebenso lange im Haus war wie er, hätte er ein solches Gespräch führen können, aber mit Mae Toomey ging das nicht. Doch als er in den Anrichteraum auswich, mußte er feststellen, daß die Frau sich nicht abschütteln ließ: Sie war ihm gefolgt. Wenigstens konnten die anderen jetzt nicht mehr zuhören. Er teilte zwar die Meinung der empörten Krankenschwester, aber er ließ es sich nicht anmerken.

Als er die letzte Mokkatasse auf das Tablett gestellt hatte, sah er Miss Toomey an und fragte: »Geht es Mr. Mendelson schlechter?«

»Er wird die Nacht nicht überleben«, antwortete sie. »Der Mann gehört in die Klinik. Ich möchte Dr. Petrie anrufen und ihn wieder einliefern lassen.«

Aus dem Innenhof klang Gelächter herüber, und gleich darauf läutete die Tischglocke.

»Sie ruft mich«, erklärte Dudley erleichtert.

»Wahrscheinlich will der fette Prinz noch was zu essen«, vermutete Miss Toomey angewidert. Sie folgte Dudley zur Tür. »Sagen Sie ihr, daß ich sie sprechen muß. Und sagen Sie ihr, es ist dringend!«

Als Dudley die Tür zum Innenhof öffnete, schwappte ihm erneut ein Schwall von Gelächter entgegen. Während des Desserts versuchte er, Pauline mitzuteilen, was die Krankenschwester ihm aufgetragen hatte, aber sie hob die Hand, um ihn aufzuhalten, bis der Prinz bei der Pointe angekommen war.

Nach weiterem Gelächter und beifälligen Kommentaren drehte sie sich endlich zu Dudley um. »Was ist?«

»Miss Toomey will Sie sprechen«, flüsterte er nah an ihrem Ohr.

»Das hat doch wohl Zeit bis nach dem Dessert«, meinte Pauline. »Sagen Sie Gertie, das Grapefruitsorbet ist einfach göttlich. Vielleicht sollten Sie es noch einmal herumreichen – und die Blaubeeren ebenfalls. Die Zusammenstellung ist hervorragend. Ich weiß nicht, warum wir bisher nie darauf gekommen sind.«

Dudley ließ sich nicht abschütteln. Lautlos formte er mit den Lippen das Wort »dringend«.

Pauline tupfte sich mit ihrer Damastserviette die Lippen ab und schob ihren Stuhl zurück. »Es ist ein Anruf gekommen«, entschuldigte sie sich bei Prinz Friedrich, aber bevor sie ging, sagte sie noch: »Friedrich, haben Sie Philip Quennells Buch über Reza Bulbenkian gelesen? Es ist fabelhaft. Wie war doch gleich die erste Zeile, Philip? Jules hat sich so darüber amüsiert.«

Philip, dem es nicht behagte, plötzlich im Mittelpunkt des Interesses zu stehen, sagte: »Ich weiß es nicht mehr genau, aber so ungefähr lautete sie: ›Reza Bulbenkian machte eines der größten Vermögen Amerikas, indem er alle richtigen falschen Leute kannte.‹«

»Wirklich sehr originell.« Der Prinz lächelte lahm und zog die Aufmerksamkeit wieder auf sich, indem er eine lange Geschichte über die gesellschaftlichen Klimmzüge Yvonne Bulbenkians erzählte. Die Gäste lauschten ihm so fasziniert, daß niemandem auffiel, daß Pauline den Innenhof verließ. Sie ging in die Bibliothek, nahm den Telefonhörer ab und wählte die Nummer von Jules' Zimmer.

»Miss Toomey? Es tut mir leid, daß es so lange gedauert hat, aber Sie wissen ja, daß ich Gäste habe. Gibt es etwas Dringendes?«

»Es tut mir leid, Mrs. Mendelson, aber ich glaube, Sie sollten sofort heraufkommen«, antwortete die Schwester. Der respektvolle Tonfall, mit dem sie Pauline sonst angesprochen hatte, war verschwunden. Sie klang ernst und dienstlich und machte keinen Versuch, die Dringlichkeit ihres Ersuchens herunterzuspielen.

Pauline begriff. »Ich bin gleich oben«, sagte sie und legte den Hörer auf. Vor der Bibliothek traf sie zu ihrer Überraschung auf Dudley.

»Ist alles in Ordnung, Mrs. Mendelson?« fragte er besorgt.

»Ja, ja, natürlich. Gehen Sie zurück zur Party. Ich glaube, Sie sollten den Kaffee lieber draußen servieren als im Salon, meinen Sie nicht? Die Gäste scheinen sich dort recht wohl zu fühlen, und es wäre ein Jammer, sie aufzustören.«
Der Butler erkannte, daß sie Angst davor hatte, die Treppe hinaufzugehen, und versuchte, es so lange wie möglich hinauszuschieben.
»Soll ich Dr. Petrie anrufen?« fragte er.
»Nein. Wenn überhaupt, dann muß Miss Toomey das tun. Aber ich bin sicher, es wird nicht nötig sein.«
»Ich könnte die Gäste bitten, zu gehen. Sie würden es sicher verstehen.«
»Um Himmels willen, nein! Nur das nicht! Machen Sie nicht die Pferde scheu! Mr. Mendelson kommt schon wieder in Ordnung. Ich muß jetzt hinaufgehen. Und vergessen Sie nicht: den Kaffee im Innenhof!«
Auf dem Weg nach oben bemerkte sie, daß das dritte Monet-Gemälde wieder schief hing, und rückte es im Vorbeigehen gerade. Im ersten Stock wandte sie sich nach rechts und ging den Flur entlang. Vor Jules' Zimmer blieb sie kurz stehen und holte tief Luft. Dann öffnete sie die Tür.
Zuerst konnte sie Jules gar nicht sehen: Olaf hatte sich über ihn gebeugt, und Miss Toomey stand mit dem Rücken zu ihr am Fußende des Bettes. Die Krankenschwester drehte sich zu ihr um und sagte: »Es geht ihm sehr schlecht, Mrs. Mendelson.«
Ihr Ton drückte deutlich das Mißfallen über das späte Erscheinen der zukünftigen Witwe aus. »Ich glaube nicht, daß er noch viel Zeit hat.«
Pauline starrte die Frau einen Moment lang angstvoll an und trat dann ans Bett. Jules' Augen waren geschlossen. Sein Kopf lag auf der Seite, der Mund stand offen. Er atmete krampfhaft und keuchend.
»Ich möchte mit meinem Mann allein sein«, bat sie.
»Ich rufe Dr. Petrie an«, sagte Miss Toomey.
»Noch nicht«, widersprach Pauline. »Nicht, bevor ich es Ihnen sage.«
»Soll ich nicht lieber hierbleiben, Mrs. Mendelson?« fragte Olaf.

»Kommen Sie in ein paar Minuten wieder. Kann mein Mann mich hören, Miss Toomey?«
»Fragen Sie ihn!«
»Jules? Jules, kannst du mich hören? Ich bin es, Pauline.«
Er wandte den Kopf, öffnete die Augen und sah seine Frau an. Seine Hand glitt langsam über die Bettdecke auf sie zu. Pauline wartete, bis Miss Toomey und Olaf die Tür hinter sich geschlossen hatten, dann wandte sie sich wieder Jules zu.
»Hättest du geglaubt, jemals von mir zu hören, daß ich Angst habe?« fragte er mit schwacher Stimme.
»Nein.«
»Du siehst großartig aus«, flüsterte er. »Wie läuft die Party?«
»Ich hätte sie abblasen sollen, als du heute nachmittag in so schlechter Verfassung aus dem Krankenhaus zurückkamst.«
»Sollte dir jemand Vorwürfe machen, dann sage, daß ich darauf bestanden habe, daß sie stattfindet.«
»O Jules! Ich fühle mich so hilflos. Wenn du ein gläubiger Mensch wärst, würde ich einen Priester kommen lassen oder einen Rabbi oder Rufus Browning von der All Squints Church.«
»Nein, nein. Keine Sterbesakramente, bitte! Es geht zu Ende mit mir, Pauline.«
Sie sah ihn schweigend an.
»Keine Tränen, wie ich sehe.« Er war jetzt kaum noch zu verstehen.
»Ich habe schon genug geweint, Jules«, antwortete sie.
Er blinzelte. »Wenn es dich beruhigt: Mich singen keine Heerscharen von Engeln in den ewigen Schlaf.«
»Wenn du glaubst, daß ich dich leiden sehen möchte, dann irrst du dich, Jules.« Sie wandte sich ab, die Arme vor der Brust verschränkt, als friere sie.
»Ich erinnere mich an den Abend in Palm Beach, als ich dich das erste Mal sah«, sagte Jules leise. »Du warst alles, was ich mir immer erträumt hatte. Es tut mir leid, Pauline. Wirklich.«
Sie schüttelte den Kopf. »Bitte, Jules, laß uns nicht in Erinnerungen schwelgen!«
»Hör mir zu, Pauline!« Seine schwache Stimme wurde drängend. »Sie ist kein schlechtes Mädchen.«
»Ich bin nicht interessiert an ihren Tugenden.«

»Sorge für sie, Pauline!«
»Du mußt verrückt sein. Wie kannst du so etwas von mir verlangen?«
»Ich gebe dir nur einen guten Rat.«
»Nein! Ich werde auf keinen Fall für sie sorgen.«
»Wenn du es nicht tust, wird es schrecklich für dich, Pauline. Es gibt ein paar Dinge im Leben, mit denen ich mich auskenne, und eines davon ist Geld. Vertrau mir wenigstens in dieser Hinsicht.«
Das lange Sprechen hatte ihn erschöpft. Sein Kopf rollte wieder zur Seite. Pauline sah zur Tür. Sie wollte aus dem Zimmer fliehen, aber etwas hielt sie zurück. Es war klar zu erkennen, daß Jules wirklich im Sterben lag. Als sie auf die Klingel auf dem Nachttisch drücken wollte, sah sie, daß das Lämpchen am Telefon leuchtete, was bedeutete, daß irgendwo im Haus telefoniert wurde. Sie fragte sich, ob Miss Toomey nun doch Dr. Petrie anrief.
»Bitte, läute nicht nach Miss Toomey«, bat Jules. »Ich möchte nicht noch einmal einen Strafaufschub.«
Pauline nahm den Telefonhörer ab und lauschte. Olafs Stimme sagte hastig: »Tut mir leid, Flo. Er kann nicht mit Ihnen sprechen. Sie ist bei ihm. Es geht zu Ende. Hoffentlich kommt nicht raus, daß wir heute bei Ihnen waren.« Pauline schmetterte den Hörer auf die Gabel.
»Es gibt etwas, das du wissen solltest, Pauline«, sagte Jules.
Sie hätte es nicht ertragen, noch ein weiteres Wort über Flo March zu hören. Sie hatte nie zuvor in ihrem Leben jemanden gehaßt, aber diese Flo March haßte sie aus vollem Herzen. Als sie sprach, klang ihre Stimme müde. »Nein, Jules, es gibt nichts mehr, das ich wissen muß. Ich weiß alles über alles und alle, die uns kennen, ebenfalls.«
»Kippie hat Hector umgebracht«, flüsterte er kaum hörbar.
Sie starrte ihn fassungslos an. Ihre Blicke trafen sich. »Nein!« stieß sie hervor. »Nein! Nein!« Sie schüttelte heftig den Kopf, obwohl sie wußte, daß ihr Mann die Wahrheit sagte.
»Im Safe in der Bibliothek liegt ein verschlossener Briefumschlag. Darin befindet sich ein Zettel mit Hectors Handschrift: Er hat den Namen seines Mörders daraufgeschrieben.«
»Wo hast du ihn her?«

»Ich nahm ihn in Hectors Haus an mich, bevor die Polizei kam.«
»Steht sonst noch etwas darauf?«
»Nein.«
Pauline fing an zu weinen. Die Puzzleteile fügten sich plötzlich zu einem Ganzen zusammen. Kippie hatte es getan! Er hatte an jenem Abend Geld gebraucht, und sie hatte es ihm verweigert. Und dann war Kippie zu Hector gegangen. Und die Selbstmordgeschichte, die Jules verbreitet hatte, war nur eine Schutzmaßnahme ihres Mannes gewesen, der damit verhindern wollte, daß sie erfuhr, daß ihr Sohn ihren besten Freund getötet hatte.
Schluchzend sank sie neben Jules' Bett in die Knie. »O Jules, es tut mir leid. O mein Gott, Jules! Du hast das alles für mich getan! O Jules, es tut mir so leid, es tut mir so schrecklich leid!«
Sie griff nach seiner Hand und beugte sich über sie, um sie zu küssen. Die alten Gefühle für ihren Mann stiegen wieder in ihr hoch, doch sie wurden von einem schrecklichen Gedanken in den Hintergrund gedrängt: »Jules? Weiß es sonst noch jemand? Bitte, du mußt es mir sagen!«
Seine Augen waren bereits glasig, aber es gelang ihm, den jetzt willkommenen Tod noch lange genug hinauszuzögern, um Pauline anzusehen. Er sah Panik in ihren Augen und brachte es nicht über sich, ihr zu erzählen, daß er Kippie die sechs Stunden in Flo Marchs Haus in der Azelia Lane versteckt hatte, die es dauerte, den Mord an Hector Paradiso in einen Selbstmord umzuwandeln: Er konnte es ihr nicht antun, mit dem Namen seiner Geliebten auf den Lippen zu sterben.
»Wer weiß es noch, Jules? Bitte, sag es mir!« flehte Pauline.
Aber Jules Mendelson war tot. Pauline, die nach den Richtlinien der Episkopalkirche erzogen worden war, hatte in ihrem Leben nur sehr selten Kraft und Trost im Glauben gesucht, aber jetzt barg sie, immer noch neben dem Bett kniend, das Gesicht in den Händen und sprach die Gebete, die sie in ihrer Jugend gelernt und zuletzt vor vielen Jahren am Totenbett ihrer Mutter gesprochen hatte. Doch schon vor der Beendigung des Vaterunsers stand sie auf: Sie durfte keine Zeit mehr verlieren. »Denn dein ist das Reich und die Kraft und die

Herrlichkeit in Ewigkeit, Amen«, flüsterte sie, als befände sie sich in der Kirche, dachte dabei jedoch bereits wieder an ihre Verpflichtungen. Ihr Blick fiel in den Spiegel über dem Kamin: Der viele Schmuck, den sie zu Ehren von Friedrich von Hessen-Darmstadt angelegt hatte, erschien ihr in Anbetracht der Umstände geradezu geschmacklos, aber sie konnte ihn jetzt unmöglich abnehmen, denn das wäre ihren Gästen mit Sicherheit aufgefallen und hätte Verdacht erregt.

Sie klingelte nach Miss Toomey.

»Es ist vorüber«, sagte sie ruhig, als die Krankenschwester erschien.

»Mein Gott!« Miss Toomey lief zum Bett. »Warum haben Sie mich denn nicht gerufen?«

»Er ist ganz friedlich gestorben«, erklärte Pauline. »Ich habe nicht einmal gleich bemerkt, daß er tot war.«

»Ich rufe Dr. Petrie an.« Miss Toomey griff zum Telefonhörer.

»Nein, ich möchte nicht, daß es jetzt schon jemand erfährt«, widersprach Pauline.

»Aber ich *muß* den Arzt anrufen.«

»Er kann wohl nicht mehr viel tun«, entgegnete Pauline. Und dann wiederholte sie eindringlich: »Ich will nicht, daß es jetzt schon jemand erfährt. Haben Sie verstanden, Miss Toomey?«

»Wie lange wollen Sie es denn geheimhalten?«

»Bis die Gäste weg sind, höchstens noch eine halbe Stunde. Sie dürfen es nicht erfahren, sonst weiß es die Presse auch gleich, und das muß unbedingt verhindert werden. Unbedingt! Bleiben Sie hier bei ihm, bis ich zurückkomme!« Sie ging zur Tür.

»Ich rufe Olaf«, sagte Miss Toomey.

Bei der Erwähnung dieses Namens blieb Pauline abrupt stehen. »Nein, Sie rufen Olaf nicht! Ich will Olaf keine Minute länger im Haus haben. Ich wünsche nicht, daß er die Leiche meines Mannes sieht. Er ist schuld an seinem Tod. Werfen Sie ihn raus!«

Die Schwester sah Pauline erschrocken an. »Sehr wohl, Mrs. Mendelson.« Sie nickte verständnislos.

Pauline verließ das Zimmer und ging zur Treppe. Unterwegs blieb sie stehen, um einen Blick in den Spiegel zu werfen, der über einer Kommode hing. Sie musterte prüfend ihr Gesicht und stellte fest, daß sie auffallend blaß war, weshalb sie sich heftig in die Wangen kniff. Dann öffnete sie die oberste Schublade der Kommode, nahm einen Lippenstift heraus, zog die Konturen nach und brachte ihre Frisur wieder in Form, indem sie sie mit den Fingern zurechtzupfte.

Als sie hinunterging, erkannte sie an dem Stimmengewirr, daß ihre Gäste inzwischen vom Innenhof in den Salon umgezogen waren. Sie hörte deutlich Roses Stimme heraus: Ihre Freundin war offenbar wieder einmal betrunken und führte das große Wort, was Friedrich von Hessen-Darmstadt zweifellos ärgern mußte. Als gute Gastgeberin wußte sie, daß sie ihre Gäste zu lange alleingelassen hatte und gebraucht wurde, um die Harmonie in der Gesellschaft wiederherzustellen. Am Fuß der Treppe lenkte sie ihre Schritte jedoch zur Bibliothek anstatt zum Salon. Sie schloß die Tür hinter sich und überlegte, ob sie abschließen solle, entschied sich jedoch dagegen: Es war immerhin möglich, daß Dudley sich auf die Suche nach ihr machte, und es würde ihn bestimmt irritieren, die Tür verschlossen zu finden.

Sie ging zum Kamin hinüber, griff hinter die »Weißen Rosen«, löste einen Riegel und klappte das Bild nach vorne. Dahinter war der Safe. Sie zog einen Hocker heran, stieg hinauf und legte die Hand auf das Rad des Kombinationsschlosses. Mit geübten Fingern drehte sie es erst nach links, dann nach rechts, dann wieder nach links, dann zweimal ganz herum. Bei Null hielt sie es wieder an. Die Tür ging auf. Pauline knipste die kleine Lampe an, die das Innere des Safes beleuchtete. Hinter samtüberzogenen oder ledernen Schmuckschatullen und mehreren Dokumenten fand sie einen länglichen Briefumschlag. Er war zugeklebt und auf der Vorderseite stand in Jules' Handschrift: PERSÖNLICH.

Immer noch auf dem Hocker stehend, riß sie das Kuvert auf. Es enthielt einen Bogen blauen Briefpapiers mit Hectors Namenszug, und sie erkannte es als das Papier von Smythons aus der Bond Street in London, das sie ihm im Vorjahr zu Weihnachten geschenkt hatte. Mit bebenden Fingern klappte sie das in der Mitte gefaltete Blatt auseinander. Dunkelbraune Flecken, zweifellos Blutstropfen, machten die Schrift teilweise

unleserlich, aber es war immer noch zu entziffern, was Hector mit der zitternden Hand eines Sterbenden quer über die Seite gekritzelt hatte: KIPPIE WAR ES.
Pauline schloß die Augen. Entsetzen legte sich wie ein eiserner Ring um ihre Brust. Sie atmete schwer, und in ihren Ohren gellte ein schriller Ton. Erinnerungen an Jules, Hector und Kippie überschlugen sich in ihrem Kopf.
Plötzlich ging die Tür auf, und Philip Quennell kam herein. Sie starrte ihn an wie einen Geist.
»Es tut mir leid, Pauline. Ich wußte nicht, daß Sie hier sind.« sagte er.
Und dieser eine Satz genügte, um sie ihre Fassung wiederfinden zu lassen. Da stand sie mit der verräterischen Notiz in der Hand auf dem Hocker vor dem offenen Safe und sagte vollkommen ruhig: »Ich habe meinen Ring gesucht. Ich hatte vor der Party vergessen, ihn anzustecken, und Friedrich hat es sofort bemerkt, als er kam.« Sie drehte sich um, schob das Blatt Papier ganz nach hinten in den Safe, nahm ein Samtetui heraus, öffnete es, steckte den »de-Lamballe« an den Finger, schloß die Safetür, drehte das Rad des Kombinationsschlosses, klappte den van Gogh wieder an seinen Platz und hakte ihn fest. Dann stieg sie vom Hocker. »Jetzt wissen Sie, wo der Safe ist.« Sie lächelte.
Philip erwiderte ihr Lächeln. »Ich wollte eigentlich nur auf die Toilette.«
»Die ist dort drüben.«
»Ich weiß.« Er nickte. »Ich habe das Gefühl, wir haben diese Szene schon einmal durchgespielt.«
»Das ist richtig«, sagte sie. »An ihrem ersten Abend hier.« Sie hatte damals gerade mit Kippie telefoniert, bevor Philip hereinkam: er hatte angerufen, weil er Geld brauchte. Wie hätte sie ahnen sollen, daß er noch in derselben Nacht zum Mörder wurde?
»Genau. Sind Sie *okay,* Pauline?«
»Natürlich. Warum fragen Sie?«
»Sie waren so lange weg.«
»Es war ein Ferngespräch für mich gekommen: Meinem Vater geht es nicht besonders. Die Gäste haben sich ja inzwischen im Salon versammelt – ich hörte es an den Stimmen. Vor

allem Rose hörte ich besonders deutlich. Der arme Friedrich muß sehr ärgerlich sein, daß sie ihn nicht mehr zu Wort kommen läßt.«
Philip war nicht bereit, sich auf eine nichtssagende Unterhaltung einzulassen. »Geht es Jules soweit gut, Pauline?«
»O ja, sicher.«
»Soll ich die Gäste wegschicken?«
»Um Himmels willen, nein! Ich muß mich unbedingt wieder um sie kümmern. Der arme Friedrich wird denken, ich habe ihn vergessen.«
Als Philip kurze Zeit später in den Salon zurückkam, sah er sich suchend nach Pauline um. Sie saß zwischen Camilla und Madge White auf dem Sofa, schweigend, lächelnd, sehr schön und scheinbar aufmerksam dem Geplapper Roses lauschend, die immer und immer wieder das gleiche erzählte. Wieder hatte er das Gefühl, daß sie in Wahrheit mit ihren Gedanken ganz woanders war, sonst hätte sie mit Sicherheit versucht, Rose zu bremsen, die die anderen Gäste zu Tode langweilte. Ihr Lächeln erreichte ihre Augen nicht, und ihr Lachen war ohne Fröhlichkeit.
»Mein Gott, schon halb elf!« sagte Faye Converse plötzlich. »Ich muß nach Hause. Ich brauche meinen Schönheitsschlaf.«
»Oh, das tut mir leid.« Pauline erhob sich. »Ich läute nach Dudley, damit er deinen Mantel bringt. Darling, könntest du so lieb sein und Rose heimfahren? Ich glaube, die Serpentinen den Berg hinunter schafft sie heute nicht mehr.«
Auch die anderen Gäste entschlossen sich zum Aufbruch. Pauline stand in der Halle und gab die Pelzmäntel weiter, die Dudley ihr aus dem Garderobenschrank reichte. »Das ist deiner, nicht wahr, Madge?«
Draußen auf dem Hof sagte Ralph White zu seiner Frau: »Hast du nicht auch das Gefühl, daß Pauline uns loswerden wollte?«

Aus Flos Tonbandaufzeichnungen

Jules kam zwar jeden Nachmittag zu mir, aber das war doch ganz anders, als wenn man mit jemandem zusammenlebt. Ich hätte so gerne mal mit ihm gefrühstückt oder seine Hemden in die Wäscherei gebracht – was man eben so tut in einer richtigen Beziehung. Aber wenn er ging, dann war es so, als wäre er nie dagewesen: Es gab nichts Persönliches von ihm in meinem Haus.

Ich möchte nicht, daß Sie mich für eingebildet halten, aber ich kann Ihnen sagen, daß Jules mich wirklich geliebt hat. Aber Sie können mir glauben, daß er das nicht gewollt hat. Zuerst war es ein Sexrausch. Ich glaube, er dachte, wenn es eine Weile so gegangen wäre, würde sich das verlieren, und er würde mich mit einem hübschen Geschenk abschieben – zum Beispiel mit einem Schmuckstück, einem Pelz oder mit Geld, wie reiche Männer das eben machen, wenn sie eine Frau satt haben: Er würde die Sache mit Anstand zu Ende bringen. Ich wäre in den »Viceroy Coffee Shop« zurückgegangen und er zu Pauline. Und so hatte ich es mir eigentlich auch vorgestellt. Ich erwartete, daß er mich abschieben würde. Aber er tat es nicht. Und nach dem ersten Jahr wußte ich, daß es ernst war.

22. Kapitel

Als endlich alle Gäste gegangen waren, kehrte Pauline in die Bibliothek zurück. Als erstes legte sie ihren Schmuck in den Safe. Dann nahm sie Hectors letzte Notiz heraus und steckte sie in ihre Handtasche. Anschließend rief sie in Jules' Zimmer hinauf.

»Ja?« meldete sich die Krankenschwester.

»Rufen Sie Dr. Petrie an, Miss Toomey, und teilen Sie ihm mit, daß mein Mann gestorben ist«, sagte Pauline in ihrem gewohnten, autoritären Ton.

»Sehr wohl, Mrs. Mendelson.«

Dann rief Pauline zu Dudley hinüber.

»Ja?«

»Würden Sie bitte in die Bibliothek kommen, Dudley?«

»Sofort, Mrs. Mendelson.«

Als er kurz darauf eintrat, sagte sie: »Mr. Mendelson ist gerade gestorben.«

»Oh, Mrs. Mendelson.« Dudleys Stimme stockte. Er räusperte sich. »Mein herzlichstes Beileid.«

»Ich danke Ihnen, Dudley. Und ich danke Ihnen auch für Ihre Hilfe in den Wochen, seit mein Mann wieder zu Hause war: Sie haben das Haus praktisch allein geführt, und wir wußten das sehr zu schätzen. Jetzt liegt viel Arbeit vor mir, und ich werde Ihren Beistand brauchen.«

»Natürlich, Mrs. Mendelson.« Dudley wandte sich ab, damit Pauline sein Gesicht nicht sehen konnte. Sie wußte, daß er weinte. Es hatte sie immer fasziniert, daß die Menschen, die für Jules persönlich arbeiteten – sein Butler, sein Leibwächter, sein Chauffeur, seine Sekretärin, sein Friseur und sein Anwalt – ihm Jahr für Jahr treu blieben. Sie wußte, daß er viel für sie tat, indem er ihnen Häuser oder Geschäfte kaufte, ihre Krankenhausrechnungen bezahlte oder für die Ausbildung ihrer Kinder aufkam, aber das war nicht der Grund für ihre Anhänglichkeit. Sie mochten ihn einfach.

»Würden Sie es bitte dem Personal mitteilen, Dudley?« bat Pauline. »Außer Blondell, ihr sage ich es selbst. Sagen Sie es Jim und Smitty und Gertie und – wie heißt die Kleine doch gleich, über die ich mich heute abend so geärgert habe?«

»Carmen.«

»Ja, natürlich, Carmen. Bitten Sie sie, mir nicht böse zu sein wegen des Kaugummis. Ich war den ganzen Abend über in Sorge wegen Mr. Mendelson, und ich machte mir Vorwürfe, daß ich die Party nicht abgeblasen hatte, nachdem er vom Krankenhaus in einem so schlechten Zustand nach Hause kam.«

»Wir alle haben volles Verständnis dafür.«

»Hat Olaf das Haus verlassen?«

»Ja.«

»Mit all seinen Sachen?«

»Ja. Er sagte, Sie hätten ihn entlassen.«

»Das stimmt. Er hatte es verdient!«

»Darf ich fragen, was Sie ihm vorwerfen?«

»Ich werde es Ihnen erzählen, aber nicht jetzt. Schwester Toomey hat inzwischen sicher Dr. Petrie angerufen. Er müßte bald hier sein. Sagen Sie Smitty Bescheid; Dr. Petrie fürchtet sich vor den Hunden zu Tode. Bei seinem letzten Besuch haben sie sich auf ihn gestürzt, als wollten sie ihn zerfleischen. Wahrscheinlich wird auch eine Ambulanz kommen – oder ein Leichenwagen. Und geben Sie bitte Miss Maple Anweisung, sie soll beim Beerdigungsinstitut anrufen. ›Pierce Brothers‹. Und ich will sie morgen so früh wie möglich hierhaben. Und jetzt bringen Sie mir bitte mein Telefonverzeichnis aus meinem Arbeitszimmer. Ich muß Sims Lord anrufen und habe seine Privatnummer nicht im Kopf.«

»Sofort, Mrs. Mendelson.« Der Butler trat zum Schreibtisch und notierte sich, was Pauline ihm aufgetragen hatte. Es über-

raschte ihn nicht, daß sie trotz ihres Kummers ruhig und gefaßt war.
»Oh, und – Dudley?«
»Ja, Mrs. Mendelson?«
»Bitte sagen Sie dem Personal und Miss Maple, daß niemand – wirklich niemand – wissen darf, daß mein Mann tot ist. Ich will nicht, daß die Presse davon erfährt, bevor er unter der Erde ist.«
»Wann wird die Beerdigung sein?«
»Wenn möglich morgen. Im kleinsten Kreis.«
Als der Butler gegangen war, schaute Pauline auf die Uhr. Es war Viertel nach elf. Sie zählte an den Fingern ab, wie spät es jetzt in Paris war: Viertel nach acht Uhr morgens. Sie wußte, daß Hubert, der Mann, der nun schon seit fünfundzwanzig Jahren ihr Schneider war, immer gegen sieben aufstand, um seine Gymnastik zu absolvieren, bevor er in sein Atelier fuhr.
»Hallo, Hubert«, begrüßte sie ihn, als er den Hörer abnahm. Sie sprach seinen Namen französisch aus.
»Es tut mir schrecklich leid, Pauline«, sagte er, als er hörte, was geschehen war.
»Ich danke Ihnen, Hubert.« Sie wollte kein Mitleid und kam gleich zur Sache. »Bitte machen Sie mir ein paar Sachen in Schwarz und Grau und vielleicht auch ein paar in Weiß – es ist ja immer so heiß hier. Alles kniebedeckt. Den Schnitt überlasse ich Ihnen. Ein paar schwarze Kleider brauche ich sofort; ich schicke Ihnen den Jet. Oh, noch etwas, Hubert: Ich möchte auch noch einen schwarzen Schleier – einen ganz dichten.«

Olaf Pederson fuhr, nachdem er gefeuert worden war, die Serpentinenstraße hinunter. Obwohl Miss Toomey ihn nicht mochte, weil er Jules Mendelson, im Gegensatz zu ihr, so nahegestanden hatte, war ihr die Aufgabe, ihm seine Entlassung mitzuteilen, sehr unangenehm gewesen, aber sie hatte als Grund einfach Jules' Ableben angegeben. Olaf dagegen erklärte sich seine überstürzte Kündigung damit, daß es Pauline gewesen sein mußte, die mithörte, als er mit Flo telefonierte. Olaf Pederson war ein anständiger Mensch. Es tat ihm leid, Mrs. Mendelson verletzt zu haben, aber er hatte Flo versprochen, sie anzurufen, um ihr zu sagen, wie es ihrem Liebhaber ginge. Er wohnte im Silverlake-Distrikt, machte jedoch einen Abstecher in die Azelia Lane und teilte Flo mit, daß Mr. Mendelson gestorben sei.

Als der Krankenwagen kam, um Jules abzuholen, blieben Pauline, Dudley und Blondell in der Bibliothek, bis Miss Toomey ihnen Bescheid sagte, daß der Tote jetzt heruntergebracht würde. Daraufhin gingen sie in die Halle hinaus. Als die Männer, die die Bahre trugen, auf der Jules Mendelson in einem Leichensack festgeschnallt war, in der Treppenbiegung an dem dritten Monet-Gemälde vorbeikamen, stieß einer von ihnen mit der Schulter an den Rahmen des berühmten Seerosenbildes und hätte es um ein Haar vom Haken gerissen. »Vorsicht!« rief Pauline von unten. Es war nicht klar, ob ihre Sorge ihrem toten Mann galt oder dem kostbaren Kunstwerk.

Pauline bat Reverend Dr. Rufus Browning von der All Saints Episcopal Church in Beverly Hills, die Totenmesse zu zelebrieren. Der Geistliche sicherte ihr die Geheimhaltung zu, um die sie ihn bat.
»Aber Jules war kein Angehöriger der Episkopalkirche«, gab Sims Lord zu bedenken, als er von dem Arrangement erfuhr.
»Er gehörte auch keiner anderen Kirche an«, sagte Pauline. Und dann fügte sie hinzu: »Dein Hinweis war überflüssig, Sims. Immerhin war ich zweiundzwanzig Jahre mit Jules verheiratet – oder waren es dreiundzwanzig? Ich weiß genau, daß er nicht der Episkopalkirche angehörte, aber er mochte Rufus Browning. Er freute sich jedes Mal, wenn Rufus uns besuchte, und war sehr großzügig mit seinen Spenden. Rufus wird die Sache schnell und in aller Stille über die Bühne bringen. Es muß alles vorüber sein, bevor diese gräßliche Frau erfährt, was passiert ist. Ich möchte nicht, daß es auf der Beerdigung einen Skandal gibt.«
»Du könntest die sterblichen Überreste doch verbrennen lassen«, schlug Sims vor. »Auf diese Weise würde wenigstens kein Sarg Aufmerksamkeit erregen.«
»Verbrennen, genau!« Pauline griff den Gedanken bereitwillig auf. »Du hast recht, das werde ich tun.«

Miss Maple blickte erschrocken von ihren Notizen auf. »O nein, Mrs. Mendelson«, protestierte sie. »Er wollte nicht eingeäschert werden, das hat er mir oft gesagt. Er wollte in Westwood beerdigt werden. Deshalb hat er ja extra die Gruft neben Armand Hammers Mausoleum gekauft. Habe ich nicht recht, Mr. Lord? Steht das nicht in Mr. Mendelsons Testament?«

Sims nickte.

»Er wird auf gar keinen Fall in Westwood beerdigt«, setzte sich Pauline über den letzten Willen ihres Mannes hinweg. »Er wird verbrannt. Sonst wirft sich dieses Weib noch für die Fotografen über das frische Grab! Ich kenne diesen Typ, glauben Sie mir.«

Miss Maple schaute hilfesuchend zu Sims hinüber, aber er vermied es, sie anzusehen. Beide hatten erkannt, daß in puncto Flo March von Pauline keine Vernunft zu erwarten war.

»Glaubst du, die Leute werden über mich sagen: ›Da geht ja die arme Betrogene!‹?« fragte Pauline in ungewohnt ängstlichem Ton.

»Nein, Pauline, das wird niemand sagen«, versicherte Sims ihr.

Sie war so in ihre Phantasien versonnen, daß sie seine Antwort gar nicht hörte. »Oder werden sie sagen: ›Ihr Mann starb in den Armen seiner Geliebten!‹?«

»Er *starb* nicht in den Armen seiner Geliebten, Pauline«, widersprach Sims ruhig. »Er starb hier, in eurem Haus.«

»Ja, wenigstens das. Aber er war bei ihr, als er den Herzanfall bekam, und er ließ sich gestern nach der Untersuchung im Krankenhaus zu ihr fahren: Dieser miese Olaf hat ihn hingebracht. Wußtest du das, Sims?«

Sims hatte sich vollkommen in der Gewalt. Er schüttelte den Kopf. Nach dem Besuch bei Flo March hatte er sich am »Beverly Hills Hotel« absetzen lassen, und jetzt zeigte sich, wie klug dieser Schachzug gewesen war: Pauline durfte nie erfahren, daß er mitgeholfen hatte, sie zu hintergehen!

Sie schöpfte keinen Verdacht. »Ich bin sicher, Jules wäre ohne den Besuch bei dieser Person noch am Leben; Dr. Petrie sagte, die Untersuchung habe sehr positive Ergebnisse gebracht.«

Die Tür öffnete sich, und der Butler trat ein.
»Sollte jemand am Telefon sein, ich bin nicht da, Dudley – außer für meinen Vater und meine Schwestern«, sagte Pauline.
»Es ist Kippie«, sagte er.
Sie starrte ihn an. »Kippie? Ruft er aus Frankreich an?«
»Ja.«
»Weiß er es schon?«
»Ja.«
»Wer hat es ihm gesagt?«
»Ich dachte, es sei in Ihrem Sinne, wenn ich es ihm sagte.«
»Ja, ja, natürlich, Dudley.«
»Sollen wir hinausgehen?« fragte Sims.
»Ja, bitte.«
»Das Personal würde gerne zur Beerdigung mitgehen, Mrs. Mendelson«, sagte Dudley auf dem Weg zur Tür.
»Oh.« Sie ging zum Telefon, nahm jedoch den Hörer noch nicht ab. »Aber nur Sie, Blondell und Gertie, bitte. Ich will die Sache so klein wie möglich halten. Es darf auf keinen Fall Aufsehen geben.«
»Ich verstehe, Mrs. Mendelson; aber Smitty und Jim waren auch jahrelang in Mr. Mendelsons Diensten.«
»Ja, Sie haben recht. Ich bin etwas durcheinander. Die beiden können selbstverständlich auch kommen.« Sie wandte sich an Sims Lord. »Ich werde Camilla Ebury wohl auch dazubitten müssen. Aber Rose nicht; das könnte ich nervlich wirklich nicht durchstehen. Und außerdem würde sie es aller Welt erzählen. Sie kann einfach nichts für sich behalten.«
»Und was ist mit Camillas Freund?« fragte Sims.
»Philip Quennell? Nein, er war kein Freund von Jules. Aber Camilla *muß* kommen. Jules betete sie an.«
Als Pauline endlich allein war, hob sie den Hörer ab. »Hallo?«
»Mutter? Bist du das?«
»Ja.«
»Es tut mir schrecklich leid, Ma. Jules und ich sind nie miteinander ausgekommen, und das war wahrscheinlich meine Schuld, aber es tut mir wirklich leid.«
»Ja.«
»Ich komme zur Beerdigung. Ich habe mir schon einen Platz in der Concorde besorgt.«

»Den kannst du wieder zurückgeben.«
»Zurückgeben?« fragte er verständnislos.
»Ja. Bis du hier wärst, wäre die Beerdigung schon vorüber.«
»Aber ich will dich sehen. Ich will bei dir sein.«
»Ich lege keinen Wert darauf.«
»Ma, was ist los? Ich bin sauber – ich nehme keine Drogen mehr. Ich habe es geschafft. Ich werde dich nicht in Verlegenheit bringen. Ich verspreche es.«
Pauline schwieg.
»Ma, hörst du mich? Kannst du mich verstehen? Ist die Verbindung vielleicht schlecht?«
»Die Verbindung ist ausgezeichnet. Ich weiß Bescheid, Kippie. Jules hat es mir erzählt.«
Er war nicht sicher, was sie meinte. »Über Flo March?« fragte er.
»Ja, unter anderem auch das.«
»Und was noch?«
»Über dich.«
»Über mich?«
»Und über Hector.«
»Über Hector?«
»Daß du es warst, der ihn getötet hat.«
Ein langes Schweigen folgte. Pauline hörte ihren Sohn heftig atmen, und als sie wieder sprach, klang ihre Stimme seltsam hohl: »Warum, Kippie? Warum hast du das getan? Hector war mein Freund.«
»Aber ich *habe* es nicht getan!« Er sprach jetzt sehr schnell. »Er hat so ’nen Stricher mit nach Hause genommen, den er im ›Miss Garbo’s‹ aufgelesen hatte – so ’nen blonden Typen. Der liebe Hector war ganz anders, als du denkst, Mutter. Er hatte ein ziemlich merkwürdiges Privatleben, und Leute, die ein solches Leben führen, müssen immer mit Ärger rechnen. Du lebst doch nicht so isoliert da oben auf Clouds, daß dir solche Dinge völlig fremd sind, oder?«
»Verkauf mich nicht für dumm, Kippie; ich bin nicht in der Stimmung, mich von dir zum Narren halten zu lassen. Jules hätte sich nie die Mühe gemacht, diese Selbstmordgeschichte zu konstruieren und durchzusetzen, um einen Stricher aus einer Schwulenbar zu decken. Und eines Tages wird die Wahrheit herauskommen. Du weißt, daß das passieren wird.«

»Ma, ich *kann* es gar nicht getan haben!«
»Lüg mich nicht an! Hector hat deinen Namen auf einen Zettel geschrieben, bevor er starb.«
»Aber hör doch mal zu, Ma. Dieser kleine Hund von Hector, dieses kleine Biest – wie hieß er doch gleich?«
»Astrid.«
»Ja, Astrid. Sie hat mir die Spitze von meinem Zeigefinger abgebissen. Wie hätte ich denn so auf Hector schießen sollen?«
»O Kippie, ich bin noch nicht verkalkt: Das war *nach* Hectors Tod.«
Pauline hoffte wider alle Vernunft, ihr Sohn würde ihr doch noch etwas sagen, was ihn als Täter ausschloß, aber es kam nichts mehr.
»Adieu, Kippie«, sagte sie. »Komm nicht nach Hause – nie mehr! Ich werde jetzt auflegen. Ich habe viel zu tun.«
»Ma, bitte! Bitte!« rief Kippie verzweifelt.
Doch sie hörte ihn nicht mehr. Sie öffnete ihre Tasche, nahm Hectors Notiz heraus, zündete ein Streichholz an und hielt es an eine Ecke des Papiers. Damit nicht etwa ein brennender Fetzen auf den Fußboden fiel, hielt sie es über das aufgeschichtete Holz im Kamin und ließ das letzte verkohlte Eckchen hineinfallen. Dann ging sie zum Sofa, legte sich darauf und vergrub ihr Gesicht in einem der Kissen. Ihr Körper wurde von unkontrollierten Schluchzern geschüttelt. Als Sims Lord, Miss Maple und Dudley in die Bibliothek zurückkamen, stellten sie erleichtert fest, daß Pauline Mendelson nun offenbar doch endlich ihrem Kummer über den Tod ihres Mannes freien Lauf ließ.

»Jules ist gestorben«, sagte Camilla, als sie den Hörer auflegte.
»Wann?« fragte Philip.
»Letzte Nacht anscheinend.«
»Wieso ist es denn nicht in den Nachrichten gekommen?«
»Weil es niemand weiß. Pauline will nicht, daß es jemand erfährt, bevor die Beerdigung vorüber ist.«
»Und wann ist die?«
»Heute nachmittag um vier.«

Philip sah sie nachdenklich an. »Weißt du was, Camilla?«
»Was?«
»Ich glaube, er ist gestern abend gestorben, als wir noch dort waren.«
»Sei nicht albern!«
»Erinnerst du dich, wie Pauline beim Abendessen verschwand und so lange wegblieb? Ich glaube, da ist er gestorben.«
»Das kann nicht sein: Sie ist doch zurückgekommen.«
»Pauline ist eben eine vollkommene Gastgeberin.«

Nichts bleibt ein Geheimnis, so gut es auch geplant sein mag. Einer von der Besatzung des Ambulanzwagens, mit dem Jules Mendelsons Leiche abgeholt wurde, war Faustino, der auch dabeigewesen war, als zehn Monate zuvor Hectors Leiche abtransportiert wurde – und Faustino hatte damals Joel Zircon angerufen, der Hector Paradiso noch in der Nacht zuvor im »Miss Garbo's« gesehen hatte.
Wie der Tod aller reichen und berühmten Leute faszinierte Joel Zircon auch der von Jules Mendelson, und er wollte alle Einzelheiten von Faustino wissen, um sie an Cyril Rathbone und seine anderen Freunde weiterzugeben. Besonders gefiel ihm der Teil der Story, in dem Faustino ihm beschrieb, wie er beim Heruntertragen der Leiche an das Bild gestoßen war und Pauline »Vorsicht!« gerufen hatte. Faustino war überzeugt, daß ihre Sorge dem Bild gegolten hatte und nicht dem Toten.
Beim Frühstück am nächsten Morgen krümmte sich Curly, der Geschäftsführer des »Viceroy Coffee Shop« vor Lachen, als Joel ihm Pauline Mendelsons »hysterischen Anfall« schilderte, als Faustino auf der Treppe fast ein Gemälde von der Wand gerissen hatte. »Sie ist wirklich ein herzloses Weib«, sagte Joel.
Als Pooky hereinkam, erkundigte er sich nach dem Grund der ausgelassenen Heiterkeit am Tresen und wurde ebenfalls informiert. Sofort fiel ihm Flo ein, die er am Tag zuvor frisiert hatte, und er fragte sich, ob sie wohl schon Bescheid wußte. Cyril Rathbone, der am Morgen grundsätzlich erst nach der dritten Tasse Kaffee bereit war, sich der Welt zu stellen, saß in einer Nische und las eine Filmzeitschrift. Doch das Gelächter am Tresen irritierte ihn, und er fragte verärgert, was denn so

wahnsinnig komisch sei, und ob sie nicht vielleicht etwas leiser sein könnten – es gebe Leute, die in Ruhe ihre Zeitung lesen wollten. Daraufhin ging Joel zu ihm und erzählte seine Story zum drittenmal, wobei er, wie schon die beiden Male vorher, großzügige Ausschmückungen hinzufügte.
Cyril Rathbone stürzte zum Telefon neben der Herrentoilette und rief Lucia Borsodi an, die Verlegerin des »Mulholland«. Zuerst war sie sehr verstimmt darüber, zu dieser nachtschlafenen Zeit geweckt zu werden, doch als sie hörte, was er ihr zu erzählen hatte, war sie plötzlich hellwach. »Alarmieren Sie den Fotografen«, sagte sie. »Vielleicht können wir ein Foto davon bekommen, wie Flo March am Tor von Clouds abgewiesen wird.«
Als Pooky Flo anrief, um ihr die traurige Nachricht zu übermitteln, erzählte sie ihm, daß sie es schon am Abend zuvor von Olaf Pederson erfahren habe. Aber sie wußte nicht, wo man Jules hingebracht hatte, und Pooky sagte ihr, daß er beim »Pierce Brothers«-Beerdigungsinstitut in Westwood sei. Sie wußte, daß Pauline ihr niemals erlauben würde, Jules zu sehen, und so beschloß sie, zu dem Beerdigungsinstitut zu fahren und dort zu fragen, ob sie ihn noch einmal sehen dürfe.
»Glauben Sie, die lassen mich rein, Pooky?« fragte sie ängstlich.
»Sie müssen sich einfach so benehmen, als gehörten Sie dazu – wie eine Dame der Gesellschaft eben. Dann lassen sie Sie bestimmt rein. Es ist noch so früh am Morgen, da rufen die bestimmt nicht auf Clouds an, um rückzufragen.«
Zwanzig Minuten später, als sie gerade mit dem Blumenstrauß in der Hand aus dem Haus wollte, den sie aus Petra von Kants Tischdekoration für ihr letztes Essen mit Jules gemacht hatte, klingelte das Telefon. Es war Cyril Rathbone.
»Ich fürchte, ich habe schlechte Nachrichten für Sie«, sagte er mit übertriebener Trauer in der affektierten Stimme. Vor ihm lag ein Notizblock, und er hielt den Kugelschreiber in der Hand, bereit, ihre Reaktion wortgetreu niederzuschreiben.
»Ich weiß es schon, Mr. Rathbone«, sagte Flo, um ihm den Wind aus den Segeln zu nehmen.
»Oh.« Es bestürzte Cyril, daß er zu spät gekommen war, und er fragte sich, wie viele Leute wohl noch Bescheid wissen mochten. »Wer hat es Ihnen gesagt?«

Flo antwortete nicht.
»Ich dachte, ich könnte vorbeikommen, um Ihnen persönlich mein Beileid auszusprechen«, versuchte er einen neuerlichen Vorstoß. »Mir liegt besonders viel daran. Immerhin war ich dabei, als Jules Mendelson den Herzanfall hatte.«
»Es tut mir leid«, sagte Flo, »aber ich muß weg.«
»Fahren Sie nach Clouds?« fragte er aufgeregt.
»Nein.«
»Ich könnte Sie berühmt machen, Miss March.«
»Ich will aber gar nicht berühmt werden, Mr. Rathbone.«
»Nur eine Aufnahme, Miss March – eine Aufnahme, wie Sie am Tor von Clouds stehen. Das Bild würde um die ganze Welt gehen!«
»Guten Tag, Mr. Rathbone.« Sie legte auf.
Wohin konnte sie wohl zu dieser frühen Stunde unterwegs sein – es war ja noch nicht einmal acht Uhr! Aufs Geratewohl schickte Cyril den Fotografen, den Lucia Borsodi ihm für diesen Tag zugeteilt hatte, zum »Pierce Brothers«-Beerdigungsinstitut. »Fahren Sie den Wilshire Boulevard raus, dann beim AVCO-Theater links ab«, erklärte er ungeduldig, als sich herausstellte, daß der Fotograf das Beerdigungsinstitut nicht kannte. »Dort ist Marilyn Monroe behandelt worden, und Natalie Wood, Peter Lawford und die Zanucks – einfach alles, was Rang und Namen hat!« Er konnte Leute nicht ausstehen, die etwas nicht wußten, das er für wichtig hielt.
»Behandelt?« fragte der Fotograf. »Inwiefern?«
»Na – aufgebahrt und einbalsamiert und so weiter, Sie Idiot.« Cyril war mit seiner Geduld am Ende. »Fahren Sie schon endlich los!«
»Sie wollen, daß ich eine Leiche fotografiere?«
»Nein! Ich will ein Bild von einer rothaarigen Schönheit um die Dreißig, die wahrscheinlich ein Chanel-Kostüm trägt. Knipsen Sie sie; entweder wenn sie reingeht oder wenn sie rauskommt.«

Die heimliche Totenmesse für Jules Mendelson in der All Saints Episkopal Church am Camden Drive in Beverly Hills stand in krassem Gegensatz zu dem Aufwand, den Rose Clivedens damals, nur zwei Blocks entfernt, in der Good Shepherd

Catholic Church am Santa Monica Boulevard für Hector Paradiso getrieben hatte. Draußen auf der Straße stand keine einzige Limousine, die Aufmerksamkeit hätte erregen können. Jim, der Chauffeur der Mendelsons, setzte die tief verschleierte Pauline erst fünf Minuten vor Beginn der Messe an einem Seiteneingang ab. Sie verschwand in der Kirche, ohne nach rechts und links zu schauen. Drinnen gab es keinen Blumenschmuck und keine Musik. Es waren nur die Hausangestellten zugelassen, die länger als zehn Jahre für Jules gearbeitet hatten, und außerdem Miss Maple, seine Sekretärin, Willi Torres, sein Friseur, und Sims Lord, sein Anwalt und Vertrauter. Ansonsten war noch Camilla Ebury dazugebeten worden, Paulines enge Freundin. Rose Cliveden, die es nicht ertragen konnte, übergangen zu werden, hatte sich eingeredet, Pauline habe sie in all der Aufregung nur vergessen und kniete in der letzten Bank. Als Reverend Dr. Rufus Browning am Altar mit seiner Bibellesung begann, senkte sie ergriffen den Kopf.

»Ich bin die Auferstehung und das Leben, spricht der Herr. Die an mich glauben, werden leben, ob sie auch stürben. Und wer da lebt und an mich glaubt, der hat das ewige Leben.«

In diesem Augenblick stahl sich ein weiterer ungeladener Besucher in die Kirche. Flo March hatte beim Beerdigungsinstitut von der Messe erfahren – und auch, daß zur gleichen Zeit die Leiche von Jules Mendelson eingeäschert würde. Sie wollte nur schnell ein Gebet sprechen und gleich wieder gehen. Sie war noch nie in einer Episkopalkirche gewesen und wußte nicht, ob es hier vielleicht andere Verhaltensregeln gab als in einer katholischen. Flo beugte das Knie, wie sie es als Kind in der Schule gelernt hatte, und bekreuzigte sich, wobei sie flüsterte: »Im Namen des Vaters und des Sohnes und des Heiligen Geistes.« Dann richtete sie sich wieder auf und trat in die letzte Bank. Es erstaunte sie, daß die Kirche so leer war. Sie fand es befremdend, daß noch nicht einmal ein Dutzend Menschen, die kaum die ersten Bankreihen füllten, an der Totenmesse für einen so bekannten Mann teilnahmen. Und es gab keine Blumen und keine Musik! Sie drehte sich um und schaute nach oben: Die Orgel war zugedeckt.

»Selig, die im Glauben sterben, denn sie werden von ihren Leiden erlöst werden«, las der Pfarrer.
Flo hatte ihr ganzes Leben lang Gebete grundsätzlich flüsternd gesprochen, und eben dieses Flüstern störte die Protestantin Rose Cliveden, die auf der anderen Seite des Ganges kniete, in ihrer Andacht. Obwohl Rose selbst unaufgefordert hier war, konnte sie doch immerhin von sich sagen, daß sie eine Freundin der Familie war und ganz sicher willkommener als diese völlig Fremde dort drüben, die sie für eine Reporterin hielt. Sie räusperte sich lautstark, um die Aufmerksamkeit der Trauernden in den ersten Bänken zu erregen, doch niemand drehte sich um. Also stand sie auf und ging nach vorne.
Pauline saß kerzengerade allein in der ersten Reihe, wogegen die anderen sich zum Beten vorgebeugt hatten. Ihr Gesicht war hinter dem dichten schwarzen Schleier verborgen, den ihr Couturier ihr zusammen mit dem elegant-schlichten schwarzen Kleid aus Paris geschickt hatte. Hinter ihr saßen Camilla und Blondell, und neben letzterer Dudley und Sims Lord. Rose beugte sich zu Camilla hinab und flüsterte laut: »Sag Pauline, daß hinten in der Kirche eine Reporterin sitzt.«
Sims Lord verstand Roses Flüstern natürlich ebenfalls. Er schaute sich um. In diesem Augenblick hob Flo den Kopf.
»Scheiße!« fluchte Sims leise.
Jetzt wurde auch Pauline aufmerksam. Sie drehte sich um, und auf ihren fragenden Blick zeigte Rose mit einer theatralischen Geste auf Flo March. Die Beherrschung, die Pauline sich während der Zeit von Jules' Krankheit aufgezwungen hatte, brach in sich zusammen. Die Geheimhaltung von Jules' Tod, die überstürzte Beerdigung – alles umsonst! Wütend sprang sie auf, trat aus ihrer Bank und ging hocherhobenen Hauptes mit entschlossenen Schritten den Mittelgang hinunter. Die Absätze ihrer Pumps knallten wie Schüsse durch das Kirchenschiff. Reverend Browning fuhr unbeirrt mit seiner Lesung fort.
»Laß die Trauernden Deiner väterlichen Fürsorge teilhaftig werden. Wenn sie ihren Gram zu Dir tragen, werden sie Trost in Deiner Liebe finden.«
Die Aufmerksamkeit der Anwesenden hatte sich jedoch verlagert: Alle hatten sich umgedreht und harrten fasziniert des Dramas, das jeden Augenblick seinen Lauf nehmen mußte.

»Wie können Sie es wagen, hierher zu kommen?« herrschte Pauline ihre Nebenbuhlerin an. »Zu dieser Messe sind keine Fremden zugelassen!«
Flo starrte sie angstvoll an. Wegen des Schleiers war es ihr nicht möglich, das Gesicht ihrer Widersacherin zu sehen. »Ich wünsche, daß Sie die Kirche augenblicklich verlassen!« Paulines Altstimme überschlug sich mißtönend.
»Es tut mir leid, Mrs. Mendelson, wirklich! Ich wußte nicht, daß es keine öffentliche Messe ist«, stammelte Flo. »Ich wußte es nicht! Bei ›Pierce Brothers‹ haben sie mir nur gesagt, daß die Messe hier abgehalten wird. Ich wollte nur schnell ein Gebet sprechen.«
»Raus hier!« kreischte Pauline.
Niemand hatte sie je so erlebt. Camilla lief den Mittelgang hinunter und legte ihr sanft die Hand auf die Schulter.
»Pauline, Darling! Komm zurück, damit Rufus die Messe zu Ende bringen kann«, sagte sie. Das tat der Geistliche allerdings ohnehin: Er hatte seine Lesung immer noch nicht unterbrochen.
»Gib denen, die beladen sind, Mut und Vertrauen, damit sie die Tage, die da kommen, in der Hoffnung auf das Heil ertragen können, in der freudigen Erwartung des ewigen Lebens mit denen, die sie lieben.«
»Schafft diese Nutte hier raus!« forderte Pauline mit schneidender Stimme.
Flo zuckte zusammen wie unter einem Schlag, und Tränen strömten über ihr Gesicht, während sie heftig den Kopf schüttelte, um sich gegen diese Bezeichnung zu verwahren. »Es tut mir leid!« flüsterte sie. Sie wollte davonlaufen, aber sie fühlte sich so erniedrigt, daß sie sich nicht bewegen konnte.
Camilla schaute die beiden ungleichen Frauen an, die Jules geliebt hatte, und wandte sich dann an Flo. »Kommen Sie, Miss March.« Sie legte ihr einen Arm um die Schulter und führte sie hinaus.
Vorne am Altar war Reverend Browning inzwischen beim Vaterunser angekommen. Sims Lord brachte Pauline zu ihrem Platz zurück. Die Hausangestellten saßen mit unbewegten Gesichtern da, als hätten sie nichts gesehen und nichts gehört.
Draußen vor der Kirche blieb Flo stehen und sah Camilla an.

»Ich schäme mich so«, sagte sie leise. »Ich hätte nicht kommen sollen.«
»Nein, das hätten Sie wirklich nicht«, stimmte Camilla ruhig zu, aber in ihrer Stimme lag kein Vorwurf.
»Ich dachte, es sei eine Messe wie bei Hector«, versuchte Flo sich zu rechtfertigen.
»Das war ein Irrtum.«
»Ich gehe jetzt besser«, meinte Flo.
»Ja«, nickte Camilla.
»Ich möchte Ihnen nur noch etwas sagen.«
Camilla zog fragend die Augenbrauen hoch.
»Ich mache ihr keinen Vorwurf, weil sie mich so haßt, aber ich will, daß Sie etwas wissen: Ich habe Jules wirklich geliebt. Es hatte nichts mit Geld zu tun, das schwöre ich. Ich habe ihn wirklich geliebt.«
Camilla war hin- und hergerissen zwischen der Sympathie für diese junge Frau und ihrer Loyalität gegenüber Pauline. Einen Augenblick lang stand sie unschlüssig da, dann trat sie auf Flo zu, nahm sie in die Arme und drückte sie an sich. Im nächsten Moment war sie in der Kirche verschwunden.

Der Tod des Milliardärs und Kunstsammlers Jules Mendelson wurde am Tag nach seiner Beerdigung bekanntgegeben. Das »Los Angeles Tribunal«, die »Los Angeles Times«, die »New York Times« und das »Wall Street Journal« brachten die Sensationsmeldung auf der Titelseite. Bernie Slatkin von den NBC-Abendnachrichten sendete einen ausführlichen Bericht über das Leben des großen Finanzmaklers, einschließlich einiger Aufnahmen, die ihn bei verschiedenen Wirtschaftskonferenzen, in vertraulichen Gesprächen mit Präsidenten der Vereinigten Staaten und anderen Staatsoberhäuptern zeigten. Wochenmagazine wie »Time« und »Newsweek« widmeten ihm mehrere Seiten.

Hortense Madden hatte wochenlang an ihrer Geschichte über die Entdeckung des verschwundenen Manuskripts von Basil Plant gearbeitet, dem Autor, der im Vollrausch eine Überdosis Tabletten geschluckt hatte, ohne vorher das Buch abzuliefern, das er als sein Meisterwerk angekündigt hatte und das

ein Schlüsselroman sein sollte. Nach seinem Tod war es unauffindbar gewesen. In der Story, für die Lucia Borsodi ihr die Titelseite des »Mulholland« versprochen hatte, erwähnte sie Philip Quennell nur in einem Nebensatz und stellte sich selbst als die Heldin dar, die schon beim ersten Blick auf das Manuskript erkannt hatte, daß es sich um das Werk handelte, das Basil Plants Verleger so verzweifelt gesucht hatte. In ihrer Version war sie selbst auch dem geheimnisvollen Lonny Edge auf die Spur gekommen, in dessen Bungalow in Hollywood sie dann das Manuskript gefunden habe. Ganz nebenbei ließ sie eine Andeutung darüber einfließen, daß Lonny Edge in Porno-Filmen mitwirkte und seine körperlichen Reize in einschlägigen Magazinen präsentierte; damit wollte sie das Interesse an ihrer Geschichte steigern und auf eine möglicherweise abartige Beziehung zwischen den beiden Männern hindeuten, aber eben nur versteckt, denn als Literaturkritikerin und Angehörige der Intellektuellenschicht der Stadt hatte sie für knallharten Schmierenjournalismus nichts übrig.
Hortense sah sich somit im Geiste schon als umjubelten Star der Literaturszene, und entsprechend hart traf es sie dann, als Lucia Borsodi sie in ihr Büro rief und ihr mitteilte, daß die Story gestorben sei (»Nur vorübergehend, Hortense, beruhigen Sie sich!«), und das auch noch zugunsten von Cyril Rathbones Geschichte über die ehemalige Kellnerin Flo March, die von Jules Mendelson, einem der reichsten Männer Amerikas, ausgehalten worden war und dank seiner Großzügigkeit in Beverly Hills wohnte, wo sie ihm nach Aussage der Ärzte unmittelbar nach einem schweren Herzanfall durch Mund-zu-Mund-Beatmung fürs erste das Leben gerettet hatte.
Das Titelblatt jener Woche zeigte Flo March, wie sie einen Strauß welker Tulpen ins »Pierce Brothers«-Beerdigungsinstitut brachte. Der dazugehörige Bericht wurde durch das Foto illustriert, auf dem Flo in Begleitung Jules Mendelsons nach dem Feuer im Pariser »Meurice Hotel« mit einem Schmuckköfferchen in der Hand in Panik aus dem Hotel stürzte.
Am darauffolgenden Sonntag hielt Erzbischof Cooning, dessen Hauptanliegen die Moral im allgemeinen und besonderen war, von der Kanzel der Saint Vibiana's Church herab eine flammende Predigt, in der er aufs schärfste den Mann verur-

teilte, der »seinen unermeßlichen Reichtum dazu mißbraucht hat, die moralischen Grundsätze eines Mädchens hinwegzufegen, das jung genug war, seine Tochter zu sein«.

Als Dudley die Plastikhülle von der neuesten Ausgabe des »Mulholland« entfernte und Flos Bild sah, wünschte er, er könne es seiner Herrin unterschlagen, aber sie stand neben ihm.

»Haben Sie sie eigentlich früher schon mal gesehen, Dudley?« fragte sie.

»Nein, nein«, beteuerte er hastig, aber die Röte, die sein Gesicht überzog, strafte seine Aussage Lügen. Er wandte sich ab und zupfte angelegentlich ein paar welke Blütenblätter aus dem Blumenarrangement, das mit einer Karte – »Liebste Pauline, wir sind in Gedanken bei Ihnen. George und Barbara«, lautete der Text – aus dem Weißen Haus gekommen war. Normalerweise war eine so niedere Tätigkeit unter seiner Würde.

»Dudley!« insistierte Pauline.

»Ja, Mrs. Mendelson?« Er ließ die Blütenblätter in einen Papierkorb fallen.

»Sehen Sie mich an!«

»Sehr wohl, Ma'am.«

»War diese Frau jemals hier im Haus?«

Ein langes Schweigen folgte. »Sagen Sie mir die Wahrheit, Dudley.«

»Ja, Mrs. Mendelson, sie war hier.«

Paulines verletzter Stolz vernebelte ihren Verstand, und keiner der Menschen, die nur ihr Bestes wollten, konnten sie umstimmen: Sie beschloß, Flo March keinen einzigen Cent zu geben, und handelte damit ganz bewußt gegen Jules' letzten Wunsch.

Ihr Entschluß hatte nichts mit Geiz zu tun. Erst drei Tage zuvor, am Tag nach Jules' Beerdigung, hatte Titus Fairholm aus Australien, der van Goghs »Weiße Rosen« schon immer bewundert hatte, sich erkundigt, ob das Bild vielleicht zum Verkauf stünde; er sei bereit, vierzig Millionen Dollar zu zahlen. Pauline wußte, das das Bild bei Boothby's vielleicht

sogar noch mehr bringen würde. Nein – mit Geldnot hatte ihre Entscheidung wirklich nichts zu tun.
Sie konnte sich einfach nicht dazu überwinden, für den Wohlstand einer Frau zu sorgen, die in ihren Augen lediglich eine kleine Hure war – eine Hure, die die letzten Jahre einer Ehe zerstört hatte, welche stets als perfekt galt.
»Diese Frau war hier in meinem Haus«, eröffnete Pauline Sims Lord, bebend vor Empörung, »als ich meinen Vater in Northeast Harbor besuchte. Was für ein Mensch muß das sein, der so etwas tut?«
»Pauline, ich war viele Jahre lang der Berater deines Mannes, und jetzt bin ich deiner. Und ich muß dich warnen: Jules hat Vorkehrungen getroffen. Flo March hat Dokumente, die das beweisen. Sie sind unterschrieben – von Jules und von mir. Und Miss Maple und Olaf Pederson, der Pfleger von Jules, haben die Echtheit der Papiere bezeugt.«
»Olaf Pederson steckte mit Flo March unter einer Decke. Die beiden waren nur hinter Jules' Geld her. Ich hörte, wie er mit ihr telefonierte, als Jules im Sterben lag. ›Sie ist bei ihm‹, sagte Pederson, und damit meinte er mich. Ich weiß, daß sie Jules am Tag seines Herzanfalls ein Paar gelbe Diamantohrringe aus der Tasche gestohlen hat. Friedrich von Hessen-Darmstadt erzählte mir, daß Miss Maple ihn an jenem Tag angerufen habe, um ihm zu sagen, daß Jules ihm die Ohrringe zurückschicken wollte.«
»Ich weiß nichts von gelben Diamantohrringen, Pauline, und auch nichts über eine Verbindung Flo Marchs zu Olaf, aber ich weiß, daß die Dokumente, die sie in Händen hat, legal sind. Dafür verbürge ich mich«, sagte Sims. Er bemühte sich, ruhig zu bleiben.
»Stehen diese Vereinbarungen auch im Testament?« fragte Pauline.
»Nein, aber sie sind bereits notariell beglaubigt.«
»Wann ist das geschehen?«
»Letzte Woche.«
»Erst letzte Woche? Und wann hat Miss March diese Papiere bekommen?«
»Am Freitag.«
»Freitag? An Jules' Todestag, meinst du? An dem Tag, als

Olaf, der getreue Olaf, ihn auf dem Heimweg vom Krankenhaus zu ihr brachte?«

»Ja.«

»Da stand er schon an der Schwelle zum Tod, oder?«

»So könnte man es hindrehen, denke ich.«

»Ich werde sie vor Gericht bringen – wegen Nötigung eines schwerkranken Mannes! Sie hat ihm ja nicht einmal in der Klinik Ruhe gelassen.«

Sims Lord stellte wieder einmal fest, wie sehr sich die früher stets so beherrschte und souveräne Pauline seit dem Tod ihres Mannes verändert hatte: Sie war geradezu besessen von ihrem Haß gegen Flo March; nichts anderes zählte mehr für sie.

»Pauline, außer dir war ich wahrscheinlich der Mensch, der Jules am nächsten stand: Ich weiß, er hat es so gewollt.« Sims sprach mit ihr wie mit einem bockigen Kind.

Pauline geriet in letzter Zeit sehr schnell in Rage. »Auf wessen Seite stehst du, Sims?« fragte sie böse. »Ich glaube, das sollten wir hier und jetzt ein für allemal klarstellen.«

»Natürlich auf deiner, Pauline«, antwortete Sims in besänftigendem Ton. »Darauf kannst du dich immer verlassen. Aber dein Plan könnte äußerst unangenehme Folgen haben.«

»Wie hoch ist ihr Anspruch?« fragte Pauline.

»Etwas über eine Million. Ich schlage vor, du zahlst sie aus und fertig.«

»Ich soll ihr eine Million Dollar in den Rachen werfen? Du mußt verrückt sein!«

»Es ist ein Sechstel der Summe, die Jules für das Sisley-Gemälde ausgegeben hat, das hinter dir an der Wand hängt.«

Sims hob ärgerlich die Hände. Er konnte es nicht fassen, daß Pauline sich wegen einer lächerlichen Million dermaßen aufführte. »Was soll's? Gib ihr doch das Geld!«

»Niemals!« Sie spuckte das Wort regelrecht aus. »Wenn sie pleite ist, kann sie ja die gelben Diamantohrringe verkaufen!«

Sims schüttelte resigniert den Kopf. »Ich fürchte, du wirst deinen Entschluß noch sehr bereuen, Pauline.«

Ihr Blick wanderte zum Fenster der Bibliothek und glitt über den Rasen zu Jules' »Freilichtgalerie« hinunter und über den Pool und den Pavillon. War ihre Ehe denn jemals wirklich glücklich gewesen? Oder hatte Clouds nur eine prachtvolle Kulisse für eine Farce abgegeben?

Aus Flos Tonbandaufzeichnungen

Als ich meine neuen Sofas bestellte, suchte ich dafür grauen Satin aus, der Meter zu fünfundneunzig Dollar. Jules fand den Preis zwar übertrieben, aber das war mir egal. Er hatte schließlich genug Geld, und bei Pauline hätte er kein Wort darüber verloren, selbst wenn sie hundert*fünfundneunzig Dollar für einen Meter Stoff ausgegeben hätte.*

Ich erwähne die Sofas, weil sie eine wichtige Rolle in der Geschichte spielen: Kippie Petworth hat nämlich eines davon voll Blut getropft; das erzähle ich später noch. Nellie Potts, meine Innenarchitektin, hatte mir gesagt, die Sofas seien Kopien von dem, das Coco Chanel in ihrer Suite im Hotel Ritz in Paris stehen habe. Das gefiel mir. Ich wartete und wartete, daß sie endlich kommen würden. Es dauerte ewig. Aber dann waren sie schließlich da. Ich probierte den ganzen Tag aus, wo sie am besten stehen würden, und war schrecklich aufgeregt. Und als ich dann endlich die richtige Stelle gefunden hatte, setzte ich mich immer wieder auf einen anderen Platz, bis ich den richtigen für mich gefunden hatte. Ich gewöhnte mich an sie, und das Leben lief wieder normal weiter: Ich wartete auf Jules, spielte mit Astrid und trank Tee mit Glyceria. Die Sofas waren wirklich hübsch, aber sie hatten keine echte Bedeutung. Es waren nur Sofas, sonst nichts – und ich war wieder nur eine Geliebte.

23. Kapitel

Flo March. Flo March. Flo March. Seit ihr Foto die Titelseite des »Mulholland« zierte, war Flo March in aller Munde. »Die zwielichtige Geliebte eines charakterlosen Milliardärs«, nannte sie das Magazin. »Hast du schon gehört, sie erschien bei der Totenmesse für Jules, und du würdest es nicht glauben, was für eine Szene sich zwischen der armen Pauline und dieser Person abspielte. Ich sage dir, Liebste, es war entsetzlich!« Sie war bei vornehmen Dinnerparties ebenso Gesprächsstoff wie im »Viceroy Coffee Shop«, wo sie früher gearbeitet hatte und alle Gäste etwas über sie hören wollten. Curly und Belle, die sie verteidigten, so gut sie konnten, waren plötzlich wichtige Persönlichkeiten, weil sie sie kannten. Im »Miss Garbo's« phantasierten sich Manning Einsdorf und Joel Zircon abenteuerliche Geschichten über sie zusammen. Kundinnen, die bei Pooky neben ihr unter der Trockenhaube gesessen hatten, ohne sie auch nur zu bemerken, behaupteten nun, gut bekannt mit ihr zu sein. Sogar die engsten Freunde von Pauline versorgten sich untereinander eifrig mit den neuesten Informationen über die Frau, in deren Haus Jules Mendelson den Herzanfall erlitten hatte, der schließlich zu seinem Tod führte. »Bei Hector Paradisos Beerdigung ging sie zur Kommunion. Schob alle anderen beiseite und drängte sich am Sarg vorbei.« Oder: »Natürlich hast du sie schon gesehen: Sie läßt sich bei Pooky die Haare machen. Sie ist sehr hübsch, ein bißchen gewöhnlich vielleicht, und immer in einem Chanel-Kostüm.« Oder: »Madge White hat sie vor einem Steakhaus im Valley

kennengelernt: Jules war dort mit ihr beim Essen.« Oder: »Sie hat den Hund von Faye Converse überfahren, die kleine Astrid, die früher Hector gehörte.«
Flo igelte sich ein. Sie ging nicht ans Telefon und hörte auch ihren Anrufbeantworter nicht ab. Freunde kamen und klingelten an ihrer Tür, aber sie machte nicht auf. Pooky hinterließ Nachricht um Nachricht auf dem Band, um ihr zu sagen, daß er gerne morgens, bevor er seinen Salon aufmachte, zu ihr kommen würde, um sie zu frisieren. Aber sie reagierte nicht. Nicht einmal Glyceria durfte ins Haus. Sie deponierte deshalb die Lebensmittel, die sie täglich brachte, vor der geschlossenen Terrassentür. An manchen Tagen stand Flo nur auf, um sich Wein ans Bett zu holen, mit dem sie ihr Valium hinunterspülen konnte.
Sims Lord wurde beauftragt, Flo mitzuteilen, daß die finanziellen Vorkehrungen, die Jules für sie getroffen hatte, von dessen Witwe angefochten würden. Nachdem er sie telefonisch nicht erreichen konnte, fuhr er eines Nachmittags in die Azelia Lane, um Flo die Nachricht persönlich zu überbringen. Er mußte lange klingeln, bis sie endlich doch aufmachte.
»Und was bedeutet das?« fragte Flo, als sie ihm im Wohnzimmer gegenübersaß.
»Daß Sie nichts bekommen werden. Die Sachen, die Jules Ihnen geschenkt hat, dürfen Sie allerdings behalten.«
»Aber warum?«
»Meine Mandantin ist der Meinung, daß Jules unter Druck gesetzt wurde – zu einer Zeit, in der er zu krank war, um sich zu wehren.«
»Druck von wem?«
Sims antwortete nicht.
»Von mir? Wollen Sie behaupten, *ich* hätte ihn unter Druck gesetzt?«
»Ich bin nur der Übermittler, Flo«, sagte Sims.
»Nein, das sind Sie nicht. Sie sind an der Sache beteiligt. Sie haben die Dokumente mit unterschrieben.«
»Ich handle im Auftrag meiner Mandantin.«
»Pauline will mir also anhängen, ich hätte Jules unter Druck gesetzt! Sie wissen doch genau, daß das nicht stimmt!«
Flo fühlte Panik in sich aufsteigen. Sie stand auf, ging zur Bar

und goß sich ein Glas Wein ein. Sims gefiel, was sie anhatte – Hose und Pullover –, der Duft des Parfüms, der zu ihm herüberwehte, als sie an ihm vorbeiging, die Art, wie sie ihre herrlichen roten Haare mit einem Band zusammengebunden hatte und daß sie kein Make-up trug. Er mußte sich gestehen, daß er sie sehr anziehend fand. Als sie mit dem Glas in der Hand wieder bei ihm vorbeikam, hielt er sie am Arm fest. »Sie haben mir gar nichts zu trinken angeboten.« Er lächelte. Sie kannte dieses Lächeln. Sie hatte es seit ihrem fünfzehnten Lebensjahr immer wieder auf den Gesichtern älterer Männer gesehen. Sie deutete auf die Bar: »Bedienen Sie sich!«

Er stand auf, zog sie an sich und küßte sie. Sie stand stocksteif da und ließ es geschehen. Als sein Atem heftiger wurde und er sich an sie preßte, stemmte sie sich gegen seine Brust.

»Nein, Sims, danach ist mir nicht«, erklärte sie energisch.

Er ließ sie nicht los. »Hören Sie, Flo, ich könnte für Sie sorgen. Sie könnten in diesem Haus bleiben und bräuchten Ihr gewohntes Leben nicht aufgeben.«

Sie entwand sich seinen Armen. »Sie kommen her, um mir mitzuteilen, daß mir mein rechtmäßiges Erbe streitig gemacht wird, und dann wollen Sie auch noch eine schnelle Nummer abziehen? Wie konnte ich nur denken, Sie hätten Format?«

»Kommen Sie schon, Flo, zieren Sie sich nicht! Sie haben mich wirklich ganz schön angeheizt. Fühlen Sie mal!« Sims nahm ihr das Glas ab, stellte es auf den Couchtisch und legte ihre Hand auf seinen Hosenschlitz.

»Ich glaube nicht, daß Ihr Freund Jules Mendelson bei Ihnen den Eindruck erweckt hat, daß ich so leicht zu haben bin«, sagte sie eisig.

Sims hatte seine Hose aufgemacht. Jetzt griff er hinein, zog seinen Penis heraus und hielt ihn ihr hin, als müsse der Anblick seines großen, erigierten Geschlechts sie in einen Taumel der Leidenschaft stürzen.

Sie sah ihn verächtlich an. »Halten Sie mich wirklich für so billig, daß Sie glauben, Sie könnten es sich erlauben, sich derart zu benehmen? Bei Pauline kämen Sie wohl kaum auf eine solche Idee. Packen Sie ihn wieder ein – oder holen Sie sich einen runter! Weiße Schamhaare haben mich noch nie angetörnt.«

Sie setzte sich aufs Sofa und blätterte eine Illustrierte durch, während Sims, hochrot vor Zorn, sein zusammengeschrumpftes Glied wieder in die Hose stopfte und den Reißverschluß hochzog. Als er fertig war, verließ er mit zusammengepreßten Lippen grußlos das Haus.

Eines Vormittags fuhr Philip Quennell zu Flo hinaus. Er klingelte und klingelte, doch sie machte nicht auf. Der Mercedes stand in der offenen Garage, also mußte sie zu Hause sein. Er wollte schon wieder gehen, drehte dann jedoch einer Eingebung folgend den Türknopf: Es war nicht abgeschlossen.
»Flo?« rief er, als er in der Halle stand. Keine Antwort.
Obwohl es heller Tag war, herrschte im Wohnzimmer Dämmerlicht, da die Vorhänge zugezogen waren. Als seine Augen sich umgestellt hatten, sah er Flo in einer Sofaecke kauern. Auf dem Couchtisch standen eine Flasche Weißwein und ein Wasserglas.
»Ganz schön unvorsichtig, in diesen schlimmen Zeiten die Haustür offenzulassen«, rügte Philip mit gespielter Strenge. »Es laufen alle möglichen Irren herum.«
Sie hob den Kopf. »Na und?« Es schien sie überhaupt nicht zu wundern, daß er da war.
»Wie geht's denn so?« fragte er.
»Ich habe das, was man bei den Anonymen Alkoholikern einen ›kleinen Rückfall‹ nennt.«
Philip hob die Flasche hoch.
»Ein exzellenter Tropfen – von der Bresciani-Auktion!« kopierte sie Jules' stolzen Tonfall.
»Auch wenn er noch so exzellent ist, er wird dir nicht helfen«, sagte Philip.
Sie zuckte die Achseln. »Er haßte den billigen Wein, den ich im Supermarkt kaufte, und deshalb schickte er ein paar Kisten von seinem besten herüber, als er anfing, mich regelmäßig zu besuchen. Er konnte auch billige Gläser nicht leiden, und deshalb ließ er mich bei Steuben in New York teure bestellen, ein Dutzend von jeder Sorte. Und er mochte auch meine billige Bettwäsche nicht und bestellte deshalb bei Porthault welche, als er in Paris war – jede Menge, als hätte ich eine Pension. Das einzig Billige, was er mochte, war ich.«

»Du bist nicht billig, Flo«, widersprach Philip.
»Ich danke dir, Phil Q. Das ist lieb von dir. Aber du weißt nicht, was ich alles mit ihm gemacht habe.«
»Ich will es auch gar nicht wissen.«
»Jetzt hörst du dich richtig spießig an, Phil Q.«
Er trug die Weinflasche nach nebenan und schüttete den restlichen Wein in das Toilettenbecken.
»Das hört sich an, als ob ein Elefant pinkelt«, stellte Flo fest.
Philip lachte. Er kam zurück und warf die leere Flasche in den Papierkorb.
»Was versprichst du dir davon? Das war doch nicht meine letzte«, sagte Flo.
»Soll ich dich wieder mal zu einem Meeting mitnehmen?« fragte er.
»Himmel, nein! Ich werde mich nicht hinstellen und der ganzen Welt meine Sorgen erzählen. Ich komme schon allein zurecht.«
»Nennst du das zurechtkommen: im Dunkeln sitzen und sich betrinken?«
»Mach mich nicht auch noch nieder, Phil!« Sie zündete sich eine Zigarette an und ließ sie zwischen den Lippen hängen.
»Soll ich die Vorhänge aufmachen?«
»Nein!« Sie rauchte, ohne die Zigarette aus dem Mund zu nehmen. Und dann fing sie an zu weinen. »Ich habe Angst, Phil. Ich habe gottverdammte Angst!« Sie stand auf, ging schwankend zur Bar hinüber und holte eine neue Flasche aus dem Kühlschrank. Sie setzte den Korkenzieher an, aber er rutschte ab und bohrte sich in ihren Finger. »Mach du das!« bat sie und hielt ihm, an ihrem blutenden Finger lutschend, Flasche und Korkenzieher hin.
»Nein!«
»Du verstehst das nicht, Phil«, sagte sie. »Ich habe mich an dieses Leben gewöhnt. Ich hatte nicht das Schwarze unterm Nagel, bis ich Jules kennenlernte, und ich war fünf Jahre mit ihm zusammen. Er sorgte für mich. Er bezahlte meine Steuern und meine Krankenversicherung. Er glich mein Konto aus, wenn ich es überzogen hatte. Er war gut zu mir. Ich kann nicht wieder so leben wie früher! Ich kann es einfach nicht! Aber jetzt nehmen sie mir alles weg.«

»Wer?«
»Pauline und Sims.«
»Aber was hattest du denn gedacht?«
»Daß das Karussell sich ewig weiterdreht und daß Jules Mendelson unsterblich ist. Oh, verdammt noch mal, mach jetzt endlich diese verfluchte Flasche auf, Philip! Ich brauche was zu trinken.«
»Hör mal, ich kann nicht mit dir reden, wenn du betrunken bist«, sagte Philip ärgerlich. »Ich habe keine Geduld mit Säufern – und auch kein Mitleid. Ich bin hergekommen, um dir zu helfen, aber du bist ja viel zu blau, um überhaupt etwas mitzukriegen. Wenn du dich wieder berappeln solltest, dann ruf mich an! Andernfalls kannst du mich vergessen.«
Er drehte sich um und ging.
»Wie geht es Camilla?« rief Flo ihm hinterher.
»Gut.«
»Sag ihr, ich lasse ihr danken.«
Philip blieb stehen und drehte sich zu ihr um. »Wofür?«
»Sie weiß es schon.«
»Aber ich nicht.«
»Sie war sehr nett zu mir, als Pauline mich bei der Totenmesse für Jules aus der Kirche schmiß.«
»Das hat sie mir gar nicht erzählt.«
»Die Frau hat Format, Philip.«

Wenn sie einkaufen gehen mußte, weil ihr die Tiefkühlgerichte oder das Toilettenpapier ausgegangen waren, ging sie nachts. Sie verließ das Haus gegen zwei Uhr, wenn sie sicher sein konnte, daß sie niemanden treffen würde, der sie kannte. Sie versteckte ihre auffälligen Haare unter einem Kopftuch, setzte eine große dunkle Brille auf und fuhr zum Supermarkt Ecke Beverly Boulevard/Doheny Drive. Als sie wieder einmal ihren Einkaufswagen durch die Gänge schob, entdeckte sie am Zeitschriftenstand, von dem ihr ihr Gesicht entgegensprang, plötzlich Lonny Edge, den sie seit ihrem Weggang vom »Viceroy Coffee Shop« nicht mehr gesehen hatte. Er war wie immer schwarz angezogen, lehnte am Tresen und las den »Mulholland«. Flo ging rückwärts, um in den Seitengang zu flüchten, an dem sie gerade vorbeigekommen

war, und stieß in ihrer Hast gegen ein Regal. Lonny sah von seiner Lektüre auf. Er erkannte sie sofort.
»Flo! Na so ein Zufall! Ich habe gerade was über dich gelesen.«
»Nicht so laut!« Sie sah sich ängstlich um, aber sie waren offenbar die einzigen Kunden.
»Du bist ja jetzt richtig berühmt.« Lonny grinste.
»Ich will aber gar nicht berühmt sein, jedenfalls nicht *so*.«
»Du bist ja spät unterwegs.«
»Du doch auch.«
»In meinem Beruf hat man eben keine normale Arbeitszeit.«
»Machst du immer noch diese dreckigen Videos?«
Er hob lächelnd die Schultern. »Sie sagen mir immer wieder, ich sei der geborene Star.«
Sie lachte.
»Es tut gut, dich lachen zu sehen, Flo. Wollen wir was trinken gehen?«
»Nein, ich muß nach Hause.«
»Ich verstehe.«
»Es war gut, dich zu sehen, Lonny.«
»Hör mal, Flo, ich wußte nicht, daß Jules Mendelson dein ... äh ... Freund war, bis ich den Artikel hier im ›Mulholland‹ gelesen hatte.«
»Das wußte fast niemand.« Sie wandte sich zum Gehen.
»Hast du seinen Sohn mal kennengelernt?« fragte Lonny.
»Seinen Sohn?« Sie drehte sich wieder zu ihm um. »Jules Mendelson hatte keinen Sohn. Ich glaube, du verwechselst ihn.«
»Ich meine ja auch keinen eigenen. Er hatte einen Stiefsohn.«
»Ich glaube auch nicht, daß er einen Stiefsohn hatte«, sagte Flo. »Das hätte er mir bestimmt erzählt. Immerhin war ich fünf Jahre mit ihm zusammen.«
»Aber wenn ich es dir doch sage! Er hatte einen Stiefsohn, einen gräßlichen, verzogenen Bengel. Bippie oder Kippie oder so ähnlich.«
Als Flo den Namen Kippie hörte, horchte sie auf.
»Eine Menge Leute denken, daß ich Hector Paradiso umgebracht habe, sogar Manning Einsdorf. Und alles nur, weil mich Hector in der bewußten Nacht aus ›Miss Garbo's‹ abge-

schleppt hat. Ich bin auch wirklich bei ihm zu Hause gewesen, und ich habe mir mein Honorar ganz redlich verdient. Aber ich war nicht der letzte Besucher in dieser Nacht. Dieser Mendelson-Junge tauchte auf, bevor ich ging. Er wollte Geld, eine ganze Menge Geld, und Hector hatte es plötzlich sehr eilig, mich loszuwerden.«

Sie starrte Lonny entgeistert an. »Kippie Petworth? Hieß er so?«

»Ja, genau, Kippie Petworth. Ein hochnäsiger Knabe.«

In Flos Kopf überschlugen sich die Erinnerungen. Sie hatte Kippie tatsächlich kennengelernt: Jules war eines Tages vor Sonnenaufgang mit ihm bei ihr aufgetaucht. »Ich habe einen jungen Mann dabei«, hatte er gesagt. »Laß ihn ein paar Stunden auf deinem Sofa schlafen! Ich hole ihn später wieder ab.«

»Aber wer ist er, Jules?« hatte sie gefragt.

»Der Sohn eines Freundes.«

»Ist er in Schwierigkeiten?«

»Nein, nein, alles reiner Kinderkram.«

»Willst du mir erzählen, daß Kippie Petworth Hector Paradiso umgebracht hat?« fragte sie leise und schaute sich wieder ängstlich um. Doch der Gang war leer.

»Irgend jemand hat es jedenfalls getan – aber *ich* war es nicht. Und es war ganz sicher auch kein Selbstmord, wie dein Freund Jules Mendelson alle glauben machen wollte. Man kann nicht fünfmal auf sich selber schießen, das weiß jeder Idiot.«

Es dauerte eine ganze Weile, bis Flo ihre Sprache wiederfand. Schließlich fragte sie: »Kann ich dich irgendwo erreichen?«

Lonny zog einen Kugelschreiber aus der Jackentasche, schrieb seine Telefonnummer auf die Titelseite des »Mulholland«, riß die Ecke ab und gab sie ihr. Dann steckte er das beschädigte Magazin ganz hinten in den Verkaufsständer.

Auf dem Heimweg rief sie sich jenen Morgen ins Gedächtnis zurück, an dem Jules einen jungen Mann namens Kippie zu ihr gebracht hatte. Bis heute hatte sie nie mehr daran gedacht.

»Ich kann mich nicht an Ihren Namen erinnern«, hatte der junge Mann gesagt, als er um die Mittagszeit in ihrem Wohnzimmer aufwachte und sie gerade hereinkam. Sie hatte vorgehabt, zu dem Treffen der Anonymen Alkoholiker zu fahren,

diese Idee jedoch wegen des unerwarteten Besuches fallen gelassen.
»Flo, Flo March«, antwortete sie.
»Richtig, Flo March.«
»Und wie ist *Ihrer?* Ich bin nicht sicher, ob ich ihn richtig verstanden habe.«
»Kippie.«
»Und weiter?«
»Petworth.«
Flo lachte. »Das klingt nicht gerade nach einem Armeleutenamen.«
»Ist er auch nicht, er steht sogar im ›Who is Who‹.« Er grinste, und ihr fiel auf, daß ihm ein Vorderzahn fehlte.
»Ich habe etwas Blut auf ihr Sofa getropft«, gestand er ohne sonderliche Zerknirschung.
»O mein Gott!« Sie stürzte hin und hob eines der Sitzkissen hoch. Es war voller Blut. »Das Sofa ist nagelneu, ich habe es erst gestern bekommen. Haben Sie eine Vorstellung, was der Bezugsstoff gekostet hat? Fünfundneunzig Dollar der Meter!«
»Sie müssen es eben reinigen lassen. Jules bezahlt das schon.«
»Aber ich habe es erst seit gestern. Es ist nagelneu«, jammerte sie.
»Vorerst können Sie das Sitzkissen ja einfach umdrehen, die verschmierte Seite nach unten. Dann sieht keiner was.« Er drehte es um und klopfte auf den fleckenlosen Satin. »Sehen Sie? Jetzt haben wir beide ein Geheimnis.«
Sie lächelte nicht einmal: Sie war todunglücklich darüber, daß ihr herrliches neues Sofa ruiniert war, und sie war wütend auf Jules, der diesen Schnösel bei ihr einquartiert hatte, der es nicht einmal für nötig hielt, sich zu entschuldigen.
»Hören Sie! Es ist doch albern, sich über so was Unwichtiges wie ein Kissen aufzuregen«, versuchte Kippie sie zu beruhigen, als er erkannte, daß sie wirklich verzweifelt war.
Trotz ihres Kummers mußte sie zugeben, daß er einen unerhörten Charme hatte, die Art von Charme, die nicht erlernt, sondern angeboren ist. »Hinreißend« war das erste Wort, das ihr in den Sinn kam. Sie fragte sich, warum Jules ihn wohl hergebracht hatte – und das auch noch in aller Frühe.
»Haben Sie was dagegen, daß ich einen Joint rauche?« fragte

Kippie und zog, ohne ihre Antwort abzuwarten, eine vorne zugedrehte Zigarette und eine Schachtel Streichhölzer aus der Tasche.
»Ja, ich *habe* was dagegen«, erklärte sie.
Er sah sie überrascht an. »Das hätte ich nicht gedacht. Ist es vielleicht, weil ich Ihr neues Sofa ruiniert habe?«
»Nein. Ich will es ganz einfach nicht.«
Er zuckte die Achseln und steckte den Joint wieder ein. »Haben Sie vielleicht Orangensaft?«
»Ich werde Ihnen welchen pressen.«
»Und Kaffee?«
»Ich mache Ihnen welchen. Aber reden Sie nicht mit mir, als sei ich Ihr Dienstmädchen! Sie sind hier in meinem Haus, und offenbar tue ich Ihnen einen Gefallen damit, daß ich Sie hierbehalte«, sagte Flo kühl.
»Hat es sich so angehört? Tut mir leid.« Er legte die Hand vor den Mund und lächelte. Es war offensichtlich, daß er gewohnt war, seinen Willen durchzusetzen, vor allem bei Frauen. Als sie ihm am Küchentisch eine Tasse Kaffee eingoß, griff er nach dem »Los Angeles Tribunal«, den sie vorher gelesen und liegengelassen hatte, blätterte hastig die Seiten um und überflog sie eilig, als suche er etwas Bestimmtes. Schließlich schob er die Zeitung weg und trank seinen Kaffee.
»In welchem Verhältnis stehen Sie zu Jules Mendelson?« fragte Flo.
Kippie sah sie an, antwortete jedoch nicht. Er begriff, daß Jules ihr nichts erzählt hatte.
»Ich habe Sie was gefragt«, hakte sie nach.
»Und wie ist das mit Ihnen?« wich er in eine Gegenfrage aus.
Sie starrten einander schweigend an. Kippie Petworth konnte sich denken, wer Flo March war, aber Flo March hatte keine Ahnung, wer Kippie Petworth war.
Als Jules ihn abholte, verließen die beiden Männer das Haus, ohne ein Wort zu wechseln. Auch später erwähnte Jules diesen merkwürdigen Besuch nie wieder. Und dann vergaß sie über dem Tod von Hector Paradiso, der die Öffentlichkeit für Tage beschäftigte, den jungen Mann namens Kippie Petworth, der sechs Stunden in ihrem Haus verbracht hatte. Und sie wäre natürlich niemals auf die Idee gekommen, daß eine

Verbindung zwischen ihm und Hectors Tod bestehen könnte. Als sie dann Nellie Potts anrief, um ihr zu sagen, daß eines der Sofakissen neu bezogen werden müsse, erklärte ihr die Innenarchitektin, daß der Stoff vorübergehend ausverkauft sei, sie ihr jedoch sofort Bescheid sagen werde, wenn eine neue Lieferung eingehe.

Am Morgen nach der Begegnung mit Lonny schaute Flo in ihrem Kalender nach, in den sie in Stichworten die Ereignisse des jeweiligen Tages notierte. Lonnys Hinweis gab ihr zu denken: Der Tag, an dem Jules Kippie zu ihr gebracht hatte, war tatsächlich Hectors Todestag gewesen. Ganz offensichtlich hatte er ihn bei ihr versteckt, bis er die Vertuschung des Mordes arrangiert hatte. Und dann wurde ihr plötzlich klar, daß ihr neuerworbenes Wissen ihre Position gegenüber Pauline Mendelson grundlegend veränderte.

»Ich möchte, daß Sie etwas für mich tun«, sagte Flo, als sie später am Tag bei Sims Lord anrief.

»Und was?« fragte er in eisigem Ton.

»Ich will mich mit Pauline Mendelson treffen.«

»Seien Sie doch realistisch, Miss March! Pauline Mendelson wird sich niemals mit Ihnen treffen.«

»Vielleicht doch, wenn Sie ihr sagen, daß ich eine Information für sie habe.«

»Vergessen Sie's. Sie ist überzeugt davon, daß Sie ihr Leben zerstört haben. Sie wird sich nie erweichen lassen.«

»Sagen Sie der Dame, daß sie es sehr bedauern wird, wenn sie mich nicht anhört.« Als er nicht antwortete, fügte sie hinzu: »Sagen Sie ihr, es hat mit Kippie zu tun.«

»Mit Kippie?« In den Jahren, die er für Jules Mendelson Anwalt gewesen war, hatte er Kippie Petworth immer wieder aus allen möglichen Schwierigkeiten herauspauken müssen.

»Ich werde mich in Zukunft nicht mehr mit Ihnen unterhalten, Mr. Lord«, erklärte Flo kühl. »Ich spreche nur noch mit *ihr*.«

»Niemals! Unter keinen Umständen!« wies Pauline Flos Ansinnen aufgebracht zurück. »Ich treffe mich unter gar keinen Umständen mit dieser Person! Solche Leute wollen einen nur erpressen!«

»Sie sagte...« begann Sims.
»Es interessiert mich nicht, was sie sagt.«
»Sie sagte, es habe mit Kippie zu tun«, beendete Sims seinen Satz.
Schweigen. Dann fragte sie mit schleppender Stimme: »Mit Kippie?« Sie war kein Mensch, der leicht schwitzte, aber jetzt brach ihr der Schweiß aus allen Poren. Sie erinnerte sich, wie sie Jules vor seinem Tod gefragt hatte, ob noch jemand Bescheid wisse: Er war gestorben, bevor er ihr antworten konnte. Und später, als sie Kippie am Telefon gesagt hatte, sie wisse alles, hatte er gefragt: »Über Flo March?«
An diesem Nachmittag kam Reverend Dr. Rufus Browning von der All Saints Episcopal Church in Beverly Hills zum Tee. Pauline hatte sich bisher nicht dazu überwinden können, irgend jemandem zu erzählen, was sie über ihren Sohn wußte: nicht ihrem Vater, dem sie sonst alles anvertraute, nicht ihren Schwestern, nicht Camilla Ebury und ganz bestimmt nicht Rose Cliveden. Rufus Browning war ein großer Bewunderer Paulines und war stolz auf seine Rolle als ihr geistlicher Ratgeber. In der Kirche sprach sie ihn immer mit Doktor Browning an, wenn sie sich nach der Messe noch kurz unterhielten, aber wenn sie miteinander in der Bibliothek von Clouds saßen, nannte sie ihn Rufus. Sowohl Blondell als auch Dudley kamen zu dem Schluß, daß sie in den anderthalb Stunden, die sie mit dem Reverend hinter verschlossenen Türen zugebracht hatte, viel geweint haben mußte. Nachdem der Geistliche gegangen war, rief Pauline Sims Lord an.
»Ich werde mich mit ihr treffen«, sagte sie. »Aber nicht auf Clouds. Ich will sie nicht hierhaben, und ich gehe auch auf gar keinen Fall zu ihr!«
»Dann setzen wir uns eben in Jules' Büro zusammen«, schlug Sims vor.

»Ich werde vor Gericht gehen, Mrs. Mendelson«, erklärte Flo. »Ich besitze Dokumente, die Jules unterschrieben hat. Hier: Sie können auf diesen Fotokopien sehen, daß die Echtheit der Papiere von Olaf Pederson und Margaret Maple bestätigt worden ist – und in diesem Brief steht der Name von Sims Lord.

»Diese Vereinbarungen wurden nur wenige Stunden vor dem Tode meines Mannes von ihm unterzeichnet und werden vor Gericht keinen Bestand haben, das wurde mir von mehreren führenden Juristen des Landes versichert«, erwiderte Pauline. Sie sprach den Text, den Sims ihr vorgeschrieben hatte, aber sie hörte selbst, daß ihr Ton jede Überzeugungskraft vermissen ließ. »Mein Mann wurde von Ihnen so lange unter Druck gesetzt, bis er unterschrieb. Sie haben sich sogar in die Klinik geschmuggelt, einmal als seine Tochter und später zweimal als Krankenschwester verkleidet, um ihn weichzumachen. Ich mache Sie für den Tod meines Mannes verantwortlich. Sie – und Olaf!«
Flo hielt Paulines haßerfülltem Blick unerschrocken stand: Sie saß eindeutig am längeren Hebel. »Jules Gesundheit war schon seit über einem Jahr angeschlagen, Mrs. Mendelson«, sagte sie. »Das wissen Sie ebensogut wie ich. Also geben Sie mir nicht die Schuld an seinem Tod! Sie können bei der Besatzung des Krankenwagens nachfragen, die ihn bei mir abholten: Dort wird man Ihnen sagen, daß ich ihm gleich nach dem Anfall sogar das Leben gerettet habe. Wenn Sie schon jemandem die Schuld an seinem Tod geben wollen, dann geben Sie sie Arnie Zwillman: Er hat Myles Crocker über das Mädchen informieren lassen, das 1953 in einem Chicagoer Hotel vom Balkon von Jules' Zimmer stürzte. Und dann geben Sie gleich auch noch Myles Crocker die Schuld: Er hat Jules kurz vor seinem Herzanfall mitgeteilt, daß das mit Brüssel für ihn geplatzt sei. Das hat Jules mir erzählt, als ich ihn im Krankenhaus besuchte.«
Pauline schwieg. Es traf sie tief, daß diese Frau soviel mehr über ihren verstorbenen Mann wußte als sie selbst.
Flo stand auf, als wolle sie gehen. »Ich weiß eine Menge über Jules, Mrs. Mendelson«, sagte sie.
»Nimm sie nicht ernst, Pauline«, wiegelte Sims ab. »Sie ist eine Frau, die sich ihren Körper hat fürstlich bezahlen lassen und jetzt alles versucht, um auch weiterhin ein Luxusleben führen zu können.«
»Halten Sie sich raus, Mr. Lord!« Flos Stimme troff vor Verachtung. »Sie kriegen auch noch Ihr Fett ab. Das habe ich mir an dem Tag geschworen, als Sie nach Jules' Tod in meinem

Haus Ihren Johnny aus der Hose holten und damit rechneten, daß ich vor Ihnen auf die Knie gehen würde.«
Sims wandte sich an Pauline. »Glaub ihr kein Wort!«
Pauline bemerkte zwar die Röte, die ihm ins Gesicht gestiegen war, aber sie nickte.
»Ich bin überzeugt, daß Miss March überhaupt nichts weiß«, fuhr der Anwalt fort.
»Miss March weiß zum Beispiel, wer Hector Paradiso umgebracht hat«, trumpfte Flo auf. »Miss March weiß das, weil Mr. Mendelson den Täter nach dem Mord in aller Herrgottsfrühe zu ihr brachte und sechs Stunden dort ließ, während er dafür sorgte, daß der Mord zu einem Selbstmord umfunktioniert wurde.«
Pauline war leichenblaß geworden.
»Kein Mensch würde Ihnen diese abenteuerliche Geschichte abkaufen«, meinte Sims wegwerfend.
»Doch, das würde man – sobald man das Blut untersucht hätte, das der Mörder auf eines meiner Sofas tropfte, weil ihm kurz zuvor ein Vorderzahn ausgeschlagen worden war.« Flo fixierte Pauline, die sie voller Entsetzen anstarrte und dann den Blick senkte.
»Ich will ja nicht viel, Mrs. Mendelson, nur das, was Jules mir versprochen hat: Das Haus in der Azelia Lane und das Geld, das mir jenes Leben ermöglicht, das er mir garantieren wollte. Das ist alles. Und bei Ihrem Vermögen ist das doch wirklich ein Klacks. Denken Sie darüber nach! Und wenn Sie je mit mir darüber sprechen wollen, ohne daß Mr. Lord wie ein Geier danebensitzt, wird Ihnen Miss Maple meine Telefonnummer geben.« Sie ging zur Tür, drehte sich noch einmal um und sagte: »Bis bald, Mrs. Mendelson!«
Pauline und Sims sprachen eine ganze Weile lang kein Wort. Schließlich traf Pauline mit kraftloser Stimme eine Entscheidung: »Gib ihr, was sie will, Sims! Ich kann es mir weiß Gott leisten.«
»Wenn du erst mal angefangen hast zu zahlen, geht es immer weiter«, gab er zu bedenken.
»Gib ihr das Geld.«
»Es ist ein Fehler, Pauline«, warnte er sie.
»Ich kann mich noch gut erinnern, daß du mir selbst geraten hast, sie auszuzahlen.«

»Das ist richtig, aber inzwischen kenne ich diese Frau besser. Und außerdem wußte ich da noch nicht, daß sie dich erpressen kann. Was sollte übrigens das mit dem ausgeschlagenen Zahn und dem Blut auf dem Kissen?«
»Keine Ahnung. Du meinst also, ich soll ihr nichts geben?«
»Das wolltest du doch von Anfang an nicht.«
»Und was ist mit Jules' Anordnungen?«
»Ich fühle mich nicht mehr verpflichtet, sie auszuführen«, erklärte Sims.
Pauline nickte. »Was wird jetzt aus ihr werden?«
»Sie wird in der Versenkung verschwinden. In kürzester Zeit wird sich niemand mehr an sie erinnern.«

Aus Flos Tonbandaufzeichnungen

Jules trennte sein Leben mit Pauline immer sehr streng von seinem Leben mit mir. Er wollte mit mir nicht über sie sprechen, und ich respektierte das, aber in den fünf Jahren schnappte ich doch eine Menge Kleinigkeiten über sie auf, so daß ich mir ein Bild aus dem Puzzle machen konnte. Sie kennen sich ja aus mit diesen feinen Leuten. Mit sechzehn besuchte sie zum Beispiel eine vornehme Mädchenschule in Virginia – den Namen habe ich vergessen –, wo alle Mädchen ihr eigenes Pferd hatten, und sie war eine so gute Springreiterin, daß sie an dem Reitturnier im Madison Square Garden in New York teilnehmen durfte. Dort bekam sie sogar das Blaue Band, oder was immer damals der erste Preis war. Und so war alles. Sie schien einfach alles richtig zu machen. Der einzige Fehler war ihre erste Ehe.
Sie war die ideale Frau für Jules. Es ist ein Jammer, daß wir nicht so eine Dreiecksbeziehung haben konnten, wie sie das in Europa machen. Damit wäre ich sofort einverstanden gewesen. Alle schwärmten immer, wie wundervoll sie sei. Das war sie auch sicher, bis sie von mir erfuhr. Aber ich denke, wenn ich an ihrer Stelle gewesen wäre, hätte ich mich genauso gehaßt.

24. Kapitel

Es dauerte nicht lange, bis Cyril Rathbone von Flo Marchs Finanzmisere erfuhr. Scheidungen, Kündigungen, Krebs, Aids, Konkurse, Verhaftungen, Selbstmorde, Vergewaltigungen und alle Arten von Perversionen waren das Salz in seiner Lebenssuppe. Während er begierig Berichten über solche Schicksalsschläge lauschte, die ihm von Informanten hinterbracht wurden, warf er ab und zu pflichtschuldigst ein »Das ist ja schrecklich!« oder »Die arme Frau!«, aber in Gedanken formulierte er schon die Sätze, mit denen er die Geschichte in seiner Kolumne präsentieren würde. »Geheimnisse sind dazu da, aufgedeckt zu werden«, lautete seine Maxime. Und seine Kolumne lebte von den Katastrophenmeldungen, nicht von den Beschreibungen von Parties, Kunstausstellungen oder Wohltätigkeitsveranstaltungen. Es war die Sensationsgier, die die Leser dazu veranlaßte, das Magazin immer zuerst auf Cyrils Seite aufzuschlagen.

Im Fall Flo March hatte er allerdings mehr im Sinn als eine notgedrungen kurze Abhandlung in seiner Kolumne: Die berühmten Namen, die mit ihrem Schicksal verwoben waren, lechzten geradezu nach einer großen Story. Dieses einfältige Mädchen saß auf einer Goldmine und war nicht dazu in der Lage, das zu sehen. Gedanken an ein Buch und eine Mini-Serie geisterten durch seinen Kopf, und er sah sie in Amos Swanks nächtlicher Talkshow – natürlich in einem ihrer Chanel-Kostüme –, wie sie von der gemeinen Pauline Mendelson erzählte, die sie um ihr rechtmäßiges Erbe brachte. Ein solcher Auftritt würde garantieren, daß das Buch, zu dem er sie überreden wollte, im ganzen Land auf Platz eins der Bestsellerlisten hochschnellte. Die Möglichkeiten waren schwindelerregend.

Es war Faye Converse, die, obwohl sie sich aus verschiedenen Gründen nicht in Flos Leben hineinziehen lassen wollte – »schließlich kenne ich das arme Ding kaum: Ich habe sie nur einmal gesehen, als sie zu mir kam, um mir zu sagen, daß sie meinen Hund überfahren hat« –, Cyril am Telefon besorgt erzählte, daß ihre Nachbarin kaum noch aufstehe und auf dem Boden ihrer Eingangshalle sich unbezahlte Rechnungen türmten. »Ich glaube, lange kann sie sich das Haus nicht mehr leisten.«

»Woher wissen Sie denn das alles?« fragte Cyril, wobei er seine Freude über diese Neuigkeiten durch einen bestürzten Tonfall kaschierte.

»Von Glyceria, meinem Mädchen. Sie ist mit ihr befreundet. Tagelang hat Miss March sie gar nicht reingelassen.« Faye Converse, die in Interviews stets erklärte, sie verabscheue jeden Klatsch, senkte ihre Stimme und sah sich ängstlich um, obwohl sie völlig allein im Haus war. »Ich glaube, sie trinkt.« Wieder sah sie sich um, bevor sie hinzufügte: »Die Kleine hat offenbar eine schwere Depression. Ist ja auch kein Wunder, wenn man bedenkt, daß sie eigentlich Millionärin wäre ...«

Nach diesem Gespräch rief Cyril bei Flo an und hinterließ auf dem Anrufbeantworter die Bitte, ihn zurückzurufen, es sei von größter Wichtigkeit. Er war sicher, von ihr zu hören, doch sie meldete sich nicht.

Und dann geschah etwas, was er für eine göttliche Fügung hielt. Für diese Theorie hatte er ohnehin eine Vorliebe. »Es war vorbestimmt«, sagte er oft mit gedämpfter Stimme. Oder: »Es gibt keine Zufälle.« Er saß wie jeden Morgen im »Viceroy Coffee Shop« beim Frühstück, als Flo March hereinkam. Ihr Haar war unter einem Kopftuch verborgen und ihr Gesicht hinter einer riesigen dunklen Brille, aber Cyril erkannte sie sofort: Der faszinierende Duft der Verzweiflung war ihm in die Nase gestiegen.

»Ist Curly da?« fragte sie das Mädchen an der Kasse.

»Curly? Ich kenne keinen Curly.«

»Und Belle? Welche Tische hat sie heute?«
»Belle arbeitet nicht mehr hier.«
Flo war seit mehr als fünf Jahren nicht mehr dagewesen – seit Jules Mendelson sie mit nach Paris genommen und ihre Liebesbeziehung begonnen hatte. Er hatte es nicht gewollt. Allerdings hatte sie noch eine Weile mit Curly und Belle telefoniert. Einen Augenblick war sie unschlüssig, ob sie bleiben oder gehen solle, dann setzte sie sich auf einen Barhocker an den Tresen und bestellte sich einen Kaffee. Auch die Kellnerin, die ihre Order entgegennahm, kannte sie nicht. Cyril bemerkte, daß Flos Hand zitterte, als sie die Tasse an die Lippen hob. Sie setzte sie wieder ab, nahm eine Zigarette aus dem goldenen Etui mit den Saphirbuchstaben und versuchte, sie mit ihrem goldenen Feuerzeug anzuzünden, aber ihre Hand zitterte zu stark.
Jetzt oder nie, dachte Cyril. Ohne Joel Zircon, mit dem er am Tisch saß, ein Wort zu sagen, nahm er seine Kaffeetasse und ging zu Flo an die Theke. »Guten Morgen, Miss March«, begrüßte er sie und gab ihr Feuer. »Es erstaunt mich, daß Sie schon so früh unterwegs sind. Ich dachte, Sie seien eine dieser Müßiggängerinnen, die erst am späten Nachmittag aufwachen und dann im Bett frühstücken – mit einem Tablett, auf dem unter dem erlesenen Porzellan ein Platzdeckchen von Porthault liegt.«
Sie sah ihn zwar an, sagte jedoch nichts.
Er setzte sich auf den Barhocker neben ihr. »Ich hörte, daß Sie nach Curly fragten.«
»Ich wollte ihn besuchen.«
»Er ist tot, der arme Kerl.«
»Tot?« Entsetzt schlug sie die Hand vor den Mund.
»O ja, Aids. Traurige Geschichte. Als es dem Ende zuging, half er mit Tabletten nach. Wie heißen diese Schlaftabletten, die jetzt so in Mode sind? Halcion, stimmt's? Ja, die hat er genommen. Das war eine gute Entscheidung, finden Sie nicht?«
»Nein, nein, das finde ich ganz und gar nicht«, widersprach sie heftig.
»Es ist sehr wichtig zu wissen, wann man verloren hat. Curly wußte es. Und er hatte alle seine Freunde bei sich, als er die

Tabletten nahm. Es muß ein ergreifendes Erlebnis gewesen sein.«
Flo schüttelte den Kopf. »Ich hatte keine Ahnung, daß er krank war. Wir hatten lange nicht mehr telefoniert. Der arme Curly. Und was ist mit Belle?«
»Sie wechselte zum ›Nibblers Coffee Shop‹ am Wilshire Boulevard«, sagte Cyril. »Sie wollte nach Curlys Tod nicht mehr hierbleiben. Die beiden waren sehr befreundet.«
»Ich weiß.«
»Wir sind in Hollywood, Miss March: Leute kommen, Leute gehen. Nichts bleibt, wie es ist.«
»So wird es wohl sein.« Sie hob die Hand, um die Kellnerin auf sich aufmerksam zu machen. »Die Rechnung, bitte.«
Die Bedienung legte den Bon auf den Tresen.
»Bleiben Sie, bleiben Sie! Trinken Sie noch einen Kaffee«, drängte Cyril.
»Ich kann nicht. Ich habe viel zu erledigen.«
»Das haben Sie nicht!«
Sie sah ihn verblüfft an, und er lächelte. Er hatte recht: Sie hatte wirklich nichts zu erledigen.
»Gießen Sie Miss March noch einen Kaffee ein, Maureen«, sagte er zu der Bedienung. Er nahm Flos Bon an sich: »Das übernehme ich. Ich weiß, daß Sie pleite sind.«
»So pleite nicht!« Sie riß ihm den Bon aus der Hand.
»Ich dachte, Sie seien vielleicht hier, um Ihren alten Job zurückzubekommen.«
»Falsch.« Sie öffnete ihre Tasche und nahm eine Dollarnote heraus, die sie als Trinkgeld auf die Theke legte, um zu beweisen, daß sie nicht pleite war.
»Ein hübscher Ring«, bemerkte Cyril und deutete auf den von Diamanten umkränzten Saphir an ihrem Finger. »Damit können Sie sich die Wölfe für eine Weile vom Hals halten.«
»O nein, den werde ich niemals verkaufen.« Flo schaute auf das Schmuckstück hinunter. »Ganz egal, was kommt, diesen Ring werde ich noch am Finger haben, wenn ich sterbe.«
»Eine so hübsche, junge Frau sollte nicht vom Sterben sprechen, Miss March. Sie haben eine sensationelle Zukunft vor sich, wenn Sie Ihre Karten richtig ausspielen.« Ihre Blicke trafen sich. Er nahm ihre Hand und begutachtete den Ring genauer. »Ein Geschenk von Mr. Mendelson, nehme ich an.

Sie zog ein letztes Mal an ihrer Zigarette und drückte den Stummel dann im Aschenbecher aus.
»Diese Raucherei ist sehr schlecht für Sie« tadelte Cyril Flo.
»Wie ich schon sagte, ich kenne Ihre mißliche Lage«, versuchte er sie aufzuhalten.
»Meine mißliche Lage?«
»Ihre finanziellen Probleme.«
»Und wer hat Ihnen davon erzählt?«
»Ich bitte Sie, Miss March!« Er verstärkte seinen englischen Oberklassenakzent, mit dem sich manche Leute einschüchtern ließen. »Ein guter Journalist verrät niemals seine Quellen. Aber es ist ja auch unwichtig für Sie. Interessant hingegen ist, daß wir uns sinnigerweise ausgerechnet hier getroffen haben, wo Ihre Romanze damals ihren Anfang nahm. Natürlich wissen wir beide, daß es keine Zufälle gibt. Es war vorbestimmt, daß Sie heute früh hierher kamen, meinen Sie nicht auch?«
Sie starrte ihn verwirrt an. Sie wußte nicht, ob sie bleiben oder gehen sollte. »Wahrscheinlich«, antwortete sie vage.
»Sie haben so viele Trümpfe in der Hand, daß es geradezu eine Schande ist, daß Sie offenbar verzweifeln. Ich möchte Ihnen einen Vorschlag machen.«
»Was für einen Vorschlag?«
»Setzen Sie sich wieder hin, Flo! Ich darf Sie doch Flo nennen? Es erscheint mir so formell, Sie mit Miss March anzusprechen.« Er stand auf und bedeutete ihr mit einer schwungvollen Geste, sich zu setzen. Sie überlegte einen Augenblick und folgte dann seiner Aufforderung.
»Warum nehmen Sie ihre dunkle Brille nicht ab, damit ich Ihre Augen sehen kann?« fragte er.
»Meine Augen sind geschwollen.«
Er nickte bekümmert. »Ja, ja, ich habe gehört, daß Sie trinken.«
Sie antwortete nicht.
»All diese Flaschen von der Bresciani-Auktion«, fuhr er fort. »Ein ganz besonderer Tropfen, hat man mir erzählt.«
»Es ist nichts mehr da von dem besonderen Tropfen«, antwortete sie.
»Es ist sicher nicht einfach, sich wieder auf die Zweiliterflaschen Soave aus dem Supermarkt umzustellen.«

»Sie sind wirklich gut informiert. Was wollen Sie von mir, Mr. Rathbone?«
»Nicht so förmlich, Flo, nennen Sie mich Cyril!«
»Was wollen Sie?«
»Sie brauchen einen guten Rechtsanwalt, einen guten Agenten und einen guten Ghostwriter. Der bin natürlich ich. Und mein Freund Joel Zircon, der da drüben sein Frühstück in sich hineinschaufelt und seinen Kaffee schlürft, könnte Ihr Agent werden. Sie kennen ihn ja noch aus Ihrer Zeit hier. Er hat gräßliche Tischmanieren, aber er kann was. Mona Berg, die Königin der Agenten, verläßt sich in immer größerem Maße auf ihn. Er ist auf dem Weg nach oben, und er weiß wahrscheinlich auch den richtigen Rechtsanwalt für Sie.«
»Aber wozu brauche ich einen Anwalt, einen Agenten und einen Ghostwriter?« fragte Flo verdutzt.
»Für das Buch und die Mini-Serie, die ich unter Ihrem Namen schreiben werde.«
»Was für ein Buch?«
»›Ich war Jules' Geliebte‹ – Sehen Sie, ich habe sogar schon den Titel, Flo. All die Rechnungen, die sich in Ihrem Haus stapeln, jetzt können Sie sie bald bezahlen.«
Sie starrte ihn mit großen Augen an.

Rose Cliveden hatte sich nicht mehr unter Kontrolle. Ihre Freundinnen sprachen untereinander darüber, daß etwas geschehen müsse, aber keine wagte, etwas zu ihr zu sagen, denn Rose vertrug nicht die kleinste Kritik. Statt dessen zogen einige stillschweigend ihre Konsequenzen. Madge White zum Beispiel erzählte, daß Rose Rotwein auf den Aubusson-Teppich verschüttet habe, den sie von ihrer Großmutter geerbt hatte, und daß sie sie niemals wieder einladen würde. Millicent Pond, Sandy Ponds Mutter, das Oberhaupt der Verlegerfamilie, beschwerte sich bitter darüber, daß Rose bei einem Dinner in ihrem Haus ständig den ehemaligen Präsidenten unterbrochen habe, als dieser über die derzeitige politische Lage in Nicaragua gesprochen habe, und sie schwor, Rose nicht mehr über ihre Schwelle zu lassen, auch wenn sie sie schon ein Leben lang kannte. Sogar Faye Converse, die sich stets in Nachsicht übte, hatte eine Riesenwut auf Rose. Diese hatte zwei sündteure Gläser auf dem Marmorboden der Veranda zerschmettert, worauf sich Glyceria, als sie barfuß staubsaugte, an einer Scherbe den Zeh zerschnitten hatte. Das Mädchen hatte gedroht zu kündigen, falls Mrs. Cliveden noch einmal das Haus betrete.

Als Rose nach zehn Wodkas, die sie auf einem Wohltätigkeitsball getrunken hatte, mit einer brennenden Zigarette in der Hand zu Hause einschlief, wodurch ihr Schlafzimmer in Flammen aufging und sie leichte Verbrennungen an Armen und Beinen erlitt, fanden Pauline und Camilla, daß es an der Zeit sei, einzugreifen und sie zu einer Entziehungskur nach Palm Springs zu schicken.

»Ich hatte schon lange vor, das Zimmer anders einzurichten«, spielte Rose den Schlafzimmerbrand herunter. »Ich konnte diese verdammten Veilchen auf der Tapete und den Vorhängen nicht mehr sehen. Chintz kommt mir nicht mehr ins Haus, nie mehr!«

»Wir haben uns nicht mit dir hier im Country Club verabredet, um über die Neugestaltung deines Schlafzimmers zu sprechen, Rose«, sagte Pauline streng. »Ich habe in der Betty-Ford-Klinik angerufen. Sie sind zwar auf Monate ausgebucht, aber sie machen eine Ausnahme und nehmen dich sofort auf.«

Rose sah sie entsetzt an. »Ich habe im ›Enquirer‹ gelesen, wie es da zugeht. Das ist nichts für mich, vielen Dank! Selber Betten machen, selber Boden wischen, das Zimmer mit weiß Gott wem von weiß Gott wo teilen – ich bitte dich!«

»Entweder gehst du auf Entzug, Rose, oder Camilla und ich lassen dich auch noch fallen. Dann hast du niemanden mehr.«

»Nein, nein, ich werde einfach aufhören zu trinken. Das ist gar kein Problem. Wenn ich faste, trinke ich ja schließlich auch nie was.«

Pauline nickte zweifelnd. »Na schön, dann hör auf! Aber bis du es tust, laß mich in Ruhe. Ruf mich nicht an! Ich will nichts von dir hören, Rose.« Damit stand sie auf, nickte Camilla zu und ging.

Rose war regelrecht schockiert von Paulines rüdem Ton: So hatte ihre Freundin noch nie mit ihr gesprochen.

»Sie ist nicht mehr sie selbst«, erklärte Camilla. »Schon seit Wochen nicht mehr.«

»Sie ist verbittert«, griff Rose die willkommene Ablenkung auf. »Die Geschichte mit dieser Hure von Jules war einfach zuviel für sie.«
»Sie ist keine Hure«, widersprach Camilla. Das Bild der geldgierigen Schlampe, das Paulines Freunde zeichneten, wenn sie über Flo March sprachen, stand in krassem Gegensatz zu Camillas Eindruck von der jungen hübschen Frau, die sie in Philips Hotelzimmer kennengelernt und bei der Totenmesse für Jules vor der Kirche sogar umarmt hatte.
»Pauline hat sich völlig verändert«, fuhr Rose fort. »Ist dir das auch aufgefallen? Sie ist schrecklich hart geworden.«
»Kommen wir zum Thema zurück«, sagte Camilla. »Pauline hat recht. Sie ist die einzige von uns, die den Mut hatte, dir die Meinung zu sagen. Madge traute sich nicht, und sogar Erzbischof Cooning war zu feige. Du mußt wirklich etwas tun, Rose! Wenn du das Trinken nicht läßt, wird es dich umbringen. Seit ewigen Zeiten sehen wir dich abwechselnd mit einem Arm in der Schlinge, auf Krücken, am Stock oder mit einem Gipsverband, weil du immer hinfällst, wenn du betrunken bist. Dein letzter Rausch hätte dich das Leben kosten können. Ein Glück, daß der Feueralarm funktionierte.«
Rose begann zu weinen.
»Du solltest dich mal mit Philip unterhalten«, schlug Camilla vor.
»Mit Philip? Deinem Philip? Mit diesem gutaussehenden jungen Burschen? Ich unterhalte mich immer gerne mit ihm, aber warum meinst du, daß ich es in diesem Falle tun soll?«
»Bist du um sechs zu Hause?«
»Ich denke schon, warum?«
»Dann schicke ich dir Philip rüber. Sprich einfach mit ihm, Rose, und hör ihm zu! Unterbrich ihn nicht, wie du es unentwegt tust – zum Beispiel bei diesem ehemaligen Präsidenten. Ich habe gehört, daß seine Frau sehr wütend auf dich war. Bitte, tu es mir zuliebe!«

Am Anfang schien die Vereinbarung, die Flo mit Cyril getroffen hatte, durchaus Erfolg zu versprechen. Joel Zircon trat an verschiedene Verleger heran und berichtete hinterher, daß großes Interesse an dem geplanten Buch bestehe. »Sie wollen das erste Kapitel und eine Inhaltsbeschreibung, und wenn sie das haben, dann läuft die Sache.«

»Und wie sieht es mit Geld aus?« fragte Cyril.

»Bewegt sich im sechsstelligen Bereich«, erwiderte Joel.

Flo atmete tief durch: Es sah tatsächlich so aus, als könne Cyrils Plan sie aus ihrer desolaten Finanzlage befreien.

Jeden Nachmittag, wenn sein regulärer Arbeitstag vorüber war, kam er für zwei Stunden zu Flo und ließ sie auf Tonband sprechen, bevor er nach Hause fuhr, um sich für seinen jeweiligen Abendtermin umzuziehen. Anfänglich äußerte sie sich sehr zurückhaltend, immer darauf bedacht, Jules nur ja nicht zu schaden. Mit sich selbst ging sie viel kritischer um. »Ich konnte einfach nicht mit Geld umgehen. Jules war unheimlich großzügig, und ich warf alles mit beiden Händen raus«, sagte sie. »Wenn ich jede Woche was von dem Riesenscheck zurückgelegt hätte, den er mir schickte, hätte ich jetzt keine Sorgen.«

»Erlauben Sie mir, für einen Moment den Advocatus Diaboli zu spielen«, bat Cyril.

Flo wußte zwar nicht, was ein Advocatus Diaboli war, aber sie nickte zustimmend.

»Ist Ihnen je in den Sinn gekommen, daß Jules es gar nicht anders haben wollte?« fragte er.

»Was meinen Sie damit?«

»Solange Sie nichts auf der hohen Kante hatten, konnte er sicher sein, daß Sie sich nicht von ihm trennen. Er besaß ein unvorstellbares Vermögen, und der wöchentliche Scheck für Sie war für ihn nicht mehr als ein Trinkgeld. Vorhänge für vierzigtausend Dollar, kostspielige Renovierungen, Satin für fünfundneunzig Dollar pro Meter, Chanel-Kostüme – gut und schön, aber hat er Ihnen je ein wertvolles Gemälde geschenkt, das Sie hätten verkaufen können? Nein! Er wollte Sie in Abhängigkeit halten, Flo. Denken Sie darüber nach!«

»Aber er wollte für mich sorgen«, wandte sie ein.

»Aber er hat es nicht getan, oder?«

»Doch, doch. Ich habe die Dokumente hier.«

»Und warum hat er sich damit so lange Zeit gelassen? Er war ein blitzgescheiter Mann. Er muß gewußt haben, daß Pauline seine Verfügungen anfechten und vor jedem Gericht des Lan-

des recht bekommen würde. Er hatte fünf Jahre Zeit, Vorkehrungen zu treffen. Warum hat er sich erst so spät entschlossen?«
Ihre Augen füllten sich mit Tränen. Sie konnte den Gedanken nicht ertragen, daß Jules sie absichtlich der Gefahr ausgesetzt hatte, eines Tages ohne einen Cent dazustehen, weil er sie an sich binden wollte. »An allem ist nur Sims Lord schuld«, sagte sie.
»Der ist nur ein hochbezahlter Handlanger, Flo. Zuerst tat er, was Jules ihm sagte, und jetzt tut er, was Pauline ihm sagt.«
»Er wollte mich haben, aber ich ließ ihn abblitzen.«
»Sie haben?«
»Ja, als Geliebte.«
Cyril blieb völlig gelassen: Er hatte gelernt, nicht in Begeisterung auszubrechen, wenn ihm jemand etwas erzählte, das derjenige eigentlich gar nicht hatte erzählen wollen. Also nickte er nur, als interessiere ihn die Sache nicht sonderlich.
»Hier hat er gesessen.« Flo klopfte neben sich auf das Sitzkissen, das Kippie Petworth damals wegen der Blutflecken umgedreht hatte. »Es war ungefähr einen Monat nach Jules' Tod. Er kam her, um mir zu sagen, daß Pauline die Vereinbarungen, die Jules für mich getroffen hatte, anfechten würde.«
»Und dann machte er sich an Sie heran?«
»Genau.«
»Hat er Sie umarmt oder so?«
»Umarmt? Er drückte meine Hand auf seinen Hosenschlitz; dabei war er angeblich Jules' bester Freund.«
»Und wie haben Sie reagiert?«
»Ich zog die Hand natürlich weg.«
»Und dann?«
»Holte er ihn raus.«
»Wen?«
»Seinen Johnny.«
»Nein!« Jetzt war es um Cyrils Fassung geschehen.
»Doch! Er dachte wohl, der Anblick würde mich überwältigen.«
Cyril war hingerissen.
»Jules war ein Gentleman«, sagte Flo. »Ich wußte, daß er sich seit dem Tag, an dem wir uns kennenlernten, kaum beherrschen konnte, aber er hat bis Paris gewartet.«

»Ja, ja, das haben Sie mir schon erzählt. Kommen wir noch mal auf Sims Lord zurück.«

Bald darauf war dank Cyril Rathbone und Joel Zircon die Neuigkeit in Umlauf, daß Flo March, die ehemalige Kellnerin, die fünf Jahre lang Jules Mendelsons Geliebte gewesen war, ihre Memoiren schreibt unter dem Titel »Ich war Jules' Geliebte«. Cyril hielt strengstens geheim, daß er ihr Ghostwriter sein würde. Bekannt wurde nur, daß Flo ihre Erinnerungen auf Mikrokassetten sprach und bereits vierzig Stunden aufgenommen waren.

»Flo March beabsichtigt eine schonungslose Enthüllung«, schrieb Army Archerd im »Daily Variety«. »Die Geschichte verspricht eine echte Sensation zu werden«, schrieb George Christie im »Hollywood Reporter«. Cyril Rathbone, der beide Aussagen in seine Kolumne übernahm, konnte nicht widerstehen hinzuzusetzen: »Arnie Zwillman – hören Sie das?«

»Um Himmels willen, warum haben Sie das mit Arnie Zwillman geschrieben?« fragte ihn Flo entsetzt, nachdem sie den Artikel gelesen hatte.

»Das nennt man den Markt anheizen«, erklärte er mit einer Stimme, als sei er der geduldige Lehrer einer Sonderschülerin.

»Aber Arnie Zwillman ist gefährlich. Ich weiß, was er Jules angetan hat: Er zerstörte seinen Traum, nach Brüssel zu gehen – einfach so, über Nacht. Mit einem solchen Menschen kann man keine Spielchen treiben.«

»Glauben Sie mir, Sie haben keinen Grund, sich Sorgen zu machen«, versicherte Cyril ihr.

»Da bin ich ganz und gar nicht sicher.«

»Joel Zircon hat mir erzählt, daß sein Telefon nicht mehr stillsteht: Die Verleger können es gar nicht erwarten, die Inhaltsangabe zu bekommen.«

»Und warum brauchen Sie so lange dafür? Sie haben doch schon vierzig Stunden Material. Wieviel brauchen Sie denn noch?«

»Geduld, Flo, Geduld!«

Spät am Abend dieses Tages kam ein Wagen die Einfahrt zu Flos Haus heraufgefahren. Wäre sie nicht wie jeden Abend vor dem Schlafengehen gerade in die Halle gekommen, um sich zu überzeugen, daß die Haustür abgeschlossen war, hätte sie ihn gar nicht bemerkt. Doch nun sah sie das Licht der Scheinwerfer durch den geschlossenen Vorhang des Fensters neben der Tür schimmern. Wer konnte das um diese Zeit noch sein? Sie wartete darauf, daß es klingelte, aber nichts geschah. Schließlich spähte sie vorsichtig hinaus: Ein großer Wagen stand da, mit laufendem Motor. Geblendet von den Scheinwerfern dachte sie zuerst, es sei Jules' Bentley, doch dann erkannte sie, daß er eine viel hellere Farbe hatte – wie Gold. Und am Kühlergrill erkannte sie, daß es ein Rolls-Royce war. Zwei Männer saßen auf den Vordersitzen und schauten zum Haus herüber. Panik stieg in ihr hoch. Lautlos verriegelte sie die Tür. Dann ging sie durch das ganze Haus, zog alle Vorhänge zu und vergewisserte sich, daß alle Türen und Fenster geschlossen waren. Zwanzig Minuten später – sie war gerade wieder in die Halle geschlichen – fuhr der Wagen weg. Nach einer Weile spähte sie wieder hinaus: Es war niemand zu sehen. Sie schob den Riegel zurück, ließ jedoch die Sicherheitskette eingehängt und öffnete die Tür gerade so weit, daß sie hinausschauen konnte. Alles war ruhig. Sie wollte die Tür gerade wieder schließen, als ihr Blick auf ein weißes Päckchen fiel, das auf der Fußmatte lag. Mit einer blitzschnellen Bewegung holte sie es herein, drückte die Tür ins Schloß und verriegelte sie wieder. Im Wohnzimmer setzte sie sich auf ein Sofa und öffnete die Schachtel. Zuoberst lag ein Briefumschlag, in dem sich eine Karte befand. »Sie ist geladen«, stand da. »Schieben Sie sie sich in den Mund, und drücken Sie ab!« Der maschinengeschriebene Text war nicht unterzeichnet. Unter blaßrosa Seidenpapier lag eine kleine Pistole. Fassungslos starrte Flo auf die Waffe. Schließlich nahm sie sie mit zitternden Fingern heraus. Sie konnte nicht glauben, daß sie wirklich geladen war, aber sie wußte nicht, wie man das feststellte. Und so nahm sie die Waffe in beide Hände und richtete sie auf die Terrassentür. Nach einigen Sekunden der Unentschlossenheit zog sie den Abzug zurück. Der Knall war ohrenbetäubend. Ein großes Loch gähnte in der Glasscheibe, und ein wahrer Splitterregen ging nieder. Plötzlich fiel ihr Marilyn Monroe ein. »Sie haben sie aus dem Weg geräumt«, hatte sie damals im Valley zu Jules gesagt, als sie mit ihm in dem Steakhaus beim Essen saß.

Am nächsten Morgen fuhr sie zum erstenmal seit Monaten wieder zu dem Treffen der Anonymen Alkoholiker am Robertson Boulevard. Der namenlose Schrecken der letzten Nacht steckte ihr noch in den Knochen, aber er hatte auch sein Gutes gehabt: Sie hatte begriffen, daß es Zeit war, ihr Leben wieder in den Griff zu bekommen. Wie immer, wenn sie das Haus verließ, trug sie eine riesige dunkle Brille und ein Kopftuch. Sie setzte sich abseits von den anderen, trank einen Kaffee, rauchte eine Zigarette und hielt Ausschau nach Philip Quennell. Offenbar war er nicht da. Zuerst war sie enttäuscht, denn sie hätte sich gerne dafür entschuldigt, wie sie sich benommen hatte, als er gekommen war, um ihr zu helfen. Doch dann war sie erleichtert: In seiner Gegenwart hätte sie den Vorsatz, den sie gefaßt hatte, vielleicht nicht in die Tat umsetzen können.

Sie hatte sich noch nie zu Wort gemeldet, aber an diesem Tag hatte sie das Bedürfnis, sich mitzuteilen. Sie hob so zaghaft die Hand, daß der Versammlungsleiter es zuerst gar nicht bemerkte und mehrere andere Leute aufrief. Doch dann, als sie gerade beschlossen hatte, sich nur noch dieses eine Mal zu melden, sah er sie. »Die Lady mit der dunklen Brille und dem Kopftuch bitte«, sagte er und deutete auf sie.

Flo hatte ihren richtigen Namen immer gehaßt. Schon bevor sie Jules Mendelson kennenlernte, war er ihr immer billig vorgekommen, aber jetzt bot er eine willkommene Ausweichmöglichkeit. »Mein Name ist . . . äh . . . Fleurette«, begann sie. Leise und undeutlich fuhr sie fort: »Ich bin alkohol- und tablettenabhängig.« Ängstlich schaute sie sich um. Niemand sagte etwas. »Ich war fast ein Jahr lang regelmäßig hier, aber dann hatte ich einen Rückfall. Heute bin ich zum erstenmal wieder da.«

Die Mitglieder der Gruppe, die derartige Einbrüche zum Teil aus eigener Erfahrung kannten, applaudierten ermutigend. Und jetzt brach der Damm. »Ich bin die Geliebte eines verheirateten Mannes gewesen. Ich hasse dieses Wort, aber es gibt kein anderes dafür. Ich wurde fünf Jahre lang von einem sehr reichen Mann ausgehalten. Als ich ihn kennenlernte, hatte ich nicht das Schwarze unterm Nagel.«

Sie erzählte, daß sie seine Geschäftsgeheimnisse gekannt habe, weil er am Nachmittag, wenn er bei ihr war, immer von ihrem Bett aus telefoniert habe. Sie sprach über seinen Herzanfall und seinen Tod. Sie sagte, daß sie fünf Jahre lang wie eine Prinzessin gelebt habe, jetzt pleite sei, und das Haus wahrscheinlich verlieren würde, das er für sie hatte kaufen wollen. Und sie erklärte, daß sie von der Vertuschung eines Mordes wisse und den Namen des Mörders kenne. Sie konnte nicht mehr aufhören zu reden. Dabei war ihr keine Sekunde klar, daß die Zuhörer sich anhand ihrer Geschichte zusammenreimen konnten, wer sie war, sie also keine Verkleidung gebraucht hätte und auch keinen anderen Namen. In einer Ecke saß ebenfalls mit Kopftuch und dunkler Brille Rose Cliveden. Ihre Hände, an denen sie beim Brand ihres Schlafzimmers Verbrennungen erlitten hatte, waren noch immer eingebunden. Nach dem Gespräch mit Philip Quennell hatte sie sich einverstanden erklärt, zwei oder drei Wochen lang zu Versammlungen der Anonymen Alkoholiker zu gehen. Er hatte versprochen, sich vor der Baracke mit ihr zu treffen. Diese Filiale hatte er ausgewählt, weil sie hier sicher keine Bekannten treffen würde. Aber er war nicht erschienen. »Ich habe nichts gemeinsam mit diesen Leuten«, hatte Rose verärgert gedacht, nachdem sie sich einige Erfahrungsberichte angehört hatte. Ärgerlich war sie aufgestanden, um den Raum zu verlassen.

Sie war schon auf dem Weg zur Tür, als die Frau, die sich Fleurette nannte, zu sprechen anfing. Und sie hatte die Tür gerade erreicht, als ihr plötzlich etwas an der Geschichte, die hinter ihr erzählt wurde, bekannt vorkam. Sie drehte sich um. Ihre Augen weiteten sich: Kein Zweifel: Es war Flo March, die Hure, die soviel Unglück über Pauline gebracht hatte. Fasziniert starrte sie sie an. Wie magisch angezogen schlich sie auf Zehenspitzen zu ihrem Platz zurück.

Philip Quennell, der regelmäßig an den frühmorgendlichen Meetings in der Baracke am Robertson Boulevard teilnahm, wurde ausgerechnet an diesem Tag durch einen unerwarteten Anruf von Lonny Edge aufgehalten, der sich langatmig darüber beschwerte, wie er in Hortense Maddens Bericht im

»Mulholland« über das wiederentdeckte Manuskript von Basil Plant beschrieben worden sei, was dazu geführt habe, daß der Besitzer des Bungalows am Cahuenga Boulevard, in dem er wohnte, ihn aufgefordert habe, zum nächsten Ersten auszuziehen.

»Mit welcher Begründung?« fragte Philip.

»Er sagte, der Artikel lasse den Schluß zu, daß ich das Haus für gewerbliche Zwecke mißbrauche, wie er es ausdrückte. Das ist doch die Höhe! Schließlich kommen nur ein paar Stammkunden dorthin – die meiste Zeit arbeite ich außer Haus. Aber natürlich will ich nicht vor Gericht gehen, das können Sie sich ja vorstellen.«

»Hören Sie, Lonny, ich rufe Sie später noch einmal an«, sagte Philip, als er bei einem Blick auf seine Uhr erschrocken feststellte, wie spät es bereits war.

»Lassen Sie mich jetzt etwa hängen, Philip? Sie haben mich doch in diesen Schlamassel reingeritten. Wenn es nach mir gegangen wäre, dann hätte das verdammte Manuskript noch jahrelang friedlich hier rumgelegen.«

»Nein, ich lasse Sie nicht hängen«, beruhigte Philip ihn. »Aber ich muß dringend weg. Ich rufe Sie später an. Bestimmt!«

Als er ankam, löste sich die Versammlung bereits auf.

»Es tut mir leid, Rose«, entschuldigte er sich, als er sie entdeckte. Er hatte erwartet, daß sie entweder bereits gegangen war oder ihm zumindest Vorwürfe machen würde. »Ich bekam einen Anruf, den ich nicht so schnell beenden konnte, ein Notfall sozusagen. Wie lief denn die Sache heute? Wenigstens sind Sie bis zum Schluß dageblieben.«

»Herzchen, es war faszinierend! Absolut faszinierend!« schwärmte Rose überschwenglich. Er hatte sie noch nie so aufgedreht erlebt, außer, wenn sie betrunken war. »Sie haben ja keine Ahnung, was Ihnen entgangen ist! Sie werden es nicht glauben, wer gerade seine Geschichte erzählt hat.«

»Wer denn?« fragte er, verwirrt ob ihrer Begeisterung.

»Flo March. Sie wissen doch, Jules' Geliebte.«

Er sah sie überrascht an.

»Mein Gott, was die alles gesagt hat! Einfach unglaublich! Es ist ein Jammer, daß Sie nicht da waren.«

»Rose, würden Sie eine Tasse Kaffee mit mir trinken gehen? Wir müssen uns unterhalten.«

»O nein, Schätzchen, ich habe keine Zeit. Ich habe einen vollen Terminplan. Aber ich komme morgen früh wieder her. *Jeden* Morgen. Hier ist es ja interessanter als im Kino. Warum haben Sie mir denn nicht gesagt, wie faszinierend es ist!«
»Hören Sie, Rose, Sie wissen doch, daß außerhalb dieses Raumes nicht über das geredet werden darf, was hier gesprochen wird, oder?«
»Was soll das heißen?«
»Daß Sie weder weitererzählen dürfen, was Sie hier hören, noch Namen von Leuten erwähnen, die Sie hier sehen. Deswegen heißt die Organisation ja *Anonyme* Alkoholiker.«
»Schätzchen, meine Lippen sind versiegelt«, versprach Rose theatralisch. Sie schaute zu Flo hinüber und kniff die Augen zusammen, um besser sehen zu können. »Wirklich, ein hübsches Ding. Man würde nicht darauf kommen, daß sie eigentlich nur eine Kellnerin ist. Bis morgen, Herzchen! Grüßen Sie Camilla und umarmen Sie sie von mir!« Sie warf Philip eine Kußhand zu und rauschte hinaus.
Flo war von Menschen umringt. Sie war soviel Freundlichkeit nicht gewohnt und lächelte unsicher, als sie den Dank für ihre Geschichte entgegennahm. Plötzlich sah sie Philip und kämpfte sich zu ihm durch.
»Hallo, Flo«, begrüßte er sie.
»Bist du mir noch böse?« fragte sie ängstlich.
»Natürlich bin ich dir *nicht* böse.«
»Aber du warst es. Ich dachte, du wolltest nichts mehr mit mir zu tun haben.«
»Das wird nie passieren«, lächelte er. »Ich bin froh, daß du wieder hier bist.«
»Ich habe vorhin schon nach dir gesucht, aber ich habe dich nicht gesehen.«
»Ich bin gerade erst gekommen.«
»Philip, ich habe mich zu Wort gemeldet!« sagte sie stolz. »Ich habe zum erstenmal von mir erzählt.«
»Schade, daß ich zu spät kam. Und – wie fühlst du dich?«
»Wunderbar! Alle waren so schrecklich nett zu mir.«
»Was hat dich dazu gebracht, wieder herzukommen und dich dann sogar zu Wort zu melden?«
»Es ist was passiert.«

»Willst du es mir bei einer Tasse Kaffee erzählen?«
Sie nickte. »Aber trinken wir sie bei mir. Ich muß dir was zeigen.«

Zu Hause zeigte sie ihm die Karte, die Pistole und die zerschossene Terrassentür.
»Großer Gott!« sagte er entsetzt.
»Zwei Männer haben das Päckchen gebracht. Sie kamen in einem Rolls-Royce. Die Scheinwerfer waren an, der Motor lief, und die beiden saßen einfach nur da und starrten zum Haus herüber. Ich habe sie durch den Vorhang beobachtet. Der Wagen war goldfarben – oder hellgelb.«
»Ich kann dir sagen, wer einen goldfarbenen Rolls-Royce fährt«, eröffnete Philip ihr.
»Wer?«
»Arnie Zwillman. Ich habe den Wagen vor dem Haus stehen sehen, als ich auf der Party bei Casper Stieglitz war.«
Sie schauderte zusammen. »Arnie Zwillman!«
»Kennst du ihn?«
»Er wollte Jules erpressen, Geld für ihn zu waschen«, berichtete sie. »Als Jules sich weigerte, rief er beim Außenministerium an und erzählte dort von einer Sache, die vor Jahren in Chicago passierte, und in die Jules verwickelt war. Und dann rief das Außenministerium bei Jules an und teilte ihm mit, daß er Brüssel vergessen könne. Ein paar Stunden später hatte er den Herzanfall.«
»Ich habe gehört, du hast vor, ein Buch zu schreiben. Wird diese Geschichte auch darin vorkommen?«
»Natürlich. Aber ich schreibe es nicht selber. Das macht Cyril Rathbone. Es ist ja auch seine Idee gewesen.«
»Du spielst mit dem Feuer, Flo. Mit Arnie Zwillman ist nicht zu spaßen, wie du siehst.«
»Ich bin pleite, Philip. Ich brauche unbedingt Geld. Der Mann, der immer meinen Swimmingpool saubergemacht hat, kommt nicht mehr, die Telefongesellschaft steht mir auf den Hacken, und dieser Schmierenkomödiant, dem das Haus hier gehört, will mich rauswerfen. Ich habe keine Wahl.«
»Und Pauline hilft dir wirklich nicht?«
»Du machst wohl Witze! Aber das wird ihr noch leid tun: Wenn das Buch erscheint, ist sie erledigt.«

»Laß mich dir eine Frage stellen, Flo: Wenn du das Geld hättest, das Jules für dich vorgesehen hatte, würdest du dann auch auspacken?«
»Auf keinen Fall!«
»Das wollte ich nur wissen. Du hast doch nichts dagegen, daß ich in deinem Sinne etwas unternehme, oder?«
»Was willst du denn tun?«
»Das kann ich dir jetzt noch nicht sagen. Vertrau mir!«
Sie brachte ihn zur Tür. »Du hast keine Lust, zu mir zu ziehen, oder?« fragte sie schüchtern. »In allen Ehren, versteht sich.«
»Ich glaube nicht, daß Camilla diese Idee gut fände.« Er lächelte.
Sie mußte lachen. »Nein, wahrscheinlich nicht.«
»Es ist schön, dich lachen zu sehen, Flo.«
»Erst habe ich mich nur gefürchtet, weil kein Geld mehr kam, jetzt fürchte ich mich aus ganz anderen Gründen.«

Noch während Philip bei Flo war, rief Rose Cliveden Pauline an, mit der sie seit der Auseinandersetzung im Country Club nicht mehr gesprochen hatte. »Liebste, ich muß dir eine Geschichte erzählen – die wird dir den Atem rauben«, kündigte sie an. »Du kommst nie drauf, wer sich heute früh bei dem Treffen der Anonymen Alkoholiker zu Wort gemeldet hat.«

Es war schon spät in der Nacht, als Flo zu dem Schluß kam, daß es keinen Sinn hatte, länger im Bett zu bleiben. Sie würde sowieso nicht einschlafen. Sie stand auf und fuhr zu ihrem gewohnten Supermarkt am Beverly Boulevard. Auf dem Weg durch die menschenleeren Gänge blieb sie vor dem Weinregal stehen und starrte auf die Zweiliterflaschen Soave, doch dann riß sie sich entschlossen von dem Anblick los und kaufte statt dessen zwölf Dosen Cola light. Lonny lungerte wieder einmal am Zeitschriftenstand herum. Er sah von seiner Lektüre auf, weil er jemanden kommen hörte, und als er Flo erkannte, grinste er breit.
»Hallo, Flo«, begrüßte er sie erfreut.
»Hallo.«
»Wir müssen aufhören, uns heimlich zu treffen«, zog er sie auf.

Sie lächelte.
Er hielt das Magazin hoch. »Als ich dich das letzte Mal sah, war dein Bild auf der Titelseite des ›Mulholland‹«, erinnerte er sie. »Diesmal stehe *ich* drin. Hast du es schon gelesen?«
»Nein.«
»Ich spendiere dir ein Exemplar. Wegen diesem Zeitungsgeschmiere muß ich jetzt aus meinem Bungalow ausziehen.«
»Wirklich? Worum geht es denn in dem Bericht?«
»Um das Manuskript von Basil Plant, das bei mir rumlag. Das war ein berühmter Schriftsteller, der vor ein paar Jahren abkratzte.«
»Ich habe in meiner ›Viceroy‹-Zeit gehört, daß du das Manuskript haben sollst, Curly hat es mir erzählt. Aber warum sollte dein Vermieter dich deswegen auf die Straße setzen?«
»Die Ziege, die den Artikel geschrieben hat, behauptet, daß ich Heimarbeit verrichte. Der Eigentümer wollte mich schon lange raushaben, und jetzt hat er natürlich *den* Grund gefunden. Er tut so, als würde ich diese Bruchbude in Verruf bringen.«
»Und, stimmt es?«
»Stimmt was?«
»Daß du zu Hause arbeitest.«
»Na ja, es kommen ein paar Stammkunden«, gab er zu. »Aber ich will sowieso aussteigen: Ich bin schon über dreißig. Allmählich wird's Zeit, daß ich mir was anderes einfallen lasse.«
»Tja, wir haben alle unsere Probleme, Lonny. Bis dann!« Flo schob ihren Einkaufswagen an ihm vorbei.
»Ich habe keine Ahnung, wo ich jetzt hin soll«, sagte Lonny. »Ich habe in der verdammten Hütte gewohnt, seit ich in die Stadt gekommen bin. Hier, nimm meine Telefonnummer, falls du von etwas Passendem für mich erfährst.«
Sie blieb stehen, drehte sich zu ihm um und nahm das Kärtchen. Ihr war plötzlich eine Idee gekommen. Doch dann verwarf sie sie wieder. »Na, dann viel Glück beim Suchen!« Sie lächelte und ging weiter.

Aus Flos Tonbandaufzeichnungen

Als der Artikel über mich im ›Mulholland‹ erschien, machte Erzbischof Cooning den toten Jules von der Kanzel herunter total zur Schnecke. Er sagte, Jules habe meine »moralischen Grundsätze hinweggefegt«. Als ich noch auf der Schule war, wurde uns oft von Erzbischof Cooning erzählt; allerdings war er damals erst Bischof. Er hatte es immer besonders mit der Jungfräulichkeit und solchem Zeug. Man solle sich für die Ehe aufsparen und ähnlicher Quatsch. Aber die Nonnen fanden das natürlich großartig, vor allem Schwester Andretta.

Ich muß noch mal auf Pauline kommen. Ich hatte fest damit gerechnet, daß sie sich nach unserem Gespräch melden würde. Hat sie aber nicht. Wahrscheinlich denkt sie, daß ich nicht den Nerv habe, etwas zu unternehmen. Hätte ich ja auch nicht – ohne Sie! Wissen Sie was? Als ich damals das Entsetzen in ihren Augen sah, wie sie begriff, daß ich über ihren Sohn Bescheid weiß, hat sie mir tatsächlich leid getan. Man möchte es nicht für möglich halten!

Es war nicht in Ordnung, daß Jules mir seinen Stiefsohn einfach ins Haus brachte, ohne mir was zu erklären. Und ich habe noch Orangen für ihn ausgepreßt. Aber diese reichen Leute denken eben, daß sie sich alles erlauben können.

25. Kapitel

Jules Mendelsons Tod hatte Dudley tief getroffen. Nie wieder würde er einen so berühmten und gleichzeitig so angenehmen Arbeitgeber finden. Jules hatte ihm eine große Summe hinterlassen und einen handgeschriebenen Brief, den Sims Lord ihm aushändigte und in dem Jules ihn bat, bei Mrs. Mendelson zu bleiben, wofür er jedes Jahr eine Sonderprämie erhalten würde. Natürlich entsprach der Butler diesem Wunsch. Auch nach dem Tod seines Herrn hielt er ihm in unverbrüchlicher Loyalität die Treue: Wenn irgend jemand eine abschätzige Bemerkung über den Lebenswandel des Verstorbenen machte, bedachte er denjenigen mit einem Blick, der einen sofortigen Themenwechsel zur Folge hatte. Er hielt es für seine Aufgabe, dafür zu sorgen, daß das Leben auf Clouds so weiterlief wie zu Jules Mendelsons Lebzeiten.

Als Philip eine halbe Stunde nach seinem Besuch bei Flo March am Tor klingelte und über die Sprechanlage fragte, ob Mrs. Mendelson zu Hause sei, war Dudley empört: Seine Herrin mochte den jungen Mann zwar, der mit Camilla Ebury befreundet war, aber er fand es unerhört, ohne Voranmeldung zu erscheinen. Dudley wußte, daß Jules Mendelson Philip verabscheut hatte, und er gab ebenso wie sein Herr diesem die Schuld an der Beschädigung der Degas-Ballerina.

»Erwartet Mrs. Mendelson Sie?« fragte er kühl.

»Nein«, sagte Philip in die Linse der Überwachungskamera.

»Ich glaube nicht, daß sie Zeit haben wird, Sie zu empfangen«, nahm Dudley die Entscheidung der Hausherrin vorweg, wobei er sich einen Anflug von Mißbilligung in seinem Ton gestattete. »Ich halte es für besser, daß Sie später anrufen und einen Termin vereinbaren.«

Doch Philip ließ sich nicht so leicht abwimmeln. »Es ist mir klar, daß es sich nicht gehört, einfach hereinzuschneien, Dudley. Aber könnten Sie Mrs. Mendelson nicht vielleicht trotzdem fragen, ob Sie ein paar Minuten für mich erübrigen kann?«

Dudley war jetzt ernsthaft verärgert. Er unterbrach die Verbindung, rief über das Haustelefon Pauline an und teilte ihr mit, daß Philip Quennell am Tor stehe.

»Na, so was«, sagte sie.

»Ich habe ihn ersucht, telefonisch einen Termin auszumachen«, erklärte der Butler.

»Nein, nein, ich werde ihn empfangen. Aber ich muß erst noch zu Jarvis ins Gewächshaus hinüber. Bitten Sie Mr. Quennell, in der Bibliothek zu warten.«

Wortlos drückte Dudley auf den Knopf, der das Tor öffnete, und Philip fuhr langsam die lange Zufahrt hinauf. Als er vor dem Haus ankam, öffnete Dudley gerade die Tür.

»Mrs. Mendelson läßt Sie bitten, in der Bibliothek zu warten«, sagte er und ging voraus. »Mrs. Mendelson ist bei Jarvis im Gewächshaus. Sie wird gleich kommen.«

Er öffnete die Tür zur Bibliothek und ließ den Besucher eintreten. Philip ging zum Kamin und betrachtete wieder einmal bewundernd van Goghs »Weiße Rosen«.

»Soll ich Ihnen etwas bringen?« fragte der Butler. »Kaffee? Tee? Einen Drink?« Während er sprach, wandte er sich ab und rückte die Illustrierten gerade, die auf der Kaminbank lagen.

»Nein, danke, ich möchte nichts«, erwiderte Philip, als sei ihm die grobe Unhöflichkeit gar nicht aufgefallen.

Zehn Minuten später kam Pauline durch eine der Terrassentüren herein. Sie trug einen Henkelkorb mit Rosen am Arm, die sie gerade im Garten geschnitten hatte. »Hallo, Philip!« begrüßte sie ihn.

Philip sprang auf. »Pauline, ich weiß, es ist unverzeihlich, daß ich Sie einfach so überfalle. Ich glaube, bei Ihrem Butler habe ich verspielt.«

»Oh, machen Sie sich darüber keine Gedanken«, entgegnete sie. »Ich hoffe, es stört Sie nicht, wenn ich während unserer Unterhaltung die Rosen ins Wasser stelle.« Ohne eine Antwort abzuwarten, nahm sie eine weiß-blaue chinesische Vase, trug sie in das angrenzende kleine Bad und füllte sie mit Wasser. »Ich habe einen Gast zum Mittagessen. Ich fürchte, ich kann Sie nicht dazubitten.«
»Oh, ich würde auf keinen Fall bleiben. Es ist sehr freundlich von Ihnen, mich überhaupt zu empfangen. Ich brauche nur ein paar Minuten.« Plötzlich erschien ihm sein Vorhaben viel zu kühn. Doch jetzt konnte er nicht mehr zurück.
Pauline stellte die Vase auf ein Tischchen, nahm eine Rosenschere aus dem Korb und machte sich daran, die Blätter von den Stengeln abzustreifen und die Stiele anzuschneiden. »Sie haben doch nicht etwa wieder Streit mit Camilla, oder?« fragte sie.
Philip schüttelte lächelnd den Kopf.
Sie begann, die Blumen in der Vase zu arrangieren, und ihre Handgriffe bewiesen jahrzehntelange Übung.
»Es sieht fast so aus wie auf Ihrem Lieblingsbild«, bemerkte Philip.
»Der van Gogh inspiriert mich jedesmal wieder«, räumte sie ein. »Aber Sie sind bestimmt nicht hergekommen, um mit mir über Blumenarrangements zu sprechen.«
»Nein, ich bin hier, um mit Ihnen über Flo March zu sprechen.«
Bei der Erwähnung dieses Namens versteifte Pauline sich merklich. Sie atmete tief durch und fuhr dann mit ihrer Arbeit fort.
»Sind Sie jetzt ihr Sprachrohr?« fragte sie. Ihre Stimme und ihr Gesichtsausdruck hatten sich völlig verändert. »Wenn es so ist, dann wenden Sie sich bitte an meinen Anwalt, Sims Lord. Ich bin nicht bereit, mich mit diesem Thema zu befassen.«
»Nein, Pauline, ich bin nicht ihr Sprachrohr. Ich bringe auch keine Nachricht von ihr, und ich will auch kein Plädoyer für sie halten. Es gibt da nur etwas, das Sie, glaube ich, wissen sollten. Bitte hören Sie mich an!«
»Weiß Camilla, daß Sie hier sind?«
»Nein.«

»Was würde sie wohl sagen, wenn sie es wüßte?«
»Daß mich die Sache nichts angehe.«
»Und damit hätte sie durchaus recht.«
»Ja, sie hätte recht damit, ebenso wie Sie recht damit haben, sich über meine Einmischung zu ärgern, aber ich sehe eine Katastrophe auf Sie zukommen, wenn Sie nicht erfahren, was ich Ihnen zu sagen habe. Und um diese zu verhindern, nehme ich auch Ihre Mißbilligung in Kauf.«
Sie beschäftigte sich weiter mit ihren Rosen. »Ich habe Sie immer gemocht, Philip. Ich möchte, daß Sie das wissen. Aber jetzt haben Sie sich zu weit vorgewagt, und ich möchte Sie bitten, mein Haus zu verlassen und nicht wiederzukommen.«
Philip nickte und ging auf die Tür zu. Er öffnete sie und wollte schon hinausgehen, doch dann drehte er sich noch einmal um: »Unterschätzen Sie Flo March nicht, Pauline!«
»Bitte, gehen Sie!«
Er sprach weiter, als habe sie nichts gesagt: »Sie ist verzweifelt, und Verzweifelte tun so manches. Und sie wird auch noch von einem skrupellosen Kerl manipuliert, der Sie verabscheut.«
»Und wer soll das sein?«
»Cyril Rathbone.«
»Ach, ich bitte Sie!« Sie lachte verächtlich. »Dieser lächerliche Tropf! Ein Hochstapler. Er haßt mich, weil ich ihn nie eingeladen habe.«
»Er schreibt als Ghostwriter für Flo March ein Buch mit dem Titel ›Ich war Jules' Geliebte‹. Wußten Sie das?«
Ihr Schweigen zeigte ihm, daß sie es nicht gewußt hatte.
»Das sieht dieser Hure ähnlich«, sagte sie schließlich.
»Rathbone hat vierzig Stunden Interview mit ihr auf Band«, fuhr Philip fort. »Sie hat ihm Dinge erzählt, die unangenehm für Sie werden könnten.«
Pauline wollte, daß Philip ging, doch gleichzeitig drängte es sie, mehr zu erfahren. »Was für Dinge?« fragte sie betont gleichgültig, ohne den Blick von ihren Blumen zu heben.
»Ich weiß nichts Genaues. Ich kenne die Tonbandaufnahmen nicht. Aber ich möchte Sie etwas fragen, Pauline. Sie müssen mir natürlich nicht antworten. Weiß sie etwas über Sie – oder vielleicht über Ihren Sohn?«

»Hat sie das behauptet?«
»Nur angedeutet.«
Pauline hatte sich perfekt in der Gewalt. »Diese Frau ist eine Lügnerin. Sie würde alles mögliche erfinden, um mir zu schaden.«
»Sie irren sich, Pauline«, widersprach Philip. »Das stimmt einfach nicht. Sie würde das Buch lieber nicht veröffentlichen. Das hat sie mir erst vor einer Stunde gesagt. Aber sie ist verzweifelt. Versetzen Sie sich doch einmal in ihre Lage!«
»Sie bekommt keinen Cent!«
»Sie will nur haben, was Jules ihr versprochen hat – und das ist bestimmt weniger, als der Ring an Ihrem Finger gekostet hat.«
Pauline hatte sich entschlossen, den »de-Lamballe« wieder regelmäßig zu tragen. Wenn Leute sie auf den Ring ansprachen, schaute sie lächelnd auf ihn hinunter und erzählte, wie Jules ihn ihr in Paris ein paar Tage vor ihrer Hochzeit geschenkt hatte. Ihr Tonfall machte die Zuneigung für den Mann deutlich, mit dem sie zweiundzwanzig Jahre verheiratet gewesen war, und die Leute sprachen anschließend voller Bewunderung darüber, daß sie offenbar nicht den geringsten Groll gegen Jules hegte, dem sie doch diese unendliche Erniedrigung verdankte. »Das ist typisch für Pauline«, sagten ihre Freunde. »Sie ist eben durch und durch eine Dame, eine echte McAdoo.«
»Adieu, Philip«, sagte Pauline.
»Adieu, Pauline.«
Seine Mission war gescheitert, und er hatte sich zudem Paulines Freundschaft verscherzt. Als er in die Halle kam, erschien Dudley aus einem der sechs angrenzenden Räume, ging zur Haustür und öffnete sie – aber nicht für ihn, wie Philip angenommen hatte, sondern für einen Gast, der draußen stand.
»Mrs. Mendelson erwartet mich«, sagte der Mann mit dem typischen Akzent englischer Adeliger.
»Ich weiß, Lord St. Vincent.« Dudley nickte.

»Ich verstehe das nicht«, erregte sich Flo. »Zuerst reißen sich alle um das Buch, und dann interessiert sich plötzlich niemand mehr dafür. Wir werden es nie verkaufen.«
»Sie geben viel zu schnell auf. Sie scheinen gar nicht zu begreifen, welche Machtposition Sie innehaben«, widersprach Cyril.

Sie schüttelte den Kopf. »Da sind Leute am Werk, die viel mehr Macht haben.«
»Jetzt dramatisieren Sie aber!«
»Die Verleger werden von jemandem unter Druck gesetzt«, sagte Flo.
»Ach, kommen Sie! Wer sollte denn soviel Macht haben?«
»Freunde von Pauline.«
»Was für Freunde?«
»Zum Beispiel einer der ehemaligen Präsidenten, der öfter bei ihr eingeladen ist.«
»Das glaube ich nicht.«
»Das sollten Sie aber!«

Die anfängliche Begeisterung der Verlage, denen Joel Zircon Flos Buch angeboten hatte, erlosch buchstäblich über Nacht. Verleger, die noch eine Woche zuvor behauptet hatten, sie seien bereit, sofort einen Vertrag zu machen, sobald sie das erste Kapitel und die Inhaltsangabe in Händen hielten, was sie Joel gegenüber als reine Formsache bezeichneten, waren plötzlich telefonisch nicht erreichbar.
»Es ist verdammt lange her, daß mich jemand nicht zurückgerufen hat«, beschwerte sich Joel Zircon bei Mona Berg, als sie miteinander zu Mittag aßen. Er war in der Agentur eine Stufe höher gerückt. »Ich begreife das einfach nicht.«
Mona riet ihm zu einer Alternative: »Versuch doch, die Geschichte als Mini-Serie zu verkaufen!«
»Und wie soll ich das machen?«
»Nimm das erste Kapitel und die Inhaltsangabe, geh zu den Sendern und sage: ›Ich habe hier das erste Kapitel und die Inhaltsangabe von ›Ich war Jules' Geliebte‹ von Miss Flo March. Alle Verlage reißen sich die Beine danach aus, aber ich habe beschlossen, die Buchveröffentlichung zu überspringen und lieber gleich zu Ihnen zu kommen, solange das Eisen noch heiß ist.‹«
»Und dann?«
»Dann machst du ihnen den Mund wäßrig, läßt große Namen einfließen – natürlich Jules und Pauline Mendelson und die Leute aus Washington, Bankpräsidenten, Kabinettsmitglieder und so. Du wirst sehen: Sie fressen dir aus der Hand.«

»*Ehemalige* Kabinettsmitglieder«, korrigierte Joel.
»Na schön, dann eben *ehemalige* Kabinettsmitglieder. Komm mir gefälligst nicht dumm, wenn ich deine Arbeit für dich erledige!«
»Entschuldige. Sprich weiter!«
»Verwende Worte wie ›Milliardär‹, ›High-Society‹ und ›Herrensitz‹, wenn du den Inhalt des Buches beschreibst, das mögen sie.«
»Großartig, du bist wirklich die beste.«
»Ich weiß«, erwiderte Mona.

»Irgendwas geht da vor«, sagte Joel.
»Inwiefern?«
»Sie werden die Mini-Serie nicht machen.«
»Ich dachte, sie ist schon so gut wie verkauft?«
»Sie haben es sich anders überlegt.«
»Warum?«
»Angeblich sind Stories über Geliebte nicht erfolgversprechend.«
Flo nickte mutlos. »Ich sage es ja, da steckt jemand dahinter, der die Leute unter Druck setzt.«
»Ach, kommen Sie ...«
»Sie werden schon noch sehen, daß ich recht habe.«

Joel versuchte es auch noch bei den beiden anderen Fernsehsendern. Die niederen Chargen waren begeistert, doch sobald die Angelegenheit den Programmdirektoren vorgetragen wurde, folgte die Ablehnung.
»Ich scheine meinen Instinkt verloren zu haben«, beklagte sich Joel bei Cyril. »Ich hätte geschworen, diese Geschichte ist eine todsichere Sache. Immerhin steckt alles drin, was man sonst mühsam erfinden muß.«
»Ich habe eine Idee«, sagte Cyril plötzlich.
»Nämlich?«
»Du mußt Flo in die Amos-Swank-Show bringen. Setz sie dem amerikanischen Nachtpublikum vor die Nase – die schöne junge Frau, deren Geschichte totgeschwiegen werden soll, weil die Mächtigen des Landes sich gegen sie verschworen haben.«

»Ich würde lange aufbleiben, um das zu sehen.«
»So werden auch die anderen Leute denken.«
»Wird Flo das durchhalten?«
»Wie meinst du das?«
»Na ja, sehr stabil scheint sie mir gerade nicht zu sein.«
»Was soll das heißen?«
»Sie hat wieder die Verzweiflung in den Augen.«
»Aber nicht mehr lange – falls du funktionierst.«

Als Flo hörte, daß das Datum für ihren Auftritt bei Amos Swank festgesetzt worden sei, war ihre Depression wie weggeblasen. Sie fuhr von da an wieder jeden Morgen zu den Versammlungen der Anonymen Alkoholiker, aber entsprechend Philips Rat meldete sie sich nicht noch einmal zu Wort. »Inzwischen weiß sicher auch der letzte von ihnen, wer du bist. Und man kann sich nicht darauf verlassen, daß sich alle an die Schweigepflicht halten«, hatte er gesagt. Er erzählte ihr nicht, daß Rose Cliveden sie bereits gebrochen und alles brühwarm an Pauline Mendelson und Sims Lord weitergegeben hatte. Er sagte nur: »Und sprich nicht mit Rose C.!«
»Warum nicht?«
»Sie ist eine Tratsche.«
Flo ging zur Gymnastik, sie ließ sich von Pooky wieder die Haare machen und von Blanchette die Nägel, und dann nahm sie den Friseur mit nach Hause, weil er ihr helfen sollte, die richtige Aufmachung für ihren Fernsehauftritt auszusuchen. Sie hatte sich seit Jules' Herzanfall nichts Neues mehr kaufen können, aber Pooky meinte, die Chanel-Kostüme seien von zeitloser Eleganz. Er brachte das von ihm ausgewählte zu einem befreundeten Schneider ins San Fernando Valley und ließ es auf die derzeit modische Länge kürzen. »Lassen Sie die gelben Diamantohrringe weg! Der Saphirring reicht völlig«, riet er ihr.
»Sie sind ein echter Freund, Pooky«, sagte Flo gerührt.
Cyril bereitete sie gründlich auf den großen Abend vor. Er brachte ihr Videoaufzeichnungen von anderen Talkshows, damit sie sich auf die vor ihr liegende Aufgabe einstimmen konnte. »Sie müssen so sitzen«, sagte er zum Beispiel. Oder: »Diese Formulierung dürfen Sie auf keinen Fall bringen!«

Oder: »Wenn Sie über Lonny Edge sprechen, dann sagen Sie, der ›Porno-Star‹!«
»Ich werde nicht über Lonny Edge sprechen«, erklärte sie. Sie hatte Angst.

Freddie Galavant, ehemaliger Botschafter und enger Freund zahlreicher hochgestellter Persönlichkeiten, rief Mona an und teilte ihr mit, daß die Tage ihrer Agentur gezählt seien, wenn sie nicht ab sofort ihre Bemühungen einstelle, die Geschichte dieser Hure als Buch oder Mini-Serie an den Mann zu bringen. Worauf Mona Joel in ihr Büro rief und ihm befahl: »Sag alles ab!«
»Aber ich habe den Vertrag so gut wie in der Tasche.«
»Sag alles ab!«
Joel sagte alles ab.

Da diesmal Dom Belcanto der Stargast bei Amos Swank sein sollte, ließ Arnie Zwillman sein allwöchentliches Kartenspiel ausfallen, um sich mit Adrienne Basquette zu Hause seinen Freund anzusehen. Erst bei der Bekanntgabe der zu erwartenden Gäste erfuhr er, daß Flo March, »das Mädchen, das jenes Buch schreibt, das niemand zu veröffentlichen wagt«, wie Amos Swank sie beschrieb, in dieser Nacht die letzte Gesprächspartnerin des Talkmasters sein würde – nach Dom Belcanto, dem es vor allem darum ging, sein neues Album vorzustellen.
»Dieses verdammte Weib ist eine Zeitbombe«, knurrte Arnie.

Pauline, die eine sehr beschäftigte Frau war, sah außer den Nachrichten fast nie etwas im Fernsehen und schon gar nicht die Amos-Swank-Show. »Ich weiß ohnehin nicht, wer die Leute sind«, sagte sie schon vor Jahren zu Jules: Die Gäste waren hauptsächlich Stars aus Fernsehserien, die sie nicht kannte, und Komiker aus Las Vegas, wo sie nie gewesen war. Aber sie war die Schirmherrin einer Veranstaltung zugunsten des Kinderblindenheims der Stadt, wozu sie sich schon vor Jules' Tod bereit erklärt hatte, und Dom Belcanto, der sich sehr für Wohltätigkeitszwecke engagierte, wie sein Manager betonte, hatte zugesagt, bei dem festlichen Abend im »Century Plaza« zu singen. Und so sah sie sich diesmal die Show doch an, denn sie war für den nächsten Tag mit Dom verabredet, um die Einzelheiten seines Auftritts bei der Benefizgala zu besprechen.

Am Nachmittag war Laurette, die Redakteurin der Sendung, zu Flo gekommen, deren Schicksal sie sehr berührt hatte. Sie sagte ihr einen großen Erfolg voraus.
»Sehe ich Mr. Swank vor der Sendung denn gar nicht?« fragte Flo. »Werde ich ihm nicht vorgestellt?«
»Nein. Amos vertritt die Ansicht, daß die Spontaneität größer ist, wenn er seine Gäste erst vor der Kamera trifft.«
»Aber wie soll er wissen, was er mich fragen kann, wenn wir vorher nicht miteinander geredet haben?«
»Dafür bin *ich* da«, erklärte Laurette. »Ich habe Cyril Rathbones Artikel im ›Mulholland‹ gelesen und das erste Kapitel und die Inhaltsangabe Ihres Buches. Dynamit! Reines Dynamit! Wir werden Ihre Geschichte jetzt durchgehen, und dann spreche ich sie mit Amos durch, und wir entscheiden gemeinsam, welche Punkte am interessantesten sind. Dann schreibe ich die Fragen auf, und die erscheinen dann auf dem Teleprompter, dem optischen Souffliergerät.«
»Ach, so funktioniert das.«
»Heute abend wird ein großes Publikum im Saal sein wegen Dom Belcanto, und das ganze Land wird sich die Sendung ansehen. Dieser Bursche ist ein ungeheures Zugpferd.«
»Ich möchte nicht über Mr. Mendelsons Stiefsohn sprechen«, schloß Flo von vornherein aus.
»Nein, nein, nein. Nur keine Sorge!« beruhigte die Redakteurin sie.

»Tun Sie mir einen Gefallen, Cyril, warten Sie irgendwo draußen! Sie machen mich nervös«, sagte Flo, als sie sich im Schminkraum vor einen Spiegel setzte.
»Ich wollte nur schnell noch wegen des Briefes fragen, in dem Jules Ihnen die Millionen vermacht hat: Haben Sie die Kopie abgegeben, damit sie auf dem Bildschirm gezeigt werden kann?«
»Bitte, Cyril, ich habe heute nachmittag alles mit Laurette besprochen, und sie hat den Brief.«

Die Maskenbildnerin Jess stopfte rundherum Papiertücher in den Kragen von Flos Chanelbluse, damit sie ja keinen Fleck bekam. »Ich habe noch nie so schöne Haare gesehen«, sagte sie voller Bewunderung.
»Ich danke Ihnen.« Flo lächelte. »Alle sind so nett hier, ich kann es gar nicht fassen.«
»Wir arbeiten schon so lange für die Show, daß wir eine richtige Familie geworden sind«, erklärte Jess.
»Meinen Sie, ich sollte Amos auf die Wangen küssen, wenn ich rauskomme?« fragte Flo.
»Wie gut kennen Sie ihn denn?«
»Noch gar nicht.«
»Dann würde ich abraten.«
»Ja, das dachte ich auch. Ich habe nur gesehen, wie Roseanne ihn so begrüßte, und deshalb wollte ich für alle Fälle fragen.«
Je näher ihr Auftritt rückte, um so aufgeregter wurde sie – und um so nervöser. Sie hatte sich ja schon immer gewünscht, ins Showbusiness zu kommen, und fand es herrlich, sich von Jess zurechtmachen zu lassen – und sich später im Aufenthaltsraum mit den anderen Gästen unterhalten zu können. Hätte sie sich doch nur längst ernsthaft um eine Karriere bemüht! Früher wäre sie mit einer kleineren Rolle zufrieden gewesen, aber jetzt hatte sie das Gefühl, auch großen Aufgaben gewachsen zu sein. Vielleicht konnte ihr heutiger Auftritt als Sprungbrett dienen. Sie nahm sich vor, neue Fotos machen zu lassen. Und dann brauchte sie noch einen Agenten. Am besten wäre es sicher, auch dafür Joel Zircon zu verpflichten.
Ein Page in dunkelbrauner Uniform kam auf sie zu. »Miss March?«
»Ja? Ist es schon Zeit? Ich bin schrecklich nervös.«
»Würden Sie bitte mitkommen, Miss March?« bat der Page.
»Natürlich.«
»Mr. Marcuzzi möchte Sie sprechen.«
»Wer?«
»Mr. Marcuzzi, der Leiter des Senders.«
»Meine Güte!« staunte Flo, nichts Böses ahnend.
»Sein Büro liegt drüben im Westflügel im fünfzehnten Stock.«
»Habe ich vor der Show denn noch genug Zeit dafür?« ängstigte sich Flo.

»Aber sicher. Er ist der Produzent der Show.«
Sie folgte dem jungen Mann durch die Gänge, die von den Studios im Ostflügel zum Verwaltungstrakt im Westflügel führten. Schließlich blieb er vor einer Liftzeile stehen. Als der Aufzug kam, trat er beiseite, um Flo einsteigen zu lassen und drückte dann auf den Knopf für die fünfzehnte Etage.
Als oben die Lifttür zur Seite glitt, trat Flo auf den Flur hinaus, wo Cyril sie schon erwartete. Es überraschte sie, daß er so bedrückt wirkte.
»Sollen Sie auch zu Mr. Marcuzzi?« fragte sie verwundert.
»Er hat Sie gestrichen«, eröffnete Cyril ihr.
»Was?« Sie schnappte nach Luft.
»Sie haben es schon richtig verstanden.«
»Ich kann es nicht glauben. Laurette hat stundenlang alles mit mir durchgesprochen, und gerade bin ich geschminkt worden.«
»Aber er hat Ihren Auftritt rausgeschmissen«, sagte Cyril.
»Und warum will er mich dann sehen?«
»Weil er Ihnen mitteilen will, daß Sie nach Hause gehen können. Wissen Sie, was er zu mir sagte? ›Amos mag keine Leute, die Bücher schreiben. Er mag Stars wie Dom Belcanto, oder Mädchen mit großen Titten wie Roseanne oder Dompteure.‹ Was für ein verlogener Strolch!« Aber seine Wut schien sich mehr gegen Flo zu richten als gegen Mr. Marcuzzi. Sie bemerkte, daß ihre Beine zu zittern anfingen. Unter ihrem Make-up war sie leichenblaß geworden. Sie hatte das Gefühl, jeden Augenblick ohnmächtig zu Boden zu sinken. Gegenüber der Liftzeile befanden sich drei tiefliegende, offene Fenster. Sie ging mit unsicheren Schritten hinüber, setzte sich seitwärts auf eines der breiten Fensterbretter und starrte in die Dunkelheit hinaus. »Es hat also wieder mal jemand angerufen«, sagte sie mehr zu sich selbst als zu Cyril, der ihr gefolgt war. Auf ihrem Gesicht war deutlich zu lesen, daß sie die Hoffnungslosigkeit ihrer Situation endgültig begriffen hatte. Doch von Cyril war kein Beistand zu erwarten: Für ihn war sie jetzt unwichtig geworden.
Flo stand auf, legte die Hände seitlich auf den Fensterrahmen und beugte sich ein wenig vor: Fünfzehn Stockwerke tiefer pulsierte der Verkehr des Ventura Boulevard. Ihre Mutter fiel

ihr ein, die von Fürsorgeheim zu Fürsorgeheim gezogen war, ihre ganze Habe in abgeschabten Einkaufstaschen mit sich schleppend.
Cyril witterte plötzlich eine neue Chance. Er widerstand dem Impuls, Flo zurückzuhalten. »Ich habe versucht, sie zurückzuhalten«, würde er der Polizei erzählen. »Ich schrie: ›Tun Sie's nicht, Flo!‹ aber sie machte sich los.«
Er trat neben sie. »Springen Sie!« sagte er leise. »Los, Flo! Tun Sie's!«
Sie wandte ihm langsam das Gesicht zu, und ihre Blicke trafen sich. Seine Augen glänzten vor Erregung, und sein Atem ging schwer.
»Sie haben keine Chance mehr!« fuhr er mit drängender Stimme fort. »Sie haben keine Zukunft! Jules ist tot. Sie sind pleite. Sie werden nie mehr Geld haben. Niemand will Ihr Buch kaufen oder Sie sehen. Niemand will etwas mit Ihnen zu tun haben. Tun Sie's! Springen Sie! Die Zeitungen werden voll davon sein! Der Tod kann eine phantastische Erfahrung sein! Los, Flo, los! Springen Sie!«
Sie starrte ihn an wie hypnotisiert. Er nickte beschwörend. Sie schaute wieder auf die Straße hinunter und kniete sich auf das Fensterbrett. Die Scheinwerfer und Rücklichter der dahinrasenden Autos übten eine magische Anziehungskraft auf sie aus. Sie beugte sich weiter hinaus.
»Na los!« flüsterte Cyril hinter ihr. »Tun Sie's! Tun Sie's!« Er wiederholte die Worte immer schneller, als stehe er kurz vor einem Orgasmus, und sie beugte sich immer weiter hinaus. Sekundenbruchteile, bevor sie die Hände vom Fensterrahmen lösen wollte, kündigte ein kurzes *Pling!* die Ankunft eines Aufzugs an, und gleich darauf glitt mit leisem Zischen die Lifttür zur Seite. »Abwärts!« rief jemand.
Der Bann war gebrochen. Flo sprang zurück auf den Boden. Voller Entsetzen starrte sie Cyril an und wich langsam vor ihm zurück.
»Abwärts!« rief die Stimme wieder.
»Halt! Warten Sie!« schrie Flo und stürzte in panischer Furcht in den Lift. Cyril folgte ihr. Der einzige andere Fahrgast war ein Hausmeister mit seinem Wagen voll Putzutensilien. Er nickte ihnen freundlich zu. Flo klammerte sich an die Halte-

stange. Tränen strömten über ihr Gesicht. Cyril wollte etwas zu ihr sagen, doch sie wandte sich ab. Lautlos sank die Aufzugkabine in die Tiefe.
»Ich hole den Wagen«, erklärte Cyril, als sie ausstiegen.
»Nein, nein, ich nehme ein Taxi!« protestierte sie hastig.
»Seien Sie nicht albern, Liebste!« sagte er mit seiner gewohnt übertriebenen Freundlichkeit, als sei nichts vorgefallen.
Sie lehnte sich erschöpft an die Wand.
»Soll ich Ihnen ein Glas Wasser bringen?« fragte er.
»Warum haben Sie das getan?« fragte sie kaum hörbar.
»Es war ein Scherz, Flo. Ich habe nur einen Scherz gemacht. Das müssen Sie doch wissen!«
»Das war wirklich ein gelungener Scherz, Cyril, echt komisch! Amos Swank hätte Sie mit dieser Nummer bestimmt gerne in seiner Show gehabt.« Mit staksigen Schritten ging sie davon.
»Flo!« rief er ihr nach.
Sie blieb stehen und drehte sich zu ihm um. »Bleiben Sie mir vom Leib, Cyril!« sagte sie und deutete mit ausgestrecktem Arm und abstehender Hand auf ihn, um ihrem Wunsch zusätzlich Nachdruck zu verleihen. »Bleiben Sie mir vom Leib!«

Der iranische Fahrer der Valley Cab Company schaute immer wieder in den Rückspiegel. Der Fahrgast kam ihm bekannt vor. Vielleicht war die Frau der Star einer Fernsehserie, die von dem Studio produziert wurde, vor dem sie ihn angehalten hatte. Auch die Adresse, die sie ihm gegeben hatte, kam ihm bekannt vor. Wieder schaute er in den Spiegel. Sie öffnete gerade ihre Handtasche und nahm ihr Portemonnaie heraus. Anschließend warf sie einen Blick auf den Taxameter und dann auf das Geld in ihrer Hand.
»Fahrer«, sagte sie, »lassen Sie mich bitte Ecke Sunset und Coldwater raus. Ich gehe das letzte Stück zu Fuß.«
»Das können Sie doch nicht machen, Miss! Es ist schon sehr spät, und bis zur Azelia Lane müßten Sie noch fast zwei Meilen laufen!«
»Hören Sie, ich habe nicht genügend Geld dabei. Eigentlich hatte mich ein Bekannter nach Hause fahren wollen.«
Der Fahrer schnippte mit den Fingern. »Das ›Château Marmont‹ war's, stimmt's?«

»Ich verstehe nicht.«
»Habe ich Sie nicht mal von einem Steakhaus im Valley ins ›Château Marmont‹ gebracht? Sie weinten und waren schrecklich aufgeregt.«
Flo lächelte müde. »*Sie* waren das? Sie scheinen mich immer in katastrophaler Verfassung zu erwischen.«
»Sie haben mir damals zehn Dollar Trinkgeld gegeben, das habe ich nicht vergessen. Die meisten geben gerade mal fünfzehn Prozent vom Fahrpreis. Ich dachte, diese Lady hat Format! Ich werde Sie nicht bei Nacht und Nebel auf die Straße setzen, Miss – ich bringe Sie nach Hause.« Er schaltete den Taxameter aus. »Diese Fahrt geht auf meine Rechnung.«
Flo war gerührt. »Das ist sehr nett von Ihnen.«
»Damals kam ein Privatdetektiv zu mir: Er wollte wissen, wo ich Sie hingebracht habe.«
Flo las das Namensschild am Armaturenbrett. »Hussein? Ist das richtig ausgesprochen?«
»Ja.«
»Ich bin Ihnen wirklich sehr dankbar, Hussein. Es gibt nicht mehr viele nette Männer.«
Als das Taxi vom Coldwater Canyon in die Azelia Lane einbog, kam ihnen ein Wagen entgegen. Als er vorbeifuhr, sah Flo, daß es ein goldfarbener Rolls-Royce war. Wieder saßen zwei Männer auf den Vordersitzen. Sie schauten nicht herüber. Eisige Kälte kroch in Flo hoch. Sie drehte sich um und schaute dem Rolls nach.
»Würden Sie mir einen Gefallen tun, Hussein?« fragte sie, als sie zu ihrer Einfahrt kamen.
»Was denn?«
»Würden Sie vor dem Haus warten, bis ich drin bin?«
»Ich bringe Sie zur Tür.« Er stieg aus und öffnete ihr den Schlag, als sei er ihr Privatchauffeur.
Sie wollte gerade den Schlüssel ins Schloß stecken, als sie sah, daß die Tür nur angelehnt war.
»Vielleicht haben Sie sie aus Versehen offengelassen, als Sie weggingen«, meinte der Taxifahrer.
»Vielleicht.« Flo nickte und stieß die Tür auf.
»Soll ich vorgehen?« fragte Hussein.
»Wenn es Ihnen nichts ausmacht?«

Sie trat hinter ihm in die Halle und sah sich um: Alles schien in Ordnung. Sie schaute in die Küche, in das leerstehende Mädchenzimmer und tastete in einem Schrank im Ankleidezimmer hinter einigen Schachteln nach dem Louis-Vuitton-Schmuckkoffer, mit dem man sie nach dem Feuer im Pariser »Hotel Meurice« fotografiert hatte. Als sie ihn öffnete, stellte sie erleichtert fest, daß die gelben Diamantohrringe, die als Jules' letztes Geschenk eine besondere Bedeutung für sie hatten, noch an ihrem Platz lagen.
»Alles *okay?*« fragte Hussein.
»Scheint so.«
»Werden Sie die Polizei rufen?« fragte er.
»Nein, es fehlt ja offenbar nichts. Ich möchte mich nochmals sehr bei Ihnen bedanken. Sie haben sich ganz großartig benommen. Wenn Sie mir Ihre Adresse geben, dann schicke ich Ihnen morgen das Geld. Ich muß nur zuerst auf die Bank.«
»Ich habe Ihnen doch gesagt, daß die Fahrt auf meine Rechnung geht.« Er lächelte. »Ich wünsche Ihnen viel Glück. Für eine so junge Lady scheinen Sie ungewöhnlich viele Sorgen zu haben.«
Sie erwiderte sein Lächeln. »Ich wünsche Ihnen auch viel Glück.«
Als er gegangen war, legte sie die Kette und den Riegel vor. Dann ging sie durchs Haus, zog alle Vorhänge zu und schaltete alle Lampen an. Im Schlafzimmer legte sie das Chanel-Kostüm ab, das Pooky für ihren Fernsehauftritt ausgesucht hatte. Anschließend trug sie im Bad eine dicke Schicht Abschminke auf ihr Gesicht auf, um das Make-up herunterzukriegen, das Jess ihr so mühevoll aufgetragen hatte, bevor der Page gekommen war, um sie zu Mr. Marcuzzi zu bringen. Als sie sich daran erinnerte, daß sie sich fast aus dem fünfzehnten Stock des Westflügels stürzen wollte, wurde ihr schwach in den Knien, und sie mußte sich einen Moment am Waschbekken festhalten. Sie ging ins Wohnzimmer und holte sich eine Dose Diätcola aus dem Kühlschrank der Bar. Sie hätte jetzt gerne ein Glas Wein getrunken, war aber froh, daß sie keinen im Haus hatte: Trinken löst keine Probleme, das hatte sie gelernt. Sie öffnete den Verschluß der Büchse und setzte sie an die Lippen. Als ihr Blick in den Spiegel hinter der Bar fiel,

erinnerte sie sich daran, wie Jules es gehaßt hatte, wenn sie aus der Dose trank. Wie ertappt, nahm sie ein Steuben-Glas von einem Bord und goß die Limonade hinein. »Ich versuche immer noch, mich so zu benehmen, wie du es wolltest, Jules«, sagte sie, »aber es bringt mir rein gar nichts.« Als sie sich umdrehte, trat sie auf etwas Hartes. Mit einem leisen Schmerzensschrei zog sie den nackten Fuß hoch und schaute auf den Boden: Dort lag, anscheinend mit einem Hammer zertrümmert, Cyrils Tonbandgerät. Die Mikrokassette fehlte.

Sie konnte nicht einschlafen. Schließlich packte sie ihr Kopfkissen und legte sich mit einer Schachtel Zigaretten und ein paar Illustrierten auf eines der grauen Satinsofas. Jedesmal, wenn sie einen Wagen die Azelia Lane heraufkommen hörte, hielt sie den Atem an, bis er vorbei war.

Sie griff nach dem »Mulholland«. Es war die Ausgabe mit dem Artikel über das Manuskript von Basil Plant, das man im Bungalow eines gewissen Lonny Edge, eines Porno-Stars, entdeckt hatte.

Es war zwei Uhr früh. Sie wußte, daß er um diese Zeit sicher noch nicht schlafen würde. Vielleicht war er noch gar nicht zu Hause.

»Hier spricht Lonny. Ich bin gerade nicht da. Hinterlassen Sie Ihren Namen und Ihre Nummer, auch wenn Sie glauben, ich hätte sie, und die Zeit Ihres Anrufs. Ich melde mich so schnell wie möglich. Sprechen Sie nach dem Pfeifton!«

Sie wollte gerade wieder auflegen, als er plötzlich selbst an den Apparat kam. »Hallo?« sagte er. »Hallo?«

»Lonny?« sagte sie zaghaft.

»Ina Rae?«

»Nein. Hier ist Flo.«

»Flo? Oh, Flo! Ich habe deine Stimme gar nicht erkannt. Klingt am Telefon irgendwie anders. Wie geht's dir denn?«

»Wer ist Ina Rae?«

»Frag mich nicht!«

Stille.

»Bist du *okay*, Flo?« fragte Lonny.

»Ja, ja.«

»Aber es muß doch was los sein, wenn du um diese Zeit anrufst.«

»Suchst du immer noch eine Wohnung?«
»Allerdings! Der Kerl wirft mich tatsächlich hier raus. Ich wollte zu einer Freundin ziehen, aber das klappt jetzt doch nicht.«
»Wieviel kannst du zahlen?«
»Sechs-, siebenhundert im Monat. Warum?«
»Dafür kriegt man heutzutage höchstens ein Wohnklo. Kannst du nicht tausend aufbringen?«
»Vielleicht. Warum? Weißt du was für mich?«
»Das Mädchenzimmer in meinem Haus steht leer. Du könntest hier wohnen, wenigstens so lange, bis du was anderes gefunden hast.«
»Wirklich? In deinem Haus in Beverly Hills?« fragte er aufgeregt. »Das wäre ja riesig!«
»Aber eins sage ich dir gleich: keine Heimarbeit bei mir! Und keine Porno-Videos! Ach ja – ich brauche zwei Monatsmieten im voraus.«
»Warum willst du dir einen Kerl mit einem solchen Ruf ins Haus holen, Flo? Bist du so pleite?«
»Ich bin so pleite, daß sie mir das Telefon sperren, wenn nicht schnell was passiert.«
»Aber ich kann nicht glauben, daß du mich deshalb mitten in der Nacht anrufst«, sagte Lonny.
»Ich habe Angst, Lonny. Ich fürchte mich zu Tode.«
Am nächsten Morgen kaufte sie mit ihrer Kreditkarte einen billigen Kassettenrecorder: Sie hatte sich daran gewöhnt, sich alles von der Seele reden zu können. Es half ihr durchzuhalten.
Anschließend fuhr sie zur Wells-Fargo-Bank.

Aus Flos Tonbandaufzeichnungen

Es war ein Riesenfehler, daß ich mich mit Cyril Rathbone zusammengetan hatte. Schließlich wußte ich, was für ein mieser Typ er ist. Jules hat ihn verabscheut – und Pauline auch. Und trotzdem ließ ich mich von ihm breitschlagen, ihm den Stoff für das Buch zu liefern. Es konnte ja nur übel enden. Ich hatte natürlich seinen Artikel über mich im »Mulholland« gelesen und gesehen, daß er Tatsachen einfach so hindreht, wie er sie braucht, und zusätzlich wild drauflos phantasiert. Ich hätte wissen müssen, daß er für eine Sensation über Leichen geht und allen voran über meine.

Ich bin froh, daß Lonny zu mir gezogen ist. Er ist wirklich ein netter Kerl, wenn er auch einen Beruf hat, den die Leute unanständig finden – zumindest offiziell. Aber hinter verschlossenen Türen . . . Ich hätte nie geglaubt, daß die meisten seiner Kunden in Bel Air und Holmby Hills wohnen, Männer, die unentwegt als leuchtende Vorbilder in der Zeitung stehen.

Das einzig Gescheite, was ich in meinem Leben getan habe, war wahrscheinlich, daß ich am Morgen, nachdem Cyril mich dazu überreden wollte, mich aus dem fünfzehnten Stock der Valley Studios zu stürzen, zur Wells-Fargo-Bank fuhr und die Tonbandaufnahmen abholte, die ich dort deponiert hatte: Ich wollte nicht, daß Cyril sie sich unter den Nagel riß. Der hatte nämlich auch einen Schlüssel zu dem Schließfach. Ich habe die Kassetten gut versteckt, natürlich nicht im Haus.

26. Kapitel

Cyril erwachte mit einem tiefen Groll gegen Flo March und den Hausmeister im Lift des Verwaltungstrakts der Valley Studios, der ihn um eine fette Schlagzeile und eine heldenhafte Darstellung seines verzweifelten Lebensrettungsversuchs gebracht hatte. Flo March war aus dem Rennen, aber mit den Tonbandaufnahmen ließ sich noch allerhand anfangen. Gottlob hatte auch er einen Schlüssel zu dem Schließfach bei der Wells-Fargo-Bank. Doch als er sie holen wollte, waren die Kassetten nicht mehr da . . .

Pauline hatte ihr gesellschaftliches Leben wieder aufgenommen, ging zu Dinnerparties und besuchte kulturelle Veranstaltungen, aber sie achtete darauf, den Fotografen der Regenbogenpresse und der Modezeitschriften zu entgehen. »Mrs. Pauline Mendelson erschien bei der Ballettpremiere erst, nachdem der Vorhang bereits aufgegangen war«, schrieb Cyril Rathbone in seiner Kolumne.

Es sah wie ein Zufall aus, daß Cyril Rathbone genau in dem Augenblick an Pookys Friseursalon am Bedford Drive vorbeikam, als Pauline Mendelson heraustrat. Pooky hatte an diesem Morgen im »Viceroy Coffee Shop« seiner Maniküre Blanchette erzählt, daß Mrs. Mendelson sich für elf Uhr angesagt habe und bis zehn vor zwölf fertig sein müsse, da sie zum Mittagessen einen Botschafter auf Clouds erwarte. Cyril, der wie üblich in seiner Nische frühstückte, hatte natürlich sofort geschaltet.

Um Viertel vor zwölf hielt der Mendelsonsche Bentley vor Pookys Salon, Jim stieg aus, öffnete den Schlag und stellte sich abwartend neben den Wagen. Punkt zehn vor zwölf öffnete der Türsteher das rotlackierte Portal des Luxussalons, und Pauline erschien, locker ein Tuch um die kunstvolle Frisur geschlungen. Der Mann tippte grüßend an seine Mütze, doch sie war so in Eile, daß sie es gar nicht bemerkte. Mit schnellen Schritten überquerte sie den breiten Bürgersteig, ohne nach rechts oder links zu sehen. Cyril, der mit einem Aktenkoffer in der Hand in dem Augenblick von seinem Beobachtungsposten gestartet war, in dem er Paulines ansichtig geworden war, tat, als sei er ebenfalls in größter Eile, und rannte buchstäblich in sie hinein. Der Aufprall war so heftig, daß beide beinahe gestürzt wären. Der Aktenkoffer entglitt seiner Hand.
»Können Sie nicht aufpassen!« beschwerte er sich mit affektierter Stimme und bückte sich nach seinem Köfferchen.
Jim, der Chauffeur, war zu Pauline gestürzt, hatte ihren Arm ergriffen, damit sie ihr Gleichgewicht wiederfinden konnte, und hob jetzt ihre Tasche auf, die ebenfalls heruntergefallen war. »Alles in Ordnung, Mrs. Mendelson?« fragte er besorgt, als er wieder hochkam.
»Ja, ja. Es ist nichts. Ich bin unachtsam gewesen.« Sie wandte sich an den Mann, den sie ihrer Meinung nach fast umgerannt hatte. »Es tut mir schrecklich leid, es war meine Schuld.«
»Mrs. Mendelson!« rief Cyril scheinbar überrascht. »Ich hatte sie ja gar nicht erkannt! Wahrscheinlich liegt es an Ihrem Kopftuch. Sie müssen tausendmal entschuldigen! Natürlich war es meine Schuld! Ich war in Gedanken. Habe ich Ihnen weh getan?«
Jetzt begriff sie, daß sie Cyril Rathbone vor sich hatte, wobei weniger sein Aussehen als seine gekünstelte Aussprache den Ausschlag gab, und sie nickte kühl.
»Das ist doch wirklich interessant«, fuhr er fort. »Ich hatte gerade an Sie gedacht. Aber ich sage es ja immer: Es gibt keine Zufälle!«
Sie ließ ihn stehen, ging die letzten Meter zum Wagen und setzte sich in den Fond. Jim wollte gerade die Tür schließen, als Cyril sich dazwischendrängte und sich zu Pauline hineinbeugte. »Ich muß Sie dringend sprechen«, sagte er in verschwörerischem Ton.

»Ich bin schon sehr spät dran«, erklärte sie und rutschte auf dem Sitz zur anderen Seite hinüber.
Er hätte beinahe gesagt: Ja, ich weiß, der Botschafter kommt zum Essen. Aber er beherrschte sich gerade noch rechtzeitig. Statt dessen sagte er: »Wenn Sie gehört haben, was ich Ihnen zu erzählen habe, werden Sie mir dankbar sein. Es ist von allergrößter Wichtigkeit für Sie.«
Sie sah ihn schweigend an.
»Es betrifft Miss March«, flüsterte er vertraulich. »Die Tonbandaufnahmen sind wirklich brisant.«
Sie schüttelte ablehnend den Kopf: Sie wollte nichts mehr über diese Frau hören – und sie wollte erst recht nicht, daß Jim mitbekam, was Cyril ihr mitzuteilen hatte. »Ich habe es wirklich sehr eilig«, sagte sie.
»Ich auch«, erwiderte er. »Ich muß dringend zu einer Verabredung.« Und dabei klopfte er auf seinen Aktenkoffer, als enthielte er Staatsgeheimnisse. »Aber ich rate Ihnen, sich Zeit für mich zu nehmen.«
»Wir fahren direkt nach Hause, Jim«, wandte sie sich an ihren Chauffeur.
»Ich bitte Sie, Pauline!« insistierte Cyril.
Sie blickte starr geradeaus, als sie sagte: »Rufen Sie Miss Maple an, die Sekretärin meines Mannes. Sie wird Ihnen einen Termin geben.«

Fast drei Jahrzehnte lang war es Arnie Zwillman, der die Medien immer wieder zu Spekulationen anregte, gelungen, den Fotografen, Reportern und Rechercheuren der »New York Times«, des »Wall Street Journal«, der »Los Angeles Times« und des »Los Angeles Tribunal« zu entgehen. Wiederholt erschien sein Name in Verbindung mit Bandenaktivitäten im Transportwesen, in Las Vegas, in der Schallplattenbranche, in der Filmindustrie, in der Drogenszene, im Prostituiertenmilieu und im Porno-Geschäft, aber stets konnte er nur als »geheimnisumwitterte Persönlichkeit«, als »graue Eminenz« beschrieben werden, die keine Interviews gab, sich nicht fotografieren ließ und sich kaum je in der Öffentlichkeit zeigte. Seine gesellschaftlichen Kontakte beschränkten sich auf seine jeweilige Ehefrau, die er mit schöner Regelmäßigkeit alle sieben Jahre gegen eine neue auswechselte, und auf so illustre Freunde wie Dom Belcanto und Amos Swank sowie deren derzeitige Ehefrauen.

Arnie Zwillman war es gewesen, der Amos Swank während Dom Belcantos Gesangseinlage angerufen hatte, nachdem Flo March als Gast der Talkshow angekündigt worden war.

»Schmeiß die Nutte raus!« befahl er.

»Roseanne? Meinst du Roseanne?« fragte Amos entsetzt.

»Quatsch. Ich meine Flo March.«

»Das bringt mich in die größten Schwierigkeiten, Arnie«, jammerte Amos. »Ich kann doch nicht plötzlich einen Ersatz für sie aus dem Boden stampfen.«

»Dann muß Dom eben ein paar Nummern mehr singen«, antwortete Arnie ungerührt. »Die Leute wollen sowieso ihn sehen und nicht diese March.«

Als Arnie später die einzige Kassette abhörte, die in Flos Haus zu finden gewesen war, verfinsterte sich sein Gesicht bedrohlich. Jules hatte seiner Geliebten das Gespräch in der Bar bei Casper Stieglitz bis ins Detail geschildert.

»An dieser March ist eine Sekretärin verlorengegangen«, sagte er grimmig. »Sie muß alles, was er sagte, mitstenografiert haben, während sie mit der freien Hand seine Hose runterzog, um ihm einen zu blasen.«

Seine Bemerkung löste schallendes Gelächter aus, ihm aber war nicht zum Lachen zumute. Er hob die Hand, und es wurde still im Raum. »Wo sind die anderen Tonbänder?« fragte er. Es sind doch angeblich vierzig Stunden aufgenommen worden. Das hier ist aber höchstens eine Stunde, die Kassette ist ja noch längst nicht voll.«

»Wir haben aber nur diese eine gefunden«, sagte Jo Jo, sein Adlatus.

»Wahrscheinlich liegen sie in irgendeinem Bankschließfach. Schnapp dir diesen Zeitungsschmierer Cyril Rathbone, und mach ihm Feuer unterm Arsch!«

»Ich bin Cyril Rathbone«, sagte Cyril am Tor von Clouds mit dem vornehmsten Akzent, dessen er fähig war, und blinzelte in das Kameraauge hinauf. Dudley musterte ihn auf dem Monitor. Er war nicht gerade angetan von dem Besucher, der

den peinlichen Artikel über Jules Mendelson und diese Miss March geschrieben hatte, der nicht nur bei den Dienstboten der Creme von Los Angeles Spott und Hohn ausgelöst hatte. Dudley ging sogar so weit, daß er sich vor der Dame des Hauses sein Mißfallen anmerken ließ, als er ihr Mr. Rathbone ankündigte, aber sie zuckte nur schweigend die Achseln, als müsse sie sich in etwas Unvermeidliches fügen, eine Haltung, die Dudley von seiner Herrin bislang nicht kannte.
Als Cyril in den Bereich des Anwesens gelangte, den man vom Tor aus nicht sehen konnte, begann sein Herz höher zu schlagen. Lucia Borsodi, seine Verlegerin, hatte ihm stets Vorwürfe gemacht, weil er keinen Zugang zu diesem Haus hatte, ohne zu berücksichtigen, daß auch kein anderer Gesellschaftskolumnist der Stadt je Clouds hatte betreten dürfen, weil Jules Mendelson die Klatschpresse verabscheute. Sie hatte ihm vorgehalten, daß Dolly De Longpre, die New Yorker Säule der Zunft, in den besten Häusern sowohl des alten Geldes als auch der Neureichen ein und aus gehe und bei ihren alljährlichen Besuchen in Los Angeles von den Mendelsons zum Dinner eingeladen werde – eine immer wiederkehrende Demütigung, die Cyril jedesmal schlechter verkraftete. Doch jetzt hatte er es geschafft, gleich würde er das Allerheiligste betreten.
Hingerissen nahm er das Haus in sich auf, das vor ihm lag. Es war genau so, wie er es sich vorgestellt hatte. Die Tür öffnete sich, noch bevor er sie erreicht hatte, er ging vor lauter Eile grußlos an Dudley vorbei, und dann stand er völlig überwältigt in der Eingangshalle mit der freischwebenden Treppe und den sechs Monets an der Wand des Aufgangs.
»Wundervoll, einfach wundervoll!« murmelte er und ließ den Blick von einem Kunstschatz zum anderen wandern, wobei er im Geiste bereits die Sätze formulierte, mit denen er diese Pracht schildern würde. Als er sich zufällig in einem Chippendale-Spiegel sah, der über einer Konsole hing, stellte er erfreut fest, daß er ausgesprochen elegant aussah in seinem gutgeschnittenen Seersucker-Anzug, dem blauen Hemd und der rosa Krawatte.
Dudley, dessen Gruß sich auf ein stummes Nicken beschränkt hatte, führte ihn durch den Korridor in die kühle, dämmrige

Bibliothek. Draußen war es brütend heiß, aber eine blau-weiß gestreifte Markise hinderte die Sonne daran, in den Raum zu fluten. Cyril wäre gern am Kamin stehengeblieben, um van Goghs »Weiße Rosen« ausführlich zu betrachten, aber der Butler öffnete die Tür zur Terrasse und trat hinaus. »Mrs. Mendelson ist im Garten beim Rosenschneiden«, erklärte er und deutete mit ausgestrecktem Arm auf eine große Plastik, die eine liegende Frau darstellte. »Hinter dem Henry Moore nach links, dann kommen Sie in den Rosengarten.« Damit drehte er sich um und verschwand im Haus.
Cyril war enttäuscht. Er haßte die Sonne: Seine blasse Haut rötete sich innerhalb von Minuten und schälte sich danach. Es wäre ihm viel lieber gewesen, mit Pauline in der Bibliothek zu sprechen, in einem eleganten Sessel zu sitzen, umgeben von erlesenen Kunstwerken, und einen kühlen Drink aus geschliffenem Kristall zu genießen. Und er hätte sich liebend gerne durch das Haus führen lassen, von Zimmer zu Zimmer, von Gemälde zu Gemälde, von Antiquität zu Antiquität, wie es laut Hectors Aussage Ehrengästen gewährt wurde, wenn sie den Wunsch äußerten.
Pauline hatte mit Überlegung den Garten als Ort für die Zusammenkunft mit dem Mann gewählt, den sie von Herzen verabscheute: Sie wollte außer Hörweite des Personals sein. Als Cyril über die weite Rasenfläche ging, wünschte er, er hätte seinen Strohhut dabei gehabt, um seine empfindliche Haut gegen die sengenden Sonnenstrahlen zu schützen. Dennoch konnte er nicht umhin, die einmaligen Skulpturen zu bewundern, an denen er vorbeikam. »Hinter dem Henry Moore nach links«, hatte der Butler gesagt. Was für eine Wegbeschreibung! Sie würde sich wahrhaft göttlich in der Kolumne machen.
Pauline stand mit dem Rücken zu Cyril. Sie hatte gerade eine Rose mit einer riesigen Blüte abgeschnitten und hielt sie für einen Augenblick an die Nase. Sie trug Gärtnerhandschuhe und einen breitrandigen Strohhut.
»Pauline!« rief er freudig erregt, als sei er ein willkommener Gast und nicht der Ghostwriter eines schlüpfrigen Buches über ihren verstorbenen Mann und dessen Geliebte. Sie mußte ihn gehört haben, denn er war schon ziemlich nah

herangekommen, doch sie drehte sich nicht um. Also rief er noch einmal: »Pauline!«
Sie hatte sich absichtlich nicht gleich umgedreht, weil sie empört darüber war, daß dieser schmierige Kerl, der die Dreistigkeit hatte zu behaupten, Eton-Schüler gewesen zu sein, sie mit ihrem Vornamen ansprach. Sie betrachtete diese Vertraulichkeit als bodenlose Unverschämtheit, aber sie beschränkte sich darauf, ihren Unwillen dadurch auszudrücken, daß sie ihn ihrerseits mit dem Nachnamen ansprach.
»Guten Tag, Mr. Rathbone«, sagte sie und schenkte ihm das Lächeln, mit dem man in ihren Kreisen Angehörige des niederen Volkes bedachte, die ihre Grenzen überschritten hatten. Ihr Blick war so eindeutig, daß Cyril davon Abstand nahm, sie zu bitten, ihn beim Vornamen zu nennen. Er versuchte auch nicht, sie auf die Wange zu küssen wie damals bei Casper Stieglitz, wo sie mit der Erklärung, sie habe eine Erkältung, vor ihm zurückgewichen war. Vor einem Pavillon standen Gartensessel um einen runden Tisch, und sie forderte ihn mit einer Geste auf, sich zu setzen.
»Es ist herrlich hier, Pauline«, schwärmte er mit einem Blick in die Runde.
»Danke.«
»Für diese Maillol-Skulptur würde ich meinen rechten Arm geben«, fuhr er fort.
Sie nickte, war jedoch nicht bereit, sich auf ein lockeres Geplauder einzulassen. Schließlich hatte er sie um dieses Treffen ersucht, weil er angeblich wichtige Informationen für sie hatte. Um ihm zu zeigen, daß sie nicht die Absicht hatte, diese Zusammenkunft auszudehnen, setzte sie sich auf die Stuhlkante und behielt ihre Gärtnerhandschuhe an.
Obwohl er die Signale durchaus verstand, ließ er sich anscheinend völlig entspannt in einem Sessel nieder.
»Was für ein heißer Tag!« Er beschirmte die Augen mit einer Hand. Wenn doch wenigstens ein Sonnenschirm dagewesen wäre!
»Ja.«
»Ich würde mir schrecklich gerne Ihre gelbe Phalaenopsis ansehen.« Es mußte ihm doch irgendwie gelingen können, ihre Sympathie zu erringen!

»Mr. Rathbone, ich möchte Sie bitten, zum Thema zu kommen: Sie sagten, Sie hätten mir etwas Dringendes mitzuteilen.«
»Ich habe in meiner Kolumne schon öfter geschrieben, daß es niemanden gibt, der so hartherzig ist wie eine Dame der Gesellschaft.« Er lächelte so charmant wie möglich.
»Das haben Sie richtig erkannt.«
»Sie mögen mich nicht, stimmt's?«
»Mit sehr gutem Grund, Mr. Rathbone. Aber ich möchte Sie noch einmal ersuchen, zum Thema zu kommen.« Sie schob ihren Handschuh ein wenig vor und schaute auf die Uhr.
»Gleich, gleich. Zuerst möchte ich etwas klären. Haben *Sie* mich damals als Redner für Hectors Totenmesse abgelehnt?«
»O du lieber Himmel!« sagte sie ungeduldig.
»Sie wissen, daß keiner für diese Aufgabe besser geeignet gewesen wäre als ich, oder? Schließlich war ich sein bester Freund.«
Sie antwortete nicht, aber die Art, wie sie die Augenbrauen hochzog, sprach Bände.
»Nach Ihnen, natürlich«, beeilte er sich hinzuzufügen. »Dieser Botschafter, der die Rede dann hielt, kannte Hector ja kaum. Ich hatte gleich den Verdacht, daß Sie dahintersteckten.«
»Waren Sie zu der Zeit nicht in ein Verfahren wegen eines Sittlichkeitsdelikts verwickelt?« fragte sie.
Cyril starrte sie überrascht an und wurde dunkelrot.
»Ich glaube mich zu erinnern, daß meinem Mann so etwas mitgeteilt wurde. Ich habe an der Planung des Begräbnisses nicht mitgewirkt. Sie wurden von den Organisatoren als Redner abgelehnt, weil sie Sie unter den gegebenen Umständen für untragbar hielten.«
Ein langes Schweigen folgte.
»Sie haben eine Biene auf der Schulter«, sagte Cyril schließlich.
»Das ist keine Biene, das ist eine Wespe«, korrigierte sie ihn nach einem kurzen Blick und wischte das Insekt mit einer behandschuhten Hand weg.
»Widerwärtige Viecher!« Cyril wedelte hektisch durch die Luft, um die Wespe daran zu hindern, in seine Richtung zu fliegen. »Sollten wir nicht lieber ins Haus gehen?«

»Sie ist ja schon weg.« Pauline musterte ihn verächtlich. »Jetzt habe *ich* eine Frage, Mr. Rathbone: Sind Sie es gewesen, der mir damals anonym das Zeitungsfoto von meinem Mann und Miss March schickte?«
»Ja. Ich dachte, Sie sollten Bescheid wissen.«
»Sie haben es demnach aus reiner Nächstenliebe getan, ja?« Ihre tiefe Stimme troff von Hohn.
»Ich dachte, Sie sollten Bescheid wissen«, wiederholte er.
»Natürlich, natürlich.«
»Zuerst ließ ich Hector eins zukommen, aber er brachte es nicht übers Herz, es Ihnen zu zeigen.«
»Er war ja auch ein Gentleman.«
Jetzt reichte es ihm. »Sie haben vielleicht gehört, daß ein Buch über Ihren Mann und seine Geliebte erscheinen wird«, sagte er mit schneidender Stimme.
»Sie haben sich in Ihrer Kolumne ja ausführlich darüber ausgelassen«, antwortete sie.
»Es existieren vierzig Stunden Tonbandaufnahmen von Miss March«, fuhr er fort.
Pauline faltete die behandschuhten Hände.
Er beugte sich vor und begann, ihr schonungslos die Affäre ihres Mannes mit der ehemaligen Kellnerin zu schildern, wobei er sie noch mit erfundenen Einzelheiten würzte: Er wollte diese Frau jetzt nur noch verletzen.
»Jules hat Parties ja immer schon sehr früh verlassen, weil er am nächsten Tag so zeitig aufstehen mußte, aber er stand nicht so früh auf, um ins Büro zu fahren, sondern weil er vor der Arbeit noch eine schnelle Nummer mit Flo March schieben wollte: So konnte er dann bis zu seinen regelmäßigen nachmittäglichen Besuchen bei ihr durchhalten. Sein sexueller Appetit war unstillbar. Er stand jeden Tag um dreiviertel vier auf ihrer Schwelle, auch wenn im Büro die Hölle los war. In den Stunden, die er bei ihr verbrachte, trieb er es drei-, viermal mit ihr, jedesmal in einer anderen Stellung. Er konnte von dieser Frau einfach nicht genug bekommen. Das ist alles auf den Tonbändern, Pauline.«
Paulines gestraffte Schultern senkten sich unmerklich.
»Aber das ist noch längst nicht alles.«
»Soll ich Ihnen jeden Satz aus der Nase ziehen, oder was?«

»Es fällt mir nicht ganz leicht, Ihnen die Geschichte zu erzählen«, zierte er sich.
»Sie haben doch sonst nicht solche Hemmungen«, erwiderte sie eisig.
»Also schön. Unter anderem wird auch detailliert der Hergang der Ereignisse in der Todesnacht unseres gemeinsamen Freundes Hector beschrieben.«
Sie verzog keine Miene, entschlossen, sich vor diesem Mann keine Blöße zu geben.
»Für eine angemessene Summe könnte ich Ihnen die Kassetten beschaffen«, fuhr Cyril fort.
»Das war also die dringende Angelegenheit, über die Sie unbedingt mit mir sprechen wollten: Erpressung!«
»Immerhin geht es um Ihren mißratenen Sohn!«
Eine zweite Wespe summte heran und setzte sich auf ihre Schulter. Pauline schnippte sie mit einer nervösen Bewegung weg.
Cyril spürte, daß sie ihre Fassung nur noch mit Mühe wahrte. Ein bösartiges Lächeln umspielte seine Lippen. »Offensichtlich – und ich beziehe mich da auf die Angaben von Miss March – hatte Ihr Sohn seine Entziehungskur in einer Rehabilitationsklinik in Frankreich vorzeitig abgebrochen und war am Flughafen von Los Angeles wegen Drogenbesitzes festgehalten worden. Er brauchte umgehend zehntausend Dollar. Offenbar haben Sie sie ihm verweigert – ebenso der Gangster Arnie Zwillman, mit dem Ihr Sohn eine seltsame Freundschaft verbindet. Und so ging der liebe Kippie spät nachts zu Ihrem besten Freund, zu Hector Paradiso. Wie es aussieht, platzte er mitten in einen exzessiven Sexualakt hinein, den Hector mit einem bekannten Porno-Star namens Lonny Edge vollzog. Er hatte ihn auf dem Heimweg von Ihrer ach so vornehmen Party, zu der ich wie üblich nicht zugelassen wurde, in einer Schwulenbar namens ›Miss Garbo's‹ aufgegabelt. Wie ich erfahren habe, ist besagter Lonny Edge übrigens seit kurzem Flo Marchs Hausgenosse: Sie läßt ihn bei sich wohnen, um ihren Lebensunterhalt finanzieren zu können, da Sie sich ja entschlossen haben, die Vereinbarungen, die Ihr Mann vor seinem Tod traf, nicht zu erfüllen. Aber kommen wir zu Ihrem Sohn zurück! Kippie brauchte das Geld so dringend, daß er

sogar so weit ging, sich Hector für ein Schäferstündchen anzubieten, obwohl er keinerlei Neigung in diese Richtung hat. Als Hector ablehnte, gab es offenbar eine Prügelei, und dann hatte Hector plötzlich eine Waffe in der Hand und...«

Die Wespe, die Pauline von ihrer Schulter geschnippt hatte, kam zurück, flog in Cyrils offenen Mund und stach ihn in die Zunge. Ein schriller Schrei entrang sich seiner Kehle. Die Zunge schwoll in Sekunden so stark an, daß er kein Wort mehr herausbringen konnte. Er rollte verzweifelt die Augen: eine stumme Bitte um Hilfe.

Pauline betrachtete ihn ohne jedes Mitgefühl. Schweiß brach ihm aus allen Poren, rann über sein Gesicht und durchweichte Hemd und Anzug. Er versuchte aufzustehen, doch seine Beine gaben nach. Auf den Knien rutschte er zu Pauline und hob flehend die Hände. Pauline nahm den Korb vom Tisch, in dem die frisch geschnittenen Rosen lagen, stellte ihn auf ihren Schoß, griff nach der Rosenschere und machte sich an die Arbeit.

»Man muß unbedingt die unteren Blätter von den Stielen entfernen. Im Wasser faulen sie sonst«, erklärte sie und streifte die Blätter mit der behandschuhten Hand von einem Rosenstiel. »Und den Stengel muß man anschneiden, und zwar unbedingt schräg – so, sehen Sie? Manche Rosen haben besonders dicke Stiele, was die Wasseraufnahme erschwert. Deshalb rate ich in diesem Fall den neuen Mitgliedern des Gartenclubs immer, den Stengel unten zu halbieren – sehen Sie, so.«

Cyril Rathbone starrte sie in namenlosem Entsetzen an. Sein Mund stand weit offen, die Zunge war feuerrot und so dick, daß sie jeden Augenblick zu platzen drohte. Speichel troff aus seinem Mund und lief über sein Kinn. Er begann zu würgen, riß den Kragen seines Hemdes auf und stieß gurgelnde Laute aus.

»Ich hoffe, es ist sehr schmerzhaft, Cyril«, sagte Pauline ruhig. Jetzt hatte sie ihn doch endlich mit dem Vornamen angesprochen, aber er hörte es nicht mehr: Er fiel nach vorne, und als sein Gesicht den Rasen berührte, war er schon tot.

Pauline hängte sich den Rosenkorb über den Arm, ging zum

Haus hinüber und über die Terrasse in die Bibliothek. Sie öffnete die Tür zur Halle und rief nach Dudley.
»Ja, Mrs. Mendelson?«
»Es handelt sich um diesen Mann vom ›Mulholland‹-Magazin.«
»Mr. Rathbone?«
»Ja. Er scheint sich nicht wohl zu fühlen. Er hat einen starken Hustenanfall. Vielleicht sollten Smitty oder Jim nach ihm sehen.«
»Sehr wohl, Mrs. Mendelson. Ich werde zu den Zwingern hinübertelefonieren.«
Sie stellte den Blumenkorb auf ein Tischchen in der Halle und ging die Treppe hinauf. Auf halbem Weg blieb sie stehen, drehte sich um und rief nach unten: »Und – Dudley?«
»Ja, Mrs. Mendelson?«
»Sollte es erforderlich sein, rufen Sie einen Krankenwagen und die Polizei.«

Aus Flos Tonbandaufzeichnungen

Ich habe mich oft gewundert, warum Jules keine Leibwächter hatte. So viele Filmstars gehen keinen Schritt ohne eine ganze Horde von Bodyguards – und auch viele Millionäre in der Stadt. Auf Clouds hatte er scharfe Hunde und einen Wächter, aber in der Öffentlichkeit zeigte er sich immer ungeschützt. Er meinte, es würde sonst zuviel Aufmerksamkeit erregen.
Als er mich eines Tages mit dem Bentley in meine alte Wohnung brachte, weil ich Post abholen wollte, nahm er eine Pistole aus dem Handschuhfach und behielt sie während der ganzen Fahrt auf dem Schoß. Ich fand es schrecklich, aber er sagte, es liefen zu viele Verrückte herum, die es auf Leute wie ihn abgesehen hätten.

27. Kapitel

Pauline hatte sich frischgemacht und war gerade fertig umgezogen, als der Krankenwagen und die Polizei eintrafen. Sie bat Dudley, der sie vom Tod des Kolumnisten unterrichtet hatte, den Sanitätern zu sagen, daß sie die Leiche nicht durch das Haus tragen sollen, sondern außen herum. Durch das offene Schlafzimmerfenster hörte sie, wie einer der Sanitäter mit spanischem Akzent zu einem Kollegen sagte: »In diesem Haus sterben sie wie die Fliegen. Ich bin schon zum zweitenmal hier. Beim letztenmal stieß ich auf der Treppe gegen ein Bild. Du hättest hören sollen, wie die Lady sich aufregte.« Damit schlug er die Hecktür des Krankenwagens zu, und Cyril Rathbones sterbliche Überreste verließen das Grundstück, das er nach so langen Jahren zähen Wartens endlich hatte betreten dürfen.

Pauline ging hinunter, um mit Captain Nelson und Officer Whitbeck vom Beverly Hills Police Department zu sprechen. Die beiden Männer warteten in der Bibliothek. Sie wanderten in dem prächtigen Raum umher und sahen sich die Kunstwerke auf den Tischen und an den Wänden an. Ab und zu räusperte Officer Whitbeck sich, um die Aufmerksamkeit des Captain zu erregen, und deutete dann auf einen Gegenstand, von dem er annahm, daß der Captain ihn vielleicht übersehen habe.

»Meinen Sie, wir dürfen uns hinsetzen?« fragte Officer Whitbeck mit einem sehnsüchtigen Blick auf den grünen, englischen Ledersessel, in dem Jules am liebsten gesessen hatte.

Captain Nelson schüttelte den Kopf. »Bleiben wir lieber stehen.«
Die Tür ging auf, und die Herrin des Hauses erschien. Der dezente Duft eines teuren Parfüms umwehte sie. »Ich hoffe, man hat Ihnen eine Erfrischung angeboten, Captain«, sagte sie, während sie auf ihn zuging und ihm die Hand hinstreckte. »Ich bin Pauline Mendelson.« Die beiden Männer hatten schon viel über diese schöne reiche Witwe gehört und gelesen.
»Danke, wir möchten nichts«, lehnte Captain Nelson höflich ab. »Das ist Officer Whitbeck.«
Pauline lächelte den Officer an. »Aber bitte, setzen Sie sich doch, meine Herren! Sie vielleicht dort drüben, Officer Whitbeck, das war der Lieblingssessel meines Mannes. Sie müssen verzeihen, ich habe oben gewartet, bis die Ambulanz mit Mr. Rathbones Leiche weggefahren war: Ich hätte den Anblick des Krankenwagens nicht ertragen. Mein Mann ist erst vor kurzem gestorben.«
»Ja, ja, ich verstehe.« Captain Nelson nickte, unfähig, den Blick von ihr zu lösen.
Ihre Persönlichkeit schien den ganzen Raum zu füllen. Obwohl die Polizeibeamten wenig von Mode oder Eleganz verstanden, erkannten sie doch, daß Pauline ein wunderschönes, bedrucktes Seidenkleid und schlichten, aber erlesenen Goldschmuck trug, als sei sie auf dem Weg zu einer Tee-Einladung. Sie saß in vollendeter Haltung da und erteilte ihnen mit einer graziösen Geste das Wort.
»Es tut mir sehr leid, Ma'am«, sagte Officer Whitbeck, »aber wir müssen Ihnen ein paar Fragen stellen.«
»Natürlich.« Sie nickte.
»Über Ihren Gast, Mr. Rathbone«, fuhr der Officer fort.
»Aber ich kannte Mr. Rathbone kaum, Officer Whitbeck. Er war nicht mein Gast im Sinne des Wortes. Ich hatte ihn nicht eingeladen. Das Ganze war sehr merkwürdig. Er schreibt wohl für das ›Mulholland‹-Magazin. Er interessierte sich sehr für meine gelbe Phalaenopsis und bat um die Erlaubnis, sie sich in meinem Gewächshaus ansehen zu dürfen.«
»Eine gelbe *was?*« fragte Officer Whitbeck, der mitschrieb. »Könnten Sie das bitte buchstabieren?«
»Es ist eine Orchideenart«, erklärte Pauline. »Für gewöhnlich

sind die Blüten weiß, aber meinem Gärtner Jarvis und mir ist es gelungen, eine gelbe Sorte zu züchten, die, wie ich mit Stolz sagen kann, in Gärtnerkreisen einiges Aufsehen erregt hat. Meine Blumen sind meine ganze Leidenschaft. Der Gartenclub von Los Angeles ist hiergewesen, um die Orchidee zu besichtigen, und sie ist auch für diverse Fachzeitschriften fotografiert worden. Mr. Rathbone wollte sie sich wegen eines Artikels ansehen, den er zu schreiben vorhatte – wenn ich ihn richtig verstanden habe. Ich war gerade dabei, Rosen abzuschneiden, als er kam. Er ging gleich ins Gewächshaus. Ich brachte die Rosen ins Haus. Als Mr. Rathbone nicht wieder erschien, bat ich Dudley, meinen Butler, unseren Wächter nach ihm suchen zu lassen.
»Wissen Sie, wie alt er war, Mrs. Mendelson?«
»Das werden Sie sicher beim ›Mulholland‹ erfahren können. Ich sagte Ihnen ja bereits, ich kannte ihn kaum. War es ein Herzanfall?«
»Er wurde von einer Wespe in die Zunge gestochen«, antwortete Captain Nelson.
»Großer Gott!«

Als die Beamten gegangen waren, nahm sie den Telefonhörer ab und wählte eine Nummer. »Hier ist Pauline Mendelson. Ich möchte Mr. Pond sprechen ... Ich verstehe ... Fragen Sie ihn trotzdem. Ich bin sicher, daß er mit mir sprechen wird ... Sandy, hier ist Pauline«, sagte sie, als der Verleger an den Apparat kam. »Es ist etwas passiert. Ich brauche deine Hilfe. Es geht um den widerlichen Kerl, der die abscheulichen Artikel über Jules und diese Frau geschrieben hat. Wie bitte? ... Ja, ja, so heißt er – Rathbone. Er ist heute im Garten von Clouds gestorben.«

Die Presse stürzte sich voller Begeisterung auf den Tod des umstrittenen Klatschkolumnisten, der im Park des Besitzes von Mrs. Jules Mendelson erstickte, nachdem ihn eine Wespe in die Zunge gestochen hatte. Im »Los Angeles Tribunal« stand, daß Pauline zur Zeit des Unfalls nicht zu Hause gewesen sei. Man fragte sich natürlich, wie Cyril Rathbone allein in

Pauline Mendelsons Park gekommen sei. Schließlich war es kein Geheimnis, daß sie ihn verabscheut und deshalb niemals nach Clouds eingeladen hatte.
Hortense Madden, die Paulines Gefühle teilte – wenn auch aus anderen Gründen –, kniete sich besonders in die Geschichte hinein. Sie ließ sich von dem Sanitäter Faustino alle ihm bekannten Fakten erzählen und sprach auch mit dem Beerdigungsunternehmer. Die Beschreibung von Cyrils Zunge faszinierte sie dermaßen, daß sie sie sich mehrmals wiederholen ließ. Wie eine Kriminalreporterin schrieb sie sofort eifrig mit. Sie bat sogar darum, daß der Sarg geöffnet werde und sie einen letzten Blick auf Cyril werfen dürfe, aber dieser Wunsch wurde ihr mit der Begründung abgeschlagen, daß sie keine Verwandte des Toten sei.
»Die Zunge war auf vierfache Größe angeschwollen und leuchtend rot. Später wurde sie dann schwarz«, berichtete sie ihrer Verlegerin atemlos. »Was muß er Schreckliches zu Pauline gesagt haben, daß Gott ihm diese Todesart zugedacht hat!«
Gott kam in Hortenses Gedanken und Äußerungen ziemlich häufig vor. Lucia Borsodi bremste sie mit einer energischen Handbewegung. »Pauline Mendelson war ja gar nicht da, als es passierte, Hortense.«
»Das glaube ich keine Sekunde«, widersprach Hortense mit einer wegwerfenden Geste. »Ich schwöre Ihnen, Pauline hat sich eiligst aus dem Staub gemacht, als er seinen letzten Atemzug tat.«
»Wie dem auch sei, ich muß einen Nachruf schreiben«, sagte Lucia. »Ich habe nur keine Ahnung, was drinstehen soll.«
»Wie wär's denn damit: ›In welcher Ecke der Hölle er auch schmoren mag, sicher ist, daß er gegenüber den anderen Teufeln damit prahlt, daß er in Pauline Mendelsons Park starb‹?«

Auf Sandy Ponds Rat hin verließ Pauline Clouds unmittelbar nach dem Telefongespräch mit ihm. »Es kommen bestimmt Reporter rauf«, hatte er gesagt. »Und dann ist es besser, wenn du nicht da bist. Du hast seit Jules' Herzanfall schon genug Publicity gehabt.«
Günstigerweise stand der Bentley vor der Tür und der Schlüs-

sel steckte. Sie stieg ein und fuhr zu Camilla Ebury, ohne Jim, dem Chauffeur, Bescheid zu sagen, der gerade bei Gertie in der Küche war, um sich den Einkaufszettel zu holen.
Als Camilla vor einem Aufschlag aufschaute und die unerwartete Besucherin auf den Tennisplatz zukommen sah, winkte sie ihr zu, so daß auch Philip auf Pauline aufmerksam wurde. Sie wußten beide, daß es nicht ihre Art war, unverhofft hereinzuplatzen, und wechselten einen alarmierten Blick.
»Spielt weiter, spielt weiter!« sagte Pauline. »Ich will euch nicht stören.«
»Ist alles in Ordnung?« fragte Camilla.
»Natürlich. Ich kam gerade zufällig vorbei und dachte, ich könnte auf ein Glas Eistee hereinschauen. Aber ich will auf keinen Fall euer Match stören. Hallo, Philip!«
»Hallo, Pauline«, antwortete er vorsichtig: Er erinnerte sich noch sehr gut an das unerfreuliche Ende ihres letzten Gesprächs.
Sie lächelte ihn freundlich an. »Ich habe sie noch nie in Shorts gesehen. Sie haben ja phantastische Beine. Kein Wunder, daß Camilla so verrückt nach Ihnen ist.«
»Pauline!« Camilla lachte errötend
Philip verstand überhaupt nichts mehr. Immerhin hatte sie ihm bei seinem letzten Besuch erklärt, sie wolle ihn nie wieder sehen.
»Ich werde Eistee bringen lassen«, sagte Camilla.
»Nein, nein, spielt erst zu Ende! Ich schaue zu.«
Camilla konnte sich nicht vorstellen, daß Pauline Zeit für etwas so Triviales wie ein Tennismatch opfern würde: Sie war immer so beschäftigt mit ihrem Garten oder mit ihrer Korrespondenz, mit Wohltätigkeitsveranstaltungen oder Gästelisten, mit Sitzordnungen oder Blumenarrangements. Doch sie ließ sich tatsächlich in einem Gartensessel nieder und verfolgte konzentriert das Spiel, wobei sie ab und zu eine fachmännische Bemerkung zu einem guten Schlag, einem Netzball oder einer Rückhand machte.
Nach dem Spiel gingen sie ins Haus und plauderten über eine Stunde lang über Nichtigkeiten, was Pauline sonst stets als Zeitverschwendung ablehnte.
»Störe ich?« fragte Philip, der vermutete, daß Paulines Besuch

einen bestimmten Grund hatte, den sie jedoch in seiner Gegenwart nicht offenbaren wollte. »Möchten die Damen sich vielleicht allein unterhalten?«
»Nein, nein«, protestierte Pauline. »Erzählen Sie! Was schreiben Sie zur Zeit? Ich hoffe, Sie haben nicht mehr mit Casper Stieglitz zu tun. War diese Party bei ihm nicht entsetzlich?«
»Philip geht nach New York zurück«, sagte Camilla.
»Wann?«
»Nächste Woche.«
»Und warum, Philip?«
»Ich habe hier nichts mehr zu tun. Ich war für ein paar Monate hergekommen, und jetzt ist fast ein Jahr daraus geworden. Es ist Zeit.«
Pauline sah Camilla an, daß dieser Entschluß sie bekümmerte.
»Und da störe ich auch noch einen eurer letzten gemeinsamen Tage!« Sie stand auf.
Während Camilla neben Philip, der den Arm um ihre Taille gelegt hatte, in der Zufahrt stand und dem Bentley nachwinkte, sagte sie: »So guter Laune habe ich sie seit einer Ewigkeit nicht mehr erlebt.«
Als Philip am nächsten Morgen im »Tribunal« von Cyril Rathbones Tod las, begriff er.

»Ein Stammkunde weniger«, sagte Lonny Edge und schob den »Tribunal« beiseite.
Flo March sah ihn verständnislos an.
»Cyril ist tot«, beantwortete er ihre unausgesprochene Frage.
»*Was?*« Ihr Herz machte einen Satz.
»Er wurde von einer Wespe in die Zunge gestochen.«
Flo dachte einen Augenblick nach. »Nicht unpassend«, meinte sie dann.
»Wieso?«
»Der Bursche hatte eine Zunge wie eine Viper – es geschieht ihm recht, daß er an ihr erstickt ist. Wo ist es denn passiert?«
»Auf Clouds.«
»Auf Clouds? Du machst Witze!«
»So steht es jedenfalls in der Zeitung.«
»Das muß ich selber lesen.« Sie drehte die aufgeschlagene Seite zu sich herum. »Tatsächlich! Er hat Pauline gehaßt – und

sie ihn auch. Er kann nur *einen* Grund für seinen Besuch gehabt haben.«

»Er kam jeden Donnerstag Schlag vier«, erinnerte Lonny sich bekümmert. »Brachte jedesmal Doughnuts mit.«

»Doughnuts machen fett, Lonny«, tröstete Flo ihn. »Du mußt ohnedies abnehmen.«

»Ich habe nicht geglaubt, daß du mich so genau anschaust.«

»Komm jetzt bloß nicht auf komische Ideen.«

Er lachte. »Er war ein Mode-Freak. Trug immer Seersucker-Anzüge und rosa Krawatten. Nicht ganz mein Geschmack – zu englisch. Ich werden ihn vermissen.«

»Ich nicht.«

»Nein?«

»Er wollte mich dazu bringen, im fünfzehnten Stock aus dem Fenster zu springen.«

Lonny starrte sie entgeistert an. »Wann war denn das?«

»In der Nacht, als ich dich anrief, um dich zu bitten, zu mir zu ziehen.«

»Das hast du ja lange für dich behalten! Aber jetzt mußt du es mir schon genau erzählen.«

Jo Jo mußte Arnie Zwillman gestehen, daß es ihm nicht gelungen war, Cyril Rathbone aufzutreiben, weder in der Redaktion des »Mulholland« noch in der Wohnung im Wilshire-Distrikt.

»*Du* enttäuschst mich doch sonst nie«, wunderte sich Arnie.

Als er am nächsten Tag im »Tribunal« den Bericht über Cyrils Tod las, rief er sofort Jo Jo an: »Jetzt müssen wir uns an die junge Dame halten.«

Die Totenmesse, die in einer winzigen Kapelle in der Nähe der Paramount-Studios für Cyril abgehalten wurde, war nur spärlich besucht, was nicht überraschte, wenn man bedachte, wie unbeliebt er gewesen war. Die meisten Anwesenden waren Mitarbeiter des »Mulholland«, die Lucia Borsodi dazu verdonnert hatte, einschließlich des Mannes, der den Fotokopierer bediente. Ganz hinten saß neben einem Gladiolenstrauß, der Cyrils Augen beleidigt hätte, Lonny Edge, der Porno-Star. Hortense Madden, die über eine blühende Phan-

tasie verfügte, malte sich genüßlich die ach so abartige Beziehung zwischen dem Verstorbenen und dem hübschen jungen Mann aus.
Keine der beiden Frauen, in deren Leben Cyril eine derart unerfreuliche Rolle gespielt hatte, war gekommen. Pauline hatte allerdings, um keine Kritik zu erregen, Blumen geschickt; immerhin war der Mann auf ihrem Besitz gestorben. Die Blumen stammten freilich nicht aus ihrem eigenen Gewächshaus und auch nicht von der Floristin Petra von Kant. Pauline hatte Blondell den Auftrag gegeben, welche zu besorgen, ohne ihr nähere Instruktionen zu geben, und das Mädchen hatte sich für die rosa Gladiolen entschieden, die Lucia Borsodi in den hintersten Teil der Kirche verbannt hatte.

»Du warst der beste Freund meines Mannes, Sims«, sagte Pauline.
»Ja.«
»Du kanntest ihn besser als irgend jemand sonst.«
»Kann schon sein.«
»Es gibt angeblich Tonbandaufzeichnungen von Flo March.«
»Habe ich auch schon gehört.«
»Vierzig Stunden! Nicht auszudenken, was da alles drauf ist! Es muß etwas geschehen, Sims«, drängte Pauline. »Ich muß die Bänder haben.«
»Leicht gesagt. Wie soll ich das denn anstellen?«
Sie dachte nach. Plötzlich leuchteten ihre Augen auf: »Arnie Zwillman!«
»Was ist mit ihm?«
»Sicher sind auch Informationen über ihn auf den Kassetten.«
»Worauf willst du hinaus?«
»Ich denke, Mr. Zwillman ist der richtige Mann für den Job.«

Aus Flos Tonbandaufzeichnungen

Letzte Nacht, als ich nicht schlafen konnte, schaute ich mir »Laura« im Fernsehen an. Da gab es einen Typen namens Waldo Lydecker, der von einem Filmstar gespielt wurde, der bestimmt schon lange tot ist, von Clifton Webb. Er erinnerte mich unheimlich an jemanden, aber ich kam ewig nicht drauf, an wen. Und dann fiel es mir plötzlich ein: an Cyril Rathbone! Die beiden hatten nicht nur denselben Beruf, sie zogen sich auch gleich an und hatten dieselbe Art zu reden.
Ich habe von der Wells-Fargo-Bank gehört, daß Cyril einen hysterischen Anfall bekam, als er feststellte, daß das Schließfach leer war. Ich wette, daß sein Besuch auf Clouds etwas mit den Tonbändern zu tun hatte. Wahrscheinlich wollte er Pauline erpressen. Ich wundere mich, daß er nicht hierher kam und versuchte, mir die Kassetten abzunehmen.

28. Kapitel

In der ersten Zeit nach Jules' Herzanfall, als kein Geld mehr kam, war Flo noch ganz gut zurechtgekommen. Sie ließ Zeitschriftenabonnements auslaufen und kaufte billigeres Mineralwasser. Sie stellte ihre täglichen Streifzüge durch die Boutiquen am Rodeo Drive ein und kaufte in normalen Supermärkten in West Hollywood ein anstatt wie früher in exklusiven Geschäften in Beverly Hills. Der Mann, der ihren Swimmingpool gereinigt hatte, war eines Tages nicht mehr gekommen. Er hatte eine ganze Weile ohne Bezahlung gearbeitet, weil er Flo mochte, aber irgendwann hatte er es sich nicht mehr leisten können, und das Wasser verwandelte sich allmählich in einen schlammigen Brei. Sie hatte ihren Gärtner entlassen, als Lonny erklärte, er könne diese Arbeit genausogut erledigen »wie der kleine Japse«. Doch Lonny verlor bald die Lust, vergaß den Sprenger einzuschalten und verschob das Mähen von einem Tag auf den anderen. Inzwischen war aus der gepflegten Rasenfläche eine von Unkraut durchsetzte, bräunliche Wildnis geworden, alles andere als ein angenehmer Anblick für das Auge eines Vermieters. Dieser Meinung war auch Trent Muldoon, als er nach langer Abwesenheit zum erstenmal wieder in sein Haus in der Azelia Lane kam.
Er drückte auf die Klingel, worauf ein melodiöses Glockenspiel erklang. Niemand kam, aber er sah zwei Wagen in der Garage stehen. Nach einigen Minuten klingelte er noch einmal. Diesmal wurde die Tür geöffnet, von dem völlig verschlafenen Lonny Edge, dessen Bekleidung aus einem Handtuch

bestand, das er sich um die Hüften gewunden hatte: Der Besucher hatte ihn mit seinem Klingeln aus seiner vormittäglichen Siesta am Pool gerissen.

»Ja?« sagte er.

»Ich möchte Miss March sprechen«, sagte Trent Muldoon.

»Die schläft. Steht immer erst mittags auf.«

»Sagen Sie ihr bitte, daß Trent Muldoon hier ist.«

»Trent Muldoon!« Lonny hatte sein Gegenüber bisher nur flüchtig gesehen. Jetzt grinste er breit: Er hatte keine Folge der letzten Serie des Fernsehstars versäumt und war sehr enttäuscht gewesen, als sie abgesetzt wurde. »Ich hatte Sie nicht gleich wiedererkannt.«

»Würden Sie sie bitte aufwecken?«

»Klar. Kommen Sie rein, Trent! Sie können ja schon mal ins Wohnzimmer gehen. Ich hole Flo.«

Das erste, was Trent Muldoon auffiel, war die zerschossene Terrassentür. Flo hatte die Glasscheibe noch nicht auswechseln lassen, weil das billigste Angebot bei achtzehnhundert Dollar gelegen hatte. Sie war mit den gelben Diamantohrringen zu einem Antikschmuckhändler in Beverly Hills gegangen. Ihre finanzielle Misere war jedoch inzwischen so bekannt, daß der Geschäftsführer ihre Notlage ausnutzte und ihr eine Summe bot, die unter der Hälfte des tatsächlichen Wertes lag. Im letzten Augenblick konnte sie sich dann doch nicht ganz von dem Schmuck trennen, der Jules' letztes Geschenk an sie gewesen war, und sie verkaufte dem Juwelier nur einen Ohrring zum Preis des Diamanten. Mit dem Geld hatte sie eigentlich die Terrassentür reparieren lassen wollen, aber dann brauchte sie es, um die dringendsten Rechnungen zu bezahlen, und bald war nichts mehr übrig gewesen.

Trent Muldoon stand vor der zersplitterten Scheibe und fuhr mit dem Finger gerade vorsichtig über das Einschußloch, als Flo, gefolgt von Lonny, ins Zimmer kam. Sie war unfrisiert und barfuß und trug einen Bademantel und eine große dunkle Brille.

Jules hatte sie Eleganz, gute Manieren und guten Geschmack gelehrt – und sie wußte, auch ohne in den Spiegel hinter der Bar zu sehen, welchen Anblick sie Trent Muldoon bot, als er sich ihr jetzt zuwandte. Und Lonny Edge mit seinem Lenden-

schurz trug nicht gerade dazu bei, den Eindruck zu verbessern. Sie fuhr sich nervös mit den Fingern durch die Haare, um sie wenigstens einigermaßen in Form zu bringen, aber es half nichts.
»Ich kann das erklären«, deutete sie auf die Terrassentür, bevor er etwas sagen konnte. »Ich fand mitten in der Nacht ein Päckchen vor der Haustür. Es war eine Pistole drin und ein Zettel, auf dem stand: ›Schieben Sie sie sich in den Mund, und drücken Sie ab!‹ Ich schwöre Ihnen bei meinem Leben, ich hatte vorher noch nie eine Waffe in der Hand gehabt, und ich wußte nicht, was ich damit tun sollte. Ich wollte auf jeden Fall wissen, ob sie geladen war. Wie Sie sehen, sie war es. Aber ich lasse das Glas auswechseln, das verspreche ich Ihnen. Die Scheibe ist schon bestellt.«
Sie sah ihn an: Ihre Geschichte befremdete ihn sichtlich. Sie sah Lonny an und wünschte, sie hätte ihn niemals ins Haus genommen.
»Es tut mir sehr leid, Miss March, aber ich fürchte, ich muß eine Zwangsräumung beantragen. Sie haben seit vier Monaten keine Miete mehr bezahlt, und mein Haus ist nicht nur verwahrlost, sondern auch noch beschädigt worden.«
»Bitte, Mr. Muldoon! Ich liebe dieses Haus!« bettelte sie mit tränenerstickter Stimme. »Ich wußte ja nicht, daß Sie kommen würden, sonst hätte ich alles tipptopp gemacht. Ich habe schlimme Zeiten hinter mir, aber jetzt geht es wieder aufwärts. Sie bekommen Ihre Miete, und die Terrassentür wird repariert, das schwöre ich bei Gott.«
Trent Muldoon verließ wortlos das Haus.
»He, Trent!« rief sie und lief hinter ihm her. »Hören Sie doch, bitte! Sie müssen sich ansehen, wieviel Geld ich in das Haus gesteckt habe. Das Ankleidezimmer wurde von Nellie Potts entworfen, der besten Innenarchitektin von Beverly Hills. Es hat Zigtausende gekostet – und dabei ist es noch gar nicht fertig. Und die Bar habe ich auch einbauen lassen – mit Spiegeln!«
Sie stand in der Haustür und redete immer noch, als er schon in seinem Ferrari saß, den Motor anließ und die Zufahrt hinunterfuhr. »Wie können Sie es fertigbringen, mich auf die Straße zu setzen. Mr. Muldoon? Bitte! Geben Sie mir drei

Monate! Dann ist mein Buch fertig! Bitte! Ich habe ein Vermögen in Ihr lausiges Haus gesteckt!«
Trent Muldoon war kein hartherziger Mensch. Auch er hatte schon schlechte Zeiten erlebt, und Flo March tat ihm leid. Aber er bezweifelte stark, daß ihre Situation sich bessern würde – im Gegensatz zu seiner eigenen: Wenn der Film, den er gerade in Jugoslawien abgedreht hatte, so erfolgreich sein würde, wie der italienische Produzent es prophezeite, dann bedeutete das ein glanzvolles Comeback für ihn. Er sah auf den ersten Blick, wenn jemand verzweifelt und in Panik war – und bei Flo March war eindeutig beides der Fall.

Als der Räumungsbefehl kam, wurde sie von einer derartigen Furcht vor der Zukunft befallen, daß sie unfähig war, irgend etwas zu unternehmen. Von den dreißig Tagen Frist, die man ihr bewilligt hatte, waren schon zwanzig vergangen, als sie sich endlich daran machte, sich nach einer neuen Bleibe umzusehen.
»Sag bloß niemandem, wer ich bin, wenn wir uns was anschauen, Lonny! Die Leute würden mich nicht mit der Feuerzange anfassen«, beschwor sie ihn.
Keines der Objekte, die sie besichtigten, hielt dem Vergleich mit dem Haus in der Azelia Lane stand. »Wenn ich schon in einer Hütte wohnen muß, dann soll sie wenigstens in einer besseren Gegend liegen«, sagte sie jedesmal.
Es verging kein Tag, ohne daß sie sich dafür verfluchte, früher alles Geld mit beiden Händen aus dem Fenster geworfen zu haben. Während sie mit Lonny in dessen Wagen herumfuhr, um sich Häuser anzusehen, in denen sie nicht einmal hätte wohnen wollen, wenn sie sie sich hätte leisten können, betete sie immer wieder herunter, wieviel sie ausgegeben hatte. »Die Vorhänge allein kosteten vierzigtausend Dollar und das Ankleidezimmer schon jetzt noch mal vierzig. Willst du wissen, wie teuer die Spiegel waren?«
»Halt, halt, halt, Flo! Du hörst dich an wie eine kaputte Schallplatte. Das hast du mir alles schon hundertmal erzählt. Ich kann es nicht mehr hören.«
»Ich weiß, ich weiß. Hör zu, Lonny!«
»Ja?«

»Kannst du mir irgendwie Valium beschaffen? Meine Nerven sind völlig zerfleddert. Ich muß unbedingt ruhiger werden.«
»Ich dachte, bei den Anonymen Alkoholikern sind Tabletten verboten.«
Flo überging seinen Einwurf. »Kannst du mir welches besorgen, Lonny? Wenn ich erstmal umgezogen bin, geht es mir sowieso wieder besser.«
»Klar.«
Sie stritten sich jetzt immer häufiger. Sie waren zu verschieden und konnten einander nicht mehr ertragen. Sie wollte sich nicht mit ihm in der Öffentlichkeit sehen lassen, aber gleichzeitig hatte sie Angst, daß er sie verlassen würde. Sie ging nicht mehr zu den Versammlungen der Anonymen Alkoholiker, aber eines Tages traf sie ein Mitglied der Gruppe vom Robertson Boulevard im Supermarkt und erfuhr, daß Philip Quennell nach New York zurückgehen würde. Sie versuchte, ihn im »Château Marmont« zu erreichen, doch dort sagte man ihr, er sei ausgezogen. Die Telefonnummer, die er hinterlassen hatte, war die von Camilla.

»Hallo?«
»Camilla, sind Sie das?«
»Ja.«
»Hier ist Flo March.«
»Oh, hallo.«
Flo sprach hastig, als befürchte sie, daß Camilla gleich wieder auflegen könne. »Hören Sie, ich weiß, daß Sie mit Pauline befreundet sind, und ich möchte auf keinen Fall, daß Sie Schwierigkeiten bekommen, weil Sie mit mir sprechen. Also sprechen Sie nicht mit mir, sondern lassen Sie mich reden! Erstens möchte ich mich bedanken, daß Sie bei der Totenmesse für Jules so nett zu mir waren. Es hat mir sehr gut getan. Zweitens möchte ich Sie um etwas bitten. Ich habe gehört, daß Philip nach New York zurückgeht, und ich muß ihn vorher unbedingt noch sprechen. Ich habe Angst, daß mein Telefon abgehört wird, also treffen wir uns lieber bei den Anonymen Alkoholikern. Am Donnerstag, wenn er es einrichten kann. Sagen Sie ihm das?«
»Natürlich«, versprach Camilla.

»Sie wissen, daß ich nicht hinter ihm her bin, oder?«
»Ja, das weiß ich.«
»Ich möchte nur etwas mit ihm besprechen, etwas Geschäftliches.«
»Ich sage es ihm. Und – Flo?«
»Ja?«
»Viel Glück!«

Lonny Edge war ausgesprochen eitel und tat viel für seinen Körper. Seit er in die Azelia Lane gezogen war, fuhr er jeden Nachmittag zum Beverly Park hinunter und joggte drei Meilen auf dem Trimmpfad. Eines Tages bemerkte er einen goldfarbenen Rolls-Royce, der kurz hinter dem Ende seiner Rennstrecke parkte. Lonny hatte sich schon immer für teure Wagen interessiert – und für die Leute, die darin saßen. Am nächsten Tag stellte er fest, daß zwei Männer auf den Vordersitzen saßen und zu ihm herüberschauten. Am dritten Tag erwiderte er das Nicken, mit dem sie ihn grüßten. Am vierten Tag kam er ihrer Aufforderung nach, zu ihnen in den Wagen zu steigen: Seit er in diesem vornehmen Viertel wohnte, war es das erste Mal, daß er per Auto aufgegabelt wurde, und er freute sich über die Unterbrechung der täglichen Routine.
Doch das Ansinnen der beiden Männer war ein ganz anderes als das erwartete. Und es verhieß ihm mehr Geld, als er sich je in seinem Leben erträumt hatte. Und dafür sollte er lediglich eine Tür aufschließen.
»Was meinen Sie mit Tür aufschließen?« fragte er.
»Sagen wir es anders: Sie sollen dafür sorgen, daß sie nicht abgeschlossen ist. Das ist alles.«
»Und was machen Sie dann?«
»Einen Besuch. Wir wollen uns nur ein paar Bänder aus dem Haus holen.«
»Bänder? Meine Videos? Dafür brauchen Sie nicht einzubrechen. Die können Sie Tag und Nacht in der Buchhandlung Ecke Santa Monica Boulevard und Havenhurst für neununddreißigfünfundneunzig kaufen.«
»Nein, nicht Ihre Videos, Lonny. Tonbandkassetten. Vierzig Stunden Aufnahmen. Mikrokassetten. Diese winzigen Dinger.«

»Von denen weiß ich ja gar nichts«, sagte Lonny.
»Sie sind im Haus. Sie waren vorher in einem Schließfach bei der Wells-Fargo-Bank, aber dort hat sie sie abgeholt.«
»Und Flo?« fragte Lonny.
»Was soll mit Miss March sein?« fragte Arnie.
»Sie tun ihr doch nichts, oder?«
»Himmel, nein! Ich bin nur an den Kassetten interessiert.«
Sie setzten Lonny bei seinem Wagen ab.
Später rief Arnie Zwillman von zu Hause aus Sims Lord an: »Ich habe mit ihm gesprochen. Wir sind ein bißchen durch die Gegend gefahren.«
»Und?«
»Lonny Edge hat einen Intelligenzquotienten, der sich so um die durchschnittliche Raumtemperatur herum bewegt.«
Jo Jo, der neben ihm stand, brach in schallendes Gelächter aus, aber Arnie hob gebieterisch die Hand, und das Lachen erstarb augenblicklich.

Es war Lonny, der Flos Wohnproblem schließlich löste. Er berichtete ihr, daß er seinen alten Vermieter getroffen habe, dessen neuer Mieter einen Zimmerbrand verursacht habe und der ihn mit Kußhand zurücknehmen würde.
»Aber ich dachte, ihr seid im Streit auseinandergegangen«, wunderte sich Flo.
»Das stimmt auch.«
»Ich dachte, er hätte dir vorgeworfen, in dem Bungalow Kunden zu empfangen.«
»Richtig.«
»Und warum nimmt er dich dann jetzt wieder?«
»Ich habe ihm gesagt, ich hätte ein neues Leben angefangen.«
Flo nickte zwar, aber die Geschichte kam ihr nicht ganz geheuer vor.
»Und dann habe ich ihm noch erzählt, daß ich nach der Veröffentlichung des Buches von Basil Plant sicher ins Fernsehen komme, weil man das Manuskript ja bei mir gefunden hat, und das hat ihm mächtig imponiert.«
»Also ziehst du wieder hin?«
»Ja – mit dir!«
»Wieso denn das?«

»Du hast mir geholfen, jetzt helfe ich dir.«
»Aber du hast doch gesagt, daß da kaum Platz für dich allein ist.«
»Das stimmt.«
»Wie soll das denn gehen?«
Mein Gott, wie sie Jules vermißte! Sie hatte sich noch immer nicht daran gewöhnt, selbständig Entscheidungen zu treffen.
»Es soll ja kein Dauerzustand sein, Flo. Lagere deine Möbel ein, und such dir in aller Ruhe eine Wohnung, die dir gefällt! Es hat doch keinen Sinn, jetzt irgendeine zu nehmen, bloß um ein Dach über dem Kopf zu haben. Und bei mir drüben hast du außerdem deine Ruhe, da kennt dich keiner.«
»Okay«, willigte sie ein. Sie hatte keine Wahl.

Einen ganzen Tag lang standen Flo und Glyceria auf der Leiter, um die Vorhänge abzunehmen.
»Die passen bestimmt nirgends mehr hin«, meinte Glyceria.
»Das ist mir egal. Trent Muldoon lasse ich sie auf keinen Fall.«
»Und was machst du mit ihnen?«
»Willst du sie haben?«
»Wollen schon, aber meine Wohnung hat nur drei kleine Fenster.«
»Dann tue ich sie eben auch ins Lager. Ich glaube, ich werde noch die Spiegel hinter der Bar zertrümmern, bevor ich gehe.«
»Laß das lieber, der Mann ist schon wütend genug. Ich werde sie für dich von der Wand nehmen«, sagte Glyceria.
Am letzten Abend im Haus in der Azelia Lane standen an den Wänden der Eingangshalle und des Wohnzimmers aufgereiht die Kartons und Schachteln für das Möbellager sowie Einkaufstaschen mit den Dingen, die sie in Lonnys Bungalow mitnehmen wollte. Die grauen Satinsofas und die anderen Polstermöbel waren bereits für das Lager gekennzeichnet, ebenso die chinesischen Bronzeleuchter mit den daran hochkletternden Drachen. Glyceria half Flo, die Steuben-Gläser in Zeitungspapier zu wickeln und das Tiffany-Geschirr und das Tafelsilber einzupacken. Der Umzugswagen war für zehn Uhr am nächsten Morgen bestellt. Flo mußte nur noch ihre Kleider packen. Die Louis-Vuitton-Koffer lagen schon offen da, aber

die Chanel-Kostüme und Blusen hingen noch auf den satinbezogenen Bügeln, und in den Einbauschränken des Ankleidezimmers türmten sich noch die Pullover und die Wäsche, die aus dem gleichen Pariser Geschäft in der Rue de Rivoli stammte wie die Paulines.

»Hier ist mein Hausschlüssel«, sagte Lonny Edge. Sie war erleichtert, daß er an diesem Abend etwas vorhatte, wie er sagte. Sie wollte allein von dem Haus Abschied nehmen. Er hatte, seit die Entscheidung gefallen war, daß er in seinen alten Bungalow am Cahuenga Boulevard übersiedelte, mehrere Nachmittage und Abende außer Haus verbracht, und sie vermutete, er sei zu seinem alten Leben zurückgekehrt. Plötzlich hatte er viel mehr Geld und zeigte sich ihr gegenüber ungewöhnlich spendabel. Er stritt nicht mehr um Centbeträge, und wenn sie ihn bat, im Supermarkt für sie einzukaufen, dann bezahlte er sogar ihre persönlichen Dinge wie Nagellack oder Slipeinlagen. Manchmal brachte er ihr sogar eine Pizza mit.

»Ich finde, du solltest heute nacht nicht hierbleiben. Das Haus sieht ja aus wie eine Baustelle«, meinte er. »Fahr doch rüber zu mir! Ich bin kurz nach Mitternacht da. Und dann bringe ich dich morgen früh her, wenn die Umzugsleute kommen.«

»*Okay*, Wie war die Adresse noch mal?«

»Cahuenga Boulevard sieben-null-zwei-null-vier-einviertel. Die Highland Avenue rauf bis zur Odin, dann rechts unter der Brücke durch, und dann bist du schon da«, wiederholte Lonny geduldig: Es war jetzt das dritte Mal, daß er ihr die Adresse nannte und den Weg beschrieb.

»Ja, ja, ich erinnere mich. Ich möchte nur noch ein bißchen allein hierbleiben. Du weißt schon – wegen der Erinnerungen. Ich hatte auch schöne Zeiten hier.«

»Na klar.« Er küßte sie auf die Wange und ging.

Sie wanderte durch das Haus und durchlebte noch einmal alle glücklichen und traurigen Momente der letzten Jahre. Würde sie sich je wieder mit einem solchen Luxus umgeben können? Es war schon später Abend, als sie die Lampen ausmachte und sich schließlich auf eines der grauen Satinsofas legte, wobei sie sich das Sitzkissen, das Kippie mit Blut beschmiert hatte, mit der sauberen Seite nach oben unter den Kopf schob. Die

Flecken waren schon ganz verblaßt. Sie wollte einfach eine Weile daliegen und sich an das Leben mit Jules Mendelson erinnern – und über das Leben nachdenken, das vor ihr lag. Ihr einziger Trumpf waren die Tonbänder. Sie würde schon jemanden finden, der ein Buch aus ihnen machte – am besten Philip Quennell: Er würde sowohl die Schwächen als auch die starken Seiten von Jules verstehen, und er hatte nicht den Wunsch, sich zu rächen, wie Cyril Rathbone sich an Pauline hatte rächen wollen. Der Gedanke, mit Philip zusammenzuarbeiten, war tröstlich. Sie spann ihn weiter. Und plötzlich war sie eingeschlafen.

Etwas weckte sie: Es war jemand im Haus! Zuerst dachte sie, es sei vielleicht Lonny, der sie nicht, wie versprochen, in seinem Bungalow vorgefunden hatte. Aber die Geräusche, die sie hörte, waren nicht die, an die sie sich in der Zeit ihres Zusammenlebens gewöhnt hatte: das Zuschlagen der Kühlschranktür, Rülpser und ein zu laut aufgedrehter Fernsehapparat. Sie lag auf dem Satinsofa, ohne sich zu rühren, als schlafe sie noch. Sie hörte jemanden atmen: Der Eindringling mußte drüben beim Kamin sein. Langsam setzte sie sich auf, wandte den Kopf und sah im hellen Licht des Mondes einen Mann, der die Kartons auf dem Boden durchsuchte. Er trug eine Strumpfmaske.

»Lonny, bist du das?« fragte sie, obwohl sie genau wußte, daß er es nicht war. Ihre Stimme war zittrig und schrill. Ihr Herz klopfte wie ein Hammer. Ihre Finger wurden gefühllos und sie spürte, wie ihre Lippen, ihre Nasenflügel und sogar ihre Haare zu zittern begannen. »Was machen Sie in meinem Haus? Was suchen Sie in meinen Sachen? Wer sind Sie?«

Der Mann richtete sich auf. Sie sah, daß er einen der chinesischen Kerzenleuchter in der Hand hielt.

»Das ist ein altes Stück«, stieß Flo schweratmend hervor. »Chinesisch. Aus irgendeiner Dynastie. Ming, glaube ich. Ich konnte mir das nie merken. Was wollen Sie damit? Was wollen Sie von mir? Geht es um die Tonbänder für das Buch? Die sind im Auto! Unter dem Fahrersitz! Nehmen Sie die verdammten Dinger und verschwinden Sie! Nein! Nicht!«

Der Leuchter traf ihre Wange. »O mein Gott!« flüsterte sie und hob die Hände, um ihr Gesicht zu schützen. »Nicht ins

Gesicht! Bitte schlagen Sie mich nicht ins Gesicht, Mister! Bitte nicht! Nicht ins Gesicht!« Der von Diamanten umkränzte Saphir, den Jules ihr geschenkt hatte und den sie, wie sie zu Cyril sagte, immer tragen wollte, barst unter der Wucht des nächsten Schlages. »Oh, lieber Gott, hilf mir!« waren die letzten Worte, die ihr Peiniger hörte. Während der nächsten acht Schläge formten ihre Lippen lautlos das Ave Maria, sie bat Gott um Vergebung für ihre Sünden, flehte ihre Mutter um Hilfe an und wünschte sich, den nächsten Schlag nicht mehr zu erleben.

Aus Flos Tonbandaufzeichnungen

Ich sollte mich eigentlich mit dem verdammten Buch beschäftigen, aber ich kann nur immer daran denken, was wohl aus mir werden wird. Es ist ein schreckliches Gefühl, wenn man glaubt, daß man die beste Zeit seines Lebens hinter sich hat und es nur noch schlimmer werden kann. Ich bemühe mich wirklich, mir meine Zukunft vorzustellen, aber es gelingt mir nicht. Was kann das nur bedeuten?

29. Kapitel

»Philip, du hast mir einmal erzählt, daß deinetwegen ein Mädchen im Rollstuhl sitzt und dieser Unfall dein ganzes Leben verändert hat«, sagte Camilla.

Ihre Romanze dauerte nun schon fast ein Jahr, doch Philip hatte keinen Zweifel daran gelassen, daß eine Ehe für ihn nicht in Frage kam: Es gab ein Mädchen, dessen Leben er zerstört hatte, und er war der Überzeugung, selbst kein Recht auf eine enge Bindung zu haben, weil er ihr die Möglichkeit dazu genommen hatte. Camilla hatte gelernt, sich damit abzufinden und ihre Liebe zu genießen, solange sie eben dauern würde. Sie hatten sich geliebt und getrennt und waren wieder zusammengekommen, und jetzt genossen beide die Beziehung so, wie sie war.

Am letzten Tag vor Philips Abreise nach New York aßen sie bei Camilla zu Abend und liebten sich dann mit derselben Leidenschaft wie in ihrer ersten Nacht nach der Party bei Pauline und Jules Mendelson am Abend seiner Ankunft in der Stadt.

Er stand auf. Sie beobachtete vom Bett aus, wie er zum Kleiderschrank ging, seinen blau-weiß gestreiften Morgenrock herausholte und anzog. Er drehte den Stuhl vor dem Frisiertisch um, setzte sich mit dem Gesicht zu Camilla rittlings darauf und legte die Arme auf die Rückenlehne.

»Ihr Name war – nein *ist* – Sophie Bushnell. Aber das ist auch das einzige in ihrem Leben, was noch so ist wie früher.«

»Erzähl mir die Geschichte!«

Er senkte den Blick und fuhr mit einem Finger über die geschnitzte Stuhllehne.
»Ich saß am Steuer, sie neben mir. Ich fuhr viel zu schnell über den Damm, der den Stadtteil, in dem sie wohnte, von dem trennte, in dem ich wohnte. Wir hatten beide etwas getrunken. Der Wagen prallte gegen einen Pfeiler. Sie brach sich das Genick.« Er hob den Kopf und sah Camilla an.
»Geht es noch weiter?« fragte sie.
»Ja: Ich hatte keine Hose an.«
»Sprichst du deshalb so ungern über die Sache?« fragte sie.
»Ist doch verständlich, oder?«
»Ich werde dich vermissen«, sagte sie später und legte den Kopf auf seine Brust.
»Ich dich auch.« Er nahm sie in die Arme.
»Du hast eine lüsterne Frau aus mir gemacht.«
»Finde dich damit ab: Mit dieser Veranlagung bist du geboren worden. Ich habe sie nur ans Licht geholt.«
»Es ist nicht wirklich zu Ende, oder?«
»Das weißt du doch.«
»Es kommen auch andere Zeiten, nicht wahr?«
»Natürlich.«
»Und kommst du dann zurück?«
»Ganz sicher.«
Philip konnte Abschiede nicht ertragen: Er wollte schon weg sein, wenn sie aufwachte. Er war jeden Tag schon vor sechs auf den Beinen gewesen, um zur Versammlung der Anonymen Alkoholiker zu fahren, und Camilla schlief meistens lange, und so sollte es ein Morgen wie jeder andere sein, nur daß er diesmal nicht zurückkam. Doch heute war sie schon vor ihm auf und machte ihm Kaffee, während er duschte und sich rasierte. Ihr letzter Kuß war nur ein flüchtiger Hauch, als breche er mit seinen gepackten Koffern lediglich zu einer kurzen Geschäftsreise auf. Doch wenn es so gewesen wäre, hätte er am Ende der Zufahrt nicht zweimal gehupt.
Er hatte vor, nach dem Meeting am Robertson Boulevard noch irgendwo etwas mit Flo zu trinken und dann zum Flugplatz zu fahren.
»Du brauchst dir keine Sorgen um mich zu machen«, hatte Flo ihm am Tag zuvor bei dem Meeting versichert, als sie sich für heute verabredet hatte.

»Tue ich aber«, widersprach er. »Du bist das verletzlichste Wesen, das ich je kennengelernt habe.«
»Ist das ein Kompliment?«
»Ich weiß es nicht.« Plötzlich hatte er den Wunsch, sie zu küssen.
»Wie geht es Camilla?« lenkte Flo ab, die seinen Gedanken in seinen Augen las.
Er lachte.
»Findest du nicht, daß mein Leben schon kompliziert genug ist?« fragte sie. »Aber ich werde dich zum Abschied ganz fest umarmen – so wie ein Anonymer Alkoholiker eben den anderen umarmt.«
Sie lachten beide.
»Hör mal!« hatte sie dann gesagt. »Ich möchte noch etwas mit dir besprechen, bevor du abreist. Was Geschäftliches.«
Wahrscheinlich hängt es mit ihrem Buch zusammen, dachte Philip auf dem Weg nach West Hollywood. Er beschloß, ihr zu raten, Los Angeles zu verlassen und irgendwo ein neues Leben anzufangen, wo ihr Name nicht so bekannt war.
In der Baracke am Robertson Boulevard besetzte er den Platz neben sich für Flo, indem er seine Autoschlüssel auf den Stuhl legte. Aber sie kam nicht. Als der Raum sich füllte und nicht mehr genügend Sitzplätze für alle da waren, nahm er den Schlüssel wieder weg. Jedesmal, wenn ein Nachzügler eintraf, schaute Philip erwartungsvoll zur Tür. Allmählich wurde er unruhig. Er versuchte, sich auf den Chirurgen zu konzentrieren, der vorne erzählte, wie er in sinnlos betrunkenem Zustand einen Patienten operiert habe, aber es gelang ihm nicht. Mittendrin stand er auf und ging hinaus. An der Straßenecke stand eine Telefonzelle. Das Anläuten klang irgendwie merkwürdig, und dann schaltete sich ein Band der Telefongesellschaft in die Leitung und teilte ihm mit, daß der von ihm gewählte Anschluß gesperrt sei. Philips Unruhe verstärkte sich.
Als er in seinen Wagen steigen wollte, stellte er fest, daß er zwischen zwei anderen eingekeilt war. Er würde wohl oder übel warten müssen, bis das Meeting zu Ende war und die Autobesitzer wegfuhren. In diesem Augenblick hielt ein Taxi vor der Holzhütte. Philip erkannte, daß Rose Cliveden darin

saß, mit großer Sonnenbrille und Kopftuch, eine überflüssige Verkleidung, denn selbst wenn sie vor versammelter Mannschaft ihren vollen Namen verkündet hätte, hätte niemand etwas mit ihm anfangen können.

Er beugte sich in seinen Wagen, um nicht von ihr erkannt zu werden. Sie redete inzwischen in nüchternem Zustand genausoviel wie früher in betrunkenem. Doch er hatte Pech: Sie hatte ihn entdeckt und kam auf ihn zu.

»Ich brauche Ihren Rat, Philip«, sagte sie, als sie ihn erreichte. »Ich soll morgen vor der Versammlung sprechen, weil ich dann drei Monate dabei bin, und ich muß ein schreckliches Geständnis machen.«

»Rose, ich habe es ziemlich eilig«, versuchte er sie loszuwerden.

»Bevor ich hierherkam, hatte ich das Wort ›Größenphantasie‹ noch nie gehört. Aber jetzt weiß ich, daß genau das auf mich zutrifft«, fuhr sie fort, als habe sie seinen Einwand gar nicht gehört. »Fast dreißig Jahre lang habe ich aller Welt erzählt, daß ich im Lincoln-Schlafzimmer mit Jack Kennedy geschlafen hätte – auch damals, als Sie zum erstenmal bei den Mendelsons waren. Sie fragten mich damals, wie er gewesen sei, und ich sagte, phantastisch, abgesehen davon, daß ich ihn danach nicht anfassen durfte wegen seiner irisch-katholischen Schuldkomplexe. Erinnern Sie sich?«

»Ja, ja, Rose, ich erinnere mich, aber...«

»Es war alles gelogen.«

»Rose, bitte, ich muß wirklich weg!« Doch wenn Rose über sich sprach, gab es für sie kein Halten.

»Es stimmt kein Wort. Ich bin nie mit Jack Kennedy im Bett gewesen. Aber je öfter ich die Geschichte erzählte, um so mehr glaubte ich sie selber. Ich dachte, ich würde mich damit interessanter machen. Was denken Sie, wäre dieses Geständnis was für die Leute da drin?«

Das Taxi, das Rose hergebracht hatte, wendete gerade. Philip sagte hastig: »Darum geht es doch nicht, Rose. Sie sollen sie ja nicht unterhalten. Es reicht völlig, wenn Sie sagen, daß Sie in der Zeit, in der Sie tranken, Geschichten erfunden haben, um sich interessant zu machen. Ich muß dringend los.«

»Soll ich Jackie schreiben und mich dafür entschuldigen, daß ich eine so haarsträubende Geschichte erfunden habe?«

»Nein. Auf Wiedersehen, Rose! Ich werde versuchen, Ihr Taxi zu erwischen: Ich kriege meinen Wagen hier nicht raus.«
Als Rose in der Baracke verschwand, lief er dem Taxi nach, und winkte mit den Armen, um die Aufmerksamkeit des Fahrers zu erregen.
Außer Atem ließ er sich auf den Sitz fallen. »Zur Azelia Lane bitte. Die zweigt auf halber Länge des Coldwater Canyon ab.«
»Tut mir leid, Chef, das ist nicht meine Gegend. Wenn ich mein Gebiet verlasse, muß ich Strafe zahlen.«
»Es ist wichtig!« Philip wußte selbst nicht, warum plötzlich ein Gefühl in ihm aufstieg, das große Ähnlichkeit mit Panik hatte. Er zog eine Zwanzig-Dollar-Note aus der Tasche und gab sie dem Fahrer. »Es sieht ja keiner, und ich werde Sie bestimmt nicht verraten. Es ist erst zwanzig nach sieben. Die Straßen sind noch ganz leer.«
»Wollen Sie mit dem Zwanziger die Fahrt bezahlen?«
»Nein, den bekommen Sie zusätzlich.«
»Na, dann los.«
Als das Taxi in die Azelia Lane einbog, sagte der Fahrer: »In dieser Straße wohnt Faye Converse, stimmt's?«
»Das Haus, zu dem ich muß, liegt gleich dahinter«, erklärte Philip.
»Ich kenne ihr Dienstmädchen«, erzählte der Fahrer.
»Aha.«
»Glyceria.«
»Was?«
»Das Mädchen heißt Glyceria.«
»Wir sind da«, sagte Philip.
»Mann, ist das eine steile Einfahrt! Ich lasse Sie lieber hier unten aussteigen.«
Philip bezahlte den Fahrer und hetzte die Zufahrt hinauf. Die Büsche zu beiden Seiten waren offensichtlich schon lange nicht mehr beschnitten worden. Als er das Haus erreichte, klingelte er Sturm. Niemand kam. Die Tür war nicht abgeschlossen. Er stieß sie auf und rief: »Flo?« Nichts rührte sich. Er rief noch einmal: »Flo?« Keine Antwort. »Ich bin's, Philip! Kann ich reinkommen?« Er spähte in die dämmrige Halle. Überall standen Kartons herum, deren Inhalt in wildem Durcheinander auf dem Boden verstreut lag. Hatte jemand

etwas gesucht, oder war das Chaos das Ergebnis blinder Zerstörungswut? Als er ins Wohnzimmer kam, stellte er fest, daß es hier nicht besser aussah. Das Bett im Schlafzimmer war abgezogen. Offene Koffer lagen darauf. Die Tür zum Ankleidezimmer stand offen. Alle Schrankschubladen waren auf, Pullover, Strümpfe, Unterwäsche und Gürtel lagen herum.

»Flo?« rief er wieder.

Langsam ging er ins Wohnzimmer zurück. Das graue Satinsofa stand mit der Rückenlehne zu ihm. Halb darunter lag ein Schuh, der zweite neben einem Stuhl. Auf den weißen Teppich hatte jemand einen Bronzeleuchter fallen lassen, an dem ein kunstvoll gearbeiteter Drache hochkletterte. Darunter waren rostbraune Flecken zu sehen. Philip bückte sich und hob den Kerzenhalter auf. Rote Haare klebten daran. Er richtete sich auf, ging um das Sofa herum – und stand vor Flo Marchs Leiche, die Haare blutdurchweicht, der Saphirring an ihrem linken Ringfinger zerschmettert, Hände und Unterarme übersät mit Blutergüssen und tiefen Wunden. Offenbar hatte sie ihr Gesicht mit den Händen geschützt – es wies nur eine einzige Verletzung auf.

Voller Entsetzen starrte Philip auf seine tote Freundin hinunter. »O Flo!« stöhnte er. Auf der Bartheke stand ein Telefon. Er nahm den Hörer ab. Als kein Freizeichen ertönte, erinnerte er sich daran, daß der Anschluß gesperrt war. Er lief hinaus, rannte die Zufahrt hinunter und die Einfahrt zu Faye Converses Haus hinauf. Er klingelte und klingelte, aber niemand öffnete. »Miss Converse!« rief er, so laut er konnte, und dann: »Glyceria!« Nichts. Später erfuhr er, daß Faye zu dieser Zeit in New York war, um Reklame für ihr neues Parfüm zu machen.

Er lief zurück zu Flos Haus. Hoffentlich steckte der Zündschlüssel in dem roten Mercedes-Cabrio! Er hatte kein Glück. Wieder rannte er die Einfahrt hinunter und dann vor zum Coldwater Canyon. Der dichte Morgenverkehr hatte bereits eingesetzt. Philip war schweißgebadet. Verzweifelt versuchte er, mit wildem Gestikulieren ein Auto anzuhalten, aber niemand reagierte. Einer der Vorbeifahrenden rief über Autotelefon die Polizei an: »Im Coldwater Canyon ist ein Mann, der sich wie ein Verrückter aufführt.«

Blondell, die bereits seit über zwanzig Jahren in Paulines Diensten stand, klopfte an die Schlafzimmertür und trat ein, ohne eine Antwort abzuwarten. Sie stellte das kleine Tablett, auf dem eine Tasse Tee stand, auf den Nachttisch und zog dann die Vorhänge auf.

»Um Himmels willen, was machen Sie da, Blondell?« fragte Pauline verschlafen. »Wie spät ist es denn?«

»Noch ziemlich früh. Sind Sie wach?«

»Noch nicht ganz. Kommen Sie in einer Stunde wieder! Ich werde versuchen, noch etwas zu schlafen.«

»Ich dachte nur, Sie würden es vielleicht wissen wollen...«

»Ich habe wieder fast die ganze Nacht kein Auge zugetan.«

»Diese Frau, die bei der Totenmesse für Mr. Mendelson war...«

»Also wirklich, Blondell! Wegen dieser Person reißen Sie mich aus dem Schlaf?«

»Sie ist tot, Mrs. Mendelson.«

»Was?« Pauline setzte sich kerzengerade auf.

»Ermordet.«

»Was?« fragte Pauline wieder.

»Es kam in den Nachrichten.«

»Wie ist es denn passiert?«

»Sie wurde mit einem Bronzeleuchter erschlagen.«

»Großer Gott. Weiß man schon, wer es getan hat?«

»Sie haben im Coldwater Canyon einen Mann festgenommen.«

»Und wer ist es?«

»Sie haben seinen Namen nicht genannt.«

Arnie Zwillman trainierte gerade auf seinem Laufband, als er am Fernseher die Nachrichten sah, die auch Blondell gesehen hatte. Die Tatsache, daß Flo March tot war, erstaunte ihn nicht, die Tatsache aber, daß ein Mann am Coldwater Canyon festgenommen worden war, den man mit dem Verbrechen in Verbindung brachte, erstaunte ihn um so mehr. Er unterbrach sein Fitneßprogramm und ging zum Telefon.

»Was zum Teufel ist da los?« fragte er, als am anderen Ende der Hörer abgenommen wurde.

»Sie haben den Falschen erwischt«, lautete die Antwort.

Philip blieb völlig gelassen, als ihm im Polizeirevier von Beverly Hills die Fingerabdrücke abgenommen wurden – ein Verhalten, das Officer Whitbeck, der ihn hergebracht hatte, zutiefst empörte.
»Sie sitzen ganz schön in der Scheiße, mein Junge«, sagte er.
»Da irren Sie sich«, erwiderte Philip. Er wußte, daß in Kürze feststehen würde, daß Flo March schon Stunden tot war, als er bei ihr ankam. Camilla Ebury würde bestätigen, daß er die Nacht in ihrem Haus verbracht hatte. Mindestens fünfzig Leute hatten ihn beim Treffen der Anonymen Alkoholiker am Robertson Boulevard gesehen – und Rose Cliveden konnte beschwören, daß sie um zwanzig nach sieben vor der Baracke mit ihm gesprochen hatte. Man würde seinen Wagen dort finden, und schließlich konnte man unter diesen Umständen wohl auch den Taxifahrer dazu bringen, zuzugeben, daß er Philip in verbotenes Gebiet, in die Azelia Lane, gebracht hatte.
»Wenn ich der Täter wäre, hätte ich Officer Whitbeck bestimmt nicht aufgefordert, mit mir zu Flo March zu fahren«, sagte Philip zu Captain Nelson.
»Erzählen Sie Ihre Geschichte dem Anwalt!« antwortete der Captain.

In den Fernsehnachrichten gab ein Beamter des Morddezernats als Todesursache bei Flo March Schädelbruch und Gehirnquetschungen an, verursacht durch Schläge mit einem schweren Gegenstand. Viele Schläge – er schätzte etwa neun. Die Kopfhaut weise an mehreren Stellen Platzwunden auf. Er könne nicht genau sagen, welcher der Schläge tödlich gewesen sei, nehme aber an, der über dem linken Ohr. Das Gesicht der jungen Frau sei kaum verletzt. Raub sei als Motiv sofort ausgeschlossen worden, denn das Opfer habe einen gelben Diamantohrring von beträchtlichem Wert am linken Ohr getragen und einen Saphirring am Finger, dessen Stein allerdings – offenbar durch einen der Schläge – zerschmettert worden sei. An Händen und Unterarmen befänden sich Blutergüsse und tiefe Wunden, alle Finger seien gebrochen.

»Philip Quennell ist verhaftet worden«, sagte Sims Lord.
»Philip? Das kann doch nicht wahr sein!« erwiderte Pauline fassungslos.

»Doch, es stimmt. Sie haben ihn im Coldwater Canyon aufgegriffen, ganz in der Nähe des Tatorts.«
»Das heißt doch noch lange nicht, daß er der Mörder ist. Ich glaube es einfach nicht.« Sie stand auf und begann, in der Bibliothek auf und ab zu gehen. »Mein Gott! Wie konnte das nur passieren? Weißt du was, Sims? Wenn ich Flo March die lächerliche Million gegeben hätte, die sie verlangt hat, dann wäre sie noch am Leben.« Sie griff zum Telefonhörer.
»Wen rufst du an?«
»Camilla Ebury.«

Lonny Edge hatte sich in Beverly Hills nie richtig wohl gefühlt. Er hatte dort keine Gelegenheit zur Selbstdarstellung, und Trent Muldoon hatte ihn sogar ausgesprochen mißbilligend gemustert, als er ihm, nur mit einem Handtuch bekleidet, die Tür aufgemacht hatte. Lonny fühlte sich jedesmal tief gekränkt, wenn er kein Begehren in den Augen seines Betrachters sah.
»In Beverly Hills wohnen nur Snobs«, klagte er während dieser Zeit bei seinen Freunden im »Viceroy Coffee Shop«. »Sogar die Polizisten sind hochnäsig.«
Als die Polizeibeamten aus Beverly Hills in Begleitung eines für den Cahuenga Boulevard zuständigen Kollegen bei ihm klopften, dachte Lonny, seine unmoralische Vergangenheit würde ihm nun doch noch zum Verhängnis.
»Einen Moment!« rief er und riß hastig das Plakat seines bekanntesten Videofilms »Steif, steifer, am steifsten« von der Wand, auf dem er mit nacktem Oberkörper und in einer Jeans abgelichtet war, deren heruntergezogener Reißverschluß seine Schamhaare sehen ließ. Dann machte er die Tür auf. »Ja?«
»Dürfen wir reinkommen?« fragte Captain Nelson.
»Klar. Was liegt denn an?«
»Wir möchten Ihnen ein paar Fragen stellen.«
»Über was?«
»Über Flo March.«
Seine Erleichterung kannte keine Grenzen. »Oh, Flo! Ich kenne sie. Ich habe sogar eine Weile bei ihr gewohnt. Bis gestern.«

»Wann haben Sie sie das letzte Mal gesehen?«
»Gestern abend. Sie zieht heute zu mir. Wie spät ist es denn? Die Umzugsleute sind schon seit zehn Uhr dort. Ich muß machen, daß ich rüberkomme. Ich wollte nicht, daß sie über Nacht allein im Haus bleibt, und habe ihr gesagt, sie soll herkommen, wenn sie fertig gepackt hat. Aber gekommen ist sie nicht. Ich habe versucht, bei ihr anzurufen, doch der Anschluß ist gesperrt. Sie wissen doch, wer Flo March ist, oder?« Er sprach den Namen aus, als sei es der eines berühmten Filmstars. »Sie war in allen Zeitungen. Sie war die Geliebte von Jules Mendelson, dem Milliardär, Sie wissen schon. Der hatte das ganze Haus voller Kunstschätze und war mit mehreren ehemaligen Präsidenten befreundet. Wohnte auf einem Berg, der Besitz heißt Clouds. Und Sie kennen sicher auch seine Frau, Pauline.«
Lonny brach ab und fragte mißtrauisch: »Worum geht es eigentlich?«
»Würden Sie uns bitte begleiten, Mr. Edge?«
»Wohin?«
»Aufs Revier in Beverly Hills.«
»Warum sollte ich?«
»Wir haben nur einige Fragen. Reine Routine«, sagte Officer Whitbeck.
»Können Sie mir diese Routinefragen nicht auch hier stellen? Was sollen denn die Nachbarn denken, wenn ich von der Polizei aus dem Haus geführt werde?«
Als die Beamten auf ihn zukamen, schlug er einen Haken und wollte zur Tür. Officer Whitbeck wirbelte herum, sprang ihn von hinten an und legte ihm die Arme wie einen Schraubstock um die Brust.
»Was soll das?« schrie Lonny und versuchte, sich zu befreien. Als er endlich stillhielt, ließ der Officer ihn los, riß ihm die Hände nach hinten und legte ihm Handschellen an. Sein Kollege vom zuständigen Revier kniete sich hin und ließ die Fußfesseln einschnappen.
»Warum haben Sie Ihre Freundin umgebracht, Lonny?« fragte Officer Whitbeck.
»Flo? Flo ist tot? O nein! O nein! Das können Sie mir nicht anhängen! Auf gar keinen Fall! Ich weiß, wer es war! Pauline

Mendelsons Sohn hat Hector Paradiso erschossen. Kippie Petworth heißt er«, kreischte Lonny. Zwei der Beamten nahmen ihn in die Mitte und führten ihn mit eisernem Griff über den Hof zu der Treppe, über die man den tief unten liegenden Cahuenga Boulevard erreichte. »Ich habe es gesehen. Ich war dort! Kippie Petworth, der Sohn von Pauline Mendelson, hat Hector Paradiso umgebracht, und Jules Mendelson hat es irgendwie geschafft, daß es wie ein Selbstmord aussah. Deshalb haben sie Flo March umgebracht! Sie wußte es! Sie wußte zuviel!«
»Der Junge ist nicht ganz dicht«, sagte Officer Whitbeck kopfschüttelnd zu Captain Nelson.

Als Glyceria zur Arbeit kam, um trotz Faye Converses Abwesenheit das Haus in Ordnung zu halten, hatte sie bereits aus den Nachrichten erfahren, was ihrer Freundin zugestoßen war. Die Leiche hatte man inzwischen schon weggebracht. Vor Flos Haus wimmelte es von Reportern, die einander gegenseitig zur Seite drückten, um einen Blick durch ein Fenster zu erhaschen. Glyceria schlich nach hinten, wo sie früher so oft mit Flo zusammengesessen hatte. Es wunderte sie, daß die Schiebetür mit der zerschossenen Scheibe einen Spalt offenstand, kein Polizist zur Bewachung des Anwesens abgestellt worden und das Haus nicht versiegelt war.

Sechs Stunden lang saßen zwei Männer in verschiedenen Gefängnissen unter demselben Verdacht. Als Philip Quennell schließlich das Beverly-Hills-Gefängnis nach wortreichen Entschuldigungen für die irrtümliche Inhaftierung verlassen konnte, stürmte eine Horde von Zeitungs- und Fernsehleuten die Stufen herauf. Sein Geld, die Kreditkarten, die Armbanduhr und die Manschettenknöpfe waren noch in dem verschlossenen Umschlag, der ihm bei der Entlassung ausgehändigt worden war. Seine Krawatte war irgendwie verlorengegangen. Er fühlte sich schmutzig und sah völlig erschöpft aus.
»Flo March war meine Freundin«, beantwortete er den Fragensturm. »Ich bin sehr unglücklich darüber, daß ihr Leben ein so schreckliches Ende gefunden hat.«
»Sind Sie empört, weil man Sie verhaftet hat?«

»Nein.«
»Sie werden also keine Klage einreichen?«
»Nein.«
»Was haben Sie empfunden, als Sie die Leiche fanden?«
Philip hob den Blick und entdeckte hinter den Medienleuten, die ihn umringten, Camilla Ebury: Sie saß auf einer Bank und beobachtete ihn.
»Entschuldigen Sie mich!« Er drängte sich durch die Menge und ging zu Camilla hinüber. »Schön, dich zu sehen.«
»O Philip! Geht es dir gut?«
»Laß uns von hier verschwinden!«
»Sie haben dein Auto abgeschleppt. Aber ich durfte dein Gepäck rausholen.«
»Ich bin wirklich froh, daß du hier bist. Ich kann dir gar nicht sagen, wieviel mir das bedeutet. Ich würde dich gerne in die Arme nehmen und küssen, aber ich möchte nicht, daß sie uns dabei fotografieren. Weißt du, wonach mir ist?«
»Nach weinen?«
»Genau. Woher weißt du das?«
»Weil ich dich liebe. Komm jetzt! Mein Wagen steht da drüben.«
Hand in Hand gingen sie zum Parkplatz. »Ich muß dich etwas fragen«, sagte Philip.
»Was?«
»Als du hörtest, daß man mich verhaftet hat ...«
»Ja?«
»Hast du da gedacht, ich hätte es getan?«
»Keine Sekunde!«

Aus Flos Tonbandaufzeichnungen

Lonny erwartet mich in seinem kleinen Bungalow am Cahuenga Boulevard, aber ich kann mich einfach noch nicht von diesem Haus trennen. Mein Gott, wieviel ich hier erlebt habe!

Schönes und Schlimmes, und zum erstenmal habe ich mich wirklich zu Hause gefühlt. Es ist, als würde ich Jules noch einmal verlieren. Morgen, wenn die Umzugsleute kommen, beginnt ein völlig neues Leben. Natürlich hatte er viele Fehler, aber er war gut zu mir. Wenn ich noch einmal von vorne anfangen könnte und alles wüßte, was ich jetzt weiß – ich würde mich wieder für ihn entscheiden. Ja, das würde ich wirklich.

Epilog

Niemand außer Philip Quennell, der alles arrangierte, wußte, daß Camilla Ebury Flo Marchs Einäscherung und die Beisetzung auf dem Friedhof in Westwood bezahlt hatte.

Während der dreiwöchigen Verhandlung gegen Lonny Edge saß Ina Rae jeden Tag im Gerichtssaal. Es bestürzte sie, daß er so blaß und mager war und so apathisch wirkte, aber sie berichtete Darlene, daß er immer noch gut aussehe und sich zu freuen schien, wenn er sie sah. Erzbischof Cooning, der in aggressivster Weise für Sitte und Moral eintrat, sprach von der Kanzel über das traurige Leben von Flo March. Er klagte nicht ihren angeblichen Mörder Lonny Edge an, er schob die Verantwortung für das tragische Ende der jungen Frau auf den verstorbenen Milliardär, der sie »in schändlichster Weise durch seinen Reichtum blendete und in eine verhängnisvolle Abhängigkeit brachte«.

»Ein Glück, daß Jules das nicht hören kann«, sagten seine Freunde untereinander.

Lonny Edge wurde zu lebenslanger Haft verurteilt und sitzt in San Quentin. Allerdings wird er wohl nicht lange hinter Gittern bleiben müssen: Gerüchten zufolge leidet er an einer unheilbaren Krankheit. Es wird berichtet, er sehe aus wie ein alter Mann, bis auf die Knochen abgemagert, das Gesicht von Geschwüren übersät.

Der Verleger, der inzwischen Basil Plants letztes Manuskript in Händen hatte, ließ Lonny per Gerichtsbeschluß mitteilen,

daß er für das offensichtlich von ihm gestohlene Werk des Schriftstellers keinerlei Zahlungen zu erwarten habe. Diese Tatsache war besonders bestürzend für die Rechtsanwältin Mary Pink, die sich nur bereit erklärt hatte, Lonnys Verteidigung zu übernehmen, weil er ihr fünfzig Prozent des Verkaufspreises zugesagt hatte, den er mit dem Manuskript hatte erzielen wollen.
Das Buch kommt im Frühling auf den Markt. Buchclubs und Filmgesellschaften haben bereits großes Interesse angemeldet.

Philip Quennell hat Lonny mehrmals in San Quentin besucht. Er ist einer von vielen, die nicht glauben, daß der junge Mann Flo March umgebracht hat, sondern nur die Tür ihres Hauses offenließ, damit ungenannte Personen sich die Tonbänder holen konnten, während Flo, wie er dachte, in seinem Bungalow saß.
»Es waren keine Fingerabdrücke von Lonny auf dem Mordwerkzeug«, sagte er immer wieder. Vergeblich. Es schien das Gericht auch nicht zu befremden, daß das Haus verwüstet worden war. Schließlich hatte Lonny Edge dort mit Flo gewohnt und hätte gar keine Veranlassung zu einer solchen Aktion gehabt. Ein Umstand, den Philip sich nicht erklären konnte, war das Fehlen eines Sitzkissens von einem der Satinsofas.
Die Tonbandkassetten, von deren Existenz er überzeugt war, blieben verschwunden.

Kippie Petworth hat nicht das böse Ende genommen, das Arnie Zwillman ihm prophezeit hatte – zumindest bis jetzt nicht: Er ist derzeit der Geliebte von Mrs. Reza Bulbenkian, die ihn vergöttert und ihn in einer eleganten Wohnung am New Yorker Beekman Place zu ihrer ständigen Verfügung hält. Yvonne Bulbenkian bezahlt einen Verleger dafür, daß er sie als Säule der High-Society möglichst oft in seiner Zeitung erwähnt, Kippies Namen jedoch heraushält. Ihr Mann hat keine Ahnung von ihrem Verhältnis.
Kippies Mutter, Pauline Mendelson, hat Lord St. Vincent geheiratet und lebt mit ihm auf Schloß Kilmartin in Wiltshire.

Zwischen Mutter und Sohn besteht kein Kontakt. Abgesehen von dem riesigen Vermögen, das Jules ihr hinterließ, und zwei Kunstwerken, die sie nicht verkaufen will, brachte sie nichts mit, was sie an ihren verstorbenen Mann erinnert. Sie versuchte, in ihrem neuen Heim einen Platz für van Goghs »Weiße Rosen« zu finden, aber das Gemälde paßte nicht zwischen die Canalettos im Salon und auch nicht zu den Raphaels in der Bibliothek. Es in einen der Flure oder Räume zu hängen, die an Besuchstagen der Öffentlichkeit zugänglich waren, wurde ihr von der Versicherung untersagt. Lord Vincent schlug ihr vor, es in ihrem Arbeitszimmer unterzubringen, wo sie ihre Korrespondenz erledigte, die tägliche Speisenfolge für die Küche festlegte und Einladungen schrieb, aber sie fand, daß das Bild den kleinen Raum erschlagen würde, und außerdem hätte sie es nicht ertragen können, jedesmal, wenn sie von ihrem Schreibtisch aufblickte, an die zweiundzwanzig Jahre erinnert zu werden, während der es über dem Kamin in der Bibliothek von Clouds gehangen hatte. Sie wollte es aber auch nicht verkaufen weil das auf dem Kunstmarkt vielleicht zu falschen Schlüssen geführt hätte. Ebensowenig wollte sie es einem Museum stiften, denn das hätte unweigerlich die Aufmerksamkeit der Medien erregt und ihnen einen willkommenen Anlaß geboten, die Geschichte ihrer Ehe mit Jules Mendelson und die des brutalen Mordes an Flo March wieder aufzurollen. Schweren Herzens ließ sie das Bild schließlich sorgfältig verpacken und in einen der Abstellräume des Schlosses bringen, wo auch das Familiensilber lagerte, das seit der neun Jahre zurückliegenden Hochzeit von Lord St. Vincents Tochter nicht mehr benutzt worden war.

Als Philip Quennell Pauline zum letztenmal gesehen hatte, saß sie im Fond eines Daimler am Beauchamp Place in London. Er war sicher, daß sie ihn erkannte, aber sie ließ sich nichts anmerken.

Clouds gehört jetzt einem Japaner, der Marty Leskys Colossus Pictures gekauft hat. Zunächst hatte er Umbaupläne, die weit über das hinausgingen, was die Mendelsons sich je erträumt hatten. Eine ins Haus integrierte Eislaufbahn und eine Bowlingbahn waren nur zwei der beabsichtigten Neuerungen.

Doch inzwischen ist Mr. Ishiguro zu dem Schluß gekommen, daß es bedeutend billiger ist, das Haus abreißen zu lassen und ein neues zu bauen. Das Gewächshaus und die Hundezwinger bleiben stehen. Der Bau soll in drei Jahren fertiggestellt sein.